Los VOTOS *rotos*

CATHARINA
MAURA

Los VOTOS rotos

ESPASA

Título original: *The Broken Vows*

Traducido por: Roa Oliva
Diseño de portada: Planeta Arte & Diseño / Estudio Land

Bajo el sello editorial PLANETA M.R.
Avenida Presidente Masaryk núm. 111,
Piso 2, Polanco V Sección, Miguel Hidalgo
C.P. 11560, Ciudad de México
www.planetadelibros.com.mx

Primera edición impresa en México: enero de 2026
ISBN: 978-607-39-3826-6

Impreso en los talleres de Impresora Tauro, S.A. de C.V.
Av. Año de Juárez 343, Col. Granjas San Antonio,
Iztapalapa, C.P. 09070, Ciudad de México
Impreso y hecho en México – *Printed and made in Mexico*

Este libro es para quienes hemos permitido que la lealtad nos ciegue, quienes hemos dejado que nos prive de aquello que nos nutre el alma. Solamente tú puedes permitirte ser feliz.

Di que sí.

Da el salto.

Sigue a tu corazón.

Mereces la felicidad que con tanto fervor deseas para otros.

Nota de la autora

Los votos rotos trata varios temas que pueden resultar sensibles para algunos lectores. Sin embargo, advertir sobre dichos asuntos revelaría información crucial acerca de la trama, por lo que se enlistan al final del libro. Se aconseja que el lector haga uso de su criterio.

Si has leído mi trabajo antes y los temas abordados no han sido desencadenantes para ti, sería un verdadero honor que confíes en mí una vez más. *Los votos rotos* tiene un final feliz asegurado, por lo que te recomiendo que te sumerjas en su lectura sin saber nada de antemano.

PRIMERA PARTE: EL PASADO

Uno

Celeste

No existen muchas personas a quienes odie, genuinamente, con todo mi ser. La lista, de hecho, contiene solo un nombre: Zane Windsor.

Solo pensar en él hace que se me cierre el estómago a la vez que un temor paralizante recorre mis venas. Zane Windsor es la cruz de mi existencia, la persona a quien maldigo en sueños. Siempre lo ha sido. Cuando pienso en las partes más horribles de mi infancia, su rostro es lo que aparece en mi mente. Saber que en unas horas tengo que verlo otra vez me causa una ansiedad que me cuesta describir.

—¿Celeste?

Alzo la mirada. Mi mejor amiga, Lily, me observa con una evidente preocupación presente en sus ojos azules. Toma uno de mis rizos y lo acomoda detrás de mi oreja, regalándome una mirada comprensiva.

—Todo va a estar bien —Me tranquiliza—. No es más que una gala para recaudar fondos, además harás muchos contactos importantes. Enfócate en eso, ¿de acuerdo?

Miro de reojo el esmalte amarillo de mis uñas, incapaz de ignorar este molesto presagio de una catástrofe.

—Es la gala de recaudación de fondos de los Windsor —musito con voz trémula—. Se siente como algo funesto el hecho de que el primer evento al que asisto ahora que estoy de vuelta sea uno organizado por la familia de Zane.

Pensé que estos cinco años que estuve lejos, en la universidad, habían infundido en mí la confianza que tanto me hacía falta. Todo para que se desvaneciera en cuanto puse un pie en la casa de mi infancia.

Volver se ha sentido como retroceder diez pasos, como si la niña que fui estuviera tratando de atraparme entre sus garras, de salirse de la caja en la que la había aprisionado. Me aterra que estar de nuevo cerca de Zane me transforme en la versión de mí que detesto, esa que tanto me avergüenza.

—Celeste, tú eres la mujer más fuerte e inteligente que conozco. Quisiera que pudieras verte como yo te veo; quizá así te darías cuenta de lo absurdo que es que un hombre como Zane te afecte tanto. No merece tu energía mental.

Asiento con la cabeza intentando creerle, deseando escapar del poder que el pasado ejerce sobre mí. Por supuesto que tiene razón: Zane ya no debería tener tanta influencia en mi vida.

—¿Te dije que mi abuelo me encargó que estudiara a detalle el hotel Windsor donde será el evento? —le pregunto tratando de cambiar el tema. Hablar de Zane solo me recuerda situaciones que he estado tratando de olvidar, secretos que ella desconoce—. ¿Sabes lo que me dijo?

Lily niega con la cabeza y me lanza una mirada inquisitiva mientras retoca el iluminador que me puso en los pómulos.

—«Las reseñas de su hotel han sido estelares, pero no nos dan toda la información que necesitamos. Ellos nos invitaron, ¿no? Sería grosero no disfrutar las amenidades de su hotel al máximo» —repito lo que me dijo mi abuelo con tono burlón—. ¿Puedes creerlo?

Una risa inesperada sale de los labios de Lily, no puedo evitar sonreír con ella. Esto ayuda a minimizar el dolor que produjeron las palabras que siguieron, las que no le voy a contar: «Solo espero que tu educación realmente haya servido para algo, porque estoy cansado de que ese chico Windsor le gane siempre a mi nieta. Ya no estás en la escuela, Celeste. Ahora tenemos más en juego y no hay margen de error. Deberías, por lo menos, ser capaz de elevar nuestros hoteles al mismo nivel que los de los Windsor».

A veces me pregunto, ¿dolerían menos las comparaciones constantes si no resultaran siempre en que yo salgo perdiendo? ¿Mi odio por Zane sería igual de intenso si no hubiera sido avivado por las expectativas de mi abuelo?

Decir que Zane y yo siempre hemos sido rivales sería poco. Tal vez así es como empezó, una rivalidad infantil que resultaba natural debido a la discordia entre nuestras familias. Sin embargo, con el paso de los años, esa rivalidad creció hasta volverse en enemistad pura, un odio profundo del que intenté escapar. Necesitaba un respiro, el que ahora, al parecer, ha terminado.

—Tu abuelo es ridículo a veces, la verdad —comenta Lily con una pizca de preocupación en su voz. De vez en cuando, parece que intuye el dolor que escondo, incluso cuando hago mi mejor esfuerzo por ocultárselo—. Pero te eligió para que fueras su heredera, así que deja que sus acciones hablen más fuerte que sus palabras, ¿de acuerdo? No lo hubiera hecho si no creyera en ti.

Suprimo el impulso de morderme el labio por los nervios y asiento con la cabeza. Lily sabe tan bien como yo que mi abuelo solo me eligió como su sucesora porque mi hermano, Archer, se negó a doblegarse a su voluntad. Si Archer no se hubiera ido, rehusándose a poner un pie en la misma casa que nuestro abuelo, no me hubieran dado nunca esta responsabilidad.

Lily observa con cuidado el vestido de noche que llevo puesto y revisa una vez más mi maquillaje para asegurarse de que está perfecto, entonces, sonríe satisfecha.

—Esta gala cimentará tu nueva posición en la firma de tu abuelo y esto es lo único en lo que necesitas centrarte esta noche. Te divertirás tanto haciendo contactos que ni siquiera te enterarás de que Zane está ahí. Dijiste que normalmente van cientos de personas a este evento, ¿cierto?

Asiento dubitativa. Detesto que Zane me haga actuar tan diferente. Ya no soy una niñita tímida pero aún así, precisamente en eso me convierto tan pronto como él cruza por mi mente.

—Entonces no será difícil evitar a Zane por ahora. En lo personal, creo que es mejor enfrentarlo de una vez y establecer una nueva dinámica. Fue tu rival más grande cuando éramos niños, pero eso no se compara con la amenaza que Windsor Hotels representa ahora para Harrison Developments. No hay forma de evadirlo por completo; te guste o no, sus empresas rivalizarán constantemente.

—Lo sé —murmuro y suelto un suspiro—, no lo puedo evitar, pero no estoy segura de estar lista. Lil, este es el chico que se robó mi examen reprobatorio de álgebra para enmarcarlo junto a su calificación excelente y mandarle fotos a toda la escuela. Me molestó todos los días durante dos años cuando usé brackets y ha aprovechado cada oportunidad para humillarme y hacerme menos desde que teníamos cuatro años. ¿Ahora se supone que esté en buenos términos con él? ¿Que actúe cordial y le agradezca por invitarme? ¿Pretender que los años de acoso escolar no dejaron cicatrices?

La lástima en la expresión de Lily me hace sentir más patética, así que desvío la mirada.

—Celeste —murmura Lily de forma benévola—. Tú, querida, eres magia pura. La forma en la que todo lo que te imaginas cobra vida es en verdad asombrosa, al igual que las prácticas de visualización que adoras, o la forma en la que manifiestas el camino que quieres por delante, sin obstáculos, en el que eres el tipo de mujer con quien Zane Windsor no se metería. Porque eso es lo que eres, ¿sabes? Tú eres esa mujer, incluso si las inseguridades del pasado nublan momentáneamente tu juicio. ¿Acaso no eres tú la que siempre me dice que yo controlo mis pensamientos y no ellos a mí? ¿Qué te parece si esta noche sigues tu propio consejo?

Parpadeo, sorprendida de escuchar mi mantra dirigido a mí de esa forma. No puedo rebatir sus palabras, lo que me hace salir de golpe de mis pensamientos destructivos. Es como si un pesado velo se hubiera levantado dejando mi vista despejada de nuevo. Es extraño cómo la inseguridad y el miedo tienen tanto poder sobre mí.

—Tienes razón —admito en voz baja. Mi corazón late con fuerza y cierro los ojos. Por años, vislumbré un mundo en el que mi abuelo finalmente estuviera orgulloso de mí, en el que estuviera en la cima de mi industria y a la cabeza de los mejores desarrollos hoteleros. ¿Por qué dejé que mi visión se perdiera incluso por un momento?

—Siempre tengo razón —replica Lily con una risita—. Si esta noche dudas, recuerda mis palabras: eres magia pura, Celeste. No dejes que nadie te diga lo contrario; especialmente alguien como Zane.

Le devuelvo la sonrisa, mi cuerpo se relaja al sentir que mi confianza regresa. Quisiera que Lily pudiera venir conmigo esta noche. Preferiría mil veces ir con ella que con mi abuelo.

—Está bien, puedo hacerlo —digo con firmeza—. Entraré a ese salón como si fuera mío. —Los ojos de Lily se llenan de orgullo mientras acaricia con dulzura mi cabello.

—Esa es mi chica —añade—. Ve con todo. Cautívalos y róbale el mercado a Zane. Si alguien puede hacerlo, eres tú.

Sonrío para mis adentros y me veo en el espejo, con una confianza renovada.

—Sí puedo —susurro, más para mí que para Lily, pero ella asiente con la cabeza de todas formas.

—Sí puedes y lo harás.

Observo mi maquillaje perfecto y mi expresión serena. Ya no soy la niña tímida que solía ser. La mujer que me mira desde el espejo no es la que se fue hace cinco años y Zane Windsor está a punto de descubrirlo a la mala.

Dos

Zane

—Tengo previsto recaudar por lo menos un millón en fondos de beneficencia esta noche. ¿Cómo vamos hasta ahora, Valentina? —le pregunta uno de mis hermanos, Luca, a su secretaria.

Ella revisa las cuentas que lleva, yo asiento distraído mientras me meto a la boca mi caramelo de menta favorito, sin poder concentrarme en la conversación. La gala anual de recaudación de fondos toma mucho trabajo y, normalmente, disfruto viendo los resultados del esfuerzo que hacemos mis hermanos y yo para que suceda, pero hoy no.

—¿Zane? —me llama Val, algo exasperada. Volteo hacia ella, me carcome la culpa al darme cuenta de que ha estado tratando de llamar mi atención por un rato. Me estudia detenidamente y las comisuras de sus labios rojos se elevan en una sonrisa burlona—. ¿Por qué se te van los ojos hacia la entrada? ¿Esperas a alguien?

Abro la boca para negar su acusación, pero las excusas se evaporan de inmediato en mi lengua. Val me conoce muy bien. Pronto se convirtió en alguien tan querida para mí como lo es mi propia hermana. No hay forma alguna de que pueda verla a los ojos y mentirle.

—Olvidé contarte —respondo, evitando su pregunta—, voy a subastar una estadía en el próximo hotel que adquiera. Dejaré que alguien disfrute del hotel entero por una semana con todo pagado, antes de la gran inauguración.

Val entrecierra los ojos, se da cuenta de que mi repentino donativo es un intento de desviarla de mi rastro, pero, por suerte, lo deja ir.

—Fantástico —dice sonriéndome en complicidad—. Agregaré eso al catálogo. ¿Tienes alguna fecha específica en mente?

—Sí, va a tener que ser…

Maldición. El aire se escapa de mis pulmones, dejándome aturdido mientras observo hechizado hacia la entrada. Todos los pensamientos se disuelven hasta que no queda nada más que ella: mi Celeste.

Está de vuelta. Por fin.

La observo con avidez. Mi mirada recorre sus hermosos ojos, sus deliciosos labios y su largo y oscuro cabello rizado. ¿Cómo diablos se puso todavía más bonita durante el tiempo que estuvo lejos?

Mis ojos recorren su figura con impaciencia, como si no pudiera verla lo suficiente, pero tampoco detenerme a disfrutar la experiencia. La forma en que ese largo vestido negro se adhiere a su cuerpo es casi un pecado e, inmediatamente, desarrollo una relación de amor y odio con ese escote que resalta sus curvas a la perfección.

—Celeste Harrison —puntualiza Val con un tono bromista pero amistoso. Volteo hacia ella forzando una expresión neutra en mi rostro, aunque su mirada indica que no lo logré.

—No la he visto en mucho tiempo —añade Luca frunciendo el ceño—. Fue a la universidad en Londres, ¿verdad? ¿Cuánto tiempo estuvo lejos? ¿Tres años?

Cinco años, dos meses y doce días, de hecho.

—¿Y yo qué voy a saber? —mascullo. Luca suelta una risita al ver que me paso una mano por el cabello, revelando mi agitación.

—Está bien —dice con una amplia sonrisa en el rostro.

—¿Qué está haciendo? —pregunta Val.

Sigo la dirección de su mirada y veo a Celeste revisando a escondidas la marca de nuestras copas de cristal, y reprimo una sonrisa. Sus intentos de ser discreta solo la hacen ver más sospechosa; como era de esperarse, varios de nuestros guardias de seguridad se empiezan a acercar a ella. Su abuelo, el CEO de Harrison Developments y uno de nuestros mayores competidores, ni siquiera se da cuenta; está de espaldas a ella, demasiado ocupado hablando con sus conocidos.

—Qué carajo… —murmuro, pese a que una chispa de emoción recorre mi espalda. Esta es la excusa perfecta para acercarme a ella sin levantar más sospechas en Luca y Val—. No han pasado ni tres minutos y ya está causando problemas. —Escucho la risa de Val detrás de mí al acercarme hacia Celeste. Mi corazón late con locura.

Hago un gesto a los guardias para que se retiren. Entretanto, Celeste sigue sin darse cuenta de su presencia. ¿Cómo puede ser tan descuidada con sus alrededores?

—Si querías husmear por ahí, podías simplemente haber reservado una *suite* para la noche, arguyendo que no quieres beber y manejar después a casa, ¿sabes? Sinceramente, si hubieras dicho que no tenías ganas de irte a tu casa después de la fiesta, tomando en cuenta que hay cuartos listos aquí mismo, te hubiera creído. Y por tratarse de ti, solo te habría cobrado el triple.

Su actitud relajada desaparece, dando lugar a ese frío resentimiento que reserva exclusivamente para mí.

—Zane —dice con desdén.

Le sonrío y por un segundo, me pregunto cómo reaccionaría si supiera que la forma en la que dice mi nombre me pone duro al instante. Lo ha hecho por años. ¿Su cara se sonrojaría del coraje? ¿O su respiración se aceleraría como lo hace justo antes de gritarme?

—Celeste...

Aprieta los dientes. Hago mi mejor esfuerzo para no sonreír mientras tomo su copa y se la entrego a uno de los meseros.

—No me da confianza que la tengas en la mano. Parecía que te la ibas a robar.

—¿Robármela? —repite, noto que su ira crece. Es algo tan bonito de presenciar—. ¿Te parece que luzco como una ratera?

—No, Celeste —respondo y mi corazón se acelera—, luces jodidamente espectacular esta noche.

Sus ojos se agrandan, me doy cuenta de que mis palabras la tomaron por sorpresa. Siempre me ha encantado la forma en que su mirada se oscurece cuando la hago enojar, pero creo que esto me gusta aún más: la forma en que se entreabren sus labios, el desprecio que siente por mí evaporándose brevemente... Sí, esto es intoxicante.

—Muy gracioso —contesta finalmente, con esa expresión recelosa de nuevo en su rostro. Por un momento, estoy seguro de que percibo una ligera decepción en su semblante, como si se hubiera traicionado al creer en mis palabras, aunque solo fuera por un instante.

Le ofrezco mi mano y la observa confundida.

—¿Qué? —le pregunto con un tono provocador—. ¿Se te olvidó cómo bailar? Lo hiciste muy bien en el baile de graduación.

—Por supuesto que recuerdo cómo bailar —objeta. Sus mejillas están hermosamente rojas—. Solo no quiero bailar contigo.

No logro evitar sonreír. ¿La mención del baile de graduación la puso nerviosa? ¿El recuerdo de esa noche hace que su corazón lata como lo hace el mío?

—Ah, ¿en serio? Creo que vi a Tommy viniendo hacia acá, pero supongo que no necesitas mi ayuda —miento. Tommy, que la ha pretendido toda la vida, no tiene permitido entrar a ninguno de mis hoteles, pero ella no necesita saber eso.

—¿Qué? —Celeste se apresura a poner su mano sobre la mía mientras voltea a nuestro alrededor.

Asiento solemnemente y la jalo hacia la pista de baile.

—Voy a cubrirte, pero me debes una.

Mis brazos rodean su cintura y ella sube sus manos por mi pecho hasta rodear mi cuello. Es irreal lo perfecto que su figura se ajusta a la mía, no puedo resistir acercarla a mí más de lo necesario.

Alza una ceja y me observa mientras la guío despacio durante el baile; mi cuerpo balanceándose junto al suyo con cada movimiento. Es un ritmo suave, pero enciende mi alma en llamas. La tengo tan cerca, pero no lo suficiente. La forma en que su cuerpo se siente contra el mío es embriagadora y, maldición, necesito más de ella.

—Realmente te ves preciosa esta noche, Celeste —susurro, las palabras salen de mis labios antes de darme cuenta.

Abre los ojos de par en par y resopla.

—Quizá la mayoría de las mujeres en tu vida aprecian tus mentiras blancas o intentos de seducción, pero yo no. Se te olvida que presencié el desfile de chicas que tuviste en la preparatoria. Sé exactamente cuál es tu ideal de belleza y estoy muy consciente de que no encajo en él. Deja de jugar conmigo.

Pongo la palma de una mano sobre su espalda baja y lentamente deslizo la otra hacia arriba hasta que la tengo metida entre su largo cabello.

—¿Qué tuve? —repito y una pizca de enojo se manifiesta en mi voz—. Y yo aquí pensando que tú me conocías mejor que nadie. Nunca he llamado mía a nadie.

Su expresión desarmada contenta mi corazón y sonrío al sentir que se tropieza ligeramente, lo que me da la oportunidad de acercarla un poco más a mí.

—Sigues siendo tan torpe como eres hermosa —susurro en su oído.

Me sostiene la mirada y entreabre sus labios al sentir que aprieto con más fuerza su cabello, incapaz de reprimir mi necesidad de ella. Estoy atrapado en su mirada y me siento más vulnerable que nunca. He escondido mi vida entera lo que siento por ella, pero los años que estuvo lejos de mí derrumbaron mis defensas.

Coloca una de sus manos sobre mi pecho y miro de reojo el esmalte amarillo de sus uñas.

—¿Cómo se llama? —pregunto sin pensarlo, revelando involuntariamente mi obsesión por ella.

—Disculpa, ¿de qué hablas? —responde con la respiración entrecortada y parpadea confundida.

Sonrío y aprieto el puño, sujetando más fuerte su cabello.

—El esmalte de uñas. ¿Qué color te pusiste hoy, Celeste?

Sus hermosos ojos se llenan de incredulidad y la forma en que me mira no hace más que estremecer mi erección.

—¿C-cómo sabes de eso?

Sonrío mientras bajo mi mano por su espalda solo un poco más antes de jalarla con firmeza hacia mí, haciendo que sienta cómo me afecta su presencia. Mis labios rozan su oreja cuando me inclino hacia ella.

—Te he observado desde siempre, Celeste. ¿Cómo podría no saber?

Al enderezarme, su expresión se nota agitada y sus mejillas están completamente sonrojadas. Nunca la he visto tan hermosa.

—Dime. ¿Cómo se llama ese esmalte?

Se muerde el labio por un momento y luego sonríe.

—I Just Can't Cope-acabana.

Se me escapa una carcajada, atrayendo las miradas curiosas de las personas a nuestro alrededor. Ella me sonríe.

—No puedes, ¿eh? ¿Con qué? ¿Con estar de regreso? ¿O verme?

—Sigues siendo igual de creído que siempre —asevera, pero esta vez no hay malicia en sus palabras—. Mi mundo no gira alrededor de ti, Zane.

—Ah, ¿no te caché tratando de robarte una de mis copas? ¿Porque no tienes ningún interés en la forma en que administro este hotel?

Me fulmina con la mirada y me empuja como advertencia.

—¡No estaba tratando de robarme nada!

—Lo dejaré pasar si admites una cosa. Admite que me extrañaste.

Celeste pone los ojos en blanco, así que empiezo a masajear suavemente su nuca. Necesito tocarla de la forma más íntima como sea posible.

—A diferencia de ti, yo no tengo el hábito de mentir y eso es exactamente lo que estaría haciendo si dijera que te extrañé, Zane. —Le sonrío a pesar de su tono mordaz. Adoro que me esté dando toda su atención—. Estar lejos de ti fue lo mejor de mi tiempo en Londres. No tener que ver tu cara engreída me trajo más dicha de la que podrías imaginarte.

—Es una pena —susurro, incapaz de dejar de mirarla—. Porque te extrañé, mi hermosa Celestial. Extrañé la suave exhalación que sale de tus labios cuando te hago enojar, la forma en que tus ojos centellean cuando te gano en algo, la manera en que me desafías a ser mejor.

—¿De eso se trata? —inquiere con voz vacilante y su vulnerabilidad sale a la vista—. ¿Esto es otro juego para ti, Zane? ¿Otra competencia?

La forma en que me mira a los ojos, sin una pizca de la timidez que su hermosa alma siempre ocultó, es un verdadero deleite.

—Quizá.

—Pues no ganarás esta vez.

—Todavía ni siquiera sabes a qué estamos jugando —refuto.

Se alza de hombros y mueve las caderas con sutileza, arrancándome un gemido suave y profundo.

—Tengo una idea, Zane. No vas a llevarme a tu cama. Nunca te voy a desear.

Sonrío y mi pecho vibra con cada latido.

—Eso no fue lo que dijiste al venirte en mis dedos la noche del baile de graduación, mi dulce diosa.

—Eso fue un error —replica y da un paso hacia atrás, sus ojos destellan vergüenza y rabia—. Uno que nunca volveré a cometer, Zane. Ni en mis peores pesadillas.

Me duele escuchar que se arrepiente de la noche que ha significado todo para mí; sin embargo, le sonrío de vuelta, como ella espera.

—Será muy emotivo recordar estas palabras la próxima vez que tenga mi pene bien adentro de ti, Celeste. Cuando te tenga al borde del orgasmo, con mi nombre en tus labios, haré que te comas tus palabras antes de que me ruegues por más. Y lo harás. Me rogarás justo como lo hiciste esa noche.

Me fulmina con la mirada, pero el odio que veo en sus ojos… está teñido de un deseo puro y genuino. Tiene razón en decir que estamos jugando, como siempre lo hemos hecho. Lo que mi hermosa Celeste no ha entendido todavía es que esta vez estoy determinado a ganar para siempre.

Tres

Celeste

—Llegas tarde —dice mi abuelo en cuanto entro a mi oficina; me tenso enseguida, sorprendida de encontrarlo recargado en mi escritorio. Su expresión desaprobatoria me impide moverme por unos segundos, lo que exacerba su enojo.

—Son cinco para las siete —le respondo comprobando mi reloj.

En cuanto las palabras salen de mi boca me arrepiento, pero es demasiado tarde. Mi abuelo entrecierra los ojos y cruza los brazos.

—Esperaba más de mi sucesora, Celeste. Siempre he sido el primero en llegar a la oficina y tú también deberías serlo.

Respiro profundo y le sonrío amablemente, en vez de decirle lo que pienso: que de hecho, sí soy la primera persona en la oficina, aparte de él.

—Entendido —respondo, intentando con todas mis fuerzas sonar más animada—. Mañana llegaré más temprano.

Mi abuelo asiente con la cabeza dando la impresión de estar satisfecho y señala mi silla para que me siente. Me sorprende que no se haya sentado en mi escritorio al encontrarlo vacío. Hubiera preferido eso a que estuviera esperándome de pie. Mi abuelo siempre ha sido un hombre intimidante, aunque nada me hubiera preparado para su intensidad en este momento.

—Dime qué aprendiste en la gala de los Windsor —demanda mientras me siento—. ¿Descubriste algo notable sobre el hotel?

La sangre me sube a la cara cuando pienso en Zane. Me aclaro la garganta en un esfuerzo por despejar mi cabeza.

—Como era de esperarse, su nuevo hotel es absolutamente lujoso en todos los aspectos y detalles. Analicé todos los elementos que pude y los resultados fueron… insatisfactorios. Por lo que pude observar, gran parte de su éxito se debe a una cuestión de sinergia. La mayoría de sus ubicaciones las selecciona minuciosamente Windsor Real Estate antes de pasarlas a Windsor Hotels para su desarrollo. Además, sus equipos y aparatos electrónicos, desde los elevadores hasta las cortinas automáticas, se diseñan en Windsor Motors. Esas son solo algunas de las cosas que fabrican internamente. Sus colaboraciones con otras marcas no tienen precedentes. Cualquier marca que se considere de lujo ya tiene un contrato de colaboración exclusivo con los Windsor, por lo que no estarían dispuestos a ponerlo en riesgo. Y esto incluye hasta la crema para manos que ofrecen en los baños del hotel.

Los ojos de mi abuelo destellan furiosos. Respiro hondo, preparándome para otro sermón.

—No me estás diciendo nada que no sepa, Celeste. No necesito que identifiques el problema, necesito que lo soluciones. Yo te hubiera podido decir todo lo que me acabas de explicar —Mi abuelo se endereza y me mira decepcionado—. Estoy cansado de que los Windsor nos ganen, estoy harto de que me humillen debido a tu incapacidad para ser mejor que ese joven Windsor. Tal vez mis expectativas fueron demasiado altas, considerando que ni siquiera podías obtener mejores calificaciones que las de él cuando estaban en la escuela.

El resentimiento en su voz me hiere hondo, me resulta imposible no sentirme completamente abatida.

—Apenas he estado en este puesto unas semanas —señalo—. Dame un poco más de tiempo para desarrollar un plan. Tengo fe en que podremos incrementar nuestras ganancias de este año al menos un treinta por ciento. Un crecimiento de ese calibre nos pone a la par de Windsor Hotels en tres años. El Bellevue Inn podría ser una fantástica oportunidad para nosotros.

Pasé semanas analizando nuestras oportunidades de inversión y me decidí por una pequeña posada victoriana que puede convertirse en un lujoso hotel *boutique:* el Bellevue. Mi propuesta es casi perfecta y, si todo sale bien, mi abuelo quizá empiece a confiar más en mí.

Da un resoplido, haciendo evidente su incredulidad.

—Lo creeré cuando lo vea. Año tras año has sido la número dos y la distancia entre ese chico Windsor y tú solo parece agrandarse con el tiempo, al igual que el valor de nuestras empresas. Zane Windsor empezó a trabajar hace años, mientras que tú andabas merodeando en Inglaterra. —Mi abuelo aparta la mirada irritado—. Suficiente tengo con que tu padre haya decidido desperdiciar su educación para convertirse en escritor, para colmo. Además, si Archer no hubiera sido igual de terco, cuando menos ya estaríamos al nivel de ellos.

Sin darme cuenta, me abrazo a mí misma para protegerme de las palabras de mi abuelo, pero no funciona. Me duelen porque me recuerdan que no soy su primera opción, ni siquiera la segunda. Una parte de mí quiere decirle que estoy haciendo lo mejor que puedo y que debería por lo menos reconocer eso, pero años de comparaciones con mi hermano y Zane me enseñaron a no hacerlo.

—Esfuérzate más, Celeste. Con la cantidad de tiempo que has pasado en esa posada, será mejor que finalices la adquisición cuanto antes. Es un proyecto sencillo, por eso lo escogiste, ¿no es así? No somos una empresa pequeña; sin embargo, no hay nada de malo con elegir proyectos simples ocasionalmente, siempre y cuando sean redituables. Necesitas pensar en grande si algún día quieres tener la oportunidad de ganarle a Windsor Hotels.

Asiento con cautela y él da un paso hacia la puerta de mi oficina.

—¡Abuelo! —lo llamo con voz temblorosa, revelando mi nerviosismo.

Voltea a verme por encima del hombro y dudo por un momento, insegura de cómo articular la petición que quiero hacerle.

—Con respecto a la solicitud de empleo de Lily —comienzo a decir, noto que aprieta la mandíbula y sus ojos centellean enojados.

—Hice una excepción contigo porque eres mi nieta, Celeste. Mi compañía no es un área de juegos. Tu amiga puede mandar su solicitud como lo hacen el resto de personas. Si es lo suficientemente buena para trabajar aquí, será contratada por los canales correspondientes —explica, como si no conociera a Lily de años, como si no fuéramos mejores amigas desde que teníamos doce años. Necesitas aprender a separar tu vida privada de tu trabajo, eres una Harrison. La gente va a intentar usarte a diestra y siniestra si se lo permites. Eres demasiado débil. Tienes que trabajar en eso.

Lo veo salir y asiento con la cabeza. Muerdo la punta de la pluma fuente que mi hermano me compró cuando cumplí veintiún años, deseando haber hecho lo mismo que él: renunciar a la propuesta del abuelo de heredar su compañía.

En ese momento, no entendí por qué Archer me dijo que trabajar para el abuelo significaba perderlo, pero ahora lo comprendo. El abuelo siempre ha sido severo e implacable, pero recientemente casi no lo reconozco. Si Archer sabía que no podía cumplir con sus expectativas, ¿qué esperanzas tengo yo?

Desde que tengo memoria, he sido una desilusión para el abuelo, debido a Zane Windsor. Siempre he tenido la mala suerte de quedar en las mismas clases que él y, sin importar lo duro que lo intente, mi mejor esfuerzo equivale a lo mínimo que él puede hacer. Históricamente, Zane siempre ha disfrutado vencerme y ahora podrá experimentarlo nuevamente, solo que a una escala mucho mayor.

Me giro en la silla de mi escritorio y veo por la ventana; mis pensamientos regresan a la gala. ¿A qué está jugando? Es obvio que está determinado a jugar conmigo como solía hacerlo, pero está loco si piensa que voy a caer como antes. Muerdo la pluma más fuerte mientras sus palabras resuenan en mi cabeza: «Cuando te tenga al borde del orgasmo, con mi nombre en tus labios, haré que te comas tus palabras antes de que me ruegues por más. Y lo harás. Me rogarás justo como lo hiciste esa noche».

Saco la pluma de mi boca y aprieto los dientes por la humillación que siento al recordar la noche de graduación. Por unas horas, me permití estar tan ciega como las chicas que todo el tiempo lo rodean, esas a las que juré que nunca me iba a parecer. Aquella noche fue una decisión tonta de la cual me arrepentiré mientras viva.

Apoyo la cabeza en la silla y exhalo nerviosa, atormentada por mi propia mente. Debería enfocarme en la propuesta que estoy desarrollando, pero en vez de eso, recuerdo la forma en que me miró cuando le dije que esa noche había sido un error. Se veía dolido, aunque fuera solo por un momento. ¿Acaso esa mirada de la semana pasada fue la misma que puso cuando le dije que fingiera como si nunca hubiera pasado nada? Mis recuerdos son borrosos, empañados por el odio. Siempre me ha hecho esto: desbordar mis pensamientos, aunque en general por razones completamente diferentes.

Regreso la pluma a su soporte con cuidado antes de reordenar mis papeles. Quizá este era su plan, distraerme lo suficiente para evitar que me enfocara en la adquisición por la que estamos compitiendo.

No me extrañaría.

Cuatro

Celeste

—Creo que me echaron una maldición —le digo a Lily en cuanto entro a la cocina. Ella aparta la mirada de su computadora y se levanta del banco de la barra para abrazarme. No se sorprende de que haya entrado en su casa sin tocar la puerta.

—¿En serio? —pregunta, sin lograr esconder una sonrisa divertida.

Asiento con la cabeza y saco de mi bolsa una botella de su vino rosado favorito. Alza una ceja cuando se lo doy y, lejos de cuestionarme, me sirve una copa muy generosa, tal como me gusta.

—Sip —prosigo—. Definitivamente una maldición. De lo contrario, ¿cómo podrías explicar el hecho de que Zane Windsor, multimillonario heredero de Windsor Hotels, esté interesado en la posada victoriana por la que pasé semanas escribiendo una propuesta? No le había dicho a nadie, ni siquiera mi abuelo lo sabía hasta ayer. No puedo tener tan mala suerte. Es una maldición, estoy segura.

Lily se ataca de risa. La miro con los ojos entrecerrados mientras me impulso para sentarme sobre la barra de su cocina, mis piernas quedan colgando.

—¡Es en serio! Ya de por sí era un mal presagio que el primer evento de trabajo al que asisto fuera la gala anual de los Windsor. ¿Y ahora esto?

—Celeste, nadie te echó una maldición. Al contrario, eres una de las personas más suertudas que conozco. Si Zane está interesado en ese proyecto, probablemente se debe a que encontraste una oportunidad de inversión verdaderamente buena y él piensa lo mismo. Es muy extraño lo sincronizadas que siempre están sus mentes. Si un día dejaran de competir y mejor colaboraran, te apuesto a que podrían hacer verdaderos milagros. Como erradicar el hambre o algo así.

Una ola de indignación me invade el cuerpo solo de pensar en trabajar con Zane y debe notarse en mi rostro, porque Lily alza las manos y añade:

—Era solo una idea, una terrible idea que descartaré inmediatamente.

—Más te vale. La idea era que este proyecto fuera un nuevo comienzo para mí, una forma de demostrarle al abuelo que no se equivocó al contratarme. Se suponía que fuera un triunfo sencillo, pero se ha convertido en otra forma más para que Zane pueda humillarme. No hay manera de que pueda ganar esta compra si él tiene los ojos puestos en la posada. —Me paso una mano por el cabello y suspiro frustrada—. Sabía que trabajar para mi abuelo sería difícil, pero subestimé lo duro que es competir contra Zane otra vez. ¿Cómo se supone que le gane a Windsor Hotels? Es verdad que ostentamos el segundo lugar, pero la brecha que nos separa de ellos se siente insuperable.

Lily exhala y me llena de nuevo la copa.

—No tienes que superar esa distancia de inmediato, Celeste. Despacio y con constancia es la única forma de ganar, ¿cierto? Sé que tu terquedad no te dejará admitirlo, pero que hayas escogido un proyecto en el que él también está interesado quiere decir que tienen la misma visión, y en realidad eso es lo único que ha diferenciado Harrison Developments de Windsor Hotels.

Quiero protestar, pero me detiene con una de sus expresiones típicas: cejas arqueadas y una mirada regañona.

—Los demás factores no son tan importantes como crees. Sus alianzas actuales no durarán para siempre y, cuando los contratos se venzan, podrás ofrecerles un mejor trato. Lo sé, es difícil ganarle al apellido Windsor, pero no subestimes el prestigio de la marca que tu familia ha construido. Quizá tome tiempo, pero no hay razón para considerar que no pueden superar a Windsor Hotels. No cualquier persona podría hacerlo, es verdad, pero tú sí lo harás. —Me acomoda un rizo detrás de la oreja y sonríe—. Esto no se trata de calificaciones, Celeste. Cuando se trata de gestionar relaciones y establecer contactos, siempre has sido mejor que Zane. Él se apoya en el nombre de su familia y su dinero, pero tú no. Usa eso a tu favor. Puede que odies al tipo, pero nadie lo conoce tan bien como tú. Nadie, además de ti, puede predecir sus movimientos, así que usa cada recuerdo horrible que te ha dejado y conviértelo en tu artillería.

Parpadeo, con miles de pensamientos arremolinados.

—Por eso te necesito —admito con voz suave—. Contigo a mi lado, tal vez podría lograrlo. Podríamos enfrentarnos juntas a Windsor Hotels y Zane no tendría oportunidad.

Sonríe, pero esto no se refleja en sus ojos.

—Sobre el trabajo —murmura vacilante—. Hay algo que quería comentarte.

Mi respiración se detiene y se me hace un nudo en el estómago.

—¿Qué pasó? —pregunto, deseando en silencio que mis sospechas no sean ciertas.

—En la mañana me llegó un correo de Harrison Developments. No me aceptaron.

Mi corazón se acongoja y me invade la decepción. ¿Mi abuelo habrá tenido algo que ver con esto? Apenas ayer le mencioné la solicitud de Lily.

—No importa —aclara Lily, esforzándose por sonreír—. Sabía que esto podría pasar, entonces he estado mandando solicitudes a otras compañías también. No es el fin del mundo. Encontraré algo, todo saldrá bien.

Me agarro al borde de la barra de la cocina, con el desencanto convirtiéndose en enojo. ¿Cómo pudo hacerme esto el abuelo? Sabe que Lily es mi mejor amiga; desde hace años, me ha oído hablar de nuestros planes de revolucionar la industria juntas.

—Voy a hablar con…

—No —Lily me interrumpe—. La relación con tu abuelo ya es bastante tensa en este momento. Sacar el tema solo empeorará las cosas. Sé que tus papás también hablaron con él al respecto y no sirvió de nada. Está bien, Celeste, en serio. Yo también tengo una licenciatura y una maestría de una de las mejores universidades del mundo. Eventualmente, encontraré el trabajo correcto.

—¿Cómo puedes estar tan tranquila con esto? —inquiero con la garganta hecha un nudo—. Se suponía que íbamos a subir a la cima juntas, tenemos ese plan desde que éramos niñas.

Lily toma mi mano y la pone entre las suyas.

—Lo vamos a hacer. Este es solo el inicio de nuestras carreras, bebé. Un día vamos a trabajar juntas, lo sé. Además, de esta forma no cuestionaré cada ascenso que obtenga, ni me aislarán mis compañeros de trabajo por miedo de hacer enojar a la mejor amiga de la jefa. Aprenderé habilidades nuevas y traeré todo ese conocimiento a Harrison Developments en unos años. Sé que no es el camino que habíamos imaginado, pero tarde o temprano lo conseguiremos, ¿está bien?

Aprieto los dientes y reprimo mis ganas de discutir, sabiendo que no va a llevarnos a ningún lado. Está claro que ella ya hizo las paces con la noticia, por lo que no habrá forma de hacerla cambiar de opinión porque ha tomado una decisión.

—¿A dónde más has mandado solicitudes? ¿Ya recibiste alguna oferta? —pregunto, intentando por todos mis medios no sonar molesta.

La expresión de Lily cambia.

—Prácticamente a todas las empresas grandes, aunque todavía no recibo ofertas.

La miro con el ceño fruncido.

—Estás ocultándome algo.

Suspira y sus ojos revelan culpa.

—Está bien —dice perdiendo la entereza—. Han rechazado todas las solicitudes que he enviado porque en todos lados piden experiencia laboral para un puesto de entrada, lo que es ridículo. No hicimos pasantías cuando estábamos en Londres y pues, bueno, pienso que debimos haberlo hecho.

La impotencia me deja sin voz al entender lo que esto significa. Las dos confiábamos en que trabajaríamos para Harrison Developments y no consideramos hacer pasantías; preferimos enfocarnos en sacar buenas calificaciones.

Mis pensamientos se aceleran mientras considero las opciones de Lily.

—Y mandaste... ¿Mandaste solicitud a Windsor Hotels?

La mirada de desagrado que me lanza responde a mi pregunta antes que sus palabras.

—Nunca trabajaría ahí —responde—. Ese saco de basura humana te hostigó durante años en la escuela. No hay forma de que me convirtiera en una de sus hormigas obreras que generan dinero para sus ya de por sí retacados bolsillos.

Intento contener una carcajada, pero no lo logro del todo y se me escapa una risita.

—¿Saco de basura humana? Pensé que me habías dicho que usara todo lo que sé de Zane a mi favor, que nuestras mentes están tan sincronizadas que podríamos combatir el hambre si algún día trabajáramos juntos…

Me mira un poco avergonzada y se peina con una mano el largo cabello rubio.

—Sí, bueno… en fin.

Niego con la cabeza divertida y me esfuerzo por poner una expresión seria.

—Lil, en serio, odio reconocerlo, pero son los más grandes, los mejores. Su programa de capacitación se caracteriza por lo integral que es y no piden experiencia previa. Además, siempre nos hemos preguntado exactamente cuál es la ventaja que tiene Windsor Hotels que no tiene Harrison Developments. De esta forma, podemos descubrirlo. Todo lo que aprendas, lo traerás aquí una vez que te unas a mi equipo en un par de años.

No parece muy convencida, pero, por fortuna, ya no tiene la expresión de desagrado que puso antes.

—Solo manda tu solicitud —murmuro—. Es una compañía tan grande que es probable que ni veas a Zane. Honestamente, ¿cuándo se nos volverá a presentar la oportunidad de aprender sobre Windsor Hotels desde adentro?

Lily entorna los ojos, pero su sonrisa es tan traviesa como la mía.

—Celeste Harrison, ¿estás insinuando que quieres que me convierta en tu espía?

Me encojo de hombros.

—Solo estoy sugiriendo que tanto tú como yo sigamos tu consejo. Esta es una situación desafortunada que podemos transformar en una oportunidad.

Ella suspira.

—Me han rechazado de ocho compañías diferentes en el lapso de unas semanas. No hay forma de que Windsor Hotels me contrate, incluso si envío mi solicitud.

—Lo harán.

Quizá tenga que hacer un pacto con el diablo para lograrlo, pero, de una u otra forma, voy a conseguirle ese trabajo.

Cinco

Celeste

Al llegar a la reunión de adquisición para la que me preparé durante semanas, mi cuerpo se tensa nervioso pues Zane está en plan de amigos con Jonathan Cavalier, el actual dueño de la posada que ambos queremos comprar.

Ambos hombres voltean a verme cuando entro. La dulce sonrisa que Zane me muestra solo me desalienta más. Lo veo en su lenguaje corporal. Perdí esta negociación incluso antes de haber podido exponer mi propuesta, solo porque él es un Windsor.

Un resentimiento arraigado en lo más profundo de mi ser aflora en mi estómago, pese a mis esfuerzos por contenerlo. ¿Por qué le interesa este negocio en particular? El Bellevue no es lo suficientemente grande para estar en su radar y estoy segura de que hay proyectos con mejores rendimientos disponibles para él.

—Celeste —dice Zane levantándose, le da la vuelta a la mesa de conferencias y me acerca una silla. Alzo una ceja y su sonrisa se vuelve pícara, retadora. De espaldas a Jonathan, me muestra sus verdaderas intenciones. Su mirada recorre mi cuerpo lentamente; entrecierro los ojos, rehusándome a entrar en su juego. En vez de eso, le ofrezco una sonrisa fingida antes de extenderle la mano a Jonathan, cuya atención sigue por completo en la espalda de Zane. ¿Cómo se supone que compita con el asombro en los ojos de ese hombre?

—Señorita Harrison —dice con tono amigable—, Zane Windsor me ha hablado muy bien de usted. Parece que mi posada estará en buenas manos sin importar a quien elija el día de hoy.

—Por supuesto que lo estará —coincido sinceramente. Quizá no me agrade Zane, pero es un hombre de negocios magnífico y confiable. A diferencia de otros corporativos, Windsor Hotels no adquieren hoteles para destruir su historia y reemplazarla con algo moderno. Por eso competir con él es más difícil, podré odiarlo como persona, pero lo respeto como hotelero.

—¿Por qué no empezamos con Zane Windsor? —dice Jonathan volviéndose a sentar. Apenas logro esconder mi sorpresa, seguramente ya descartó el resto de propuestas y solo llegamos a este punto Zane y yo. Jonathan es un tipo algo excéntrico, insistió en tener una reunión presencial con los finalistas en lugar de reuniones por separado. Es poco convencional, pero entiendo por qué lo prefiere así. Compartir ideas de esta forma al final del día beneficia su visión.

Zane se coloca frente a la pantalla del proyector, se muestra serio como siempre que presentábamos algún examen en la escuela. Verlo así, con ese porte, hacía que el corazón me diera un vuelco, aún lo hace, aunque nunca lo hubiera admitido en ese entonces. Hay algo irresistible en ver cómo se desvanece el bufón para dar lugar al Zane real ante a mis ojos.

—La rica historia de esta posada es su mayor riqueza, algo que protegería a cualquier costo —señala; me inclino hacia adelante ligeramente, intrigada por escuchar sus planes. Pasa a la siguiente diapositiva: se ve el hotel completamente restaurado a su gloria victoriana. Se me escapa el alma, pues es exactamente como yo lo había imaginado. Tenemos la misma idea, pero él tiene un presupuesto mucho más alto para hacerla realidad.

Me invade una sensación de incomodidad y aprieto la mandíbula mientras me reclino en mi asiento, al ver que tiene una propuesta contra la cual no puedo competir. Zane se ajusta la corbata entre diapositivas y mis ojos recorren su cuerpo. El traje azul marino de tres piezas resalta sus hombros y, por un pecaminoso momento, me acuerdo de cómo se sentía su pecho contra el mío al bailar.

Siento cómo sube el calor a mis mejillas y me envuelven recuerdos de nosotros dos, así que desvío la mirada hacia otro lado. La forma en que me besó cuando teníamos dieciocho años, mi labio inferior entre sus dientes… cómo abrió mis piernas y lamió sus labios, desesperado por probarme. De alguna manera, sospecho que esa noche palidecería en comparación a estar con él ahora. Lo odio, pero sabe cómo usar su cuerpo.

Nuestras miradas se cruzan y su intensidad me atrapa.

—Yo la trataré con el cariño y el honor que se merece —concluye su presentación—. Esta posada debe permanecer como una *boutique,* un lugar donde se celebra el amor y se crean recuerdos invaluables.

Jonathan, la visión que tú has tenido para este lugar es la que yo me encargaría de preservar.

Jonathan se nota emocionado y no lo culpo. Zane exuda sinceridad e integridad, lo conocen por esas cualidades. Yo soy la única a la que nunca le ha demostrado esos atributos, la única que sabe lo que hay adentro de ese exterior respetable. Bajo la mirada hacia el esmalte que me puse anoche, un naranja vivo que se llama Not Stopping Me Now; respiro profundo, dejo que esa idea me fortalezca y aliente al levantarme.

Podría argumentar que una posada como el Bellevue nunca estará por completo a salvo en manos de una corporación, pero eso no sería verdad, especialmente tratándose de Zane Windsor. Para ser justa, nuestra compañía no es mucho más pequeña que la suya. Me siento tentada a mentir, pero no voy a rebajarme. Si gano este trato, lo haré de forma limpia y honesta.

Así que, en vez de reconsiderar, daré la presentación como la preparé. La que contiene todos los detalles que, seguramente, Jonathan hubiera querido ver en la propuesta de Zane. Las restauraciones específicas que tengo en mente, el plan de mercadotecnia, las renovaciones esenciales. Lo veo en sus ojos, si Zane no hubiera estado aquí, ya me lo habría ganado.

Si tan solo pudiera competir con el presupuesto de los Windsor. Él hará una oferta tan alta que Jonathan no podrá negarse, sobre todo después de escuchar que no planea destruir su legado. Zane estará bien con una ganancia moderada, pero yo no. No podré ofrecer lo mismo que él.

Siento un nudo en la boca del estómago al finalizar mi presentación. Jonathan nos da las gracias a ambos. Ya puedo escuchar las palabras severas de mi abuelo. Sabía que competir con Zane sería complicado, pero subestimé el dolor que sentiría, lo desesperanzada que me hace sentir.

—Les escribo el lunes —nos promete Jonathan a ambos, sus ojos no se despegan de Zane. Le doy la mano en automático y le agradezco por su tiempo, con el corazón entristecido. Semanas. Pasé semanas trabajando en esta propuesta, rehusándome a rendirme, pese a que mi abuelo me dijo que no tenía sentido hacer una oferta si Zane estaba interesado en la posada. Debí haberlo sabido. Crecí tanto durante el tiempo que estuve lejos, pero aquí, en este momento, me siento como la misma adolescente que vivió a la sombra de Zane.

Mi sonrisa se desvanece en cuanto se cierra tras de mí la puerta de la sala de conferencias. Puede que este sea el recordatorio que necesitaba. Ya no estamos en la escuela, donde el terreno era más parejo. Intentar adquirir proyectos en los que Zane está interesado es apostar por el fracaso. Debí haber cambiado de objetivo en el instante en que supe que él quería hacer una oferta, en vez de desperdiciar tanto tiempo.

Escucho que la puerta se abre atrás de mí, me asomo por encima de mi hombro y veo que Zane me sigue con una mirada inusualmente preocupada.

—¡Celeste! —Su tono hace que algo oscuro y necesitado emerja dentro de mí. Aprieto el paso hacia el elevador con la esperanza de escapar de él, sabiendo que no lo lograré.

Seis
Zane

Celeste abandona la sala de conferencias, así que me apresuro detrás de ella con un dejo de preocupación desconcentrándome. Se ve desanimada y la forma en que me miró me recordó todas las veces que, sin querer, la lastimé en la prepa, siempre que intentaba llamar su atención.

Sé lo que debe estar pensando, que otra vez quiero contrariarla al elegir este proyecto en específico. Si le dijera que a mí también me sorprendió cuando me enteré de que nuestros planes coincidían, ¿me creería? No lo sé, pero no permitiré que esto nos divida.

—¡Celeste! —le grito, pero no se detiene, ni siquiera voltea. Al contrario, acelera el paso y atraviesa las puertas del elevador que se cierran antes de que pueda detenerlas. Maldición.

Miro hacia la puerta de emergencias. Tomo la decisión en una fracción de segundo. Antes de ser consciente de lo que estoy haciendo, ya estoy a medio camino. He esperado años por una oportunidad para estar con ella, así que no esperaré un segundo más. No voy a dejar que mi torpe comportamiento se interponga entre nosotros como en el pasado.

Llego a la planta baja antes que el elevador, con la respiración entrecortada. Las puertas se abren y Celeste, sorprendida, se congela al dar el paso. Se ve tan hermosa en ese vestido negro y su cabello alborotado enmarcando su rostro; siento la tentación de agarrarlo fuerte y nunca soltarlo.

Su expresión se endurece, me ignora y se encamina a la salida del edificio. Sonrío y la alcanzo.

—¿Qué crees que estás haciendo? —me cuestiona con un tono de fastidio.

—Camino hacia mi coche —le respondo despreocupado—. Lo estacioné justo al lado del tuyo.

Voltea y me dirige una mirada exasperada, lo que me hace soltar una risita y enciende mi corazón. Prefiero esto a la indiferencia que emanaba cuando salió de la sala de conferencias.

—Me encantó tu presentación —comento. Mi elogio es genuino—. Tu atención a los detalles es incomparable.

Algo cambia en su expresión. La derrota que refleja su precioso rostro me desgarra. Aparta la mirada y acelera el paso, buscando claramente alejarse de mí.

—Oye —murmuro. A unos pasos de su coche, la tomo de la muñeca mientras la jalo para detenernos un momento—. ¿Qué pasa?

Levanta la cara, pero rehúye mi mirada; en cambio, mira sobre mi hombro y suspira suavemente.

—No pasa nada —miente, como si no me diera cuenta de la tensión en sus hombros, o la forma en que a la mitad de su exposición pareció perder la fe en su proyecto y se apagó el fuego habitual de sus ojos.

La acerco más y llevo su muñeca a mi pecho.

—¿Esto es por la adquisición? La posada será tuya, Celeste. Tu visión es parecida a la mía, pero tu plan de mercadotecnia fue mejor.

Ella entrecierra los ojos y jala el brazo para soltarse.

—Lo sabremos el lunes —subraya y su voz es mucho más desesperanzada de lo que quisiera escuchar en ella. La observo mientras trata de fingir una sonrisa, pero solo logra inquietarme.

Debería alegrarme que esté esforzándose por actuar profesional conmigo, aunque siento que la distancia entre nosotros es más grande que nunca. Quiero a la chica que tuve en mis brazos la noche de graduación, la que se apareció por un momento en la gala del mes pasado.

—No es solo la propuesta, ¿verdad? —pregunto con voz suave. Doy un paso hacia ella, pero retrocede y me mira sorprendida—. Te pasa algo más. Lo sé por la forma en que levantas tu ceja izquierda y tus pupilas se dilatan un poquito, lo que hace que tus ojos se vean más oscuros y hermosos todavía. Solo te vez así cuando estás en verdad molesta; algo tan simple como esta propuesta no puede ser la razón. ¿Qué pasa?

Se me queda viendo con los ojos muy abiertos, desconcertada.

—No entiendo —dice con voz vacilante—. ¿Por qué te importa?

Suspiro y me peino el cabello con una mano para evitar tocarla.

—Siempre me ha importado.

—Pues has tenido una forma muy peculiar de demostrarlo —responde y su voz delata el dolor que siente.

No puedo evitar apartarme, sintiendo una punzada de vergüenza.

—Lo siento tanto, Celeste, de verdad. Ser joven no es excusa, sé que a menudo llevé nuestra rivalidad demasiado lejos, pero eso no significa que no apreciara tu intelecto. Nunca nadie me ha retado como tú lo haces y anhelaba tener la oportunidad de competir de nuevo contigo desde que te fuiste. Pensé que tal vez tú sentirías lo mismo. Después de la otra noche, pensé…

Sus labios se entreabren y sus mejillas se ruborizan con tal belleza… Es tan increíblemente hermosa que es una locura.

—Pensé que habíamos acordado olvidar lo que pasó —murmura mirando a los alrededores como si tuviera miedo de que nos encontraran juntos.

—No recuerdo haber accedido a esa demanda tuya en específico, mi dulce Celestial. ¿Cómo podría olvidar mi primera vez?

Me sujeto la nuca y aparto la mirada mientras el calor me sube al rostro. No planeaba decir eso, pero, como siempre, ella me transforma, me hace sentir fuera de control.

—Tú… ¿también eras virgen? —susurra, sin ocultar su extrañeza.

—¿No era obvio? Fuiste mi primera vez y me arruinaste para todas las demás.

Respira profundo completamente desarmada.

—Pero los rumores en la escuela, además yo te vi.

—¿Sí? ¿Qué viste, Celeste? Viste a un montón de chicas intentando llamar mi atención, pero ¿acaso le tomé la mano a alguna de ellas? ¿O me has visto besar a alguien más que no seas tú?

Me mira fijamente y me es imposible no sonreír. La abrazo y, esta vez, me deja hacerlo. Envuelvo mi dedo índice con uno de sus rizos y tomo su rostro con la otra mano, mi tacto demuestra mi devoción hacia ella.

—Lo siento de verdad, Celeste. Era un niño muy malcriado y no me daba cuenta de lo hirientes que podían ser mis acciones. Si pidiera un alto al fuego, ¿me lo concederías? No te pido que me perdones, Celestial. Solo te pido una oportunidad.

Alza una ceja y su respiración se nota más agitada que antes. ¿También siente lo que hay entre nosotros?

—¿Una oportunidad? —repite sin sonar muy convencida.

Digo que sí con la cabeza y una expresión solemne en el rostro.

—Una oportunidad para ser amigos y dejar el pasado atrás. No voy a mentir diciéndote que no disfrutaré competir contigo en el trabajo, pero no será como antes. Ambos hemos madurado en los últimos años. Dame la ocasión para mostrarte el hombre en el que me he convertido. Quién sabe… quizá te guste lo que descubras.

—N-no sé qué decirte. Es cierto que ambos hemos madurado bastante desde la prepa; sin embargo, eso no significa que las heridas hayan sanado. Algunas de las cosas que hiciste y dijiste cuando éramos niños me lastimaron profundamente.

—Di que sí —susurro—. Por favor.

Celeste estudia mi cara, dudando de mi sinceridad. No puedo culparla por desconfiar de mí. Me gané esto a pulso.

—Una oportunidad —musita inclinando apenas la cabeza, accediendo.

—Gracias. —Paso el dorso de mis dedos por su mejilla y siento mi pecho vibrar con cada latido—. Entonces… ¿Me vas a decir qué te pasa? ¿Fue algo que hice? No me digas que es por la propuesta. Te conozco desde que teníamos tres años. Sé que no es eso.

Separa los labios como si estuviera a punto de negar mi afirmación, pero parece arrepentirse.

—¿No te vas a burlar de mí? —pregunta con una voz frágil. Me duele percatarme de que la he lastimado tantas veces que genuinamente piensa que me mofaría de ella.

Me acerco más a ella y tomo su cara con ambas manos, mirándola a los ojos.

—Nunca más, Celestial.

Su mirada se aviva y estoy seguro de que recuerda la primera vez que la llamé así: mi diosa, mi Celestial. Me asegura que quiere olvidar lo que pasó, pero por la forma en que me mira me hace pensar que se miente a ella misma tanto como me miente a mí.

—Yo… quería pedirte un favor. Sé que me va a costar y está bien; probablemente, querrás que te devuelva el favor si es que aceptas escucharme…

—Sí —le respondo apresuradamente, interrumpiendo sus crecientes divagaciones.

Arquea las cejas y en sus labios se forma una leve sonrisa.

—Ni siquiera sabes lo que voy a pedirte.

Me alzo de hombros.

—Nunca me pedirías algo descabellado, así que sea lo que sea, considéralo hecho.

Baja la mirada y toma la solapa de mi traje, agarrándola con fuerza. ¿Se da cuenta de lo íntimo de nuestro contacto? La forma en que sostengo su cara, sus dedos aferrándose a la tela de mi traje… no es posible que yo sea el único que lo siente. Celeste jura que me odia, pero no se da cuenta de que, al hacerlo, su atención ha estado en mí tanto como la mía en ella.

Respira profundo, intentando contenerse. Me le quedo viendo impaciente por saber qué la orilla a dejar su orgullo de lado para pedirme un favor.

—¿Te… te acuerdas de Lily?

Me quedo inexpresivo, el nombre me es familiar.

Suspira, suelta mi traje y con sus dedos me toma de las muñecas como si fuera a alejar mis manos, pero no lo hace.

—Es mi mejor amiga. Lily fue a la prepa con nosotros, pero no compartíamos muchas clases.

Frunzo el ceño tratando de recordar. Cuando se trata de Celeste, siempre he tenido una visión de túnel; si ella está en el cuarto, no tengo ojos para nadie más. Así ha sido desde que teníamos diez años. Solo me tomó seis años más entender la razón.

—Ya. Es como de tu altura, con cabello castaño, ¿cierto?

Se me queda viendo incrédula.

—Mmm… no. Es rubia y mucho más alta que yo.

Algo en sus ojos impide concentrarme en sus palabras. Lo único que quiero saber es por qué me vio de esa manera, complacida, como si me estuviera dejando entrar.

—Perdón, solo tengo ojos para ti. Recuerdo a una chica que siempre estaba contigo en el receso. ¿Te refieres a ella?

Abre todavía más los ojos y baja su mirada a mis labios. Maldita sea. ¿Tiene idea de lo que me hace? Si se acerca un poco más, no seré capaz de ocultarlo.

—No lo dices en serio —dice vacilante—. ¿A qué estás jugando, Zane? Si me hieres otra vez como en la prepa, nunca te lo voy a perdonar.

Con la respiración entrecortada, miro sus hermosos ojos.

—Yo mismo nunca me perdonaría volver a lastimarte, Celeste. Me prometiste una oportunidad hace unos instantes, ¿no es así? Te demostraré que he cambiado. Pídeme el favor y, sin importar lo que sea, lo haré.

Se ve insegura, dudando de si puede confiar en mí. Es evidente que lo que sea que quiere pedirme es importante para ella.

—Mi abuelo rechazó la solicitud de empleo de Lily porque piensa que soy demasiado débil y no podré separar mi vida laboral de la personal. —Su mirada suplicante me acelera el pulso—. De hecho, envió su solicitud a Windsor Hotels y, pues, quería preguntarte si podrías considerar contratarla.

—¿Eso es todo? —pregunto sorprendido.

—Sé que es un favor muy grande, pero estaría muy agradecida contigo si lo hicieras. Y sí, la idea cruzó por mi mente, Lily y yo bromeamos al respecto, pero no se trata de espionaje para obtener información confidencial de Windsor Hotels.

Esto último me hace reír. Le acomodo gentilmente un mechón de cabello detrás de la oreja.

—Si quieres información privilegiada, solo tienes que preguntarme. Hay una buena probabilidad de que te responda.

Celeste se me queda viendo intentando descifrarme, no la culpo. Solo le he mostrado al adolescente idiota que solía ser, no está acostumbrada al hombre en quien me he convertido. Aún no.

—Te concederé otro favor a cambio —me dice, permitiendo que sus palabras escapen bruscamente de sus labios. Está claro que en los breves segundos en los que accedí a su petición ella se había convencido de que le diría que no.

—Voy a emplear a tu amiga, Celeste. Normalmente no me involucro en el proceso de contrataciones, pero me aseguraré de que la acepten. Mándame su currículum al rato para reenviárselo a Recursos Humanos.

Renuente, retrocedo un paso para sacar mi tarjeta de presentación. Se la ofrezco y ella se le queda viendo antes de voltear a mirarme de nuevo.

—Estaba preparada para seguir odiándote —confiesa—. Pero lo estás haciendo muy difícil.

—Bien —le digo—. Porque odio es lo último que quiero que sientas cuando pienses en mí.

Abre la boca para decir algo pero cambia de opinión y niega con la cabeza.

—Si la contratas, no le vas a dar un trato injusto, ¿verdad? Incluso si una pequeña parte de ti todavía me resiente, ¿podrías, por favor, no desquitarte con Lily?

Me duele saber que desconfía de mí, sabiendo que fui yo quien sembró la duda.

—Te lo prometo, Celeste. No solo la voy a contratar, me aseguraré de que la traten de forma justa.

—Necesito más que solo una promesa —demanda con un tono serio. Parece que no está dispuesta a dejar al azar el destino de su amiga. Es raro que me ponga celoso de esta chica a la que apenas recuerdo. ¿Qué tengo que hacer para inspirar este nivel de lealtad en Celeste?

Tomo su mano y la levanto lentamente, sin apartar mi mirada de la suya mientras giro su palma hacia mí y beso con gentileza el interior de su muñeca, cerrando los ojos por un instante.

—Entonces que sea un juramento —susurro—. Te juro que voy a cuidar bien de tu amiga. ¿Qué tal así?

Su cara se sonroja bellamente y toca su brazo de forma nerviosa. Es jodidamente hermosa.

—G-gracias, Zane.

—Haré cualquier cosa por ti —afirmo con el corazón en la mano. De seguro piensa que solo estoy coqueteándole, haciendo mi parte en este nuevo juego entre nosotros, pero ¿qué diría si supiera que es la única a la que he tratado así en mi vida?

Siete

Celeste

Mi humor se ensombrece al caminar por el bosque que divide la propiedad del papá de Lily de la nuestra. Llego a la pequeña cabaña que está justo en el límite; no me sorprende ver las luces encendidas. Sabía que estaría aquí hoy: el aniversario de la muerte de su mamá.

—¿Lily?

Alza la mirada de la mesita de la esquina y cierra su diario cuando entro. Tiene los ojos llenos de lágrimas; aunque se las secara, sus ojos rojos no la dejarían mentir.

—¡Celeste! —exclama.

Abro los brazos y ella viene hacia mí, los sollozos hacen temblar su cuerpo. La abrazo con fuerza y la guío al sillón, indecisa acerca de qué decir o hacer. Su papá construyó esta cabaña para ella hace años y, desde entonces, ha sido nuestra base secreta. Venimos aquí cuando necesitamos un respiro del mundo y, cada año, la encuentro aquí en este día. Lily nunca me pide la ayuda que necesita, siempre ha preferido sufrir en silencio. Quisiera que no fuera así. No obstante nuestra larga amistad, siento que está convencida de que es una carga para mí; hoy, más que cualquier otro día, me gustaría que se apoyara en mí como yo lo hago en ella.

—N-no te había dicho esto, pero —tartamudea— murió en la cárcel. John.

La sujeto aún más fuerte mientras proceso la noticia, una sensación de profunda injusticia se aloja en mi garganta y la tristeza llena mis ojos de lágrimas.

—N-ni siquiera cumplió t-toda su sentencia. No merecía morir tan pronto. T-todavía no. Solo… yo… yo nunca debí decirle. Lo vi anoche en mis sueños y recordé cómo me agradeció cuando le di nuestra nueva dirección.

Me muerdo el labio pensando en la primera vez que me contó de su mamá. Cómo fue brutalmente asesinada por su amante al tratar de dejarlo para darle otra oportunidad a su matrimonio.

Todavía recuerdo lo atormentada que estaba Lily cuando me contó que fue ella quien encontró a su mamá. Tenía apenas once años y acababa de llegar de la escuela, molesta porque su mamá no había pasado por ella a la estación de autobús como lo hacía habitualmente.

—Tú no sabías —le recordé—. No sabías que habían terminado y tu mamá jamás te dijo que debías mantenerlo en secreto. Incluso si lo hubiera hecho, no sería tu culpa, Lily. Eras una niña, además confiabas en él.

Esconde su rostro en mi cuello, abrazándome fuerte, como si tuviera miedo de desmoronarse si no se sujetara de mí. La abrazo tan fuerte como puedo, rezando para que me escuche y crea en mis palabras.

Cuando se mudó aquí poco después de perder a su mamá, tenía pesadillas horribles y le costaba trabajo hacer amigos. Si no hubiéramos sido vecinas quizá nunca se hubiera abierto conmigo tampoco, todavía es bastante reservada. Me pregunto si es por miedo a que la traicione alguien cercano a ella, como le pasó a su mamá. O, tal vez, teme perder a otra persona amada. No ayudó el hecho de que su papá se casó de nuevo, lo que solo la hizo sentir más sola. Esta cabaña se convirtió en el lugar en el que guardaría los recuerdos de su madre.

Hoy en día está mucho mejor, pero, cada aniversario luctuoso de su mamá, siempre la atormentan las pesadillas y la culpa amenaza con consumirla. No sé cómo aliviar su dolor, pero haría cualquier cosa por quitárselo. Ella siempre ha estado para mí y siento que no logro corresponderle.

—Solo quisiera que estuviera aquí —confiesa; se me rompe el corazón.

—Yo también —susurro—. Ella estaría muy orgullosa de ti, Lily. Eres la persona más inteligente y generosa que conozco; además heredaste su belleza, ¿lo sabías? No tengo duda de que eres todo lo que siempre deseó que fueras y más.

Lily trata de respirar profundo, pero los sollozos se lo impiden.

—N-ni siquiera puedo c-conseguir un trabajo, Celeste. Ella estaría t-tan decepcionada. Me siento perdida, odio sentirme así.

La alejo para verla a los ojos y negar con la cabeza.

—Vas a conseguir algo, Lil —le aseguro y mi mente regresa a Zane. Me ha herido y decepcionado muchas veces, pero, si me concede este favor, lo perdonaré por todo el pasado.

Mi estómago da un vuelco al rogar en silencio, a él y al universo. Solo quiero que Lily tenga el respiro que merece y me destroza pensar que podría no ser yo quien se lo ofrezca.

—Dale un poco más de tiempo, el puesto correcto llegará a ti, estoy segura. Eres brillante y la persona más trabajadora que conozco. Cualquier compañía tendría suerte de tenerte en su equipo.

Han pasado dos semanas desde que le pedí a Zane que la contratara y, día tras día, me convenzo más de que debería rogarle de la forma en la que él probablemente quiere que lo haga. ¿Haría alguna diferencia? Ya no puedo leerlo como antes. Ese día estando con él en el estacionamiento, me convenció de que ya no es el mismo chico con el que crecí. Espero que sea cierto.

Lily me mira a los ojos buscando una chispa de esperanza.

—No sé qué haría sin ti —susurra—. No tienes idea de lo agradecida que estoy de tenerte en mi vida, Celeste. Me salvaste y ni siquiera lo sabes.

Le sonrío contenta al ver que su tristeza se desvanece un poco.

—Tú también me salvaste, Lily. Para eso estamos, ¿no? Somos el salvavidas una de la otra.

Lily me ha consolado un sinnúmero de veces cada vez que Zane hizo o dijo algo que me lastimó profundamente. Estuvo ahí cuando mi hermano se fue de la casa y la consecuente decisión de mi abuelo de desheredarlo. La casa se convirtió en un campo de batalla. Nada de lo que yo he experimentado se compara con lo que ella vivió y, aun así, nunca me ha hecho sentir que mi dolor no es real o que no merezco atención.

Lily asiente y suspira, su respiración comienza a estabilizarse.

—Mi mamá te hubiera adorado. Probablemente tanto como tu mamá me quiere.

Por lo regular, discutiría con ella sobre quién es la favorita de mi mamá, a menudo parece que es Lily, pero hoy la dejaré ganar.

—Creo que yo también la hubiera adorado. Amo todas las historias que me has contado de ella.

Lily se levanta y camina hacia la mesa para tomar la foto de su mamá que guarda en su diario.

—Intento concentrarme en los buenos recuerdos, pero cuando cierro los ojos en la noche, la veo en esa cama tal como la encontré. Dios mío, Celeste. ¿Crees que me culpe?

—No. Ella te amaba más que a nadie en el mundo. Si él no la hubiera encontrado en ese momento, la hubiera encontrado de otra forma. Apenas tenías once años, Lily. Eras una niña.

Se me queda viendo, quiere convencerse de mis palabras, pero no lo logra. Tomo su mano.

—Cuéntame otra vez la historia del día en que tu mamá intentó hacer helado casero, pero la receta terminó con la llegada de los bomberos. —Es una anécdota que me contó cuando teníamos trece años, una de las pocas veces en que la he visto reír al hablar de su madre.

Su expresión se relaja.

—Hace mucho que no pensaba en eso. Mi mamá no sabía cocinar para nada, era una locura. Tenía un corazón de oro y las mejores intenciones, pero de una forma u otra, ingrediente que tocaba se convertía en algo incomible. Ni el pan tostado le quedaba bien. ¿Te conté la vez que quiso hacerme waffles en forma de osito y creó un monstruo que parecía sacado de mis peores pesadillas? Era realmente horrible, pero ella estaba muy orgullosa de su creación, así que hice mi mejor esfuerzo por tragarme la mezcolanza que había preparado.

Sonrío y me reclino en el respaldo, escuchando las mejores anécdotas de su niñez, lo bueno opacando lo malo. Ella siempre logra este mismo efecto conmigo, me guía suavemente en la dirección correcta cuando mis pensamientos van por mal camino. Me da tanto gusto hacer lo mismo por ella esta vez.

Ocho

Celeste

La ansiedad me consume cuando llego al enorme desarrollo inmobiliario que mi abuelo me ordenó adquirir. A él no le interesaba la compra del Bellevue, pero se puso furioso cuando Zane lo ganó. De repente, ya era un activo que debió ser nuestro y, desde entonces, me lo ha estado reprochando. Cada que puede, me recuerda la cantidad de tiempo que pasé trabajando en esa posada para que todo resultara en nada, que soy incapaz de competir contra Zane aunque tengo una mejor educación. El abuelo no tiene nada de fe en mí.

Tengo miedo de volver a decepcionarlo, creo que no podré seguir aguantando sus comentarios desdeñosos. Cuando supe que Zane estaba interesado en el Chateau Chiara, casi me retracto, renuente a vivir otra vez el tormento de competir contra él. Si tan solo mi abuelo no se hubiera enterado de que Zane también quería el Chateau...

En cuanto se enteró, hizo de nuestra misión adueñarnos de este desarrollo, convencido de que debe ser una buena inversión si Zane lo quiere. Duele que valore más las decisiones de inversión de Zane que las mías. Cuando le dije de este proyecto al principio, prácticamente me ignoró, dijo que sería un despilfarro de dinero.

Mi teléfono suena, veo el nombre de Lily en la pantalla antes de aceptar la llamada.

—¡Celeste! —exclama emocionada—. ¡Me dieron el puesto! —Se ríe mientras yo ahogo un gritito—. ¡Sí! ¿Puedes creerlo? Tuve que pasar por seis rondas de entrevistas, pero lo logré.

Mi humor mejora de inmediato y siento el corazón lleno de gratitud y alegría.

—¡Te lo dije! —le digo—. Sabía que lo conseguirías. Eres brillante, Lil. Por supuesto que te iban a dar el puesto.

—Y tenías razón. No vi a Zane ni una sola vez. No estaba segura de querer emplearme en los Hoteles Windsor, pero creo que está bien.

—Estarás bien y lo harás de maravilla —le aseguro, aunque me siento un poco decepcionada. Sé que no es así, pero siento como si estuviera perdiendo otra vez contra Zane. Lily debería estar trabajando conmigo y odio el hecho de que en vez de eso trabajará en Windsor Hotels, que no es cualquier lugar.

—No te entretengo más —señala—. Estás a punto de entrar a una reunión de adquisición, ¿no? Te va a ir muy bien, Celeste. Lo sé.

—Eso espero. Te marco saliendo, tengo un buen presentimiento. —Lily me desea suerte y su emoción me contagia un poco. Es ridículo, lo sé, pero ahora Zane tiene a su disposición a una de las mejores diseñadoras de interiores que conozco y se me hace injusto. Todo porque mi abuelo fue muy estúpido al rechazar la solicitud de Lily. Espera que compita contra Zane y, al mismo tiempo, se interpuso en la que pudo haber sido nuestra mejor contratación.

Suspiro al salir del auto y me detengo en seco cuando veo a Zane recargado en el suyo, estacionado justo frente a mí. Sonríe. Mi corazón se salta un latido al notar la forma en que sostiene su saco y cómo las mangas de su camisa, arremangadas hasta los codos, dejan al descubierto sus antebrazos. Mi corazón late más rápido que antes. Todo él me irrita, pero su característica más fastidiosa es lo increíblemente guapo que es, a pesar de su podrida personalidad.

Zane se aparta de su auto y camina hacia mí con paso seguro, sin desviar la mirada de mí. Hay algo desconcertante en ser el centro de su atención. Por años, fue lo peor que me pudo pasar, pero ahora ya no estoy tan segura.

—Celeste —me llama, sus ojos brillan de una forma que me hipnotiza—. Hoy no estás lanzando fuego por la boca solo de verme, así que asumo que recibiste las buenas noticias.

Levanto una ceja y asiento con la cabeza.

—No pensé que cumplirías tu palabra.

Mi cuerpo entero se tensa cuando se acerca y toma mi muñeca con una mano. Sonríe levantándola entre nosotros, acariciando con su pulgar el lugar donde siente mi pulso.

—Hice un juramento, ¿no? Podré ser muchas cosas, Celeste, pero no un mentiroso.

Lo miro a los ojos y la sangre me sube a la cara cuando reposa nuestras manos sobre su pecho. Siento el calor de su cuerpo a través de la delgada tela de su camisa y algo cálido y anhelante me recorre, haciendo que quiera acercarme más a él. La forma en que me mira... como esa noche entre las rosas, cuando me recostó y dijo que era su diosa.

Giro mi muñeca y extiendo mis dedos sobre su pecho sin pensarlo. Baja su mirada hacia mi mano y siento su corazón latiendo sin cesar contra mi palma, en sincronía con el mío.

—¿Este cómo se llama? —pregunta, apretando mi muñeca. Miro de reojo mi esmalte de uñas violeta, reprimo una sonrisa tratando de soltar mi mano, pero no me deja—. Ah, seguro es un nombre bueno a juzgar por la mirada en tus ojos. Dime.

Abro la boca solo para cerrarla de inmediato. Un dejo de diversión flota entre nosotros mientras sujeto la tela de su camisa. Por la forma en que sostiene mi muñeca, mis uñas se clavan en su pecho, lo que me recuerda cómo lo toqué hace cinco años. La mirada de Zane se oscurece y sus ojos se dirigen a mis labios por un momento.

—You Are Such a BudaPest —susurro e intento no sonreír—. Zane se ríe y el sonido me inunda, despertando en todo mi cuerpo un deleite absoluto.

—¿Ah sí? —murmura, acercándose a mí. Me quedo quieta y su cuerpo roza contra el mío, su cara mira hacia abajo mientras la mía ve hacia arriba para encontrarla—. Este es para mí, ¿verdad? ¿Compraste este pensando en mí, Celestial? ¿Te lo pusiste para mí?

Quisiera negarlo, pero ambos sabemos que estaría mintiendo. La mirada de Zane viaja a mis labios e inhala tembloroso.

—Sigo en tu mente, ¿eh? Me preocupaba que te olvidaras de mí cuando estuviste lejos, que me hubieras dejado en el pasado.

La fragilidad en su expresión me desconcierta, respiro profundo sin poder apartar la mirada. Debería moverme, no debería estar jugando a esto con él, pero me es imposible.

—Ojalá —musito; lo digo sinceramente.

Algo destella en sus ojos y su expresión se suaviza.

—¿Me creerías si te dijera que ya no quiero ser una alimaña?

—Entonces, dime, Zane, ¿por qué estás aquí? —lo interpelo, un poco vacilante—Esta es la segunda vez que encuentro una excelente oportunidad de inversión y resulta que tú también estás haciendo una oferta. No puede ser una coincidencia. ¿Me estás espiando? ¿Acaso intentas frustrar el crecimiento de Harrison Developments?

Zane suelta mi muñeca y veo un acento de frustración cruzar su rostro.

—Siempre vas a pensar lo peor de mí, ¿verdad?

Se aleja de mí y yo me abrazo a mí misma, incapaz de refutar sus palabras. Nunca había visto a Zane mirarme con tanto arrepentimiento. Al verlo, me pregunto en qué tipo de hombre se habrá convertido. He tenido que recordarme tantas veces que ya no soy la chica que era antes y, aun así, me cuesta trabajo creer que él también ha cambiado.

Zane suspira y saca su teléfono del bolsillo.

—Mira —me dice con voz suave. Doy un paso hacia él y reconozco a sus papás en la foto que me muestra, el hotel que está atrás de nosotros es el mismo que el de la foto—. Mi mamá amaba tanto este lugar que nos hospedábamos frecuentemente aquí, aunque no fuera una de nuestras propiedades. Mi abuela trató de comprarlo para ella, pero no querían venderlo en ese entonces. Tal vez es tonto, pero, cuando escuché que finalmente estaba a la venta, yo solo quise tenerlo. Deseo hacer realidad el sueño de mi madre, pese a que ella ya no esté aquí para disfrutarlo. Este lugar alberga tantos recuerdos familiares y pensar que se está quedando en ruinas… simplemente no puedo.

—Lo siento. Yo no… No sabía.

—Hay mucho que no sabes de mí, Celeste, ese es el problema, ¿no crees? Solo conoces lo peor de mí, porque es todo lo que te he mostrado. —Aleja la mirada y menea la cabeza. La impotencia que siente desfigura su hermoso rostro.

—Retiraré mi oferta si con eso logro que en verdad me des una oportunidad.

Me le quedo viendo sin entenderlo del todo. El hombre que está frente a mí es tan diferente al de mis recuerdos que ya no sé cuál es el verdadero. ¿Es posible que haya cambiado tanto? La sinceridad en sus ojos, ¿será real?

—Hay suficiente espacio en esta industria para ambos —comento sin dudarlo—. Puedes quedarte esta propiedad, Zane. —Bajo la mirada sintiendo el calor en mis mejillas—. De cualquier forma, no podría competir contigo si realmente quieres adquirirla.

Su risa nerviosa atrae mis ojos de vuelta hacia él y la incredulidad que veo me deja sin palabras.

—Podrías—. Es probable que seas la única persona en este mundo que puede competir conmigo y salir victoriosa.

Le sonrío, complacida con sus palabras.

—Entonces siéntete afortunado de que no lo haré. No esta vez.

Doy un paso hacia atrás y siento un vacío en el estómago cuando pienso en cómo voy a explicarle esto a mi abuelo. Tendré que contarle una verdad a medias, que los Windsor sobrevaluaron por mucho el hotel y que ofertar por encima de ellos resultaría en pérdidas absurdas.

Dudo, el corazón se me cae al piso al recordar las últimas semanas y los comentarios de mi abuelo. La última vez su ira se sintió tan inmerecida e injusta, pero esta vez... En esta ocasión yo estoy dejando ir una inversión a sabiendas de las consecuencias y es imposible que no me importe, no cuando Zane me mira como la diosa que proclama que soy para él.

Nueve

Zane

Mi mirada se detiene en los planes de restauración para el Bellevue y por primera vez, desde que heredé de mi abuela esta compañía, no siento la emoción de haber ganado.

Suspiro leyendo el presupuesto y mi mente continuamente regresa a Celeste. Pensé que durante los años que estuvo en el extranjero se apagaría la flama de mis sentimientos adolescentes por ella. Rezaba para no sentir nada cuando la viera otra vez, esperaba que lo que sentía por ella fuera solo un enamoramiento de adolescente. No pude haber estado más equivocado. Tenerla de nuevo en mi vida ha hecho que cada emoción reprimida salga a la superficie y me sienta más ávido de ella que cuando éramos más jóvenes.

Históricamente, la competencia entre nosotros fue muy tóxica. Mi comportamiento era cada vez más problemático mientras ambos nos rehusábamos a ceder, empecinados en ganarle al otro. ¿En qué momento la forma en que sus ojos centellean al superarme en algo empezaron a hacer que me diera un vuelco el corazón? ¿Cuándo comencé a fijarme en ella tan solo entrar a la habitación? ¿Cuándo fue la primera vez que todos mis pensamientos se desordenaron por el simple hecho de escuchar su risa?

Mis sentimientos por ella fueron creciendo poco a poco, al igual que nosotros. Me tomó años darme cuenta de que mi obsesión por ella no era simple rivalidad. Ya había cruzado esa línea mucho antes de que la recostara en el mirador de la casa de mi madre.

¿Cómo puedo lograr que Celeste me dé una oportunidad después de todo por lo que la he hecho pasar? ¿Me merezco siquiera una oportunidad? Una mujer como ella es demasiado buena para alguien como yo, pero, maldita sea, pensar que pudiera estar con alguien más me mata. La forma en que me miró cuando me la encontré en el Chateau Chiara me dio a entender que nada de lo que haga va a lograr borrar la impresión que se ha formado de mí; aunque, al mismo tiempo, se retractó de esa adquisición y lo hizo por mí. Antes jamás hubiera considerado hacerme un favor, sin importar mis súplicas o argumentos Eso tiene que significar algo, ¿no?

—¿Señor Windsor? —llama mi secretario.

Alzo la mirada y la encuentro sonriéndome nerviosamente. Al parecer lleva un rato tratando de llamar mi atención.

—Discúlpame, Mike —le digo, intentando que no se note que el traje morado que usa da pena ajena. No sé si lo hace a propósito, pero, en algún punto del año pasado, decidió renovar su clóset y reemplazo todos los trajes que tenía en perfectas condiciones por artículos horrendos que, estoy seguro, tienen como objetivo ofender. Sospecho que le da placer verme morderme la lengua.

Mike trae unos documentos en la mano.

—Es curioso —comenta—, lo seguido que te veo soñando despierto últimamente. Nunca te había visto así, ni una sola vez, en los cuatro años que llevamos trabajando juntos. Es igualmente curioso que este nuevo estado tuyo coincide con el ascenso de Celeste al lugar de su abuelo. ¿Estás preocupado de que la competencia nos rebase ahora que una mente brillante como la de ella se les ha unido?

Entrecierro los ojos mirándolo a modo de advertencia, pero él solo se ríe. Mike debe ser la única persona en la compañía que no me tiene miedo. Mi abuela lo eligió, pero ahora lo considero un amigo y un valioso miembro de mi equipo.

—No me preocupa en lo más mínimo. Sin duda nos rebasarán con ella a la cabeza, solo es cuestión de tiempo.

Por primera vez, desde que lo conozco, Mike pierde la compostura. Reprimo una sonrisa al ver sus ojos y su boca abrirse de indignación. Cuatro segundos, eso es lo que le toma acomodarse la horrible corbata de puntitos rosas y controlar su sorpresa. Se aclara la garganta y adquiere una expresión inquietantemente tranquila mientras me entrega los archivos que trajo.

—Bueno, espero que no sea así —admite ofendido, como si lo hubiera menospreciado—. Este es el equipo que seleccioné para el proyecto Bellevue.

Echo un vistazo a los nombres y recuerdo a alguien.

—Hay una chica que contratamos recientemente, se llama Lily. Inclúyela en el equipo.

—¿Lily? —repite Mike arqueando una ceja—. Ah, ¿Liliana? ¿La nueva diseñadora de interiores? Es bastante buena. La había contemplado para el equipo, pero pensé que no la aceptarías porque no tiene experiencia previa. Me sorprende que te sepas su nombre.

—Solo hay una forma de ganar experiencia —indico alzándome de hombros—, y este proyecto no es tan grande como para intimidar a una novata. —De hecho, Lily ha sido una excelente empleada hasta ahora, además es chistosa. Me recuerda un poco a Celeste cuando hablo con ella. Me da lástima pensar que hubiésemos podido ser amigos si no hubiera permitido que la rivalidad entre los Harrison y los Windsor se interpusiera—. El resto está aprobado —digo y le regreso los papeles.

Mike asienta con la cabeza y acomoda los documentos en mi escritorio mientras me lanza una mirada intrigada antes de retirarse. La puerta se cierra tras de él. Dudo por un momento antes de tomar mi celular.

Zane: Solo por curiosidad, ¿dirías que el buen comportamiento merece ser recompensado?

No dejo de mirar mi celular; el corazón me late acelerado mientras espero su respuesta. Me siento ridículo; instintivamente, me siento derecho en la silla. Por fin, mi teléfono vibra siete minutos más tarde. No creo haber apartado la vista de la pantalla ni un solo segundo.

Celestial: ¿Quién eres?

Mi corazón se rompe. He tenido este número desde que éramos niños y, además de mi familia, ella es de las pocas personas que lo tiene, o eso creía. ¿Borró mi número? ¿O lo perdió cuando cambió de teléfono? Sé que lo tiene, porque solía enviarle mensajes en clase para ver su expresión al ver mi nombre en la pantalla, creyéndose muy lista por guardarme en sus contactos como «InZano».

Zane: Ya que no sabes quién soy, parece que hay que hacer también la pregunta inversa: ¿debería castigarse el mal comportamiento? Espero que digas que sí, porque sospecho que disfrutaría mucho castigarte.

Miro los puntitos de texto aparecer y desaparecer, se forma lentamente una sonrisa en las comisuras de mis labios. Dios mío, todavía disfruto ponerla nerviosa. Quisiera verla en este momento, con la curiosidad brillando en sus ojos.

Celestial: Es en realidad un asunto de perspectiva, ¿no? En este caso, yo diría que me merezco una recompensa por haber borrado tu número, Zane.

Me muerdo los labios deseando fueran los suyos. Me vuelve loco.

Zane: Me impresiona que hayas descubierto quién soy tan rápido, una vez más, tu inteligencia no tiene precedentes. Por otro lado, no has respondido mi pregunta, mi dulce Celestial: ¿me recompensarás si soy bueno contigo?

Nuevamente, me quedo viendo como aparecen y desaparecen los puntitos de texto. Se me crispan los nervios al ver que pasa un minuto tras otro. Ya no aparece nada. ¿Acaso está ignorándome? Maldición.

Zane: Incluí a tu amiga en el equipo que estará a cargo del Bellevue. Estará en muy buenas manos y aprenderá mucho. Nada malo le va a pasar mientras trabaje para mí, lo prometo.

Mi corazón se detiene un momento esperando a que aparezcan los puntitos que indican que está escribiendo.

Celestial: ¿Qué vas a querer a cambio?

Me reclino en mi silla, me puso de buen humor, pese a que malinterpretó por completo mis mensajes. No le escribí para que me pagara el favor, sobre todo después de lo que hizo por mí: retirar su oferta del Chateau Chiara; sin embargo, no soy tan tonto como para desaprovechar una oportunidad así. Con ella, aprovecharé cada ocasión que se presente en el camino.

Diez

Celeste

Me siento tan inquieta al ver las grandes puertas de la mansión Windsor alzarse frente a mí. Estoy convencida de que esta es una artimaña concebida por Zane para humillarme, no sería la primera vez. Entre más me aproximo con el auto, más segura estoy de que me van a negar la entrada.

Ya me imagino cómo se burlarán de mí. Dios mío, hasta puedo ver el encabezado de *The Herald:* «Celeste Harrison intenta sin éxito allanar la mansión Windsor». ¿Qué estaba pensando? Aceptar una cena con él en su casa como pago por haber contratado a Lily… En cuanto lo propuso, debí suponer que algo no estaba bien.

Siento cómo la ansiedad empieza a apoderarse de mí y estoy por dar la vuelta cuando las grandes puertas se abren y alguien camina hacia mi auto. Casi se me sale el corazón cuando Zane abre la puerta del copiloto y se sube al coche.

—Celeste —dice poniéndose el cinturón, con un tono que nada tiene que ver con su malicia habitual, en lugar de eso, suena agradable.

—¿Q-qué estás haciendo?

Se recarga bien en el asiento y ladea la cabeza, una sonrisa relajada se dibuja en su rostro. Mi corazón comienza a latir más rápido y, sin querer, mis ojos recorren su cuerpo. Trae puestos unos pantalones de mezclilla y una playera negros. Se ve incluso más guapo que con sus trajes carísimos. La forma en que sus brazos estiran la tela de algodón hace que necesite mirar para otro lado. Siento mis mejillas enrojecidas.

—La mansión Windsor es grande —señala—. Me preocupaba que no encontraras mi casa.

Me muerdo un labio y el nerviosismo recorre mi piel.

—Si querías cenar, pudimos haber ido a cualquier otro lado. De entre todos los lugares, ¿por qué me pediste que viniera aquí?

No puedo sacudirme la sensación de que esto es una trampa. A pesar de nuestro pasado, Zane nunca me ha hecho sentir insegura en su presencia, pero la parte más racional tiene sus reservas. No le dije a nadie que vendría porque no sabía cómo explicarlo, ¿habrá sido un error?

—Da vuelta a la derecha al final de esta calle —me indica Zane, evadiendo mi pregunta. Su voz es suave, diferente. Lo miro de reojo y se ve un poco frustrado. Me descubre viéndolo y se voltea hacia la ventana.

Abro los ojos muchísimo ante la aparición de una estructura de vidrio que reconozco: el invernadero, si es que se le puede llamar así. Es prácticamente un palacio de cristal con cuartos conectados por jardines botánicos intrincados. Enfrente hay una mansión blanca que no estaba ahí hace tres años, pero no se ve fuera de lugar.

—Estaciónate ahí —dice Zane, apuntando a una hilera de lujosos autos frente a su casa—. Te guardé un lugar justo en la entrada para que no tengas que caminar mucho.

Hago lo que me dice, apago el motor y noto que mis manos están temblando. Para cuando tomo mi bolsa, Zane ya le dio la vuelta al coche y me abrió la puerta; su expresión es enigmática.

Ahogo un grito suave porque uno de mis tacones se enterró un poco en la grava, él pone su mano alrededor de mi hombro y suelta una risita. Lo miro y me siento aliviada de ver que está relajado otra vez. No sé por qué se veía como perdido en el coche, de alguna manera, sentí que era mi culpa. No había considerado que ahora él tiene más poder sobre mí que nunca; si lo hago enojar, podría fácilmente desquitarse con Lily.

—Sigues siendo igual de torpe, Celeste —murmura, sacándome de mis pensamientos.

—No es mi culpa que tu entrada esté horrible. De seguro no soy la primera mujer que se queja de esto.

Me quedo esperando a que me suelte, pero me sujeta más fuerte y me conduce hacia la puerta principal, con su brazo alrededor de mi cintura.

—Sí lo eres —responde.

Me toma un momento entender a qué se refiere y mi humor se ensombrece.

—Apuesto a que las otras mujeres son demasiado amables como para decirte lo que piensan. Esa grava debe haber arruinado un montón de zapatos carísimos. —Meneo la cabeza en desaprobación, lamentándome por las pérdidas de mujeres que ni conozco a causa de Zane.

Se ríe y se agacha, levantándome entre sus brazos sin esfuerzo.

—Celestial, si quieres que te cargue, solo tienes que decirlo.

Mis labios se abren del sobresalto mientras cruzamos, conmigo entre sus brazos, la distancia restante hacia la puerta de entrada.

—¡E-esto no es lo que quería decir!

Con cada paso, mi cuerpo se mece contra el suyo, la tela de su playera apenas oculta la fuerza de su abdomen y sus brazos. Me lleva como si no pesara nada, lo que me recuerda cómo me cargó hace todos esos años. Aquella vez me llevó cargando a través de sus jardines.

Su brazo se reacomoda bajo mi cuerpo mientras abre la puerta con un giro de su pulgar, pero no me baja al entrar, sino que me lleva hasta la cocina y me pone encima de una barra. Después se arrodilla frente a mí y toma dulcemente mi tobillo, girándolo para examinar mi zapato.

—Tienen un leve daño —comenta antes de voltear a verme—. Te voy a comprar unos nuevos, ¿está bien? Lamento lo de la grava.

Parpadeo sorprendida y veo como se levanta y dirige al fregadero para lavarse las manos.

—Estaba bromeando —le aseguro. Voltea a verme por encima del hombro y me lanza una sonrisa que me confunde.

—Yo no, así que te compraré unos zapatos nuevos.

Arqueo una ceja y frunzo el ceño.

—Preferiría que no lo hicieras. Me comprarías algo rarísimo solo para fastidiarme.

Zane se seca las manos y camina de regreso a mí, deteniéndose para que nuestros ojos queden a la misma altura.

—Ya no soy el adolescente fastidioso que dejaste, Celeste. —Coloca sus manos a mis costados y se acerca todavía más, su abdomen presiona mis rodillas.

—Decidí que la recompensa por cumplir mi promesa fuera que vinieras a cenar aquí hoy para poder disculparme como se debe.

Está tan cerca que puedo ver sus largas pestañas y sus labios que se sentían tan suaves sobre los míos. Zane se agarra fuerte de la barra de la cocina, atrayendo mi mirada a sus bíceps que se tensan y se me corta la respiración.

—¿Disculparte?

—Sí —responde con tono solemne. Mi corazón se detiene cuando se inclina hacia mí y pone su dedo índice debajo de mi barbilla.

—Lo siento, Celeste. Discúlpame por cada grosería que te hice y dije, cada vez que te molesté o te jugué una broma pesada. Por todo el tiempo que te hice sentir que eras menos que la mujer inteligente, hermosa, fuerte e increíble que eres. Perdóname por haberte lastimado cuando éramos niños y por llevar nuestra rivalidad demasiado lejos.

Se aleja y se pasa una mano por el cabello, un gesto familiar y extrañamente relajante, siempre lo hace cuando se siente frustrado. Me alegra que eso no haya cambiado. Por razones que no puedo descifrar, me complace poder leerlo aunque sea un poco. Después de todo, no estoy segura de conocer al hombre parado frente a mí. Pensaba que sí, pero continuamente me pregunto si no estoy equivocada. Parece haber madurado y cambiado en estos años, justo como yo lo hice.

—Gracias —respondo—. Por disculparte. No puedo decir que te perdono, Zane, porque de verdad me heriste más de lo que te imaginas. Pero ya no somos niños y, me guste o no, nos encontraremos mucho ambos trabajando en esta industria, por lo que es mejor que dejemos al pasado atrás y aprendamos a ser civilizados el uno con el otro. Hasta ahora lo hemos logrado; de cualquier manera, aprecio tus disculpas.

Levanta una ceja y un resoplido suave escapa de sus labios.

—Civilizados, ajá —repite entre dientes, otra vez desacomodando su cabello. Lo tiene un poco más largo, lo suficiente para poder agarrarlo y aferrarse a él. Me muerdo el labio, cegada por el recuerdo de mis dedos recorriendo su cabello mientras él besaba mi cuello y el aroma a pasto recién cortado invadiendo mis sentidos.

Zane voltea al sartén que está en la estufa, así que aprovecho el momento para estudiarlo. Siempre ha tenido un lado fuerte, en parte, debido a su apellido, pero, en aquel entonces, no emanaba de él como lo hace hoy. Si hubiera querido, podría haberme hecho la vida y el trabajo extremadamente difíciles, como solía hacerlo. De hecho, es lo que esperaba, pero ahora no sé qué pensar de él.

—¿Todavía odias las anchoas? —pregunta, sacándome de mi estupor.

Voltea sobre su hombro, su mirada emana un sentimiento que no logro definir.

—¿Cómo sabes que odio las anchoas?

—Tomaré eso como un sí —responde al mismo tiempo que pone la pasta a hervir—. En ese caso no usaré el aderezo César en la ensalada, tengo uno de miel y limón que creo que te va a gustar.

¿Cómo sabe un detalle tan específico sobre mí? Estoy segura de que ni siquiera Archer recuerda que odio las anchoas, y es mi hermano.

—¿Ayudo con algo? —pregunto, consciente de que solo me la he pasado viéndolo.

Él me mira y sonríe.

—Si quieres puedes prender las velas que están en la mesa.

Asiento, me bajo de la barra y camino hacia donde me indicó. Veo una mesa hermosamente decorada esperándome con muchísimas flores, algunas de las cuales no puedo identificar. Puso la mesa de modo que quedáramos sentados perpendicularmente, cada uno en un lado de la esquina de la mesa. Habrá menos distancia entre nosotros que si nos sentamos cada quien a un lado de la mesa. ¿Por qué querrá que nos sentemos tan cerca?

Once

Zane

Despegar mis ojos de su figura durante la cena fue todo un reto. La forma en que gimió al probar el ragú de cordero que le preparé me habría hecho hincarme si no hubiera estado sentado. ¿Qué diría si le comentara que pasé toda la semana perfeccionando ese platillo solo porque sé que es su favorito?

—Si no te hubiera visto cocinar, no te hubiera creído que tú lo hiciste —asegura bajando su tenedor, sus ojos brillan de satisfacción—. Es injusto, ¿sabes? Los hombres que se ven como tú no deberían cocinar así de rico.

Abro los ojos sorprendido y mi pulso se acelera. Le sonrío tímidamente.

—¿Los hombres que se ven como yo?

La sonrisa de Celeste se borra al darse cuenta de lo que acaba de decir. Sus mejillas se ruborizan de una manera hermosa.

—L-lo que quería decir era...

Me río.

—Me da gusto que me encuentres al menos un poco atractivo. Es un buen augurio para mis perversos planes.

Arquea una ceja, tiene un semblante juguetón.

—Veo que estás decidido en tu papel de villano. ¿Sí te das cuenta de que no eres un verdadero villano si no me cuentas tus planes a detalle mientras acaricias algún felino?

Contengo una carcajada y resisto la tentación de hacer un chiste sobre acariciar alguna parte de su cuerpo. En cambio, me inclino hacia ella, coloco el codo en la mesa apoyando mi barbilla sobre el puño.

—¿Ah sí, mi dulce Celestial? En ese caso, deberías saber que planeo ofrecerte un vino dulce como postre y sugerir que salgamos a caminar un poco. No te ofrezco otro postre porque sé que no te gustan los dulces.

Ella también se inclina hacia mí. Su cara está tan cerca de la mía que podría fácilmente estirarme y besarla. Han pasado años desde que la vi tan relajada conmigo. Tal vez es el vino, pero creo que hay algo mágico esta noche.

—Zane —comienza Celeste —, eso no suena particularmente perverso. Estás perdiendo tu toque.

Sirvo el vino y le paso una copa.

—Eso lo descubriremos. ¿Vamos?

Le ofrezco mi mano y, por un instante, creo que la va a rechazar, pero une su mano a la mía y se levanta de su asiento.

—Esto está delicioso —murmura después de darle un trago al vino moscatel que elegí. Sonrío y decido probar mi suerte entrelazando mis dedos con los suyos.

No tiene idea de lo rápido que late mi corazón mientras la guío por la puerta de atrás, ni sabe lo mucho que amo la sensación de su mano en la mía. Desde que tengo memoria, ella me ha hecho sentir diferente a mí mismo y esta sensación solo aumenta con cada año que pasa.

Celeste jadea sorprendida cuando pasamos por el pasillo de cristal que conecta mi casa y el mirador de mi madre.

—¿A dónde me llevas?

Me volteo y tomo su mano con más fuerza, caminando hacia atrás mientras la jalo con los ojos fijos en los de ella.

—¿No reconoces? Tendré que refrescar tu memoria.

Sus labios se entreabren y su mirada se intensifica.

—Quise decir, ¿por qué me llevas al invernadero?

Sonrío sin dejar de caminar hacia atrás, nuestras miradas entrelazadas.

—No es un invernadero. Mi madre se enojaría tanto si te escuchara llamarlo así.

Su expresión se suaviza cuando menciono a mi madre y sus ojos examinan mi rostro de una forma que me hace sentir vulnerable.

—Mi padre construyó este lugar para mi madre y ella plantó casi todo lo que crece aquí, el resto lo planté yo. Hay jardines botánicos adentro de un observatorio y, sí, eso también incluye un invernadero, pero es más que eso. No es un lugar que comparta con cualquier persona, ni siquiera mis hermanos entran aquí.

Luce completamente indefensa. Algo parecido a la comprensión cruza su rostro.

—Nunca habías mencionado a tus padres —comenta con un tono suave.

Mi sonrisa se desvanece, me volteo para caminar hacia el frente y ocultarme de ella. Celeste ya formaba parte de mi vida cuando mis padres murieron y no tiene idea de esto, pero mi rivalidad con ella hacía más llevadero respirar en los días que sentía que me asfixiaba. Me concentraba en ella y no en la pérdida de mis padres o la difícil transición de vivir con mi abuela. Todavía me duele pensar en ellos pese a que han pasado muchos años. Hoy no quiero mostrar esa debilidad. Ambos estamos en silencio mientras la llevo hacia los jardines, al lugar exacto donde la besé por primera vez.

—No te logro descifrar —murmura cuando llegamos al mismo rosal al que la traje cargando hace cinco años—. ¿Esto es real, Zane? Siento que estoy esperando la puñalada por la espalda. Odio sentirme así. ¿Es esto alguna clase de trampa? Te ruego que me lo digas.

—No lo es —la interrumpo con una pizca de desesperación asomándose—. No es ninguna trampa, Celeste. Te mentiría si te dijera que no espero nada de ti, pero no tengo malas intenciones. ¿Es tan difícil creer que no pude olvidarme de la única chica que me ha inspirado a ser mejor? ¿Que quiero hacer las paces al darme cuenta de lo que has significado para mí en todos estos años y cómo te he lastimado? Entiendo que para ti solo fui una suerte de tormento, Celeste. Pero tú para mí... algunos días tú eras mi única razón para seguir. Tú eres la razón por la que nunca me rendí, incluso en los momentos en los que quería hacerlo.

Observa mi rostro buscando cualquier signo de falsedad, no tengo duda, pero no lo encontrará.

—¿Qué quieres de mí? —pregunta con la voz quebrándosele—. ¿Esto es lo que obtengo por pedirte que olvidaras que alguna vez sucedió algo entre nosotros dos? ¿Acaso esto es solo un reto para ti? Parece que estás tratando de meterme otra vez en tu cama solo para demostrar que puedes hacerlo.

Miro hacia el techo de cristal y suelto su mano.

—Lo quiero todo —susurro, antes de voltear a verla de nuevo. Su respiración se detiene cuando doy un paso hacia ella y enredo suavemente uno de sus rizos en mi dedo índice—. Voy a poner las cartas sobre la mesa y rezar para que no las destruyas porque, Celeste... Quiero despertar contigo a mi lado para no seguir preguntándome si la mejor noche de mi vida fue solo un sueño. Te quiero de mi brazo en cada evento tonto al que tengamos que ir, junto o frente a mí en cada reunión de adquisiciones. No me importa de qué lado de la habitación estés siempre y cuando estés en ella. Después de todo, siempre he amado competir contigo.

Sus ojos destellan incredulidad, pero no dejaré que eso me desaliente.

—Quiero salir contigo y mostrarte lo que podríamos lograr tú y yo juntos. No creo ser el único que sintió algo esa noche y todos estos años. Hay algo entre nosotros, no sé qué es, pero te aseguro que no es odio. ¿No quieres descubrirlo, lo que podríamos ser? ¿En serio nunca te ha pasado por la mente?

—Nunca funcionaría —asevera—. Nuestras familias no lo permitirían.

Tiene razón, mi abuela odia a su abuelo. Se rehúsa a contarme qué pasó entre ellos, pero año tras año su odio por los Harrison aumenta. Más de una vez me ha ordenado destruir su compañía. Si no fuera por Celeste, ya lo habría hecho.

Dejo que el cabello de Celeste se resbale de entre mis dedos y acaricio su mejilla, haciendo que me mire.

—No me has respondido si tú también te lo has preguntado, Celestial. —Mi pulgar roza sus labios y ella los abre, exhalando temblorosa—. Admite que también me deseas.

Mi cuerpo roza el suyo al acercarme, me inclino para acercarme a su rostro.

—Dime que no te has preguntado cómo sería besarme ahora que somos adultos. Dime que no has pensado en mí o anhelado más de lo que hicimos aquella noche. ¿Puedes verme a los ojos y mentirme?

—Zane —susurra y mi nombre en sus labios suena como una súplica.

Inclino la cabeza y mi nariz toca su cara. La forma abrupta en que inhala desencadena una oleada de deseo líquido por toda mi columna y mi cerebro prácticamente deja de funcionar cuando pone su mano en mi pecho.

—Quiero comprobar si sabes igual de dulce que en mis recuerdos, si todavía puedes tomar mi pene tan bien como lo hiciste entonces. Maldición, quiero mi nombre en tus labios mientras hago que te vengas más fuerte y rápido que en la noche de graduación.

Dame una oportunidad para demostrarte que ya no soy el chico virgen e inexperto que era. Eso es lo que quiero. Dime que también lo quieres.

Se acerca y sus labios rozan apenas los míos.

—Siempre te he odiado —susurra en mi boca—. Y todavía lo hago —dice antes de sujetar la tela de mi playera y jalarme hacia ella.

No lo dudo, mi mano encuentra camino entre sus rizos mientras nuestros labios chocan. Ella jadea y yo paso mi mano por su cuerpo devorándola, besándola con desesperación desenfrenada. Celeste devuelve mi deseo multiplicado. Gime cuando succiono su labio inferior y lo muerdo suavemente.

—¿Odias la forma en que te beso? ¿La forma en que me devuelves este beso?

Pone sus brazos alrededor de mi cuello y se para de puntitas, presionando su cuerpo contra el mío.

—Odio cada segundo de esto —miente agarrando mi cabello con fuerza para llevar mi boca de nuevo a la suya.

La cargo y sus piernas se aferran a mi cintura unos segundos, alejo mi torso solo lo imprescindible para ver hacia dónde voy y la recargo contra una de las columnas romanas del observatorio.

—Entonces vas a odiar sentir mi erección, Celestial —susurro y pego mis caderas hacia ella, haciendo que el gemido más sexi escape de sus labios.

—Todavía eres ridículamente perfecta para mí —murmuro antes de volver a capturar sus labios. Esta vez mi tacto es suave porque quiero saborear el momento.

—¿Qué estamos haciendo? —pregunta entre beso y beso, apenada.

Me separo para mirarla, inclinando mi cara hacia la de ella. Ambos jadeamos y nos aferramos al otro como si tuviéramos miedo de que este momento desaparezca. Estar aquí con ella, parados en el mismo lugar de hace cinco años me hace sentir tan vulnerable. Siento que estoy desnudando mi alma para ella. Es lo menos que se merece.

Celeste desenreda sus manos de mi cabello y las coloca sobre mis hombros, evaluando si debería empujarme.

—Esta es una mala idea.

Le sonrío incapaz de negarlo.

—La peor —concedo, antes de inclinarme para besarla suave, con ternura. Ella suspira cuando me alejo y el deseo en sus ojos es un espejo de los míos—. Dime que aceptas salir conmigo en una cita. No tenemos que pensarlo demasiado, Celestial. Dame solo una oportunidad de demostrarte lo que podríamos ser estando juntos.

—¿Solo una?

—Sí, solo una.

Doce

Celeste

Volteo sorprendida al ver a un hombre, con el traje amarillo más feo que he visto en mi vida, entrar a mi oficina sosteniendo una planta en una maceta y una caja de zapatos.

—Señorita Harrison —dice sonriendo—, traigo un paquete para usted.

Recorro con la mirada el traje que usa. Es amarillo con estrellitas rosas por todos lados, me pregunto ¿por qué?, ¿quién diseñó eso y quién en su sano juicio usaría algo así? Me aclaro la garganta un poco incómoda.

—Disculpe, ¿quién es usted?

Sonríe mientras coloca tanto la caja como la planta en la orilla de mi escritorio y saca algo del bolsillo interno de su saco. Abro los ojos al máximo cuando veo que la tela del forro es rosa fosforescente. Eso es… demasiado.

—Soy Mike Mitchells —dice entregándome su tarjeta de presentación. Me tenso al reconocer su nombre—. Soy el secretario de Zane Windsor.

Arqueo la ceja y me cruzo de brazos.

—¿Y cómo, si se puede saber, entró al edificio?

Estoy segura de que cualquier persona asociada con Windsor Hotels está vetado de nuestras oficinas.

—Soy extremadamente bueno en lo que hago, señorita Harrison. Mi jefe me pidió que le entregara esto, así que aquí estoy.

—No respondiste mi pregunta, Mike.

Me sonríe de forma adorable, sin ocultar la expresión pícara de sus ojos. Por lo que sé, lleva años trabajando para Zane. Debe ser increíblemente listo, de lo contrario no hubiera durado tanto tiempo en el puesto.

—También me pidió que, por favor, le entregara personalmente esta tarjeta.

Tomo el sobre sellado que me entrega y mi pulso se acelera al ver la letra de Zane: «Para Celestial», escrito en el frente.

Querida Celeste:

Espero que te guste el lirio que planté para ti. Es del observatorio al que te llevé la semana pasada. Siempre fueron para ti. Así como tú y yo, los lirios del valle tienen una larga historia.

En la época victoriana, representaban un retorno a la felicidad, pero, en la Antigüedad, representaban a la diosa Ostara. La planta perfecta para mi diosa, ¿no lo crees?

Más recientemente, el lirio ha sido asociado con el perdón y los nuevos comienzos siempre que las disculpas sean sinceras. Yo solo anhelo un nuevo comienzo contigo.

—ZW

P.D.: Dado que son muy aromáticas, espero que pienses en mí cada que las huelas, porque yo no he logrado dejar de pensar en cómo se sintió besarte otra vez.

No puedo dejar de sonreír y Mike lo nota. Tiene una expresión de póquer, pero no logra ocultar del todo su mirada calculadora. Despejo mi garganta y le digo con amabilidad:

—Por favor, exprésele mi gratitud a su jefe —digo, mi voz está un poco más agitada de lo que me gustaría.

Él me sonríe antes de irse y se detiene en la puerta lanzándome una mirada de complicidad.

—Nos veremos pronto, señorita Harrison.

Entrecierro los ojos cuando se marcha, algo molesta por esa insinuación y su audacia. Sin duda la actitud de Zane lo ha contagiado.

Acerco hacia mí la caja y casi me voy de espaldas al ver lo que hay en su interior. Son los más hermosos tacones de satín negro que haya visto. Están adornados con cristales en forma de galaxia y tienen grabado «Celestial» en la plantilla. Me congelo al ver que algunas de las piedras no son de cristal, sino diamantes.

Los examino cuidadosamente y no puedo encontrar la marca por ningún lado. En la suela, solo está la imagen delineada de un cuervo; es evidente, que los mandó a hacer especialmente para mí. Me pregunto qué intenciones tendrá con esto.

Estaba muy serio cuando se disculpó. Ya no parece haber en él nada del chico molesto que era, aunque una parte de mí todavía tiene miedo de confiar en él. Mis experiencias anteriores con Zane me hacen temer que esto no sea más que una treta muy elaborada, que quizá no me tenga a mí como objetivo, sino a Harrison Developments.

Llevo las yemas de mis dedos a mis labios, cierro los ojos recordando cómo me besó. No pudo haber fingido esa mirada, ¿o sí?: «Hay algo entre nosotros, no sé qué es, pero te aseguro que no es odio. ¿No quieres descubrirlo, lo que podríamos ser? ¿En serio nunca te ha pasado por la mente?». ¿Será esto real?

No quería admitirlo, pero debajo de mi odio por él, siempre ha habido algo más. Al principio, era mi necesidad de ser aceptada. Quería que admitiera que soy tan capaz como él, si no es que más. Con el paso de los años, esto se ha convertido en algo diferente, algo oscuro e indebido.

¿En qué momento empecé a fantasear con Zane terminando alguna de nuestras eternas discusiones con un beso? Quizá tenía unos dieciséis años. La idea me horrorizaba, pero tampoco podía dejarla ir.

Para el momento en que me recostó en su hermoso observatorio, ya lo deseaba más de lo que podría haber sospechado. Mi necesidad de él no era racional. Se sentía como si mi mente y cuerpo estuvieran en desacuerdo cada vez que me descubría fantaseando con él, incapaz de detenerme.

Sería falso asegurar que estar con él nunca me pasó por la mente. Durante años, me pregunté cómo hubiera sido si él no me detestara y provocara todo el tiempo. Más de una vez me cuestioné cómo sería tener toda su atención de una forma completamente diferente, no como su rival, sino como la chica que desea.

Mi mano tiembla cuando la extiendo para agarrar mi teléfono, estoy insegura sobre qué hacer. Sería descortés no agradecerle, ¿no? Me muerdo el labio, dudando. Si todo esto es una trampa, no estoy segura de poder recuperarme.

El tono de llamada solo suena una vez antes de que él conteste.

—Celestial —responde, su voz es grave y complacida, como si hubiera estado esperando mi llamada.

Titubeo un momento y agarro más fuerte el teléfono.

—Gracias —le digo—, por los hermosos lirios y los zapatos. Zane, son… Es demasiado.

Él se ríe y el sonido me envuelve, llenando mi estómago de mariposas.

—No es nada, Celeste. Te dije que te compraría unos zapatos nuevos, ¿no es así? Mantendré cada promesa que te haga, cada juramento, hasta que de verdad confíes en mí.

Me reclino en mi silla, conflictuada.

—¿Dónde conseguiste esos zapatos? —pregunto intentando cambiar el tema a algo más ligero—. Están hermosos.

Se oye movimiento al otro lado del teléfono, pareciera que está interrumpiendo algo de trabajo para hablar conmigo.

—Una amiga los diseñó para ti. Es una diseñadora emergente y sabía que sería capaz de capturar lo que tenía en mente. Qué bueno que te gustaron. Valen una fortuna por los materiales de los que están hechos. Un día, cuando ella sea tan famosa como creo que ocurrirá, serán un artículo de colección.

Zane suena muy orgulloso de esta diseñadora, lo que me provoca algo inesperado: celos atroces.

—Encontraste una oportunidad para apoyarla sin ser demasiado obvio y la tomaste. Muy lindo de tu parte —comento y sueno más molesta de lo que quisiera.

Zane se queda en silencio por un momento y luego se ríe ligera y melodiosamente.

—Estás celosa —asegura y se escucha maravillado— de una mujer que es como una hermana para mí.

Hago una mueca de indignación.

—Claro que no —declaro con tono exaltado. No debí llamarle, debería solo colgar; sin embargo, me descubro sujetando el teléfono más fuerte.

—Déjame invitarte a salir el próximo domingo para dar pie a ese nuevo comienzo que mencioné. He esperado más de lo que puedes imaginarte. No me hagas esperar más, Celestial, por favor.

Estoy admirada, con el corazón latiendo muy rápido.

—El domingo no puedo —respondo apesadumbrada—. En serio, le prometí a mi mamá que pasaríamos el día juntas, pero la semana que sigue estoy libre.

¿Qué estoy haciendo? Debería aceptar sus disculpas y zanjar este asunto, pero una vez más dejo que Zane me arrastre a algo que solo puede acarrear problemas.

—Es una cita —enfatiza.

Trato con todas mis fuerzas no sonreír, pero parece que perdí la cabeza.

Trece

Celeste

—¿Cuánto tiempo más vas a estar en casa de mis papás? —pregunta mi hermano por videollamada, y mi mamá grita quitándome la tableta para mirar con severidad a Archer. Fue bastante tonto de su parte preguntármelo mientras estamos con mi mamá en nuestra clase semanal de cocina. Es una tradición que empezamos cuando Archer se fue de la casa y yo me mudé a Londres para la universidad. Pronto el sábado se convirtió en mi día favorito de la semana.

—¡Archer Harrison! No incites a tu hermana a irse de la casa —lo regaña.

Lo miro con complicidad parada detrás de mi mamá y gesticulo la palabra «pronto». He estado buscando casa, pero ninguna me ha convencido. No creo que me tome mucho más tiempo. Cada visita que hago, me facilita saber lo que quiero.

Le sonrío a Archer mientras mi mamá lo sermonea y él pone ojos de cansancio. Esto es lo que más me gusta de nuestras clases de cocina: nos mantiene cerca por más lejos que estemos.

—En vez de decirle a tu hermana que se mude, tú deberías regresar a casa —objeta mi mamá—. No me hagas ir por ti, Archer. No voy a pasar otro Día de Acción de Gracias sin mis dos hijos.

Su expresión cambia y yo suspiro. Desde que se fue, solo ha venido dos veces a la casa, ambas al cumpleaños de mi mamá. Si existe la más ligera probabilidad de que mi abuelo esté presente, entonces no viene. Mi mamá lo sabe tan bien como yo.

El abuelo se negó a que Archer manejara su compañía actual mientras trabajara para él y le puso un ultimátum que no salió como esperaba. Archer eligió continuar con su compañía y perseguir sus sueños, aunque esto significara quedar desheredado. Siempre respetaré la decisión que tomó, pese a que haya fracturado a la familia.

—¿Qué está pasando? —pregunta mi papá entrando a la cocina con Lily, ambos cargando ruibarbo fresco para el pay—. Apenas nos fuimos quince minutos y ustedes ya lograron hacer enojar a su madre...

Archer me lanza una mirada suplicante, pero yo finjo no darme cuenta.

—En vez de estar siempre regañándome, ¿por qué no le dicen algo a Lily? —dice apuntando hacia ella con la cabeza—. Escuché que te uniste al enemigo, rubiecita...

Cierro los ojos un instante, sorprendida de su estupidez. A estas alturas ya debería saber que desviar la ira de mamá nunca sale bien. Mi mamá pone su brazo alrededor de Lily y entrecierra los ojos.

—Mira quien habla. Lily sigue trabajando en la industria y su intención es unirse a Harrison Developments en unos años. ¿Podemos decir lo mismo de ti?

Lily se me queda viendo con los ojos abiertos de par en par, preguntándose cómo termino en medio de nuestra pelea; la veo y solo me encojo de hombros. En los últimos diez años, se ha vuelto prácticamente un miembro más de la familia. Ha estado presente en cada clase de cocina desde que estábamos en Londres, pero todavía no se acostumbra a la forma en que peleamos y nos reconciliamos tan rápido.

No la culpo, su casa siempre está en silencio y su papá casi nunca está. No está acostumbrada al griterío constante y nunca sabe cómo actuar cuando nos ponemos así de escandalosos.

—¿Cómo te ha ido? —le pregunto en voz baja. Casi no hemos hablado desde que empezó a trabajar, aunque siendo honesta conmigo misma, he tratado de no preguntarle. No sé cómo sacar el tema de Zane sin revelar todos mis secretos.

—El trabajo va muy bien —responde con un dejo de culpa visible en sus ojos. No quiere admitirlo, pero que le hayan rechazado todas sus solicitudes de empleo le dolió. Está orgullosa de trabajar para Windsor Hotels, aunque intente ocultarlo. No puedo quitarle esto, así que jamás puede enterarse de que Zane la contrató gracias a mí. Los secretos que estoy guardando empiezan a pesarme.

No solo le estoy ocultando lo que ha pasado recientemente y sé que la lastimaría mucho enterarse de que tengo tantos secretos, especialmente porque ella comparte todo conmigo. Lily piensa que no fui a la noche de graduación porque me dio migraña; en su momento, me sentía demasiado avergonzada para admitir lo que realmente había pasado.

No tuve el corazón para decirle que mi cita nunca pasó por mí, así que fui sola. Al llegar al evento, segundos después de entrar, lo encontré besando a la chica que se convertiría en la reina de la graduación. Nunca le dije que Zane me tomó de la mano y me sacó de ahí. Yo no quería revivir el dolor que me había causado Jason y apenas podía creer lo que había pasado entre Zane y yo. Con el tiempo, logré dejar esto en el pasado hasta que el pasado me alcanzó.

—El programa de entrenamiento es muy completo. Lily alza la mirada y titubea—. Me pusieron en el proyecto del Bellevue.

Mi pecho se acongoja por un instante, por lo que desvío la mirada.

—Guau, es maravilloso —murmuro, aunque no suena de la forma que planeaba, es decir, sincero. ¿Cómo podría sonar así si esta no es información nueva para mí? Zane me lo dijo hace casi tres semanas.

—Él… él es un buen jefe —comenta—. Ha cambiado mucho. Creo.

Asiento con la cabeza, sin saber qué decirle.

—Hablando de Zane, tengo que decirte algo.

Debo encontrar la forma de contarle todo lo que ha pasado en las últimas dos semanas sin que piense que no fue mérito suyo conseguir el trabajo.

Lily arquea una ceja.

—Veamos, ¿ahora qué hizo? No me negaría a sabotearlo, ¿sabes? Él no me importa y no dejaría que vuelva a jugar contigo nunca más.

—No, no es nada así. Te cuento luego —le digo en voz baja, mirando de reojo a mis papás. Ya es suficientemente difícil explicarle a Lily que besé a Zane Windsor, mi archienemigo, como para que mis papás también me escuchen.

Ella asiente y mi mamá voltea a vernos.

—Celeste, no se te olvide el almuerzo de mañana, ¿okey? Me prometiste una celebración atrasada de cumpleaños. Sé que estás muy ocupada con el trabajo y el abuelo te está presionando mucho, pero al menos puedes tomarte libre un domingo.

—Sí, mamá.

¿Cómo podría olvidarlo? Me lo ha repetido cuando menos tres veces durante esa semana.

—Tú también me prometiste una salida —señala dirigiéndose a Lily. Ambas empiezan a discutir opciones de restaurantes cuando vibra mi teléfono.

Mi corazón salta al ver el nombre de Zane en la pantalla y rápido quito mi teléfono de la barra, sintiendo el calor subir a mis mejillas. Hay algo excitante en mensajearme con él en un cuarto lleno de gente testigo de nuestra rivalidad. Si le dijera a Archer que voy a tener una cita con Zane Windsor, se reiría, convencido de que es broma.

InZano: Cada que cierro los ojos, recuerdo cómo se sentía tu cuerpo contra el mío. No he podido concentrarme en nada que no seas tú. Dime que ese beso está grabado en tu memoria tanto como en la mía, Celestial.

Ha estado escribiéndome sin parar desde que acepté salir con él, lo que ha sido bastante estimulante. Siento como si estuviera conociéndolo de nuevo. Es al mismo tiempo alguien familiar, pero diferente, y estoy disfrutando descubrir las partes que no conocía. No ha sido fácil dejar ir los resentimientos, pero cada vez que estoy recelosa, recuerdo la forma en que me mira ahora. No es algo que se pueda fingir. Tal vez lo que hay entre nosotros sea algo físico, pero él tiene razón, quiero saber qué es… cómo se sentirá ser suya.

Me muerdo el labio leyendo su mensaje y recuerdo cómo tomó mi labio entre sus dientes antes de besarme.

Celeste: La memoria me ha estado fallando. Tendrás que enseñarme otra vez cómo fue, para ver si me acuerdo.

InZano: Uff, Celestial. No tienes idea de lo que daría por tener tus labios entre los míos en este momento. No puedo creer que tengo que esperar otros siete días para verte de nuevo.

Sonrío poniendo el teléfono en mi pecho. Ni en mis sueños más locos hubiera creído que me sentiría ansiosa de ver a Zane Windsor; sin embargo, aquí estoy contando los días. Solo espero no arrepentirme de darle la oportunidad que me pidió.

Catorce

CELESTE

Van tres veces que mi mamá rechaza mi llamada y ya me estoy preocupando. Ella nunca llega tarde.

—¿Celeste?

Subo la mirada y veo a un hombre que me parece familiar caminando hacia mí, tiene una expresión entre apenada y nerviosa.

—Siento mucho esto, pero creo que nuestras mamás nos dejaron plantados a ambos.

Me le quedo viendo por un momento, estudiando su cabello rubio oscuro y estructura facial perfecta. Estoy segura de que lo conozco, pero no logro recordar de dónde.

—Nos conocimos cuando éramos mucho más jóvenes y hace poco platicamos brevemente en la gala de recaudación de los Windsor. —Pone su mano en la nuca y se sonroja.

—¡Ah! —exclamo apenada—. Clifton Emerson, ¿cierto? —No puedo creer que no lo reconocí de inmediato. Los Emerson también son hoteleros, no tienen tanto peso como nosotros, pero sí son reconocidos. Clifton, sin embargo, no es alguien a quien haya visto seguido, pues, hasta donde sé, decidió no unirse al negocio de su padre.

—Me alegra que me recuerdes —dice sonriendo dulcemente—, ya de por sí me siento bastante nervioso.

Mi teléfono vibra y veo que es un mensaje de mi mamá:

Mamá: Me prometiste una salida por mi cumpleaños, pero nunca dije que sería conmigo. ¡Diviértete! Es un excelente chico.

Le muestro a Clifton la pantalla de mi teléfono y él se ríe sin parecer sorprendido.

—Te lo dije —responde y me enseña un mensaje muy parecido que le mandó su mamá.

—No puedo creer que nos hayan tendido una trampa. Debí suponerlo por lo insistente que fue, mucho más de lo necesario —digo molesta.

Clifton se pasa la mano por el cabello, lo que me recuerda a Zane. El solo hecho de pensar en sus manos, en cómo se sentía su cabello entre mis dedos mientras nos dábamos el beso que dije odiar, hace que me sonroje. Podría estar con él ahorita si no hubiera sido por mi mamá. ¿Qué diría mi mamá si se lo contara? Mi abuelo odia a los Windsor, pero dudo que mis papás también.

Sacudo la cabeza al darme cuenta de que me estoy adelantando demasiado. Lo que está pasando entre Zane y yo ni siquiera sé qué es; además, aún no estoy convencida de que no solo esté tratando de aprovecharse de mí. Quizá estos sentimientos son remanentes de una rivalidad que duró años, algo que pasará con el tiempo y que es mejor mantener en secreto. No quiero complicar las cosas más de lo que ya lo hemos hecho.

—Voy a tener que hablar con mi madre, pero ya que estamos aquí, ¿por qué no almorzamos? Es imposible reservar mesa en este restaurante —propone Clifton y sonríe mucho más relajado—. Por otro lado, me encantaría escuchar tu punto de vista y consejos acerca de trabajar con tu familia.

Levanto una ceja y le lanzo una mirada inquisitiva.

—¿Estás trabajando con Emerson Real Estate?

Esto es algo nuevo. A Emerson le va bien, pero Greg, el padre de Clifton, está aferrado a sus modos y se rehúsa a adaptarse a los cambios que está sufriendo la industria. No conozco bien a Clifton, aunque he escuchado que pretende cambiar la empresa de su padre. Si se unió a Emerson, debe ser porque su familia por fin cedió.

Clifton asiente, pero se nota conflictuado.

—Así es, por eso te agradecería que almorzaras conmigo. Me preocupa estar tomando la decisión equivocada. Sé que tú estás en una situación similar, así que pensé que… bueno… pensé que sería bueno si ambos hablábamos con alguien que realmente nos comprenda.

Había pensado irme una vez que descubriera lo que mi madre tramaba, pero ahora, ¿cómo rechazo una petición así de sincera? Si realmente está entrando al negocio de su papá, no solo estaré viéndolo por ahí, será mi competencia. Aunque no me encante la idea, tengo que hacer mi mejor esfuerzo por estar en buenos términos con él.

—No sé si te seré de ayuda, ya que también estoy intentando descifrar ese aspecto del trabajo en específico, pero discutirlo no me hará daño. Quién sabe, tal vez encontremos la solución para tratar a nuestros tercos predecesores.

Clifton me sonríe invitándome a pasar al restaurante. Su expresión revela cierta incredulidad en nuestras habilidades para entender a su padre y a mi abuelo; le sonrío en complicidad.

—Escuché que el pescado aquí es buenísimo —menciona al tiempo que el mesero nos lleva a nuestra mesa. Asiento con la cabeza porque he escuchado los mismos rumores.

—Me pregunto hace cuánto tiempo planearon esto nuestras mamás, por lo que sé las reservaciones en este restaurante se agotan cinco semanas antes de la fecha.

Pone mala cara al sentarnos, por lo que no puedo evitar soltar una risita en solidaridad.

—No puedo creer que hicieron esto. Puede que de las personas de las que realmente tenemos que preocuparnos sean nuestras mamás y no mi padre y tu abuelo.

Estoy a punto de responderle, pero mi sonrisa se desvanece al escuchar una voz grave abrirse paso entre el ruido del lugar. Se me cierra el estómago cuando veo a una pareja que está a tres mesas de distancia. Lo reconocería a kilómetros.

Me tenso al ver a Zane siendo adorable con una famosa modelo, entonces me doy cuenta: qué tonta he sido. Él me advirtió que estaba jugando conmigo cuando bailamos juntos en la gala, me dijo que era un juego del que yo no estaba al tanto.

Ella dice algo y él se ríe de una forma tan despreocupada; nunca lo había visto así. Está al pendiente de cada una de sus palabras, ella tiene toda su atención. Los celos se apoderan de mí intensa y rápidamente, mi estómago se estruja hasta que todo mi cuerpo está al borde. Duele más de lo que pensé que dolería, más de lo que debería.

Ella es tan hermosa, exuda sofisticación y lucen perfectos juntos. No puedo quitarles los ojos de encima mientras mi mente repasa cada palabra que me ha dicho. Esto es lo que más me duele, el hecho de que en verdad había comenzado a creerle.

—¿Celeste? ¿Todo bien? —pregunta Clifton siguiendo mi línea de visión.

Asiento y miro el menú, con todo y que apenas logro poner atención a sus palabras. ¿Sabe ella que Zane me besó hace menos de dos semanas? ¿Que me ha estado mandando mensajes sin parar? ¿Qué haría si me acercara y le dijera exactamente qué clase de persona es el tipo con el que está? Por un breve momento en verdad considero acercarme, pero eso solo me haría ver más patética de lo que ya me siento.

—¿Celeste? —dice Clifton, noto que ya está ordenando algo y se ve preocupado.

Me siento completamente tensa y fuera de mí.

—Yo quiero lo mismo que él, por favor —respondo señalando a Clifton. No entendí ni una sola palabra de lo que leí y parece que Clifton ya se dio cuenta por la manera en que me mira.

—Escuché que los Windsor y los Harrison no se llevan bien, pero pensé que los rumores exageraban —comenta mientras el mesero se aleja—. Nunca había visto una reacción tan visceral en mi vida. Tu humor se transformó en cuanto lo viste, aunque no te culpo. Están en todos lados, ¿no? Es imposible competir con ellos.

Me esfuerzo por sonreírle. Respiro hondo para tranquilizarme, no estoy dispuesta a que Zane me siga afectando. No así, ya no.

—Te acostumbrarás —aseguro con cierta honestidad—. En la mayor parte de los casos, los Windsor se enfocan en proyectos que salen de mi presupuesto, así que no me afectan tanto como pensé que lo harían.

No menciono el Bellevue, el proyecto por el que trabaje desesperadamente. Ahora no puedo evitar preguntarme si Zane sabía lo mucho que trabajé por él y por eso lo adquirió. Parecía sincero sobre el Chateau Chiara, pero ¿y el Bellevue? Cuando me dijo que no sabía a qué estábamos jugando, pensé que bromeaba, pero aquí estoy tratando de entender de qué se trata.

Volteo nuevamente hacia Zane y noto que me observa con expresión seria. Sus ojos pasan de mí a Clifton y después se voltea, ignorándome como si yo no fuera nadie.

Me esfuerzo con todo lo que tengo para reprimir mi dolor. No debería dolerme tanto. Pasé años permitiendo que me lastimara... Me prometí que nunca dejaría que volviera a hacerlo, ¿cómo acabé aquí entonces?

—Discúlpame un momento —murmuro levantándome de mi asiento. Necesito unos minutos para tranquilizarme. Nunca debí dejar que me besara. No debí ceder cuando me pidió una oportunidad para mostrarme el hombre en el que se había convertido. Nadie lo conoce como yo. Debí confiar en lo que me había enseñado la experiencia con él y no en sus floridas mentiras. Cuando se trata de Zane, vuelvo a ser la misma chica ingenua que era; estoy cansada de odiar la persona en la que me transformo en su presencia. Odio mi inseguridad, mis dudas, lo vulnerable que me hace sentir.

—Celeste. —Una mano toma mi muñeca y me jala hacia un musculoso pecho. Jadeo sobresaltada cuando Zane me empuja contra la pared frente a los baños. Sus ojos están llenos de una furia tan salvaje como la mía.

Quince

Zane

—¿Qué pasa? —me pregunta Raven, pero apenas la escucho. Mi mirada está enfocada en Celeste. Me dijo que iba a pasar el día con su mamá, aunque la persona sentada frente a ella definitivamente no es su madre.

—Zane, me estás asustando. Nunca te había visto tan… tan…

Volteo a ver a Raven y fuerzo una expresión neutra.

—No es nada —le aseguro, aun así ella sigue mi línea de visión.

—¿Quién es ella?

No es quien yo pensé que era. ¿Por qué me mintió? ¿Quién es él? Celeste voltea hacia mí y se tensa cuando nuestras miradas se encuentran. Esperaba ver en ella algún ápice de culpa o conmoción por encontrarme aquí, pero lo único que muestra es el desdén y la altivez con la que siempre me ha tratado.

Me volteo, no puedo con esto.

—Así que se trata de ella, ¿eh? La chica de la que siempre has estado enamorado.

—No sé de qué hablas, Rave —miento y me meto a la boca mi dulce de menta favorito. Es un hábito ansioso que desarrollé cuando dejé de fumar.

Ella sonríe y se inclina hacia mí.

—Siempre me había preguntado quién era la chica que tenía a Zane Windsor tan a la expectativa durante estos años. Es muy bonita y su cabello es increíble.

—Y está en una cita con alguien más —gruño, incapaz de mantener la compostura.

Raven ve nuevamente a Celeste y luego a mí; niega con la cabeza.

—No hay química entre ellos. Yo no me preocuparía.

Me aprieto el puente de la nariz, sin saber qué debo hacer. Cuando Celeste se levanta y camina de prisa hacia los baños, la decisión se toma sola.

—No hagas una escena —me advierte Raven al levantarme para seguirla, sus palabras caen en oídos sordos.

—Celeste. —Mi mano abraza su muñeca y la jalo contra mi pecho. Busco su mirada y la giro para atraparla contra la pared.

Me lanza una mirada desafiante, sin el menor atisbo de intimidación mientras detengo sus brazos sobre su cabeza, mi cuerpo presionado contra el suyo.

—Zane.

Odio lo estúpidamente hermosa que es, la sensación de su cuerpo contra el mío. Se ve tan guapa en ese vestido blanco pegado y todo es para él, no tengo duda.

—¿Quién carajos es ese?

Levanta la mirada para verme y me sorprende la fuerza de su rabia, pero ¿ella por qué está enojada?

—¿Cómo te atreves a preguntarme eso cuando tú no puedes despegar los ojos de esa modelo por dos segundos?

Parpadeo incrédulo y me siento tan complacido que se me baja el coraje.

—Estás celosa. —Si no le importara, no estaría molesta—. Lo que sea que crees que ocurre está completamente en tu cabeza, Celestial. Raven y yo estamos aquí esperando a mi hermana, eso es todo. Ni siquiera estoy solo con ella. Es la mejor amiga de mi hermana.

—¿Raven? —Un dejo de inseguridad cruza su rostro—. Qué interesante. Precisamente, hay un cuervo, un *raven*, en la suela de los zapatos que me regalaste. Ella los diseñó, ¿verdad?

Le digo que sí con la cabeza, sin saber cómo interpretar la frustración en sus ojos.

—Te lo dije, ¿no es así? Ella es como mi hermana, en serio; además, está locamente enamorada de mi hermano mayor. De hecho, está a punto de comprometerse con él.

Sus ojos se abren y su furia desaparece, abriendo paso a la incertidumbre. No está segura de creerme.

—¿Quién es él? —pregunto de nuevo con un tono más suave—. Dime que la razón por la que estás aquí con él, cuando me habías dicho que ibas a salir con tu mamá, es igual de justificable. Dime que es tu primo, porque yo sé que no es Archer.

Celeste relaja su cuerpo contra el mío y busca mis ojos, pero no entiendo por qué.

—No es una cita, Zane.

Junto mi frente con la suya e inhalo con dificultad.

—Entonces no tendrás ningún problema en decirme quién es.

Mi nariz roza la suya. Ella ladea la cara acercando sus labios a los míos.

—¿Por qué tendría que darte explicaciones? Tú no eres mi dueño.

—Lo estás protegiendo —murmuro con los celos surgiendo en la boca de mi estómago.

Celeste arquea la espalda y presiona su cuerpo contra el mío, con la respiración entrecortada.

—No es que lo proteja, solo sé lo loco que estás. No me gusta la mirada en tus ojos y no lo pondré en peligro cuando es completamente inocente. Solo tienes que creerme cuando te digo que no es nadie y que esto no es una cita.

Mis ojos bajan a sus labios y, por un momento, me pregunto si ha besado a alguien más desde que la tuve en mis brazos por última vez. Estaba convencido de que estábamos en sintonía, que realmente me había dado una oportunidad.

—Te equivocas, ¿sabes? —susurro en su boca—. Podré no ser tu dueño, pero tu lugar está conmigo.

Ella exhala con dificultad y yo capturo sus labios. Mi tacto es suave en contraste con la dureza de mis palabras. Celeste empuja mis manos y suelto sus muñecas. Pensé que iba a empujarme, pero, al contrario, toma mi cuello y me jala hacia ella para besarme más.

—Eres igual de absurdo que siempre —dice y mordisquea mi labio inferior con ira. Mis manos se enredan en su cabello y la beso sin control, recorro su cuerpo posesivamente. Este beso no es como el anterior, este expresa todo lo que ella se niega a reconocer: que es mía tanto como yo soy suyo. Solo que ella todavía no lo sabe.

Celeste gime y empujo mi dulce de menta en su boca con mi lengua uniéndose al jugueteo. Ella lo chupa y sus dedos se cierran alrededor de la solapa de mi saco.

Exige todo de mí, pero logro apartarme de ella. Enderezo la espalda mientras la veo de arriba a abajo.

—Chupa eso mientras estás con tu cita y piensa en todo lo que hubiéramos podido hacer juntos, todo lo que decidiste abandonar antes de siquiera darnos una oportunidad.

—Zane —exclama con la voz quebrándosele.

Titubeo unos instantes, pero después sacudo la cabeza y comienzo a caminar de regreso a mi mesa.

—Honestidad, Celeste. Si no puedes darme ni siquiera eso, ¿qué esperanza tenemos?

Dieciséis

Zane

Observo a Ares, mi hermano mayor, barajando un juego de cartas en el balcón de la entrada. Hace un año nuestro hermano menor, Lexington, insistió en que tuviéramos una noche de póquer al mes porque sentía que estábamos distanciándonos ahora que nuestras carreras empezaban a despegar. Una vez al mes uno de nosotros pone su casa y hoy le tocó a Ares.

Regularmente, la noche de póquer es mi evento favorito de la semana, pero hoy preferiría estar en mi observatorio. Rodearme de las plantas que mi madre me dejó y las que yo he cultivado. Crear nuevas variedades de flores es un proceso impredecible, pero al mismo tiempo es sistemático y científico. Hoy quisiera, más que cualquier otra cosa, ocuparme en algo que me ayude a no pensar en Celeste.

—Dion dijo que su vuelo iba retrasado, que empecemos sin él —menciona Ares, yo asiento distraído. Una de las razones por las que me gusta esta noche es porque vemos a Dion, quien vive en Londres y se encarga de nuestras acciones en el extranjero. Nunca lo admitiría, pero creo que es mi hermano favorito. De entre todos, él y yo somos los más parecidos. Jamás les contaría a mis hermanos lo que ha pasado con Celeste, pero si lo hiciera, sería Dion con quien querría hablar.

—¿Qué te pasa? —pregunta Lex. Parpadeo sorprendido al ver que ya repartieron las cartas y yo no había tomado las mías—. Has estado muy callado las últimas semanas.

Luca se ríe, mirándome con cierta camaradería.

—¿Tú qué crees? —dice con tono burlón—. Se trata de Celeste Harrison, obviamente. Lo hubieras visto en la gala de recaudación hace unos meses. Casi le tapo los ojos a Valentina pensando que se iba a venir ahí mismo solo de verla. Ha estado así desde entonces.

Ares y Lex se ríen mientras le doy un golpe a Luca en el brazo. Solo escuchar su nombre me altera.

—Raven dijo que la vieron en el almuerzo hace tres semanas y, al parecer, enloqueciste porque ella estaba en una cita con alguien más —dice Ares.

Maldición, Raven.

—¿Podemos solo jugar? —pregunto tomando mis cartas. Estaba seguro de que Celeste me escribiría para ofrecerme una explicación, pero han pasado semanas y no he recibido un solo mensaje de ella. Por una vez en la vida, quisiera no ser el primero en escribir. Desde que regresó, he hecho todo lo que ha estado a mi alcance para demostrarle mi sinceridad, pero no puedo forzar algo que no existe, especialmente cuando esto que hay entre nosotros no es recíproco. Necesito que ella dé algo, lo que sea, una señal que me indique que también quiere esto, que quiere que luche por ella.

Ares se ríe a mis expensas y levanto una ceja mirándolo.

—¿Por qué no discutimos por qué la amiga de nuestra hermanita te cuenta esas cosas? ¿No eres demasiado cercano a una chica que es casi una década más joven que tú? Maldito pervertido —le digo, aunque sé muy bien que la abuela está planeando activamente el matrimonio entre Ares y Raven. No puedo resistir desafiar a Ares y hablar de Raven es la manera más fácil de hacerlo enojar y cambiar de opinión. Está más obsesionado con ella de lo que se da cuenta.

Desafortunadamente, Dion llega justo en este momento, acompañado de Xavier Kingston, y lo salva. En general, nos tomamos las tradiciones familiares como una religión, pero hay algunas excepciones. Xavier es una de ellas. Ni siquiera recuerdo cómo pasó. Un día Dion lo trajo con él y, desde entonces, se ha invitado todas las veces siguientes. Los Kingston y los Windsor no son exactamente familias amigas, pero a Xavier lo toleramos. Lo hacemos por Dion, para ser justos. Él es muy callado y lo atormentan demonios que él piensa que ignoramos, pero Xavier parece entenderlo y apoyarlo de una forma en la que nosotros no podemos.

—¿Por qué da la impresión de que interrumpimos un chisme jugoso? —pregunta Xavier y se sienta.

Dion frunce el entrecejo y sus ojos destellan curiosidad.

—¿Qué me perdí? —pregunta e inmediatamente siento culpa. Vive tan lejos, no quisiera que sienta que lo excluimos más de lo que ya lo hacemos, pero no hay forma de que regrese a esa conversación.

—Solo discutíamos la obsesión de Zane con Celeste Harrison —bromea Lex y yo solo cierro los ojos. Estoy jodido. No van a dejar ir el tema.

—Pensé que odiabas a Celeste —señala Dion.

—Sí, recuerdo vívidamente cuando me pediste que te ayudara a abrir su casillero para sembrarle todo tipo de cosas cuando estábamos en la prepa —añade Lex—. ¿No estuviste a punto de que la expulsaran varias veces?

Me lleva. Hasta Lex se acuerda de la basura que fui con ella. Si él no puede olvidarlo, ¿cómo espero que Celeste lo haga?

Luca se ríe y sacude la cabeza.

—Hay un dicho para eso, ¿no? ¿Cómo era? ¿Del odio al amor solo hay un paso? Algo sobre cómo los niños molestan a las niñas que les gustan.

Pongo mis cartas en la mesa y me recargo irritado en la silla.

—No hay nada entre nosotros. Ella me odiaba en la prepa y eso no ha cambiado. Fin de la historia.

Todos se me quedan viendo con expresiones pensativas.

—Mmm… realmente te gusta —afirma Ares.

Luca asiente con la cabeza.

—Lo supe desde el momento en que te vi bailar con ella. La miras como Sierra ve a las galletas de la abuela.

Pongo los ojos en blanco y saco otra carta, no tengo idea de cómo cambiar la conversación. Estoy cansado y desmotivado; no tengo energía para entretenerlos.

—Hablando de la abuela —dice Dion cautelosamente—, sabes que nunca lo aprobaría, ¿verdad? Ninguno de nosotros elegimos con quién nos casaremos. Todos estamos destinados a matrimonios arreglados, Zane. Es mejor que abandones tu obsesión por ella ahora que todavía puedes.

Suspiro y y juego con el dulce de menta, inquieto.

—La familia de Celeste también pertenece al sector hotelero —respondo, dando voz a mis más profundos y secretos pensamientos por primera vez—. No es imposible. Si estuvieran dispuestos a una fusión, podría funcionar.

—Guau —dice Xavier—. ¿En verdad estás pensando en casarte con ella? ¿Sabes si quiera si le gustas?

No pareció molestarle cuando la besé en el observatorio, ya dos veces. Tampoco odió la forma en que la besé contra el muro.

Lex sacude la cabeza y se levanta para servirme un whisky. Perfecto. Me lo tomo de un trago, cansado de la mierda de mis hermanos.

—Zane —empieza a decir Ares con tono paternalista—, podría funcionar si se tratara de cualquier otra chica, pero con Celeste será imposible. La abuela nunca permitiría que estés con una Harrison, no después de todo lo que nos han hecho. Por años, el abuelo de Celeste ha estado robándose a nuestro personal, saboteando nuestros planes y difamando a la abuela a diestra y siniestra. Si fuera alguien más, quizá te escucharía, ¿pero Celeste? La única forma de casarte con ella sería si renunciaras a tu herencia. Sabiendo eso, ¿no sería mejor solo dejarla ir?

—Quizá. —Es cierto que estar juntos sería difícil y demasiado caro. Pero lo que siento por ella no es racional, nunca lo ha sido. Es como una droga para mí y sé que estaría mejor sin ella, pero no puedo resistirme. Ansío a Celeste Harrison en cada respiración, cada latido. No se trata de una opción. Está en mis venas, tiene mi corazón bajo su control.

—Igual no importa —murmuro tomando otras dos cartas—. No hay nada entre nosotros. Nunca ha habido nada.

Mis hermanos y Xavier me observan incrédulos. Mierda, ni siquiera yo sé si me creo.

—Hay un montón de mujeres que te vendrían mejor —dice Xavier con tono precavido—. Tal vez lo que necesitas es darles una oportunidad. O, carajo, solo cógete a Celeste hasta sacarla de tu sistema.

Mi expresión se desfigura. ¿Cogérmela hasta que se me pase? No lo sé. Nunca he estado con nadie más y tal vez por eso estoy tan jodidamente obsesionado con ella. De alguna manera, necesito olvidarla. Al parecer, no habrá un comienzo como yo hubiera querido y no puedo borrar nuestra historia.

Diecisiete

Celeste

—Parece que esta cumple todos tus requisitos —dice Lily mientras recorremos la casa que estamos viendo—. Está cerca de tu oficina, tiene un jardín grande, estacionamiento privado, la cocina es increíble, cuenta con una alberca hermosa y suficientes cuartos; además, le entra muy buena luz natural. No tendrías que remodelar casi nada, quizá pintar un poco aquí y allá.

Asiento distraída. De todas las que hemos visto, esta es la única que he visitado dos veces, pero no logro sentirme emocionada. No puedo pensar en nada que no sean los ojos de Zane cuando me vio con Clifton. Han pasado seis semanas y no he podido olvidarlo. Esa discusión fue el recordatorio perfecto de por qué estar juntos es una mala idea, aun así no puedo dejarlo ir, por más que esta sea la oportunidad perfecta.

Nunca lo había visto tan molesto. Siempre ha tenido su genio, pero jamás se había comportado así conmigo, pese a nuestra rivalidad. Se veía herido, decepcionado... No sé cómo interpretarlo. Decir que me está costando trabajo confiar en Zane es minimizar la situación.

Me siento tan asustada de confiar en la persona equivocada. Zane siempre ha sido muy astuto; me aterra dejarme llevar por mis emociones y, al final, quedarme con los pedazos rotos que él deje de mí. A lo largo de estos años, ha estado tan cerca de destrozarme tantas veces. No sobreviviré si soy yo la que le entrega lo que necesita para destruirme.

—Guau, esta cocina es fantástica —expresa Lily suspirando mientras explora con una sonrisa enorme en el rostro. Intento igualar su energía, pero imagino a Zane aquí. Su amplia espalda hacia mí, yo sentada en la isla de la cocina y él preparando algo de cenar. Una situación similar a la de su casa. Mi corazón retumba al pensar en él volteando sobre su hombro para sonreírme. Hago mi mejor esfuerzo por sacármelo de la cabeza, pero solo lo logro unos segundos.

¿Debí haberle explicado quien era Clifton? Mi intuición me decía que no. Decirle cualquier cosa habría hecho que Zane se desquitara con Clifton como lo hacía conmigo. Es obvio que Zane quiere algo de mí y no dejará que nadie se interponga en su camino.

Me horroriza el hecho de que sé que debo alejarme, pero no quiero. Tal vez sea masoquista y es que hay algo en Zane me fascina. Quizá sea el conocimiento de que el hombre que solía atormentarme ahora me desea; aunque me preocupa que no sea algo tan simple.

Cuando lo miro a los ojos veo algo que reconozco, pero que nunca había notado. Lo siento real cuando me toca. Despierta mi curiosidad sobre él y me invita a creer que ha cambiado.

Suspiro y meto la mano en el bolsillo de mi pantalón. No es hasta que percibo el sabor a menta que me doy cuenta de lo que acabo de hacer. Me quedo viendo, incrédula, la envoltura del caramelo mientras mi cuerpo reacciona al recuerdo de Zane empujando una menta de la misma marca en mi boca. Mi cara se calienta y el deseo atraviesa mi cuerpo, mezclado con un anhelo que nunca había sentido.

Se apodera de mí el arrepentimiento y la necesidad de tranquilizarlo. Zane Windsor siempre ha sido mi debilidad y ahora que somos adultos esto es más cierto que nunca. Él es a quien siempre he amado odiar. ¿Acaso siempre ha existido este trasfondo de algo más?

—Celeste. —La voz de Lily me saca de mis pensamientos. Se ve preocupada y tiene el ceño fruncido. Se acerca y con cuidado me quita un mechón de cabello de la cara, tiene una expresión inquisitiva—. Esta casa es literalmente perfecta para ti. Parece que estamos en tu tablero de ideas, pero no te ves ni un poco emocionada.

La agarro del brazo y sacudo la cabeza.

—Esta casa realmente es perfecta, ¿verdad? Creo que es la indicada, ¿sabes?

Me sonríe y asiente con la cabeza.

—Estoy de acuerdo.

Le sonrío de nuevo y la emoción me embarga. Tiene razón. No solo cumple todos mis requisitos, sino que genuinamente me veo viviendo aquí.

—Creo que la voy a comprar —admito, temerosa de decirlo en voz alta. Mudarme con mis padres a mi regreso de la universidad fue duro, así que estoy más que lista para ponerle fin a eso. La idea de tener verdadera privacidad me emociona.

Lily asiente y mete la mano a su bolsa para sacar una botella de champaña.

—Lo sabía, ya sospechaba que esta sería la buena cuando me pediste que viniera a verla contigo otra vez, pero lo supe de verdad cuando vi el esmalte de uñas que te pusiste. Es el que te compré hace un mes, ¿verdad?

Volteo a ver mi esmalte gris verdoso y me sorprendo. Debo haberlo escogido de forma inconsciente.

—Alpaca My Bags —digo en voz baja, sonriendo para mí misma. Me lo compró para que lo usara cuando encontrara la casa de mis sueños y, finalmente, pudiera hacer mis maletas y salir de casa de mis padres—. La voy a comprar.

Lily saca las copas de champaña desechables de su bolsa y, cuando el corcho sale disparado, damos un saltito y nos gana la risa. Me pasa una copa y levanta la suya.

—Por los nuevos comienzos y los hogares felices.

Un hogar feliz. Sé cuánto significan esas palabras para ella, es lo que perdió y nunca recuperó.

—Por los hogares felices —repito—. Sabes que esta será también tu casa, ¿verdad? Siempre serás bienvenida aquí.

Asiente con la cabeza y observa nuevamente toda la cocina.

—Tú siempre serás mi casa, Celeste. Sin importar dónde estemos. Lo sabes, ¿no es así?

Le digo que sí y noto la preocupación que está tratando de ocultar. Lily odia cuando no le digo lo que me pasa, pero entre más preocupada estoy por algo, más difícil se me hace hablar de ello. Se ha acostumbrado a que no le diga las cosas hasta que ya las haya procesado en mi cabeza y esté lista para compartirlas. Lo cierto es que siempre sabe cuando algo me pasa y sé que le duele que no se lo confíe en ese momento.

¿Qué diría si le contara lo que ha pasado con Zane? Cada que lo intento se me cierra la garganta. Apenas logro entender qué es lo que siento por él. Sé que ella nunca lo haría, pero me da miedo que me juzgue. Él me hizo la vida imposible durante tantos años y una parte de mí se avergüenza de que estemos… Ni siquiera sé qué estamos haciendo.

—¿Celeste?

Parpadeo sorprendida y suspiro al darme cuenta de que otra vez me perdí en mis pensamientos.

—Perdóname, Lil —murmuro, sintiéndome derrotada.

—¿Qué te pasa? —pregunta suavemente—. Llevas así semanas, distraída y callada. Sé que no es raro en ti y, con el tiempo, me vas a decir lo que ronda tu cabeza, pero me preocupas. ¿Qué tienes? ¿Es algo del trabajo? ¿O estás… estás enojada de que trabaje para Windsor Hotels? Casi no hemos hablado desde que entré.

Dieciocho

Zane

Me estaciono frente a la casa donde Celeste me pidió que la viera y, por alguna razón, me siento nervioso. Cuando me di cuenta de que nunca me daría realmente una oportunidad, juré que dejaría esto en el pasado e hice mi mejor esfuerzo por superarla; sin embargo, me llamó y me dijo que viniera, y aquí estoy. Si supiera el poder que tiene sobre mí, estaría muerto.

Suspiro y tomo las azucenas que le traje. Yo mismo las planté porque pensé que le gustaría su aroma, aunque no sabía si tendría la oportunidad de dárselas.

La puerta principal se abre y ahí está ella, viéndome con una sonrisa tímida en su hermoso rostro. Me debilita el vestido rojo que trae puesto y combina con sus labios, pero me las arreglo para devolverle la sonrisa. Llevo semanas intentando olvidarla, tratando de enterrar la esperanza a la que me aferraba de mil formas, pero todas mis intenciones se desmoronan en cuanto la veo.

—Ey —digo con voz suave.

—Hola —responde haciéndose a un lado para que entre.

Es extraño que ahora parece haber tantas cosas interponiéndose entre nosotros cuando, en realidad, nada ha cambiado. Supongo que estoy un poco desilusionado; la realidad finalmente despeja la neblina rosa en la que ella me envolvía. Tenía tantas ganas de creer que podíamos comenzar de cero, que nada importaría mientras ella me quisiera. Si tan solo las cosas fueran así de simples.

—Te traje un regalo —le digo extendiéndole las azucenas, mis ojos examinan el hermoso aunque vacío recibidor. La sorpresa ilumina su cara y se acerca para tomar el ramo de flores, pero lo jalo a mi pecho.

—Está pesado, solo dime dónde lo quieres.

Asiente y me guía hacia el interior, sus hombros se encogen poco a poco.

—Esta es una pésima idea —dice en voz baja—. Ni siquiera tengo donde sentarnos. Acabo de comprar esta casa y me mudé sin nada más que mi maleta. Todo lo que tengo es un colchón porque ni mi cama ha llegado. No sé en qué estaba pensando. Lo siento. ¿Qué te parece si tomo mi bolsa y vamos a otro lado?

Está divagando, lo hace siempre que está nerviosa. Es completamente adorable.

—¿Esta es tu casa? —pregunto, viendo el lugar con nuevos ojos. Ella sonríe mientras entra en la cocina, la sigo y no puedo evitar silbar del asombro.

—Carajo, Celeste. Es una tremenda casa. La cocina es todavía mejor que la mía y eso que la diseñaron para mí.

Se sonroja al verme observar el espacio. Algo en su timidez toca mis más fibras sensibles. Pongo las flores en la barra de mármol blanco y volteo a verla.

—Entonces soy tu primer invitado, ¿eh?

Se acomoda el cabello detrás de las orejas y asiente, todavía sonrojada.

—Algo así. Eres el primer invitado desde que la casa es mía. Ni mis papás han venido, de hecho, vendrán de visita mañana.

Sonrío complacido por razones que no logro identificar todavía.

—En ese caso, dame el recorrido por la casa.

Me mira a los ojos, ambos somos conscientes de que tenemos algo de qué hablar, pero ninguno de los dos quiere romper la frágil paz de este momento.

—Sí, pero primero quiero disculparme, Zane. —Se abraza y su postura revela fragilidad—. Aquel día en el restaurante, de verdad no era lo que pensaste, pero ahora entiendo que solo decirte que no era una cita no fue una explicación suficiente. Sobre todo porque te había dicho que estaría con mi mamá. He repasado la situación un millón de veces en mi cabeza, recordándome que esto es una mala idea, que debería aprovechar la excusa que me ofrece nuestra discusión para distanciarme de ti, dejar que lo que hay entre nosotros pierda fuerza, pero no puedo.

Cruzo los brazos y me recargo en la barra de la cocina, noto cómo sus ojos bajan a mis bíceps. Se muerde el labio y nuevamente me devuelve la mirada; el aire entre nosotros se va cargando poco a poco. Absorbo su imagen mientras me explica la trampa que le puso su mamá, lo que refuerza mis dudas, no en ella, sino en nosotros.

—Clifton Emerson —repito sintiéndome extrañamente derrotado. Me tomó apenas unas horas averiguar con quién estaba, pero oír su nombre me molesta de cualquier manera—. Así que él es el hombre con quien tu madre te ve, ¿eh? Alguien tranquilo, paciente, estudioso y de buena familia, pero no una cuya notoriedad atraiga demasiada atención. Misma industria también, aunque ninguno de los dos es un gigante, por lo que están en terreno parejo. Sí, harían una excelente pareja.

Desvío la mirada y me paso una mano por el cabello, sin saber qué más decir. No puedo competir contra alguien como él. Mi familia es demasiado conocida y la rivalidad entre los Harrison y los Windsor es demasiado antigua. Aunque propusiera una fusión, sentirían que los estoy usurpando. Pienso que ni mi familia ni la suya siquiera considerarían esta opción.

—Zane —dice, y mi nombre suena como un susurro en sus labios. Da un paso hacia mí y luego otro hasta que está parada entre mis piernas.

—¿Por qué me pediste que viniera, Celeste? —le pregunto y me es imposible no tocarla. Acaricio gentilmente con una mano su rostro y ella suspira recargándose en mí. Su mano busca mi pecho y coloca su palma sobre mi corazón que de inmediato comienza a latir más rápido por ella. Siempre es por ella.

—Porque cada vez que cierro los ojos recuerdo cómo me miraste. Pensé que estabas jugando, que solo querías acostarte conmigo. Pensé que yo era algo que necesitabas sacar de tu sistema, que no era en serio todo lo que me dijiste. Parte de mí tenía miedo nada más, Zane; miedo de confiar en ti, de reconocer mis propios sentimientos hacia ti. Para mí, ceder ante esto que está pasando entre nosotros se siente como una derrota. Supongo que esperaba regresar de Londres convertida en alguien completamente inmune a ti, pero no lo soy. Estoy aquí confrontando mis demonios y deseando más.

Mi mano libre abraza su cintura y la agarro fuerte.

—Esto no cambia nada, Celestial. Si acaso, solo demuestra que todavía no confías en mí. Nuestro pasado no te lo permite y no puedo competir contra veinte años de malos recuerdos. No sé por qué pensé que podía hacerlo, pero tú y yo… ¿cómo podría esto no convertirse en un desastre absoluto?

—No lo sé —susurra y desliza su mano por mi pecho hasta mi nuca—. No lo sé, Zane, pero lo que sí sé es que te deseo.

Mierda. Celeste se pone de puntitas y contiene el aliento, su mirada recorre mi rostro esperando algo que sabe que no puedo negarle.

—Tenías razón, Zane. Quiero saber qué se siente estar contigo de verdad y por completo. Es lo único en lo que he podido pensar en las últimas dos semanas. Tal vez sea una idea terrible, quizá nuestra discusión fue una señal, una advertencia del universo... pero la voy a ignorar.

Tenerla así de cerca está erosionando mi determinación. Ladea su cara y acerca sus labios para tocar los míos. Mierda, soy hombre muerto.

—Me vas a matar, Celeste Harrison —susurro antes de agarrarla más fuerte y jalarla hacia mí, tomando esos hermosos labios rojos y haciéndolos míos. Ella gime en mi boca y se abre para mí. Su mano recorre mi cabello mientras con su lengua se roba el dulce que tengo en la boca.

—Carajo, Celestial —suspiro y nos volteo para subirla a la barra de la cocina. No creo poder saciarme de ella nunca.

Envuelve con sus piernas mi cintura y siento su mano acariciando mi cuerpo con la misma urgencia que yo siento; es embriagante que ella me desee.

Inhalo profundo al sentir sus dedos debajo de mi playera. La cabeza me zumba, me hace sentir como un maldito demente.

Celeste levanta mi playera y gimo al quitármela; la dejo caer en el piso de la cocina. Mis manos se abren camino por debajo de su vestido.

—Te extrañé —susurro y recapturo su boquita sexi, incapaz de mantener las palabras enterradas. No solo durante estas semanas que no hablamos, sino en los años que estuvo lejos. No me había dado cuenta hasta que se fue, pero ella siempre ha sido mi ancla.

Su mano baja a mis pantalones y separo mis labios de los de ella, necesito mirarla a los ojos.

—Deberíamos ir despacio —señalo, odiando cada palabra. La deseo con desesperación, pero no quiero arruinar las cosas. No otra vez.

—No —enfatiza mientras me baja el cierre. Su mirada se clava en mí al tiempo que mete su mano por debajo del resorte de mi bóxer y casi dejo de respirar—. Te necesito, Zane. Por favor, quiero esto, te quiero a ti.

¿Cómo se supone que diga que no? No puedo. Lo que mi diosa quiere, lo obtiene. La miro a los ojos y hago a un lado su pantaleta de seda, mi pene palpita cuando siento lo excitada que está.

—¿Esto es para mí, mi hermosa Celeste?

Se sonroja y asiente con la cabeza mientras me baja los pantalones, llevándose en el camino mi bóxer. Su impaciencia es jodidamente sexi, pero la forma en que se lame los labios cuando ve mi pene me mata.

—Necesito verte —suplico, entonces sube los brazos para mí y, segundos después, su vestido se une a mi ropa en el suelo. Celeste me mira a los ojos mientras desabrocha su brasier rojo. Estoy fascinado, desesperado por memorizar cada segundo. Era hermosa cuando éramos más jóvenes, pero nada me pudo haber preparado para la mujer que tengo enfrente. Es una diosa de verdad, maldita sea, no la merezco.

Me sonríe mientras repite el proceso con la otra parte de su juego de ropa interior. Hay algo etéreo en la forma en que me sostiene la mirada; sus mejillas sonrojadas delatan su timidez, pero no se esconde de mí.

—Guau —susurro sin pensar—, absolutamente increíble. —Ni en mis fantasías más salvajes pensé que tendría a Celeste Harrison desnuda, en la barra de su cocina, escurriendo por mí. ¿Qué locura de mundo es esta realidad que me tocó vivir?

La tomo de los muslos y pongo una de sus piernas sobre mi hombro para besarle el muslo. Ella gime y entierra una mano en mi cabello, agarrándome con fuerza.

—Déjame adorarte —suplico, desesperado por demostrarle que ya no soy el chico virgen, torpe e inexperto que recuerda.

—Zane —gime cuando beso su vulva, lo que me hace sonreír. Ni siquiera la he probado de verdad todavía y ya está temblando. Saber que me desea, maldición, me vuela la cabeza.

Me aferro a sus muslos y ella se reclina en la barra de la cocina, observándome mientras paso la lengua por su clítoris. Es tan deliciosa como la recuerdo; creía que lo había soñado, pero no, ella sigue siendo mi postre favorito.

—No puedo —clama—. Quiero sentirte dentro de mí, Zane. Llevo semanas sin pensar en nada más que en ti. Te necesito, por favor.

—Y yo necesito que te vengas en mi lengua primero, mi dulce diosa. Vente para mí y te daré mi pene.

Se recuesta en la barra mientras entierro la cara entre sus piernas; la forma en que gime para mí me tiene al límite. Podría venirme solo de oírla, pero no es precisamente la experiencia que quiero que tenga.

La acerco a mí, jugueteando con su clítoris una y otra vez, sin llegar a rozarlo con mi lengua como sé que quiere. En cambio, le hago círculos alrededor, lentamente, hasta que tiemble y esté desesperada por tenerme.

—Lo estás haciendo muy bien, Celestial, muy bien —susurro mientras le meto dos dedos, presionando su punto G.

Ella grita mi nombre y se viene para mí; es completamente irreal. Ninguna de mis fantasías se puede comparar, ni siquiera mis recuerdos. Ella lo es todo para mí.

Celeste sonríe tímidamente mientras se reincorpora, me jala hacia ella y me mira como preguntándose si esto se sintió igual para mí.

Lo dudo mucho. No hay forma en que ella puesta estar sintiendo todo lo que yo.

Sus brazos se sujetan a mi cuello y yo sostengo su nuca gentilmente, embelesado mientras toma mi pene y lo acomoda en la entrada de su vagina. La miro a los ojos y comienzo a meter la punta con la respiración entrecortada.

Toma toda mi energía detenerme antes de metérselo completo, necesito hacer una pausa y encontrar las palabras que busco.

—Celeste —musito pasando mi mano por su cabello y sujetándolo con firmeza, mi otra mano en su cintura—. Si te penetro ahora, serás mía, ¿entiendes? No más tonterías, no más juegos.

Ella respira con tanta dificultad como yo, su mirada refleja la misma intensidad, la misma emoción. Ella asiente, pero no es suficiente.

—Dime que entiendes lo que te digo.

—Soy tuya, Zane. Creo que siempre lo he sido.

Maldición. Empujo mi pene un poco más y sus ojos se agrandan; su expresión muestra un poco de incomodidad a pesar de lo mojada que está.

—Te voy a coger, Celestial, y después vamos a hablar. Vamos a encontrar la forma de que esto funcione, aprender a comunicarnos. Hallaremos la manera de enfrentar juntos nuestro pasado y nuestro futuro.

Ella extiende sus manos para tomar mi cara y la mirada en sus ojos me dice todo lo que necesito saber.

—Haremos que funcione —promete.

Entro en ella unos centímetros más y su boca se abre, sus músculos apretándose alrededor de mí como si fuera demasiado para ella.

—Lo estás haciendo muy bien, mi diosa —le aseguro—. Tu vagina está hecha a mi medida, solo para mí, ¿no crees?

Ella asiente.

—Sí, hecha para ti —susurra, repitiendo mis palabras sin pensarlo. Carajo, va a hacer que me venga si me sigue mirando así.

Mis manos se aferran a sus caderas y la sostengo firme mientras se lo meto hasta el fondo, ganándome el quejido más sexi.

—Dios mío, Zane —exclama, con sus piernas abrazadas a mí. Mi nombre en sus labios es el sonido más hermoso que he escuchado en mi vida. Nunca me voy a cansar de esto, de ella.

—Mía —le digo saliéndome hasta la mitad, solo para volver a penetrarla duro y rápido, perdiendo el control en mi necesidad de tenerla.

Por fin, por fin, carajo: es mía.

Diecinueve

Celeste

—Es la tercera vez que me cargas —murmuro con mi nariz rozando juguetonamente el cuello de Zane; ya necesito más de él. Pensé que mi memoria me engañaba, que me había imaginado la forma en que me miró la noche de graduación. Pero aquí está, mirándome de la misma forma y mi corazón se derrite.

—Es la cuarta, de hecho —puntualiza con una voz tan suave que no hubiera escuchado si no estuviera así de cerca.

Me alejo un poco para mirarlo, intrigada.

—¿La cuarta?

Sonríe y asiente con la cabeza.

—¿Te acuerdas de la vez que te desmayaste en la clase de química? Teníamos como quince años. Creo que nunca había saltado una silla así de rápido. Te atrapé antes de que tocaras el piso y te llevé a la clínica más cercana.

—¿En serio? —No tengo memoria de eso. Lo único que recuerdo es despertar y ver a mis papás muertos de la preocupación. Ellos nunca lo mencionaron y él tampoco—. Me desmayé porque no había comido como en día y medio. Ahora que lo pienso, nunca volví a ver a ese maestro de química. Tú no tuviste nada que ver con eso, ¿verdad?

Zane se tensa.

—Si no mal recuerdo, le preguntaste si podías darle una mordida a tu barrita de proteína y te dijo que no.

Esa no es una respuesta y lo sabe.

—¿Cuánto tiempo? —pregunto y la voz se me quiebra. No tengo que terminar la oración para que entienda a lo que me refiero.

Mira hacia otro lado y me recuesta con cuidado sobre mi desordenado intento de cama. Mi cuarto está vacío excepto por colchón en el que se acuesta conmigo. Zane suspira levantando la colcha y nos cubre a ambos antes de volver a ponerse de frente a mí, apoyado en su codo. Hay algo infinitamente sexi en tener a Zane Windsor desnudo en mi cama, las sábanas a la altura de su cintura revelando su musculoso torso. Es todavía más sensual verlo y saber que es mío.

—No recuerdo un momento en el que no hayas sido el centro de mi universo, Celeste. Cuando éramos niños eras mi rival, mi archienemiga. Me dijeron que jamás podríamos ser amigos y que nunca debía confiar en ti. Las advertencias solo incitaban mi curiosidad y entre más te conocía más me interesabas. Fuiste una de las pocas personas que de verdad podía competir conmigo y ganar más de la mitad de las veces. Además, nunca te importó mi apellido, de hecho, era el motivo por el que me odiabas, pero también la razón por la que viste mi verdadero yo. Nunca te acobardaste ante mi presencia ni trataste de impresionarme. Yo vivía en un mundo que me exigía ser de cierta forma y así era, excepto cuando estaba contigo. —Suspira y acomoda uno de mis rizos detrás de mi oreja—. No sé en qué momento el interés se convirtió en una rivalidad tan intensa como la nuestra o cuándo se transformó en algo más. Todo lo que sé es que no recuerdo una versión de mí sin ti. Sentía cosas por ti cuando teníamos dieciséis años, pero la dinámica de nuestra relación ya estaba más que establecida y ya te había dado demasiadas razones para odiarme. No sabía cómo deshacer el daño que había causado y cada vez que lo intentaba, obtenía el efecto contrario y me malentendías. Cuando te fuiste... Vaya que te extrañé, pero también surgió en mí la esperanza de que fuera una oportunidad para empezar de cero. Imaginaba que un buen día nos reencontraríamos y haríamos las pases. Me mirarías y, por primera vez, no habría odio en tus ojos.

Extiendo la mano hacia él y con las yemas de los dedos acaricio el contorno de su frente y bajo por su mandíbula. Sus ojos se cierran y él inclina la cabeza, buscando mi tacto.

—¿Qué ves ahora cuando me miras a los ojos? —susurro.

Pestañea y mi pulso se dispara cuando sus labios sonríen de forma seductora.

—Algo que me da esperanza, Celestial.

Me jala hacia él y cedo dispuesta, sorprendida de lo bien que encajamos en el otro y lo segura que me siento en sus brazos. Nada se ha sentido mejor.

—Zane —musito con un tono apesadumbrado—. Deberíamos... deberíamos hablar.

—Lo sé. —Mete su mano entre mi cabello—. Solo dame un poco más de ti antes de iniciar esta conversación difícil para ambos.

Subo mi nariz por su garganta y el suspira contento cuando mis labios rozan los suyos.

—Mía —enfatiza y me besa despacio, encendiendo la flama de nuevo en mi cuerpo.

Zane gruñe mientras me pone sobre la espalda y se acomoda entre mis piernas, su erección crece rápido. Me mira como si de verdad fuera una diosa; sin duda, quiero más.

Mis ojos se abren cuando se incorpora apoyándose en los antebrazos y embiste contra mí, provocando un quejido involuntario que sale de lo profundo de mi garganta mientras él me provoca con la punta de su pene. La forma en que roza mi clítoris al mover ligeramente sus caderas me vuelve loca y veo en su sonrisa que lo sabe.

—Dime que vamos a hacer que esto funcione, aun contra toda expectativa —me implora.

Paso mi mano por su cabello y lo veo a los ojos, insegura.

—Esto es lo más irracional que he hecho en mi vida, Zane. Todo apunta a que acabará mal: nuestras familias nunca lo aceptarán y manejamos compañías rivales, lo que ocasionará fricción en nuestra relación; además de nuestro pasado. Me preocupa que una parte de mí solo quiera tenerte porque me hace sentir poderosa la forma en que me deseas. Tranquiliza a la niña a la que acosaste por años, pero no sé si es suficiente. No tenemos una base estable. Sé que debería alejarme, pero, solo… no puedo, y no sé por qué.

Él acomoda sus caderas y me muerdo el labio para reprimir un gemido. No cabe duda de que lo hace a propósito, quiere recordarme lo perfectos que podríamos ser juntos. Lo está logrando.

—Celestial, estoy agradecido de tener una oportunidad contigo, incluso si es solo porque te hace sentir poderosa. Nadie necesita saberlo, mi dulce diosa. Esto puede ser solo nuestro si eso es lo que quieres. Seré lo que quieras que sea, Celestial, siempre y cuando me dejes ser tuyo.

Mi corazón late con fuerza y él sonríe tímidamente, luciendo tan vulnerable que solo quiero abrazarlo y reconfortarlo a toda costa. Nunca debí dejar que nuestra pelea nos alejara, no debí tardarme tanto en confiar en él. Mis dedos trazan el contorno de su rostro con delicadeza y me gano un suspiro reconfortante de su boca.

—No importa cómo es que llegamos aquí, Celeste, sino a dónde vamos. Tenemos una larga historia de mala comunicación y malentendidos, no podemos dejar que nuestro futuro sea así. —Se acerca y me besa la frente, tiene una mirada suplicante—. Ya tengo el pasado en mi contra, así que tengo que esforzarme el doble para compensarlo. Dime que vas a ayudarme hablando conmigo. Por favor, Celeste. Sé que estar juntos no va a ser sencillo, pero no tenemos oportunidad si no nos comunicamos. No puedo pasar por esto otra vez, la inseguridad, pasar semanas sin hablarnos solo porque no sabemos hacer nada más que discutir.

Nunca lo había visto expresarse con tal franqueza.

—Paso mucho tiempo reflexionando y tengo el hábito de no hablar las cosas hasta que considero que ya las pensé bien, pero lo intentaré, Zane.

—¿Es una promesa? —pregunta y su tono revela un dejo de desesperación. De verdad le importa esto que podemos construir juntos.

Tomo su cara entre mis manos, mi corazón late descontrolado.

—Juro comunicarme lo mejor que pueda, Zane, y te prometo mirar más allá de nuestro pasado, hacia nuestro futuro. Siendo honesta, lo que siento por ti me asusta. No debería… no debería sentir tantas cosas por ti, especialmente porque los recuerdos que compartimos no son agradables, pero con todo, yo…

Él sonríe al darse cuenta de que no puedo describir cómo me siento.

—Sí… —susurra—, yo también. —Exhalo temblorosa cuando posa su frente en la mía y nuestros cuerpos se juntan más.

—No tenemos que complicarnos de inmediato, Celestial. ¿Todas esas cosas que nos dan miedo? No tienen que preocuparnos ahorita, no todavía.

Asiento aliviada.

—Veamos si podemos llevarnos bien antes de decirle a nuestras familias. Sabes tan bien como yo que se desatará una guerra si nuestros abuelos se enteran. Ya tenemos suficiente en nuestro plato, así que, mientras tanto, veamos si podemos sostener lo que implica estar juntos. Deberíamos guardar el secreto.

Zane sonríe y su mirada hace que mi corazón dé un vuelco.

—Dime, Celestial. ¿Esto significa que te puedo llamar *novia*, aunque solo sea en privado?

Nunca pensé en Zane Windsor como alguien lindo, pero así se ve en este momento. Sexi y fuerte, pero también muy tierno. Me doy cuenta de que esta es la parte de él que es únicamente mía.

—Solo si yo te puedo llamar *mi novio* —susurro, sin poder disimular la sonrisa en mi rostro. No quiero que el pasado me atormente más, no cuando puedo tener esto.

Zane mueve sus caderas como respuesta y el deseo brilla en sus ojos.

—Carajo, dilo otra vez. Dime lo que soy de ti.

Está tan duro y el ángulo en el que se acomodó me produce la más deliciosa tortura. Hace que quiera castigarlo hasta que pierda el control y me tome duro y rápido.

—Zane Windsor —comienzo—, mi novio. Suena un poco infantil, ¿no crees?

Empuja la punta de su pene sobre mi clítoris y se mueve de arriba a abajo provocándome. Sonríe porque no logro reprimir mis gemidos.

—Sí, suena algo juvenil —responde—. Pero si las cosas resultan como yo quiero, me estarás llamando de otra forma muy pronto.

Entrecierro los ojos confundida. Él solo sacude la cabeza y acerca sus labios a los míos una vez más.

—Fuiste mi primer beso y mi primera vez, ahora eres mi primera novia. ¿Cuántas primeras cosas más vas a ser de mí? Te daré todas mis primeras veces si las quieres.

Antes de que pueda responder, vuelve a penetrarme y hace que todos mis pensamientos se disipen. Lo único que puedo experimentar es la forma en que me hace sentir.

Zane Windsor quizá sea mi perdición, pero qué manera de caer.

Veinte

Celeste

Tomo sonriente mi celular al ver el nombre de Zane en la pantalla. Los últimos días han sido completamente irreales. Hemos estado mensajeándonos sin parar y todas las noches viene a verme aunque sea por unos minutos. Siempre llega con un ramo de flores frescas.

Ser la novia de Zane Windsor es una experiencia para la que nadie me pudo haber preparado. Sé lo que es tener su atención de una forma negativa, pero tener su devoción incondicional es algo completamente diferente. Mis preocupaciones se van desvaneciendo día tras día. Con cada beso, él cura cada una de las heridas que me había hecho.

InZano: ¿Cenamos hoy? Te cocinaré ragú de cordero como en nuestra primera cita y podemos comérnoslo en el observatorio. Algunos de los árboles finalmente florecieron, te van a gustar.

Sonrío y escribo mi respuesta.

Celeste: Yo llevo el postre.

InZano: Celestial, tú eres mi postre.

Me muerdo el labio y aprieto los muslos, ansiosa de que llegue la noche. Nos hemos visto todos las noches, pero no hemos hecho nada excepto besarnos. Ambos hemos estado muy ocupados con el trabajo, por lo que él no ha podido quedarse el tiempo suficiente para que las cosas realmente progresen. He estado contando los días para el fin de semana y creo que él también. Es extraño, porque de verdad amo mi trabajo, pero me da gusto que ya sea viernes.

—¿Celeste?

Me tiembla la mano al apresurarme a bloquear mi celular antes de que mi abuelo entre a mi oficina. Una mezcla de culpa y vergüenza me hace imposible verlo a la cara.

Azota una tarjeta finamente ornamentada en mi escritorio. Su presencia irradia furia.

—Anne Windsor envió una invitación para la inauguración del Bellevue, la muy sinvergüenza. Se está burlando de nosotros. Ese hotel debió ser nuestro.

Tomo la invitación y hago una mueca mientras mi abuelo comienza otra diatriba contra Anne Windsor y toda su malevolencia. Esta vez estoy de acuerdo con él, ella se está riendo de él, sin duda. Le escribió incluso una nota a mano, pidiéndole que fuera a ver el hotel que no pudo adquirir.

—¿Por qué se odian tanto ustedes dos? —pregunto frustrada. Se lo he cuestionado millones de veces y siempre me da respuestas a medias, pero nunca las suficientes para entender. Solo lo necesario para darme cuenta de que las heridas son profundas.

Mi abuelo mira por la ventana un momento y su rabia se apacigua.

—No me importa qué es lo que tengas que hacer, Celeste, pero vas a descubrir cuál será su siguiente movimiento y, por todos los cielos, te asegurarás de que esta vez ganemos. —Vuelve a tomar la invitación y se le queda viendo furioso antes de romperla, dejando caer los pedazos sobre mi escritorio—. Y su nieto es igual de calculador que ella como bien sabes. Por una vez en la vida, encuentra la forma de ser más lista que él. Estoy harto.

Suspiro al verlo salir por la puerta, sin saber qué decir o hacer. En el pasado, me hubiera puesto de inmediato a investigar los planes de Zane, pero ahora simplemente no quiero. Todo lo que quiero es ir a casa de mi novio y olvidarme del trabajo. Así que eso hago.

Me estaciono frente a la casa de Zane y, aunque no quiera, sigo pensando en las palabras de mi abuelo. Exhalo y tomo la botella de cabernet sauvignon que traje, el color de mis uñas hace juego con el de mi vino favorito. Es casi tan perfecto como su nombre: Cabernet with Bae. Espero que Zane no me pregunte hoy sobre mi esmalte, porque me da un poco de pena decirle cómo se llama este color. Si se entera de que lo compré por él, nunca va a dejarlo pasar.

Al bajar del auto, miro al suelo y veo que la grava de la que me quejé la otra vez ya no está; la reemplazó con piedras lisas. No lo hizo por mí, ¿o sí? Mi pulso se acelera y se me hace imposible dejar de sonreír camino a la entrada.

La puerta se abre antes de que toque el timbre y aparece Zane, vestido con uno de sus trajes que lo hace ver irresistible.

—Justo a tiempo —dice acercándose. Suspiro cuando me besa y, así nada más, las preocupaciones del día se desvanecen, aunque sea solo por unos momentos.

—Te extrañé —susurro sin pensar.

Zane se aleja y sus ojos resplandecen. A veces me observa como si no pudiera creer que realmente estamos juntos, lo que me hace sentir… Bueno, me vuelve loca. Despierta en mí las ganas de provocarlo.

—Yo te extrañé más, Celestial.

Me acomoda el cabello y parece perdido en un pensamiento.

—¿Qué pasa? —le pregunto.

Zane niega con la cabeza, me mira a los ojos y besa mi mano, luego la acerca al escáner que está junto a su puerta.

—Pongamos tu huella digital para que puedas entrar cuando quieras.

Mis labios se entreabren de la sorpresa y me le quedo viendo. Es el equivalente a darme llaves de su casa.

—¿No es demasiado pronto para algo así?

Se ríe y presiona mi pulgar contra el escáner, moviéndolo hasta que queda registrado.

—No subestimes lo mucho que he esperado ya. Me frustra no tenerte todo el tiempo, así que, al menos en los confines de mi casa, quiero las cosas a mi manera.

—¿A tu manera? —le pregunto sonriendo mientras entramos en la casa—. Dime más. O mejor aún, enséñame.

Se muestra contento, entrelaza sus dedos con los míos y me guía por el pasillo que lleva al observatorio.

—Después, Celestial. No te preocupes, pretendo adorar a mi diosa toda la noche. No tienes idea cuánto he soñado con tenerte en mi cama, ¿o sí? —Me sonrojo y él sonríe maliciosamente apretando mi mano. Sus ojos brillan con una promesa que me acelera el corazón—. Pero primero, voy a alimentarnos. He tenido un día larguísimo y me muero de hambre.

Me lleva a una mesa lista y decorada en su jardín de rosas y, por unos momentos, no puedo hacer nada más que admirarla.

—Es como si acabara de entrar en un cuento de hadas —susurro, temerosa de perturbar la tranquilidad de este lugar. Las rosas están adornadas con luces diminutas y hay velas en todos los senderos. El lugar ya es hermoso, pero esto lo vuelve completamente mágico.

Zane coloca su brazo sobre mis hombros y me abraza fuerte.

—Este jardín de rosas era de mi madre. Mi papá plantó los rosales para ella él mismo; yo los he cuidado por los últimos dos años. Puede sonar raro, pero la jardinería era algo que compartimos mi mamá y yo. No era algo que les interesara a mis otros hermanos, así que este era nuestro lugar. En este lugar, siento que ella sigue conmigo. Sé que es tonto, pero mantener este jardín me hace sentir que honro su memoria.

Suspira y camina hacia un rosal, se pone en cuclillas ante él y toma unas tijeras de la cubeta que está al lado. Con un movimiento ágil, corta una enorme y preciosa rosa.

—Algún día le regalaré este observatorio a mi esposa —asegura volteando hacia mí. Con cuidado, pone la flor en mi cabello y sonríe una vez que está bien acomodada entre mis rizos justo encima de mi oreja, enmarcando mi perfil—. Hermoso.

Una ola de celos me inunda cuando pienso en otra mujer caminando por aquí, tomada de la mano de Zane. ¿También para ella cortaría una de las preciosas rosas de su madre, solo para adornar su cabello? Un anhelo, distinto a cualquier cosa que haya sentido en mi vida, se apodera de mí. Cada fibra de mi cuerpo quiere que esa mujer sea yo. La idea es tan sobrecogedora que de inmediato la alejo de mi mente.

—Cuéntame cómo estuvo tu día —cambio el tema.

Zane me acerca una silla y, para mi sorpresa, varios meseros uniformados entran con nuestra cena. A veces se me olvida lo adinerados e ilustres que son los Windsor. A mi familia le va bien, pero ellos están en otro nivel. Siempre ha sido así.

—Me gustaría desarrollar un resort *spa* de lujo en el centro de la ciudad —comenta mientras rodea la mesa para llegar a su silla—. Es una idea que he tenido por un tiempo, pero todavía no se logra.

Me le quedo viendo con los ojos bien abiertos y un sentimiento incómodo retorciendo mi estómago.

—N-no puedes decirme eso, Zane.

Él frunce el entrecejo y se inclina hacia mí, apoyando la cabeza en su mano.

—¿Por qué?

—E-es que justo hoy… mi abuelo me pidió que averiguara cuál es tu siguiente objetivo y que lo adquiriera antes que tú. Desde que conseguiste el contrato del Bellevue, ha estado presionándome más para ganarte. Quiere que nuestra compañía supere a la tuya en los próximos tres a cinco años. No tienes idea del lío en el que me metí cuando retiré mi oferta del Chateau Chiara. Mi abuelo no está nada contento conmigo y… bueno…

—Ah —dice sonriente—, mi hermana convenció a mi abuela de comprar un terreno para mí, así que en vez de comprarlo, voy a construir mi propio spa. ¿Quieres que te dé los detalles para que me ganes?

Parpadeo confundida.

—¿Qué?

Zane se ríe y toma mi mano.

—Siempre me ha encantado competir contigo, Celestial, pero renunciaré a ello si te lastima. Cualquier cosa mía que quieras puede ser tuya. Cualquier idea, cualquier adquisición, todo. No pretendo guardarle secretos a mi novia, ni voy a andarme con rodeos cuando hablemos de cómo estuvo nuestro día. No creas que no he notado que cambias de tema cada vez que hablamos de trabajo. No voy a robar tus ideas, Celeste, ni haré nada que te dañe a ti o a la compañía de tu abuelo. —Levanta mi mano hasta sus labios y besa suavemente la parte interior de mi muñeca —. Te lo juro.

Siento que se me va a salir el corazón al mirarlo, hipnotizada por sus ojos. ¿De verdad es posible que tengamos esto? ¿Una relación normal en la que no nos guardemos secretos y hablemos libremente de nuestro día? Lo anhelo desesperadamente y rezo por no arrepentirme de poner mi fe en él.

Veintiuno

Celeste

Termino de servir dos copas de vino cuando Lily, con una sonrisa enorme, entra a la cocina.

—Estoy obsesionada con esta casa —asegura con un suspiro alegre y me abraza, le sonrío.

—Te extrañé —le digo—. Se supone que tenemos noche de chicas al menos una vez al mes, ¿cómo es que van dos meses sin que tengamos una noche para nosotras en mi nueva casa? Mi mamá se ha estado quejando también de que has faltado a las clases de cocina los sábados. No soy la única que te extraña.

Su sonrisa se apaga un poco mientras me sigue a la sala.

—Lo sé, perdón, Celeste. He estado tan ocupada con el trabajo. Apenas llevo unos meses, así que estoy trabajando horas extras todo el tiempo. El programa de capacitación de Windsor Hotels es brutal y todos los días despiden a alguien. Me da miedo ser la próxima.

Me hundo cómodamente en el sillón nuevo color crema que Zane me ayudó a escoger y la jalo para que se siente junto a mí.

—Bueno, sabíamos que sería así —comento—. No estoy tan loca como para creer que las cosas no iban a cambiar y que nos seguiríamos viendo tan seguido como en la universidad. Pero, no sé, la mayoría de los días ya ni siquiera hablamos. Siempre alguna de las dos está trabajando horas extra. Y como estamos en diferentes compañías…

Lily suspira y le da un trago a su vino.

—Ya sé. Es raro no poder hablar con mi mejor amiga sobre el trabajo, pero el acuerdo de confidencialidad es ridículamente estricto. Lo odio.

Subo las piernas al sillón, exhalo.

—No importa, está bien. Solo dime si estás feliz ahí. Zane no está siendo demasiado duro contigo, ¿verdad? Me dijo que te estaba yendo bien, pero necesito escucharlo de tu boca.

—Preferiría mil veces trabajar para Harrison Developments, pero estoy feliz en Windsor Hotels. El trabajo es verdaderamente extenuante, aunque también muy gratificante. La verdad estoy aprendiendo mucho. —Se me queda viendo fijamente y arquea una ceja—. ¡Espera! ¿Zane te contó que me está yendo bien en el trabajo?

El calor me sube a las mejillas y me muerdo el labio de los nervios.

—Bueno, ¿recuerdas que te conté que besé a Zane y luego tuvimos esa pelea horrible y me dijiste que hablara con él en vez de dejar que la situación me estuviera haciendo sentir mal?

Ella asiente despacio con la cabeza.

—Bueno, pues… es que…

—Celeste, ¿qué estás tratando de decirme?

—Estamos saliendo —me apresuro a decirle—, llevamos siete semanas y, Dios mío, Lil, creo que nunca había sido tan feliz. Es raro, ¿verdad? Sé que es raro porque es Zane y siempre nos hemos odiado, pero ha cambiado mucho. Honestamente, no me creerías si te dijera lo bien que me trata. Me encanta la persona en la que se ha convertido, pero también tengo miedo porque, ¿y si no es real? O peor, ¿qué tal que me enamoro más de él y mi familia se entera? Sé que esto no puede durar, pero estoy tan…

Pone su mano en mi brazo y lo frota gentilmente. Su frente muestra que está tratando de descifrar las palabras que acaban de salir de mi boca.

—Lo estás haciendo otra vez… —señala con voz suave.

—El vómito de palabras, ¿verdad? Solo estoy nerviosa. Quería contarte, pero quería hacerlo en persona y no lográbamos coincidir para vernos.

Lily examina mi rostro, como si creyera que estoy bromeando.

—Veamos, solo para estar segura, ¿estás saliendo con Zane Windsor? ¿El tipo que siempre has odiado, el que te hizo acoso escolar por años y te ocasionó la peor ansiedad? ¿Ese tipo? ¿Estás saliendo con mi jefe?

—Yo… Sí, sí, con él.

Se me queda viendo conmocionada, se acerca la copa de vino a la boca y se la toma todo de un trago.

—De acuerdo, bien. Esto no lo vi venir. —Toma la botella para servirse más—. Cuando me dijiste que lo habías besado, pensé que había sido odio disfrazado de lujuria. Energía acumulada que necesitaban sacar de sus sistemas. No pensé que empezarían a salir. No entiendo. ¿Cómo pasó?

Me reclino en los cojines y suspiro.

—No lo sé, Lil. Me dijo que quería una oportunidad para mostrarme el hombre en el que se había convertido en los últimos años y una cosa fue llevando a la otra. Todo pasó muy rápido. Lo he estado viendo diario, la mayoría de las noches solo cocinamos y platicamos. Me ayudó a decorar la casa y pintamos todos los cuartos juntos, excepto la cocina… ahí todavía no hemos podido. Todo ha sido muy… normal. No estaba segura de esto. Te juro que pensé que recaeríamos en la dinámica de antes y comenzaríamos a discutir enseguida, pero no ha pasado. Es raro, porque el odio que le profesaba también me ayudó a conocerlo mejor de lo que me había dado cuenta. Ahora que ya no hay esa hostilidad entre nosotros, hay tanto que tenemos en común.

Cierra los ojos por un momento.

—Celeste —comienza a manera de ruego—, por favor, no dejes que te lastime. —Me mira y en sus ojos veo dolor—. De verdad, no entiendo por qué querrías estar con él después de todo lo que te ha hecho. Reconozco que ha cambiado, pero eso no lo hace merecedor de ti. ¿Cómo esperan que esto funcione? ¿Cuánto puede durar?

—No lo sé. Solo sé que estoy feliz. Más feliz de lo que he estado en años y todo gracias a él. Incluso si no dura, quiero vivir cada momento que pueda a su lado. ¿Crees que esto una locura?

Lily niega con la cabeza y toma otro generoso trago de su vino.

—Esto no puede ser más que un amorío, Celeste. Lo sabes, ¿verdad? No hay espacio para él en el futuro que has planeado con tanto cuidado. A Archer lo desheredaron por menos que esto y ambas sabemos que te rompería el corazón que tu abuelo te hiciera lo mismo, y lo hará si se entera. —Recorre con la mirada mi rostro y la angustia que veo en sus ojos me desanima—. Por favor, no me hagas recoger los pedacitos después de que Zane rompa tu espíritu como solía hacerlo. Aléjate, por favor, ahora que todavía puedes. Hazlo antes de que sus familias decidan por ustedes. Sabes tan bien como yo que no te puedes casar con él, así que, por favor, no te enamores.

Bajo la mirada a mis manos e inhalo con dificultad.

—Creo que es demasiado tarde para eso.

Veintidós

Zane

—No llegues tarde a cenar hoy —dice mi abuela en el teléfono, con un tono tan serio como siempre—. Quiero discutir contigo algunas cosas en persona, especialmente cómo vas a manejar a la nieta de Ed Harrison. En los meses que lleva trabajando con él, ha reestructurado varios departamentos y mejorado bastante la imagen y las conexiones de la compañía. Necesitas frenar eso. A este paso, ganarán una ventaja competitiva sobre nosotros en dos años si no es que en menos.

Reprimo una orgullosa sonrisa mientras me estaciono frente a la casa de Celeste, emocionado de pasar la tarde con ella. Si mi abuela se enterara de que la ayudé a desarrollar varios de sus planes, me mataría.

—No te preocupes, abue. Yo me encargo de Celeste. —Aunque no de la forma que ella espera.

Los últimos meses me he sentido fuera de este mundo. Cada barrera entre nosotros se ha derribado una tras otra; logramos un tipo de unión que nunca había experimentado. Pasamos casi todos los días juntos y, cuando estoy con ella, el tiempo vuela. Las semanas se convierten en meses, y más y más. Puedo ver un futuro con ella. No está libre de obstáculos, pero considerando lo fuerte que se ha vuelto nuestra relación, tengo fe en que saldremos victoriosos por más difícil que sea. Solo necesito convencerla de que así será.

Mi abuela da un resoplido antes de colgar y me deja todavía más intrigado sobre la rivalidad entre ella y Ed Harrison. Ya no se mete en mis asuntos tanto como antes, pero cada que Celeste da un paso fuerte, mi abue se comunica conmigo furiosa. Se está volviendo muy difícil fingir que quiero bloquear el camino de Celeste.

Sonrío para mí mismo, tomo el ramo de camelias blancas que corté del observatorio y camino hacia la puerta. Esta se abre antes de que llegue y Celeste viene corriendo hacia mí. La atrapo entre mis brazos y, sin querer, presiono el ramo de las flores contra su espalda.

—Por fin llegaste —exclama y sus ojos centellean. Es tan ridículamente hermosa y, demonios, no puedo creer que sea mía. Así como se ve ahora es como me gusta más: su cabello despeinado, con unos pantalones cortos de seda negra sexis y un top que apenas cubre su cuerpo. Toda para mí. Nadie más que yo tiene está versión de ella.

Sonrío cuando mis labios encuentran los suyos y nos perdemos de inmediato en un beso, suelto las flores y la cargo hasta la cocina. Esta se ha vuelto nuestra rutina nocturna. Todas las tardes llego, cocino, además de ayudarle con cosas de la casa, y ella me tienta para que me quede a dormir. Así han pasado seis meses y ha sido aún más perfectos de lo que hubiera imaginado.

—Pensé que habías dicho que pintaríamos hoy lo que nos falta —susurro entre besos subiéndola a la barra. Reconozco en mi lengua el característico sabor a menta. Se ha vuelto experta en robarse mis dulces, pero me excita muchísimo cada vez que lo hace. Ni siquiera sé por qué, solo se me hace muy seductor de su parte.

—Luego —responde y me quita la chamarra. Sus dedos se ocupan de mi saco y camisa, cada día lo hace más rápido. Lleva meses diciendo lo mismo y me da mucha risa. Cada vez que planeamos pintar la cocina, acabamos enredados uno en el otro. Ya pintamos todos los demás cuartos, pero la cocina me provoca que siempre la quiera hacer mía en la barra.

Celeste suspira emocionada y la forma en que sus ojos recorren mi abdomen me enloquece. Es tan especial sentir que la mujer con la que he estado obsesionado durante toda mi vida me desea de esta forma.

—Estoy muy molesta de que te hayan invitado como panelista en la próxima conferencia a la que voy a ir y a mí no —señala, aunque, en realidad, no se ve molesta. Más bien sus ojos brillan de orgullo.

—Tendré que hacer algo para contentarte, ¿eh?

Ella asiente entusiasmada y pasa su mano por mi pantalón.

—No va a ser fácil. Estoy muy enojada.

Con una sonrisa enorme le quito la ropa, fascinado al ver que no trae nada debajo.

—Te ves terriblemente triste —le digo pasando mi mano por su vulva—. Tan triste que estás llorando por mí, Celeste.

Empuja bruscamente mis pantalones hacia abajo, dejándome completamente desnudo. Sonrío de forma traviesa y le meto dos dedos, lo que la hace gemir de la forma más deliciosa.

—Abre esas piernas para mí, mi diosa. —Mi novia obedece y, vaya, qué vista—. Así me gusta —susurro en su oído—. Pon las manos atrás de ti sobre la barra y no las muevas hasta que yo te diga —le ordeno mientras presiono su punto G.

Hay algo mágico en la forma en que me desea, la fuerza con que los músculos de su vagina aprietan mis dedos.

—Te ves tan hermosa, sentada así en tu cocina, la luz del crepúsculo iluminando tu cuerpo mientras montas la mano de tu novio como la chica buena que eres. Eres una verdadera diosa, ¿lo sabías?

Ella gime y mueve las caderas.

—Zane —suplica, alzando las manos hacia mí.

Saco mis dedos y me los llevo a la boca, chupándolos hasta que quedan limpios.

—Si levantas tus manos de esa barra, yo también levanto los míos, bebé.

—Por favor —ruega, con la voz más tierna que he escuchado. Me muerdo un labio al verla abrir más las piernas y reclinarse en la barra con una mirada provocadora—. Amo tus dedos, novio adorado, pero quiero tu pene. Cógeme, Zane.

Esta mujer me va a matar; sabe exactamente lo que me está haciendo.

—Lo que mi diosa pide, lo consigue —murmuro y coloco mi pene palpitante en la entrada de su vagina. Sus gemidos al penetrarla me derriten.

—Zane —dice suavemente con los brazos alrededor mío, nuestros cuerpos íntimamente conectados. Es tan rico metérselo, no puedo creer lo caliente y apretada que está. Celeste me mira a los ojos y sonríe—. Me tienes loca.

Trago saliva, incrédulo de que esto sea real.

—Celeste —susurro—, la palabra *loco* no alcanza a describir cómo me siento por ti. —De seguro lo sabe. No le he dicho esas palabras todavía, pero las veo reflejadas en sus ojos.

Me salgo de ella un poco para embestirla de nuevo fuerte y rápido, y ella gime hermosamente para mí. En los últimos meses, he ido descubriendo los ángulos que más le gustan y llevarla al límite se ha convertido en mi actividad favorita. No hay nada más irreal que Celeste desesperada por un orgasmo. Ruega de una forma tan linda, no me canso de escucharla.

Ella me jala más fuerte, hundiendo sus dedos en mi cabello mientras me besa, con las piernas cruzadas detrás de mi espalda. Pensé que estaba enamorado de ella cuando éramos adolescentes, pero, carajo, eso no era nada comparado con lo que siento ahora.

—Sí —gime en mis labios—, así, Zane, por favor. No pares.

Mordisqueo sus labios, succionando su labio inferior entre mis dientes mientras la penetro con más fuerza. Bajo mi mano entre nuestros cuerpos para acariciar su clítoris.

—¿Te gusta esto, bebé?

Asiente y se agarra de mis hombros mientras se mueve conmigo. Sus jadeos y gemidos haciéndose más rápidos y fuertes.

—Eres jodidamente hermosa, Celestial. Por completo divina y eres toda mía.

—Tuya. —Sus piernas empiezan a temblar y sus músculos se tensan alrededor de mi pene, haciendo que me venga junto con ella.

—Carajo, Celestial —gruño con un hilo de voz, cerrando los ojos. Me hace ver estrellas cada vez. Es una locura.

Suelta una risita cuando dejo caer mi frente en su hombro. Estoy sudando y mi corazón late más rápido que nunca. Celeste voltea y besa mi sien, una y otra vez.

—Se supone que íbamos a pintar de blanco esas paredes —murmuro señalando con la cabeza el muro detrás de ella—, no estas —agrego empujando mi pene más adentro de ella.

Ella se carcajea y me abraza más fuerte.

—Qué ridículo eres —dice subiendo la punta de su nariz por mi cuello antes de besarme justo abajo de la oreja, lo que genera un escalofrío por mi espalda.

—Pero te hice reír.

Está a punto de responderme cuando ambos nos congelamos al escuchar la puerta de la entrada azotarse.

—¡Celeste! —grita un hombre y se escuchan otras voces que no reconozco.

Abre los ojos al máximo y me empuja entrando en pánico.

—¡Son mis papás! —Gesticula un grito mientras se baja de la barra de la cocina y comienza a buscar su ropa con desesperación.

—Toma —le digo en voz baja aventándole mi camisa. Ella se la pone rápido, haciendo lo posible por abrochársela.

Apenas me alcanzo a poner el bóxer cuando se abre la puerta de la cocina y tres pares de ojos nos miran impactados al ver el estado en el que estamos.

Veintitrés

Zane

Al primero que reconozco es a su hermano, justo momentos antes de que su puño choque con mi mandíbula. Lo vi venir, pero dejé que lo hiciera. Mierda, este tipo sabe cómo dar un puñetazo.

—¡No! —grita Celeste, haciendo lo posible por interponerse entre nosotros. Con un movimiento ágil la pongo detrás de mí, donde está más segura. Podrá ser su hermano, pero no me agrada la rabia que veo en sus ojos. No lo quiero cerca de ella hasta estar seguro de que no la va a tocar.

Archer me mira a los ojos y su rabia se convierte en confusión cuando ve que no tengo intenciones de pegarle ni siquiera para defenderme.

—¿Qué demonios pasa aquí? —pregunta Archer.

—Exacto —dice el padre de Celeste barriendo con los ojos mi cuerpo semidesnudo. Gracias al cielo que logré al menos ponerme el bóxer. Es obvio lo que estábamos haciendo, pero la situación sería mucho más vergonzosa si hubiera tenido el pene de fuera cuando entraron—. ¿Zane Windsor?

—Señor Harrison —respondo forzando una sonrisa cortés al tiempo que me sobo la mandíbula. Me va a salir un moretón, no hay duda. Así no es como quería presentarme formalmente con mis futuros suegros.

La madre de Celeste se me queda viendo y suelta una risa burlona que luego trata de contener.

—Me había estado preguntando por qué mi dulce y atenta hija parecía pegada a su teléfono de repente. No tenía sentido que pasara todas las tardes sola en su casa. Sospechaba que se trataba de un chico, pero no pensé que fueras tú, Zane.

Celeste pone su palma en mi espalda y me mueve apenas lo suficiente para asomarse a ver a su familia desde atrás de mi brazo.

—Puedo explicarlo y lo haré —señala—, pero primero necesito que nos den un momento.

Su padre y hermano parece que van a protestar, pero, en cuanto abren la boca para oponerse, la madre de Celeste se yergue y su expresión se endurece.

—Fuera —les ordena.

Me tenso, sorprendido, al ver a los dos hombres intercambiar miradas y obedecer. Hay algo en la situación que hace que mi corazón se sienta pesado. Me pregunto si mi madre hubiera sido así si siguiera viva. Amable pero imponente.

Ella los sigue y Celeste se voltea hacia mí en cuanto la puerta se cierra.

—Lo siento tanto —asegura y acaricia mi mandíbula dulcemente—. Mis papás quedaron de venir a cenar, pero mucho más tarde. Supongo que querían darme una sorpresa, ya que, al parecer, Archer decidió venir. No debí decirles dónde estaba la llave extra.

La abrazo de la cintura y la jalo hacia mí.

—Está bien, bebé —murmuro—. Pero ¿qué vamos a hacer?

Celeste se pone de puntitas y me da el beso más tierno en la mejilla, luego me mira con curiosidad.

—Si te parece bien, me gustaría tomar esta oportunidad para presentarte a mi familia. No son como mi abuelo, Zane. No puedo prometerte que van a aceptarte, más que nada por todo el tiempo que pasé quejándome de ti; aunque, no creo que les importe la larga rivalidad entre nuestros abuelos.

Le sonrío y acaricio suavemente su cabello.

—¿Vas a presentarme como tu novio? —pregunto con el corazón a todo galope.

Se sonroja y asiente con la cabeza.

—Si te parece bien.

—Me parece más que bien, Celestial.

Ella sonríe.

—Entonces será mejor que nos vistamos. Tengo el presentimiento de que les agradarás más cuando traigas ropa puesta.

Me río y tomo el cuello de mi camisa para jalarla hacia mí.

—Entonces vas a tener que quitarte mi camisa primero, diosa.

Pone nuevamente sus brazos alrededor de mi cuello y me besa suave, lento, tratando de tranquilizarme. Es tan linda.

—Va a salir bien —me promete y el corazón me da un vuelco.

Celeste me mira de forma intermitente mientras nos vestimos, se nota preocupada. Es increíble verla así por mí. No es lo que esperaba, pensé que estaría avergonzada de mí, pero no es el caso.

—Vamos —dice tomándome de la mano.

Me lleva a la sala, donde su hermano y padre están sentados en cajas llenas de cháchara; cosas que a Celeste le gustaron de mi casa y que se las he estado trayendo durante las últimas semanas. Parecen castigados, sentados en la esquina en vez de junto a la mamá de Celeste en el sillón. Ambos hombres se tensan cuando entro, sus ojos fijos en nuestras manos entrelazadas.

Celeste aprieta mi mano y se yergue, justo como lo hizo su mamá hace unos minutos.

—Archer, antes de que comience, por favor, discúlpate con mi novio por haberle pegado sin razón. Tú eres el que llegó aquí sin anunciarte ni haber sido invitado. Él no hizo absolutamente nada malo y no merece que lo hayas tratado con tal brutalidad.

La miro asombrado, mi pecho expandiéndose del orgullo. ¿Me está defendiendo? Nunca pensé que alguien, además de mis hermanos, haría esto por mí.

—¿Él es tú qué? —pregunta Archer levantándose.

—Siéntate —ordena su mamá. Observo fascinado cómo se vuelve a sentar en la caja que adoptó como silla. ¿Es este el poder de una madre? Mi abuela es poderosa por mérito propio, pero no es lo mismo.

La mamá de Celeste se cruza de brazos y alza una ceja mientras mira a su hijo de arriba a abajo.

—Tu hermana tiene razón. Esta es su casa y nosotros entramos sin avisar. No solo invadimos su privacidad, también agrediste a su… invitado. Discúlpate.

Archer mira a su mamá como si lo hubiera traicionado. Es increíble. Este tipo está en proceso de volverse multimillonario y es cofundador de una compañía de tecnología financiera, cuyo valor se triplicó en los últimos tres meses. Si alguien lo viera en este momento, frente a su madre, jamás lo adivinaría. Es raro lo celoso que me siento. Daría todo por un regaño de mi mamá, por ser testigo de cuánto le importo.

—No hablas en serio, mamá, ¿o sí?

Se le queda viendo. Él aprieta los dientes y voltea hacia mí.

—Discúlpame por pegarte —dice, aunque parece que le gustaría añadir algo, probablemente las palabras «una sola vez».

Me limito a asentir con la cabeza. No quiero pelear con él, ni ahora ni nunca. Si juego bien mis cartas, un día se convertirá en mi cuñado, después de todo.

El padre de Celeste se incorpora y señala hacia el jardín.

—¿Por qué no platicamos afuera? —invita y le lanza a su esposa una mirada reconfortante. Ella suspira y asiente, pero Celeste se tensa.

—No —se apresura a decir—. No lo van a llevar a ningún lado.

Reprimo una sonrisa y la miro a los ojos. Con suavidad, le quito el cabello de la cara y sacudo la cabeza.

—Ahorita regreso, ¿vale?

Separa un poco sus labios con una expresión que revela preocupación. Simplemente, tomo su mejilla y nos comunicamos sin decir palabra hasta que ella asiente resignada. Estoy tentado a besar su frente, pero estoy seguro de que eso me haría merecedor de otro puñetazo de uno de los hombres detrás de mí, así que me limito a sonreírle a mi novia y sigo a su hermano y a su papá al jardín.

Veinticuatro

Celeste

—¿Seguro que estás bien? —pregunto por teléfono mientras atravieso la calle para ir a mi cafetería favorita. Noto que hay dos mujeres que parecen seguirme, ambas usan lentes de sol y gorras, lo que no encaja con sus atuendos caros y tacones altos.

Zane suspira.

—Celestial, ¿cuántas veces necesitas que te lo diga? Archer, tu padre y yo solo platicamos. Todo está bien. Enfócate en prepararte para la conferencia de la próxima semana, ¿de acuerdo? Tengo que darle una buena impresión a tu abuelo, especialmente ahora que tus padres saben de nosotros.

Exhalo y me formo en la fila del café. Veo de reojo que atrás de mí, junto a la puerta de vidrio, están las dos mujeres, claramente debatiendo si deben entrar.

—Me preocupo porque no me dices lo que te dijeron. Fue raro que regresaran a la casa fingiendo que no pasaba nada. Incluso a mi mamá se le hizo raro.

Se ríe y el sonido despierta las mariposas en mi estómago.

—No te preocupes, bebé. Te prometo que todo va a estar bien. Si hubiera algo de que preocuparse, te lo diría.

—Mmm, bueno —refunfuño al tiempo que pido mi café—. Hablando de algo de lo que tal vez debamos preocuparnos, creo que me están siguiendo.

—Eso es imposible —dice Zane, seguido de un sonido de tecleo—. Tengo a dos guardaespaldas cuidándote los siete días de la semana las veinticuatro horas.

—Perdón, ¿qué?

Zane se aclara la garganta nervioso.

—Ellos, este… te cuidan, pero no me dicen lo que haces —puntualiza. Suspiro, pues no estoy tan sorprendida como quizá debería estarlo.

—¿No crees que debiste haberlo mencionado antes?

—Sí y puedes enojarte por eso después. Tienes razón acerca de que hay algo de lo que debemos preocuparnos. De acuerdo con el equipo de seguridad Windsor, sí, te están siguiendo —afirma, lo que despierta mi curiosidad—. Celeste, son mi hermana y su mejor amiga. Maldita sea.

Contengo una risa y me llevo la taza de café a la boca. Bajo la mirada a mis uñas, esta vez uso un color natural traslúcido, otro esmalte que compré para Zane. No dejó de sonreír cuando le dije que se llamaba BBF Best Boyfriend.

—Interesante... ¿Se debe a lo que hizo Archer?

Zane se ríe.

—Por supuesto que no. Mi hermana solo está completamente loca. Dame cinco minutos y haré que nuestro equipo de seguridad la intercepte para que puedas regresar a la oficina sin interrupciones.

—No —le digo, siento curiosidad sobre Sierra Windsor. Es un par de años más joven que nosotros, por lo que nunca tuve la oportunidad de conocerla, pero, por lo que he escuchado, es sumamente inteligente y un poco intensa. De todos los hermanos Windsor, parece la más excéntrica. No la culpo. Tener cinco hermanos mayores debe ser sofocante—. Puedo encargarme.

—Celestial, no es buena idea —comienza a decir, pero ya voy camino a la salida.

—Me tengo que ir. Te quiero. ¡Adiós! —respondo antes de colgar y salir de la cafetería. Sierra se baja más la gorra, como si pudiera esconder su largo cabello negro y el aura Windsor que tiene toda su familia. Intenta hacerse chiquita para evadir mi atención, pero exuda poder. Igual que la chica que está con ella. Alzo las cejas al darme cuenta de que es la modelo con la que vi a Zane hace unos meses, la que me provocó unos celos terribles hasta que descubrí que Zane no mentía. Por lo que he escuchado de ella durante estos meses, de verdad es como una hermana para él.

—Así que... —digo mirando a las chicas—. Sierra Windsor y Raven Du Pont, ¿cierto?

Las dos se tensan. Sierra suspira y se quita la gorra, luego los lentes de sol. Sonrío al ver que sus ojos son una réplica exacta de los de Zane, lo que extrañamente me hace quererla al instante.

—Discúlpanos —dice Raven, siguiendo los pasos de su amiga y quitándose la gorra—. Traté de disuadirla, pero es muy difícil hacer que cambie de opinión una vez que ha tomado una decisión.

Sierra se cruza de brazos y me ve de arriba a abajo con una mirada inesperadamente intimidante para una chica que apenas va entrando a la universidad. ¿Cuántos años tendrá? ¿Diecinueve?

—Así que tú eres la razón por la que mi hermano tiene un moretón gigante en la mandíbula —dice entre dientes—. Te doy tres minutos exactos para que te expliques antes de que te deje un moretón igual.

Intento con todas mis fuerzas aguantar la risa y no sonreír, pero ella sin duda nota la forma en que tiemblan las comisuras de mis labios, porque su expresión se oscurece. Es encantadora. Zane la menciona de vez en cuando y me preguntaba por qué la adora. Ahora sé la razón.

—Mi hermano y mis papás nos encontraron a Zane y a mí teniendo sexo en mi cocina.

Raven se cubre la boca con una mano en un intento de ahogar su risa de sorpresa. Sierra se ve nada menos que horrorizada.

—Oh —dice con los ojos abiertos al máximo—. Oh.

Me encojo de hombros, no sé qué más decir.

—Zane apenas tuvo tiempo para ponerse el bóxer antes de que mi hermano entrara. Estoy segura de que sabes lo que pasó después.

Raven se ríe abiertamente y pasa uno de sus brazos alrededor de mi cuello.

—Vas a comprarme una bebida, ya que yo no puedo, y me vas a contar todo al respecto —pide y me jala hacia ella, guiándome a un lugar—. Molestaré a Zane por siempre, pero primero necesito los detalles.

Sierra nos sigue de cerca con una expresión indescifrable. Durante todo el trayecto hacia el bar en la terraza, al que Raven insistió en ir aunque apenas es mediodía, estuvo completamente en silencio. Es evidente que la mente de Sierra está trabajando. Zane hace lo mismo a veces, especialmente cuando está desarrollando en un nuevo proyecto.

Raven ordena por nosotras en cuanto nos sentamos, tomándose la libertad de elegir nuestros cocteles. Sierra se la ha pasado estudiándome todo el rato y se lo he permitido. Si es como su hermano, está eligiendo las palabras que usará a continuación.

—¿Desde cuándo ha estado pasando esto? —pregunta finalmente—. ¿Y qué es lo que significa exactamente?

Le sonrío, no estoy segura qué responderle.

—¿No deberías estarle preguntando eso a tu hermano? —replico.

—Lo hice, pero solo me sonrió e ignoró mi pregunta.

—Entonces probablemente no es asunto tuyo.

Se inclina hacia mí y sonríe con picardía.

—¿Ah, sí? Tal vez debería preguntarle a mi abuela. Estoy segura de que ella podría averiguar que es lo que pasa en cuestión de minutos.

Abro los ojos de par en par, admiro sus agallas. Me está amenazando. Eso es... confusamente tierno. Pongo el codo sobre la mesa y recargo la barbilla en mi mano para estudiarla. Ella trata de esconderlo, pero esto no es simple curiosidad. Está en verdad preocupada por su hermano.

—Estoy locamente enamorada de Zane y hemos estado en una relación formal poco más de siete meses.

Raven se pega a Sierra y le lanza una mirada.

—Te dije que era algo serio. Zane me pidió que diseñara unos zapatos para una chica el año pasado. Los trae puestos.

—Celeste —dice Sierra acongojada—. ¿Qué tienen en la cabeza? Tú eres una Harrison.

—Lo sé —murmuro y mi sonrisa se desvanece—. Lo sé.

Sierra toma su coctel y se lo bebe de un trago, luego toma el mío y hace lo mismo.

—Bueno, pues tendrás que ganarte a mi abuela y necesitarás nuestra ayuda.

Le sonrío con complicidad.

—Esperaba que dijeras eso.

Veinticinco

Zane

No sé cuánto tiempo llevo dando vueltas en la recepción cuando por fin entran Celeste y su abuelo. Estoy decidido a dejarle una buena impresión este fin de semana, pero no estoy seguro de cómo hacerlo después de haber pasado años haciéndolo enojar.

Normalmente, que esta conferencia se celebre en un hotel Windsor hubiera funcionado a mi favor, pero hoy no. Me acomodo nervioso la corbata y respiro profundo antes de caminar hacia ellos.

Los ojos de Celeste, al otro lado de la recepción, se encuentran con los míos y las comisuras de sus labios se levantan en una sonrisa discreta, pero que es toda para mí. Este el incentivo que necesitaba.

Ya habíamos hablado de esto, acerca de cómo ambos trataríamos de dar una buena impresión al abuelo del otro, en un intento de irlos preparando para nuestra relación. Sin embargo, en la práctica esto es aterrador.

Estoy a solo unos pasos cuando un hombre conocido se para frente a ellos con una gran sonrisa.

—¡Celeste! ¡Ed!

Veo cómo la expresión normalmente estoica de Ed Harrison se vuelve amistosa.

—Clifton Emerson —saluda sonriendo de forma jovial. Aprieto los dientes al ver que se abrazan. Celeste me mira de una forma que no logro descifrar. ¿Está preocupada? ¿Frustrada? Hay algo más, algo que no me gusta.

Mi cuerpo entero se tensa cuando el infeliz de Clifton Emerson abraza a mi novia. Por fortuna, Celeste se quita rápido sin dejar de ser profesional. No se me ha olvidado que su mamá les organizó una cita; al parecer, Clifton tampoco lo ha olvidado, a juzgar por la forma en que sus ojos recorren el cuerpo de mi diosa.

—¡Bienvenidos! —interrumpo—, al gran Windsor Hotel, uno de nuestros establecimientos más antiguos y prestigiosos.

¿Por qué demonios dije eso? Sueno como un guía de turismo todo tarado, peor aún, parece que estoy presumiendo. Clifton se me queda viendo y Ed suspira irritado.

—Zane Windsor, ¿cierto? —dice Clifton extendiéndome la mano—. Eres un hombre difícil de contactar. Quise presentarme en tu gala, pero no tuve oportunidad. Soy Clifton Emerson.

Le doy la mano y la aprieto con más fuerza de la necesaria para verlo aguantarse el dolor. Este imbécil. Sigue parado demasiado cerca de mi novia. Me está matando no poder tomarla de la mano.

Celeste me lanza una mirada que me indica que sea amable. Exhalo y volteo hacia su abuelo.

—Me tomé la libertad de reservarles las mejores *suites* como muestra de buena voluntad. Nuestras familias no han estado en buenos términos durante los últimos años, pero me gustaría que pasáramos la página.

Ed echa un vistazo a la tarjeta electrónica en mi mano y la toma renuente.

—Pasar la página, ¿eh? Sobre mi cadáver.

Me quedo pasmado al ver que me pasa de largo. Celeste se ve igualmente conmocionada. Me aclaro la garganta y le doy su tarjeta electrónica a ella.

—Esta es para ti —le digo, mis dedos casi tocan los suyos cuando la toma.

—Una disculpa por eso —murmura—. Mi abuelo no es exactamente un tipo tímido, pero esto fue inesperado incluso en alguien como él. —Voltea a ver a Clifton, quien sigue pegado a ella, como si no pudieran confiarme estar cerca de Celeste. Pendejo—. Lo aprecio mucho, Zane —añade, aunque su mirada revela lo que en realidad quiso decir: aprecia que haya hecho el esfuerzo, pero fue en vano.

—Déjame acompañarte —ofrezco—. Estás en el último piso.

Clifton sonríe y pone su mano en la espalda de Celeste.

—¡Eso es perfecto! ¡Yo también! Vamos, subiré contigo.

Ella me clava la mirada y yo suspiro esforzándome por permanecer calmado. Se supone que debo mejorar mi imagen este fin de semana, pero no lo lograré si le arranco el brazo a este imbécil. Por suerte, Celeste se hace a un lado y se adelanta, dejándome en medio de ambos. La alcanzo y le sonrío. Mi ira se ha esfumado.

—Buena chica —le susurro.

Sus mejillas se enrojecen ligeramente y me siento tentado a besarla aquí mismo en la recepción, donde están todos los profesionales que conocemos de la industria. Nunca había sentido esta necesidad absurda de marcar a alguien como mía.

Entramos al elevador y ella se coloca en la esquina, yo me pongo junto a ella para mantener lejos a Clifton, pero el cabrón se para justo frente a ella en vez de dándole la espalda.

—Deberíamos cenar juntos hoy —propone con una sonrisa radiante—. La pasé muy bien en el almuerzo del otro día. Seguí tus consejos y funcionaron de maravilla.

Aprieto la mandíbula y trato con todas mis fuerzas de suprimir el recuerdo de ellos juntos, así como la discusión que Celeste y yo tuvimos como resultado.

—Desafortunadamente, hoy no puedo —responde Celeste, con su mano rozando la mía—. Tengo el fin de semana muy ocupado. Quiero sacar el mayor provecho de las sesiones de la conferencia, así que planeo pedir servicio al cuarto para repasar mis notas en las noches. —Entrelaza su dedo meñique con el mío; sonrío para mis adentros, con mi cuerpo relajándose.

—En verdad eres una muy buena chica, ¿verdad? —musito.

Me ve a los ojos, con una mirada ardiente.

—No hay nada de malo en ello, ¿sabías? —responde, tratando de sonar molesta.

Me río, entretenido con su breve acto.

—No dije que tuviera algo de malo, Celeste. Solo estaba pensando que tal vez podrías enseñarme un par de cosas.

La expresión de Clifton se endurece.

—Muy bien —dice cuando se abren las puertas del elevador—. Servicio al cuarto mientras discutimos las sesiones, suena maravilloso. Además, es una excelente forma de hacer relaciones también.

No se rinde el maldito y no lo culpo. Probablemente, yo haría lo mismo en sus zapatos, pero no es así y él no se puede poner en los míos aunque lo intente.

—Mi cuarto está allá —dice señalando a la izquierda y su tono es un poco amargo. Me cuesta trabajo no poner los ojos en blanco al verlo tratando de decidir si debería llevar a Celeste hasta su cuarto o no.

—Nosotros vamos hacia allá —le digo a Celeste marcando el camino. Ella asiente y me sigue en dirección opuesta a la de Clifton, sin regalarle siquiera otra mirada.

—Lo siento —dice en cuanto estamos lo suficientemente lejos para que no nos escuchen—. No sé por qué está actuando así. No he hablado con él desde aquel almuerzo. Ni siquiera tengo su número.

—No es tu culpa, igual me siento estúpidamente celoso —admito.

Me mira con sus ojos enormes.

—¿Estás celoso? ¿De él?

Su expresión incrédula me da risa. Celeste se detiene frente a su cuarto y yo me recargo en el muro junto a la puerta, mirándola a los ojos.

—Sí, Celeste. Haz que me sienta mejor. Dime que eres mía.

—¿Qué tal si te invito a pasar y te muestro que soy tuya? —pregunta al tiempo que revisa los pasillos.

Le sonrío y la sigo al interior de la *suite* presidencial.

—Esperaba que dijeras eso, porque este cuarto no es solo tuyo, es nuestro.

Ella voltea a verme y sus labios se abren por la sorpresa.

—No. ¿Lo hiciste?

Me encojo de hombros mientras la puerta se cierra tras de mí.

—Claro que lo hice. No hay manera de que te quedes en uno de mis hoteles y no compartas cuarto conmigo.

—Zane, nos van a descubrir —me regaña y coloca su mano en mi pecho.

Inclino mi cabeza hacia la suya y la contemplo.

—No lo harán. Los cuartos de este lado del hotel están vacíos y puse a tu abuelo en otro piso. Su llave ni siquiera va a dejarlo subir a este. —Se para de puntitas y una sonrisa traviesa transforma su rostro. Es tan perfecta—. Además, imagino que tu abuelo te ordenó husmear por ahí; de esta forma, lo puedes hacer en paz. Incluso voy a ayudarte a familiarizarte con todas las superficies planas de este cuarto, ya sabes, con fines de investigación.

Ella se ríe con sus labios rozando los míos.

—¿Por qué no empiezas poniéndome contra la pared para ver qué tan firme está? Ya sabes, con fines de investigación.

Capturo su labio inferior entre mis dientes y sus manos se abren paso hacia mi cabello mientras hago lo que me pide. Después de todo, lo que mi diosa quiere lo consigue.

Veintiséis

Zane

Hago todo lo posible por no mirar mi celular mientras le envío un mensaje a mi novia. Es ridículo, ya que está sentada junto a mí. Desafortunadamente, Clifton está sentado del otro lado, susurrando en su oreja cada que tiene oportunidad. Escucho fragmentos de su conversación y son puros comentarios insulsos acerca de las charlas que estamos escuchando. No lo culpo, pero igual me molesta.

> **InZano:** ¿Está mal que esté pensando en cómo te sentaste en mi cara anoche mientras tu abuelo exponía acerca de los cambios que ha experimentado la industria en los años que lleva al frente?

Muevo el pie inquieto al ver que revisa su celular discretamente. Noto de reojo que sonríe y se ruboriza.

> **Celestial:** No lo sé. Si está mal, entonces, probablemente también lo está que imagine cómo me vas a mirar cuando me ponga de rodillas para chuparte el pene hoy en la noche.

Me aclaro la garganta, nervioso, sintiendo un calor que me recorre. Un mensaje más y se me va a parar visiblemente. Tomo la cajita de mentas de la bolsa de mi saco para distraerme con algo. Estoy jodidamente tentado a darle un puñetazo en la cara a Clifton Emerson o cargar a mi novia sobre mi hombro y llevármela al cuarto. Me encantaría hacer ambas cosas, pero, en cambio, me reclino en el asiento y me meto una menta en la boca fijando la mirada en el escenario frente a nosotros.

Clifton también se reclina y me sonríe amablemente.

—¿Estarías dispuesto a regalarme una de esas? —pregunta viendo mis mentas.

No solo quiere a mi novia, también quiere mis mentas. Imbécil. Suspiro y le paso la cajita para verlo comerse una y ofrecerle otra a mi novia. Ella sacude la cabeza y voltea a verme divertida, sabe lo que estoy pensando.

Ese estúpido se acerca a su oreja otra vez. La mujer sentada al otro lado de mí se endereza y me pone una mano en el muslo.

—Disculpa, ¿podrías guardar silencio, por favor? —le dice a Clifton y luego me mira—. Increíble. Se la han pasado hablando toda la conferencia. Ya fue suficiente. —Su mirada recorre mi rostro y el aprecio en sus ojos es obvio—. Por cierto, me llamo Cora. Mucho gusto.

Conozco esa mirada, la he visto miles de veces. Esta chica está tratando de ligar conmigo. Antes de que pueda ponerla en su lugar, Celeste se estira y toma la muñeca de Cora.

—Disculpa, ¿podrías abstenerte de acosar sexualmente a otros participantes?

Suelto una carcajada mientras Celeste quita la mano de Cora de mi pierna y se reacomoda en su asiento, evidentemente tensa del coraje.

—Yo… yo… —tartamudea Cora, volteando a verme alarmada.

—Silencio —replico, complacido con el comportamiento de mi novia.

Me muevo en el asiento intentando que mi mano roce la de Celeste y enlazo lentamente su meñique con el mío, como lo hizo ella ayer cuando estábamos en el elevador. Sus hombros se relajan un poco; me río con la mirada fija al frente, sin sentir molestia ya por los comentarios constantes de Clifton. Nunca pensé que los celos se me harían sexis, aunque se ven muy bien en mi diosa.

Celeste suelta su mano de la mía para aplaudirle a su abuelo cuando termina su presentación. Le copio y exhalo feliz de que la charla por fin haya acabado. Estoy ansioso por quedar bien con él, pero su presentación estuvo aburridísima.

—Tenemos unos minutos en lo que empieza la siguiente presentación, ¿no? — pregunta Celeste levantándose.

Clifton asiente, asumiendo que la pregunta era para él. Maldito idiota.

—Deberíamos ir al baño, ¿no? —propongo—. Creo que la siguiente sesión dura dos horas. Mejor ir de una vez —añado, diciendo cualquier cosa mientras me levanto—. ¿Nos cuidas las cosas, Emerson? —le pido a ese imbécil antes de que se le ocurra seguirnos.

Celeste hace su mejor esfuerzo para no sonreír mientras salimos de la sala. Apenas salimos al pasillo cuando la sujeto y meto mi tarjeta de acceso universal en la puerta del cuarto de servicio más cercano. Se ríe nerviosa cuando la jalo y cierro la puerta.

—Zane —dice exhalando y coloca sus brazos alrededor de mi cuello—, no podemos... nos van a descubrir.

Sonrío al ver que se para de puntitas para besar mis labios. Su cuerpo está en completo desacuerdo con sus palabras.

—Entonces será mejor que no hagas mucho ruido, Celestial.

La beso bruscamente, con urgencia, y ella gime cuando la levanto contra la puerta. Pongo sus piernas alrededor de mí y su falda entubada revela sus muslos.

—Ya sabías, ¿o no? —susurro en su boca mientras hago a un lado su ropa interior—. Que te iba a castigar por cada palabra que lo dejaras decir en tu oído.

—Sí —admite viéndome de forma provocativa, rebosante de deseo. No me sorprende que mis dedos resbalen fácilmente cuando se los meto. Celeste se muerde el labio para reprimir un gemido y busca con prisa mi cinturón para desabrocharlo.

—Qué rico —gimo, mi frente sobre la suya mientras pone su mano en mi pene y lo aprieta fuerte. Me mira a los ojos mientras lo coloca en la entrada de su vagina. Aprieto la mandíbula y agarro sus caderas con firmeza antes de penetrarla fuerte y profundo—. Jodidamente irreal —susurro—, estás deliciosa, bebé.

Sus manos entrelazan mi cabello y la forma en que lo jala revela su desesperación. No puedo creer lo perfecta que es.

—Mira —le digo, haciéndome ligeramente hacia atrás para ver entre nosotros—, mira lo bien que me estás tomando dentro de ti, Celeste.

Me observa sacar mi pene casi por completo para luego volverlo a meter despacio, haciendo que se hunda dentro de ella centímetro a centímetro.

—Más —susurra con una mirada suplicante.

Sonrío poniendo mi antebrazo debajo de ella para sostenerla, dejando mi mano libre para presionar su clítoris con mi pulgar.

—¿Quieres esto? —le pregunto, haciendo círculos alrededor de su clítoris y cogiéndola lentamente, sin darle lo que quiere—. Mi pene solo es para las chicas buenas, Celestial. ¿Vas a ser buena el resto del día o seguirás poniéndome celoso?

—Voy a ser buena —solloza—. Seré tu chica buena, Zane. No voy… no voy a dejarlo…

Paso mi pulgar suavemente sobre su clítoris para provocarla.

—¿A quién le perteneces?

—A ti —responde al instante, así que la recompenso con otra caricia de mi pulgar, acercándola lentamente a mí—. Soy tuya —dice y sus ojos se llenan de lo mismo que yo siento—. Solo tuya.

—Eres tan sexi —susurro dándole por fin lo que quiere, muevo mis caderas más rápido y con más fuerza—. Nunca tendré suficiente de ti, ¿lo sabes?

Gime mi nombre y se derrite en mis brazos. No hay nada más hermoso que ver cómo sus ojos se abren un poco, cómo no puede reprimir los gemidos al llevarla al límite y, luego, como por arte de magia, su vagina se tensa alrededor de mí.

—¡Sí! —grita—, Dios mío, sí.

Dejo caer mi frente en la de ella mientras me saca todo el semen. Mis propios quejidos se vuelven incontrolables al vaciarme completamente dentro de ella, hasta adentro. Sus labios encuentran los míos y me besa mientras disminuye nuestro estupor.

—Etérea —susurro—. Eso es lo que eres, Celeste.

Respira con dificultad y su mirada revela una emoción que no me atrevo a nombrar por miedo a equivocarme, así que sonrío y me salgo de ella. Coloco mis dedos en su vulva que chorrea, la miro a los ojos al tiempo que vuelvo a meterle mi eyaculación con los dedos.

—Espero que disfrutes sentarte otra vez a su lado, llena hasta el borde con mi semen —murmuro bajándola lentamente, sus piernas todavía temblando—. Voy a disfrutar ver cómo te mueves inquieta en tu asiento.

Ella me reprende con la mirada mientras se acomoda la ropa y me sube los pantalones.

—Lo voy a disfrutar mucho —me dice con una mirada incitadora—. Porque voy a estar pensando en lo que me harás en la noche. Cada vez que voltees a verme, sabré que estás imaginándote cómo me vas a coger la boca, Zane.

Esta mujer. Sonríe y sale del cuarto de servicio. Me quedo mirando la puerta unos segundos antes de regresar a la Tierra y seguirla a nuestros asientos.

—Justo a tiempo —dice Clifton—. La siguiente sesión comienza en dos minutos. —Sus ojos recorren el rostro de Celeste como si buscaran algo, parece notar que hay algo diferente en ella.

Sonrío al pasar frente a ellos y sentarme junto a Celeste, viendo que el asiento a mi izquierda afortunadamente está vacío.

—Excelente, que bien sincronizados —responde Celeste y muerde mi dulce de menta con un crujido sonoro. Clifton arquea una ceja y algo se asoma en su mirada: la derrota.

Sus ojos bajan a la lata de mentas que sigue sosteniendo. Sonrío pasándome el pulgar por el labio y noto que hay restos de labial rosa en mi dedo. Su postura ahora es desgarbada. Yo me reclino cómodo en mi asiento, incapaz de dejar de sonreír.

Veintisiete

Celeste

No dejo de temblar mientras observo fijamente uno de los hoteles más nuevos de Zane.

—Esta es una mala idea —le digo a Sierra, quien no parece ya tan segura de su plan.

Raven pasa su brazo sobre mis hombros, su cuerpo está tan tenso como el mío.

—Todo va a estar bien —comenta, pero no suena para nada convencida.

—Te prometo que mi abuela es muy buena persona —señala Sierra para tranquilizarme mientras seguimos las indicaciones hacia el comedor comunitario Windsor. Una iniciativa que Anne Windsor propuso hace unos años.

—Es buena persona contigo —murmuro desanimada.

—No, en serio —interviene Raven—. Es muy amable, solo necesita conocerte un poco más en un ambiente informal. Esto será perfecto.

Asiento sin poder calmar mis nervios. El plan es acompañar a Raven y a Sierra a hacer voluntariado en una de las organizaciones de beneficencia de Anne Windsor para que ella me conozca un poco más. Además de saludarla, no planeo decirle mucho. Nuestra esperanza es que al verme unas cuantas veces por aquí, irá dejando atrás algunos de los prejuicios que tiene contra mí por mi apellido. De esta forma, quizá esté más receptiva cuando Zane le hable de nosotros.

—Toma —dice Raven, dándome una red para el cabello, un delantal y unos guantes.

Sierra me ayuda a ponerme el delantal y frota mi brazo de forma amistosa.

—Todo va a estar bien. En el peor de los casos, pasaremos una tarde muy gratificante, ¿no crees?

Respiro profundo y le digo que sí con la cabeza, agradecida por su apoyo. No sabía qué pensar de ella cuando hablamos por primera vez, pero he llegado a quererla bastante en las últimas semanas. Al igual que Zane, se preocupa por los demás y me siento afortunada de que dirija esa misma actitud solidaria hacia mí.

—¡Sierra! ¡Raven!

El sonido de la imponente voz de Anne Windsor me hace dar un brinco. Raven toma mi mano para que nos acerquemos.

—¡Abue Anne! —grita.

Le dice *abue.* ¿Es raro que sienta un poco de celos de Raven? Sé que en un par de años se casará con Ares, pero todavía no están formalmente comprometidos. Sierra me explicó que la forma en que su familia trata a Raven tiene más que ver con el hecho de que sea su mejor amiga; sin embargo, no puedo evitar añorar algo así, ese nivel de aceptación e inclusión. Quisiera no tener que luchar tan duro por ello. Solo de pensar que estar conmigo puede significar una contienda para Zane me duele.

Observo a las tres mujeres abrazarse y, por un momento, Anne Windsor parece una abuelita cariñosa cualquiera; aunque visiblemente adinerada y sofisticada en su traje sastre.

—¿Quién es ella? ¿Hiciste una nueva amiga por fin? —le pregunta Anne a Sierra, alzando una ceja—. ¿O le pagaste para que aparente que tienes más amigas que solo Raven?

Me río para mis adentros, pero es difícil contenerme cuando veo la cara de indignación de Sierra. Por otro lado, Raven no se refrena, suelta una carcajada y se recarga en la abuela.

—Abue, ¿qué te hace pensar que a mí no me está pagando?

Sierra estira su mano hacia la mía y entrelaza sus dedos con los míos.

—Celeste —me dice enfurruñada—, me están molestando.

Sonrío abriendo los brazos y ella me abraza fuerte, recargando su cabeza en mi hombro.

—Solo para que sepas, este abrazo tiene costo extra —digo lo suficientemente alto para que me escuchen.

Todas menos Sierra se atacan de la risa, por lo que se aparta con una expresión de asombro.

—Guau —murmura y sus ojos brillan divertidos—. La traición.

—Celeste, ¿verdad? Te me haces conocida. Tu nombre también se me hace conocido.

Volteo a ver a la abuela de mi novio y mi corazón se acelera mientras asiento cortésmente.

—Gusto en conocerla —le digo y extiendo mi mano. Técnicamente, ya nos conocemos de mi infancia, pero dudo que me recuerde. Desde entonces, cada vez que hemos estado en la misma habitación, ha hecho hasta lo imposible para evitarnos a mí y a mi abuelo. Siempre es cordial con todos en la industria, aunque siempre ha dejado claro que cuando se trata de mi familia, solo es una cortesía profesional entre colegas.

Me sonríe amistosa y, al darme la mano, exhalo con dificultad.

—Celeste —repite, poniéndose seria al soltar mi mano—. Celeste Harrison, ¿o me equivoco?

Parpadeo sorprendida y asiento, incapaz de mentirle. Esperaba que tardara más en reconocerme, al menos lo suficiente para que yo pudiera dar una buena impresión.

Sus ojos se llenan de rabia y cruza los brazos.

—¿Cuáles son tus intenciones al acercarte a mi nieta?

Doy un pasito hacia atrás y sacudo la cabeza con el corazón en vilo.

—Yo… yo… yo no…

Sierra pasa su brazo por mi hombros y Raven se pone a mi lado para mostrar su solidaridad.

—Por favor, abuela —dice Sierra apesadumbrada—. Ella es mi amiga. Cualquier problema que tengas con su abuelo no tiene que extenderse a nuestra generación. Celeste es encantadora y lo verías tú misma si te dieras la oportunidad de conocerla.

—Te voy a pedir que te retires. No quiero verte en ninguna propiedad Windsor sin una invitación formal nunca más. Mantente alejada de mi nieta. No me importa lo linda que seas, Celeste. No quiero a una Harrison cerca de mí o los míos. No voy a arriesgarme a que engañes y hieras a mis seres amados como lo hizo tu abuelo.

Estoy temblando sin saber qué responderle.

—No soy como él —le digo desesperada—. Solo…

—Vete —me interrumpe y se limpia la mano con el delantal, como si tocarme la hubiera contaminado—. Puedes hacerlo por tus medios o puedo pedir que te saquen.

Doy un paso hacia atrás intentando contener el llanto. ¿Cómo pudo salir tan mal?

—Vamos —dice Sierra con voz entrecortada—. Te... te acompaño.

Ella tiembla tanto como yo mientras caminamos a la salida.

—Lo siento mucho —dice ahogando un sollozo.

Volteo y la tomo de los hombros con suavidad, esforzándome lo mejor que puedo por sonreír.

—No es tu culpa, Sierra. Sabíamos que esto no iba a ser fácil.

—Es solo... yo no... pensé que... —Una lágrima baja por su mejilla.

—Lo sé —murmuro con un nudo en la garganta—. Duele mucho que te rechacen así de inmediato, sin haber tenido una oportunidad. Sabía que estar con Zane sería una batalla constante, pero me estaba engañando a mí misma al pensar que lo soportaría.

—¿Qué está pasando?

Volteo y veo que Zane viene de prisa hacia nosotras, se ve muy preocupado.

—Llegaste rápido —dice Sierra aliviada.

Él se nos queda viendo un poco confundido.

—Me mandaste un mensaje urgente diciéndome que viniera por Celeste; obviamente, me apuré. ¿Qué pasó?

Zane nos abraza y me muerdo un labio intentando suprimir el dolor que siento. Mete una mano en mi cabello y me recargo en él con la nariz pegada a su cuello.

—Es mi culpa —dice Sierra y le cuenta lo que pasó. Escucharla recapitular la forma en que su abuela básicamente me vetó de todas las propiedades Windsor le echa sal a la herida. Parece tonto llorar por algo como esto, pero estoy desesperada por hacer algo que haga feliz a Zane. Últimamente, nos hemos preocupado por nuestro futuro, por eso quería demostrarle y demostrarme a mí misma que no hay razón para estresarnos. Él está intentando todo con mi abuelo, así que yo quería hacer lo mismo por él.

Zane suspira y me envuelve con ambos brazos, me abraza muy fuerte en medio de la recepción de su hotel, donde cualquiera podría vernos, pero no parece importarle.

—Regrésate con la abuela —le dice a Sierra—. Seguro Raven necesita apoyo para calmar su enojo. Haz lo que puedas por allá, ¿sí?

La escucho alejarse y Zane exhala.

—Mi dulce Celestial —murmura abrazándome fuerte—. No tienes que hacer esto por mí. No quiero que hagas cosas que te hagan sufrir. No necesitas la aprobación de nadie.

Me alejo un poquito para verlo a los ojos, sin saber cómo explicarle.

—Quiero hacerlo, porque quiero un futuro contigo, Zane.

Toma mi cara entre sus manos y sus ojos expresan lo mismo que yo siento.

—Celeste Harrison, te amo con todo mi corazón y siempre lo haré; por difícil que sea, sin importar lo que la gente diga o piense. ¿Está claro?

Asiento con la cabeza y una lágrima baja por mi mejilla.

—Yo también te amo, Zane. Te amo tanto. No quiero que nuestra relación te cueste; no quiero que sacrifiques nada por mí.

Seca mis lágrimas con el pulgar, se nota su respiración entrecortada.

—Vamos a encontrarle solución a esto, ¿de acuerdo? Tal vez nos tome tiempo, pero estaremos bien. Eventualmente, nuestros abuelos tienen que cansarse.

Toma mi mano y voltea la palma hacia él, mientras besa el interior de mi muñeca sin dejar de verme a los ojos.

—Te amo y algún día voy a hacerte mi esposa. Te lo juro, Celeste.

Veintiocho

Celeste

Estoy mentalmente exhausta cuando llego a casa de Zane y pongo mi pulgar para abrir la puerta. Estoy paranoica de que su abuela me vea entrando en una propiedad Windsor. En realidad, sí tengo una invitación formal para venir, pero sería imposible explicárselo.

Zane y yo hemos hecho hasta lo imposible durante meses, pero nada ha funcionado. Anne Windsor se pone tensa en cuanto me ve, su mirada se llena de desconfianza y desagrado. Me ignora de inmediato, aunque parece tolerar mi amistad con Sierra. Mi abuelo hace lo mismo con Zane.

Ninguno de los dos sabemos qué hacer. ¿Les decimos y lidiamos después con las consecuencias? Llevamos más de un año juntos y noto que Zane se impacienta. No puedo reprochárselo, yo me siento igual. Queremos hacer cosas simples, como tener una cita romántica sin preocuparnos por los *paparazzi* de las revistas de chismes y que nos expongan en una portada. Quiero que todo el mundo sepa que es mío, que Zane Windsor está comprometido.

—¡Ah! ¡Aquí estás! —Raven camina hacia mí con una enorme sonrisa en los labios. Me abraza fuerte y momentos después llega Sierra corriendo al vestíbulo y se nos lanza para darnos un abrazo grupal.

—No puedo respirar —advierte Raven y Sierra nos suelta a regañadientes.

—No te he visto en tres semanas —dice Sierra con una mirada acusatoria—. ¿En serio me quieres?

Contengo una sonrisa y mi mirada se enfoca en Zane, quien está reclinado en la entrada viéndonos. Sus ojos transmiten algo que toca mi alma, estar con él se siente como llegar a casa. Nunca había experimentado algo así.

—Por supuesto que te quiero —le digo a Sierra sin poder despegar mis ojos de Zane. Ella da un resoplido, consciente de que no le estoy poniendo atención.

Zane extiende la mano y yo sonrío mientras me acerco a él, entrelazando nuestros dedos tan pronto como puedo. Su brazo me rodea la cintura y me jala hacia él, sus labios rozan los míos en un beso inocente.

—Qué asco —dice Lexington detrás de nosotros; le lanzo una sonrisa de superioridad al hermano menor de Zane.

—Qué asco tu cara —replico.

Se acerca a mí y me despeina.

—Da más asco la tuya —contesta, luego se acerca a Sierra para hacerle lo mismo.

—No te atrevas —le advierte ella, dando un paso hacia atrás y entrecerrando los ojos—. ¡Ares! —exclama, con la esperanza de que su hermano mayor ponga a Lex en su sitio.

Ares, Luca y Dion entran al vestíbulo para ver qué pasa y uno por uno me dan un abrazo cuando me ven.

—Lex —comienza a decir Ares agotado—, ¿de verdad quieres provocar la ira de Sierra? ¿No escondió las agujetas de todos tus zapatos apenas la semana pasada? ¿Por qué te metes con alguien que está clara y jodidamente loca? A nadie se le ocurriría algo tan raro como eso...

Es chistoso, cada vez que nos reunimos se repite exactamente la misma escena, nada cambia. Lex se burla de todos nosotros de cualquier forma que puede; Zane y Dion observan, entretenidos, en silencio; y Ares regaña a Lex con el apoyo de Luca.

Sierra mira a Ares boquiabierta; mientras que Raven se esfuerza por reprimir una sonrisa al ver a Ares, los dos compartiendo un momento que reconozco. Zane y yo hacemos eso a menudo: mirarnos sin decir una palabra y saber lo que está pensando el otro.

—Ahora sí podemos comer: ya estás aquí —comenta Zane antes de besarme en la sien. Asiento con la cabeza y dejo que me guíe al observatorio, con sus hermanos siguiéndonos. Tenemos una nueva tradición mensual: almorzar todos juntos. Él nunca lo admitirá, pero sé que lo hace por mí. Es su forma de demostrarme que su familia me acepta y que su abuela es una excepción.

Fuimos poco a poco, tal y como me dijo que haríamos, ganándonos a sus hermanos uno por uno, con la ayuda de Sierra y Raven. Nos llevó meses, pero los hermanos Windsor parecen aceptarme como una más de los suyos. Ojalá fuera igual con mi familia.

—Oye —digo en voz baja mirándolo.

Él arquea una ceja y se vuelve hacia mí.

—¿Qué?

—Mi mamá... ¿te llamó hoy?

Zane sonríe y asiente con la cabeza.

—Sí —responde y sus ojos irradian de emoción—. Me invitó a cenar a tu casa y me dijo que tu hermano y tu papá también estarían allí.

Finjo una sonrisa y hago todo lo posible por no preocuparme. Mamá me pregunta a menudo por Zane y sé que también lo llama de vez en cuando. Los dos han creado rápidamente un vínculo que me daría envidia si no lo quisiera tanto. Por otro lado, Archer y papá siguen tratándolo como la abuela Anne me trata a mí. No le han tomado cariño como quisiera y les encanta fingir que no tenemos una relación. Si tenemos suerte, esta cena lo cambiará todo. Papá y Archer querrían a Zane si tan solo se tomaran un momento para conocerlo.

Necesito desesperadamente que esa cena salga bien. Necesitamos una victoria, porque noto que Zane se está desanimando tanto como yo. Ninguno de nuestros abuelos se ve más receptivo a la idea de nuestra relación y no sabemos cómo seguir adelante sin que nos cueste todo lo que tenemos. Nunca me perdonaría si Zane pierde la empresa que pertenecía a la familia de su madre por mi causa. Mantener su legado es todo para él.

—¿Debería llevar algún postre? Podría hacer un pay de limón.

Le sonrío y niego con la cabeza.

—Con tu presencia es más que suficiente, amor.

Me mira a los ojos, escuchando las palabras que no digo. Él es suficiente, sin importar lo que digan los demás.

Veintinueve

Zane

Las manos me sudan, en una sostengo con fuerza el ramo que hice para la madre de Celeste, en la otra, llevo una botella de whisky. Creo que nunca había estado tan nervioso como hoy, de pie frente a la casa de los padres de mi novia.

Respiro hondo y toco el timbre. Unos instantes después se abre la puerta y Archer aparece delante de mí, seguido de cerca por Celeste. La irritación se refleja en su rostro, así que le sonrío en respuesta.

—Maldita sea, Arch —le reclama Celeste dándole un codazo—. ¡Te dije que yo abriría la puerta!

—Tenía que verlo con mis propios ojos —responde—. No le creí a mamá cuando me pidió que viniera a la ciudad para cenar con tu novio. Esto es absurdo. Ni siquiera me pidió venir para su cumpleaños, ¿pero me exige que venga por él?

Suspiro cuando Celeste lo empuja y sale a recibirme, se ve frustrada. Es obvio que su familia esperaba que la relación terminara.

—Pasa —dice agarrándome de la mano.

Le sonrío intentando reconfortarla, lo que la relaja un poco mientras me lleva al interior de la casa. Su madre se ve afable y asombrada cuando entramos en la cocina y ve las rosas que llevo en la mano.

—Muchas gracias por recibirme, señora —le digo mientras le entrego el ramo.

—¡Oh, Zane! —exclama sonriendo de la forma más maternal que jamás haya visto—. Son preciosas, pero no tenías que molestarte... ¿Y cuántas veces tengo que decirte que me llames Clara?

—Son del jardín de rosas de su madre —se apresura a decirle Celeste—. Esas rosas... Bueno, digamos que ni yo he recibido nunca un ramo completo.

Me lanza una mirada acusadora y yo me encojo de hombros.

—¿Qué puedo decir? Las reservo exclusivamente para mi hermana, mi abuela, mi esposa y mi suegra.

Celeste entreabre la boca asombrada y sus pupilas se dilatan al asimilar mis palabras. Me encanta ver cómo se sonrojan sus mejillas. Desvía la mirada nerviosa.

Clara nos sonríe a ambos y siento un gran alivio al darme cuenta de que es igual que por teléfono.

—¿Qué tal el camino? —pregunta al tiempo que dejo la botella de whisky en la barra y corro al fregadero a lavarme las manos para ayudarla.

—Vivo a unos minutos de aquí, así que ha sido un trayecto agradable.

—¿Sí? Me alegro. ¿Tuviste un buen día en el trabajo?

Sonrío para mis adentros con el corazón lleno de alegría. Me ha estado llamando al menos una vez al mes, se nota que se está esforzando por conocerme mejor. No deja de impresionarme lo auténtica que es. Al principio, nuestras llamadas eran un poco incómodas, aunque ahora las espero ilusionado. Aún no me armo del valor suficiente para ser yo quien la llame, pero eventualmente lo haré. Mi abuela no es muy maternal, en cambio Clara es exactamente como pienso que sería mi mamá.

Celeste parece saber lo que estoy pensando, porque me acaricia con dulzura el brazo y me sonríe mientras yo platico con su mamá.

—Voy a poner la mesa y a ver si mi papá está bien —nos dice Celeste. Le digo que sí con un gesto y la sigo con la mirada hasta que la puerta se cierra detrás de ella.

—Te ha picado el gusanillo del amor, ¿verdad?

Abro los ojos de par en par y asiento con la cabeza.

—Sí, señora. Me temo que es incurable.

Se ríe y extiende la mano para despeinarme.

—Pues ven, tenemos que ir y convencer a mi hijo y a mi esposo de que adoras a Celeste. Me ha encantado todo lo que he aprendido sobre ti hasta ahora y creo que a ellos también les encantará. Bueno, la verdad no esperaba menos del hijo de Tara.

Parpadeo admirado.

—¿Conocía a mi madre?

—Éramos amigas de la infancia —contesta y su sonrisa se desvanece—. Todavía pienso en ella a menudo. Sé que estaría orgullosa de ver el hombre en el que te has convertido. Yo lo estoy.

La observo conmocionado salir de la cocina. Siento que mi corazón se estremece, es una emoción difícil de definir; no es precisamente gratitud, pero se le parece. Su aceptación fue tan alentadora que me sorprendo sonriendo mientras busco la vieja botella de whisky que traje conmigo.

El papá de Celeste ya está sentado a la mesa y se levanta a regañadientes cuando entro. Parece molesto de verme y me aprieta la mano un poco más de lo necesario cuando lo saludo; sin embargo, no me lo tomo personal.

—Gracias por recibirme, señor.

Mira la botella que llevo en la mano y suspira al quitármela.

—Me llamo George y no me gusta el whisky —dice, aunque sus ojos brillan.

—No mientas, papá —señala Celeste mientras ella y Archer traen los platos—. Es impropio.

Contengo una sonrisa cuando Archer alza las cejas al ver el whisky sobre la mesa.

—Es una botella muy difícil de encontrar —comenta—. ¿Estás tratando de sobornar a mi papá?

Me encojo de hombros.

—¿Está funcionando?

El papá de Celeste intenta no sonreír, pero fracasa y señala con la cabeza el asiento frente a Archer.

—Siéntate ahí.

Asiento cortésmente y me siento donde me dice. Noto la tensión en la postura de mi novia y sé que si me nota algo incómodo sin duda se enfadará. Celeste es sorprendentemente protectora conmigo, lo que me parece adorable.

—Esa botella —menciona con voz suave al sentarse a mi lado—, es la que dijiste que era de tu papá, ¿verdad?

Levanto la cabeza de golpe, confundido. Lo mencioné una vez, pero hace meses. ¿Cómo es posible que lo recuerde?

La toma y niega con la cabeza.

—No puedes aceptarla, papá. Devuélvela.

—Celeste —murmuro tomándola de la mano y lanzándole una mirada que solo ella puede entender. Me mira a los ojos, se ve dolida, lo que, de hecho, me tranquiliza. Sé que no le gusta que me esfuerce tanto, pero no me importa, lo hago por ella. Suspira y se siente derrotada, apenas consigo no llevarme nuestras manos unidas a los labios.

—Espero que tengas hambre —dice Clara, intentando aligerar la tensión en el aire.

George no dice una palabra, pero Archer cruza los brazos y me mira furioso.

—Entonces, ¿cómo pasaste de ser el chico que hizo llorar a mi hermana durante años a sentarte en esta mesa?

Celeste suspira, así que pongo mi mano en su rodilla.

—Madurando, pidiendo perdón por mi inmadurez y haciendo todo lo que está en mis manos para demostrarle a Celeste que la quiero con todo mi corazón, y que los errores que cometí cuando éramos niños nunca se repetirán

La expresión de George se suaviza e inclina la cabeza hacia la puerta.

—Ve por la botella de whisky que tu abuelo me regaló en Navidad y guarda esta en un lugar seguro —le dice a Archer.

Archer frunce el ceño, dudando un momento antes de levantarse y hacer lo que le pide su padre. Clara sonríe, aparentemente complacida, pero no me siento tranquilo en absoluto.

—No puedo —le digo a George al ver que me sirve una copa de whisky igual de caro y me la acerca—. Tengo que manejar. Podría llamar a mi chofer, pero no quisiera molestarlo a estas horas de la noche.

Clara me sonríe y se acerca para darme una palmadita en el brazo.

—Puedes pasar la noche aquí, cariño.

—En el cuarto de invitados —añade George con tono severo.

Volteo a ver a Celeste, quien asiente sutilmente con la cabeza y tiene una sonrisa dulce en el rostro.

—Sería un honor —murmuro. Mi corazón se sobrecoge de gratitud.

—Por los nuevos comienzos, supongo —proclama George, levantando su copa. Le sonrío mientras levanto la mía y brindo con él.

—Por los nuevos comienzos —coincido y mis labios dibujan una sonrisa.

No importa cuánto tiempo me lleve, pero voy a ganármelo. Tengo que hacerlo, porque no creo que mi diosa sea realmente feliz a mi lado si nuestras familias no nos dan su bendición. Sé que ella finge ser fuerte por mí, pero ama mucho a su familia, incluso a ese abuelo tan terco que tiene. Aprenderé a quererlos, porque la quiero a ella.

Treinta

CELESTE

Salgo al pasillo caminando de puntitas momentos después de oír que se cierra la puerta del cuarto de invitados. Me muero de curiosidad. Después de cenar, Archer, papá y Zane se sentaron en el porche durante horas, platicando y tomando. No sé de qué hablaron y, pese a las frecuentes risas que escuchaba, no me siento tan tranquila como quisiera. Cada vez que intentaba unirme a ellos, me echaban sin ceremonias y, al final, mi mamá me prohibió intentar salir.

No importa la edad que tenga, mamá nunca dejará de aterrorizarme cuando me regaña, lo que ocurre muy raramente. Quizás por eso presto más atención a sus palabras que a las de cualquier otra persona.

Zane levanta la vista cuando entro a su cuarto y una lenta sonrisa transforma su rostro.

—Mi diosa —susurra arrastrando ligeramente las palabras. Ya se quitó el saco, el chaleco y la corbata del traje. La forma en que se arremanga la camisa es ridículamente sexi.

Toma mi rostro entre sus manos, lo que me permite estudiarlo con atención. Parece que le fue bien, pero no puedo evitar preocuparme. Tanto Archer como papá son muy sobreprotectores conmigo y la sola idea de que sean groseros con Zane o no lo hagan sentirse bienvenido me parte el corazón.

—¿Estoy soñando? —pregunta Zane.

Le sonrío y niego con la cabeza.

—No, querido novio. Todo esto es muy real, pero admito que tú eres un sueño hecho realidad.

Suspira mientras apoya su frente en la mía.

—Te amo, Celeste. —Sujeta mi mano y coloca la palma sobre su pecho—. Te amo tanto que me duele aquí.

Miles de mariposas revolotean en mi estómago y le sonrío mientras desabrocho lentamente su camisa. No me creería si le dijera que yo lo amo más. Zane no se emborracha a menudo, pero, cuando lo hace, se vuelve adorablemente terco.

—Un beso te hará sentir mejor —le prometo.

—Por favor —me dice—. Mi corazón ahora es tuyo, así que tienes que cuidarlo bien.

—Lo haré, mi amor.

—¿Me lo juras? —pregunta con fuego en la mirada y yo asiento con la cabeza.

—Te juro que voy a cuidar muy bien de tu corazón, Zane. Ahora es mío, ¿cierto? Lo protegeré siempre

Su camisa se abre por completo, paso mis manos por su pecho, atesorándolo. Ya debería estar acostumbrada a verlo así, pero creo que nunca me cansaré de esta imagen.

—Esto no es un sueño, ¿verdad? —me pregunta pasando su mano por mi cabello—. Si lo es, tienes que decírmelo.

—No es un sueño, bebé.

—Bien, porque voy a besarte y no quiero despertar y descubrir que no fue real. Me ha pasado algunas veces; de hecho, varias.

Me río y Zane me interrumpe jalándome más hacia él hasta que chocamos, entonces inclina la cabeza para besarme lentamente. Suelto un gemido de satisfacción y recorro su pecho con mis manos hasta que las tengo alrededor de su nuca.

—Tan perfecta para mí —susurra empujándome hasta caer en la cama. Luego sonríe y pone su rodilla entre mis piernas—. Ya no sé qué es verdad, porque cuando estoy contigo siento que todos mis sueños se han hecho realidad.

Mi corazón da un vuelco cuando se quita la camisa y me lanza una de esas sonrisas que sabe que no puedo resistir.

—Zane Windsor —susurro—. No me incites así.

Se inclina sobre mí y recorre mi estómago con las yemas de los dedos.

—Me encanta provocarte, Celeste. Me encanta todo de ti, pero lo que más me gusta es escuchar cómo me ruegas.

Hace mi ropa interior a un lado y me mira a través de sus hermosas pestañas, su mirada es embriagadora al sentir con sus dedos mi humedad.

—Qué vulva tan bonita. ¿Sabes qué es lo que más me gusta de ella?

Niego con la cabeza mientras él mete sus dedos.

—No es lo insaciable que es ni lo delicioso que sabe. No. Lo que más me gusta es que es mía, para siempre. Mi tacto es el primero y el último que conocerá jamás.

—Único —lo corrijo, admitiendo algo que no había querido reconocer—. Tu tacto es el único que conoceré jamás.

Zane parpadea y luego una amplia sonrisa se dibuja en su rostro.

—¿Sabías que tú también eres la única? Eres la única mujer con la que me he acostado, Celeste. La primera, la última, la única.

Parpadeo incrédula mientras dibuja círculos alrededor de mi clítoris.

—Pero... entonces, ¿cómo... cómo te volviste tan bueno en esto?

—Películas porno. Muchas —dice encogiéndose de hombros, con una sonrisa borracha y tierna en el rostro—. Además, aprendo rápido. Cuando se trata de ti, estoy ansioso por hacerlo bien.

—Zane —gimo su nombre al sentir cómo me provoca con un ritmo lento que me vuelve loca—. Dios mío, estoy tan enamorada de ti.

—Sí. Lo estás, ¿verdad? Qué locura. Eres una diosa y yo... bueno, no soy digno de ti.

Empuja sus dedos y los curva, haciendo que me muerda el labio para no gemir. Nunca puedo resistirme a él, no vine aquí esperando esto. Solo quería ver si estaba bien y darle un beso de buenas noches.

—Por favor —susurro. Él sonríe mientras saca los dedos.

—¿Por favor qué, Celestial?

Levanto las caderas y me bajo la ropa interior por completo.

—Por favor cógeme, Zane. Por favor.

Respira con dificultad, me mira de una forma tan amorosa que mi corazón se desborda. Nunca había sentido este tipo de ternura por nadie más que él.

—Eres una muy buena chica, ¿no es cierto? —susurra—. Te ves tan guapa suplicándome que te lo meta.

Observo impaciente cómo desabrocha lentamente los botones de su pantalón.

Justo cuando termina, alguien toca la puerta.

—¿Zane?

Se queda como pasmado.

—Mierda, es mi cuñado.

—¿Tu qué?

No responde, sino que me levanta y mira alrededor del cuarto.

—Ponte... ponte debajo de la cama. —Mis ojos se agrandan de sorpresa, sin saber si debería divertirme u ofenderme.

—¡Rápido! ¡No pueden encontrarme contigo en la cama! ¡Por fin conseguí caerle bien!

Contengo una sonrisa y hago lo que me pide, escondiéndome justo antes de que mi hermano entre en la habitación.

—Sigues despierto —afirma Archer arrastrando un poco las palabras—. Te t-traje una toalla y algo de mi ropa p-por si necesitas. También un cepillo de dientes.

Escucho movimiento y miro desde abajo de la cama que mi hermano está sonriéndole a Zane.

—En cuanto a novios se refiere, no estás tan mal, supongo —añade.

Zane lo mira conmovido.

—Gracias.

—Mi hermana está feliz, lo sé. Lo veo en su sonrisa, en cómo te mira. Durante años, la hiciste sentir completamente miserable y todavía quiero hacerte pagar por ello. Pero, maldita sea, Zane, al mismo tiempo creo que nunca la había visto tan feliz como ahora. Ojalá fueras un imbécil. Haría las cosas m-mucho más fáciles.

Apenas consigo contener la risa. No sabía que mi hermano podía ser tan dulce y la forma en que Zane lo mira es igualmente adorable. No puedo creer que esté presenciando el nacimiento de un verdadero amor entre hermanos.

—Gracias —balbucea Zane—. Lo aprecio. Amo a tu hermana, ¿sabes?

Archer suspira y sacude la cabeza mientras se dirige a la puerta.

—Sí, lo sé. —Abre la puerta y voltea a ver a Zane antes de salir—. Bienvenido a la familia, idiota. D-dudo que lo hagas, pero intenta no darme otra razón para darte un puñetazo en la cara, porque estoy seguro de que a mi hermanita le gusta bastante esa cara. No me gustaría estropearla. —Sale y cierra la puerta tras de él, haciendo más ruido del esperado.

Zane se queda mirando la puerta, mientras yo salgo de debajo de la cama, sin poder evitar sonreír.

—Creo que... —murmuro—, creo que tú y mi hermano se acaban de hacer... ¿amigos?

—¿Amigos?

Asiento con la cabeza, divertida por su expresión desconcertada. Esta noche ha salido mucho mejor de lo que esperaba. Ahora solo tenemos que encargarnos de nuestros abuelos, pero siempre será la parte más difícil.

Treinta y uno

Celeste

Mamá y yo miramos fijamente a los tres hombres sentados en el desayunador, con Zane en el centro.

—Y, qué tal, ¿aprendieron algo de tomar tanto como lo hicieron anoche? —les pregunto con tono seco.

Observo cómo mi papá le da una palmada en el hombro a Zane y se inclina hacia él.

—Recuerda que tú elegiste esto. No es demasiado tarde para alejarte de ella, ¿sabes? Está destinada a ser igual de desequilibrada que su madre.

Mamá se yergue e inclina la cabeza hacia papá.

—¿Qué dijiste? —pregunta con una voz engañosamente amable.

Papá carraspea cuando Archer se inclina hacia Zane.

—Si quieres sobrevivir estando con Celeste, no seas tan tonto como mi papá.

Zane se limita a mirarme, se ve radiante. Aun cuando tiene una visible resaca, siento que desde hace tiempo no lo veía tan feliz. La carga de que nuestras familias no aceptaran nuestra relación empezaba a pesarle demasiado, pero parece que anoche ese peso se aligeró.

—Lo siento, Celestial. No tomaré tanto la próxima vez, ¿de acuerdo? —dice Zane sinceramente—. Archer y yo no pudimos decirle que no a tu papá.

Papá gira la cabeza hacia Zane.

—¿Me estás echando la culpa?

Archer se ríe y rodea a Zane con el brazo, asintiendo antes de mirar a papá.

—Mejor tú que nosotros.

Mamá se vuelve hacia mí y sonríe.

—¿Te dice *Celestial*?

Me sonrojo al instante. Normalmente, Zane me llama Celestial o diosa en privado; dudo que se haya dado cuenta de que se le salió. Mamá se ríe y me acaricia el cabello. Está claro que le cae muy bien Zane y eso me hace más feliz de lo que puedo expresar.

—Muy bien, Archer y Zane —comienza a decir mi mamá, con una sonrisa que se desvanece al mirarlos—. Si hay algo que hacemos en esta casa, es asumir la responsabilidad de nuestras acciones y rendir cuentas. Anoche decidieron tomar, así que hoy tendrán que asumir las consecuencias. Los sábados por la mañana hay clase de cocina, así que se aguantan y tráiganme algunos vegetales del huerto. Pueden elegir los que quieran. Vamos a preparar nuestra propia versión del asado británico del que Celeste no deja de hablar maravillas.

Ambos agachan la cabeza, como si la idea de tener que levantarse de la silla les resultara imposible. Por un momento, considero la posibilidad de llevarme a Zane a casa para que se recupere.

—Ahora, vamos —indica mi mamá y yo me sobresalto.

Los chicos se paran de inmediato, ambos bien conscientes de que mi madre, que normalmente es increíblemente dulce, está molesta con ellos. Papá se ríe y mamá suspira.

—Tampoco me tienes muy contenta. ¿Cómo pudiste emborrachar tanto a los chicos, George?

Él se levanta de su asiento y pasa el brazo sobre sus hombros.

—Se llama vincularse y pasar tiempo de calidad, cariño. Y se logró lo que esperabas, ¿no? Me cae muy bien el chico y a Archer también, tal y como dijiste que pasaría.

Mamá exhala cuando él le da un suave beso en la sien.

—Apestas a alcohol. La próxima vez que quieras pasar tiempo de calidad con los chicos, intenta no envenenarlos a ellos ni a ti.

Sonrío, aliviada de oír lo que ya sospechaba: la cena de anoche fue un éxito. Durante meses, papá se negó siquiera a que Zane pusiera un pie en nuestra casa. Pasé semana tras semana intentando derretir su frío exterior. Le hablé de la comida que Zane me prepara, de las cosas que ha arreglado en mi casa y de lo mucho que me han ayudado los consejos estratégicos que me da en beneficio de nuestra empresa. Él resoplaba y hacía como que me ignoraba, pero yo sabía que estaba escuchando.

Tal como dijo Zane: «dar pequeños pasos».

—Te quiero, papá —murmuro con mi corazón desbordándose—. Sé que no fue fácil para ti, te estoy agradecida. Zane me hace feliz y quiero que se sienta bienvenido.

Los ojos de papá se agrandan y, por un instante, se nota visiblemente conmovido.

—Yo también te quiero, mi niña. Perdóname por tardar tanto en darle una oportunidad.

Extiende sus brazos hacia mí y sonrío mientras dejo que me abrace. Su rechazo inicial hacia Zane no solo afectó mi relación, también tuvo un impacto en mi vínculo con mis padres. El resentimiento que sentía estaba creciendo poco a poco, pero esta mañana desapareció.

Me aparto cuando Archer y Zane entran en la cocina, riéndose de algo. Zane no debería verse tan sensual con los viejos pantalones grises de mi hermano y su camiseta blanca raída, pero, Dios mío, así se ve. Sus ojos se cruzan con los míos y se detiene, me mira por unos segundos hasta que Archer le da una palmada fuerte en la espalda.

—Esa es mi hermana, idiota.

Zane sale de su trance y deja las verduras en la barra, con una sonrisa pícara mientras se encoge de hombros.

—Esa es mi novia, Archer. No puedo evitarlo.

Sigo derritiéndome cada vez que me llama así y lo sabe. Comienzo a lavar las verduras y siento mis mejillas calientes, así que hago todo lo posible por no voltear a ver a Zane cuando se acerca para lavarse las manos. El calor de su cuerpo junto al mío es increíblemente tentador y la forma en que sus dedos rozan los míos bajo el chorro de agua me hace desear besarlo aquí mismo. Sus ojos encuentran los míos y sonríe con complicidad antes de apartarse y secarse las manos. Le haré pagar más tarde por provocarme, además sé que los dos disfrutaremos cada segundo.

—¡Perdón por llegar tarde! ¡Clara me dijo que pasara por algunas cosas!

Levanto la vista cuando Lily entra apresurada con un costal de papas en los brazos. Se detiene en seco, impactada al ver a Zane. El color desaparece de su rostro y frunce el ceño.

—¿Zane?

Él sonríe incómodo.

—Lily —dice asintiendo cortésmente.

Debe ser raro para él ver a una de sus empleadas en una situación tan informal. Cada vez que invito a Lily a pasar tiempo con nosotros, ella declina por esa razón.

—Esto es raro. No puedo creer que tenga que ver a mi jefe en sábado.

Papá la abraza y niega con la cabeza.

—Aquí no es tu jefe —le dice afectuoso—. Aquí solo es el novio de Celeste.

Sus ojos se abren sorprendidos y me mira. Le sonrío emocionada. Lleva meses escuchando quejarme de que, según yo, mis padres nunca aceptarían a Zane. Estoy segura de que ya estaba harta, pero nunca dejó de apoyarme.

Lily me sonríe antes de acercarse a mamá, aunque noto que evita mirar a Zane todo lo posible. Sé que ha estado preocupada por mí. Espero que con el tiempo se dé cuenta de que él de verdad no tiene malas intenciones conmigo.

Treinta y dos

ZANE

Sonrío al ver cómo se sorprende Archer cuando baja del auto y ve mi mansión.

—A veces olvido que eres un Windsor, ¿sabes?

—Me alegra escucharlo —digo mientras entramos. En los últimos meses, Archer y yo nos hemos hecho amigos, algo que ninguno de los dos esperaba. Él buscó limar las asperezas, así que me pidió ayuda para elegir un auto nuevo y yo le ofrecí uno de los modelos más recientes de Windsor Motors. Solo estábamos esforzándonos como respuesta a nuestro amor por Celeste; sin embargo, en el proceso nos fuimos conociendo y descubrimos que tenemos más en común de lo que pensábamos.

—¿Seguro está bien si me uno? —pregunta nervioso.

Esbozo una sonrisa divertida, sorprendido de verlo tan inquieto esta noche. Supongo que triunfé en mi objetivo de que olvidara quién soy, además del novio de su hermana.

—Claro. La noche de póquer es algo informal. Solo mis hermanos, yo y también mi cuñado.

Archer sacude la cabeza.

—Sí sabes que no estás casado con Celeste, ¿verdad?

Me encojo de hombros.

—No estamos casados… todavía.

Su expresión cambia y la pena que veo en su mirada casi me destruye. Nadie de nuestros conocidos piensa que nuestra relación de verdad funcionará, no sin hacer sacrificios que podrían arrebatarnos todo. Eso duele.

Mis hermanos y Xavier levantan la vista cuando entramos; frunzo el ceño al ver que Ares suspira y saca un billete de su cartera. Lex sonríe y lo toma sin decir nada, reclinándose satisfecho en su asiento. ¿Qué diablos estaban apostando?

—Él es Archer Harrison —lo presento—, el hermano de Celeste.

Luca entrecierra los ojos.

—Eres copropietario de Serenity Solutions, ¿no es cierto?

Archer asiente, se ve muy tenso. Nunca lo había visto así.

—Luca Windsor —responde—. CEO de The Windsor Bank y Windsor Finance, ¿verdad? Un gusto conocerte. —Se dan la mano. Sonrío cuando empiezan a hablar sobre las similitudes entre sus negocios.

—Qué bien —dice Lex—. Tú sí invitaste a alguien interesante, no como la basura que Dion siempre invita.

Miro la expresión seria de Xavier y reprimo mi risa mientras me siento a la mesa.

—Sí son conscientes de que soy tan rico como cualquiera de ustedes, ¿verdad? —murmura—. Increíble el maltrato que tolero con tal de ver a mi mejor amigo cuando viene de visita. —Y voltea a ver a Dion—. Me la debes.

Dion se ríe y niega con la cabeza.

—Ni de broma. Sé muy bien que no hay que deberle favores a un Kingston. No te debo nada. En todo caso, tú me debes una a mí por ser literalmente tu único amigo.

Xavier alza una ceja.

—Lo dices como si tú tuvieras algún otro amigo. Tus hermanos no cuentan, ellos están obligados a verte.

Apenas me abstengo de poner los ojos en blanco mientras todos dicen puras tonterías. El único callado es Ares, que baraja las cartas.

—Me dijo la abuela que solicitaste verla la próxima semana —dice en voz baja—. Me llamó para ver si yo sabía qué quieres, porque al parecer tu tono la preocupó.

—Seguro ya sabe sobre ustedes —comenta Dion—. Celeste va a la mansión Windsor varias veces a la semana y, aunque no vaya a la casa de la abuela, seguro le han informado de sus visitas frecuentes, ¿no?

La sola mención de Celeste hace que Archer se ponga a la defensiva, así que trato de tranquilizarlo con la mirada.

—Le pedí a Silas que no dijera nada —menciono, refiriéndome a nuestro jefe de seguridad. Aunque Dion se muestra escéptico.

—No se puede confiar tanto en Silas. Él trabaja para la abuela, no para nosotros; además, siempre tiene su propia agenda. Ya han pasado casi dos años. Seguro ya lo sabe, solo está ignorando su relación con la esperanza de que termine.

—No lo hará.

Luca se vuelve hacia mí, evidentemente preocupado.

—¿Entonces de eso se trata?

—Sí —respondo con un toque de emoción en la voz.

Lex niega con la cabeza y me sirve un vaso de whisky.

—Vas a tener que ponerte de rodillas.

—¿Para qué? —pregunta Archer de forma cortante.

Luca sonríe, aunque hay una evidente inquietud en su mirada.

—Para poder casarse con tu hermana. Mucho antes de pedirle su mano a tu papá, tendrá que convencer a nuestra abuela.

Archer se tensa.

—Pensé que habían dicho que irían despacio. No sé si tu abuela, pero mi abuelo definitivamente no está listo aún. A mí me desheredó porque me negué a manejar su empresa bajo sus reglas, porque no me comprometí como él esperaba y no hice los sacrificios que exigía. ¿Qué crees que le hará a Celeste si le dice que no solo están saliendo, sino que quiere casarse contigo?

Bajo la mirada. No dice nada que yo no haya pensado ya mil veces.

—Me caes bien, Zane —continúa Archer—, pero que te deshereden es duro. Se produce una brecha entre las personas que se aman. Te pierdes de cumpleaños y se generan rencores y culpas de ambos lados. No quiero eso para mi hermana. ¿Por qué no esperan un poco más? Según entiendo, mi abuelo apenas comenzó a tratarte decentemente y pienso que tu abuela está en el mismo punto. ¿Qué pasó con sus planes de ir convenciéndolos poco a poco?

—Lo hemos estado haciendo —le digo, mostrándome comprensivo—. Celeste y yo hablamos y estamos cansados de esperar, de tener esto pendiendo sobre nuestras cabezas. Hemos andado de puntitas por el bien de los abuelos, pero ya basta. Quiero todo con ella, Arch. Ella no lo admitirá, pero la incertidumbre le pesa y a mí también. Estoy cansado de tratar a la mujer que amo como un secreto sucio. Ya ha pasado suficiente tiempo para darnos cuenta de que esto no es un amorío. Estoy más seguro que nunca de que ella es para mí. No tiene sentido esperar más, porque esto que siento no va a cambiar. Ya sea hoy o en tres años, siempre la elegiré. Si eso me va a traer consecuencias, mejor las enfrento de una vez.

Mis hermanos se miran entre sí, luego asienten y se enderezan.

—Iremos contigo —dice Ares.

—Nosotros también la queremos —agrega Luca.

Lex me sonríe con picardía.

—Para mí ella ya es casi una hermana, así que lo mejor será que te ayudemos a formalizarlo.

Dion extiende su mano y la pone sobre mi hombro.

—No todos conseguiremos la felicidad que ustedes dos comparten, Zane. Haremos lo posible para proteger la tuya.

Respiro con dificultad, conmovido por el apoyo incondicional de mis hermanos. No encuentro las palabras para expresar mi gratitud, pero se los pagaré cuando llegue el momento.

Treinta y tres

Zane

—¿Estás seguro de esto? —pregunta Ares preocupado, al igual que Luca, Dion y Lex. Asiento, esforzándome por no dejar que su evidente inquietud me afecte. Su presencia significa que creen que hay una posibilidad de que funcione y eso es todo lo que necesito: una oportunidad.

—Pues entonces vamos —declara Lex poniendo un brazo sobre mis hombros—. Démoslo todo.

El ambiente se encuentra cargado de esperanza cautelosa y un sentido de camaradería que no encontraría con nadie más que con mis hermanos. Hoy, más que nunca, agradezco el hecho de tenerlos a mi lado.

La abuela levanta la vista, sorprendida, cuando entramos a su sala, su ceja levantada es lo único que nos indica cómo se siente. Luce perfecta con su traje sastre de lana negra y su cabello gris al hombro, perfectamente alaciado.

—Chicos —dice más secamente de lo habitual—. ¿A qué debo el gusto? Solo esperaba a Zane.

Doy un paso adelante y me siento en el sofá frente a ella, con mis hermanos a ambos lados.

—Estoy seguro de que ya sabes por qué estoy aquí —señalo con una voz suave, pero firme.

Suspira irritada y con un dejo de resignación en la mirada.

—Ilústrame.

—Celeste Harrison —le digo.

—No —me interrumpe al instante, cruzando los brazos.

—Esto no es un simple enamoramiento, abuela. Llevo saliendo con ella casi dos años y soy más feliz que nunca. Quiero casarme con ella.

La abuela se ríe y el sonido me da escalofríos. Es obvio que no me cree.

—Quizá la culpa es mía por haber mirado hacia otro lado. Pensé que el tiempo te mostraría la verdad detrás de los consejos que te niegas a aceptar.

—Ella también lo ama —afirma Luca con tono suplicante—. Nosotros éramos tan escépticos como tú, abuela, pero no estaríamos aquí si no creyéramos que Zane y Celeste deben estar juntos.

Ares me rodea los hombros con el brazo y asiente.

—También tiene sentido desde un punto de vista práctico. Si unimos Harrison Developments y Windsor Hotels, la empresa resultante sería indestructible. Suma eso a la afinidad entre Zane y Celeste. Resultaría en una sinergia que pocas compañías se atreverían a soñar. Esta unión beneficiaría a nuestra familia.

La abuela se levanta y comienza a caminar.

—¿Beneficiar? —repite—. Nos destruiría. —Se vuelve hacia mí, sus ojos reflejan dolor—. Zane, ¿no ves lo que ha estado pasando? Ella te ha estado usando para asegurar su puesto como sucesora de su abuelo. Todas las decisiones estratégicas que ha tomado tienen tu sello inconfundible. ¿Creíste que no me daría cuenta? La única razón por la que lo permití fue porque estaba segura de que tarde o temprano te darías cuenta.

Lex se tensa y niega con la cabeza antes de que yo pueda hacerlo.

—Celeste no es así —objeta—. ¿Si quiera la conoces, abuela? Me recuerda mucho a Sierra. Celeste es trabajadora, inteligente y muy generosa, cualidades que tú nos has inculcado. Entiendo que el matrimonio es un paso importante, pero, si la conocieras, entenderías por qué su relación tiene sentido.

—Ella no es su abuelo —añade Luca—. El resentimiento entre los Harrison y los Windsor no debería continuar, no cuando no es necesario.

La abuela parece abatida, pero su expresión se transforma lentamente en la de toda la vida: la que nos dice que sus intenciones son buenas, que todo lo que hace es por nosotros.

—Zane —dice con tono suplicante—. Ella es una Harrison y sé que te cuesta creerlo, pero muy probablemente tiene intenciones que no ha revelado. Quizá el plan era casarse contigo para acceder a nuestra riqueza, pero sospecho que tiene aún menos escrúpulos. No puedo aceptar a una Harrison en nuestra familia. Con el tiempo, lo entenderás y me lo agradecerás. Estoy segura.

Bajo la vista hacia mis manos, mi corazón está roto. Esperaba que al menos me escuchara, pero la sola idea de nosotros la ofende. ¿Cómo se va a sentir Celeste si nos casamos y tiene que soportar el desprecio de mi abuela por el resto de nuestras vidas?

—Lo siento, abuela. Sé que parece que te estoy pidiendo permiso para casarme con ella, pero no es así. De una forma u otra, Celeste será mi esposa. Preferiría hacerlo con tu bendición, no solo porque me destruiría decepcionarte, sino porque sé que Celeste tampoco soportaría que actúe en contra de tus deseos. Más allá de lo que pienses de ella, Celeste tiene un corazón enorme y el alma más amable. Si estar con ella me cuesta algo, ella nunca se lo perdonaría y yo la amo demasiado como para atormentarla de esa forma si puedo evitarlo.

Respiro con dificultad y me pongo de pie para acercarme a ella, tomo su mano mientras lentamente me arrodillo.

—Por favor —murmuro envolviendo sus manos con las mías—. Por favor, abuela, déjame casarme con la mujer que amo. Permíteme ser feliz, porque te garantizo que no tendré ni un solo día de felicidad si no comparto mi vida con ella. Incluso antes de estar juntos, mi vida giraba en torno a ella. Tú lo sabes tan bien como yo. ¿Cuántas veces me quejé de Celeste mientras crecíamos? Tú, más que nadie, sabes el impacto que siempre ha tenido en mi vida. Eso nunca cambiará. No puedo ser yo sin ella, abuela.

Aprieta mi mano y sus ojos se llenan de una tristeza que no esperaba encontrar.

—Lo siento, Zane, de verdad. Sé que parece que te privo de tu felicidad y veo cuánto la amas, pero no puedo permitir que te cases con ella. No podemos unirnos a Ed Harrison ni a nadie que sea de su familia. Tu abuelo se revolcaría en su tumba si lo hiciéramos. No puedo permitir que la historia se repita.

Alza la mirada de repente y miro por encima del hombro que Dion se acerca.

—Por favor —dice arrodillándose a mi lado—. Nunca he visto a Zane tan feliz como lo es con ella. Si los separas, lo vas a matar. No puedo perder a otro miembro de la familia, abue, por favor.

Una lágrima baja por su rostro mientras Lexington, Ares y Luca se nos unen, tengo a dos de mis hermanos a cada lado y yo frente a ella.

—Haremos los sacrificios que sean necesarios si dejas que se casen —promete Ares.

—No estaríamos aquí hoy si no la amáramos también —añade Luca.

Lex extiende la mano y limpia sus lágrimas.

—Ella ya es una más de nosotros, abuela. No solo lastimarás a Zane si los separas. Es tan hermana mía como Sierra.

La abuela da un resoplido y niega con la cabeza, su expresión es aún más rígida que antes.

—No —dice y luego me mira—. Eres joven, Zane. Encontrarás a alguien mejor. Duele ahora, pero sanarás y saldrás fortalecido.

Suelto sus manos e inhalo temblando.

—Entiendo que tienes derecho a decir que no y respeto tu decisión, abuela —respondo con un sentimiento agridulce—. Pero espero que también entiendas que renunciaré a mi herencia y a Windsor Hotels por ella. Sin Celeste, el dinero no vale nada. Te quiero mucho, pero me niego a vivir en el pasado cuando puedo ver un futuro brillante a su lado.

Dion me rodea la espalda con un brazo.

—Zane no es el único nieto que perderás —añade con voz suave—. Hemos perdido tanto, abuela. Tú estuviste ahí para recoger los pedazos, pero no permitiré que destruyas lo que reconstruimos.

—A mí no me amenaces —replica con una voz tranquila y desconcertante—. Cada uno de ustedes se casará con la mujer que yo elija y jamás escogeré a Celeste Harrison. Prefiero donar todos mis bienes a la caridad antes que dejar que ella toque un solo centavo de lo que tu abuelo y yo ganamos. Tienes un mes, Zane. Aléjate de ella o renuncia al legado de tus padres.

Treinta y cuatro

Celeste

Estoy inquieta dando vueltas frente a la ventana, esperando a Zane. Han pasado horas desde que se fue a casa de su abuela para contarle sobre nosotros y, con cada minuto, me pongo más nerviosa. En este caso, no tener noticias no es buena señal.

Me sobresalto al escuchar el teléfono y el corazón se me hunde al ver el nombre de Lily, no el de él. Casi rechazo la llamada por miedo a perder algún mensaje de Zane, pero cambio de opinión en el último segundo. Si alguien puede calmarme en este momento, es ella.

—Hola —digo con la voz entrecortada.

Al otro lado escucho solo un sollozo. Me tenso, el miedo me invade.

—¿C-Celeste?

Aprieto el teléfono al escuchar su respiración entrecortada.

—¿Qué pasó? —pregunto, evidentemente preocupada.

Lily comienza a llorar de verdad y me quedo paralizada unos segundos, luego reacciono y tomo mis llaves.

—¿P-podemos hablar? —tartamudea—. N-nunca quise... Yo...

—¿Dónde estás? —le pregunto, algo en su tono me asusta. No la había escuchado tan alterada en años, no desde que nos enteramos de que habían arrestado finalmente al asesino de su madre.

—Dime dónde estás, Lil. Todo va a estar bien. Salgo en este momento a donde sea que estás, ¿okey?

—Sí, creo que esto... es algo que debería decirte en persona. Estoy... estoy en... en King´s Bridge.

Mi estómago se retuerce con violencia, cada célula de mi cuerpo me dice algo que no logro descifrar.

—¿Qué haces ahí, Lil? —pregunto con voz temblorosa. Ella solloza en respuesta, su dolor es tan intenso que le roba las palabras—. Estoy a cinco minutos —le digo, mi tono es calmado a pesar de mi inquietud.

Cuando éramos más jóvenes, el dolor de perder a su madre casi consumió a Lily más de una vez; sin embargo, no había pasado en años. En todas las ocasiones, se encontraba en King's Bridge y, afortunadamente, en cada ocasión pidió ayuda antes de que fuera demasiado tarde.

Solo espero que esta vez no sea la excepción.

—Tres minutos —aseguro, conduciendo más rápido de lo que debería—. ¿Sabes que te quiero, verdad? —Mi voz se quiebra por la desesperación mientras sigo mis instintos, recordándole que es intensamente amada, que la necesitamos—. Eres la hermana que nunca tuve, Lil. La persona que me recuerda lo que valgo, la que me motiva y ve lo mejor de mí cuando yo no puedo.

—Celeste —solloza—. Dios mío, ¿qué hice? No puedo...

Llego al puente. Mis ojos se abren de par en par y el pánico me invade al verla sentada en el borde. Me detengo y salto del auto dejando la puerta abierta mientras camino hacia ella.

— Por favor —suplico, caminando despacio—. Por favor, ven aquí y hablamos.

Ella baja el teléfono y niega con la cabeza antes de hacerse un poco hacia atrás.

—Detente ahí o saltaré —me advierte, sus ojos revelan algo innombrable. ¿Pánico? ¿Delirio?

Me quedo quieta y levanto las manos en señal de rendición, las lágrimas se acumulan en mis ojos.

—No hagas esto —le ruego—. Solucionaré lo que sea que esté pasando, Lil. Lo arreglaré, solo ven y déjame ayudarte. Por favor, Lily. No puedo vivir sin ti. Lo sabes, ¿verdad?

Ella niega con la cabeza y cruza los brazos, manteniéndose en equilibrio sobre el borde. Mi corazón galopa en mi pecho mientras la observo, el miedo es tal que me hace sentir náuseas.

—Estarás bien, Celeste. Apenas nos vemos y ya no hablamos tan seguido como antes. Cada vez que llamabas, yo tenía una excusa lista, ¿no? Es mi culpa que ahora seas más amiga de Sierra y Raven. Me pregunto si eso fue parte de la razón, ¿sabes?

Comienzo a temblar y mis lágrimas caen sin control.

—¿Es por ellas? Nunca quise descuidarte a ti ni a nuestra amistad, Lily. Nunca te abandonaría, nunca. Te quiero con todo mi corazón. Eres parte de mí, Lil. No habría sobrevivido a la prepa sin ti, mucho menos a la universidad. Siempre te necesito, tus palabras de ánimo, tu sonrisa dulce, tu sabiduría cuando soy irracional, tus abrazos y tu facilidad para hacerme reír cuando la vida se pone difícil. Dime qué puedo hacer para reparar el daño. Haré lo que me pidas, Liliana —insisto y mi tono transmite desesperación, mi amor por ella. Rezo para que lo escuche. Estoy tentada a correr hacia ella y jalarla hacia mí, pero la mirada en sus ojos me mantiene estática.

Lily me sonríe, pero el desamparo se abre paso entre sus lágrimas.

—No puedes salvarme esta vez, Celeste —asegura, su voz confundiéndose con el viento—. No puedes salvarme de mí misma y no querrás hacerlo. N-No después de lo que te voy a decir.

—Está bien —le digo suavemente, respirando con dificultad—. ¿Qué te parece si me cuentas primero qué pasó?

No me creerá si le digo que su vida vale la pena, sin importar lo que la haya traído hasta aquí. Si juego bien mis cartas y le muestro que sus preocupaciones no valen su vida, quizá pueda hacer que regrese a salvo.

Me mira a través de un océano de lágrimas. En todos los años que hemos sido amigas, nunca la había visto mirarme con tanto remordimiento.

—Celeste —comienza a decir con la voz quebrada—. He estado saliendo con Zane… desde que empecé a trabajar para él.

Me le quedo viendo con la mente en blanco, sin registrar sus palabras por completo hasta que entierra su rostro en sus manos y su cuerpo se mece con la fuerza de sus sollozos.

—¿Qué?

Asiente y se esfuerza por verme a los ojos, la culpa en su mirada me duele.

—Al principio solo nos coqueteábamos, pero se convirtió en algo más en cuestión de semanas. Me resistí, de verdad. Sabía que tú lo odiabas y no podía perdonarlo por… por cómo te trató cuando éramos más jóvenes, pero él… Superó mis defensas tan f-fácilmente. Fueron sus ramos de flores, los almuerzos íntimos y los viajes a los que me llevaba para inspeccionar sus hoteles.

Caigo de rodillas en el frío asfalto, mi mente da vueltas sin parar.

—No puede ser. No lo creo —susurro, intentando entender lo que me está diciendo.

—Lo siento tanto —dice temblándole la voz, pero un poco más calmada—. Sé que nunca podrás perdonarme por esto y yo tampoco podré p-perdonarme. Pensé que… que de alguna forma esto acabaría bien. Sabemos que sus familias no aprueban su relación, así que iba a esperar a que tú siguieras adelante y encontraras la felicidad real, la que mereces. El amor puro de alguien que no fuera culpable de tus peores recuerdos. Pensé que cuando fueras feliz… que entonces quizás no importaría, y yo…

Mi corazón late con fuerza en mis oídos y las náuseas me invaden.

—Está bien —digo extendiéndole mi mano, a pesar de todo—. Él no importa más que tú. —Las palabras suenan falsas en mis labios, salen aprisa y ella me mira como si no me creyera—. Lo resolveremos, Lily.

Ella niega con la cabeza.

—Él te ama ahora —dice—. Zane quiere casarse contigo y está dispuesto a renunciar a todo por ti. No puedo reprochárselo, ¿sabes? Eres perfecta y yo te amo tanto como él. Tomó la decisión correcta; lo entiendo. Entre tú y yo, yo también te habría elegido a ti. Lo supe desde el momento en que los vi juntos en la casa de tus padres, se suponía que él estaba en un viaje de negocios.

Ella mira por encima de su hombro, hacia el agua oscura; me inclino hacia ella. La cabeza de Lily gira bruscamente hacia mí y me lanza una mirada de advertencia, lo que me paraliza. Siento tanto miedo como nunca había sentido. Antes, mirar hacia abajo le daba miedo; ahora, la hace sonreír.

—Terminó conmigo y estoy un poco aliviada, ¿sabes? Cada vez que pensaba en el futuro, me imaginaba teniendo que mentirte, diciéndote que nuestra relación inició cuando ustedes terminaron. Sí, había planeado hacerlo, porque desesperadamente quiero estar con él. Es enfermizo, ¿no lo crees? Tú deberías ser a quien más ame, más que a nada, pero igual lo hice porque no podía resistirlo. Él me hizo sentir vista, amada. Me hizo reír, Celeste.

Las lágrimas brotan de mis ojos y trato con todas mis fuerzas de atrapar el sollozo en mi garganta. Todo lo que está contándome es lo que él me hizo sentir a mí también.

—Te amo —declaro—. Te amo sin importar nada de esto. Si Zane es el tipo de hombre que haría esto, engañarnos a las dos, entonces no lo necesitamos en nuestras vidas. Solo nos necesitamos la una a la otra, Lily. Por favor, ven aquí, lo resolveremos.

Una chispa de esperanza brilla en sus ojos, así que le extiendo mi brazo, ofreciéndole la mano. Ella la mira y niega con la cabeza.

—No me perdonarás —musita—. Nunca lo harás realmente. Esto siempre estará entre nosotras y yo nunca podré perdonarme. Nada volverá a ser igual entre tú y yo... Conozco su encanto, Celeste. Él inventará excusas y tú lo perdonarás. Nunca te he visto amar a alguien como lo amas a él; no hay nada que no vayas a perdonarle. Así como me amas lo suficiente para perdonarme esto, también lo perdonarás a él y yo no puedo estar aquí para presenciarlo. No puedo ver que te cases con él.

—No lo haré —le prometo—. No me casaré con él.

Me mira a los ojos y sonríe con una expresión sombría, resignada.

—Te amo, Celeste. Espero que en tu corazón logres perdonarme, pero no puedo soportar esa mirada en tus ojos. Merezco ser castigada por mis pecados y sé que así será.

—¡Lily! —grito histérica.

—De verdad te amo —dice, el viento trae sus palabras hasta mí. Me sonríe, con el corazón roto, y yo me lanzo hacia ella justo cuando se deja caer hacia atrás.

Mis dedos rozan su cuerpo, pero llego demasiado tarde.

Demasiado tarde para salvarla.

Treinta y cinco

Celeste

Estoy temblando al entrar a la cabaña donde Lily y yo pasamos tantas noches, los ojos me arden. Mi teléfono no ha dejado de sonar en las últimas veinticuatro horas, pero sé que Zane no puede comunicarse conmigo aquí. Este lugar era solo nuestro, mío y de Lily.

La conversación con ella sigue desarrollándose en mi mente, no puedo evitar preguntarme en qué fallé. ¿Debí haber saltado hacia ella para alejarla del precipicio en el momento en que la vi sentada allí? Algo me decía que ella habría saltado de inmediato si lo hubiera intentado, pero desearía haberlo hecho de todos modos. El resultado no podría haber sido peor que esto. El cuerpo de mi mejor amiga en algún lugar del fondo del río, mientras decenas de buzos intentan encontrarla.

¿Zane ya se habrá enterado? Alguien debe haberle dicho ya. ¿Estará tan destrozado como yo? ¿Alguna vez la amó como ella lo amaba a él? Mis dedos recorren la pared llena de fotos de Lily y yo. Nuestra vida desplegada en orden cronológico, cada recuerdo más doloroso que el anterior.

Mi cuerpo se tensa al ver un sobre encima de la mesa, esa en la que nos sentamos a jugar ouija y nos asustamos a los catorce años. Luego ahogamos el miedo con nuestros primeros *shots* de alcohol. En esa mesa compartimos comidas y juegos, estudiamos juntas y abrimos nuestras cartas de admisión a la universidad.

Las manos me tiemblan al tomar la carta, reconozco su hermosa letra. Siempre hacía que la letra C de mi nombre se viera tan bonita. La aprieto contra mi pecho, incapaz de abrirla, incapaz de verla a través de mis lágrimas. Sé lo que es esta carta y no puedo soportar enfrentarme a la realidad. Se ha ido; ella sabía que no volvería de ese puente.

Me dejo caer al suelo, aferrándome a una pequeña parte de ella mientras suplico en silencio que todo esto sea una pesadilla, que la encuentren viva y bien, aun con todo el tiempo que ha pasado.

Mi cuerpo entero se estremece por la fuerza de mis sollozos, abro el sobre y el papel casi se me resbala de las manos al desdoblarlo.

Querida Celeste:

Si estás leyendo esto, sucumbí a mi vergüenza y te dejé aquí sola; en este lugar donde creamos algunos de mis recuerdos más preciados.

Probablemente, estés llorando, ¿verdad? Por favor, no lo hagas. Te juro que no valgo tus lágrimas. Nadie las merece, Celeste. No hay persona en este mundo que te merezca; sé que yo nunca lo hice.

Tú me salvaste y, en lugar de devolverte el favor, te traicioné. ¿Es egoísta alegrarme de que no veré la traición en tus ojos?

Sí, definitivamente lo es, ¿no lo crees?

Lo siento, Celeste. Más de lo que jamás podrás imaginar. Si pudiera retroceder el tiempo y deshacer lo que hice, lo haría. Ojalá no hubiera sido tan tonta, tentada por una felicidad ilusoria. Nunca quise lastimarte, ni engañarnos a ti ni a mí.

Si pudiera pedir un último deseo, sería ganar tu perdón mientras arrastro a Zane Windsor conmigo al infierno. Espero que algún día sepa lo que es perder todo lo que amas en esta vida; mirar a tu alrededor y encontrar pedazos rotos de tu corazón en cada lugar que era importante, simplemente por los recuerdos que creaste ahí.

Nunca sabrás lo arrepentida que estoy, Celeste. Sé que no hubiera podido expiar el daño hecho en esta vida, sin importar lo que hiciera, pero espero que descanses tranquila sabiendo que seré castigada por mis pecados donde estoy ahora. Te conozco, sé que te estarás preguntando si había algo que hubieras podido hacer, si alguna parte de ti tuvo la culpa. Necesito que sepas que todo lo decidí yo: tú no tuviste nada que ver, de ninguna manera.

No hubo nada que pudieras haber hecho para evitar esto, para salvarme. Estaba más allá la salvación mucho antes de escribir esta carta y parte de mí lo sabía; por eso comencé a evitarte e inventar excusas cada vez que querías verme. Soy una cobarde, Celeste. Lo fui hasta el final. No podía verte a la cara, ¿sabes? No podía mirar a los ojos a la mujer que amaba más que a ninguna otra y fingir que no rezaba para que tu corazón se rompiera.

Espero que encuentres la felicidad que mereces y el tipo de amor por el que la gente escribe libros. Mereces nada menos que un amor épico, uno que no esté manchado por la dolorosa historia que compartes con Zane, una historia a la que sin duda yo he contribuido.

Eres magia, Celeste. No lo olvides nunca.

Te amo.

—Lily

Mis lágrimas caen sobre el papel, haciendo que la tinta se corra en algunos lugares, lo que me hace llorar más fuerte. Presiono la carta de Lily contra mi pecho y el dolor me consume por completo. Mi mente da tantas vueltas que ni siquiera he podido pensar en Zane todavía, en todo lo que he aprendido sobre él, sobre nosotros.

—Oh Dios, Lil —susurro con la voz quebrada—. Por favor.

Le suplico desesperadamente a todos los dioses existentes que me la devuelvan, aunque en el fondo sé que es inútil. Tiemblo tanto que apenas logro ponerme de pie. Necesito más de ella, algo que me mantenga cerca de Lily.

Mis ojos se fijan en su diario, así que lo tomo con las manos agitadas. Sé que no debería leerlo, pero no puedo evitarlo. Quizá porque una parte de mí aún no lo cree. Pese a lo ocurrido, espero que todo sea un gran malentendido, que Zane nunca me haya engañado, no haber perdido a mi mejor amiga en el proceso y que el futuro que pensé que tenía por delante no está construido sobre mentiras.

Lo abro en una página al azar cerca del final y casi lo cierro de inmediato. Mis pulmones me arden y tengo la visión borrosa. «Querida mamá», se lee. Había olvidado que Lily dirigía su diario a su madre. Leer esto se siente como la peor transgresión a su privacidad, pero no puedo evitarlo. Necesito saber, necesito entender lo que pasó entre ella y Zane, necesito escucharlo de Lily. Paso las páginas hasta encontrar el principio del fin.

Querida mamá:

No pensé que me darían el trabajo después de tantos rechazos, pero lo conseguí. ¿Puedes creerlo? Me ofrecieron un trabajo en Windsor Hotels. Estarías tan orgullosa de mí si estuvieras aquí, ¡lo sé! No admitiría esto ante nadie, excepto tú, pero es la compañía más grande y la mejor. Me da nervios decírselo a Celeste.

¿Recuerdas a Zane Windsor de la prepa? Bueno, él es el dueño de la empresa. El odio entre Zane y Celeste es inconmensurable. Siento que la estoy traicionando si acepto, aunque fue ella quien me dijo que enviara mi solicitud. Creo que estaba tan dolida como yo cuando no me aceptaron en Harrison Developments, ¿sabes? Se veía devastada y yo no sabía qué hacer, no podía arreglarlo. Me preocupa que me haya dicho que buscara trabajo en WH porque se sentía culpable y sabía que era mi última opción, pero, en el fondo, no quiere que trabaje ahí.

¿Cómo podría hacerlo, mamá? Zane la acosó durante años. Te conté, ¿verdad? No eran solo bromas, fue implacable. Todo lo que hacía lo criticaba, hasta su aspecto, como si ella hubiera tenido la culpa de usar *brackets*. Yo lo odiaba tanto como ella; una parte de mí todavía lo hace.

Si hubieras estado aquí, habrías querido abrazar fuerte a Celeste, como yo lo hice. No puedo contar las veces que sequé las lágrimas que él le ocasionaba. Muchas veces estuve a punto de abofetearlo para borrar esa sonrisa arrogante de su cara. ¿Cómo se supone que trabaje para él ahora? No sé qué hacer, mamá. Ojalá estuvieras aquí para aconsejarme.

Se me hace un nudo en el estómago al leer lo similar que nos sentíamos ella y yo. Sigo pasando las páginas, necesito saber cuándo el odio se convirtió en algo más. ¿Qué me perdí? ¿Cómo no me di cuenta de que mi mejor amiga se estaba enamorando de mi novio?

Querida mamá:

Perdona que no te haya escrito en un rato. La verdad es que me daba vergüenza contarte lo que ha pasado, porque no sé cómo te sentirías con lo que he hecho últimamente. Ni siquiera sé cómo me siento yo al respecto.

¿Recuerdas cuando te conté que Zane había estado muy amable y atento en el trabajo? En ese sentido, nada ha cambiado. Todavía me incluye en todos los proyectos en los que él está y él mismo me supervisa, pero... Bueno, no sé cómo decirlo, la verdad incluso a mí me parece difícil de creer.

Zane Windsor ha estado coqueteando conmigo desde que empezamos a trabajar juntos en el proyecto Bellevue. Fue algo gradual y no puedo decir con exactitud cuándo su comportamiento pasó de ser amistoso a ser coqueteo. Durante un par de semanas, al inicio del proyecto, parecía extrañamente molesto, incluso enojado. Hice todo lo posible por animarlo, contándole los chistes más tontos, como hago con Celeste. Rápidamente nos hicimos amigos, pero esto no pretendía convertirse en algo más. Una noche lo vi tan triste que le ofrecí que fuéramos a cenar para distraernos de la carga de trabajo que teníamos por delante todavía. Creo que fue en ese momento cuando todo cambió.

Lo hice reír, logré que olvidara lo que fuera que lo tenía tan mal y la forma en la que me miró... fue diferente. Ahora, cuando dice mi nombre, hay una dulzura en su voz que es difícil de ignorar.

¿Cómo pude siquiera acercarme a él, siendo el hombre que le causó tanto daño a Celeste? Ha cambiado, mamá. El hombre que es hoy... este hombre es irresistible. Creo que te caería bien si lo conocieras, es como si fuera una persona completamente distinta. Es tan amable y atento. Ayer me trajo flores del observatorio de su madre y me invitó a comer. Le dije que sí. No se lo he contado a Celeste, no creo que sea buena idea. Sé que no le gustará y no sé... parte de mí quiere guardar esta versión de él solo para mí. Ella no lo entendería y no quiero tener que justificarme. ¿Está mal? Si estuvieras aquí, ¿me regañarías? Juro que lo entenderías si hablaras con él, mamá.

Reviso la fecha y las náuseas me asestan con violencia. Esto fue cuando Zane y yo dejamos de hablarnos, después de la cita a ciegas que mi mamá organizó. En el tiempo que me tomó contarle a Lily sobre nuestro beso, él la llevó a una cita.

Querida mamá:

Hoy, Zane y yo trabajamos hasta tarde. Volteaba seguido a mirarme, asegurándose de que estuviera bien, lo que se me hizo simplemente adorable. Es tan considerado. Son los detalles que tiene, como traerme café cuando tengo mucho trabajo y recordar cómo me gusta tomarlo. Quedarse hasta tarde conmigo, pese a que él podría trabajar desde casa. Comemos juntos casi diario; en verdad me gusta. No sé qué hacer. ¿Estará bien si me dejo llevar? Nunca me había sentido así antes. Creo que... creo que esto es la felicidad. ¿Será este tipo de alegría? No es algo que haya sentido desde que te fuiste, mamá. Estoy desesperada por sentir más de esto que él me hace sentir. Si estuvieras aquí, ¿me dirías que lo intentara? ¿Que buscara mi propia felicidad por una vez en la vida?

Un nuevo tipo de dolor sacude mi cuerpo, derramando una oleada más de lágrimas por mis mejillas. En esa época, fue cuando empezó a decirme que el trabajo la tenía ocupada. Solo faltaban unas semanas para que comprara mi casa; ya comenzaba a sentir que nos estábamos distanciando. Mientras yo me enamoraba de Zane, ella también lo hacía.

Querida mamá:

Me sonrojo solo de escribir esto, además no estoy segura sobre si es demasiada información para compartir contigo, pero me gusta imaginar que habríamos tenido un vínculo de hermanas si todavía estuvieras aquí. ¿Tú crees que sería así?

Eres la única a la que puedo contárselo. Celeste me odiaría si se lo confesara. Después de la reunión de hoy, Zane y yo éramos los únicos que seguíamos en la oficina. Se quedó un rato más, viéndome con la sonrisa más paciente y amable mientras yo recogía todos los materiales de la junta. Justo cuando estábamos a punto de salir, me tomó de la mano y me jaló hacia él.

Mamá, la forma en que me besó… nunca había sentido algo así. Mi cuerpo simplemente se derritió y su tacto fue tan envolvente. ¿Esa palabra existe? Creo que sí. Me estoy enamorando, ¿verdad? Me estoy enamorando del enemigo de mi mejor amiga y no sé qué hacer al respecto. No creo poder detenerme.

Siento que me voy a desmayar. ¿Se besaron durante la temporada en la que Zane y yo no nos hablábamos? Todo ese tiempo estuve pensando en él, sin saber si debía escribirle; mientras que él… Hago todo lo posible por respirar profundamente, pero no lo consigo, los sollozos incesantes brotan desde lo más profundo de mi corazón roto. Quisiera dejar de leer, pero no puedo.

Querida mamá:

Celeste me dijo que besó a Zane. Me sorprendió tanto que no pude hacer otra cosa que mirarla. Al principio, pensé que estaba bromeando, ¿sabes? El Zane que yo conozco nunca habría hecho eso, llevamos semanas viéndonos.

Le hice más preguntas a Celeste y me pareció que ese beso había ocurrido hace bastante tiempo. Antes de nosotros. Parecía molesta porque habían discutido de nuevo después de eso, así que le dije que simplemente hablara con él.

Pienso que él le dirá lo que yo no pude, que fue un lapsus, un error de juicio, una consecuencia de su enemistad. Espero que lo supere cuando hable con él. Esa mirada en sus ojos cuando habla de él… es la misma que veo en el espejo cada día.

Mamá, tengo miedo de que solo me haya estado usando para olvidarla. Creo que ella era la razón por la que estaba tan triste, la razón por la que me buscó. Yo soy probablemente lo más parecido a ella que podía tener.

Me muerdo el labio hasta hacerme sangrar, el corazón latiéndome con fuerza. Lo llamé porque ella me dijo que lo hiciera y, cuando nos vimos, fui yo quien lo jaló hacia mí. Me dijo que quería estar conmigo, pero ya tenía a alguien. En ese momento, me pregunté si todo era una trampa. ¿Lo fue?

Querida mamá:

He intentado escribirte esta carta tantas veces, pero, una y otra vez, me fallan las palabras. Vengo directo de la casa de Celeste y sigo procesando lo que me dijo. Mamá, dijo que está saliendo con Zane. ¿Cómo puede ser posible?

Tengo miedo, porque, a pesar de todo, no quiero confrontar a Zane. No quiero que lo nuestro se termine y, si digo algo, eso es lo que sucederá. Cualquier hombre elegiría a Celeste si tuviera que decidir entre ella y yo. Es hermosa, inteligente y tan dulce.

Mamá, ¿es posible amar a alguien con todo tu corazón pero odiarlo al mismo tiempo? Traté de advertirle, le recordé su pasado con él, pero me preocupa que no haya servido de nada. Incluso le rogué que no se enamorara de él… Nunca me había sentido tan patética.

No lo entiendo. Zane dejó de hacer horas extra conmigo, probablemente porque ahora pasa sus tardes con Celeste; sin embargo, todavía me trata con esa intimidad que me hace sentir tan especial. Hicimos varios viajes de trabajo en las últimas semanas, cuando supuestamente él ya estaba saliendo con ella.

Durante esos viajes, tuvimos muchas citas, paseos por la playa y cenas románticas. También, la forma en que me invitaba a su habitación por las noches…

¿Estoy loca por aferrarme a esta felicidad pese a todo? Incluso si es verdad, Celeste y Zane no pueden durar. Sus familias no lo permitirán. Quizá esto solo sea algo que ella necesita sacar de su sistema y, una vez que lo haga, todo podrá volver a la normalidad.

Espero que sea así.

No puedo perderlo, mamá, pero tampoco puedo perderla a ella.

La página está manchada con las lágrimas de Lily que ahora se mezclan con las mías. Recorro sus palabras con los dedos, recordando esa noche. Estábamos en el sofá, sin habernos visto en varias semanas. Le conté todo y, sí, me rogó que no me enamorara de él. Me recordó todas y cada una de las razones por las que no funcionaría; yo pensé que solo estaba preocupada por mí. No supe ver las señales. Si las hubiera visto, ¿seguiría aquí conmigo? ¿Habría dejado a Zane? ¿O habría hecho lo mismo que ella: cerrar los ojos?

Apenas puedo respirar recordando cómo Zane me dijo que no se había acostado con nadie más que conmigo. ¿Cuántas mentiras me dijo? ¿Hasta dónde llegó su engaño?

Cada una de sus cartas es igual. Lily contándole a su mamá cómo le fue en la semana y lo preocupada que está de que Zane y yo estemos acercándonos, cómo no puede verme ni preguntarme por nuestra relación, porque no quiere saber. Todo ese tiempo, nada cambió entre Zane y ella. Cada vez que escribe sobre las flores que él le regalaba, una parte de mí se rompe un poco más. Siempre pensé que las flores eran solo para mí, algo que él no compartía con nadie más. Es curioso cómo eso resalta entre todo lo demás.

Querida mamá:

Zane está cada vez más distante y sé que es por Celeste. Sospecho que intenta que lo nuestro se enfríe de forma natural y no sé cómo evitarlo. No quiero volver a ser solo su amiga, o algo menos que eso. Si sigue así, será como si nunca hubiera pasado nada entre nosotros y, probablemente, es lo que él quiere: olvidar lo que hizo con la mejor amiga de su novia durante meses.

Me siento horrible por desear que corten pronto. Necesito que todo vuelva a ser como se supone que debe ser. Él no puede ser feliz con ella, no de verdad, y tampoco puede darle a Celeste la felicidad que merece.

Incluso si no estuviera enamorada de él, no quiero que la abuela de Zane la humille. No quiero que sienta el dolor de no encajar, de no ser aceptada. Estoy tentada a contarle todo, pero creo nunca me lo perdonaría. Tarde o temprano, la realidad alcanzará a Celeste y se dará cuenta de que estar con Zane significa tener que renunciar a su empresa. Si su abuelo se entera, la desheredará.

Ellos no pueden durar y, cuanto antes terminen, más pronto seguirá adelante y encontrará a su persona ideal, en lugar de aferrarse a la mía.

¿Estoy dejando que mi egoísmo me gobierne? Ya no lo sé. Tengo miedo de perderlo y estoy cansada de esperar. ¿Qué hago, mamá? No puedo dejarlo y no creo soportar más tiempo este dolor.

Duele leer lo atormentada que se sentía; cómo, pese amar a Zane, no quería herirme, no quería perderme. ¿De haberlo sabido, habría sentido lo mismo?

Mamá:

Se acabó. Lo supe en el instante en que vi a Zane en la cocina de los padres de Celeste. No pensé que sucedería, pero, al parecer, sus padres aceptaron su relación. Ella se veía tan feliz que me destrozó verla así. Quiero eso para ella, solo desearía que no fuera con el hombre que amo más que a mi propia vida.

Zane no tuvo que decir nada para que yo entendiera que lo nuestro terminó. La eligió a ella y ni siquiera tuvo el valor de decírmelo a la cara. No creo poder sobrevivir a esto, mamá. Ojalá estuvieras aquí. Más que ninguna otra cosa, necesito un abrazo.

¿Sabes qué es lo que más duele? Que normalmente habría ido con Celeste para que me consolara y calmara mi dolor. Ahora ella es la única persona en el mundo que jamás puede enterarse de lo que hice.

Empiezo a sollozar de nuevo por todo lo que he perdido, por todo lo que le hice pasar a Lily sin saberlo. No estuve ahí cuando más me necesitaba; si hubiera estado, quizá nunca habría ido a ese puente. Cierro los ojos y las náuseas me golpean con fuerza mientras cada recuerdo con Zane pasa por mi mente, mezclándose con todo lo que acabo de leer. Cada viaje de trabajo al que fue, cada noche que se quedó en la oficina hasta tarde, cada vez que mencionó a Lily. Nunca lo sospeché. Nos manipuló a las dos y no puedo entender por qué. ¿Estaba jugando conmigo cuando empezamos a salir? ¿Fueron sus intentos de seducción una cortina de humo para arruinar mi empresa? Tal vez nunca tuvo la intención de enamorarse de mí, de que esto llegara tan lejos.

Querida mamá:

Pronto te veré otra vez, o eso espero. Nunca he pensado demasiado en el cielo o el infierno. Me gustaba imaginar que todavía estabas aquí conmigo, solo de otra forma. Pero tú sí fuiste al cielo, ¿verdad? No creo que sea ahí a donde yo vaya, mamá.

No puedo seguir aquí más tiempo, no puedo seguir cerca de Celeste. Cada vez que converso con ella, habla de Zane y todo lo que están haciendo para que sus abuelos acepten su relación y puedan casarse.

Casarse.

Sé que me pedirá que sea su dama de honor, pero eso me destrozará. No puedo verlo feliz con ella. Me estoy volviendo loca. Tengo pensamientos que no quiero tener. Me pregunto constantemente qué puedo hacer para que él vuelva a verme, que me vea solo a mí.

No puedo ser esa persona, no puedo ser quien le robe la felicidad a Celeste. Todavía, pese a todo, sigo amándola tanto. Nunca había sentido tanta culpa y vergüenza. Ni siquiera después de lo que te pasó a ti, mamá. Eso me convierte en una persona horrible, ¿no es cierto?

Sé que ella nunca me va a perdonar, pero tengo que decirle la verdad antes de ir contigo. Si se casa con Zane, debería hacerlo sabiendo qué tipo de persona es en realidad. ¿Y si no fui la única? ¿Y si hay otra después de mí? Necesito que lo sepa, pero sé que no soportaré las consecuencias, la pérdida de nuestra amistad. Es egoísta decidir irme de este mundo justo después de confesarle todo, pero sé que no soportaré su mirada de dolor debido a mi traición.

Solo espero que algún día Zane sepa lo que se siente estar tan ciego de amor que terminas traicionando a los que más quieres, todo por un atisbo de felicidad, y perder el alma en el proceso.

Espero que Zane pague por sus pecados, así como yo pagaré por los míos.

Ese es mi último deseo.

Si hay un Dios en este universo, me concederá ese deseo, ¿verdad?

SEGUNDA PARTE: EL PRESENTE
Cinco años después

Treinta y seis

Zane

Las letras doradas de la invitación para la cena de beneficencia de esta noche brillan bajo la luz, con el nombre del último hotel de Clifton Emerson burlándose de mí: Calypso. Suelto un leve resoplido mientras entrego la invitación en la entrada del salón, sin estar seguro siquiera de por qué estoy aquí.

Rara vez acepto asistir a uno de estos estúpidos eventos, los únicos que tolero son los que organiza mi familia, aun así son una completa pérdida de tiempo. Cada centavo gastado en estas galas debería donarse directamente, pero ese dinero no llegaría sin todo este alboroto. La mayoría de los presentes aquí jamás contribuirían a nada que no fuera su propia riqueza si no hubiera alguien observándolos. Es una farsa, una en la que no quiero participar; sin embargo, aquí estoy.

Recorro el salón con la mirada observando a la gente, de repente, una punzada de inquietud me sube por la espalda. Me retumba en la mente el último titular de *The Herald* con cada paso que doy.

—¡Señor Windsor!

Se acerca uno de mis socios y me quejo por dentro. Otra razón más por la que evito estos eventos: me siento rodeado de buitres oportunistas que quieren clavarme sus garras. Sonrío con cortesía, resignado a mi destino, cuando veo una silueta que conozco y me paralizo.

Todo mi cuerpo se tensa y el resto del mundo se desvanece, solo puedo verla a ella. Se da la vuelta y mi estómago se contrae de una forma que no sentía desde hace años. Mierda. Es como si el tiempo no hubiera pasado, como si cada parte de mí intentara retrasar lo inevitable, pese a que voy a su encuentro. Celeste.

Le advertí que se mantuviera lejos de mi vista y obedeció durante años. Por su bien y por el mío, esperaba no encontrármela esta noche, pero aquí está, de pie justo al lado de Clifton Emerson.

Lo mira como si fuera lo único que existe; vaya, esa sonrisa. Esa sonrisa solía ser mía, solo mía. Verla es como un puñetazo en el estómago; exhalo con dificultad, incapaz de moverme.

Sigue siendo tan hermosa como siempre. No, es aún más hermosa que en mis recuerdos. La forma en que ese vestido largo dorado brilla y se ajusta a sus curvas es inmoral. Lo intento, pero no puedo apartar mi vista de ella.

«Celeste Harrison comprometida con Clifton Emerson», se titulaba el último artículo de *The Herald.* No lo creí, pensé que era un rumor sin fundamentos a pesar de las fotos que lo acompañaban. Mierda, ni siquiera puedo aceptar la verdad, incluso aquí viendo ese diamante brillar en su dedo.

Celeste frunce el ceño y, por un momento, estoy convencido de que siente mi mirada porque alza la cabeza y escanea la multitud. Sus labios se entreabren sorprendidos cuando nuestras miradas se encuentran y separa su brazo del de Clifton. Ambos permanecemos inmóviles, perdidos en la mirada del otro, hasta que se muerde un labio y da un paso atrás, rompiendo el hechizo en el que me tenía atrapado.

Celeste se da la vuelta y sale corriendo de la sala; la sigo, negándome a dejarla escapar. Mi corazón late con fuerza al ver que da la vuelta en una esquina y desaparece, sus tacones resuenan contra el mármol dejando un eco que me guía. Sonrío amargamente al encontrarla apoyada contra una pared. Sus ojos irradian asombro, mezclado con un profundo odio.

—Zane —susurra. Carajo, escuchar mi nombre en sus labios aún me enloquece. No suena como solía hacerlo. Ni siquiera en la secundaria lo decía con tanto odio, pero aun así me encanta oírlo.

—Sabes que no debes huir de mí —murmuro mientras camino lentamente hacia ella, recorriendo su cuerpo con los ojos. Su pecho sube y baja con rapidez, revelando cuánto le afecta mi presencia. Abre los ojos de par en par cuando apoyo mis antebrazos uno a cada lado de su cabeza, arrinconándola contra la pared.

Su mano se mueve hacia mi pecho y por un segundo estoy seguro de que me va a empujar, pero en cambio, apoya la palma sobre mi corazón como solía hacerlo. Aprieto la mandíbula y me acerco aún más, hasta que mi cuerpo está pegado al suyo.

—Te lo advertí, Celeste. ¿Lo olvidaste?

Ella inhala con fuerza y me cuesta no inclinarme a besarla y robarle el aliento por completo. Han pasado cinco años… aún me cautiva igual que siempre. Eso solo hace que la odie más.

—No me das miedo, Zane —susurra, aunque el temblor en su voz contradice sus palabras—. No me harás daño. Si fueras a hacerlo, ya lo habrías hecho.

Mi quijada se tensa y deslizo una mano en su cabello, disfrutando la textura de sus gruesos rizos. Cierro el puño, apretando con fuerza; mi tacto es una advertencia silenciosa.

—No soy el hombre que dejaste atrás, Celeste. No me provoques.

Suspira con un leve temblor y echa la cabeza hacia atrás para lanzarme una mirada que derrumba todas mis defensas.

—¿Y qué si lo hago? —pregunta y una sonrisa desafiante se esboza en sus labios. Lentamente, desliza la palma de su mano hacia abajo—. ¿Y si te provoco?

Mis abdominales se tensan bajo su mano y algo brilla en sus ojos, un atisbo de victoria.

—¿Qué crees que estás haciendo, Celeste? —la cuestiono y mi voz revela más esfuerzo del que quisiera.

Pierdo el control de mi voz al sentir sus dedos rozando mi pene duro como piedra; ella sonríe maliciosamente. Está loca.

—Solo quería recordarte lo que perdiste. Tú eres quien ha estado atacando Harrison Developments, ¿no es cierto? Porque incluso después de todos estos años, no puedes superarlo. ¿Qué se siente saber que seguí adelante? Que soy más feliz con Clifton de lo que alguna vez fui contigo, Zane. Nada que le hagas a mi compañía va a cambiar eso.

Sus palabras me hieren profundamente, lo sabe. Está apuntando a matar y lo peor de todo es que yo le entregué la jodida arma. Empujo mi cuerpo más fuerte contra el de ella, atrapando su mano entre nosotros. El aire se escapa de sus pulmones y, en un instante, percibo un atisbo de aprensión en su mirada.

—Voy a hacer que te arrepientas de aparecerte frente a mí —le advierto, tomando su cabello para acercar su rostro al mío.

Celeste levanta la cabeza lo más que puede, cerrando la distancia que quedaba entre nosotros.

—Haz lo peor que puedas —murmura, sus labios rozan los míos en cada palabra. Sabe exactamente lo que hace, cómo me debilita que susurre así contra mis labios.

—Te tuve piedad una vez, Celeste. Nunca más —sentencio y atrapo su labio inferior entre mis dientes y lo muerdo, quisiera herirla, pero soy incapaz de hacerlo. No sé lo que estaba pensando cuando asumí que podía acercarme a ella sin desearla.

Celeste gime y yo aprieto mi puño en su cabello antes de tomar lo que debió ser mío. La beso con fuerza, devorándola, recordándole cómo era ser mía, valiéndome un carajo que traiga puesto el anillo que le dio alguien más. Sus uñas rasguñan mi cuello mientras me devuelve el beso y su cuerpo se mueve contra el mío con una furia similar; el odio crepita entre nosotros incluso mientras ella enlaza sus manos detrás de mi cuello.

Empujo mi pierna entre sus muslos y la fuerzo a abrir los labios, amando la forma en que todavía cede tan fácilmente. Su lengua se enreda con la mía mientras empujo mi dulce de menta en su boca y ella lo toma como antes, cubriéndolo con su lengua. Maldición. Todavía me vuelve loco cuando hace eso y es estúpidamente exasperante. Me enfurece muchísimo.

Separo mis labios de los suyos, ambos estamos jadeantes, y el aire de inmediato se llena de arrepentimiento. No era mi intención besarla y la mirada en sus ojos me dice que no era su intención responderme el beso.

—Camina por ese pasillo hacia él y no volverás a verlo nunca —la amenazo. Mi voz suena grave, pesada, hay algo en ella que no descifro. No es remordimiento, tampoco nostalgia; es algo justo en medio—. No podrás ser feliz, Celeste. No después de lo que me hiciste.

Treinta y siete

Celeste

El sabor a menta invade mis sentidos mientras camino de regreso al salón junto a Clifton, con las palabras de Zane resonando en mi cabeza. Sabía que tendría que enfrentarlo cuando decidí volver a casa, pero nada podría haberme preparado para lo que acaba de pasar. No pensé que verlo me dolería tanto, ni que sentiría otra cosa por él que no fuera odio. Estaba tan equivocada.

La mano de Cliff se enreda con la mía en cuanto estoy a su alcance, me jala contra su pecho y me rodea la cintura con el brazo de forma posesiva.

—¿A dónde fuiste? —pregunta secamente.

Su expresión afligida me parte el alma. Lo miro a los ojos derrotada.

—Al tocador —miento y la voz me tiembla.

Su mandíbula se tensa al levantar la vista y no necesito seguir su línea de visión para saber que acaba de ver a Zane entrar de nuevo al salón. Cliff se inclina hacia mí y toma mi rostro con delicadeza.

—¿Y por eso se te corrió el labial? —me pregunta. Mis ojos se abren más cuando pasa su pulgar suavemente debajo de mi labio inferior. Se ve dolido.

—Dime, Celeste ¿por qué hueles a menta?

Todas las excusas se disuelven en la punta de mi lengua cuando me mira así.

—Cliff —susurro.

—¿Sabes cómo me enteré de lo de ustedes hace años? —Su pulgar roza mi labio ahora como si intentara borrar todo rastro de Zane—. Por el mismo maldito dulce que estás chupando ahora. Te ofrecí uno durante una conferencia a la que asistimos y lo rechazaste, luego te escapaste al baño con Zane y, al regresar, estabas mordiendo uno. —Quita su mano de la mía y baja la mirada—. Yo seguía teniendo la pequeña lata.

Abro los ojos al recordar cómo Zane me jaló al cuarto de servicio, los dos tan desesperados el uno por el otro que éramos incapaces de esperar unas horas para volver a nuestra habitación. Era tan feliz, tan ingenua. Lo he repasado mil veces en mi cabeza, sin entender cómo no vi las señales. ¿Estaba tan encandilada por la felicidad que creí que habíamos encontrado juntos, o simplemente ignoré todos los focos rojos porque enfrentar la verdad era demasiado difícil? Incluso entonces sabía que lo nuestro era demasiado bueno para ser verdad, que no podía durar. Solo que el final no fue como yo esperaba.

—¿Qué tengo que hacer para que me mires como lo miras a él? ¿Creíste que no notaría la forma en que reaccionaste cuando él llegó?

—Lo siento —le digo en voz baja—. Pero tú sabes perfectamente lo que esto es y lo que no, Cliff. Nuestro compromiso es solo un negocio y eso no va a cambiar. Te agradezco tu apoyo y valoro nuestra amistad, pero no puedo… ya no queda nada de mí para darte.

Cliff niega con la cabeza y sonríe.

—Entonces tendré que arrebatarle a Zane Windsor todo lo que ya no le pertenece.

Ojalá fuera tan simple. Las partes de mí que Cliff desea murieron junto con Lily. Suspira y da un paso hacia atrás, fingiendo una sonrisa mientras su mirada se fija en algo que no veo hasta que me volteo, mi abuelo.

—Discúlpame, Clifton —dice—. Tengo que robarme a mi nieta un momento.

Mi abuelo me ofrece su mano y la tomo forzando una sonrisa. Los años que estuve fuera no han sido amables con él. Las arrugas en su rostro se han vuelto más profundas y su mirada es irreconocible. Nunca lo había visto tan derrotado, cansado y todo es por mi culpa.

Me guía hacia la pequeña pista de baile junto a las mesas. Una banda está tocando en vivo, pero la música me resulta ajena.

—No tienes que hacer esto, cariño. Ya perdimos demasiados años. No sé cuántos me quedan, Celeste, pero no quiero pasarlos sabiendo que fui la razón por la que mi nieta se casó con el hombre equivocado.

—No lo hago por ti —le aseguro con voz suave, impasible—. Este matrimonio es para beneficiar a Harrison Developments y, al final, a mí como tu sucesora. Yo soy la razón por la que la empresa está al borde de la bancarrota, así que es justo que lo repare. Clifton es un buen hombre, abuelo. Creo que seremos felices juntos.

—Nunca me explicaste cómo fue que Zane Windsor pasó de ser el hombre que te bajaría la luna y las estrellas a tenerlo atacando nuestra compañía hasta dejarla casi en ruinas.

Mis ojos se clavan en los suyos, la conmoción me deja sin palabras.

—Pensé que no lo sabías. ¿Mamá y papá te lo dijeron?

Estábamos a días de pedirle su bendición cuando Lily murió y todos nuestros planes se vinieron abajo. Había sido tan hostil con Zane que incluso el comportamiento de Anne Windsor hacia mí parecía amable en comparación. Nunca consideré que actuara así porque sabía. Solo fingió no saber, ignoró el problema hasta que se resolvió solo.

—¿Creíste que no notaría que Zane Windsor y sus hermanos empezaron a tratarme con una amabilidad sospechosa? El tipo intentaba agradarme y usó cada artimaña a su alcance. Nunca me cayó bien, pero me cayó aún peor cuando me di cuenta de que iba tras mi única nieta. Solo he visto esa clase de terquedad en su ruin abuela.

Me quedo mirándolo un momento, sin saber qué decir.

—Celeste —dice y se oye cansado—. No hagas lo que Anne y yo hicimos: dejar que el resentimiento nuble tu juicio. Lo que haya pasado entre ustedes dos puede quedarse en el pasado, ¿no lo crees? La empresa sobrevivirá si Zane deja de atacarnos. La reconstruiremos sin los Emerson.

—No es tan simple. Él no se va a detener y yo tampoco.

—¿Él fue la razón por la que te fuiste?

Desvío la mirada, recordando cómo lo encontré parado frente a mi casa bajo la lluvia, apenas unas horas después de haberlo metido a la cárcel. «Lárgate», me advirtió. «Aléjate de mi vista y no vuelvas. Vete y perdonaré a tu familia. Quédate y el próximo que acabará tras las rejas será tu hermano. Tú decides». Había olvidado quién es, de lo que es capaz, y lo descubrí a la mala.

—Él fue la razón por la que me fui —admito—. Pero también es la razón por la que regresé.

Zane me subestimó, como siempre ha hecho. Me alejé para proteger a mi familia y él se aprovechó de mi ausencia para desmantelar Harrison Developments, hasta llevarnos poco a poco al borde de la ruina. Hay algo despiadado en la forma en que lo hace, tomándose su tiempo, atacándonos con golpes bien calculados uno tras otro. Siempre espera a que nos recuperemos, con el único propósito de volver a atacar y abatirnos con más fuerza. Un golpe más y la empresa está arruinada.

Me dijo que no tocaría a mi familia si me iba sin decir nada, pero atacar a Harrison Developments al final es afectar a mi familia; él lo sabe. Debí suponer que lo haría, debí saber que no cumpliría su palabra.

Después de todo, no fue el primer juramento que rompió.

Treinta y ocho

Zane

—¿Qué carajos es esto? —pregunto irritado al ver a mis hermanos esperando frente a mi casa. No sé por qué siquiera les pregunto, sé perfectamente de lo qué se trata: una maldita intervención. Debí haberla visto venir.

Lex intenta sonreír mientras sostiene el último prototipo de su mesa de póquer portátil, aunque su buen humor habitual brilla por su ausencia.

—Le hice unas mejoras al diseño de la mesa, así que pensé que podríamos probarla.

Observo a mis hermanos y noto sus sonrisas forzadas, las preocupaciones que no logran ocultar.

—Claro —respondo siguiéndoles el juego—. ¿En miércoles? ¿Después de un día largo de trabajo cuando nuestra noche oficial de póquer es dentro de tres días?

Se miran entre ellos y sus sonrisas titubean.

—¿Y por qué no? —dice Ares encogiéndose de hombros.

Suspiro y los invito a pasar. Debí esperarme esto después del espectáculo que *The Herald* montó sobre la noticia del compromiso de Celeste. Han pasado cinco años, pero solo de escuchar su nombre me lleno de una rabia incontrolable. Incluso durante los años en los que libramos una guerra como niños y luego como adolescentes, nunca la odié como ahora… con cada pedazo roto del corazón que alguna vez fue suyo.

—¿Zane?

Mis hermanos ya están sentados en la mesa del comedor, con el invento de Lex desplegado. Luca se endereza y levanta una botella de whisky cara.

—Parecía una noche adecuada para esto —dice.

Hago todo lo posible por ser amable. Me siento al tiempo que Luca desliza un vaso hacia mí. Me lo tomo de un trago y él lo vuelve a llenar sin decir una palabra. Dion suspira mientras Ares baraja nuestro mazo de cartas personalizado: cortesía de Sierra, quien imprimió nuestras caras en los comodines cuando se enteró de que teníamos reuniones mensuales a las que no estaba invitada.

—Estoy pensando ponerle «Poke-It Poker Table» —anuncia Lex rompiendo el pesado silencio en la habitación—. Porque presionas y se arma sola.

Lo miro sin expresión alguna y Luca pone los ojos en blanco, un gesto que adoptó de Val, su esposa.

—No —dice Ares—. Definitivamente, no.

Dion asiente en acuerdo.

—Ya fue bastante vergonzoso que *The Herald* se enterara de tu estúpido Lex-Board. Tuviste suerte de que te dejaran sobornarlos. Aunque no sirvió, porque hicieron que se notara a kilómetros que les pagaste por retractarse.

Un silencio incómodo se apodera del cuarto con la mención de *The Herald*, a lo que Dion responde con una expresión de remordimiento. Le doy otro trago a mi whisky y pongo el vaso sobre la mesa con más fuerza de la que pretendía.

—Estoy bien, ¿de acuerdo? Han pasado cinco años. Me importa un carajo con quién se case, siempre y cuando se mantenga bien lejos de mí.

Mi cuerpo se turba en cuanto esas palabras salen de mi boca, como si mi subconsciente gritara que es mentira. De entre todos, ¿por qué carajos tuvo que ser Clifton? Él era el partido que la mamá de Celeste soñaba para ella antes de que yo entrara en su vida. Duele saber que al final, él recibirá las sonrisas afectuosas de Clara y sus llamadas semanales. Carajo, probablemente se tomará mi whisky con George y jugará cartas con Archer. Llevará a Celeste a la cama en la misma habitación donde yo solía meterme a escondidas y estará a su lado durante las clases de cocina los sábados por la mañana. Tendrá todo lo que alguna vez fue mío y lo recibirán con los brazos abiertos.

—¿Qué pasó entre ustedes dos? —pregunta Lex con cierta tristeza. El recuerdo de ella también lo persigue. Antes de que Raven, Val y Faye se unieran oficialmente a la familia, él pensaba que Celeste sería su primera cuñada. La quería como quiere a todas las mujeres de la familia. Mi corazón no fue el único que Celeste rompió. ¿Acaso sabe lo mucho que ha lastimado a mi familia? ¿Cómo han llorado su pérdida y la de nosotros?

Me peino el cabello con una mano y desvío la mirada.

—Rompimos nuestros juramentos, Lex. Uno tras otro hasta que ya no quedó nada a lo que aferrarse.

Los chicos intercambian miradas ante mi respuesta críptica. El juego de póquer está completamente olvidado.

—¿Ella fue la razón por la que te arrestaron? —pregunta Ares consternado.

Siempre me he negado a explicarles lo que pasó, como si, pese a todo, una pequeña parte de mí aún quisiera protegerla. Sin embargo, eso no refrena que mis hermanos se lo pregunten.

Luca se inclina hacia adelante y suspira.

—Es seguro que sí —afirma, sin dirigirse a nadie en particular—, pero ¿por qué?

—Porque quería que entendiera lo que se siente perder todo lo que amas. —Sonrío sin una pizca de emoción en los ojos y niego con la cabeza, porque ahora, en retrospectiva, entiendo la ironía de todo.

Pensé que no había nada que no pudiéramos sobrellevar, pero nuestra relación se cayó como un castillo de naipes. La muerte de Lily también fue el fin de nuestra relación. No lo vi venir, no al principio. No noté cómo rondaba lugares inusuales de la casa, ni cómo sus preguntas sobre mi negocio se volvían cada vez más específicas.

No uní las piezas hasta que la policía se presentó en mi casa con una orden de arresto, acusándome de espionaje corporativo e intento de dañar a Harrison Developments. Celeste armó un caso que habría sido irrefutable si no fuera porque soy un Windsor. Ella había estado planeando meterme a la cárcel mientras yo planeaba proponerle matrimonio.

Durante años me he preguntado en qué momento comenzó su engaño, pero cada respuesta a la que llego solo genera más preguntas. ¿Me traicionó por Lily o fue una venganza por cómo la traté cuando éramos niños? Tal vez fue por ambas situaciones, yo simplemente no vi las señales que estuvieron ahí desde el principio.

En cuanto Celeste se dio cuenta de que salí impune tras mi arresto, movió las piezas restantes del tablero. Filtró información confidencial, lo que le ocasionó pérdidas tan grandes a Windsor

Hotels que mi abuela tuvo que saltar al rescate. Todavía no entiendo por qué me apoyó sin contarles a mis hermanos, sin siquiera reprenderme. Supongo que sabía que eso pasaría, trató de advertirme incontables veces. Debí haber escuchado sus palabras.

Levanto una ceja mirando por encima del hombro al escuchar en toda la casa la puerta principal cerrándose de golpe.

—¡¿Zane, estás en casa?! —grita Sierra segundos antes de entrar con Raven, Val y Faye detrás de ella. Las tres cruzan miradas con sus esposos; carajo, hoy no tengo energía para presenciar esto. Esto es lo que Celeste y yo debimos haber tenido juntos. Lo que teníamos.

Sierra levanta un vaso tequilero y trata de sonreír, pero sus ojos reflejan la misma tristeza que vi en Lexington.

—Trajimos nuestros propios vasos. Sé que no tenemos permiso de venir a sus noches de chicos y todo eso, pero tengo entendido que hoy no es una noche de chicos oficial.

Azota su vaso tequilero con fuerza sobre la mesa de póquer de Lex y entrecierro los ojos para leer lo que tiene grabado: «Antinoche de póquer», y su nombre debajo. Val saca de su bolso una botella de ese destilado mexicano fuertísimo que le gusta, por lo que se me sale un quejido de protesta. Cada vez que tomamos esa mierda pierdo horas del día en el olvido.

—Ninguna de ustedes respeta su trabajo, ¿verdad?

Val se encoge de hombros.

—¿De qué sirve ser la jefa si no puedo tomarme un día libre?

Luca sonríe y sus ojos brillan.

—Buena chica —dice con voz rasposa.

Sierra pone los ojos en blanco con asco evidente y, por primera vez en días, sonrío de manera genuina.

—¿Estás bien? —pregunta Raven con un tono suave.

Estudio su rostro y noto su obvia preocupación. Raven y Sierra eran muy cercanas a Celeste, por lo que su traición las golpeó casi tan fuerte como a mí. Son las únicas, aparte de mi abuela, que saben lo que me hizo y siempre les voy a agradecer que nunca les hayan dicho una sola palabra a los chicos.

—Estoy bien, hermanita —le prometo—. ¿Y tú?

Suspira y sus ojos se encuentran con los de Ares por un momento.

—No lo sé —admite. Carajo, probablemente sea la única persona honesta aquí esta noche.

Treinta y nueve

Celeste

Observo, con la vista un poco borrosa, el grabado en la lápida de mármol de Lily. Mis pulmones se cierran cuando intento respirar y termino ahogándome con un sollozo; la impotencia y el dolor me asfixian. No había podido venir en años, no desde su funeral y el tiempo no ha hecho nada para aliviar mi desolación. Me duele tanto como el día que me dijeron que habían encontrado su cuerpo.

En los días que siguieron a su muerte, me escondí a leer su diario una y otra vez mientras los buzos hacían lo posible por encontrarla. No quería salir de su cabaña, no quería enfrentar la realidad. Sabía que en el momento en que cruzara esa puerta, entraría a un mundo que jamás volvería a ser el mismo, uno sin Lily, uno donde el hombre que amaba no era quien yo pensaba.

Me arrodillo frente a su tumba y me tiemblan las manos al colocar encima los preciosos lirios que le compré. Mis ojos están a punto de llorar.

—Te extraño —susurro al viento con un hilo de voz—. Dios, te extraño tanto. No ha pasado un solo día que no piense en ti, Lily.

Casi todas las noches tengo pesadillas en las que aparece ella. Estamos en ese puente y, sin importar lo que diga o haga, no logro salvarla. La expresión en su rostro justo antes de decir sus últimas palabras me persigue; me ha robado los mejores recuerdos de ella, reemplazándolos con fragmentos de sueños recurrentes.

Recorro con los dedos el grabado de su nombre, el frío mármol me arranca más lágrimas.

—Se suponía que para este momento ya estarías trabajando conmigo, estaríamos ascendiendo juntas hacia la cima. En lugar de eso, te perdí y yo apenas sobrevivo. Esta no era la historia que íbamos a escribir.

Retiro la mano y me quedo viendo los destellos dorados en mis uñas, mi anillo de compromiso brillando bajo el sol. Durante años, soñé con tener un anillo de diamantes en el dedo, pero ahora tenerlo solo me atormenta.

—Lo vi —murmuro, con miedo incluso de admitirlo—. A Zane.

El viento sopla y un escalofrío me sube por la espalda. Me abrazo y respiro con dificultad, lo que me obliga a dejar de llorar.

—Pensé que sentiría el mismo dolor paralizante y el odio que sentí hace cinco años, pero no fue así.

¿Le alegraría a Lily saber que se veía bien? ¿Que sigue irradiando poder e intensidad como siempre? ¿O lo despreciaría por no mostrarse ni remotamente atormentado? Cuando me miró, no vi arrepentimiento en sus ojos. Solo vi el mismo odio ardiente que me consume a mí.

Hago una pausa, sintiéndome tan conflictuada como hace cinco años.

—¿Sabías, Lil? Las primeras flores que Zane me regaló fueron unos lirios. Irónico, ¿no crees? Tal vez fue una señal inconsciente que simplemente no entendí, una forma de decirme que tú ya estabas en su mente, incluso entonces.

Solo pensarlo me parte el alma, cierro los ojos un momento, sintiéndome tan ingenua como hace años.

—Sigue siendo el mismo imbécil sin corazón de siempre —le cuento, aunque las palabras se sienten extrañas en mis labios, como si no fueran del todo verdad—. Me amenazó. Zane no se da cuenta de que Archer ya es lo suficientemente poderoso para protegerse él mismo y a nuestros padres. Me tomó cinco años, pero por fin estoy en posición de deshacer el daño que hizo y devolvérselo. No voy... no voy a dejar tu último deseo sin cumplir, Lily.

Nunca entendí por qué le escribía cartas a su mamá, pero ahora lo comprendo. Hay tantas cosas que quiero decirle, pero simplemente no sé cómo.

—Quisiera que estuvieras aquí para decirme si estoy tomando las decisiones correctas —confieso—. A veces me pregunto si lograste encontrar paz... Eso me aterra, ¿sabes? Pensar que te fuiste dejando cosas sin resolver y no pudiste seguir... Me mata, Lily. No sé qué hacer. No sé cómo arreglarlo, pero lo estoy intentando.

¿Qué diría si me viera ahora? Parece que perdí mi alma en el proceso de buscarle justicia. Sentirme anestesiada se ha vuelto la norma. No siento nada por nadie más que por Zane. No hay emoción ni alegría en mi vida y cada mínima chispa de felicidad es rápidamente reemplazada por culpa. Cada vez que pasa algo que habría querido contarle, mi corazón se vuelve a romper.

Paso una mano por mi cabello y me acuerdo de cómo Zane lo jaló en la gala de beneficencia del mes pasado, con el odio brillando en sus ojos. Nunca me había mirado así y me dolió más de lo que creí posible.

Cierro los ojos mientras el recuerdo se reproduce en mi mente, con oleadas de agonía arrasándome. Sentir algo nuevamente fue emocionante y, por unos momentos, me permití perderme.

Es extraño cómo los detalles son lo que más duele. El aroma familiar de la loción que solo él usa, que todavía le gusten los mismos dulces de menta. Estar tan cerca de él hizo que mi corazón se acelera como antes, que quisiera consumirlo por completo, incluso cuando cada parte rota de mí deseaba regresarle el daño que me hizo.

Me llevo los dedos a los labios, recordando la forma en que me besó, cada roce lleno de deseo incontrolable. Se sintió como algo inevitable y fue aún mejor de lo que recordaba.

—Perdóname —susurro con el estómago revuelto. No debí haberlo deseado de esa forma, no debí ceder ante el deseo que ya no debería sentir. El simple sabor a menta trajo a la superficie todas las emociones que había enterrado y me dejó desesperada por él. Me odio por eso, más de lo que él jamás sabrá.

Cuarenta

Zane

Una desazón profunda se extiende desde mi corazón a cada fibra de mi cuerpo y ningún esfuerzo físico logra atenuarlo. Nada logra distraerme del dolor.

«Soy más feliz con Clifton de lo que alguna vez fui contigo, Zane». Su jodida voz sigue resonando en mi cabeza, torturándome cada segundo de cada maldito día, pero hoy más de lo usual. Es una maldita. Odio lo hermosa que se veía, cómo se sentía su cuerpo contra el mío, su sabor. Odio absolutamente todo de ella, pero lo que más odio es la forma en que sigo deseándola.

Está loca si piensa que se va a casar con Clifton. Lo voy a enterrar bajo el rosal de mi madre antes de dejarla caminar con él hacia el altar.

—Pensé que te encontraría aquí.

Me tenso al escuchar a mi abuela. Volteo y la veo recargada en una de las columnas del observatorio.

—Abue —digo sorprendido al verla.

Me sonríe tan dulcemente que cualquier desconocido pensaría que es una inocente abuelita, en vez del portento que es. Incluso su traje sastre rosa pastel la hace lucir sorprendentemente tierna. Trae una canasta de pícnic en las manos, inclina la cabeza como invitándome a sentarme con ella.

—Te horneé galletas y traje otras delicias también. ¿Quieres comer conmigo? —pregunta.

Suspiro y me quito los guantes de jardinería, deseando que me dejen en paz para lidiar con estas emociones en silencio. No me había sentido así de enojado y trastornado en años. No entiendo si quiero destruir a Celeste o cogérmela hasta olvidarla. Ambas cosas, quizá.

—Me encantaría —respondo, pero el tono adusto de mi voz revela mi renuencia.

La abuela suelta una risita mientras saca una manta de la canasta y la extiende junto a las rosas de mamá: tiene una expresión sospechosamente serena.

—Ven, siéntate.

Obedezco, sé que lo mejor es no negarle nada a mi abuela mientras todavía lo pide con amabilidad.

—¿A qué debo el gusto?

Intento sonar amable, pero la mirada que me lanza deja claro que no lo logré.

—¿Ya no puedo almorzar con mi nieto?

Entrecierro los ojos al tiempo que me siento cruzado de piernas, agradecido de estar en ropa deportiva. Primero los chicos organizan una maldita intervención, ¿y ahora mi abuela? ¿Tan evidente es que me está afectando el compromiso de Celeste?

La abuela me ofrece una galleta y me quedo viéndola, recordando el momento en que me di cuenta de que mi hermana y Celeste se habían hecho amigas. Estábamos en mi casa y Sierra llegó con un recipiente lleno de galletas. Normalmente, solo hubiera entrado para presumírmelas e irse, pero aquella vez se sentó con Celeste, le preparó un té y le ofreció una galleta.

Sierra nunca se había comportado así, ella prácticamente pelea por esas galletas; sin embargo, le compartió una a Celeste con la ilusión de que le gustaran tanto como a ella. No tuve el corazón para decirle que a Celeste no le gustan las cosas dulces. «Un día, la abuela también va a hornear galletas para ti», le prometió. «Cuando lo haga, voy a pelar contigo para quitártelas, sin lugar a dudas, pero mientras tanto puedes comer de las mías».

—¿Zane?

Parpadeo sorprendido al ver que la abuela me mira preocupada.

—Gracias —le digo a destiempo y le doy una mordida a la galleta, pero la amargura en mi cuerpo hace que no me sepa a nada.

—¿Qué te pasa, cariño? ¿Qué haces aquí entre semana? ¿Por qué no estás en el trabajo?

Porque a donde sea que voy, me asalta el pasado. No puedo ir a la oficina sin pensar en Lily y no puedo estar en mi casa sin pensar en Celeste. Renové todo mi hogar cuando terminamos, pero eso no fue suficiente para borrarla.

—Solo necesitaba un día libre —aseguro—. Me dolía la cabeza y pensé que sería buena idea pasar un rato aquí.

La abuela alza una ceja.

—¿Dolor de cabeza? —repite, pero es evidente que no me cree—. ¿Así le llamamos ahora a Celeste Harrison? Le queda bien, supongo.

Levanto la cabeza de golpe al escuchar su nombre. Mi abuela solo sonríe y continúa sacando los quesos y galletas saladas que trajo, como si no hubiera dicho nada fuera de lo común, mientras levanta un termo.

—¿Quieres té?

Asiento, sin saber qué más hacer. ¿Qué hace aquí? Algo en su mirada me pone nervioso; así es con ella a veces, me siento como una pieza en un juego cuyas reglas desconozco.

Me entrega una taza de porcelana con el escudo de los Windsor pintado en oro.

—Zane —dice, ahora con tono serio. Me enderezo al ver la firmeza en sus ojos—. Quiero que dejes de atacar a Harrison Developments. Te lo permití durante años porque Ed Harrison no me simpatiza y parecía ser algo catártico para ti, pero empiezo a pensar que ya no es así.

—No lo haré —respondo ásperamente. No pensé que supiera lo que había estado haciendo, pero debí suponer que sí. Hay muchas cosas que ignora, pero pocas que se le escapan.

La abuela sonríe con una dulzura engañosa.

—¿Sonó como si fuera una sugerencia? Porque no es así.

La miro, tratando de leerla, pero no lo consigo.

—¿Por qué? —pregunto, mi voz es más dura de lo que pretendía.

Ella sonríe y, por un instante, luce idéntica a Sierra.

—Porque Ed y yo llegamos a un acuerdo.

Se me hace un nudo en la boca del estómago.

—¿Qué?

Se inclina y me da una palmada en la mano.

—Zane, tu enojo es un velo translúcido que intenta cubrir tu dolor, pero no lo logra. Ya es hora de que des un paso hacia adelante, hacia tu felicidad. Tienes que continuar y dejar el pasado atrás.

¿Seguir adelante? ¿Como Celeste piensa que hará con Clifton? ¿De eso se trata esto entonces? ¿Ed sacrificó su orgullo para pedir una tregua por su nieta? ¿Un regalo de bodas, tal vez?

—¿Qué te ofreció? —la cuestionó con la rabia filtrándose en mi voz.

La abuela toma un sorbo de su té, dejándome en suspenso mientras sus ojos recorren mi rostro.

—Me ofreció devolverme algo muy valioso, algo que había perdido.

Aprieto la taza con más fuerza, la furia hierve dentro de mí.

—¿Qué podría ser tan valioso como para que hagas un trato con el diablo?

Sonríe, pero esta vez la sonrisa no llega a sus ojos.

—Tú.

Cuarenta y uno

ZANE

Aprieto el teléfono con fuerza mientras leo el último encabezado de *The Herald:* «La boda del siglo», así titularon el artículo sobre los planes de boda de Celeste. Se me revuelve el estómago del coraje.

Por suerte, hemos logrado mantener cualquier noticia sobre ella fuera de todos los canales de comunicación en los que Windsor Media tiene influencia; sin embargo, *The Herald* es difícil de silenciar. Cada intento de adquirirlos ha fracasado; parece que se regocijan cubriendo cada detalle sobre esa estúpida boda. Malditas cucarachas. Semana tras semana publican algo nuevo sobre la boda y, como soy un imbécil, no puedo dejar de leer esa basura.

Exhalo al entrar a la casa de la abuela para nuestra cena semanal. Desde que me pidió que dejara de atacar a los Harrison hace unas semanas, me he sentido muy inquieto. Odio no saber lo que está tramando, lo que pasa por su mente. Ha estado demasiado callada últimamente y eso nunca es una buena señal.

El comedor está bastante animado, miro a los presentes y veo a Ares sentado con Raven, a Luca con Val y a Dion con Faye. Las tres parejas se ven tan felices juntas que, maldita sea, normalmente me encanta ver sus rostros alegres, pero hoy solo me recuerda lo que perdí.

—¿Estás bien? —pregunta Sierra acercándose con Lex a su lado.

Asiento y ella me acaricia el brazo antes de sentarme, lo que llama la atención de Raven y Ares me lanza una mirada fulminante.

—No, en serio. ¿Estás bien? —pregunta Lex mientras se sienta a mi lado—. Vi los artículos. *The Herald* está cubriendo literalmente cada detalle sobre Celeste, hasta el vestido de novia que creen que usará. Es ridículo. Me sorprende que nunca se hayan enterado de lo de ustedes dos.

Asiento distraídamente. En aquel entonces *The Herald* no era lo que hoy. No tenían los recursos para espiarnos como lo hacen ahora. Por un instante de irracionalidad, me pregunto cuál sería la expresión de Clifton si descubriera que salí con ella, que fui el primer hombre con el que estuvo.

—Estoy bien. Me importan una mierda ella y sus planes de boda —respondo, aunque saboteé cada detalle que *The Herald* reportó, incluyendo el lugar del evento. Planeaban hacerlo en uno de los hoteles Emerson, pero logré que clausuraran todo el lugar por una supuesta violación al código de edificación, que probablemente ni siquiera existe. Les tomará un tiempo resolver el papeleo, lo suficiente como para que tengan que buscar otro lugar.

Entre más se acerca la fecha, más inquieto me siento. Estaba seguro de que acataría mi advertencia, pero sigue con sus planes, lo que me obliga a inmiscuirme. Debe pensar que sigo siendo el mismo hombre que dejó atrás, el que tenía una debilidad por ella. Está a punto de descubrir por las malas que hablaba en serio cuando le dije que la destruiría si volvía a cruzarse en mi camino.

—¡Niños! —llama la abuela al entrar, tiene las mejillas sonrojadas como si hubiera llegado corriendo. Frunzo el ceño cuando toma una copa vacía y una cuchara de la mesa—. ¡Niños! —repite, golpeando la copa con la cuchara hasta que todos guardamos silencio—. Sé que este no es nuestro salón principal y saben que prefiero mantener nuestras cenas al margen de todo drama, pero esta noche tengo algo que anunciarles y no puede esperar.

Su mirada pasa por Ares, Luca y Dion antes de detenerse en mí. Maldición. No puede estar hablando en serio. No puede ser lo que estoy pensando.

—Zane —dice y la respiración se me corta—. Dion ha estado felizmente casado por un buen rato, así que llegó tu turno de seguir los pasos de Ares, Luca y Dion.

La miro con incredulidad. Sabía que yo sería el siguiente, pero por alguna razón pensé que tendría más tiempo. No estoy listo; no estoy seguro de que alguna vez lo esté. El matrimonio no es algo con lo que me atrevería a jugar. Si algo me enseñaron mis padres, es que el matrimonio es sagrado. ¿Cómo se supone que le profese devoción a mi esposa cuando solo puedo pensar en destruir a la maldita de Celeste Harrison? Si alguna vez me caso, quiero que mi esposa sea la única persona por la que sienta una emoción de tal intensidad.

La abuela sonríe y yo alzo mi copa de vino hasta mis labios, vaciándola antes de azotarla con fuerza contra la mesa, resignado a mi destino. Quizá esto me orille, por fin, a dejar ir el resentimiento que amenaza con consumirme cada maldito segundo de mi vida. Tal vez sea hora de cambiar el enfoque y seguir adelante, como lo está haciendo Celeste.

—¿En serio, abuela? La verdad es que no me importa con quién me case —miento, sabiendo que esto es inevitable—. Haz lo tuyo.

Ella asiente con firmeza.

—Excelente. Dentro de tres semanas, te vas a casar con Celeste Harrison.

Todo mi cuerpo se pone rígido mientras las palabras me envuelven, sin poder asimilarlas en verdad. Pasa un segundo, luego otro. Mi mente repite lo que dijo y la confusión lentamente se transforma en conmoción.

—Hasta donde sé, Celeste está comprometida con alguien más— recalca Dion con tono prudente.

Me levanto de un salto, con los oídos zumbándome.

—No me voy a casar con ella —niego sintiendo náuseas—. Cualquiera menos ella.

La abuela cruza los brazos y me fulmina con la mirada. Ya no es la dulce abuelita que se presentó en mi observatorio el mes pasado. En su lugar, está la mujer que construyó el imperio que ahora es nuestro, la mujer que no acepta una negativa por respuesta.

—Alguna vez me suplicaste porque querías casarte con ella, ¿no es así? Bueno, pues lo harás. Su familia proviene de los mejores hoteleros del mundo, así que no hay forma de que nos quedemos cruzados de brazos y permitamos que se unan a los Emerson.

Doy un paso hacia atrás, tambaleándome, incapaz de comprender lo que me está pidiendo. No puede esperar que me case con Celeste. No después de todo lo que me hizo. Doy otro paso hacia atrás antes de darme la vuelta y salir, la cabeza me da vueltas. La abuela fue quien me sacó de la cárcel, quien hizo desaparecer todas las pruebas que Celeste plantó. Ella sabe mejor que nadie de lo que Celeste es capaz, así que ¿por qué?

Dos pares de pasos suenan detrás de mí y no necesito voltear para saber que son Sierra y Lexington.

—¡Zane! —grita Sierra, pero no disminuyo el paso hasta que estoy afuera, a mitad del camino hacia mi casa.

—Zane —repite Lex, con un tono mucho más calmado que el de ella, pero no por eso menos preocupado.

Volteo incapaz de controlar mi rabia.

—No ella. No me puedo casar con ella. Maldita sea, la mataría… si es que ella no me apuñala por la espalda primero.

Sierra me ve con tanta lástima que no puedo sostenerle la mirada. En vez de eso, me peino el cabello con una mano y miro al cielo, sin poder recobrar el control sobre mis pensamientos.

—La odio con todo mi corazón —susurro con los ojos cerrados.

—No —dice Lex suavemente —, no la odias. Ese es el problema, ¿no crees?

Cuarenta y dos

Celeste

Con el corazón destrozado, deslizo los varios diseños de pastel de bodas que Clifton me envió y, sin querer, mi mente vuela al tablero de ideas que quemé hace cinco años. Zane y yo pasamos horas, sentados en el sofá, hojeando revistas de bodas. En ese momento, pensé que nuestros sueños estaban alineados. Cuando me dijo que me propondría matrimonio en cuanto tuviéramos la aprobación de nuestras familias, le creí.

¿Cuánto tiempo pasamos discutiendo los detalles más insignificantes, imaginando la boda de nuestros sueños? ¿Cuántos diseños de pasteles vimos? Era nuestra manera de enfocarnos en el futuro y en todo lo que nos ilusionaba. O eso pensé.

Todavía recuerdo el pastel que elegimos y por un instante me siento tentada a encargarlo. Quiero imaginarme la cara que pondrá Zane cuando, inevitablemente, *The Herald* publique la foto en la que Cliff y yo estemos cortando el pastel. Mi necesidad de herir a Zane es insaciable, me consume por completo.

Mi teléfono vibra nuevamente justo cuando entro a casa de mis padres para cenar. El estómago se me revuelve al abrir otro mensaje de Cliff, esta vez con una lista de destinos para la luna de miel. A cambio de su ayuda financiera, me pidió que nuestro matrimonio pareciera real, así que esto es parte del plan. Lo entiendo, pero me preocupa que él espere que una romántica luna de miel transforme nuestra amistad en algo más. Le advertí que lo que desea no se lo puedo dar.

—¿Celeste? —me llama mamá.

Levanto la vista y encuentro a mi familia sentada en la sala. Tardo un poco en darme cuenta pero están todos: mamá, papá, el abuelo y Archer. No había visto a Archer y al abuelo juntos desde hace años, que ambos estén aquí es una mala señal. Mi pulso se dispara de inmediato y una sensación de inquietud se apodera de mí.

—Siéntate —dice papá con un tono tenso, se le nota afligido.

No estoy segura de hacer lo que me pide, pero, finalmente, me siento junto a Archer.

—¿Qué está pasando? —pregunto—. ¿Qué pasó?

El abuelo me sonríe, lo que me confirma que algo no anda bien. Ha cambiado en los últimos años, pero el destello calculador de su mirada sigue ahí. Confió en mí para dirigir la empresa a distancia y, con el tiempo, me cedió el control por completo; no obstante, nunca se retirará del todo.

—He llegado a un acuerdo comercial que no solo restaurará Harrison Developments a su antigua gloria, sino que la elevará aún más —comenta satisfecho.

Lo observo buscando el mensaje oculto en sus palabras.

—¿Cómo? No hay nada que yo no haya intentado, ninguna vía que haya dejado sin explorar. La ayuda de Clifton nos permitirá sobrevivir, pero sé bien que no es suficiente para revertir el daño hecho.

Pasé años combatiendo los ataques de Zane tras bambalinas y planeando nuestras contramedidas. No hay ningún escenario que no haya contemplado, ni una mejor forma de ejecutar los planes que tengo en mente.

Papá asiente con la cabeza y mira fijamente los árboles al otro lado de la ventana.

—Buena idea, mala ejecución —señala, su voz tiene una mezcla de enojo y frustración. Alzo una ceja, intentando no tomarlo personal. Lleva semanas tratando de hacerme cambiar de opinión sobre la boda con Cliff. Cada vez que le pregunto por qué está tan empeñado en que desista, simplemente me mira y niega con la cabeza.

El abuelo cruza los brazos y suspira, luciendo agotado.

—Celeste, voy a fusionar la empresa con Windsor Hotels.

Le sostengo la mirada intentando descifrar sus palabras. Estoy segura de que no significan lo que él cree.

—Eso es imposible —replico con la voz entrecortada y el pánico se apodera de mí—. Los Windsor son la razón por la que estamos en esta situación.

—Anne y yo llegamos a un acuerdo. Seguramente, notaste que los ataques han cesado, ¿no es así?

Respiro profundo para estabilizarme, tengo el estómago revuelto. Los ataques no han cesado: Zane simplemente redirigió su atención de la empresa a mi boda. Como de costumbre, no tengo pruebas, pero estoy segura de que él está detrás de todos los contratiempos que hemos estado enfrentando. Tuvimos que cambiar dos veces el lugar para la fiesta y los dos diseñadores de vestido que quería contratar, repentinamente, estaban saturados de trabajo, entre muchos otros problemas.

Archer me rodea con el brazo y me aprieta con fuerza. Se ve muy inquieto.

—Aún hay más —dice con voz suave. Luego mira a mamá y la forma en que ella asiente y endereza la espalda me provoca un escalofrío.

—La fusión viene con algunas condiciones. Una de ellas es un matrimonio arreglado entre nuestras familias —explica mamá con tono firme.

—No —respondo de inmediato, sintiendo cómo mi respiración se acelera del pánico. No pueden... esto no puede... esto no me puede estar pasando.

—Tendrás que casarte con Zane —añade papá, sin una pizca de empatía—. Ya fijamos la fecha.

Me pongo de pie de un salto, con la mente completamente nublada.

—No lo haré. Estoy dispuesta a hacer muchas cosas por salvar la empresa, pero esta no es una de ellas. Hay mucho que no les conté sobre las razones por las que terminamos, pero créanme cuando les digo que no hay manera de recuperar lo que teníamos después de lo que pasó. Si esto es un intento desesperado por empujarme hacia la felicidad, por favor, no sigan. Mi felicidad no está con él.

Debí haberles contado todo. Durante las primeras semanas después de la muerte de Lily, ni siquiera podía hablar de ella, no entendía todo lo que había pasado. El tiempo pasó y yo estaba en una especie de trance. Enfocarme en cumplir su último deseo fue lo único que me obligaba a salir de la cama la mayoría de los días. El hecho de que Zane contrarrestara cada uno de mis calculados movimientos me robó la sensación de justicia que pensé que sentiría. Pasé años preguntándome cómo hacer realidad el último deseo de Lily... solo para ver cómo él frustraba mis planes una y otra vez.

El abuelo suspira.

—Tampoco encontrarás la felicidad con Clifton Emerson. Si vas a ser infeliz en tu matrimonio, al menos que sea en uno que nos beneficie. Los Emerson no pueden ayudarnos como lo harán los Windsor. Tú mejor que nadie sabe lo que significa fusionarnos con ellos, ¿o no? Deja de huir de tus problemas, Celeste. Si no fuera por ti, no estaríamos en esta situación, así que hazte responsable y arregla este desastre.

Cruzo los brazos sobre el pecho y miro por la ventana, sin saber cómo refutar las palabras de mi abuelo.

—Puede que yo tenga parte de la culpa, pero tú eres quien está entregando nuestra empresa a la única persona cuyo objetivo es destruirla. Él no va a salvarnos, abuelo. Zane nos va a usurpar, terminará lo que empezó. Si haces esto, estamos acabados.

Me sonríe, pero su expresión es inquebrantable.

—Te darás cuenta de que Anne Windsor es perfectamente capaz de mantener a sus nietos a raya. Esta unión logrará lo que los Emerson jamás podrían. Es momento de dejar el pasado donde pertenece, Celeste. Los Harrison y los Windsor son más fuertes juntos y ya es hora de que lo reconozcamos.

Volteo a ver a Archer buscando su apoyo, segura de que estará de mi lado, pero solo me observa de una forma críptica.

—Si de verdad quieres hacerle daño, ¿por qué no hacerlo desde la posición más cercana a él: como su esposa?

Miro a mi hermano y mi corazón de repente se siente como una carga.

—No puedo casarme con él —susurro. Se lo prometí a Lily. Es una de las últimas cosas que le dije.

—O te casas con él —espeta el abuelo—, o nos declaro en bancarrota y dejo que el resultado de una vida de trabajo, mi vida, se desvanezca en el aire. Tendrás que vivir sabiendo que no solo causaste nuestra caída, sino que también pudiste haberla evitado. Tienes tres días para decidir.

Cuarenta y tres

Celeste

Anne Windsor me sonríe mientras su mayordomo me guía a la sala de estar, lo que me toma completamente por sorpresa. Solo la he visto sonreírme una vez, justo antes de que supiera quién era yo, después de eso todo atisbo de calidez desapareció, dejando solo el profundo resentimiento con el que me ha mirado desde entonces.

—Me sorprende que aceptara reunirse conmigo —manifiesto con un tono más áspero del que pretendía—. Recuerdo bien que me vetó de todas las propiedades Windsor.

Señala el sofá frente al que está sentada y cruza los tobillos, luciendo tan regia como lo indica su apellido. Su traje sastre negro solo añade más fuerza a la autoridad que irradia.

—Eso nunca te detuvo, ¿o sí? —responde y sus ojos muestran una emoción que definitivamente no comparto; parece que se está divirtiendo.

—Debió haberlo hecho —contesto irguiendo mi espalda al sentarme, imitando su postura—. Tenía razón sobre mí en aquel entonces y sería un error cambiar de opinión ahora. Si me caso con su nieto, felizmente nos arruinaré a ambos. Si terminamos casados, incendiaré su casa mientras él duerme y lo haré sin una pizca de remordimiento.

Ella inclina la cabeza y ríe melodiosamente, con verdadero deleite en la mirada. Su reacción es tan inesperada que me quedo mirándola desconcertada, no sé cómo proceder. Pensé que amenazar a su nieto la enfurecería, que despertaría todos sus instintos protectores, pero me mira como si le resultara adorable.

—Prende fuego a lo que quieras —me dice con un tono indulgente—. Tenemos excelentes sistemas de seguridad, así que nuestro equipo te sacará antes de que alguien salga herido. Además, la casa de Zane ha perdido carácter últimamente, yo misma he querido prenderle fuego más de una vez. Quémala si te place,

Celeste. La reconstruiremos. —Hace una pausa y suaviza su expresión—. Y llámame *abuela*. Después de todo, pronto seremos familia.

Parpadeo, atónita, enmudecida por sus palabras.

—Yo… lo asfixiaré mientras duerme —balbuceo, mi cuerpo arde de rabia e impotencia. Siento cómo el control de la situación se me escapa de entre los dedos.

Ella se aclara la garganta y por la forma en que abre los ojos me hace pensar que por fin me escuchó.

—No estoy segura de que sea apropiado hablar de las preferencias sexuales de mi nieto —dice con ligereza.

—Basta. Las dos.

Me tenso al escuchar esa voz. No necesito voltear para saber que es él. He memorizado cada detalle de su persona, tanto que reconozco sus pasos cuando entra en la habitación.

—Si yo no pude hacer cambiar de opinión a mi abuela, tú definitivamente no lo lograrás.

Me pongo de pie y mi corazón golpea con fuerza mi pecho al verlo con una camisa blanca arrugada y arremangado.

—¿Esto fue idea tuya? —le pregunto, esforzándome por mantener la calma—. ¿Intentas separarme de Clifton?

Algo familiar cruza su rostro: posesividad mezclada con celos, lo que despierta mis ganas de dañarlo más, de herirlo más profundo.

Zane aprieta la mandíbula y cruza la sala en pocos pasos. Su mano se cierra alrededor de mi muñeca y me jala hacia él bruscamente, tomándome por sorpresa. Mi cuerpo choca con el suyo y lo miro con un odio puro e indomable que me recorre por dentro, llenándome de malicia.

—Vamos a hablar, ¿sí? —exige mientras me lleva fuera de la sala.

Intento zafarme de su agarre al llegar al pasillo y él voltea a verme por encima del hombro.

—No me hagas cargarte sobre mi maldito hombro, Celeste —advierte con voz baja y amenazante—. Camina o te llevo.

Abro los labios, pero las palabras se atoran en mi garganta. No tengo dudas de que estoy sonrojada, lo que delata mi turbación. Los hombros de Zane se relajan apenas se da cuenta de que no voy a pelear y eso me tienta a provocarlo más. Si lo hiciera, ¿me cargaría como solía hacerlo?

Ambos guardamos silencio mientras caminamos por los elaborados jardines que conectan todas las propiedades Windsor. Pensé que me llevaría a su casa, pero se detiene justo en lo que asumo es el límite de la propiedad, con el observatorio alzándose detrás de él.

Suelta mi muñeca y el desprecio en su mirada alimenta aún más mi rabia.

—Ninguno de los dos va a poder deslindarse de esto —asegura y se oye derrotado—. He intentado todo, Celeste. Si hubiera una forma de evitarlo, ya la habría encontrado.

Zane pasa una mano por su oscuro y espeso cabello, ahora más largo que antes. El gesto es tan engañosamente familiar, que contrasta con el odio en sus ojos.

—Hubo un tiempo en que habría renunciado a mi herencia por ti, pero ya no. Si para obtener mis acciones de Windsor Hotels tengo que casarme contigo, lo haré. —Me observa unos segundos y no puedo evitar preguntarme qué ve cuando me mira.

—No puedo casarme contigo —le aseguro con un hilo de voz.

Sonríe y da un paso hacia mí, no puedo descifrar su expresión cuando me toma por la nuca y apoya su pulgar en mi garganta. Mi ritmo cardiaco de inmediato se dispara.

—Ah, ¿no? —murmura, sonando demasiado alegre para un hombre cuyo destino está tan sentenciado como el mío—. ¿Puedes permitirte rechazar la oportunidad de fusionarte con Windsor Hotels... por Emerson? —Suelta una risita, sin que la diversión se note en sus ojos, y aprieta un poco más mi cuello de forma posesiva.

—Por favor —mascullo, incapaz de articular mi angustia. Él es el único hombre con el que no puedo casarme, la única persona con la que no puedo estar. Le he fallado a Lily demasiadas veces a lo largo de los años, pero esto... esto es lo único que sé que jamás me perdonaría.

La mirada de Zane se hace más intensa mientras se acerca a mí y nuestros cuerpos se rozan.

—Siempre me ha encantado la forma en que suplicas —declara e inclina su cabeza hacia la mía, sus ojos recorren mi rostro hasta detenerse en mis labios—. ¿Le ruegas igual a él? ¿Le rogaste que te salvara, solo para darte cuenta de que nunca podrás escapar de mí?

Mis manos se posan en su pecho con toda la intención de empujarlo, pero en cuanto lo toco, mi determinación flaquea.

—No quieres casarte conmigo —le advierto suavemente, mi voz está cargada de promesas que no querrá que cumpla—. Convertiré tu vida en un infierno.

Me sonríe y aprieta más mi nuca, acercándome a él hasta que mis manos quedan atrapadas entre nosotros.

—Ya lo hiciste, Celeste, pero al menos de esta forma podré arrastrarte conmigo. No quiero hacerte mi esposa, pero voy a disfrutar cada segundo de esto. Haré que te arrepientas de haberte metido conmigo. Te devolveré mil veces cada día de tormento que me has causado.

Está tan cerca de mí que el aire entre nosotros se inunda del olor a menta de su boca. Cuando inhalo profundo, todo mi cuerpo responde.

—No voy a dejar a Cliff —asevero, deseando lastimarlo con todas mis entrañas—. No voy a dejar de verlo, Zane. Aunque me case contigo, él será el único al que ame, el único al que toque.

Su cuerpo se pone rígido y su mirada arde de furia.

—No tienes idea de en lo que te estás metiendo, ¿verdad? —dice, moviendo su mano hacia arriba hasta que es mi cabello lo que sujeta entre sus dedos. Algo oscuro brilla en sus ojos, una advertencia silenciosa de lo que está por decir—. Hay varias reglas en un matrimonio arreglado de los Windsor.

Frunzo el entrecejo y Zane sonríe mientras su otra mano rodea mi cintura, manteniéndome quieta.

—Regla número uno: nada de infidelidades. Si alguno de los dos engaña al otro, ambos lo perdemos todo. Nuestros abuelos venderán nuestras acciones y nos desheredarán. Acércate a Clifton y perderás todo por lo que tanto has luchado.

Abro los ojos de par en par y él sonríe con un dejo de victoria en la mirada.

—Regla número dos: no podemos pasar más de tres días seguidos separados. Esto significa que el matrimonio no es de papel, en el que nunca nos veamos. Si el contrato que nos impondrán nuestros abuelos es igual al que firmaron Ares, Luca y Dion, entonces no podemos estar separados más de un par de días al año.

Por un momento, me pregunto si está bromeando, pero sus ojos revelan que habla completamente en serio. Inclina la cabeza hacia mí y sus labios rozan mi oído.

—Regla número tres —susurra y su aliento caliente me provoca un escalofrío—. Compartiremos cama todas las noches.

Zane gira su rostro y sus dientes rozan mi oreja. Me muerdo el labio cuando se aleja para mirarme; siento que mi cara está encendida.

—Ni siquiera quiero verte, mucho menos casarme contigo —puntualiza, como si nada de esto le afectara—. Pero no tengo otra opción, así que haré lo que tenga que hacer. Te recomiendo que hagas lo mismo. Ya me has costado suficiente a lo largo de los años... no vas a costarme mi empresa también.

Lo empujo del pecho y él me suelta con una sonrisa cruel en el rostro.

—Encontraré la forma de salir de esto —insisto, respirando con dificultad—. No me voy a casar contigo.

Él cruza los brazos y me observa unos momentos.

—Cuando te des cuenta de que no hay salida, búscame, Celeste. Hablaremos de cómo sobrevivir a esta mierda.

Cuarenta y cuatro

Celeste

—Por favor, no hagas esto —suplica Cliff, una enésima vez, por el altavoz—. Deberíamos solo escaparnos.

—Si esa fuera la solución, ya lo habría hecho —comento mientras conduzco hacia los enormes portones que me son demasiado familiares. Frunzo el ceño al ver que se abren automáticamente, estoy sorprendida. ¿Habrá sido Zane quien registró las placas de mi auto o su abuela? Me estremezco al pensar que cualquiera de los dos tenga tan fácil acceso a mi información. Compré este auto hace apenas unos días; sin embargo, ya está registrado en sus sistemas.

—No creo que tu abuelo realmente se declare en bancarrota si nos escapamos. No sé qué está pensando pero...

—Sí lo hará —lo interrumpo—. Ya les pidió a los abogados que tuvieran listo el papeleo.

Lo que no entiendo es por qué. ¿Por qué prefiere unir fuerzas con los Windsor en lugar de aceptar la ayuda de Cliff? Es cierto que los Emerson no pueden hacer tanto como los Windsor, pero con suficiente tiempo, yo podría reconstruir todo lo que perdimos. Si Zane dejara de sabotearme, podría lograrlo. No entiendo por qué quiere aliarse con quienes nos metieron en esta situación en primer lugar. ¿Por qué ellos? ¿Por qué ahora?

Un *déjà vu* me golpea con fuerza mientras recorro los caminos de la mansión Windsor. No lo estaba pensado conscientemente, pero manejé sin problema hasta la casa de Zane. Aún se siente tan natural... aún se siente como llegar a casa.

—Celeste —comienza a decir Clifton mientras estaciono el coche en el lugar que solía ser mío—, no necesito decirlo, pero sabes que esto no fue solo un trato de negocios para mí. En los últimos dos años, has llegado a significar más para mí de lo que puedes imaginar. Quiero esto contigo, aunque no me correspondas, aunque las posibilidades de que tú sientas lo mismo sean prácticamente nulas.

Me reclino en el asiento completamente afligida.

—Lo siento —le aseguro—. La verdad, Cliff, yo también esperaba que pudiéramos hacerlo funcionar. Si hay alguien a quien quisiera amar, ese eres tú. —Cada palabra es sincera, incluso mientras miro la puerta principal de Zane y el pasto de su entrada, que no ha cambiado nada. Un peligroso anhelo se instala en mi pecho.

Me acomodo el cabello detrás de la oreja y respiro hondo, armándome de valor.

—A fin de cuentas, nuestro matrimonio era para salvar Harrison Developments y, me guste o no, Windsor Hotels puede hacer por nosotros lo que nadie más puede.

Decir que la idea de casarme con Zane me conflictúa es minimizarlo. No tengo dudas de que será un infierno. Hay una larga historia entre nosotros, demasiado odio y muchos asuntos no resueltos. Esta unión quizá beneficie a nuestras familias, pero a mí va a destruirme. Si tengo suerte, también lo arruinará a él.

—¿Hay algo que pueda hacer para que cambies de opinión?

Miro por el parabrisas justo cuando Zane abre la puerta y se apoya en el marco, vestido con un impecable traje de tres piezas. Se ve más peligroso que nunca, me observa y su mirada es hermética.

—No —respondo y aparto la mirada de Zane—. De verdad, lo siento, Cliff. Me gustaría… que sigamos siendo amigos, si eso es algo que te interesa. Sé que esto no es lo que queríamos.

Él suspira.

—Si esa es la única manera de tenerte en mi vida, acepto la propuesta. Aceptaré lo que sea que me quieras dar, Celeste.

Respiro de forma entrecortada y tomo el celular, mirándolo con el corazón apesadumbrado.

—Tengo que irme, pero hablamos luego, ¿sí?

Él asiente y termino la llamada, me doy un momento para reunir valor. Durante todo este tiempo, Zane se quedó parado junto a la puerta, con una postura relajada y los ojos fijos en mí. Verlo me duele y odio que para él no sea igual. Está enojado por todo lo que le hice, pero no está sufriendo como yo. Estoy segura de que a él no le cuesta dormir como a mí. A él no lo atormenta el pasado, los errores que ambos cometimos, el dolor que causamos.

Bajo del coche temblando, pero hago todo lo posible para que no se note. Zane no parece darse cuenta, simplemente levanta una ceja mientras me acerco a él y las piedras lisas bajo mis tacones me recuerdan la primera vez que vine aquí.

—Veo que ya tomaste una decisión.

Asiento con la cabeza y él se hace a un lado para dejarme entrar. Abro mucho los ojos al ver que el interior está totalmente cambiado. No borró todo lo que construimos… lo destruyó por completo. Modificó la distribución de la casa, dejando espacios mucho más abiertos, y la gama de colores también es otra. Desaparecieron todos los tonos esmeralda que habíamos elegido y los reemplazó por una paleta monocromática en blanco y negro, con toques de un caoba muy masculino.

Zane me guía hasta su sala y señala su nuevo sofá de cuero café oscuro, el contraste es drástico. Yo adoraba su sofá de tela blanca: era casi idéntico al mío. Pasamos tantas noches ahí, intentando terminar de ver una película, pero siempre terminábamos enredados uno en el otro antes de llegar a la mitad.

Él se sienta frente a mí, en un sillón que hace juego.

—¿Qué decidiste? —Su voz suena diferente a la que conozco. Ahora es profesional y distante; de algún modo, eso me duele. Nunca me había tratado así y, por extraño que parezca, prefiero su odio antes que este nivel de indiferencia.

—Actúas como si de verdad hubiera tenido una opción.

—Vamos a necesitar reglas bien definidas.

Toma una carpeta negra de la mesa de centro y me la entrega. Estaba preparado para mi visita, lo que me hace sentir aún más impotente.

—Solo tenemos que permanecer casados por tres años. Después de eso, podremos divorciarnos sin perder nuestras respectivas acciones. Dado que esto es una fusión, después del divorcio no podremos evitarnos por completo, pero algo es algo.

Asiento mientras hojeo los documentos, tomando nota mental para pedirle a mi abogado que los revise.

—Suena razonable.

Tres años… parece mucho tiempo, pero se va a pasar rápido. Es un sacrificio pequeño y, en el fondo, creo que Lily me perdonaría por esto. Ella no querría que desperdiciara la oportunidad de salvar a Harrison Developments, ¿o sí?

—Durante ese tiempo, debemos respetar las reglas de mi abuela, lo que incluye vivir juntos en la propiedad de los Windsor. No hay forma de evitarlo y no recomiendo que lo intentes; sin embargo, hay otras reglas que quiero discutir contigo.

Levanto una ceja, esperando que continúe. Zane se afloja la corbata y aparta la mirada.

—Entrar al observatorio y a mi oficina está prohibido. Puedes usar el resto de la casa, pero esos dos lugares estarán cerrados con llave y serán inaccesibles para ti.

Respiro con un nudo en la garganta, recordando cómo alguna vez dijo que le regalaría el observatorio a su esposa. Supongo que ahora es algo reservado para alguien más. ¿Ya tendrá a otra persona en mente? Se casará conmigo, pero ¿se la pasará contando los días hasta poder estar con ella? La idea me revuelve el estómago.

—También quiero que te mantengas al margen de mis asuntos personales y, en la medida de lo posible, que no te acerques a mi familia. En tres años, quiero una ruptura limpia. Si no hubiera seguido metiéndome con Harrison Developments, no estaríamos en esta situación ahora. Es momento de dejar ir el resentimiento que me ha tenido atado por tanto tiempo. —Me mira y suspira—. La verdad, no vales la pena.

Me estremezco y algo oscuro se agita dentro de mí: la necesidad, el deseo profundo de devolverle el mismo dolor que me está causando.

—¿Cuáles «asuntos personales»? Este documento dice explícitamente que la infidelidad está prohibida. Eso no significa «evitar que te descubran», Zane. Significa no engañar en absoluto.

Mi mente vuelve al diario de Lily y un dolor insoportable me atraviesa el pecho; pienso en la posibilidad de cegarme nuevamente ante las señales y que haya alguien más mientras se casa conmigo.

Inhala profundo y se aprieta el puente de la nariz.

—Mi paciencia no es infinita —advierte—. Sabes perfectamente que me refiero a que no quiero que formes parte de mi vida más de lo necesario. No quiero que te acerques a mis amigos ni a mis hermanos, no quiero tenerte cerca de mí a menos que sea imprescindible. ¿Entendido?

Asiento y trato con todas mis fuerzas de ignorar la punzada del rechazo.

—Me alegra que estemos en la misma página. A cambio, quiero que me prometas que harás todo lo posible por restaurar Harrison Developments a lo que era, aunque cambie de nombre. Los empleados que perdimos, nuestras propiedades, todo.

—Puedo hacer eso. —Duda un momento y una expresión de disgusto cruza por su rostro—. Tal vez le estoy pidiendo demasiado a alguien como tú, pero mis hermanos están increíblemente preocupados por mí. Trata de no hacer nada que los preocupe más.

Mi corazón se retuerce al pensar en sus hermanos, Sierra y Raven. Les hice mucho daño, volver a verlos no será fácil. Aún recuerdo todas las veces que Sierra y Raven vinieron a buscarme después de todo lo que pasó. Ambas me suplicaron e intentaron de todo para consolarme y me pidieron explicaciones cuando Zane y yo terminamos.

—De acuerdo —le digo con firmeza.

Asiente y mete la mano en el bolsillo interior del saco y me entrega una invitación.

—Bien. La próxima semana volamos a Hawái para la renovación de votos de Dion y me comunicaron que debo llevarte.

Cuarenta y cinco

Zane

—No puedo creer que venga con nosotros —murmura Sierra mientras observa a Dion, quien revisa por tercera o cuarta vez las medidas de seguridad antes del vuelo. Se ve inquieta, dolida, y no sé cómo hacerla sentir mejor. Yo tampoco quiero que Celeste venga con nosotros a la renovación de votos de Dion y Faye, pero las órdenes de la abuela son imposibles de desobedecer.

—Solo ignórala si eso se te hace más fácil —le digo—. Esta semana se trata de Dion y Faye. Los problemas que tenga con Celeste pueden esperar.

Raven se acerca desde donde estaba con Ares, irradiando preocupación.

—Asegúrate de seguir tu propio consejo —me advierte. En ese momento, un auto negro de los Windsor se detiene frente a nuestro *jet* privado.

Celeste baja del auto con vacilación, observo que su mirada se posa en Sierra y Raven. El arrepentimiento se refleja de inmediato en su rostro. Me preguntaba cómo se vería al enfrentarse a quienes lastimó, pero su reacción no me satisface. Solo logra que esta situación se sienta aún más insoportable de lo que ya es.

Su presencia no solo me lastima a mí, sino también a mi familia. Mis hermanos se arrodillaron por ella, suplicándole a mi abuela de una forma que jamás habían hecho por nadie más… y todo para que ella me traicionara.

Sé que Raven y Sierra le rogaron para que les explicara qué había pasado cuando todo terminó. Hicieron todo lo posible por mantener su amistad con ella, pero Celeste solo las sacó de su vida sin más. Al final, tuve que contarles lo que me hizo para que finalmente la dejaran ir.

No entiendo la lógica de mi abuela, si los Harrison y los Emerson fusionaran sus negocios, a lo mucho competirían con nosotros, pero difícilmente nos superarían. No tiene sentido. Todos mis intentos por hacerla cambiar de opinión han sido inútiles; al contrario, cada protesta parece reforzar su decisión.

Sierra se pone tensa cuando Celeste da un paso hacia nosotros, así que Raven la jala hacia atrás.

—Subamos al avión —dice secamente. Está claro que verla les duele. Me paso una mano por el cabello, frustrado, sin saber cómo manejar la situación.

Celeste se ve jodidamente indefensa mientras da otro paso hacia mí, se ve que está padeciendo el peso de las irritadas miradas de mis hermanos. Lo correcto sería ofrecerle una tregua a la mujer con la que tendré que pasar los próximos tres años, pero simplemente no tengo ganas.

La miro por un largo momento y luego me doy la vuelta, sigo a Sierra y Raven hacia el avión, ignorándola por completo. Desde atrás, escucho a Faye darle la bienvenida, asumiendo un papel que ninguno de nosotros quiere. Me cuesta no advertirle que se aleje de ella. Faye es demasiado buena, su amabilidad se va a desperdiciar con Celeste.

No pasa mucho tiempo antes de que el distintivo perfume de mi prometida me siga por el pasillo, con sus pasos suaves.

—Sentémonos aquí —propongo, eligiendo los asientos al fondo, lejos de los demás.

Por primera vez no me contradice. Gracias al cielo.

Si pudiera confiar en ella, le pediría un juramento, algo que me garantizara que se comportará este fin de semana. Pero en lugar de eso, me volteo y miro por la ventana mientras nos preparamos para despegar.

—¿Hay algo que necesites de mí mientras estemos allá? —pregunta; sus uñas azules se clavan en sus brazos, como si eso le ayudara a no temblar tanto. Hubo un tiempo en el que le habría preguntado el nombre de ese tono, buscando pistas. Siempre había mensajes ocultos… indicios de cómo se sentía o sorpresas tiernas para mí.

Levanto una ceja al darme cuenta de que su dedo anular ahora está vacío, el anillo de Emerson ha desaparecido. Algo oscuro y retorcido se agita dentro de mí cuando pienso en ponerle yo mismo un anillo… marcarla como mía.

—¿Hay algo que deba hacer como tu…?

Inclino la cabeza para mirarla y el corazón me pesa. Mi prometida. Hubo un tiempo en que no quería nada más que poder llamarla así.

—No —respondo inexpresivo—. Solo mantente fuera de mi camino.

Para mi sorpresa, ella asiente sin más y se recuesta en su asiento. No puedo descifrarla. Se comporta como si de verdad sintiera culpa por todo lo que nos hizo a mí y a mi familia, pero sé perfectamente que no es así.

Celeste no dijo una sola palabra durante todo el vuelo, tampoco intentó provocarme. Cuando abordamos el coche privado rumbo al hotel, permaneció serena y callada, mirando por la ventana. El silencio entre nosotros se siente fácil, familiar, pero sabía que no iba a durar.

—Zane —dice cuando llegamos frente a nuestra cabaña. La forma en que pronuncia mi nombre todavía me eriza la piel—. ¿Vamos a quedarnos en la misma habitación?

Asiento mientras abro la puerta y la detengo para que entre. Ella duda unos segundos y luego cruza el umbral, se ve atormentada. En cuanto cierro la puerta detrás de mí, se gira para enfrentarme, con las mejillas hermosamente sonrojadas.

—Estás delirando si piensas que me voy a acostar contigo —dice y la voz le flaquea, claramente está alterada.

Suspiro y desenrosco la tapa de una botella de agua que mi equipo dejó para nosotros. Bebo un trago largo, tratando de calmar mi irritación.

—No —respondo y bajo la botella tan bruscamente que una gota resbala por mi labio inferior y baja lentamente por mi garganta. Sus ojos siguen el rastro de agua y su expresión cambia. Su enojo da paso a algo más… algo que acelera los latidos de mi corazón. Me quito el saco del traje y ese algo en su mirada se intensifica.

Una punzada de dolor cruza sus ojos. Alzo la ceja, no pensé que le importara, pero esa mirada la conozco bien. Celeste está celosa. Interesante.

—Supongo que estás a punto de romper esa racha, porque yo no seré una de ellas —replica.

—Ya lo eres.

La furia se apodera de su rostro y da un paso hacia mí.

—Eres insoportable —enfatiza—. El día que vuelva a acostarme contigo será cuando el infierno se congele, Zane Windsor.

Me acerco más a ella y coloco mi dedo índice debajo de su barbilla.

—Hoy hace algo de frío, ¿no te parece?

Cuarenta y seis

Celeste

Los nervios me están destrozando. Me miro en el espejo, observo mi vestido azul y mi maquillaje impecable. Lo hice tal como Lily me enseñó; me pregunto qué pensaría si me viera. ¿Estaría decepcionada de mí? ¿O entendería que estoy aquí porque no tengo otra opción?

Apenas he visto a Zane desde que llegamos. Se levanta temprano todos los días para ayudar con los preparativos de la ceremonia y no regresa a la habitación hasta que ya estoy dormida. Algunas veces me he despertado a mitad de la noche al sentir el colchón hundirse, pero no he tenido el valor de darme la vuelta para verlo.

En la quietud de la noche, es más difícil aferrarse al resentimiento que me sostuvo durante años. Más de una vez me he preguntado si estando dormido me abrazaría como solía hacerlo. Cuando éramos novios, solía despertar entrelazada con él y sus brazos me rodeaban con fuerza. Ahora permanece firme en su lado de la cama, sin que nuestros cuerpos se acerquen siquiera. Debería sentir alivio, pero de algún modo me duele.

—¿Cariño?

Volteo y veo a la abuela de Zane parada en la puerta de la habitación, vestida con un hermoso traje de noche del tono de azul que Dion y Faye solicitaron que todos usáramos.

—¿Pensé que tal vez podrías acompañarme a la boda?

Una sensación de alivio me recorre el cuerpo, por fin puedo relajarme un poco.

—Oh —suspiro—, me encantaría, señora.

Me preocupaba tener que entrar sola al lugar. He hecho lo que Zane me pidió y me he mantenido al margen por respeto a Dion y Faye, pero hoy es imposible evitarlos.

—Llámame abuela —me recuerda con tono firme.

Me aclaro la garganta torpemente.

—Sí, abuela.

Su sonrisa es tan dulce que es difícil creer que es la misma mujer que me dijo que no me acercara a su nieta; ahora ella sostiene mi destino en sus manos. Me ofrece su brazo, lo tomo y caminamos hacia el lugar de la ceremonia. Mi ansiedad aumenta con cada paso que damos.

Levanto la vista hacia el altar y encuentro a Ares, Luca, Zane, Lexington y Dion de pie, uno al lado del otro. Sus sonrisas desaparecen en cuanto me ven, así que bajo la mirada.

—Levanta la cabeza —me ordena la abuela Anne—. Estás aquí porque yo te dije que vinieras.

Puede que sea la única persona que quiere que esté aquí; la ironía no se me escapa. Me siento a su lado, sintiendo la mirada de Zane quemándome la piel. Me observa y su expresión se oscurece con cada segundo que pasa.

Sonrío al ver que aprieta la quijada. Después de haberme ignorado por completo durante días, me resulta extrañamente satisfactorio ver lo enojado que está de que me siente aquí, en un lugar que sin duda preferiría darle a otra persona.

Zane aparta la vista y yo cruzo las piernas, sin poder hacer lo mismo. Me tomo un momento para estudiarlo pues se ve muy bien con ese esmoquin. Siempre ha sido guapo, pero los años le han sentado bien. Luce más fuerte, más grande, un poco más rudo. Se afeitó bastante bien para la ceremonia, pero sé que, en unas horas, una barba incipiente comenzará a aparecer. Me encantaba cómo se sentía contra la piel suave de mis muslos. Inhalo de forma entrecortada y bajo la mirada; la culpa borra todo atisbo de deseo.

Una suave melodía de piano comienza a sonar y todos nos ponemos de pie, el silencio cae sobre la sala. No puedo apartar los ojos de Zane mientras observa a Faye caminar hacia el altar, acompañada por Sierra, Raven y Valentina. Se ve tan orgulloso, lo que me provoca una sensación... Se deshace un nudo en mi estómago y me siento hipnotizada. Por unos segundos, me pierdo en recuerdos de cuando me miraba de esa forma. No exactamente con la inocencia que muestra ahora, pero sí con el mismo orgullo.

La ceremonia comienza y todos tomamos asiento. Logro concentrarme en Dion y Faye por un par de minutos, pero mi mirada inevitablemente regresa a Zane. Alguna vez soñé con verlo al final de ese pasillo. Imaginaba cómo sería su expresión cuando me viera con él vestida de novia y nuestras familias a nuestro alrededor, deseándonos lo mejor. Lo anhelaba con desesperación; fui tan ingenua.

En solo una semana más, nos casaremos bajo circunstancias totalmente distintas a las que habíamos planeado hace años. No puedo quitarme de encima la sensación de que se aproxima una tragedia. Los ojos de Zane se encuentran con los míos y veo agonía pura cruzando su rostro. Daría lo que fuera por saber qué piensa cuando me mira así. ¿Este momento le recuerda las promesas que alguna vez nos hicimos?

Suspiro y bajo la mirada al escuchar que Dion y Faye son declarados marido y mujer por segunda vez; los recuerdos me golpean con fuerza. Todavía puedo oír su voz como si hubiera sido ayer: «Te amo y algún día voy a hacerte mi esposa. Te lo juro, Celeste». Supongo que cumplirá algunos de sus juramentos a fin de cuentas, pero no los más importantes.

La ceremonia termina, me pongo de pie al mismo tiempo que la abuela Anne y me encuentro con Zane a medio camino, como habíamos acordado. Se supone que debemos caminar juntos hacia la zona que Dion y Faye eligieron para las fotos; cada momento de las próximas horas está perfectamente organizado.

—Zane —murmuro, sin saber qué es lo que intento mientras tomo su brazo con un toque apenas perceptible.

Se inclina hacia mí y la manera en que sus labios rozan mi oído me provoca un escalofrío por todo el cuerpo.

—Sonríe y finge que quieres estar aquí conmigo —susurra con un desdén que no intenta ocultar—. Aparentar es lo tuyo, ¿no? Hazlo por mí, Celeste.

Lo detengo a medio camino hacia el sitio de las fotos, él se gira para mirarme y la irritación es evidente en su rostro. Le sonrío y me pongo de puntitas, mis labios rozan su oído haciendo que pruebe lo que me acaba de hacer.

Me envuelve la cintura con su brazo y me jala hacia él, como solía hacerlo. Choco con su cuerpo y mis labios acarician la parte más sensible de su oreja, la parte que adoraba morder.

—Yo no soy el problema —aseguro, disfrutando la forma en que su pene comienza a ponerse duro contra mi cuerpo. Me sorprende lo reconfortante que es saber que aún me desea—. Si sigues fulminándome con la mirada, preocuparás a tu familia. ¿No es eso lo que querías evitar?

Me separo un poco para mirarlo, con mis caderas aún presionadas las suyas. El fuego en su mirada es una advertencia que estoy tentada a ignorar. Sabía que mencionar a su familia lo enfurecería, pero lo hice de todos modos. Quiero que sangre tanto como yo. La ceremonia me recordó todo lo que pudimos haber tenido, todo lo que él destruyó cuando me engañó. Lo que yo le hice después no es suficiente. Nunca lo será.

—Te odio con cada fibra de mi ser —musita y su mirada no deja dudas de que dice la verdad. Verme aquí, entre su familia, lo afecta más de lo que pensé. Parece que no soy la única que tiene heridas abiertas esta noche. Haré todo lo posible por echarle sal a las suyas—. Voy a destruirte, Celeste. Todo lo que me hiciste parecerá un juego de niños comparado con lo que te haré sufrir. —Enreda su mano en mi cabello, apretando un puñado de mis rizos. Coloca sus labios a centímetros de los míos y muerde mi labio inferior con enojo, arrancándome un gemido suave—. Te arrastraré al infierno conmigo —promete, respirando agitado—, justo donde pertenecemos los dos.

Cuarenta y siete

Zane

Observo a Dion, Ares y Luca bailar con sus esposas, sus rostros iluminados con la felicidad que alguna vez yo sentí también. Faye ríe por algo que Dion le susurra, yo me llevo la copa de champaña a los labios para vaciarla de un trago.

Lo extraño. Las conversaciones fáciles, la risa, la intimidad. Extraño tener a mi persona. Es raro seguir amando el recuerdo de Celeste y odiar lo que ella es en realidad.

—¿Tú eres el cuñado de Faye, cierto? —pregunta alguien, volteo y me encuentro con una rubia que se me hace conocida—. Soy voluntaria en la Fundación Staccato con Faye. Nos vimos una vez, brevemente.

—Macy —recuerdo y le sonrío amablemente—. Eres botánica, ¿cierto?

Ella me devuelve la sonrisa y me ofrece la mano.

—¿Te gustaría bailar? Te ves un poco perdido aquí, parado solo al lado de la pista.

Inmediatamente busco a Celeste con la mirada y la encuentro al otro lado del salón, se ve bastante atribulada.

—Me encantaría —respondo tomando la mano de Macy y llevándola a la pista. No puedo controlar esta necesidad de demostrar que no deseo a Celeste, aunque no puedo pensar en nada más que no sea ella. Algo en la ceremonia de hoy me enfureció. Me recordó todo lo que ella arruinó, lo que pudimos haber tenido. Presenciar la forma en que mi familia reaccionó al verla reavivó el odio que creí haber dejado atrás.

—¿Quieres contarme qué pasa? —pregunta Macy recorriendo mi rostro con la mirada—. Me han dicho que soy buena escuchando. —Finjo una sonrisa mientras nos movemos al ritmo de la música; no sé si podría siquiera poner el problema en palabras, aunque lo intentara—. Sospecho que tiene que ver con la hermosa mujer de rizos que me está fulminando con la mirada. Se tomaron las fotos juntos, pero el resto del tiempo han estado lo más lejos posible. Eso dice mucho, ¿sabes? Si realmente no les importara, no se esforzarían tanto por evitarse.

Sonrío y levanto una ceja, sorprendido.

—O eres increíblemente perceptiva o mi prometida y yo estamos siendo un poco obvios.

Sus ojos se abren ligeramente.

—¿Prometida? Ya veo... con razón se ve tan molesta. ¿Discutieron?

Suspiro y niego con la cabeza.

—Desearía que fuera así de simple.

Macy se ríe, su mirada es enternecedora.

—De hecho, es así de simple. El asunto aquí es que a ambos todavía les importa. Mientras sea así, todo tiene solución. Los problemas reales comienzan cuando uno de los dos deja de preocuparse genuinamente por el otro. No me da la impresión de que estén en riesgo de que les pase eso pronto.

Levanto una ceja, intrigado.

—¿Qué te hace pensar que a ella aún le importa?

Macy se ríe y me lanza una mirada cómplice.

—Míralo tú mismo.

Casi me voy de espaldas cuando me acaricia la cara como solía hacerlo Celeste, acercándose más de lo que me gustaría.

—Te apuesto a que serán menos de diez segundos —comenta y empieza la cuenta regresiva con sus ojos clavados en los míos. Hay algo reconfortante en su mirada, como si entendiera lo que es estar en mi lugar—. Seis —susurra justo antes de que una mano tome mi brazo y nos separe.

Celeste tiene una mirada salvaje y su respiración es irregular, me toma del brazo con fuerza mientras se pone entre nosotros. Me mira como si no supiera bien qué está haciendo, pero tampoco pudiera evitarlo.

—Zane —dice con tono suplicante. Se ve tan malditamente hermosa con sus mejillas sonrojadas y esos insoportables ojos que me dicen que sigue siendo mía.

Macy me lanza una mirada triunfante y me guiña un ojo mientras se aleja. Celeste se endereza al ver esto y sigue con la mirada a Macy hasta que esta desaparece entre la multitud.

—¿Qué fue eso? —pregunto sin veneno en mi voz esta vez. Acerco a mi prometida y la rodeo con los brazos mientras comenzamos a bailar, como solíamos hacerlo.

Celeste levanta la cabeza y el dolor en sus ojos me golpea, al grado de abrazarla un poco más fuerte; mi corazón late con más rapidez.

—Olvidé que te gustan las rubias —murmura con un hilo de voz. La angustia en sus ojos me transporta cinco años atrás, cuando me pidió que admitiera que la había engañado con Lily.

Entrelazo mis dedos en su abundante y rizado cabello, acercándola más a mí.

—Aquí no —le advierto con voz dura—. Ni se te ocurra arruinarles esto a Dion y Faye.

Celeste me empuja y trata de irse, pero la tomo de la muñeca y la sujeto con fuerza, incapaz de soltarla cuando me mira así. Abre los labios para comenzar una discusión, no lo permito, le lanzo una mirada fulminante mientras la arrastro a la salida, ignorando las miradas preocupadas de mis hermanos cuando pasamos junto a ellos.

La cálida brisa nocturna hace bailar sus rizos mientras caminamos de vuelta a nuestra habitación, ambos en silencio, hirviendo de rabia. Abro la puerta y entra, mirándome con odio.

—¿No fuiste tú el que me dijo que la infidelidad no era una opción? —me acusa al tiempo que se gira para mirarme. Maldita sea. Se ve como una diosa en la oscuridad de nuestra habitación, con la luz de la luna iluminando su silueta. Desearía que no fuera tan absurdamente encantadora—. Supongo que no cuenta, ya que no nos casaremos hasta la próxima semana, ¿verdad? ¿Cuál es tu definición de infidelidad, Zane? Enséñame. ¿Hasta dónde habrías llegado si no hubiera intervenido?

Azoto la puerta para cerrarla detrás de mí y tomo los hombros de Celeste mientras la empujo contra la puerta, nuestros cuerpos quedan pegados.

—Cállate, Celeste —gruño y mis labios casi tocan los suyos. Me saca de quicio. Nadie me afecta tanto como ella. Mierda. Sigue siendo tan exasperante como siempre. Su respiración está tan agitada como la mía y su mirada se mueve de mis ojos a mi boca.

—Oblígame —susurra rozando mis labios con los suyos. Su mano se enreda en mi cabello en el momento en que succiono su labio inferior entre mis dientes y lo muerdo buscando castigarla. Ella inhala sorprendida y luego me besa de vuelta. El sabor a champaña en su lengua diluye su dulzura natural.

Celeste gime mientras mis manos recorren su cuerpo; despego mis labios de los suyos para besar su cuello.

—Eres verdaderamente insoportable —dice jadeando y quitándome con impaciencia el saco.

La beso justo debajo de la oreja y tomo sus caderas para levantarla y apoyarla sobre el muro. Amo la forma en que inmediatamente abre las piernas y me rodea con ellas, dejando escapar un gemido mientras sus dedos tiran ahora del chaleco de mi traje. La sostengo con un brazo y uso el otro para hacer a un lado su ropa interior, vaya, me contenta descubrir que ya está escurriendo por mí.

Paso dos dedos sobre su vulva a placer, provocando sus gemidos. Me separo ligeramente para verla y la forma en que me mira sigue siendo mi debilidad.

—Zane —ruega; sonrío mientras meto mis dedos y los flexiono. Gime hermosamente, maldita sea, extrañaba escucharla.

—Mírate —susurro, ridículamente complacido—. Estás mojadísima por mí, bebé. Quieres mi pene, ¿no es así?

Sus labios se abren mientras la penetro con mis dedos lentamente y veo la desesperación aumentar en sus ojos. Tenerla a mi merced es un maldito sueño. Celeste pone sus manos en mi camisa y desabotona la parte de arriba, pero tomo su muñeca y bajo su mano a la cintura de mi pantalón.

—Dios, te odio —susurra y recorre con la mirada mi camisa a medio abotonar y la corbata de moño que sigue amarrada a mi cuello. Su expresión contrasta completamente con sus palabras. Me observa como si no existiera nada más en el mundo, como lo hacía antes.

Entrecierro los ojos y presiono su punto G, castigándola por sus mentiras. Ella gime y yo sonrío.

—Créeme —le digo mientras me baja los pantalones, llevándose en el camino mi bóxer—, yo tampoco soy muy fan de ti.

Me mira a los ojos y toma mi pene, dejándolo perfectamente alineado en su vulva. Empujo la punta dentro de ella y cierro los ojos en éxtasis total. Ha pasado tanto maldito tiempo desde que la tuve, carajo, no puedo creer que la tengo de nuevo en mis brazos.

—Mírame —demanda desesperadamente—. Si me vas a coger, más vale que sepas bien con quién estás.

Mis ojos se abren cuando entro unos centímetros más en ella.

—Siempre eres tú, loca —susurro—. Siempre has sido tú.

Sus labios se separan, sin duda para discutir conmigo, pero sonrío perversamente al tiempo que la embisto, tomándola duro y rápido. Sus ojos se abren y pronuncio su nombre como un maldito loco. Está todavía más apretada y caliente de lo que recordaba.

—Mierda, Celeste —jadeo sujetando sus caderas, manteniéndola quieta mientras me salgo, solo para embestirla nuevamente con más fuerza.

—Oh, Dios, Zane —gime y sus ojos revelan algo que era mío.

Escuchar mi nombre en sus labios me desquicia y ella lo sabe. Jala mi cabello, así que le doy lo que se ha ganado: que me la coja con cada gramo de furia reprimida.

—Para alguien que dice que me odia, parece que amas bastante mi pene.

—Cállate —interrumpe, apretando su agarre en mi cabello para jalarme más hacia ella. Sus manos bajan a mis hombros y se sujeta fuerte de mí. Me mira fijamente mientras sus gemidos se vuelven cada vez más ávidos, sus ruegos más incoherentes. Verla buscando un orgasmo era mi actividad favorita; maldición, si no tengo cuidado, me haré adicto a ella otra vez.

—Por favor, Zane —gime—. Estoy muy cerca.

Sonrío y pongo mi mano entre nuestros cuerpos para rozar su clítoris mientras la penetro más lento, llevándola al límite.

—Vente para mí, preciosa —susurro y abre la boca mientras su vagina se contrae alrededor de mi pene, una y otra vez, hasta que me tiene gruñendo. Mis ojos se cierran cuando me vengo al mismo tiempo que ella.

—Se me había olvidado lo delicioso que se siente estar dentro de ti. —Me apoyo en ella para estabilizarme y sus brazos me rodean de una forma reconfortante. Me hago ligeramente hacia atrás para besarla, un beso diferente a los anteriores. Por primera vez desde que regresó, la beso como antes, cuando era mía, y ella responde de la misma manera.

Cuarenta y ocho

Zane

Miro por la ventana y mis pensamientos dan vueltas sin parar. Los recuerdos de Celeste no me dejan en paz. Quería casarme con la mujer que pensé que era, no con la que he llegado a conocer. No pude dormir en toda la noche, solo podía recordar cómo se sintió tenerla la semana pasada, los destellos de la mujer que amaba brillando a través de ella. Si no tengo cuidado, volverá a engañarme. Ese día me escabullí de la cama antes de que despertara y ambos fingimos que no había pasado nada, como si estuviéramos avergonzados de nuestras decisiones y de nuestra debilidad.

Estoy en mi habitación del lugar donde se celebrará la boda. Me incorporo sorprendido al escuchar que alguien toca a la puerta. Les dije a mis hermanos que no quería compañía esta mañana, esperaba que respetaran mi deseo. Continuar con este asunto ya es bastante difícil sin sus miradas de desaprobación. Estoy tan cerca de salir de aquí y no mirar atrás, no pensé que sería así.

Cuando las cosas entre Celeste y yo terminaron, supe que acabaría aceptando un matrimonio arreglado, pero no esperaba sentirme tan reacio. Especialmente, tomando en cuenta que, al final, es con ella con quien me voy a casar.

Abro la puerta molesto y listo para mandar a la mierda a mis hermanos, pero son Archer y George quienes están en mi puerta. Durante unos segundos, me quedo quieto por la impresión, luego una avalancha de vergüenza cae sobre mí. En mi intento por herir a Celeste, también los lastimé a ellos. Todavía recuerdo cómo vinieron a mí, pidiéndome que dejara de atacar Harrison Developments. Los miré a los ojos y les dije que la única razón por la que la empresa seguía en pie era por el respeto que aún les tenía. Fue un golpe bajo, una forma de recordarles quién soy y de lo que soy capaz. La decepción en sus ojos reveló todo lo que no se atrevieron a expresar.

—¿Podemos pasar? —pregunta George.

Asiento con la cabeza y me hago a un lado. La mirada de Archer recorre la habitación como si no supiera a dónde mirar, revelando lo inseguro que se siente de hacer esto. Solíamos ser tan buenos amigos; mis hermanos lo querían tanto como yo. Se había convertido en uno de los nuestros tanto como Xavier y yo lo saqué de nuestras vidas sin piedad, ignoré cada uno de sus intentos de acercarse y salvar nuestra amistad.

George camina hacia la pequeña sala y se sienta, dejando la bolsa que trajo a sus pies. Titubeo un momento, pero sigo los pasos de Archer y me siento también.

—No esperaba… esto —digo, sonando mucho más torpe de lo que he sonado en años. Es extraño lo rápido que vuelvo a ser el hombre que solía ser cuando estoy con ellos.

George sonríe y se inclina hacia mí, sorprendiéndome cuando endereza mi corbatín y después el prendedor de rosas en mi traje, hecho con flores del jardín de mi madre. Pensé que me odiaría con todas sus fuerzas, pero todavía me mira como solía hacerlo antes de que todo se derrumbara, como si fuera parte de la familia.

—Estás a punto de convertirte en mi yerno. No es tan raro que quiera tener una charla contigo antes, ¿no crees?

Niego con la cabeza y Archer se endereza, me mira duramente. En los últimos años, se ha vuelto un hombre muy influyente. Estoy tan orgulloso de él como lo estoy de mis propios hermanos; sin embargo, no puedo decírselo, no me siento con el derecho de hacerlo.

—El día que Celeste te presentó como su novio te llevamos al jardín —dice Archer con tono seco—. ¿Recuerdas lo que nos prometiste ese día?

Aparto la mirada, evocando lo enamorado que estaba. Ellos nos sorprendieron a Celeste y a mí en una situación comprometedora y me llevaron afuera, tenían intenciones violentas. «Amo a Celeste con todo mi corazón y algún día voy a hacerla mi esposa», les dije. «Hasta entonces, haré todo lo posible para demostrarles que merezco ser su esposo. Sé que hay muchas cosas que se interponen en nuestro camino, pero no hay nada que ella y yo no podamos superar si estamos juntos. Entiendo que no me crean ahora, pero lo harán. Se los aseguro. Voy a hacerla la mujer más feliz del mundo».

—Lo recuerdo —respondo.

George toma la bolsa que trajo y saca una botella de whisky que me resulta familiar. Es la misma que le regalé la primera vez que cené en su casa, la que solía ser de mi padre. Me quedo mirándola, perplejo, sintiendo un nudo en la garganta al ver que sigue intacta.

—He estado guardándola para este día —declara con una sonrisa irónica en el rostro, mientras Archer alcanza los vasos que trajeron.

Permanezco en silencio mientras George sirve el whisky de mi padre.

—No te sorprenderá que te diga que me decepcionaste.

Me tenso y bajo la mirada.

—No sé qué pasó entre ustedes dos, Zane, pero sé que mi hija no es una santa. Durante años, los vi hacerse daño uno al otro y sé que no van a parar pronto. La única pregunta que tengo hoy para ti es esta: debajo de todo ese odio que ahora veo en tus ojos, ¿todavía amas a mi hija?

Abro mucho los ojos y mi corazón resuena con fuerza en mi pecho. No esperaba una pregunta así. Advertencias, tal vez. Amenazas, seguro. ¿Esto? Ni en sueños.

—Sí.

No puedo mentirle al hombre que era como un padre para mí cuando salía con Celeste. Pasamos tantas noches bebiendo, perfeccionando nuestras trampas para salir victoriosos en los juegos durante las noches familiares, porque nunca podíamos ganarles a las chicas. En todo ese tiempo, forjamos una relación que aún echo de menos.

Archer me pasa un vaso y asiente, satisfecho con mi respuesta.

—Entonces, esto es lo que vamos a hacer —comienza a explicar con una voz más calmada de lo que esperaba—. Cada vez que nos veamos, tomaremos una copa. Para cuando se acabe esta botella, tendrás que haber cumplido tu promesa, o haré lo que mi hermana no ha tenido el corazón de hacer: aniquilarte, sin importar las consecuencias.

Asiento lentamente, sin estar seguro de poder cumplir esa promesa. Ni siquiera estoy seguro de querer hacerlo, y aun si quisiera, Celeste nunca me lo permitiría. Todavía me desea, eso lo tengo claro, pero también quiere verme arder. No tengo dentro de mí la fuerza para decepcionarlos aún más, pero tampoco puedo decirles las palabras que necesitan oír.

George suspira y brinda conmigo, aceptando mi gesto silencioso de afirmación, luego Archer hace lo mismo.

—Ahora sí: bienvenido a la familia, imbécil —expresa Archer y no puedo evitar sonreír, recordando la primera vez que me dijo esas palabras.

Cuarenta y nueve

Celeste

—Estás hermosa, cariño —dice mamá con voz entrecortada detrás de mí. Miro al espejo y encuentro sus ojos. Me aprieta suavemente los hombros a través de mi bata de seda suave.

Mi maquillaje luce natural, pero elegante y por primera vez, mi cabello ha sido sometido en un moño liso en la nuca, con algunos rizos sueltos enmarcando mi rostro. Me veo como una novia, pero no me siento así.

El sentimiento de culpabilidad me golpea más fuerte que nunca, pero hago todo lo posible por apartar el dolor. Siempre pensé que tendría a Lily como dama de honor en mi boda. He soñado con este día tantas veces, pero nunca pensé que me encontraría sentada en la sala nupcial de un lugar desconocido, sin ni siquiera saber cómo será mi vestido de novia.

Los Windsor se encargaron de todo y, pese a que la abuela Anne me pidió mi opinión un par de veces, casi todas las decisiones las tomó ella. Me siento como una invitada indeseada en la boda de alguien más. Una impostora.

—Sé que hoy no es un día fácil para ti, Celeste —dice mamá—. Pero ten un poco de fe, ¿sí? Una vez lo amaste y creo que aprenderás a hacerlo de nuevo.

La miro a los ojos deseando tener las palabras para explicarle por qué el futuro que ella imagina no puede hacerse realidad. Mentiría si dijera que ya no siento nada por él o que no lo deseo como antes. Lo hago, pero el odio y los años de dolor ahogan todo lo demás.

—Más importante aún —murmuro—, podremos revertir parte del daño que sufrió la empresa. Estoy ansiosa por ponerme a trabajar y convertir el legado del abuelo en algo más grande de lo que jamás soñó.

Mamá suspira y me frota el hombro.

—Tú eres su legado, Celeste —asegura—. Tú y Archer.

Me esfuerzo por sonreírle. Ojalá el abuelo pensara lo mismo. Han pasado años y Archer y él siguen hablándose lo mínimo, porque valoró más su empresa que a su propio nieto. Lo sigue haciendo o no estaría yo a punto de casarme con alguien a quien detesta, con el hombre que destruyó todo lo que alguna vez me importó.

Alguien toca la puerta y mamá frunce el ceño al abrir. Me pongo de pie al escuchar la voz de Raven y volteo hacia ella, sorprendida. Sus ojos se encuentran con los míos y la incertidumbre en su mirada me deja sin palabras momentáneamente. Bajo la vista al portatrajes que trae en los brazos y ella suspira.

—Te traje esto —dice con voz suave, titubeante.

—¿Para mí?

Asiente y se acerca recorriendo mi rostro con la mirada. Me ignoró todo el tiempo durante la boda de Dion, igual que Sierra. Cada vez que coincidíamos en una habitación, se tensaba y el dolor y la rabia se asomaban en sus ojos. Sabía que tarde o temprano tendría que enfrentarla, pero no esperaba que ella fuera quien diera el primer paso.

Cuando abre la bolsa y saca el vestido, los ojos se me llenan de lágrimas. Es el vestido de novia de mis sueños, el que le describí cuando aún dibujaba vestidos para pasar el rato, cuando casarme era algo que esperaba con ilusión.

Me sonríe con timidez.

—Lo diseñé pensando en ti. Fue uno de mis primeros diseños, pero nunca tuve el corazón para ponerlo a la venta. Simplemente, no se sentía bien y ahora sé por qué. Siempre fue para ti.

Coloca el vestido sobre mi silla y luego se agacha hacia mí para secarme las lágrimas con cuidado.

—No llores —me ordena y se oye afligida—. Vas a arruinar tu maquillaje. Suficiente trabajo tengo con hacer los ajustes finales del vestido, como para que también tenga que retocarte el maquillaje. No vas a ser exactamente la misma talla que cuando te tomé las medidas hace cinco años.

—¿Por qué haces esto por mí? —le pregunto y la voz se me quiebra. Con Raven y Sierra es con quienes más me arrepiento. Las he extrañado muchísimo, pero les hice casi tanto daño como a Zane. La única diferencia es que ellas no se lo merecían.

—No sé. Supongo que tengo la mala costumbre de amar a personas que no me aman de vuelta, de aferrarme con tal de sentir que pertenezco. No puedo perdonarte, Celeste, pero eso no significa que no quiera que seas feliz.

Empiezo a llorar desconsoladamente y me cubro el rostro con las manos, mis hombros se sacuden mientras hago lo posible por contener la tristeza. Mamá me rodea con el brazo y me jala hacia ella, sosteniéndome justo cuando siento que voy a derrumbarme.

—Por favor, no llores —suplica Raven, su voz delata lo cerca que está de llorar también. Asiento, intentando calmarme—. Vamos a ponerte el vestido, ¿sí? —Me seca las lágrimas, su rostro refleja el dolor que siente. Evidentemente, le cuesta estar aquí y ser la primera persona que hace a un lado el resentimiento, pero aun así se esfuerza, porque así es ella. Nunca merecí la amistad que me ofreció y ahora menos que antes.

—Te queda casi perfecto —dice mientras saca su costurero de la bolsa. Su mirada es agridulce. La diseñadora dentro de ella está satisfecha con el resultado del vestido, pero la mujer debajo se siente conflictuada al verlo sobre mí. La persona para quien fue creado, pero que no merece llevarlo.

Me quedo lo más quieta posible mientras hace algunos ajustes finales y aprovecho para observarla. Siempre fue hermosa, pero ahora lo es más, de una forma que refleja su felicidad. Está radiante, finalmente la aman y valoran como siempre deseó. Me duele saber que no estuve ahí para ver esa transformación. No estuve cuando se graduó ni cuando se casó. ¿Qué pensaría si le dijera que leí y seguí todos los artículos sobre ella en las noticias? Que más de una vez marqué su número, pero colgué justo cuando empezaba a sonar.

Raven coloca una hermosa horquilla dorada en mi cabello, una que me resulta vagamente familiar.

—Te la voy a prestar —comenta con un tono melancólico—. Te avisaré cuándo debas devolvérmela. Guárdala hasta entonces.

Asiento y ella empieza a arreglarme el cabello y el maquillaje con cuidado, asegurándose de que todo esté perfecto.

—Lo siento —susurro, las palabras salen por sí solas de mi boca.

Ella se congela un instante y levanta la vista, su mirada se ha endurecido.

—Yo no soy la persona que necesita escuchar esto.

Me tenso, sintiéndome impotente.

—No lo entiendes.

Un dejo de frustración se refleja en sus ojos.

—No —responde de forma cortante—. No lo entiendo y probablemente nunca lo haré. Ya ni siquiera estoy segura de querer entenderlo, ¿sabes? Tu explicación no va a deshacer el dolor que causaste. —Da un paso hacia atrás y recorre con la mirada mi vestido por última vez antes de suspirar y darme la espalda. Se detiene en la puerta y, antes de salir, voltea a verme por encima del hombro—. No vuelvas a lastimarlo, Celeste. No sobrevivirá una segunda vez.

Me paralizo, la injusticia de todo esto me golpea de lleno. Vuelvo a alzar mi escudo. Ella lo nota y me mira decepcionada al marcharse.

—Vamos, cariño —apremia mamá, con una expresión difícil de leer—. No hagamos esperar más a tu padre ni a Zane.

Cincuenta

Zane

Mis hermanos se ven inquietos y reaccionan de formas variadas cuando entro. Ares, Luca y Dion parecen aliviados, pero Lex se ve molesto. A regañadientes, le entrega un billete a Luca y yo sacudo la cabeza mientras me meto un dulce de menta en la boca; el sabor calma un poco mis nervios.

—Casi no llegas —dice Ares mientras tomo mi lugar en el altar y observo el lugar. Está impresionante, mucho más arreglado de lo que esperaba. Sé que la abuela puso a Sierra a cargo de la decoración y pensé que lo tomaría como una oportunidad para mostrar su desaprobación, haciendo lo mínimo. No fue así.

Me mira desde su asiento en la primera fila y me sonríe, se nota intranquila y turbada. Está preocupada por mí, pero la esperanza en sus ojos es imposible de ignorar. A pesar de todo, quiere que esto funcione. Si le hiciera la misma pregunta que el papá de Celeste me acaba de hacer, ¿respondería igual que yo? Sospecho que sí.

Una hermosa melodía comienza a sonar y miro hacia un costado, donde mi cuñada Faye está sentada frente al piano. Mi corazón se alegra al verla y ella me obsequia una mirada de aliento, es su forma de decirme que entiende y que todo va a estar bien. Le devuelvo la sonrisa y me enderezo justo cuando se abren las puertas.

Respiro con dificultad y todo a mi alrededor se desvanece cuando la veo entrar del brazo de su padre. Mi Celestial. Parece sacada de mis sueños más salvajes, esos en los que puedo vivir en el pasado un poco más, pero verla duele. Ese maldito vestido. Me choca saber que quiso usarlo para Clifton, que planeaba dejar que él se lo quitara. Apenas soy capaz de apartar la vista de ella lo suficiente para hacerle un gesto de saludo a George. Me mira confiado al poner la mano de Celeste en la mía. La tomo con fuerza, los dos nos miramos nerviosos cuando quedamos frente a frente.

Celeste levanta la mirada y, carajo, me deja sin aliento. Me ve como solía hacerlo, como si yo fuera lo único que existe y eso me debilita. Por un instante, es fácil imaginar que lo logramos, que ambos queremos estar aquí y que el futuro será como lo planeamos alguna vez. No obstante, eso solo es una ilusión, pero me aferro a ella de todas formas. Estoy tan atrapado en su mirada que apenas puedo concentrarme en la ceremonia. No salgo de mi trance hasta que el oficiante me habla.

—Zane Windsor, ¿aceptas a Celeste Harrison como tu esposa? ¿Juras amarla, consolarla, honrarla y cuidarla, en las buenas y en las malas, en la riqueza y en la pobreza, en la salud y en la enfermedad; y serle fiel, renunciando a todas las demás, hasta que la muerte los separe?

La respiración de Celeste se acelera y sus ojos brillan por las lágrimas que contiene.

—Sí, acepto.

Su mano tiembla mientras deslizo una argolla de matrimonio dorada muy simple en su dedo. Valentina fue la encargada de los anillos y creo que sabe que algún día querré reemplazarlos. Todos esperan desesperadamente que esto funcione, pero Celeste y yo no somos como Luca y Val.

—Celeste Harrison, ¿aceptas a Zane Windsor como tu esposo? ¿Juras amarlo, consolarlo, honrarlo y cuidarlo, en las buenas y en las malas, en la riqueza y en la pobreza, en la salud y en la enfermedad; y serle fiel, renunciando a todos los demás, hasta que la muerte los separe?

Ella inhala con fuerza y una lágrima se desliza por su mejilla mientras su mirada se llena de algo que nunca había visto: un anhelo profundo, teñido de desesperación y remordimiento.

—Sí, acepto —dice y parece que está a punto de llorar. Tiembla tanto que casi se le cae mi argolla, así que le sonrío tiernamente cuando la coloca en mi dedo. Verla hace que me duela el pecho. Ahora entiendo el significado tan poderoso de un simple anillo de bodas, me hace sentir en verdad casado.

No puedo apartar la vista de sus ojos, se ve atormentada cuando nos declaran marido y mujer. Mi corazón se inunda de un sentimiento amargo. ¿Realmente le duele tanto casarse conmigo? ¿Por qué? ¿Por Lily? ¿Por Clifton? Tal vez por ambos.

—Puedes besar a la novia.

Su mirada baja a mis labios y me inclino para besarla, decidido a hacerlo breve y decoroso, pero Celeste inclina la cabeza cuando nuestras bocas se encuentran, su mano sujeta mi nuca y me jala hacia ella. Suelto un gemido, tirando por la borda mis buenas intenciones cuando me regresa el beso; el sabor a menta nos envuelve a los dos.

Pongo mi mano en su cintura y separo sus labios, provocándola con mi lengua. Un gemido suave escapa de su garganta, solo para mí, y su agarre se aprieta cuando siente la forma en que me pongo duro por ella. Su lengua se enreda con la mía y se roba mi dulce como solía hacerlo. Eso todavía me genera una sensación muy fuerte.

Los aplausos a nuestro alrededor poco a poco me regresan al presente y me separo, renuente. Celeste me mira y sus ojos desbordan emociones: deseo, incertidumbre, pero también algo que no me atrevo a nombrar. Otra lágrima baja por su mejilla y suspiro al tiempo que apoyo mi frente contra la suya. Tomo aire con dificultad antes de inclinarme y robarle otro beso. Ella me lo permite, derritiéndose mientras le acaricio el rostro, limpiando discretamente sus lágrimas mientras la beso con ternura.

—Siguen siendo repugnantes —murmura Lex y Celeste se ríe contra mi boca antes de apartarse. El sonido de su risa me hace sentir una alegría genuina que extrañaba. Él no le había dirigido ni una sola palabra en las semanas previas a la boda, ni siquiera en Hawái, pero esto se siente como una pequeña muestra de reconciliación.

Mantengo mi brazo alrededor de la cintura de Celeste mientras nos giramos para quedar de frente a nuestros invitados. Mi mirada se detiene en la abuela, quien tiene una expresión calculadora, pero complacida. Aprieto la mandíbula, poniéndome en guardia de inmediato y ella me sonríe. Ed Harrison tiene una expresión similar y la mirada que intercambian no me da buena espina. A su lado, sin embargo, están Clara, George y Archer. Clara me sonríe dulcemente, sin ningún tipo de reproche, a pesar de todo lo que le hice a Harrison Developments.

—Vámonos —murmuro tomando de la mano a Celeste. Ella me aprieta como si se aferrara a mí en busca de fuerza. Por suerte, decidimos omitir las fotos formales, sabemos que no es cómodo para nadie forzarnos a posar todos juntos. En vez de eso, contratamos a un fotógrafo para que tome fotos espontáneas. No creo que pudiera obligar a Sierra a estar cerca de Celeste en este momento y, aunque Ed y mi abuela se estén dirigiendo la palabra, no quiero tentar a la suerte.

Celeste apenas me mira, mantiene la vista al frente mientras cumplimos con el protocolo y saludamos a los invitados; su cuerpo se siente tenso junto al mío.

—Tenemos que bailar y cortar el pastel, luego ya podemos irnos —le explico cuando el último invitado nos felicita.

Ella asiente y su cuerpo se estremece de forma casi imperceptible cuando rodeo su cintura con una mano, guardando las apariencias. Es un camino peligroso esto de fingir con ella.

La guío hacia la pista de baile y titubea cuando le ofrezco mi mano.

—¿Qué pasa? —murmuro con el corazón acelerado—. ¿Se te olvidó cómo bailar?

Sus labios se entreabren al recordar esas palabras. Cierta fragilidad cruza su rostro cuando coloca su mano en la mía, con el esmalte dorado brillando por la luz.

—No —responde con tono receloso—. Solo no quiero bailar contigo.

Sonrío jalándola hacia mí y ella me devuelve la sonrisa. Esas palabras fueron el comienzo de algo nuevo en la gala. Estando aquí con ella, justo donde siempre soñamos estar, desearía que fueran el comienzo de algo nuevo otra vez.

Cincuenta y uno

ZANE

—Espera —le digo a Celeste mientras la sigo hasta la puerta de mi casa, hipnotizado por la forma en que la luz de la luna ilumina su silueta, la hace ver como una auténtica diosa con ese vestido de novia. Es irreal pensar que ahora es mi esposa—. Déjame cargarte, Celeste.

Ella voltea por encima del hombro y alza una ceja.

—No lo dices en serio. —Hace una pausa y sus ojos destilan molestia—. Ya estamos solos, Zane. No tienes que seguir fingiendo que esto es real.

Una rabia irracional empieza a hervir dentro de mí. Aprieto la mandíbula mientras cierro la distancia entre nosotros.

—¿Por qué todo contigo tiene que ser tan complicado, eh? —La sujeto con fuerza y me agacho para ponerla sobre mi hombro con un movimiento ágil.

Celeste da un grito ahogado y se retuerce en mi hombro mientras cruzo el umbral, pateando la puerta para cerrarla antes de encaminarme a mi cuarto. Debí haber sabido que no mantendría su fingida dulzura más de lo necesario.

—Zane —me advierte, justo antes de aventarla bruscamente sobre la cama. Me lanza una mirada de odio mientras se pone de rodillas, a lo que le respondo con una sonrisa, provocándola—. ¿No podías solo bajarme como una persona normal? —pregunta y sus ojos arden de rabia mientras me empuja del pecho. Su enojo aumenta al darse cuenta de que no puede moverme.

Tomo su barbilla y levanto su cara, dejando que me domine mi carácter.

—¿Y tú no puedes actuar como una maldita esposa normal por diez jodidos segundos? Estas tradiciones quizá no signifiquen nada para ti, pero para mí sí.

Su mirada se suaviza, pero inmediatamente se vuelve a llenar de ira.

—¿Quieres que actúe como una esposa de verdad? —cuestiona y baja su mano despacio por mi pecho. Mi abdomen se estremece bajo sus dedos y un atisbo de victoria se refleja en sus ojos cuando agarra con un dedo la pretina de mi pantalón.

Maldita sea. Solo tener sus manos en mi cuerpo es suficiente para ponerme duro. Detesto que lo sabe y lo disfruta. Celeste me jala y me dejo llevar sin poner resistencia, mis rodillas pegan con el borde de la cama.

Sus ojos se encuentran con los míos y su mirada seductora hace que mi pulso se salte un latido.

—¿Qué sigue? ¿Vas a pedirme que te lo chupe como una buena esposa? Al fin y al cabo, es nuestra noche de bodas.

Tomo con suavidad uno de sus rizos y lo pongo detrás de su oreja, deseando que trajera el cabello suelto para poner agarrarlo como deseo.

—¿Sabes? Creo que sí, eso haré. —Inhala con brusquedad cuando sujeto su muñeca y la bajo hasta poner su palma presionada contra mi erección, con los ojos fijos en los de ella.

—Estás bastante excitado para ser un hombre que dice que me odia —señala, revirando las palabras que le dije yo en Hawái. Su falta de aire le resta credibilidad al enojo al que trata de aferrarse. No puedo evitar sonreír cuando sus dedos bajan el cierre. Pensé que detendría su farsa en este punto, pero su mirada se llena de algo oscuro y satisfactorio mientras saca mi pene. Voltea a verme y presiona sus labios contra la punta, luego su lengua se asoma a probar.

—No lo tomes personal, amor —murmuro, irritado por el poder que sigue teniendo sobre mí—. Cualquier boca húmeda y dispuesta que se acerque a mi pene hace que se me pare.

Por una fracción de segundo, tengo la seguridad de que sus ojos expresan dolor, pero eso solo hace que la desee más. La quiero a mi disposición, rogándome.

—En verdad te odio —confiesa y su aliento acaricia mi piel sensible.

—Y a mí me caes mejor cuando esa boca tan venenosa que tienes está demasiado ocupada para hablar.

Sus ojos centellean y su lengua baja lentamente, torturándome. Pongo mi mano en su nuca y mis gemidos graves revelan lo mucho que ya me está haciendo perder el control.

—Me deseas, ¿no es cierto? —susurra y su aliento genera un cosquilleo en mi pene.

Agarro más fuerte su nuca e inclino mis caderas para hacer que la cabeza de mi pene quede presionada contra sus labios.

—Cállate y chupa el pene de tu esposo, Celeste. Ambos sabemos que quieres hacerlo.

Empujo más fuerte, desesperado por la forma en que me tienta, y algo brilla en sus ojos. Abre los labios y me deja resbalarme al interior de su cálida boquita. Se me escapa un gruñido cuando cierra la boca y se pone a succionar con fuerza mientras explora el relieve de mi pene hasta encontrar fácilmente cada uno de mis puntos sensibles, demostrando que recuerda todo tan bien como yo.

—Mierda —exclamo cuando me toma más profundo. Subo la mano por su nuca hasta sujetar su cabello, la sostengo manteniéndola quieta y me salgo de su boca, solo para volver a entrar más duro, cogiéndome su cara mientras me mira, vestida con su hermoso vestido de novia.

—Es muy buena en esto, señora Windsor.

Ella gime y me mira con una actitud posesiva en los ojos. Sonrío pensando en que su lengua es tan sensible que esto debe estar excitándola salvajemente.

—Mira cómo chupas el pene de tu esposo, Celeste —murmuro alejándome hasta casi salir de su boca para volver a entrar ahora más profundo, resbalándome hasta su garganta con cuidado, suavemente. Ella me toma como solía hacerlo, tragándome con auténtica lujuria en los ojos—. Eres una muy buena chica, ¿no es cierto?

Ella succiona más fuerte y sus gemidos vibran de forma deliciosa. Podría venirme por esto y lo sabe, ama tenerme a su misericordia.

—Ven acá —le digo saliéndome por completo de su boca y dando un paso hacia atrás. Un gemido contrariado escapa de sus labios y se ve tan malditamente sexy con esa mirada suplicante en su rostro.

Le extiendo una mano; sin embargo, parece que quiere desobedecerme solo porque sí, pero entonces hace lo que le pido y se para frente a mí con una mirada desafiante.

A veces siento que no la conozco, pero aquí y ahora, es un libro abierto. Mi esposa está enojada porque me desea, está desesperada por más y se resiste a pedírmelo.

Su respiración es rápida y superficial, sus ojos miran los míos mientras muevo mis manos a su espalda para arrancarle el vestido, haciendo que los botones salgan volando por toda mi habitación. El vestido cae a su alrededor, revelando la lencería azul profundo que lleva puesta y, como complemento, los ligueros más sexis que he visto en mi vida. Por un momento, todo lo que puedo hacer es admirarla.

—Pensé que no te importaban las tradiciones —comento cautivado. Es tan absurdamente hermosa; no es posible.

Algo centellea en sus ojos y endereza los hombros; parece que la forma en que la miro la hizo envalentonarse.

—Me importan cuando es para el hombre correcto. No compré esto para ti.

Me toma unos segundos asimilar sus palabras, pero cuando lo hago, un dolor agudo me presiona el pecho. Saber que nunca fueron para mí me llena de ira, pero solo pensar en Clifton viéndola vestida así y ella tomando su pene como acaba de tomar el mío... me desgarra. Con brusquedad la tomo de los hombros y la volteo porque no quiero que vea mi sufrimiento.

—Ponte en cuatro —le ordeno empujándola hacia adelante.

Ella vacila y ahoga un gritito antes de obedecer y se nota que piensa que ha ganado cuando me mira desafiante por sobre su hombro, con el trasero empinado para mí. ¿Cuántas veces la tuve así, rogándole que me dejara cogérmela en esta posición? Sabe exactamente lo que me está haciendo.

Agarro su trasero y lo amaso bruscamente, haciendo que mis pulgares rocen de una forma incitante su empapada ropa interior. Ella gime cuando hago a un lado la tela.

—¿Qué diría Clifton si te viera así, eh? —Baño mis dedos en su humedad, haciendo círculos agresivos alrededor de su clítoris varias veces—. Mira cómo te mojaste nada más de chupármelo, Celeste. Apenas y te he tocado.

Ella lanza un quejido y empuja sus caderas hacia mí para sentirme donde me quiere. Obedezco su orden silenciosa y pongo dos dedos alrededor de su clítoris, atrapándolo entre ellos para provocarla y excitarla más, poco a poco. Cinco años y su cuerpo sigue respondiendo igual.

—Zane —gime. Mierda, es ridículamente excitante escucharla decir mi nombre así—. Por favor —suplica cuando ya está cerca y su tono revela lo mucho que le cuesta pedirlo.

Sonrío y aparto mi mano.

—¿Quieres venirte para mí, Celeste? —pregunto con rudeza mientras golpeo su vulva con el pene, frotándome de la forma en que le gusta, con la punta presionando su clítoris en cada movimiento.

—Sí —gime—. Por favor, Zane, por favor...

Siempre he amado llevarla al límite solo para ver cómo me ruega que la penetre. Alejo un poco mi pene, dejando solito a su clítoris palpitante y ella continúa gimiendo.

—¿A quién le perteneces? —le pregunto mientras sostengo bien sus caderas para mantenerla quieta, porque, si sigue moviéndose así, voy a resbalarme dentro de ella antes de estar listo y todavía no termino de divertirme con ella.

—A ti, Zane —me responde de inmediato, respirando con dificultad—. Solo a ti.

Le meto unos centímetros y me gano un gemido delicioso.

—Así es, bebé —murmuro—. Eres mía. *Mi esposa.*

Saco el pene y lo sostengo de la base para resbalar la punta dentro de ella, rozando su clítoris de la forma en que sé que no puede resistir.

—Por favor —suplica—. Estoy tan cerca, Zane. Por favor, cógeme.

Me río, no puedo evitarlo.

—Adoro cuando me ruegas así, Celestial —murmuro antes de embestirla, enterrándome profundo en ella mientras acaricio su clítoris con mi argolla de matrimonio. Pronuncia mi nombre en un gemido y su vagina se contrae alrededor de mi pene, apretándome fuerte mientras se viene para mí.

Mierda. Nunca me voy a cansar de esto. Mis manos recorren su cuerpo mientras ella regresa de su estupor y me regala unos quejidos suaves cuando paso los dedos por su brasier y hago que sus pechos reboten expuestos. Acaricio uno de sus pezones con una mano mientras la mantengo quieta con la otra, agarrando fuerte su cintura. Ella mueve sus caderas y yo gruño de placer, su avidez alimenta la mía.

—Cógete con mi pene. —Ella voltea regalándome una visión tan etérea que no puedo apartar la mirada mientras mueve sus caderas, sus dedos aferrándose a las sábanas con fuerza—. Buena chica —murmuro mientras me coge así, en cuatro, con su vagina palpitando alrededor de mi pene.

Me lanza una mirada traviesa y empieza a moverse más lento, provocándome para que la tome de la forma en que le gusta.

—¿Así? —pregunta divertida. Entrecierro los ojos como advertencia, pero ella me ignora y vuelve a empujar despacio sus caderas contra mi pene, negándome lo que le pedí.

—Maldita sea, nunca pones atención, ¿verdad? —Paso un brazo debajo de su vientre y jalo su torso hacia arriba hasta tenerla presionada contra mi pecho, con las rodillas al borde de la cama. Su cabeza se recarga en mi hombro y pongo una mano sobre su garganta, mientras bajo la otra por su cuerpo hasta llegar a su entrepierna.

Celeste voltea su cara y me acerco a besarla. Una ola de emociones me inunda mientras tomo sus labios lentamente, mi pene enterrado bien adentro de ella y mis dedos presionando su vulva.

—Zane —susurra contra mis labios. Dios mío, podría venirme en este instante.

Ella gime mientras hago círculos alrededor de su sensible clítoris y la mantengo en su lugar con una mano.

—Uno más, Celeste —murmuro—, dame uno más.

Me la cojo así, con una mano entre sus piernas y la otra alrededor de su garganta. El sonido de sus súplicas llena la habitación. Por un momento, es como si estuviéramos en el pasado y no hubiera nada en el mundo más que nosotros. Gime tan hermoso y yo suspiro contra su cuello.

—Así, bebé —le digo al oído, penetrándola más profundo hasta el punto en que le cuesta trabajo soportarlo—. Estás tomando muy bien mi pene, Celeste. Me vuelves loco, ¿sabías?

Ella acomoda sus caderas y yo la provoco todavía más, llevándola al borde del orgasmo.

—Estoy muy cerca —clama, así que beso su hombro suavemente y siento el escalofrío que le provoco recorriendo su espalda. Sonrío y lo hago de nuevo, una y otra vez, consciente de cuánto le gusta—. Zane… —dice nuevamente con un tono de advertencia, que ignoro.

Inclino la cara y beso su cuello antes de succionar su suave piel para marcarla.

—Vente para mí —susurro en su oreja sincronizando la forma en que empujo mi pene cada vez más adentro de ella con el movimiento de mis dedos.

Ella me obedece y, dios, me voy con ella. La forma en que se viene alrededor de mi pene todavía me hace ver estrellas, como siempre lo ha hecho. Recargo la frente en su hombro, con la respiración entrecortada mientras lleno su hermosa vagina.

Me había dicho a mí mismo que mantendría mi distancia, que no la dejaría provocarme. Entonces, ¿cómo acabé otra vez así, profundamente dentro de ella?

Cincuenta y dos

Celeste

Una soledad inesperada me golpea con fuerza cuando despierto sola en la cama de Zane, vestida únicamente con mi lencería azul. Su cuarto entero se siente ajeno. No pensé que me dolería tanto saber cuánto se esforzó por borrarme de su vida; aunque yo hice lo mismo.

Mis dedos se enredan en las sábanas mientras instantes de lo que pasó anoche pasan por mi mente, subiendo el calor a mis mejillas. Zane se salió de mí en cuanto se vino y el hechizo bajo el que estábamos se rompió instantáneamente. Apenas me miró de reojo mientras tomaba su ropa y salía de la habitación, dejándome en su cama, con evidencia de lo que acabábamos de hacer escurriendo por mis muslos.

En Hawái, ambos habíamos estado tomando, pero anoche… anoche fue diferente.

Tal vez fue la forma en que dijo *Celestial,* o cómo me llamó *esposa.* Me sentí hipnotizada, desesperada por perderme en él y sé que el sentimiento era mutuo.

Suspiro saliendo de la cama, sorprendida de ver que mi ropa ya ocupa la mitad de su vestidor. La amargura me invade al darme cuenta de esto; la realidad clama por mi atención. Me muerdo el labio y entro en la regadera, desesperada súbitamente por lavar de mi cuerpo cada rastro de él. No se suponía que me sintiera así de bien con él, no se suponía que olvidara. Estar de nuevo con él es tan confuso y me da miedo perder mis metas de vista. ¿Cómo se supone que aguante tres años si no pude resistirlo ni una sola noche? Incluso en Hawái no fui yo quien se mantuvo lejos, fue él.

Meto las manos en mi cabello y cierro los ojos, siento un dolor en el pecho mientras el agua cae por mi cuerpo. El arrepentimiento me atrapa, exhalo pensando en Lily y en todo lo que Zane le ha hecho a Harrison Developments. Cuando me acaricia, es tan fácil pretender que es el hombre que solía amar, pero esa versión de él nunca existió realmente.

Al terminar de vestirme y alistarme para el día, me siento mucho más tranquila, con mi escudo habitual de nuevo en su lugar, alimentado por la culpa. Zane levanta la mirada cuando entro a la cocina, está apoyado contra la barra con una taza de café en la mano, viste una camiseta negra que cubre su torso y unos pantalones grises caen sobre sus caderas; me detengo, sorprendida de encontrarlo.

—Buenos días —dice ásperamente y una expresión reservada—. ¿Confío en que dormiste bien?

Asiento con la cabeza y doy un paso vacilante hacia adelante, sin saber qué decir o hacer. Me es difícil creer que es mi esposo, pues no nos soportamos. Nunca me había sentido así, tan dividida.

Zane se aparta de la barra y suspira, cada línea de su cuerpo emana la reticencia que siente.

—¿Por qué no te muestro la casa? Al fin y al cabo vivirás aquí por el futuro previsible.

Sale de la cocina sin esperar a que responda, lo que me irrita muchísimo mientras lo sigo. Zane apenas me mira, se mueve de una habitación a otra con una expresión cuidadosamente neutra, como si tratara de ocultar lo mucho que le incomoda mi presencia.

Algo pesado se instala en mi pecho al darme cuenta de que cada espacio de su casa ha cambiado. Derribó algunas paredes y la distribución del espacio es completamente diferente. Hace cinco años, podría haber recorrido este lugar con los ojos cerrados.

—¿Hay algo que no hayas cambiado? —pregunto sin pensar, motivada por razones que no me atrevo a admitir.

Me mira por encima del hombro y resopla mientras regresamos a la cocina.

—No. —Pasa una mano por su cabello y el gesto es tan familiar que me duele el corazón—. Supongo que tendré que volver a cambiarlo en tres años.

Se detiene en medio de la cocina y se gira para mirarme; tiene una expresión hermética mientras nos estudiamos mutuamente. Me fijo en su barba incipiente, su cabello desordenado y lo que lleva puesto; él sabe que me encanta cómo se ve con eso. El sentimiento de pérdida me abruma por completo, respiro de forma entrecortada mientras mi mente me tortura con visiones de él con alguien más.

—¿Quién es? —pregunto y la voz me tiembla al hacerlo—. La chica para la que renovaste la casa.

Todavía recuerdo cómo rehízo toda su entrada porque me quejé de que mis tacones se arruinaban con la grava. Bastarían unos cuantos comentarios de la chica de su interés para que rehiciera toda su casa y me atenaza no ser esa persona. Tal vez nunca lo fui.

Zane me mira fijamente y cruza los brazos.

—Eso no es asunto tuyo, ¿o sí?

Mi corazón da un vuelco y algo retorcido se instala en mi estómago.

—Sí lo es. Soy tu esposa.

Por unos instantes se muestra desarmado, luego suspira y camina hacia mí; me toca y me tenso de forma involuntaria, con el pulso acelerado. Pone sus manos alrededor de mi cintura y me alza sin esfuerzo para ponerme sobre la barra de la cocina, como solía hacerlo. Instintivamente, coloco mi palma sobre su pecho, su camiseta se siente suave bajo mis dedos.

Zane separa mis piernas para acomodarse entre ellas, yo lo miro hacia arriba, sintiéndome extrañamente vulnerable. ¿Cuántas veces hemos estado así como ahora? ¿Cuántas veces ha enredado su mano en mi cabello y me ha besado, para luego tomarme justo en esta posición, diciéndome que soy su diosa y que necesita más y más de mí?

—¿Lo eres? —pregunta mientras acaricia con sus pulgares debajo de mis pechos—. ¿Eres mi esposa, Celeste? ¿O solo eres alguien con quien me vi obligado a compartir el apellido por unos años?

Deslizo mi mano hasta sus hombros, mi corazón late de forma desbocada.

—¿Importa?

—Sí importa. El matrimonio siempre ha sido importante para mí y esto... esto no es un matrimonio real.

Aprieto mi agarre sobre él, clavándole las uñas en la piel mientras la amargura se filtra en mi alma.

—¿Qué se supone que es esto? ¿Un preludio para justificar una infidelidad? Puede que nuestro matrimonio sea una farsa, pero el contrato que firmamos fue real. No te atrevas a engañarme, Zane.

Aprieta aún más mi cintura y se inclina, dejando escapar un suave suspiro al tiempo que apoya su frente en mi hombro. Gira el rostro y sus labios rozan el lugar que marcó anoche, haciendo que mi corazón lata con fuerza. Se queda allí unos momentos, me siento tentada a rodearlo con mis brazos, a aferrarme a él y perderme en su abrazo como antes. Ha pasado tanto tiempo desde que alguien me abrazó; extraño ese tipo de intimidad más de lo que pensaba.

Cuando Zane se aparta para mirarme, se ve desgastado, cansado.

—No seguiré haciendo esto contigo —musita—. No seguiré jugando a esto. No puedo, Celeste. No puedo pasar los próximos tres años de mi vida en guerra constante.

Me suelta y respira profundamente, su camiseta se sube un poco al peinar su cabello con una mano, lo que me permite ver un poco los músculos de su abdomen. Sus ojos se ven tan tristes que me dejan sin aliento.

—No te voy a engañar —asegura y se oye sincero—. Nunca lo he hecho y nunca lo haré. El hecho de que no puedas creerme fue lo que nos separó. Nunca te perdonaré lo que has hecho, tanto a nosotros como a mi empresa.

Lleva la mano a mi rostro y aparta un rizo de mi mejilla.

—Hubo un tiempo en que habría hecho cualquier cosa por ti —declara y sacude la cabeza, apesadumbrado, mientras retira la mano de mi mejilla—. Ahora no quiero tener nada que ver contigo.

—Basta —exclamo con un nudo en la garganta—. Han pasado cinco años desde que mi mejor amiga se quitó la vida tras suplicarme que la perdonara por estar contigo. Lo mínimo que podrías hacer para honrar su memoria es ser honesto. ¿Qué ganas negándolo después de todos estos años?

Él aparta la mirada y suspira.

—Exactamente, Celeste. ¿Qué gano?

Cincuenta y tres

Celeste

Estoy más que nerviosa cuando me visto para ir al trabajo, no sé qué esperar. Mi abuelo y la abuela Anne se apresuraron a hacer la fusión y decidieron que Zane y yo trabajáramos juntos desde la sede de Windsor Hotel para finalizar los detalles.

Más allá de nuestra noche de bodas y el recorrido por su casa, no he visto realmente a Zane. No estaba segura de lo que pasaría, pero, por alguna razón, no pensé que comería sola todos los días, preguntándome dónde está. He estado vagando por su casa, buscando indicios sobre la persona en la que se ha convertido, sin más compañía que su ama de llaves.

Sé que duerme conmigo, ya que las sábanas amanecen desordenadas de su lado de la cama, además deja vasos de agua a medio tomar en su buró, pero no lo he visto en todo el fin de semana. Probablemente, sea lo mejor; sin embargo, esto no me hace sentir bien. Todo el tiempo me pregunto dónde o con quién está cuando no está conmigo.

Me sorprendo al encontrar a Zane recargado en la puerta principal, tiene la vista fija en su teléfono. Sonríe mientras lo mira y una emoción que solo he sentido por él se apodera de mí: celos. ¿Qué lo hizo sonreír así?

Levanta la mirada al oír mis tacones y su expresión se vuelve distante de inmediato, luego guarda su teléfono en el bolsillo interno de su traje azul marino. Odio lo bien que le queda.

—Déjame llevarte al trabajo, ya que vamos al mismo lugar. Le pedí a mi chofer que recogiera tu auto, así que estará aquí cuando regresemos.

Asiento y camino hacia él con cierta indecisión. Me recorre con la mirada y su expresión es impasible cuando mira mi falda entubada color ocre y mi blusa blanca favorita. Me siento decepcionada al notar que no despierto ningún interés a sus ojos y me reprendo por ello de inmediato. Pensé que los años que pasamos separados, maquinando en silencio uno contra el otro, habían erradicado mis sentimientos por él. ¿Por qué, entonces, regresan con tanta fuerza cuando lo veo?

Zane camina hasta su auto y se sube al volante, lo que me toma por sorpresa, pues siempre me habría la puerta del auto, incluso antes de que empezáramos a salir. Nunca lo hacía por nadie más, excepto por mí o su familia. Reprimo la sensación de pérdida y rodeo el coche, incapaz de identificar por qué me duele tanto. ¿No se supone que esta actitud es lo mejor que podía pasar? No estamos discutiendo y él actúa civilizadamente. Esto debería hacerme feliz, pero, en lugar de eso, quiero provocarlo.

Necesito saber a quién le abre la puerta ahora y si también lo hacía con Lily. ¿Qué fue lo que lo hizo sonreír hace un momento? ¿Dónde ha estado? Me muerdo el labio, no quiero hacer preguntas que solo nos conducirán a una pelea. Fijo la mirada en el paisaje que se desenvuelve frente a nosotros camino a la oficina.

Zane se pasa una mano por el cabello y lo miro de reojo, observando su perfil. Es extraño pensar que a pesar de todo, ahora es mi esposo. Suspiro al recordar cómo me miró en su cocina y odio la duda que sembró en mí. Incluso con pruebas claras, negó todas las acusaciones y siguió insistiendo en que nunca me fue infiel. ¿Lo hizo porque Lily ya no estaba para contar su versión? ¿Porque pensó que se saldría con la suya? Han pasado muchos años, pero ahora tengo más dudas que respuestas.

Salgo de mi ensimismamiento hasta que estaciona el auto y apaga el motor. Zane no dice ni una palabra mientras baja del coche y yo me apresuro a seguirlo. Cuanto más nos acercamos al edificio, más tenso lo noto. Trata de ocultarlo, pero se le nota en los hombros y en cómo aprieta la quijada.

—Este es mi elevador privado —explica al tiempo que presiona su pulgar en el lector—. Va directamente a mi oficina, pero también puede detenerse en todos los pisos. El sistema está vinculado con el de nuestra casa, así que solo los miembros de la familia Windsor pueden acceder a él. Añadiré tu huella nuevamente al sistema de seguridad esta noche. Trata de no abusar de mi confianza esta vez.

Una disculpa sube a la punta de mi lengua, pero me la trago y asiento.

—¿Alguien más aparte de los Windsor tiene acceso?

Sé que no debería preguntar y quizá él lea mis intenciones, pero necesito saber si compartió su casa con alguien más como lo hizo conmigo.

—No —responde con tono áspero—. Aprendí la lección por las malas, así que me aseguré de que mis hermanos no cometan el mismo error. Ya no es posible agregar a alguien al sistema sin la aprobación de otros dos.

Asiento con un gesto y sigo a Zane al salir del elevador y entrar directamente en su oficina, donde Mike ya nos espera. Mis ojos se abren a tope al ver su traje naranja fosforescente con rayas moradas.

—Señorita Harrison, qué gusto volver a verla —expresa Mike levantando dos tazas—. Un espresso para ti, Zane —le entrega la taza—, y un latte con leche de avena para ti, señorita Harrison.

—Señora Windsor —corrige Zane y su voz es suave—. Ahora es señora Windsor.

Mis ojos se dirigen de inmediato a los suyos y me mira como antes... como si fuera suya y los dos lo supiéramos.

—Por supuesto —dice Mike—. Me acostumbré tanto a llamarla señorita Harrison que se me escapó. Perdóneme, señora Windsor, no solo por el lapsus, sino también por no haber podido asistir a su boda.

Asiento y le ofrezco una sonrisa amable, intentando controlar las mariposas en mi estómago. Señora Windsor. Soñé durante tanto tiempo con que me llamaran así, pero ahora apenas se siente real.

—Por favor, llámame Celeste.

Mike sonríe y hace un gesto con la mano hacia la oficina.

—Señor y señora Windsor, sus abuelos llegarán en aproximadamente cinco minutos. Me informaron que ya vienen en camino. También me dieron la instrucción de colocar otro escritorio en esta oficina.

Señala hacia atrás con la cabeza, Zane y yo seguimos su mirada justo cuando la abuela Anne entra, con mi abuelo pisándole los talones. Parece que venían discutiendo, pero, en cuanto nos ven, se transforman en un frente unido e intercambian miradas que no puedo interpretar.

—Perfecto —comenta ella, asintiéndole a Mike—. Exactamente como lo quería. Siempre me lees la mente, Mikey.

Mike sonríe orgulloso, pero Zane no le quita los ojos de encima a su abuela, se ve agobiado.

—No me hagas esto —suplica acongojado—. Ya tengo que soportar que esté en mi casa. No me obligues a compartir también mi oficina con ella. ¿No es suficiente con que estemos fusionando ambas empresas?

Algo me sobrecoge y desvío la mirada, sorprendida por la intensidad de su desprecio. En verdad no quiere tenerme cerca. La única excepción es cuando nuestra rabia se desborda y estamos demasiado ocupados tocándonos como para que nos importe cualquier otra cosa.

—No —contesta el abuelo—. No es suficiente. No voy a permitir que excluyas a mi nieta de los procesos de toma de decisiones. Esta es la manera más rápida para que ambos se adapten.

Zane me lanza una mirada cargada de repulsión y, como mecanismo de defensa, me repliego en mi interior. Aun así, lo miro de forma amenazadora y cruzo los brazos.

—A mí tampoco me entusiasma esto —replico, luego me doy la vuelta y camino hacia mi nuevo escritorio. Lo colocaron justo frente al suyo, de modo que estaremos mirándonos constantemente. Por alguna razón, esto me produce una retorcida sensación de satisfacción. Ahora que sé cuánto odia verme en su oficina, estaré aquí puntual cada mañana.

Cincuenta y cuatro

Zane

Entro a mi oficina y veo que Celeste ya sentada en su escritorio. Ese hermoso rostro suyo me irrita de inmediato. Levanta la mirada y me sonríe de forma empalagosa y, pese a que es una sonrisa falsa, provoca que mi corazón se dispare. Es el tercer día seguido que llega antes que yo a la oficina.

Cuando salgo de la cama, ella está profundamente dormida, pero, en el tiempo que tardo en nadar unas vueltas o ir al gimnasio, se arregla y sale rumbo a la oficina sin mí. La veo de forma desafiante mientras me dirijo a mi escritorio, pisando con fuerza.

Vivir con ella ha sido extraño. Cada vez que estamos en el mismo cuarto, el ambiente se carga de odio y deseo reprimido que lo hacen insoportable. Me dejo caer en la silla, completamente agotado. Solo quiero algo de paz durante unas horas al día, pero con ella cerca eso es imposible. Siempre pasa algo y ella me lanza un comentario hiriente o una acusación velada para echar sal en las heridas. Cuando la miro, solo extraño a la mujer que alguna vez fue mía.

—¿Señor Windsor?

Jill entra en la oficina, una de nuestras diseñadoras de interiores de más alto rango. Le sonrío con cortesía y alzo una ceja.

—Solicitó con urgencia los planos finales para el nuevo restaurante francés en la planta baja de The Lacara —explica rodeando mi escritorio en lugar de quedarse frente a él. Deja su tableta sobre la superficie y se inclina, acercándose demasiado.

De inmediato, alzo la vista hacia mi esposa y noto que nos observa con una expresión que solo puede describirse como celos. Es tan gratificante ver algo distinto al odio en su mirada. Le ofrezco una sonrisa amable a Celeste, sabiendo lo mucho que le molesta que haga esto, y vuelvo mi atención a Jill, quien posiciona su cuerpo de tal forma que me sea posible ver su escote. Nada me molesta más que la falta de profesionalismo en la oficina, pero esta vez lo dejaré pasar. Puede que no quiera discutir con Celeste, pero eso no significa que no disfrute hacerla enojar.

—Estos son los dos conceptos que aprobó la última vez —dice pasando en su tableta las imágenes en 3D—. ¿Cuál de los dos quiere que refine y finalice? También puedo inspirarme en ambos y crear algo nuevo.

Su brazo roza el mío y Celeste se levanta de un salto, sobresaltando a Jill, quien claramente no se había dado cuenta de que ella estaba ahí, escondida tras su pantalla.

—Déjame ver eso —le ordena, acercándose decidida.

Contengo una sonrisa cuando se coloca entre nosotros y empuja mi silla para hacerse espacio.

—Oh —dice Jill apretando su tableta contra el pecho para ocultarla de Celeste—. Esto es altamente confidencial.

La expresión de mi esposa se vuelve hermosamente irascible. Apenas logro ocultar el deleite que siento. Trae puesta otra de esas faldas ajustadas, negra esta vez, y estoy convencido de que lo hace solo para incitarme. No hay forma de que ignore lo jodidamente bien que se le ve el trasero en esas malditas faldas. Cada vez que me distraigo, mi mente piensa en cómo gemiría si la tomara sobre mi escritorio. Esto me está volviendo loco.

—No nos hemos presentado —dice Celeste y se yergue con elegancia—. Soy Celeste Windsor, la esposa de Zane.

Celeste Windsor. Mierda. Suena tan bien, especialmente cuando ella lo dice con esa dulce voz que tiene. Pensé que se pelearía conmigo por eso, que se negaría a tomar mi apellido, pero firmó los papeles sin dudarlo. Me hizo preguntarme si una parte de ella todavía quiere todo lo que alguna vez soñamos.

Ese es el problema con ella, con nosotros. Si mantengo mi distancia, es fácil recordar todas las razones por las que la odio. Pero cuando está tan cerca, solo puedo pensar en cuánto la deseo todavía y lo hermosa que es.

—Oh... —dice Jill nerviosa—. Ya... ya veo. Disculpe por no haberla reconocido, señora Windsor.

Celeste asiente y su furia se mitiga un poco. Es jodidamente adorable. Sonrío rodeándola de la cintura con el brazo y hago que se siente en mis piernas. Mala idea, esto solo hace que su redondo y sensual trasero presione mi pene y, en diez segundos, va a darse cuenta de lo irresistibles que me parecen sus faldas.

—Siéntate —ordeno con un tono que no suena tan indiferente como me hubiera gustado—. Tenemos que revisar bastantes cosas y con esos tacones no querrás estar de pie tanto tiempo.

Celeste se acomoda nerviosa, su pecho sube y baja con un ritmo acelerado. Sonrío al colocar una mano sobre su abdomen y otra en su muslo, justo debajo del dobladillo de su falda. Jill se ve desconcertada y lucha por mantener la compostura, pero la culpa es de ella. Si no hubiera intentado coquetear conmigo, no estaría en esta situación. ¿Qué se supone que debe hacer un hombre cuando su esposa se pone celosa? Tengo que tranquilizarla, ¿no? Puede que Celeste no me caiga muy bien en este momento, pero no puedo evitarlo.

Apoyo la barbilla en su hombro y miro la pantalla.

—Los dos conceptos son muy distintos, pero me gustan ambos.

Celeste asiente y pasa las imágenes, haciendo zoom en diferentes detalles mientras comparte conmigo lo que piensa. Había olvidado lo bien que compaginamos.

—The Lacara es un hotel demasiado moderno como para que el primer concepto funcione —comenta y se nota perdida en sus pensamientos—. Pero estoy de acuerdo en que va con el estilo del restaurante. ¿Qué tal un interior fusionado?

Jill asiente y empieza a tomar notas, lanzándome miradas cada pocos segundos, como si no pudiera creer que esté dejando que Celeste tome las decisiones. En mi afán por olvidarla, me hice más adicto al trabajo de lo que me hubiera gustado. El trabajo era el único aspecto de mi vida que aún controlaba; no obstante, cederle ese control a Celeste no se siente difícil en lo absoluto.

—Me gustan esas lámparas —señalo.

Celeste voltea y sus labios rozan mi mejilla, su cuerpo se tensa inmediatamente. Mi pene se estremece y ella aprieta los muslos, torturándome.

—Las del concepto dos, ¿verdad? —pegunta antes de voltear de nuevo a la tableta.

Sonrío para mis adentros e inclino la cara un poco presionando mi nariz contra su cuello, absorbiendo su aroma. Hay una mezcla de olores, no solo miel y vainilla como antes. Ahora puedo oler en ella el jabón líquido personalizado que uso, lo que despierta mi curiosidad. He visto un montón de botellas de productos aparecer en mi baño; sin embargo, usa mi jabón. Es muy sexi que haga eso. Respiro con dificultad al imaginarla en mi regadera, pensando en mí mientras se envuelve en mi distintiva fragancia. Aprieto su muslo y mi pene pulsa mientras me invaden las imágenes, robándose toda mi atención. Ella aprieta las piernas, juntándolas más; mierda, me siento tentado a moverme atrás y adelante para crear más fricción.

—¿Zane? —jadea y la miro de reojo, disfrutando ver sus mejillas perfectamente sonrosadas. Sé que si metiera los dedos entre sus piernas en este instante, la encontraría mojada para mí. El conocimiento de que la deseo solía excitarla y dudo que eso haya cambiado.

—¿Qué opinas? Me gusta esta combinación, pero tú también tienes que aprobarla.

Asiento mientras enlista los distintos elementos que eligió de cada diseño.

—Lo que tú quieras está bien —interrumpo.

Ella inclina la cabeza para mirarme y sonríe.

—¿Lo que sea?

Asiento con la respiración entrecortada.

—Gracias, Zane —dice y me da un beso en la mejilla, lo que me toma por sorpresa. El gesto es tan dulce que derrumba mis murallas por completo. Me recuerda a la forma en que solía sonreírme y besarme sin razón cuando trabajábamos hasta tarde, me distraía hasta que terminaba enterrado dentro de ella en mi sofá.

—Estoy emocionada —le comenta a Jill, quien me observa incrédula. Supongo que debe parecerle raro verme así, completamente a merced de mi esposa, pues siempre soy severo y profesional.

Ella asiente cortésmente y sale de nuestra oficina con una expresión de desconcierto, pero también de satisfacción. Contenta por el rápido progreso que logró con sus diseños gracias a Celeste. La puerta se cierra y Celeste se estremece.

—¿Qué fue eso? —pregunta intentando apartarse de mí.

La sujeto más fuerte y subo mi mano por su muslo, debajo de su falda.

—Precisamente, ¿qué fue eso, Celeste? —cuestiono y voy subiendo las yemas de mis dedos lentamente. Ella presiona sus piernas y un gemido suave escapa de sus labios.

—Te pusiste celosa, ¿no es cierto?

Hace un gesto de indignación, sin duda quiere negarlo, pero lo impido. Paso mis dedos muy suavemente sobre su empapada ropa interior de seda. Ella gime cuando hago la tela a un lado y subo mi dedo directo a su clítoris.

—No —se queja—. No estaba… no estaba celosa.

Me río y me acerco a su oreja, casi tocando su lóbulo con mis dientes.

—Mentirosa —susurro antes de tomar su clítoris suavemente, excitándola.

Está tan perfectamente resbalosa, Dios mío, cómo quisiera poner mi cara entre sus piernas en este instante. Estoy cerca de rogarle que me deje hacerlo.

Celeste se aferra al borde de mi escritorio y se pone de pie, alejándose de mí de un tirón. Me confunde, estaba seguro de que ella deseaba esto tanto como yo. Se alisa la falda y da unos pasos hacia atrás; el rubor de sus mejillas es hermoso.

—¿Así empezó todo, Zane? —pregunta. En sus ojos ya no queda rastro de deseo—. Con Lily. Mientras pasabas las noches conmigo… ¿tus días eran así?

Abro los ojos desconcertado y vuelvo a erigir la muralla mientras saco un pañuelo del bolsillo de mi saco y me limpio los dedos. La volteo a ver una vez que recupero la compostura, con la mirada firme.

—¿Acaso importa mi respuesta?

Cincuenta y cinco

Zane

Exhalo al revisar la hora en mi reloj, viendo que ya es tarde. Normalmente a las diez ya estaría en la cama, pero estos últimos días no he logrado llegar a casa antes de las once. La única forma de ignorar a Celeste es no estando cerca de ella. De forma constante me provoca en el trabajo, pelea conmigo sobre los activos, las decisiones de contratación e incluso por detalles mínimos, como el diseño de las diapositivas para las próximas propuestas. No sé si solo lo hace para fastidiarme, pero, si es así, definitivamente lo está logrando.

Tres semanas de matrimonio y ya estoy listo para renunciar a todo si eso significa dejar de pelear. Siempre deja muy claro que me odia y es más fácil lidiar con eso en el trabajo, ya que la oficina me recuerda todo el daño que le hizo a mi empresa. Es irónico que al final terminara en sus manos de todos modos. Es en nuestra casa donde las líneas se difuminan y mi corazón quiere guiarme hacia un camino que no quiero transitar. Me atormenta, cada maldito segundo de cada maldito día.

Me paso una mano por el cabello al entrar a la sala y me detengo en seco al ver que está ahí. Está en el sofá, recostada con un libro en las manos, usando un sexi camisón rojo que se le sube por los muslos. Se me queda viendo. Me enternece que esté leyendo el título más reciente de una saga de novelas de fantasía romántica, de la que también son fans Sierra y Raven. ¿Sabrá que ellas siguen interesadas en la saga? Conseguí copias anticipadas para ambas del libro que Celeste tiene en sus manos. Cuando soborné a la autora, pensé en ella.

Se estremece al ver que me acerco, sin embargo, recoge las piernas para hacerme espacio en el sofá. Vacilo un segundo antes de sentarme y tomar el control remoto. He estado viendo la tele en la sala cada noche, esperando a que ella se duerma antes de irme a la cama. Acostarme a su lado es muy difícil, hace que el arrepentimiento se sienta demasiado pesado y la pérdida, insoportable.

Regularmente, me quedo aquí hasta que el sueño me gana, luego despierto alrededor de las tres de la mañana.

Ella casi nunca sale del cuarto cuando está en casa, no sé por qué vino a leer a la sala esta noche. ¿Descubrió que paso las noches aquí? ¿Es otro intento por fastidiarme? Suspiro mientras cambio los canales, sé que no voy a poder concentrarme en nada, de todos modos, nunca lo hago. Solo puedo pensar en estar con ella en mi cama, deseando que las cosas sean como antes. Finalmente, tomo la laptop para ahogar mis pensamientos en trabajo.

Los pies de Celeste rozan mi muslo y bajo la mirada a su esmalte morado brillante, preguntándome cómo se llama el que trae puesto esta noche. Siempre me ha encantado ese hábito suyo tan tierno de cambiarse el color de las uñas según su estado de ánimo.

Se sobresalta cuando tomo sus pies y los pongo sobre mis piernas para que pueda recostarse como estaba. Ninguno dice nada mientras empiezo a masajearle los pies como solía hacerlo, con mis pulgares haciendo círculos en el arco de su pie. Ella suspira contenta y yo hago todo lo posible por no reaccionar. Durante cinco años no deseé a nadie más, pero hoy la única mujer que mi mente no quiere, es a la que mi cuerpo no puede resistirse.

Veo de reojo que Celeste cambia de página, luego se vuelve a acomodar y sus piernas quedan de tal forma que puedo ver su conjunto de ropa interior de seda. Me muerdo el labio imaginando cómo se oscurecerían si las empapo. Algo retorcido se apodera de mí: la necesidad profunda de demostrarle que me desea, pese a todo el odio que dice tenerme.

Dejo de masajear sus pies y paso mi mano izquierda sobre sus tobillos mientras la otra vuelve a buscar el control remoto. Ella se acomoda y jadea suavemente cuando su pie roza contra mi pene. Me tenso, esperando su respuesta; como esperaba, frota mi pene con movimientos lentos, tan sutiles que hubiera pensado que fue un accidente si no la conociera bien.

Me reclino en el sofá y mi mano izquierda traza círculos sobre las partes de sus piernas que alcanzo, sin prestar mucha atención. Celeste suspira y empuja sus pies más fuerte contra mi pene, demandando mi atención. Volteo y alzo una ceja, provocándola. Si quiere algo, tendrá que pedirlo.

Su mirada se encuentra con la mía y, mierda, quedo encantado. Verla así recostada en nuestro sofá con ese camisón rojo que se adhiere a su cuerpo y la forma de sus pezones visibles a través de la tela... El camisón se le ha ido subiendo poco a poco hasta a las caderas y sus pantaletas están ahora claramente expuestas. No creo que me haya sentido tan tentado antes. Ya se olvidó de su libro, las páginas presionan contra su vientre mientras me mira.

Levanto la mano y la pongo en el respaldo del sillón, dejando que ella decida qué sigue. Involucrarme con Celeste otra vez no me hará bien, pero tampoco puedo resistirme si luce así. Su pie frota mi pene a propósito ahora, casi me duele. Necesito salirme de estos estúpidos pantalones del traje. Necesito que me toque.

—¿Dónde estabas? —pregunta de forma ansiosa—. ¿Dónde estás todas las noches, Zane? Sales del trabajo antes que yo y en casa no te veo para nada.

Aprieto la mandíbula y la encaro, siempre logra que el corazón me duela. La desconfianza en sus ojos es evidente y me lastima, pero también me enfurece. Respiro profundo intentando tranquilizarme y tomo su tobillo con la mano derecha, dejando la otra sobre el sofá. Contiene el aliento cuando llevo su pie a mis labios y beso un costado, luego giro la cabeza hacia ella y deposito otro beso justo arriba de su tobillo.

—Respóndeme —demanda con la voz entrecortada.

Beso de nuevo su piel, subiendo por su pierna.

—No lo haré —declaro antes de girar el torso para reclinarme sobre ella y besar el interior de su muslo. Mi mano toma su rodilla con fuerza mientras mordisqueo su tersa piel—. ¿Quién te crees que eres, Celeste? El que seamos esposos legalmente no significa que tengas algún derecho sobre mí. No te debo explicaciones, ya no.

Su expresión se endurece mientras engancha sus piernas alrededor de mi cintura. En un solo movimiento, se acomoda sobre mí, montándome y con las manos en mis hombros para sostenerse. Su libro cae al suelo en el proceso.

—Te equivocas —me dice de forma amenazante—. Eres mío, Zane. Por los próximos tres años, eres mío.

Sus dedos se enredan en mi cabello y me obliga a mirarla. Su mirada es dominante y desesperada por igual.

La sujeto por la cintura y aprieto con fuerza.

—Te lo advertí —le recuerdo—. Te dije que no te metieras en mis asuntos personales.

La molestia se refleja en su rostro y cada célula de mi cuerpo me grita que me retracte. Sus ojos se llenan de sospecha y comienzan a brillarle por las lágrimas. Me destroza por dentro.

—¿Quién es ella? —pregunta—. ¿Con quién cenas mientras yo estoy aquí, sola en tu casa? ¿Para quién cocinas ahora, Zane?

Una lágrima baja por su mejilla y la detengo con el pulgar. Le tomo el rostro con delicadeza y suspiro, toda mi ira se desvanece de inmediato.

—Siento que me estoy volviendo loca preguntándomelo —murmura; apenas puede hablar.

Apoyo mi frente contra la suya y trago con dificultad, mi corazón está desbocado.

—Los lunes con Sierra, los martes con Lex, los miércoles con Luca y Val, los jueves con Ares y Raven y los viernes con Faye y Dion. Los sábados estás en casa de tus papás, así que me quedo aquí. Y los domingos ceno con mi abuela, quien ya me ha solicitado varias veces que te lleve, pero la he ignorado.

Me mira pensativa, todavía un atisbo de sospecha se asoma en el ámbar hermoso de sus ojos.

—Incluso si cenas con ellos... siempre llegas a la cama hasta muy tarde.

La rabia me recorre la columna y con un movimiento rápido sujeto a Celeste de la cintura y nos volteo. Suelta un gritito cuando su espalda choca con el sofá y me acomodo encima, con mis piernas entre las suyas. Le tomo las muñecas y las sujeto por encima de su cabeza, las llamas del enojo lamiéndome la piel.

—¿Así que piensas que te estoy engañando? ¿Es eso?

Me devuelve la mirada con la misma ira ardiendo en sus ojos.

—No sería la primera vez.

Rechino los dientes y me acerco para morder su labio inferior con ganas de castigarla. Se congela por un momento, luego me besa y entrelaza sus piernas en mi cintura mientras se abre para mí, lamiendo y jugueteando con su lengua. Suelto un gemido y bajo mis labios por su cuello.

—Estás completamente loca, ¿lo sabías? —murmuro mientras le hago un chupetón, deseando poseerla—. Nunca voy a desear a nadie que no seas tú, Celeste. Nunca lo he hecho.

Presiono mi pene contra ella y me levanto lo suficiente para mirarla.

—¿Sientes eso, Celeste? ¿Sientes lo duro que me pones incluso cuando me sacas de quicio? —Se muerde un labio y se ve sorprendentemente vulnerable—. Solo tú me haces esto, Celestial. Solo tú. No importa en qué faceta de nuestras vidas estemos, no importa qué esté pasando entre nosotros o cuánto te odie; siempre voy a desearte solo a ti.

Le he dicho esto miles de veces. Hace cinco años le rogué que me creyera, repitiendo las palabras una y otra vez. Me juré que jamás volvería a hacerlo cuando ella se fue; sin embargo, aquí estoy, desesperado por hacer desaparecer sus inseguridades. Odio el poder que tiene sobre mí. Maldita sea. Odio la forma en que aún la amo, pese a todo.

Suelto sus muñecas y paso una mano por su cuerpo, agarrando sus pechos. Ella ahoga un grito y me acerca más, pasando sus dedos por el contorno de mi cara y llevando mis labios a los suyos con una desesperación renovada. Cuando me besa, un gruñido escapa de mis labios y sus piernas se aprietan más alrededor de mi cintura, mostrándome que me quiere más cerca. Sus manos exploran mi cuerpo, jalando primero mi corbata y luego desabrochándome el pantalón. Succiono su labio entre los dientes mientras saca mi pene y lo sujeta firmemente con la mano.

Me separo un poco para mirarla, sosteniéndome en mis antebrazos. No deberíamos hacer esto, pero no puedo parar, no cuando me mira como si necesitara que le demostrara algo. Se quita la ropa interior y pone mi pene justo donde lo quiere.

Inhalo bruscamente cuando siento su humedad y calor, sin resistirme a meter la punta. Gime tan hermoso. Sus ojos no dejan de mirarme mientras me meto algunos centímetros más; mi cuerpo y mi mente están en guerra.

—Por una vez tienes razón en algo, Celeste. —La curiosidad brilla en sus ojos antes de ser reemplazada por la lujuria al entrar más en ella—. Siempre he sido tuyo —susurro y empujo aún más para entrar profundo dentro de mi esposa.

Cincuenta y seis

ZANE

—No —Celeste cruza los brazos y se recarga en el respaldo de su silla, mirándome fijamente—. Quiero mantener ese hotel en nuestro portafolio. Esto es una fusión, no puedes tomar las decisiones tú solo, lo haremos ambos.

Imito su postura y la miro fijamente. Nada ha cambiado entre nosotros desde aquel momento que compartimos en el sofá hace unas semanas. Yo sigo llegando tarde y ella no ha vuelto a decir nada al respecto; ambos fingimos que esa noche nunca pasó.

Ahora me es más fácil leerla. Me tomó un tiempo darme cuenta, pero ahora entiendo que cuando paso demasiado tiempo sin darle algo más que mi yo profesional, se agita y empieza a discutir conmigo en el trabajo. Poco después de haber dormido juntos, trabajamos de forma eficiente, como antes, cuando pensaba que construiríamos un maldito imperio. Aunque, si pasan las semanas y no tenemos una conversación personal o nos vemos poco en casa, su actitud cambia y comienza a desafiarme solo para conseguir una reacción. Antes me frustraba que fuera tan difícil trabajar con ella, pero ahora me divierte. Quiere mi atención y ni siquiera se da cuenta, tampoco lo admitiría jamás.

—Sí tengo derecho a decidir yo, ya que soy quien financia tu mugriento hotel que solo genera pérdidas —le respondo.

Se pone de pie y se inclina hacia adelante, apoyando las palmas en el escritorio. Se ve tan hermosa cuando sus ojos brillan así, con su largo cabello rizado enmarcando su figura. Hoy trae puesto un vestido negro y toda la mañana me he estado preguntando qué llevará debajo.

—Hasta donde sé, soy tu esposa —protesta amenazadoramente. Me encanta cuando me recuerda ese pequeño detalle y lo hace más seguido cada vez—. Lo que es tuyo es mío y yo estoy financiando esto.

Reprimo una sonrisa.

—No, sin mi firma, no lo haces.

Le da la vuelta a su escritorio, dejándome admirar sus largas piernas; carajo, se verían tan bonitas abiertas sobre mi escritorio. Su mirada cambia cuando se da cuenta de que la estoy viendo, así que controlo mi expresión, rehusándome a darle lo que busca. Cada día se vuelve más difícil mantener la distancia, pero hoy no será el día en que fracase.

—Pasaré por encima de ti —amenaza poniendo su rodilla entre mis piernas, en el borde de mi asiento. Estoy tan tentado a tomarla y hacer que se monte en mi pene con ese vestido tan seductor, pero no lo hago.

—Inténtalo. No te van a gustar las consecuencias. No he tocado ninguno de los bienes que me has dicho que tienen un valor sentimental para ti, pero este quieres quedártelo solo porque sí. No lo voy a permitir.

Pone sus manos en mis hombros y me reclino, no hago nada excepto verla, resistiendo las ganas de agarrarla de la cintura. Le molesta que no la toque, así que me gusta molestarla y verla antagonizarme y abalanzarse sobre mí. Pasa sus manos por mi cuerpo, supuestamente por el enojo, y entre más me resisto a tocarla, más furiosa se pone. Es hermoso.

—O sea que si te digo que tiene valor sentimental, me vas a dejar quedármelo.

Mis ojos centellean. Sabe exactamente lo que está haciendo, mi loca esposa. Desliza su rodilla hacia adelante hasta que roza mi pene.

—¿Me dejas quedármelo, Zane?

Me peino el cabello con una mano, sin poder esconder lo duro que me pone cuando empuja su rodilla así contra mí. Sonríe victoriosa y, por un momento, me pregunto si podríamos lograrlo después de todo. Aún me desea, eso es claro. ¿Hay alguna forma de que superemos el pasado como nuestros abuelos esperan? ¿Podemos aprender a confiar uno en el otro de nuevo? Ella casi destruye todo lo que construí y apenas sobreviví.

—No —le aseguro. Pongo mi mano en su cintura y suavemente la alejo.

Se muestra confundida y una pizca de molestia se asoma en sus ojos.

—¿Por qué? Si lo restauramos, fácilmente podría rendir buenas ganancias.

Sacudo la cabeza y alejo mi silla, creando más distancia entre nosotros. Su expresión se cierra y se cruza nuevamente de brazos, pero hay cierta debilidad en su postura.

—Incluso así, hay mejores cosas en las que podemos invertir. Esa propiedad ya no encaja con nuestra marca, por lo que tendríamos ganancias más altas si invertimos en algo más. Lo sabes tan bien como yo, Celeste.

Recorre mi rostro con la mirada, estudiándome con cuidado.

—Tienes razón —acepta, lo que me sorprende. Se alisa el cabello con una mano y toma aire de forma temblorosa, cerrando los ojos por un instante. Cuando los vuelve a abrir, su expresión es neutra, profesional, la misma que usa con todos los demás. Eso me duele en el corazón y me hace preguntarme si así se siente ella cuando yo lo hago.

—Lo siento, Zane —se disculpa y deja caer sus brazos a los costados—. No sé en qué estaba pensando.

No tengo claro si se está disculpando por la mala inversión o por la forma en que me tocó. Quizá por ambas cosas.

Da un paso hacia atrás y se da la vuelta, la sujeto de la mano para detenerla. Celeste se queda paralizada y me mira por encima del hombro, arqueando una ceja.

—Puedes quedártelo —le digo, las palabras se escapan de mis labios antes de que pueda pensarlas bien—. El hotel. Si lo quieres, es tuyo.

Parpadea desconcertada, luego pone la sonrisa más grande transformando su rostro y algo parecido a la esperanza brilla en sus ojos. Maldita sea. Me rendí otra vez. En esta batalla de voluntades siempre perderé, porque significa verla sonreír así.

—No —replica con un tono jodidamente dulce—. Está bien. Tienes razón, Zane. No es una buena inversión. Deberíamos deshacernos de él.

Le devuelvo la sonrisa y mi corazón late más rápido que hace un momento. Ella es una potente adicción que apenas logré superar la primera vez. Celeste es peligrosa para mí. Mierda, por más que lo intente, esta es una batalla perdida.

Suelto su muñeca cuando suena mi teléfono, frunciendo el ceño al contestar.

—¿Bueno?

—Zane —dice Clara. Miro a Celeste, cuyo rostro refleja curiosidad—. Me debes una disculpa.

Abro los ojos de par en par y sujeto el teléfono con ambas manos.

—¿Qué pasó? —le pregunto a mi suegra, ligeramente espantado—. ¿Qué hice?

—Has estado casado con mi hija por más de dos meses y no has venido a las clases de cocina de los sábados a las que te he invitado. Si escucho otra de tus extrañas excusas, iré por ti hasta tu casa para sacarte arrastrando. ¿Está claro?

Me aclaro la garganta y me enderezo en la silla, girándola un poco para alejarme de Celeste.

—Te juro que me estoy enterando por primera vez de estas invitaciones —explico, ansioso por calmarla—. Nunca rechazaría una invitación de ese tipo. Siento mucho que haya pasado esto.

Clara guarda silencio un momento y luego resopla.

—Celeste no te lo dijo, ¿verdad?

—No, me temo que no.

Clara suspira.

—¿Está contigo?

—Sí.

Se ríe y me contagia su risa.

—Muy bien. Veamos qué excusa se inventa esta vez. Mi hija está a punto de descubrir lo que pasa cuando me miente. Espero que vengas este sábado y que te quedes a dormir. ¿Entendido?

Me río y miro por la ventana, imaginando esa expresión enojada y maternal en su rostro. La extrañaba. Cuando Celeste y yo salíamos, ella era lo más parecido a una madre para mí; aunque me cuesta admitirlo, esperaba que pudiéramos reparar nuestra relación.

—Entendido —aseguro—. Nos vemos el sábado.

Clara cuelga y Celeste se me queda viendo con los brazos cruzados. Observo a mi esposa, noto la ira y la inseguridad en su mirada. Esta es la razón por la que lo nuestro nunca podrá funcionar. Cuando terminamos, destruimos la base sólida que nos definía.

Cincuenta y siete

Celeste

—¿Qué pasa, cariño? —pregunta mi mamá con curiosidad. Niego con la cabeza mientras pelo lo que tiene que ser la centésima papa. Hoy me está haciendo trabajar más que nunca y con cada papa que pelo me pongo de peor humor.

—Sí, estás más irritable de lo habitual —comenta Archer en la videollamada. Él está en su cocina.

—No pasa nada —respondo bruscamente. No puedo dejar de preguntarme dónde está Zane ni con quién habló por teléfono hace unos días. Sonaba tan dulce, tan cariñoso. Los sentimientos que eso despertó en mí fueron algo sin precedentes. No eran celos, me hizo sentir como una intrusa, supongo. Su voz emanaba un genuino cariño por la otra persona, eso me puso en mi lugar más que cualquier otra cosa.

Me sentí patética, parada ahí, escuchando una conversación que no era para mis oídos. Desde entonces, un sinfín de teorías disparatadas rondan mi mente. Él sigue diciéndome que nunca me engañó, que nunca lo haría; sin embargo, tengo pruebas de lo contrario. Sé que lo hace de nuevo y siento que me estoy perdiendo a mí misma en mi afán por descubrir de quién se trata. Tengo miedo de desearlo, de cegarme a las señales otra vez. Todo esto me está volviendo loca.

Me recupero al escuchar que la puerta se abre y entra papá, se ve muy jovial. Zane viene justo detrás de él, cargando otro saco de papas, lo que hace que se me resbale el dedo. Suelto un grito de dolor cuando el pelador presiona mi piel y me corta. Una pequeña gota de sangre brota en la punta de mi dedo y Zane deja caer el saco que sostenía.

—Por Dios, Celeste. ¿No puedes ser más cuidadosa? —exclama acercándose a mí, luego toma mi mano, levanta mi dedo y lo chupa. Se nota preocupado.

Me quedo petrificada.

—¿Qué haces aquí? —le pregunto agraviada.

Levanta una ceja y aparta mi dedo para mirarlo, satisfecho de que la sangre haya parado.

—Cuando mi suegra me exige que la visite, obedezco. A diferencia de ti, tengo un nivel saludable de autoconservación.

Siento culpa, sin embargo, rápidamente entiendo la situación y me siento aliviada. Me sonríe con complicidad y, en respuesta, lo fulmino con la mirada. Lo sabía, ¿verdad? Sabía que me pondría celosa. Zane se inclina y sus labios rozan mi oído.

—Será mejor que lo pienses dos veces antes de meterme en problemas con tu madre otra vez —me advierte y roza mi lóbulo con los dientes.

—¡Oye! —grita Archer—. Aléjate de mi hermana, idiota. No hagas esas cosas en mi casa.

Zane se aparta y pone el audio de Archer en silencio, haciendo reír a mamá.

—Zane activa el audio de tu cuñado —lo regaña y pone su mano alrededor del brazo de Zane, con una mirada indulgente.

Papá simplemente frunce el ceño mirando la pantalla y niega con la cabeza.

—¿Todo este tiempo pude haberlo silenciado? —pregunta con sorpresa.

Archer se ve enfurecido en la pantalla, probablemente maldiciendo a Zane sin parar. Estallo en una carcajada y mi corazón se siente rebosante de algo que no sentía desde hace mucho: felicidad.

Zane me mira asombrado y rodea con su mano mi cintura, me ofrece una sonrisa dulce. Me recuesto en su pecho sin pensarlo, quiero saborear este momento. Se siente como antes, una vez que mis padres aceptaron nuestra relación y veníamos todos los sábados. No me había dado cuenta de cuánto la extrañaba, esta sensación de tranquilidad.

Mamá pone los ojos en blanco cuando Zane ignora su orden y desactiva el silencio de Archer.

—Ni una palabra —le advierte a Arch, quien aprieta los labios y se nota visiblemente molesto. De reojo veo que Zane le sonríe a mi hermano, lo que acelera mi corazón. Sé que Archer salió herido por la forma en que se rompió su amistad, pero verlos así me hace preguntarme si algunos daños pueden repararse con el tiempo. Despierta en mí una esperanza que quizá no debería sentir.

—Déjame hacer esto —me pide Zane quitándome el pelador. Lo miro, estoy de vuelta en la Tierra. Un deseo poderoso y rápido me sacude; me pregunto si Lily tenía razón cuando dijo que no hay nada que yo no le perdonaría a Zane.

—No —interviene mamá—. Tuvo el descaro de mentirme e inventar excusas sobre estas invitaciones, así que pelará todas y cada una de las papas de esta casa.

Abro la boca sorprendida y levanto una de mis papas mal peladas.

—¿Entonces es culpa de él que tenga que hacer esto? —pregunto indignada y azoto la papa en la mesa, mirando a Zane furiosa. Él sonríe y su expresión me dice que no le afecta mi enfado, que hasta se está divirtiendo.

—No —exclama mamá—. Es culpa tuya. Debí haberme dado cuenta cuando me dijiste que no podía venir porque tenía que recoger fertilizante fresco de granja para su observatorio.

Zane levanta una ceja y aprieta mi cintura, jalándome más cerca mientras inclina la cabeza hacia mí.

—¿Qué diablos, Celeste? —me dice en voz baja, aunque no tan baja, ya que mamá asiente y pone ambas palmas en la barra.

—Sí. Me dijo que tenías tus propias vacas y que tú…

—Está bien, yo las pelo —interrumpo levantando una papa—. Las voy a pelar, ¿de acuerdo? Todas.

Archer estalla en carcajadas y veo a mi papá esforzarse por contener una sonrisa también. Ya me estaba quedando sin excusas para explicar por qué Zane no me acompañaba y como mi mamá nunca cuestionaba mis respuestas, me puse un poco creativa. Nunca, ni en un millón de años, pensé que esto saldría a la luz.

—Cariño —murmura Zane con voz baja, pero amenazante—. Dime que no insinuaste que no podía venir porque estaba demasiado ocupado recogiendo mierda de vaca.

Toso de manera incómoda, con las mejillas ardiendo.

—Nunca diría eso —respondo viéndolo de frente, me esfuerzo por parecer inocente. Recorre mi rostro con la mirada, se detiene un momento en mis labios antes de regresar a mis ojos. Me ve como solía hacerlo, como si yo fuera adorable. Que me vea así acelera mis latidos.

—Por supuesto que lo dijo —asegura papá. Abro la boca sorprendida.

Aparto la vista de Zane para fulminar con la mirada a mi padre.

—Papá —resoplo con un dejo de traición. Él nada más se ríe y yo sonrío involuntariamente, asombrada por su buen humor. Nuestra relación se volvió tensa cuando me comprometí con Clifton, pero parece que volvió a la normalidad, aunque no entiendo bien por qué. De entre los dos, Zane es con quien menos debería llevarse bien, pero no parece el caso.

El hombro de Zane roza el mío mientras toma una papa y la pela sin esfuerzo. Le lanzo una mirada molesta cuando me doy cuenta de que es mucho más rápido y mejor que yo en esta tarea. Él se sonríe y me mira de forma afectuosa. No me había mirado así en años y provoca que el corazón me duela de una forma extraña.

Durante unos minutos, trabajamos juntos en silencio. Una vez que nos quedamos sin papas, me doy cuenta de que mis papás nos miran furtivamente cada pocos segundos, con evidente curiosidad.

—¿Qué tal un trago antes de la cena, Zane? —le pregunta papá.

Hay algo que se comunican entre ellos sin decirlo abiertamente. Zane deja el pelador y se nota que sus hombros se tensan.

—Por supuesto —responde forzando una sonrisa.

Frunzo el ceño mientras veo a mi esposo alejarse, la curiosidad me invade.

—Déjalos —advierte mamá y me alcanza otra papa. La tomo sin decir palabra, pero una ligera inquietud me recorre la espalda mientras me pregunto qué habrá sido eso.

Cincuenta y ocho

Zane

—Deberíamos irnos —dice Celeste y se levanta del sofá. Hemos estado jugando cartas en internet para que Archer también pueda participar.

—No —dice Clara arqueando una ceja—. Te quedarás a dormir.

Los ojos de Celeste se clavan en los míos y revelan cierta incomodidad, como si sintiera lástima por mí.

—Oh, este... no creo que sea buena idea —dice vacilante—. Zane tiene planes mañana.

Mi suegra voltea a verme de una forma en la que me desafía a romper mi promesa.

—Te vas a quedar, ¿verdad? —pregunta con tono cortante.

—Sí, señora, como acordamos.

—¿Y no tienes planes, verdad?

Niego con la cabeza.

—No hasta la noche. Tengo que ir a cenar a casa de mi abuela, pero fuera de eso, estoy libre.

Clara cruza los brazos y con una ceja levantada fulmina con la mirada a Celeste. Contengo una sonrisa cuando mi esposa me lanza una mirada de desesperación. Me encojo de hombros, sin olvidar la historia de la mierda de vaca.

—Ahora que lo pienso —dice Clara—, tengo un montón de cebollas que hay que pelar. Creo que sería una excelente tarea para mañana, Celeste, ya que no tienes planes ni nada.

Deja caer los hombros, derrotada, y me lanza una mirada de odio que me excita.

—Sí, mamá.

—Lleva a Zane arriba —ordena Clara—. Trabajó muy duro hoy, ayudando con la preparación de los ingredientes. Seguro que querrá descansar un poco. Después de todo, el congelador estará lleno por meses gracias a él.

Celeste se queda boquiabierta mirando a su madre y hace un gesto con la mano encolerizada. Todos saben que ella hizo la mayor parte del trabajo. Me enternece su expresión ofendida, pues se ve adorable, con las mejillas maravillosamente sonrojadas.

—Un placer —le digo a Clara mientras me levanto, echando más leña al fuego.

Celeste me mira fúrica antes de salir de la sala, le sonrío y la sigo. Está particularmente adorable esta noche. Me lleva arriba y mi sonrisa se desvanece al recordar todas las veces que he estado aquí antes: cada beso robado, todo el ir y venir a escondidas porque no podíamos estar alejados ni una sola noche.

Instintivamente, giro a la derecha hacia el cuarto de huéspedes al llegar arriba, pero ella me toma de la muñeca y me ve a los ojos.

—Estamos casados —susurra y me lleva a su dormitorio.

Alzo una ceja, recordando la mirada escrutadora de su padre y las incontables inspecciones sorpresa que hizo durante las primeras semanas, preocupado de que estuviera cogiéndome a su hija a sus espaldas, lo cual sí estaba haciendo.

El corazón me retumba en el pecho mientras la sigo en silencio hasta su cuarto, los nervios se asientan en mi estómago. Desde que nos casamos, no he ido a la cama al mismo tiempo que ella. Hay algo en ese acto que se siente demasiado íntimo; de por sí ya es bastante difícil mantener los límites entre nosotros estos días.

Voltea a verme por encima del hombro mientras me guía, con su mano envuelta alrededor de mi muñeca, como si tuviera miedo de que no la siga si me suelta. La puerta se cierra detrás de nosotros y mis ojos enfocan mi mochila sobre su escritorio. La había puesto en el cuarto de huéspedes cuando llegué, pero alguien claramente la movió. Por la expresión de sorpresa en el rostro de Celeste, no fue ella.

Me recargo en la puerta y cruzo los brazos, sin querer zafando mi muñeca.

—Me debes algunas explicaciones, querida esposa.

Me mira y quedo completamente cautivado por el rubor que tiñe su rostro.

—Yo… eh… ¿de qué?

Entrecierro los ojos y reprimo una sonrisa cuando me lanza una mirada inocente y tierna, tan familiar que duele.

—Mierda de vaca, ¿eh?

—Sobre eso —dice con un tono un poco más aguda—. Yo... eh... puedo explicarlo.

—-Ah, ¿sí? —Ya quiero escuchar qué clase de historia va a inventarse. Este hábito lo aprendió de Sierra: inventar historias disparatadas, pero curiosamente creíbles cuando quiere zafarse de algo. Es lindo que todavía lo haga.

Celeste se ríe nerviosamente y se acomoda un rizo detrás de la oreja.

—O sea, no lo sé... como que tiene sentido, ¿sabes?

Le tomo la mano y la jalo hacia mí antes de girarnos, ahora ella está contra la puerta.

—Ah, ¿sí? —murmuro y mi rostro apenas está separado del suyo. Se siente tan suave contra mí, tan perfecta—. ¿Cómo exactamente tenía sentido que yo comprara vacas solo para recolectar estiércol fresco?

Reprimo con todas mis fuerzas lo divertida que me parece esta situación, pero, carajo, es difícil. Así fue como me enamoré de ella la primera vez y siento que me está pasando de nuevo.

—¿Qué otras mentiras le dijiste a tu mamá sobre mí, eh?

Ella intenta no reírse, pero fracasa. Suelta una carcajada que no puede contener y el sonido de su alegría acelera mi corazón. Rodeo sus muñecas con mis manos y las levanto sobre su cabeza, sonriendo sin poder evitarlo.

—¿Se te hace chistoso, eh?

Asiente y siento su pecho presionándose contra el mío. Su respiración es tan agitada como la mía y, por unos segundos, es fácil existir en este momento.

—Le dije que tú seleccionas todo el estiércol personalmente y que tienes un proceso específico para elegir el que llevarás a tu invernadero.

Suelta una risita y apoyo mi frente en la suya, liberando mi sonrisa por fin.

—Estás loca.

Mi nariz roza la suya y su risa se va apagando mientras su respiración se entrecorta. Se estremece y voltea el rostro, haciendo que sus labios rocen los míos antes de apartarse. Pareciera que hizo el movimiento por instinto, pero luego se detuvo a tiempo. Trago saliva con mis labios todavía flotando sobre los suyos. Sería tan fácil besarla; mierda, no podemos seguir haciendo esto. Nunca podré alejarme de ella si sigo cediendo.

Suelto sus muñecas y doy un paso hacia atrás, pero antes de que pueda poner más distancia entre nosotros, su mano se enreda con la mía, impidiéndome que me aleje. Miro nuestros dedos entrelazados antes de alzar la vista para encontrarme con su mirada. Está llena de una profunda necesidad, que estoy desesperado por satisfacer y, a pesar de mis intentos, no puedo mirar a otro lado.

Celeste da un paso hacia mí, cerrando la distancia que yo había creado. Su mano libre sube por mi pecho y alrededor de mi cuello, su mirada me suplica mientras se para de puntitas. Exhalo con dificultad cuando sus labios rozan los míos, una vez y luego otra, después sube su mano a mi nuca y agarra mi cabello. Suelto un quejido placentero cuando me besa despacio, sus caricias son tiernas y llenas de aflicción. No me puedo resistir a ella, nunca podré. Meto una mano entre sus rizos y la beso de vuelta, ella gime y mi tacto se vuelve brusco, está impregnado de enojo. Incluso después de tantos años, no puedo negarme a ella y eso me vuelve loco.

La mano de Celeste me suelta y se hace hacia atrás para mirarme, luego pone sus palmas sobre mi pecho, dejándome sentir su calor a través de la tela de mi camisa. Inhalo nervioso cuando sus dedos se posan en el botón de hasta arriba y lo desabotona. Su mirada se llena de fuego. Estoy hechizado. Ella sigue desabotonando mi camisa, botón tras botón. Mi corazón late desenfrenado.

Salgo del trance hasta que va a la mitad, entonces, mis manos toman las de ella, dejándolas quietas.

—No sabes lo que estás haciendo —susurro con voz temblorosa, ella alza la mirada y sus hermosas pestañas enmarcan sus ojos.

—Sí lo sé —asegura, pero no tiene idea. Suelto sus manos y termina de desabotonarme la camisa. Cuando queda abierta, ella pone su mano en el centro de mi pecho y me acaricia bajando lentamente.

Celeste inhala nerviosa y toma el cuello de mi camisa para quitármela, pero se congela a la altura de los hombros al ver el tatuaje que tengo en el corazón, el que le he estado escondiendo. Sus ojos se abren al máximo al ver la imagen de la diosa que se le parece demasiado, con alas sombrías y rasgadas.

—¿Qué es eso? —susurra trazando las líneas de mi tatuaje con las yemas de los dedos.

—Mi peor error.

Su mirada agónica salta a la mía y pasa su mano por mi cuello. Titubea un segundo y luego me acerca a su rostro, con sus labios por fin encontrando los míos. Un gemido escapa de mi garganta al tomar lo que me ofrece, ignorando cada señal de alerta.

La tomo de la cintura para levantarla, necesito tenerla más cerca y ella abraza mis caderas con sus piernas de inmediato. Sus dedos revuelven mi cabello mientras me besa, tocándome impaciente, con desesperación.

Su cuerpo se mueve contra el mío y se abre para mí, diciéndome todo lo que ella no puede. Me arranca la camisa mientras la cargo y llevo a la cama al tiempo que mis manos se deslizan por debajo de su vestido. Ella me aprieta entre sus piernas y alza los brazos, ayudándome a quitárselo.

—Mierda —gruño al ver el hermoso encaje blanco que trae. Sus labios vuelven a encontrarse con los míos y la toco con urgencia, como si nada más importara.

Me siento en su cama con ella en mis piernas y ella me empuja hacia atrás, su mirada regresa a mi tatuaje.

—Así que por eso nunca te desnudas por completo —susurra mientras se inclina a besar mi pecho. Inhalo de forma abrupta y agarro sus nalgas, masajeándolas, provocándola con movimientos bruscos. Celeste continúa besándome, lentamente subiendo por mi pecho, como solía hacerlo. Es jodidamente intoxicante. Mordisquea una parte sensible de mi cuello y yo gimo, completamente perdido.

Lo hace otra vez y meto mi mano en su cabello, tomando toscamente un puñado de sus rizos.

—Te encanta provocarme —la encaro, pero ella se ríe y se incorpora, con las piernas abiertas sobre mi abdomen. Puedo sentir lo mojada que está a través de su ropa interior, lo que me está enloqueciendo. Celeste me ve a los ojos, su mirada está llena de ternura y un anhelo que se extiende más allá de lo físico.

Me mira fijamente al tiempo que desabrocha el brasier, dejando que caiga en la cama. Carajo, la miro fijamente, hipnotizado, y por la mirada en sus ojos sé que sabe exactamente lo que hace.

La agarro y nos volteo impaciente, disfrutando el grito ahogado que suelta cuando su espalda queda sobre la cama. Se muerde un labio cuando siente que tomo el resorte de su pantaleta y su respiración se detiene cuando lentamente la bajo y se la quito. Cinco años y no creo nunca haberla deseado más.

Respiro hondo cuando por fin la tengo completamente desnuda por primera vez en años. Absolutamente etérea, mi hermosa Celestial.

—Tú también —me ruega; sonrío y me quito de prisa los pantalones, aventándolos sobre su ropa antes de hincarme entre sus piernas.

Mi esposa gime al ver mi erección, lo que me llena de satisfacción, luego pone sus piernas alrededor de mi cintura y me jala hacia ella.

—Qué impaciente —murmuro, pero me dejo llevar y me pongo sobre ella, empujando de forma incitadora.

Ella se retuerce bajo mi cuerpo y sus manos recorren mi espalda.

—Por favor —me ruega y pongo mi frente en la de ella. Pasa sus manos por mi cabello y acerca mi boca a la suya; su tacto es casi reverencial. La beso despacio, moviéndome contra ella y empapando mi pene con su humedad. Sus piernas se enredan en las mías y gime cuando la penetro, haciéndola mía con fuerza.

—Qué vagina tan perfecta —suspiro contra su boca. Ella mueve sus caderas de una forma que me arranca un gemido.

—Sí, así —casi grito sujetándola fuerte de los muslos.

Celeste sube sus caderas y nos voltea de una forma que no esperaba. Se ríe poniéndose encima de mí. No deja de mirarme mientras toma mi pene y se sienta lentamente en él. Pone una expresión de éxtasis que casi hace que me venga.

—Móntame —le ordeno—. Móntate en tu esposo, Celeste, cógeme.

Sus músculos me aprietan fuerte en respuesta y yo gimo desesperado por ella. Comienza a moverse encima de mí y una mirada de posesividad cruza su rostro; en este momento, es que lo entiendo. Estoy sentenciado, porque incluso después de todos estos años, de todo el dolor y la decepción, sigo deseándola tanto como siempre. Este sentimiento nunca desaparecerá. Siempre será ella.

Cincuenta y nueve

CELESTE

Zane me abraza y me acerca más a él en medio del sueño. Pongo mi cara contra su pecho, paso las yemas de mis dedos sobre las líneas de su tatuaje... Soy yo, suspiro de felicidad. Cuanto más lo miro, más obvio se vuelve. ¿Qué estaba pensando cuando se lo tatuó en el corazón?

No sé qué soy para él... parece haberme representado como una diosa, pero las alas negras me hacen parecer un ángel caído. Este tatuaje debe tener por lo menos un par de años, lo que me genera más preguntas que no me atrevo a formular.

Ya no me siento consumida por el duelo; sin embargo, estar cerca de él de esta forma es más confuso que nunca. Me hace dudar cada vez que me mira como si me extrañara, cada vez que intenta poner distancia entre nosotros a pesar del anhelo evidente. A medida que pasa el tiempo, su ira y su odio parecen haberse desvanecido; en su lugar, solo queda un profundo dolor arraigado en su mirada.

No entiendo bien lo que pasó entre nosotros, pero siempre que hablábamos del tema mi mente estaba secuestrada por la tristeza como para prestar atención. Todas las veces que lo hablamos, y fueron muchas, él negó las acusaciones de Lily; aunque el diario de ella era evidencia de lo contrario. Al día de hoy, se niega a admitir lo que Lily me confesó en King's Bridge; ya no siento la misma certeza que antes. Empiezo a tener dudas y, con ellas, culpa. Deseo con todas mis fuerzas que las palabras de Zane sean verdad, pero, si lo son, significa que mi mejor amiga me mintió y eso no puede ser. Lily no me hubiera mentido para luego quitarse la vida. No tiene sentido.

La mano de Zane desciende por mi cintura, suspira, y comienza a moverse. Sus párpados se abren lentamente, me sonríe. Mi corazón late descontrolado y mi respiración es entrecortada; deseo que este momento dure para siempre, aunque sé que no es posible.

Parpadea unas cuantas veces antes de incorporarse y se echa para atrás el cabello con una mano, tiene las sábanas amontonadas a la altura de la cintura. Observa mi cuarto de la infancia y el rastro de ropa que dejamos. Cierra los ojos y veo cómo su cuerpo entero se tensa, cada gota de ternura comienza a evaporarse mientras su escudo vuelve a su sitio.

Lo extraño. No me había dado cuenta de cuánto hasta anoche.

—Zane —murmuro sentándome sin soltar las cobijas para cubrirme.

Voltea a verme con una mirada difícil de interpretar.

—Deberíamos volver a casa —señala—. Tengo que hacer algo de trabajo antes de ir a casa de mi abuela.

Es extraño escucharlo tan distante, después de cómo me miró anoche. Se ve que está arrepentido; suspira y se voltea para abandonar la cama. Lo sujeto del brazo, dejando caer las sábanas y revelando mis senos mientras lo detengo. Su cuerpo se estremece y su mirada, levemente irritada, baja a mis manos.

—Voy contigo —le digo—. A casa de tu abuela.

Mis palabras lo toman por sorpresa y sus hombros se relajan.

—¿En serio?

Asiento con la cabeza.

—Mencionaste que cada vez se te hace más difícil inventar excusas, ¿no? Pienso que no podemos pasar los próximos tres años así. Yo... creo que sería mejor si...

Los nervios me atizan y él arquea una ceja, esperando que termine la frase.

—Fingimos —digo por fin, incapaz de encontrar las palabras para todo lo que pienso y siento.

—¿Si fingimos?

—Nuestras familias están preocupadas por nosotros, así que pensé, bueno, ¿no sería más fácil si les mostramos lo que quieren ver? Aprecio lo que hiciste ayer por mí con mis padres, así que me gustaría hacer lo mismo por ti. Sé que te cuesta creerlo, pero no quiero estar peleando contigo todo el tiempo.

Zane exhala y estudia mi rostro detenidamente.

—Celeste, no lo sé. Supongo que no es una mala idea —comenta mientras alcanza el edredón y me cubre los hombros, ocultando mi cuerpo de su vista—. Tres años es mucho tiempo y lo último que quiero es preocupar a todos los que nos rodean. Es solo que...

Aparta la mirada y se pasa una mano por el cabello, revolviéndolo. Desvío los ojos de su torso, sintiéndome extrañamente alterada. Este momento se siente tan íntimo, incluso después de todo lo que hicimos anoche.

—¿Qué pasa? —pregunto.

Respira hondo y se recuesta de nuevo, con sus ojos fijos en los míos.

—Lastimaste a mis hermanos más de lo que podrías imaginar. Nunca les conté lo que me hiciste, Celeste, porque no pensé que pudieran soportarlo. Su cariño era real y tú los abandonaste. Entiendo por qué lo hiciste, pero ellos no. Desde su punto de vista, terminamos de la peor manera y tú los arrancaste de tu vida, pese a que te buscaron para no romper el vínculo. Lo habrían hecho, ¿sabes? Te querían tanto que habrían seguido ahí para ti, aunque me hayas roto el corazón, porque ellos nunca supieron los detalles ni cómo me traicionaste.

El dolor me inunda y me muerdo un labio, no puedo verlo a los ojos. Hay tantas cosas que lamento de lo que hice hace cinco años y haberlos lastimado está en el primer lugar de mi lista.

—Me preocupa traerte de nuevo a sus vidas, porque en tres años volverán a perderte. No quiero que te consideren mi esposa o parte de la familia. Ese lugar, algún día, le pertenecerá a alguien más. Cuando finalmente encuentre a la persona con la que quiera pasar mi vida, no quiero que ella tenga que hacerse espacio en tu lugar.

La desolación atraviesa mi corazón, se me hace imposible respirar. Las palabras de Zane suenan en mi mente una y otra vez. La idea de otra mujer en nuestro hogar, en su cama… me destroza. ¿Así se sintió Lily cuando supo que nos íbamos a casar? Ahora lo entiendo.

Apenas soporto esta agonía. En mi caso, la mujer de su futuro ni siquiera tiene rostro. No es alguien a quien conozca y quiera.

—Entiendo —le digo con un hilo de voz.

Me salgo de la cama, sin importarme el aire frío que golpea mi cuerpo, en un intento desesperado por alejarme de él antes de romper en llanto. Me es imposible no desear esto con él. Cada día se vuelve más difícil vivir en el pasado, con todo el odio. Solo quiero perderme en él, en los momentos de felicidad que compartimos. No me he sentido completa desde que nos separamos y quiero volver a sentirme así. Quiero todo lo que solíamos tener, todo lo que éramos.

Zane me abraza de la cintura antes de que pueda dar otro paso. Dejo escapar un jadeo cuando me arrastra de nuevo a la cama, mi espalda choca con su pecho. Me sostiene con fuerza y apoya su frente en mi hombro, su respiración está descontrolada.

—Olvídalo, deberías venir —susurra con un dejo de aflicción en su voz—. Te llevaré conmigo.

Mi corazón se detiene un instante y la esperanza crece en mi interior mientras cierro los ojos.

—No —replico—, tienes razón. No es mi lugar.

Resopla y me sujeta más fuerte.

—Vas a venir conmigo —ordena usando un tono de voz que no admite discusión. Me dejo caer contra su cuerpo, con los ojos ardiendo por las lágrimas que no me atrevo a soltar. Esto es lo que Lily temía, que yo lo perdonara y que ella tuviera que presenciarlo. Le juré que no lo haría, pero con cada día que pasa se vuelve más difícil mantener esa promesa.

Sesenta

ZANE

Miro de reojo a Celeste mientras me estaciono frente a la casa de mi abuela. Apenas ha dicho una palabra desde que salimos de casa de sus padres y yo tengo la culpa. Nunca debí decir lo que dije, especialmente no después de la noche que compartimos.

—¿Estás bien? —le pregunto en voz baja.

Levanta la vista hacia mí con una expresión reservada. No me miraba así desde la prepa. Se nota cautelosa e insegura; la verdad, prefiero su odio a esto. Me dolería menos.

—Estoy bien —responde, intentando tranquilizarme. Le creería si no la conociera tan bien.

Exhalo y me giro hacia ella, apartando un rizo de su rostro. Me quedo quieto al ver que se sobresalta y quito mi mano.

—No sé qué hacer, Celeste.

Me quedo inmóvil y nos miramos. Veo desfilar por su rostro una multitud de emociones, cada una diciéndome algo que me cuesta creer. Ya una vez decidí creerlas y pagué el precio.

—No hay nada que puedas hacer —responde—. Entremos. Prometo comportarme. Haré lo suficiente para calmar sus mayores miedos, pero no tanto como para que… —Aparta la mirada durante un momento y respira hondo, como si intentara recuperar el control—. Haré lo suficiente para no caerles mejor que quien venga después de mí. No buscaré su perdón ni intentaré reparar lo que rompí, así que no te preocupes, ¿de acuerdo?

Me dedica una sonrisa tan triste que me dan ganas de ponerme de rodillas y rogarle perdón. El odio y los reproches que nos lanzamos son tan habituales que no pensé que aún pudiera herirla. No pensé que le importara tanto. No sé cómo sentirme al darme cuenta de que estaba equivocado.

Se voltea y baja del coche antes de que pueda decir algo más, así que la sigo.

—¡Celeste! —la llamo.

Se detiene y me mira por encima del hombro, es una imagen de ensueño con ese vestido rosa pálido que lleva puesto esta noche. La tomo del brazo y la jalo hacia mí, haciéndola perder el equilibrio. Choca con mi pecho y rodeo su cintura con un brazo, mientras que con la otra mano acaricio su rostro.

—Cuando entremos ahí, recuerda que eres mi esposa. Justo ahora, en este momento, soy tuyo. Eso es lo único que importa, ¿de acuerdo?

Se inclina hacia mi mano y cierra los ojos por unos segundos.

—Pero no siempre lo serás. No puedes serlo —murmura—, y me haría bien tenerlo presente.

—Celeste —musito apretándola con más fuerza contra mí.

—¿Zane?

Me sobresalto al escuchar la voz de Sierra y la suelto de inmediato. Mi hermana se detiene en seco al ver a Celeste; ambas se congelan, sin saber a dónde mirar. Pongo mi mano sobre su cintura, como un gesto de apoyo y ella se acerca un poco más a mí.

—Oh, ¿por qué está aquí? ¿La abuela te obligó a traerla? —cuestiona Sierra después de un momento.

Celeste apenas se inmuta, pero veo cómo baja la mirada. Hace años que no la veía tan derrotada, lo que despierta mi deseo de protegerla, uno que pensé había enterrado.

—Sierra —advierto—. Estás hablando de mi esposa. Ella también es parte de esta familia.

Mi hermana examina mi rostro, luego mira a Celeste y regresa.

—No digas que no te lo advertí —replica antes de pasar de largo y entrar a la casa, azotando la puerta.

Exhalo y miro el cielo estrellado por un momento, estoy completamente dividido. ¿Qué carajos hago? ¿Por qué demonios pensó mi abuela que este matrimonio sería una buena idea?

—Me voy —me dice Celeste en voz baja—. Tenías razón cuando dijiste que me mantuviera alejada de tu familia, Zane. No sé en qué estaba pensando. Te vi ayer con mis padres y pensé que... —Sacude la cabeza—. Me voy a casa. Mi presencia solo arruinará la cena familiar. Y tienes razón, ¿sabes? ¿Cuál es el punto? En tres años, no estaré aquí. ¿Para qué hacerlos sufrir con mi presencia mientras tanto?

Esbozo una media sonrisa y le tomo la mano.

—Celeste, es solo cuestión de tiempo para que la abuela te obligue a unirte de todas formas. Podemos retrasar lo inevitable, pero no podemos escapar del todo. Ya estás aquí, así que ¿por qué no seguimos adelante… juntos?

Me mira y se ve insegura, al final asiente, pero sé que no está convencida. Le sonrío mientras la guío, rodeando sus hombros con el brazo al entrar. No mentiré diciendo que no estoy nervioso. Mi familia asistió a nuestra boda, pero, aparte de mi abuela, nadie nos felicitó ni se acercó a Celeste más de lo necesario.

Un silencio se apodera del lugar en cuanto entramos. Analizo la reacción de todos. Raven se ve conflictuada, mientras que Val y Faye no saben qué hacer. Ares y Luca se muestran consternados y Lex se ve más que molesto. Dion es el único que la mira con algo de compasión. Sierra tiene la mandíbula trabada y ni siquiera se molesta en levantar la vista de su copa de vino.

—Ven a sentarte, Celeste —la invita la abuela, haciéndonos una seña para que entremos—. Me alegra tanto que hayan podido venir hoy.

Le lanzo una mirada de agradecimiento mientras acompaño a Celeste a su asiento. Es extraño tenerla aquí, justo donde la quise durante tantos años. Mueve el pie nerviosamente mientras nuestro personal sirve la cena, así que coloco la mano sobre su rodilla dibujando círculos suaves en su piel para tranquilizarla. Parece que funciona, pues deja de moverlo y toma su copa de vino. Mira a Raven y Sierra con añoranza, mientras ellas susurran algo sobre el libro que no han tenido tiempo de leer todavía, que es el mismo que Celeste está leyendo. Faye se une a la conversación, diciendo que le está encantando hasta ahora y Val sonríe al decirles que el audiolibro es aún mejor.

—Deberías leerlo, Celeste. ¡Es buenísimo! —comenta Faye intentando incluirla.

Raven y Sierra se tensan, Celeste simplemente asiente en lugar de unirse a la conversación; pensé que lo haría. Su mano tiembla al vaciar su copa de vino. Le aprieto la pierna con suavidad, sin saber muy bien qué hacer. Durante mucho tiempo, deseé que Celeste experimentara las consecuencias del daño que causó, que se hiciera responsable de sus acciones, pero presenciarlo… Quizá me duele más a mí de lo que le duele a ella.

No aparta la vista de su plato en ningún momento ni dice una sola palabra a menos que la abuela le haga una pregunta directa. Carajo, me duele verla así, pero lo que duele aún más es saber que se merece el trato que está recibiendo. No hay nada que yo pueda hacer para reparar sus errores.

Sesenta y uno

Celeste

Mis dedos recorren los bordes del viejo portarretratos, en el cual el rostro radiante de Lily me mira. Hicimos este marco juntas cuando teníamos catorce años; está hecho de conchas de mar que nosotras mismas recolectamos. Esta foto suele calmarme, me recuerda los buenos tiempos; sin embargo, hoy me inspira culpa. Presiono las conchas del marco con fuerza y el corazón me duele. Nunca había tenido tantas dudas o me había sentido tan arrepentida. Estoy cansada de este dolor, de lidiar con él hiriendo a las personas que me rodean.

Mi mente lleva varios días atormentándome con recuerdos de la amistad que compartía con Sierra y Raven. Desde el momento en que se enteraron de nuestra relación, fueron las únicas que realmente nos apoyaron a Zane y a mí, pero ese no es el único motivo por el que las quería. También estaban las risas interminables, los chistes locales, las conversaciones sinceras y que me hacían sentir parte de algo, justo cuando pensaba que nunca pertenecería a su mundo.

Suspiro y cierro los ojos por un momento, sintiéndome inmensamente culpable. Sé que lo que estoy viviendo no se compara con el dolor que sintió Lily; me siento más confundida que nunca. El tiempo ha vuelto más difícil aferrarme al odio y el dolor que me impulsaban al inicio. Cada vez que Zane y yo compartimos un momento de intimidad, me surgen más preguntas. No puedo reconciliar al hombre que conocí con el que Lily me dijo que era, pero tampoco puedo enfrentar lo que implican mis dudas. Me siento completamente perdida, más de lo que jamás imaginé. Observo la foto que tengo en las manos y el dolor no cesa.

—Revisé de nuevo los documentos finales de la fusión —comenta Zane desde el otro lado de la oficina; dejo el portarretratos con cuidado—. Me gustaría vender uno de los hoteles que están en el sur de España. Es diminuto y está en ruinas, honestamente no recuerdo por qué decidimos conservarlo.

Me tenso al instante, caigo en la cuenta de inmediato del hotel al que se refiere. Lo miro decepcionada, incrédula de que no lo recuerde. Cuando comenzamos las negociaciones, acordamos revisar cuidadosamente las propiedades que debíamos conservar para separarlas de las que venderíamos de nuestras respectivas empresas, con el objetivo de mejorar el rendimiento de los mejores hoteles. Zane me pidió una lista de propiedades que no estuviera dispuesta a vender y la que menciona, Alto, estaba en primer lugar. Fue la primera propiedad que mi abuelo me confió por completo y gracias a ella aprendí todo lo que sé. Es cierto que es vieja y que, cuando la empresa sufrió daños financieros, no pudimos mantenerla como se debía. Tengo planes para restaurarla que me entusiasman, pero también estoy cansada de pelear con Zane por todo. El odio que antes veía en sus ojos me emocionaba, porque quería decir que aún le afectaba; ahora solo duele.

—¿Por qué? —pregunto levantándome del asiento.

Toma su tableta y se acerca con aire desafiante.

—Para empezar, es demasiado antigua y el mantenimiento anual es elevado —explica mientras rodea mi escritorio, su cuerpo roza el mío al inclinarse para mostrarme.

Lleva puesto uno de esos trajes de tres piezas otra vez; disfruto recorrerlo con la mirada y detenerme en su pecho. He estado tentada a preguntarle sobre su tatuaje, pero no quiero desencadenar otra gran pelea. Más de una vez me dejó claro que no quería que me entrometiera en su vida privada; al inicio ignoraba sus advertencias, lo que solo hizo que me odiara más.

—Además, no es lo suficientemente lujoso ni está en una zona turística atractiva, así que la ocupación es demasiado baja. Deberíamos deshacernos de él.

Observo las fotos del hotel y el corazón me duele al pensar en todo el potencial que tiene si invirtiéramos en él. Su ubicación lo convertiría en el retiro de lujo perfecto.

—Está bien —murmuro suavemente.

—¿Qué? —pregunta alzando una ceja.

Me le quedo viendo y mi pulso comienza a latir de una forma que solo él provoca. Estar con él es tan confuso. La distancia entre nosotros es vasta, salvo en esos fugaces momentos cuando nos rendimos a la química que siempre hemos tenido. Soy su esposa, pero no se siente así. Fuera del trabajo, apenas lo veo y no hablamos de nada que no sea la fusión.

No tengo idea de quién es hoy en día y él no tiene ningún interés en mostrármelo. La situación debería tranquilizarme, pero mientras más pasa el tiempo, más vacía y decepcionada me siento.

—Véndelo si crees que es lo correcto —respondo sin ánimos, derrotada—. No tiene sentido aferrarse a propiedades que nos están costando solo por los recuerdos.

Zane me observa y coloca su tableta sobre mi escritorio.

—Pensé que lucharías por él. Ese hotel estaba en el primer lugar de tu lista de propiedades que querías conservar.

Mi corazón se estruja y el dolor me recorre como una cuchillada.

—Sabes que significaba algo para mí e incluso así quieres venderlo. —Miro hacia otro lado y mi respiración se entrecorta. Tiene sentido, claro. ¿Por qué debería importarle lo que yo quiera cuando es su negocio el que sufrirá? Desde su punto de vista, ya le he costado suficiente—. Solo deshazte de él, Zane.

—Te guste o no, tienes la misma participación en este negocio. No puedo venderlo a menos que tú también lo apruebes.

Lo miro y noto la incomodidad en su expresión.

—Firmaré —le aseguro y aparto la mirada.

Zane se acerca más a mí y sostiene mi barbilla, obligándome a mirarlo.

—¿Qué te pasa? Llevas así varios días. ¿Se supone que debo creer que, de repente, ya no te importa la propiedad por la que tanto luchaste? ¿Qué está pasando?

Le sostengo la mirada, cansada de fingir.

—¿Importa?

Zane me observa detenidamente, suspira antes de soltar mi barbilla y colocar su mano en mi mejilla.

—¿Y si te digo que sí, Celeste? ¿Me creerías si te digo que me preocupa mi esposa? Hago esto porque pensé que este pequeño hotel te haría reaccionar debido a la importancia que tiene para ti. —Me inclino para sentir más sus manos, la añoranza se apodera de mí—. No sé cómo manejar esta versión apática de ti, Celeste. Quiero a la mujer que pelea conmigo cada segundo del día, la que no suelta algo una vez que se le mete en la cabeza.

Respiro hondo cuando su pulgar roza mi labio inferior, originando una profunda necesidad en mi pecho.

—Pensé que odiabas a esa mujer.

Baja la mano y, al instante, extraño su tacto.

—Yo también pensé que la odiaba.

Sesenta y dos

Celeste

Sonrío nerviosamente mientras sigo al ama de llaves, quien me guía hasta la cocina. Si alguien viera ahora a la abuela Anne, con su delantal blanco bordado amarrado a la cintura y una bandeja de galletas recién horneadas frente a ella, pensaría que es una abuelita inocente y dulce.

—Celeste —exclama—. Gracias por venir.

Hace un gesto para que me siente en el desayunador; lo hago, aunque sin estar del todo segura de por qué estoy aquí. Me llamó esta mañana y me pidió que pasara después del trabajo. No tenía idea de qué esperar, sin duda esto no.

—Te llamé para darte algo —dice señalando un joyero con el logo de una joyería famosa: Laurier. No es una marca accesible para la mayoría de las personas, incluso los Windsor solo adquieren futuras reliquias familiares—. Cada una de mis nueras recibe una de estas —añade—, y, algún día, si tienes una hija o nuera, se la pasarás tú. Ábrela.

Me tiemblan las manos al abrir cuidadosamente la caja, revelando una hermosa gargantilla con diamantes y rubíes. Mi primer instinto es cerrarla de golpe y devolvérsela, pero me contengo. Sé que no me lo permitiría, así que sencillamente me quedo mirando la joya que nunca será mía. Zane no querrá que la use. Estoy segura de que él preferiría entregársela a la mujer que algún día elija como esposa, una vez que lo nuestro termine legalmente. Al igual que el jardín de rosas, esto no es para mí.

—Es hermosa —aseguro con el corazón afligido.

Puedo imaginar lo orgulloso que se verá Zane cuando lo luzca la mujer a la que ame, alguien que no lo conflictúe como yo. Cuando Zane me mira, siempre hay una sombra de pesar en sus ojos, como si odiara sentir algo por mí. Hay demasiado pasado, demasiado dolor.

—Esto también es para ti —señala y me entrega una caja de galletas recién horneadas.

Miro la caja sorprendida y cientos de recuerdos me vienen a la mente. No me gustan las galletas, pero a estas les tomé el gusto porque significaban mucho para Sierra. Tomo la caja y la sostengo contra mi pecho, sintiéndome abrumada por el remordimiento. Más que nada, desearía que todavía fuéramos amigas; desearía no haberla perdido también.

—Tú no lo ves, pero Zane es mucho más feliz ahora que en años —asegura la abuela Anne—. Eso es todo lo que sus hermanos quieren para él, ¿sabes? Solo quieren que sea feliz. Si tú puedes lograr eso, te perdonarán cualquier cosa.

La observo, no sé si debería creerle. Aunque fuera cierto, recuerdo cuán felices éramos Zane y yo antes; lo que tenemos ahora está muy lejos de eso. No creo que podamos recuperar ese tipo de felicidad, no con todo lo que se interpone entre nosotros. Nunca le perdonaré lo que hizo y él tampoco me perdonará la forma en que lo ataqué.

—Una cosa más —dice y se quita el delantal, revelando su impecable traje negro sastre—. Ya no puedes faltar a las cenas familiares. He hecho más excepciones contigo de las que puedes imaginar, pero no haré ni una más. Estarás aquí cada semana de ahora en adelante.

Estoy a punto de protestar, pero me lanza una mirada que me deja claro que sería inútil. Después de aquella cena familiar a la que asistí, había evitado venir a su casa por completo. No quiero seguir lastimándolos, más de lo que ya lo hice.

La abuela Anne mira su reloj dando un paso hacia atrás, sin darme oportunidad de dar explicaciones, y me acompaña a la puerta.

—Nos vemos el domingo —se despide justo cuando su chofer se detiene frente a nosotras.

Asiento con la cabeza, se sube al auto y la observo alejarse. Camino hacia mi auto sintiéndome decaída, bajo la mirada a la caja de galletas y, al subir, la coloco en el asiento del copiloto. La culpa me está comiendo viva mientras me acomodo tras el volante.

Antes de tomar conciencia de lo que estoy haciendo, ya voy manejando por el sinuoso camino que conduce a la casa de Sierra. Siento que el corazón se me va a salir del pecho. Me detengo frente a su puerta y permanezco unos minutos contemplando la caja, indecisa. Cuando éramos más jóvenes, le prometí que le daría la primera caja de galletas que recibiera de la abuela Anne, pero ahora me parece una tontería estar aquí. Es muy probable que no las acepte solo por yo haber tocado la caja.

Bajo del auto con las galletas en la mano y los nervios a flor de piel mientras camino hacia su porche. Me quedo viendo su puerta roja sin saber qué hacer, así que opto por la salida cobarde. Me agacho y dejo la caja justo frente a la puerta, luego doy un paso hacia atrás; mi alma se siente apesadumbrada.

Respiro profundamente y con dificultad. Al darme la vuelta, no he dado ni tres pasos cuando escucho que la puerta se abre. Miro por encima del hombro y ahí está Sierra, de pie en el umbral, envuelta en una larga bata negra de seda. Suspira y se cruza de brazos mientras su mirada va de mí a la caja de galletas.

—¿Qué es esto?

Me vuelvo hacia ella, sintiendo un escalofrío recorrerme la espalda.

—Tu abuela me dio una caja de galletas recién horneadas —explico con cautela—. No las he tocado; deben seguir calientes.

Ella arquea una ceja. Me muerdo un labio, pero eso no detiene las palabras que intento reprimir.

—Una vez me dijiste que podía comer de tus galletas hasta que empezara a recibir las mías y, cuando llegara ese momento, empezarías a pelear conmigo por ellas. Puede que no lo recuerdes, pero yo sí. Estábamos en la cocina de Zane. Fue una temporada en la que me sentía muy sola porque no avanzábamos con ninguno de nuestros abuelos; sin embargo, tú ahuyentabas mi desánimo con tu dulce sonrisa.

Las palabras se me escapan, traicionando mis nervios. Respiro para calmarme y la miro con sinceridad.

—Estoy aquí para decirte que nunca tendrás que pelear conmigo por ellas. Durante los próximos dos años y medio, te las daré todas.

Sierra se ve confundida, pero se agacha para recoger la caja.

—Dos años y medio —repite.

Me pongo tensa y asiento con la cabeza.

—No te preocupes. No me meteré en tu vida más de lo necesario —le aseguro—. Solo… te dejaré las galletas como hoy. Ni siquiera tendrás que verme.

—¿Dejarás a Zane cuando termine el contrato?

Dudo un momento, luego asiento.

—¿Así que nos abandonarás de nuevo como la primera vez?

Doy un paso vacilante hacia ella y niego con la cabeza.

—No —le digo—. Zane... él quiere una separación limpia cuando se acabe el contrato. Él no... él no me quiere como su esposa, Sierra. Con todo lo que ha pasado entre nosotros, no estoy segura de que funcione, incluso si no me fuera. No estoy abandonando a nadie. Solo lo estoy dejando libre.

Decirlo duele, pero saber que es verdad, me hiere todavía más.

Sesenta y tres

Zane

Me detengo en el umbral de mi cuarto, estático al escuchar el tenue sonido de sollozos. No estoy seguro de acercarme, sin embargo, no puedo ignorar el dolor de Celeste. Está tan perdida en su tristeza que ni siquiera me oye acercarme.

Me meto en la cama y ella se estremece antes de enterrar su rostro en la almohada, intentando ocultar las lágrimas, pero incapaz de evitar que sus hombros sigan sacudiéndose. Mi esposa contiene un sollozo, pero solo consigue emitir un nuevo sonido de agonía.

La envuelvo en mis brazos y la atraigo hacia mí en silencio, su espalda queda apoyada contra mi pecho desnudo. Celeste se da la vuelta y rodea mi cuello con sus brazos, buscando consuelo, así que la abrazo con todas mis fuerzas.

—¿Qué pasó, Celestial? —le pregunto pasando mi mano por su cabello, con el corazón hecho trizas. Nunca la había visto llorar así. En los días posteriores a lo de Lily, se escondió de mí, no quería tenerme cerca. Ese comportamiento debió ser una señal para mí, pero, cuando se trata de ella, siempre he ignorado todas las alertas. Lo sigo haciendo.

Celeste se aferra a mí desesperadamente, pone una pierna sobre mi cadera y yo la sujeto más fuerte entre mis brazos.

—Lo siento tanto —balbucea entre lágrimas; le acaricio el cabello suavemente, enredando sus rizos en mis dedos una y otra vez.

—¿Por qué te disculpas, mi amor? —Me pregunto qué pudo haber pasado para angustiarla tanto.

Celeste respira con dificultad, intentando detener los sollozos. Yo simplemente permanezco con ella, deseando poder absorber su dolor. Lo tomaría todo si pudiera.

—S-Sierra —tartamudea.

Me estremezco al escuchar el nombre de mi hermana y un instinto protector se apodera de mí. No quiero que Sierra hiera a

Celeste, pero tampoco quiero que Celeste le cause más daño a mi hermana.

—¿Qué pasó?

El cuerpo de Celeste tiembla mientras me cuenta lo de las galletas de mi abuela y la promesa que intentó cumplir. La escucho y le acaricio la espalda suavemente, sintiendo una ráfaga de celos en mi pecho. De todos, Sierra fue la única con la que intentó hacer las paces. No conmigo, con Sierra.

—Nunca quise herirla —explica; sus sollozos han disminuido, pero el dolor todavía es evidente en su voz—. No quería alejarla, pero no podía... ella... me recordaba a ti y cada vez que hablábamos, ella hacía todo lo posible para que tú y yo regresáramos. No importaba lo que le dijera, no me escuchaba, así que... simplemente la alejé. Siempre me he arrepentido.

Esconde el rostro en mi cuello, con la respiración aún atenuada, así que la abrazo con fuerza. Mi corazón se entristece por ambas. Sierra no hace amigos fácilmente y sé cuánto significaba Celeste para ella. Mi hermana y Raven intentaron por todos los medios que volviéramos. Tuve que sentarlas y contarles lo que Celeste me había hecho, a mí y a Windsor Hotels.

—Le rompiste el corazón cuando rompiste el mío —murmuro—. Aún le duele, no por nuestra ruptura, sino porque la abandonaste sin explicación alguna. Después de que nuestros padres... —suspiro y la aprieto un poco más—. El abandono es muy difícil para Sierra y tú eras una de las pocas personas a las que de verdad dejó entrar en su vida. Raven también significa mucho para ella.

Su llanto vuelve a ser intenso. Le acaricio la espalda sin saber qué hacer o decir para calmarla.

—La extraño —admite con la voz rota—. Mucho.

Siento un nudo en la garganta. Durante años hice todo lo posible por convencerme de que Celeste era una especie de víbora intrigante, que todo era blanco y negro con ella, que mi odio estaba justificado. Pero la realidad nunca es tan simple. No todo el dolor que causó fue intencional y muchas de sus decisiones venían acompañadas de remordimiento y dolor autoinfligido.

—Ella también te extraña. ¿Sabes cómo lo sé?

Celeste niega con la cabeza; me aparto un poco para mirarla.

—Primero, aceptó las galletas. —Sonríe tímidamente, así que le devuelvo la sonrisa. Siento alivio al percibir que su pena se aligera, aunque sea un poco—. Pero lo que de verdad la delató fue la horquilla que llevabas en el cabello el día de nuestra boda, la que guardas en tu joyero. Es una de las pertenencias más preciadas de Sierra, porque solía pertenecer a nuestra madre. No sé cómo terminó en tu cabello ese día, pero asumo que ella quería que fuera tu «algo prestado».

Le seco las lágrimas con los pulgares, aunque es inútil, porque no deja de llorar.

—Sierra es implacable y decidida —continúo—, pero no es cruel. Que esté descargando su rabia contra ti significa que, de alguna manera, todavía le importas. La he visto apartar de su vida a personas sin la menor vacilación. Cuando decide que ya no le importan, de verdad no hay marcha atrás. Es una cualidad que siempre he querido tener, pero nunca he podido imitarla.

Celeste me mira a los ojos y noto que no sabe si debería creerme o no.

—Fue Raven quien me lo prestó —señala la horquilla.

Levanto una ceja, sorprendido. Sierra debió pedirle a Raven que se lo prestara a Celeste.

Raven está tan herida como Sierra, pero debí saber que sería menos terca. Tiene un corazón de oro y, a veces, lo entrega a quienes no lo saben apreciar. Espero que esta vez no sea el caso.

—Cuando me llevó el vestido de novia que diseñó para mí, me dijo que me lo prestaba. Nunca pensé que confeccionaría el vestido que siempre imaginé para el día que me casara contigo, pero lo hizo. Ese vestido lo soñamos juntas.

Mi corazón se detiene por un segundo y la miro sorprendido.

—¿El vestido de novia que usaste fue para nosotros?

Asiente con la cabeza mientras que un atisbo de timidez se asoma en sus ojos.

—¿Entonces lo único que tenías para Emerson era la lencería? —pregunto con un tono grave que revela mi desconsuelo.

—No —responde—. Las suelas de mis zapatos eran mi «algo azul». La lencería era mi «algo viejo». La compré hace seis años, cuando nosotros…

Inhala de forma trémula y esconde el rostro en mi cuello.

—Nunca la habría usado para él. Lo siento, Zane. Yo solo…

Solo quería herirme. Suspiro abrazándola más fuerte, no puedo enojarme con ella, no esta noche.

—Me alegra —susurro. Decir la verdad se hace más fácil en la oscuridad, con su cuerpo pegado al mío. No estoy seguro de que su relación con Sierra y Raven pueda salvarse, pero el hecho de que aún les importe después de tantos años me da esperanza, que ojalá no sintiera.

Sesenta y cuatro

Zane

Veo a Celeste desde mi escritorio y la preocupación me invade. Tiene los ojos rojos y no ha dejado de mirar la foto de ella y Lily, la que tiene sobre su escritorio. Lleva varios días apática, como si toda su energía se hubiera esfumado.

Es extraño ver a mi esposa tan descorazonada por lo ocurrido con mi hermana, especialmente porque a mí nunca me ha mirado así. Una parte de mí quiere consolarla, pero la otra se alegra de que por fin se dé cuenta del daño que ocasionó. ¿Se dará cuenta de que fui yo quien tuvo que recoger los pedazos rotos cuando se fue?

Suspiro y aparto la mirada, debo revisar mi correo; necesito poner mi atención en algo más. Tener a Celeste de vuelta en nuestras vidas está haciendo más mal que bien; definitivamente, no entiendo en qué estaba pensando mi abuela. En mi intento por romper nuestro compromiso, me senté con ella y le conté todo: lo de Lily, cómo Celeste plantó pruebas falsas y cómo nos desmoronamos. No tuvo el efecto que esperaba. Si acaso, solo reforzó su decisión de empujarnos a estar juntos. No comprendo por qué cree que esto solucionará algo.

Abro un correo distraídamente y levanto una ceja al enterarme de que nuestro nuevo restaurante ya está listo para la inspección. Vuelvo a mirarla, dudando un momento.

—¿Te gustaría cenar conmigo? —le pregunto, aunque me siento inseguro.

Ella alza la vista de inmediato y le brillan los ojos por unos segundos.

—Amélie, nuestro nuevo restaurante francés en The Lacara, ya está listo. Habitualmente, pruebo todo antes de autorizar la apertura al público.

—Oh, por supuesto, te acompaño —responde dejando caer los hombros.

Suena indiferente y eso me frustra profundamente. Pensé que ya estaba cansado de discutir con ella todo el tiempo, pero prefiero eso a esta versión indolente.

—Vámonos de una vez —la apremio mirando el reloj—. De cualquier forma, ya casi es hora de cenar.

Ella asiente con docilidad y toma su bolsa. Esperaba una pelea o quizá un rechazo; en cambio, simplemente se pone de pie. Luce absurdamente etérea con ese vestido azul.

La observo mientras entramos al elevador privado. Me fijo en el esmalte dorado de sus uñas. Lo ha estado usando últimamente, también lo llevaba el día de nuestra boda.

—¿Cómo se llama? —pregunto, tomando su mano con delicadeza. Ni siquiera estoy seguro de por qué no puedo resistirme a tocarla hoy. Tal vez sea porque la distancia entre nosotros parece mayor que nunca o quizá porque quiero ahuyentar un poco su desgano. No debería querer hacerlo, pero no soporto verla tan triste.

Celeste me mira y en sus ojos centellean emociones mezcladas: desasosiego, esperanza, anhelo.

—Shattered Souls —contesta justo cuando el elevador llega a la planta baja.

Mi pecho se contrae y entrelazo nuestros dedos mientras la guío hacia mi auto. Celeste no dice una sola palabra durante el trayecto al restaurante, por lo que la preocupación comienza a carcomerme. Desde que regresó a mi vida, se ha empeñado en fastidiarme de todas las formas posibles. No sé qué hacer con esta versión silente de ella.

—Ya llegamos —le digo al estacionarme. Me mira como si estuviera en otro mundo antes de bajarse del coche. No ha sido la misma desde que la encontré llorando por Sierra. Cada vez parece más perdida en sus pensamientos... perdida en el pasado.

—Señor y señora Windsor —exclama el chef al recibirnos con una gran sonrisa en el rostro. Señora Windsor. Nunca me cansaré de oírlo. Coloco mi mano en la espalda baja de Celeste mientras él nos lleva a nuestra mesa y nos explica lo que cenaremos esta noche. La observo atentamente cuando se convierte en su versión profesional.

—Las sillas están cómodas —murmura Celeste, recorriendo con la mirada el lugar, sin emoción—. La decoración es tal como la imaginé.

Asiento, siguiendo su mirada. Me siento orgulloso, ya que siempre hemos tenido mejores ideas juntos que separados, pero verlas hacerse realidad en este contexto es agridulce. Si las cosas no hubieran salido mal, ¿habríamos podido tener todo esto desde el principio?

Levanto mi copa de vino y ella duda un segundo antes de imitarme.

—Por más colaboraciones exitosas como esta —declaro, aunque las palabras se sienten vacías. Solíamos brindar por la felicidad, los grandes sueños y el amor entre nosotros.

Los ojos de Celeste se encuentran con los míos y, por un breve momento, estoy seguro de ver el mismo anhelo que siento yo reflejado en su mirada. ¿Nos extraña como yo lo hago?

—¿Te arrepientes? —pregunto sin pensar.

Sus ojos revelan una pérdida tan profunda que me deja sin aliento. Me observa mientras considera mi pregunta. Le sonrío con algo de ironía.

—Esto es lo que siempre quise contigo, ¿sabes? Cenar en un buen restaurante y poder llamarte *mía* en público. Y aquí estamos, tú y yo, pero parece que los dos preferiríamos estar en cualquier otro lugar.

—¿Y tú? —responde con un tono cortante—. ¿Te arrepientes de lo que hiciste, Zane? Lo dudo o no habrías atacado Harrison Developments como lo hiciste.

Me le quedo viendo fijamente, veo su hermoso cabello rizado y esos ojos color ámbar que delatan su aflicción. Luce tan perdida, tan herida... no puedo apartar la mirada.

—Sí —admito—. Me arrepiento de haberme enamorado de ti, de haber pensado que mi amor por ti sería suficiente para superar cualquier cosa juntos. Me arrepiento de haber creído en nosotros como lo hice y de haberlo arriesgado todo por ti. —Paso una mano por mi cabello y respiro con dificultad—. ¿Sabes de qué me arrepiento más? Me arrepiento de haberte pedido que bailaras conmigo en aquella gala. Debí haberte dejado ir, debí haber superar ese enamoramiento infantil que tenía por ti y, sobre todo, debí haber escuchado las advertencias de mi abuela. Carajo, si pudiera retroceder en el tiempo, te habría dejado sola la noche del baile de graduación, sin haberte consolado. Ojalá nunca te hubiera besado, ojalá nunca te hubiera llevado a ese lugar que tenía reservado para mi esposa. Todos mis arrepentimientos tienen algo en común, Celeste. Tú.

Desvía la mirada y se abraza, se ve increíblemente vulnerable.

—El sentimiento es completamente mutuo, Zane.

Su voz es suave, débil y, por primera vez, no hay rencor en su tono. La forma en que me mira atraviesa todas mis defensas. Maldita sea, quisiera borrar cada una de las palabras que acabo de decir.

Sesenta y cinco

Zane

Le lanzo una mirada de molestia a Sierra, que está sentada en la barra junto a la estufa, y le arrebato el trozo de queso que está comiendo.

—No solo me exigiste que viniera a cocinar tus macarrones con queso con seis tipos diferentes de queso, sino que además te estás comiendo todos los ingredientes.

Cruza los brazos y me lanza una mirada de fastidio.

—Si cocinaras más rápido, no tendría hambre y no te estaría robando tus estúpidos y preciados ingredientes. ¿Qué tan difícil puede ser? ¿Por qué tardas tanto?

La miro con expresión de incredulidad.

—Sierra, han pasado diez minutos.

Da un resoplido y yo contengo una sonrisa. Hoy mi dulce hermanita está más irritable de lo normal y sospecho que tiene que ver con Celeste. Supe que algo pasaba cuando me pidió que le cocinara pasta con queso y, por la forma en que se me queda viendo, me doy cuenta de que quiere hacerme preguntas.

—Solo pregunta —le digo mientras derrito los diferentes tipos de queso que pidió. He perfeccionado esta salsa solo para ella.

—¿Preguntar qué?

Sonrío mientras sostengo el sartén y niego con la cabeza.

—Lo que sea que te tiene mirándome así. Si estás preocupada por ella, puedes preguntarme cómo está, pero no voy a ofrecerte información de Celeste si no la pides.

Es interesante ver cuánto sigue importándole. El asunto con Sierra es que una vez que deja entrar a alguien en su corazón es para siempre. Supongo que tenemos eso en común.

—Bueno… ¿c-cómo está?

Estaba listo para tranquilizarla, pero su mirada preocupada hace que las palabras se me atoren en la garganta.

—Te extraña.

Sierra mira para otro lado, pero logro captar un destello de pena en sus ojos.

—Oh.

Me muerdo un labio, dudando.

—Lloró hasta quedarse dormida hace dos semanas; honestamente, creo que nunca he presenciado un corazón tan roto. No era por mí por quien lloraba, Sierra.

Ella se abraza y respira profundo para calmarse.

—Hace dos semanas... Fue cuando me trajo las galletas.

Asiento lentamente.

—Mencionó algo sobre eso —comento y siento que una punzada de celos se arraiga en mi pecho. De todas las promesas que ha roto, esta es la única que se rehúsa a quebrantar. Me duele saber que su lealtad hacia mi hermana es mucho más importante que la que debió mostrar conmigo.

Sierra me observa.

—¿Es cierto que le dijiste a Celeste que no la quieres como esposa? —Me tenso y volteo a verla fijamente—. Dijo que querías una separación limpia cuando terminara el contrato y me aseguró que no se metería en nuestras vidas.

—¿No hablaron de galletas?

Sierra se cruza de brazos y se muestra dolida.

—¿Es verdad?

Asiento con la cabeza, vacilante.

—¿Lo decías en serio?

Clavo la mirada en el sartén, incapaz de verla a los ojos.

—Cuando lo dije, sí.

Se acomoda el cabello detrás de las orejas y mira al frente. Se ve tan perdida como yo.

—¿Y todavía lo piensas?

Mi mente regresa al dolor en los ojos de Celeste cuando le dije que no quería que mi futura esposa tuviera que hacerse espacio en su lugar. Ni siquiera estoy seguro de por qué lo dije; después de todo, no imagino casándome con nadie más después de ella. No fue mi intención herirla... al menos no conscientemente. No sé qué me pasó. La noche que compartimos me hizo sentir más vulnerable de lo que esperaba, en especial porque sabía que no podía durar.

—Estás enamorándote de ella otra vez, ¿verdad?

Salgo de mi trance y levanto la vista hacia Sierra.

—No.

¿Cómo podría enamorarme de alguien de quien nunca dejé de estar enamorado? Esto es lo que más me fastidia... La amo a pesar de todo lo que me hizo.

—Ella te acusó de espionaje corporativo y logró que te arrestaran —me recuerda Sierra y se le quiebra un poco la voz—. Tomó cada proyecto en el que trabajaron juntos y lo usó en tu contra.

—Lo sé —murmuro, sintiéndome agotado—. Lo que hizo no es algo que pueda perdonarle, Sierra. Entiendo por qué lo hizo, pero no puedo perdonarle que me haya sonreído y besado mientras plantaba pruebas falsas, ni que durmiera a mi lado soñando con mi caída. Nunca lo vi venir. —Vacío la pasta en el sartén y el recuerdo me llena de rabia—. ¿Tienes idea de lo feliz que estaba de que por fin saliera de su aturdimiento? Durante semanas se ahogó en su duelo, acusándome de cosas que no hice. Cuando por fin parecía ella de nuevo, me sentí aliviado. Pensé que empezaba a ver las cosas con claridad, que empezaba a escucharme... pero todo era una actuación. Me había estado preparando para dejarlo todo por ella, había aceptado que me desheredaran por amarla. Ya le había comprado un anillo, ¿sabes? Lo diseñé yo mismo y pedí en Laurier que lo fabricara para ella. —Esbozo una sonrisa vacía con el corazón roto.

—Zane —susurra Sierra y al mirarla siento un dolor en el pecho.

—¿Tienes idea lo que es mirar a los ojos a la mujer que más amas en el mundo y darte cuenta de que ella nunca te amó de la misma forma? Sin importar lo que pase, yo nunca podría hacerle lo que ella me hizo. Yo habría terminado las cosas y me habría alejado. Jamás la habría lastimado así y por eso lo nuestro nunca podrá funcionar. Ella no tiene fe en mí ni en nosotros y yo no confío en ella. Aunque volviera a enamorarse de mí, nunca podría fiarme de que sus sentimientos son reales, de que no va a destruirnos la próxima vez que alguien me acuse de algo. Cada vez que me sonríe, me pregunto si es sincera o si está actuando. No puedo vivir así ni siquiera por ella.

Sesenta y seis

Zane

Estoy parado en la entrada mientras Celeste se prueba lo que debe ser ya el décimo atuendo; su expresión revela lo nerviosa que está. Mi abuela me comentó que le advirtió a Celeste que no podía perderse otra cena familiar más; sin embargo, pensé que mi esposa la ignoraría.

Baja el cierre del vestido negro que se acaba de poner y se lo quita frustrada. Mi respiración se detiene un segundo al ver el vestido en el piso, dejando a la vista la espectacular lencería negra que trae puesta y esos complementos tan sexis que rodean sus muslos. ¿Cómo se llamaban? Ligueros, ¿verdad? No tengo idea, pero se ve endemoniadamente irresistible.

Su mirada salta a la mía cuando entro y baja su brazo a su estómago en un intento por taparse un poco. Se sonroja cuando pongo mi mano en su hombro y me paro atrás de ella.

—Solo es una cena familiar —le digo para tranquilizarla—. No tienes que pensarlo demasiado.

No sé por qué siempre quiero ahuyentar sus preocupaciones. Cada maldito día algo me recuerda todo lo que me ha hecho, pero es suficiente con que ponga una simple mirada de indefensión y caigo de rodillas.

—Lo sé, pero yo… yo solo —exhala nerviosa y baja la mirada—, quiero dar una buena impresión. Sé que es tonto, pero no quiero que me odien aún más.

Mierda. Puede ser absurdamente dulce cuando quiere. Entierro mi mano libre en su cabello e inclino su cabeza, exponiendo su cuello. Celeste ahoga un gemido cuando la beso justo debajo de la oreja. Su mirada intenta encontrar la mía a través del espejo.

No puedo descifrarla y los límites entre nosotros continúan haciéndose borrosos. Cada día se me hace más difícil sostener este odio, especialmente cuando me ve con cara de que necesita que la rescate. Mi mano se desliza hasta su estómago y ella se reclina en mí, con la cabeza apoyada en mi hombro. Es tan buena chica a veces y, cuando actúa así, como si me necesitara, me tienta a creerle.

Gime cuando paso mi mano por sus senos y deslizo lentamente la otra adentro del diminuto pedazo de tela entre sus piernas. Tengo las yemas de mis dedos descansando contra su vulva. Su respiración se acelera y ella me observa; la apatía está siendo desplazada por el deseo.

—¿A quién quieres impresionar? —susurro y rozo con mis dientes su oreja mientras mis dedos acarician su pezón a través del brasier.

Sus manos sujetan mi muñeca y me mira anhelante mientras baja aún más mi mano, con una expresión suplicante. Sonrío y ella gime cuando mojo mis dedos en su humedad antes de deslizarlos hacia arriba de nuevo, descansándolos sobre su clítoris.

—¿A quién?

Respira deprisa y separa los labios.

—A Raven. Todos estos vestidos son diseños suyos, uno de cada colección. Tengo todas y cada una de las prendas que ha diseñado, con excepción de su colección para novias.

Mi corazón se estruja. Llevo la boca a su hombro, encajando mis dientes en su suave piel al tiempo que hago círculos en su clítoris. No sé si estoy celoso de mi hermana política o aliviado de saber que Celeste nunca dejó de quererla, igual que a Sierra. Hace tan difícil odiarla y, carajo, de verdad quisiera hacerlo. Quisiera que nunca me hubiera mostrado su fragilidad ni su remordimiento.

La penetro con mis dedos y los flexiono, provocándole un gemido tan sexi.

—Zane —exclama. Suena tan necesitada de mí, como si la distancia que hay normalmente entre nosotros no existiera.

—Dime qué quieres.

—A ti —susurra—. Te quiero a ti.

Con un sonido de excitación saliendo de mi garganta, quito mi mano de sus senos para bajarme el cierre. Ella gime cuando siente mi pene presionando sus nalgas. La forma en que inmediatamente se frota contra mí es intoxicante. Odio que me es imposible resistirme a ella, no puedo mirarla sin desearla. No podemos seguir haciendo esto, no puedo dejar que siga debilitando mi determinación.

Justo cuando decido alejarme para no dejar que me acelere más, me ve a los ojos a través del espejo y sonríe.

—Cógeme —suplica—. Por favor, Zane.

La agarro de la garganta con una mano y le bajo la pantaleta con la otra, apretando su cuello mientras la penetro. Sus ojos se cierran cuando toma todo mi pene dentro de ella. La forma en que gime me extasía.

—Sigues amando la forma en que no logro resistirme a ti, ¿no es cierto? —pregunto con mi pene bien adentro de ella y mis dedos de vuelta en su clítoris, masajeándola, provocándola—. ¿Te divierte ver lo rápido que cedo cuando me ruegas?

Me mira de forma desafiante, pues sabe que estoy a su merced a pesar de que soy yo quien tiene la mano alrededor de su garganta. Echa la cabeza hacia atrás y gira sus caderas un poco, mostrando cuánto me desea.

—Claro que me divierte —admite cerrando los ojos.

—Mira el espejo —le ordeno con rabia tiñendo mi voz—. Mira lo bien que tomas el pene de tu esposo, Celeste. —Acaricio su clítoris como si fuera un castigo y ella gime mientras la penetro profundamente y con fuerza—. Este coño me sigue perteneciendo. Tú me sigues perteneciendo, Celeste.

Algunos días desearía que no fuera cierto, pero, cuando me sonríe, le agradezco a todas las estrellas que lo hace para mí y no para Clifton. Aprieto más su cuello y doy golpecitos cada vez más rápidos sobre su clítoris, sobreestimulándola. Su cuerpo está desesperado por venirse, así que me acerco para morder suavemente el lóbulo de su oreja.

—Dilo —susurro—. Dime a quién le perteneces.

Sus ojos se llenan por igual de rabia y lujuria. Busca mi cuello con su mano para agarrarlo y se voltea hacia mí; verla me deja sin aliento.

—Soy tuya, Zane Windsor —responde antes de besarme de la forma en que lo hacía antes, con una entrega total y enloquecedora. Nunca imaginé que el odio y el amor pudieran coexistir de la forma en que lo hacen en ella. Ella lo es todo, siempre lo ha sido.

Celeste jadea en mi boca cuando por fin le doy lo que me pide desesperadamente y se viene en mi pene mientras me trago cada uno de sus gemidos. La forma en que sus músculos se tensan alrededor de mi pene hace que me venga y ella me aprieta todavía más fuerte mientras la lleno toda. Un sentimiento de posesividad recorre mi cuerpo al pensar que su vagina estará escurriendo durante toda la cena.

Dejo caer la frente sobre su hombro y respiro su aroma, los dos intentando recuperar el aliento.

—Ponte el vestido rosa —le sugiero al salir de ella—. Hace juego con tus uñas.

Sus ojos se encuentran con los míos en el espejo y su vulnerabilidad me despoja de todo. Asiente con la cabeza y se viste en silencio, eligiendo el vestido que le indiqué mientras yo me acomodo la ropa. Le sonrío cuando me lanza una mirada tímida, con las mejillas sonrojadas. Esta versión de ella es la que nunca superé, la que todavía amo y la que más extraño.

Tomo su mano y entrelazo nuestros dedos mientras salimos de la casa, los dos inusualmente en paz por una vez.

—¿Cómo se llama? —le pregunto cuando subimos a mi coche.

Me mira con los ojos abiertos al máximo, lo que me provoca una sonrisa.

—Eh... bueno... se llama Got Myself Into a Jam-Balaya —contesta nerviosa.

Suelto una carcajada y ella me lanza la mirada más adorable y avergonzada que he visto. Mierda, quisiera que fuera siempre así, tan dulce.

—Verdaderamente... ¡en qué lío te metiste! —exclamo.

Exhala y asiente, parece que su ánimo se apaga un poco.

—Nunca respondí tu pregunta en la cena —señala en voz baja, con la mirada fija en sus uñas, mientras conduzco hacia casa de mi abuela—. Sí me arrepiento, Zane. Me arrepiento de haber causado tanto daño colateral. Si pudiera cambiar una sola cosa, desharía todo lo que te hice, aunque solo fuera para evitarles a las personas que ambos amamos el dolor que les causamos.

Suspiro al estacionar el coche, mi mirada recorre su rostro. Cinco años de atacarnos mutuamente, todo para terminar casados y profundamente infelices. Ella mira para otro lado y sale del coche, rompiendo el momento.

La sigo y ella me lanza una mirada por encima del hombro que hace que mi pulso se dispare. Le ofrezco mi mano y la observa un instante, sin entender del todo lo que le estoy ofreciendo. La verdad, yo tampoco sé bien.

Siento un alivio inmenso cuando su mano se envuelve alrededor de la mía y entrelazo nuestros dedos.

La habitación queda en silencio cuando entramos, así que le ofrezco a Celeste una mirada alentadora. Solo la abuela, Faye y Val le hablan mientras cenamos y, durante todo ese tiempo, ella se aferra a la mano que tengo sobre su rodilla, con sus dedos entrelazados con los míos.

Sé cómo lidiar con su odio, pero esta versión de ella... Maldita sea, esta versión de mi esposa me pone de rodillas, suplicando por más.

Sesenta y siete

ZANE

Me despierta el sonido de sollozos y súplicas. Veo que Celeste aún está dormida, con lágrimas corriendo por su rostro. La acerco a mí y la abrazo con fuerza.

—Celeste —murmuro intentando despertarla con suavidad.

Ella me empuja y angustiada gira la cabeza, atrapada en una pesadilla.

—Por favor —susurra, con un tono que me atraviesa el corazón como una daga.

La sujeto de los hombros y la sacudo ligeramente hasta que se despierta sobresaltada, sus ojos se encuentran con los míos al instante. Otro sollozo escapa de su garganta, así que la atraigo más hacia mí, abrazándola con fuerza.

—Todo está bien —le aseguro y recorro tiernamente su espalda con una mano—. Solo fue una pesadilla, Celestial.

Ella esconde el rostro en mi pecho desnudo y su cuerpo todavía tiembla por el efecto del sueño.

—Dios mío, Zane —dice con un hilo de voz y la respiración agitada mientras rodea mi cuello con sus brazos y se aferra a mí.

—Está bien —repito una y otra vez, deseando poder desvanecer su angustia, quitársela. ¿Qué pudo haberla afectado tanto? Hace semanas que no es ella misma y no sé qué hacer. Nunca pensé que echaría de menos a la mujer que me miraba con odio… pero lo hago.

Se desmorona en mi abrazo. No puedo hacer otra cosa, excepto sostenerla y tranquilizarla con palabras suaves, prometiéndole que nada le pasará mientras esté en mis brazos. Eventualmente, su respiración se calma y sus lágrimas cesan.

—¿Qué pasó? —Aflojo un poco el abrazo, pero ella se aferra a mí, como si soltarme fuera impensable. Luce atormentada y herida—. ¿Qué ocurre, Celeste? Amor, me preocupas. Por favor, háblame.

Sus ojos recorren mi rostro y nuevas lágrimas resbalan por sus mejillas.

—Zane —susurra. Le acaricio la mejilla y seco su rostro, atrapando cada nueva lágrima con el pulgar. Me mira a los ojos y respira con dificultad—. Soñé con Lily.

Me congelo al escuchar el nombre y un escalofrío me recorre el cuerpo. La impotencia me golpea, seguida por la ira. Retiro la mano, pero Celeste la atrapa, entrelazando nuestros dedos antes de llevar nuestras manos a su pecho.

—Ayer me llamó su padre para invitarme al aniversario luctuoso que se celebrará dentro de un par de semanas, creo que por eso volví a soñar con ella. La vi parada en el puente —dice entre sollozos—. Le dije que la extrañaba y ella... ella me respondió que no era cierto, que no estaría contigo si realmente la extrañara. —Inhala con dificultad, cerrando los ojos por un momento. Su dolor es evidente—. Permanecía en ese puente y me preguntaba si fingir que te odio me ayudaba a dormir, sabiendo que me acuesto contigo. Me acusó de haberla olvidado y de querer seguir adelante contigo. Yo no pude refutar nada de lo que me decía. —Aprieta mi mano con más fuerza y vuelve a llorar—. Zane, ya no sé qué creer.

Estoy sorprendido y la observo con atención. Nunca me había demostrado que dudara de lo que siempre creyó, que quizá Lily no le dijo toda la verdad.

—¿Qué quieres decir?

Sus ojos bajan hacia mi tatuaje y respira temblorosa mientras apoya su otra mano sobre mi pecho.

—Ahora que el duelo no me ciega, me cuesta creer que tú... que tú hubieras arriesgado lo que teníamos. Hay tantas cosas que no tienen sentido y ella ya no está para contarme la verdad... pero tú sí. Hemos hablado de esto mil veces y no tiene sentido que sigas negándolo. No sé si me estoy engañando o simplemente quiero creer con desesperación que tú no... que tú no podrías haberme hecho eso. Cada vez que me tocas, estoy convencida de que nada podría compararse... no solo para mí, sino también para ti. —Cierra los ojos con fuerza y trata de respirar, su cuerpo no para de temblar—. Siento que me estoy volviendo loca y odio sentirme así. ¿Me estoy engañando a mí misma?

—No —le aseguro con un tono desesperado—. Yo nunca arriesgué lo que teníamos, Celeste. No lo hice. Te dejé revisar mi teléfono y te di acceso completo al sistema de seguridad de Windsor para que vieras las grabaciones por ti misma. Si hubiera tenido algo que ocultar, jamás habría hecho eso. Dijiste que lo hice porque ya había borrado las pruebas, pero eso no era verdad. Sorteé cada obstáculo para demostrarte mi inocencia, incluso te rogué que me creyeras. Celeste, estaba dispuesto a alejarme de mi familia por ti. ¿Por qué habría de engañarte si tú eras mi mundo entero?

Me observa y se nota que su alma está hecha pedazos. Suspiro, lamentando todo lo que perdimos.

—Cada vez que empiezo a creerte, sueño con Lily. No sé cómo vivir con la culpa de saber que fui parte del motivo por el que mi mejor amiga decidió morir. No logro encontrarle sentido. Ella no habría hecho lo que hizo si no fuera cierto. Solo estoy dando vueltas en círculos, deseando con todas mis fuerzas creer en algo que parece una fantasía.

Otra lágrima cae por su mejilla y la seco con el pulgar. Mi corazón está roto. Han pasado cinco años y sigo desesperado por que me crea. Apoyo mi frente contra la suya.

—No te engañé, Celeste. Lo juro.

Rompe en llanto de nuevo y me rodea son los brazos mientras el sonido de su desdicha llena la habitación.

—Tengo tanto miedo de haber estado equivocada todo este tiempo —admite y se aferra a mí con desesperación—. Es tan difícil vivir con todo el dolor que ocasioné, con ese entumecimiento que solo tu tacto logra desvanecer. Estoy tan cansada de ser infeliz, Zane.

La abrazo fuerte y respiro profundo. Una pequeña chispa de esperanza se enciende en lo profundo de mi afligido corazón.

—Yo también, Celestial —le susurro.

Sesenta y ocho

CELESTE

No dejo de pensar en la forma en que me aferré a Zane anoche y la manera en que me consoló. No ha dicho ni una sola palabra al respecto en todo el día y se ha comportado con total profesionalismo en el trabajo. Aunque, en algunas ocasiones, lo he sorprendido mirándome con una ternura en los ojos que me desgarra el corazón.

Sigo dando vueltas a sus palabras, sin saber qué creer. Lily dijo que no había nada que yo no le perdonaría a Zane y me asusta pensar que tenía razón. ¿Quiero creerle porque así sería más fácil dejar el pasado atrás? Por cada semilla de duda que planta en mí, nacen mil preguntas más, dejándome contrariada, inquieta y perdida.

Suspiro y tomo el libro que estaba leyendo, manteniéndolo abierto frente a mí mientras camino hacia la sala, desesperada por escapar a otro mundo donde no tenga que enfrentar estos pensamientos que no logro comprender. A veces, cuando los días se me hacen insoportables, esto es lo único que logra hacerme sentir un poco mejor. Este libro logra hacerme sentir viva cuando mis propias emociones me hunden.

Siento la suavidad de la alfombra bajo mis pies y suspiro, contenta de haber llegado a mi destino sin apartar los ojos de las páginas. Me tomó meses familiarizarme con la casa de Zane, pero al fin siento que es mi hogar, al menos la mayor parte del tiempo. Me dejo caer en el sofá y suelto un pequeño grito al escuchar una risa suave.

—Todavía haces eso, ¿eh? —dice Zane, haciendo que me sobresalte tanto que se me resbala el libro de las manos. Cae al suelo cerrado. Lo miro consternada, sabiendo que me tomará unos segundos encontrar la página en la que estaba.

—En serio deberías ver por dónde caminas, Celeste. ¿Te acuerdas de aquella vez que te golpeaste el dedo del pie y te pusiste a llorar? Me obligaste a besarlo hasta que se te pasara el dolor.

Lo miro y me quedo quieta. Está recostado en el sofá y solo lleva un bóxer negro, tiene la laptop apoyada sobre una rodilla. Su cabello aún está húmedo y la forma en la que está echado exhibe todo su cuerpo sin pudor. Mis ojos se posan en su tatuaje, pero, enseguida, bajo a los músculos de su abdomen, que se marcan cuando levanta la mano y se peina el cabello.

—No creo que hayan sido los besos lo que me quitó el dolor, sino la forma en la que me los diste —comento sintiendo el calor subir a mis mejillas al recordar cómo besó mi pie. Fue subiendo por mi pierna hasta tener su rostro entre mis piernas; su lengua me lamía con esa menta en su boca, lo que me hizo vibrar de placer. No creo haber tenido nunca un orgasmo más intenso que el de aquella noche.

Intento con todas mis fuerzas verlo a la cara, pero, casi de inmediato, mi mirada cae de nuevo a su cuerpo.

—Yo, eh… —balbuceo, sin poder apartar los ojos de la V que se marca bajo sus cuadritos—. Me… me voy a leer al dormitorio. No quería interrumpirte.

Aparto la mirada y me acomodo el cabello detrás de la oreja, sin saber bien cómo enfrentarlo. Últimamente, Zane me ha tratado distinto: más amable, comprensivo. No sé qué pensar al respecto. Sin el odio que antes nos envolvía, me veo obligada a enfrentar todo lo demás que aún existe entre nosotros, todo aquello que ya no debería estar allí y, no obstante, sigue tan presente como siempre.

Zane niega con la cabeza y me hace una seña para que me acerque.

—No te vayas. Quiero tu opinión de mi presentación para la conferencia a la que tenemos que asistir el próximo mes. ¿Puedes echarle un ojo?

Dejo el libro a un lado y me acomodo, insegura a su lado.

—Claro.

Pone su brazo en el respaldo del sofá, no me toca, pero igual me envuelve mientras gira la laptop hacia mí. Este gesto me recuerda cómo me abrazó anoche y, de pronto, me invade una intensa añoranza.

Me inclino hacia la pantalla y empiezo a revisar las diapositivas, leyéndolas una por una con atención.

—Esta en particular me gusta mucho, pero creo que la presentación de los datos no es suficientemente clara —comento acercándome un poco más para editarla—. ¿Cuál es la fuente? Te faltó ponerla.

Me giro hacia él porque no responde y lo sorprendo mirándome con una expresión que me deja sin aliento.

—A veces olvido lo perfectos que éramos juntos —señala con una mirada cargada de nostalgia—. Me permití olvidarlo, pero todo lo que tocas lo transformas para bien. Era más fácil aferrarme al odio, pero ya no estoy seguro de querer seguir haciéndolo. ¿Y tú?

Su confesión me desarma y no puedo dejar de mirarlo. No la esperaba, pero tal vez debí después de lo de anoche.

—Ya no sé cómo sentir otra cosa —admito—. No sin sentir culpa.

Zane se acerca hacia mí y toma mi rostro entre sus manos con una caricia suave.

—¿Ah, sí?

Se inclina, su mirada baja a mis labios. Inhalo con fuerza cuando su mano baja de mi mejilla a mi cuello. Lo envuelve con firmeza, descansando su pulgar contra mi garganta mientras me acerca hasta que sus labios rozan los míos.

—¿Qué sientes cuando hago esto?

Mi respiración se vuelve irregular a medida que crece la anticipación. Zane besa suavemente la comisura de mi boca y dejo escapar un gemido.

—Dímelo, Celeste.

—Siento cosas que no debería —respondo cerrando los ojos.

Esa culpa en la que me ahogo me atrae otra vez, recordándome por qué no puedo tenerlo como deseo. Nunca me había sentido tan dividida. Jamás me había odiado tanto por no poder olvidarlo.

—¿Y si dejamos de pelear? —pregunta con un matiz de súplica en la voz—. ¿Y si simplemente nos permitimos sentir todo esto que decimos que ya no sentimos?

Pone su computadora a un lado y mi cuerpo se tensa cuando me obliga a verlo a los ojos, apretando su agarre en mi cuello. Me recuerda la forma en que me tomó en nuestro vestidor, con la mirada llena de fuego. La forma en la que me convierte en el centro de su universo cuando está dentro de mí es adictiva. Cada vez más quiero que me vea de esa forma, quiero ser todo lo que exista en su campo de visión.

—No he podido dejar de pensar en lo que dijiste anoche, Celeste. Que estás cansada de estar triste y enojada; yo también. —Mi corazón da un vuelco cuando él se inclina para rozar sus labios sobre los míos. Toma mi labio inferior entre sus dientes y lo mordisquea con frustración. ¿Sabe cómo me enloquece que haga eso?—. Te conozco, Celestial. Si estás leyendo así es porque estás tratando de escapar. ¿Por qué no me dejas ser tu escape? ¿Por qué no dejamos de escondernos detrás del odio que ninguno de los dos siente realmente? ¿Por qué no nos rendimos?

Mi determinación se quiebra y ladeo la cabeza para besarlo. Él gime y me alza para ponerme sobre sus piernas, haciendo que sienta lo duro que está por mí.

—No sé cómo estar contigo sin oponerme —murmuro en su boca. Las únicas veces que me he permitido sentir todo lo que él despierta en mí es cuando puedo esconderlo detrás de un odio que no siento, ya no.

—Yo tampoco —admite alejándose un poco; su tacto es brusco mientras sus manos recorren mi cuerpo—. A veces te miro y se me rompe el corazón, Celeste. Pienso en todo lo que me hiciste, la forma en que nos destruiste y el odio se siente tan real, maldita sea. Pero luego me sonríes y todo desaparece. No sé cómo navegar esto que hay entre nosotros, pero sé que quiero dejar de discutir. ¿Podemos hacer eso? Aunque solo sea hasta que nos divorciemos.

Lo rodeo con los brazos y apoyo la cabeza en su hombro.

—No lo sé —susurro—, pero a pesar de todo quiero intentarlo.

Me abraza con fuerza y me descubro deseando que no me suelte nunca. Ni ahora ni dentro de tres años. La culpa me invade de inmediato y escondo el rostro en su cuello, respirando su esencia. ¿Estará bien entregarme a esto, aunque solo sea por un rato?

Sesenta y nueve

Celeste

Un suave tarareo me saluda cuando me acerco a la cocina. Mi corazón comienza a latir con fuerza y un anhelo inesperado se apodera de mí. Mi mano tiembla al empujar la puerta, pero me encuentro exactamente con lo que sospechaba: Zane, de pie frente a la estufa, aún con el traje que llevó a la oficina esta mañana.

Voltea ligeramente el rostro y me sonríe, haciendo revolotear aún más a las mariposas en mi estómago.

—Hola —me saluda con una expresión relajada, sin rastro del desdén o la cautela que solían teñir su rostro. Ha estado diferente desde que me confesó que también estaba cansado de ser infeliz. Eso despertó la ilusión de algo que me da miedo desear. Me preocupa que su reciente amabilidad no sea más que el resultado de la lástima que seguro le provoqué cuando me vio llorando en la cama… dos veces. No estoy segura de cómo me hace sentir esto. Nunca quise manipularlo ni hacerlo sentir culpable para que me tratara diferente.

—Hola —respondo saliendo de mi ensimismamiento. Nunca está en casa a esta hora y no lo había visto cocinar desde que nos casamos. Verlo cocinar era una de mis vistas favoritas. Zane siempre luce atractivo, pero hay algo inmensamente sexi en la forma en la que se ve cuando cocina.

—No sabía que estabas en casa —señalo.

Él asiente y me hace un gesto para que me acerque.

—¿Podrías ayudarme con esto?

Doy un paso al frente tambaleante y él me sonríe mientras señala las papas sobre la barra.

—Sé que eres una experta pelándolas, ¿me ayudas? Quiero hacer papas al gratín para acompañar el róbalo, pero ten cuidado con el pelador.

Parpadeo gratamente asombrada por su amabilidad. Me hace sentir aún más sola, como si fuera una amiga a la que cree que debe apoyar. Esta paz entre nosotros se siente frágil y estoy tentada a romperla por completo. Prefiero su odio y toda la pasión que eso implica antes que esta distante amabilidad.

—¿Vas a invitar a alguien a cenar? —pregunto tentando la situación.

—No. Solo pensaba cenar con mi esposa.

Sonrío sin querer al tomar el pelador, con el corazón latiéndome un poco más rápido. Hay algo en la forma en la que a veces me llama *mi esposa* que me pone completamente nerviosa.

—¿Dónde está Melissa? —pregunto pensando en nuestra ama de llaves. Es difícil de encontrar, de hecho, solo he tenido unas cuantas conversaciones con ella. Es muy eficiente, siempre se asegura de que tenga todo lo que necesito, a menudo sin que tenga que pedírselo. No sé cómo lo hace, pero siempre tiene la cena lista y caliente cuando llego, sin importar la hora... Sin embargo, casi nunca la veo.

—Le di la tarde libre.

Asiento y observo a Zane quitarse el saco del traje, lo que enseguida hacer arder mis mejillas, y lo deja sobre uno de los taburetes junto a la isla de la cocina. Luego se afloja la corbata y se la quita. Me quedo embobada mientras se desabrocha los gemelos y se arremanga la camisa, dejando al descubierto sus antebrazos.

—¿Te gusta lo que ves? —pregunta con voz ronca.

Mi respiración es algo errática cuando lo veo a los ojos.

—¿Qué? —respondo atontada.

Zane sonríe traviesa y su mirada recorre mi rostro, deteniéndose un instante en mis labios antes de regresar la vista a la estufa. Exhalo y me apoyo contra la barra, con el corazón desbocado y las mejillas encendidas.

La cocina siempre fue un lugar peligroso para nosotros... Y él sigue siento tan seductor como siempre, con esa espalda ancha hacia mí.

Suspiro mientras disfruto la vista de su trasero en esos pantalones formales, pero el abatimiento me invade. Desearía que siguiéramos siendo suficientemente cercanos para poder recorrer su espalda con la mano, como solía hacer. La intimidad fácil se fue, no me había dado cuenta de eso hasta ahora. El sexo no es lo mismo que la verdadera intimidad; es apenas un atisbo de esta, lo que me deja anhelando más de lo que solíamos tener.

Zane extiende la mano para agarrar algo en la repisa sobre él y no puedo evitar recordar la forma en la que se ponía detrás de mí cada vez que me paraba de puntitas para alcanzar algo. Solía vestirme con sus playeras porque sabía cuánto le encantaba verme con ellas y, a propósito, dejaba que se subieran por mis muslos cuando me estiraba. Su mano me tomaba de la cintura y presionaba su cuerpo contra el mío… y eso era todo. Se nos olvidaba la cena mientras me ponía sobre la barra y me cogía.

Contengo el aliento mientras recorro con la mirada su cocina nueva, entonces, las dudas me apresan. ¿Alguna vez habrá hecho eso con alguien más? Zane amaba su antigua cocina y se negaba a cambiarla en lo más mínimo. Ni siquiera me dejaba reorganizar los armarios. ¿Por quién la cambió? Me muerdo un labio y mis recuerdos se transforman en visiones dolorosas con él entregándole todo lo que solía ser mío a otra persona.

Antes de darme cuenta de lo que hago, ya estoy cruzando la habitación. Zane levanta la vista justo cuando rodeo su brazo con la mano y me pongo de puntitas. Algo brilla en su expresión cuando mi otra mano se desliza por detrás de su cuello, apenas un segundo antes de que lo acerque a mí y mis labios encuentren los suyos.

Es un beso indeciso, lleno de emociones reprimidas, que revela que no sé lo que estoy haciendo… ni por qué. Zane se queda inmóvil un instante, así que comienzo a alejarme. Una vergüenza profunda y la sensación de rechazo se instalan en mi estómago. De repente, él toma mi cabello y levanta mi rostro, besándome más fuerte y profundo. Gimo entre sus labios y él toma mi cintura; un movimiento que se ha repetido muchas veces antes. Mis piernas abrazan su cintura instintivamente mientras él se voltea y me pone sobre la barra, mi cuerpo se mueve contra el suyo y sus manos acarician mi rostro.

Estoy jadeando cuando se aleja un poco para mirarme, como si sus ojos buscaran algo. Mi corazón late con fuerza cuando lo miro a los ojos, sintiéndome más vulnerable que nunca. Hoy es diferente, no hay rabia ni excusas que expliquen lo que acabo de hacer. Mi mirada es un ruego cuando lo jalo hacia mí y él viene dispuesto, besándome otra vez por todos lados, pero ahora más lento, con movimientos más deliberados.

Las cosas han estado cambiando entre nosotros. Creo que todo comenzó en casa de mis padres cuando vi por primera vez su tatuaje y mi corazón vaciló. Después volvió a latir por él cuando me sostuvo entre sus brazos mientras lloraba por todo lo que había perdido. Me consoló en lugar de castigarme por mis errores. Fue en ese momento cuando supe que las cosas nunca volverían a ser iguales, no para mí.

Deslizo la mano hacia su pecho y su respiración se entrecorta cuando comienzo a desabotonar su camisa. Se abre y queda suelta, entonces levanta mi blusa, pasándola sobre mi cabeza con un movimiento ágil. Sus pupilas se dilatan al ver el brasier azul turquesa que traigo puesto y la forma en la que se muerde un labio hace que apriete las piernas a su alrededor. Busco su tatuaje y acaricio con las yemas de mis dedos su pecho dulcemente, con miedo de que se rompa este momento entre nosotros.

Zane pone su frente contra la mía e inhala tembloroso antes de inclinar su rostro y besarme suave y tiernamente. Mete la mano debajo de mi falda y yo desabrocho su cinturón, amando la forma en que los músculos de su abdomen se tensan cuando meto la mano en sus pantalones para liberar su pene.

—Dios mío, Celestial —murmura en mis labios y mi corazón da un brinco. Ya casi no me llama así. ¿Sabrá que atesoro esos momentos?

Sus dedos pasan sobre mi ropa interior, la hace a un lado para meter dos dedos dentro de mí, lo que me provoca besarlo más profundamente.

—Más —jadeo y él sonríe en mi boca mientras succiona mi labio inferior entre sus dientes, mordiéndolo un poco antes de soltarlo.

—¿Qué quieres, bebé?

—A ti —respondo de inmediato, preguntándome si entiende lo que le estoy pidiendo. No es solo su cuerpo lo que quiero, ya no.

Él se hace hacia atrás lo suficiente para tomar su pene y alinearlo perfectamente.

—Me tienes —susurra; sé que sus palabras son una promesa falsa. Sus ojos están en los míos mientras entra en mí lento y con intención—. Siempre tendrás una parte de mí, Celeste. Me guste o no.

Setenta

Celeste

—¿Qué estás haciendo? —pregunta Zane; me doy la vuelta sorprendida, con los ojos bien abiertos, al darme cuenta de que ya está en casa—. Llevas diez minutos paseándote por el pasillo, Celeste.

Lo miro, pero tengo la mente en blanco. Últimamente, ha estado haciendo esto cada vez más seguido: llegar a casa un poco más temprano de lo habitual. No hemos cenado juntos desde aquel día en que casi quemamos el róbalo, al menos ya no me evita por completo. Llega a casa justo cuando termino de comer la cena que prepara el ama de llaves y conversamos un poco sobre la conferencia que organizaremos, después se encierra en su despacho.

Desde hace tres noches, se ha acostado en la cama a pesar de que yo todavía no estoy dormida y susurra «buenas noches» antes de darse la vuelta. Yo me quedo mirando su ancha espalda, deseando acurrucarme contra ella y abrazarlo fuerte.

—Yo... eh... tu abuela me pidió que acudiera a ayudar como voluntaria en el comedor comunitario que organiza en los hoteles Windsor —farfullo y me doy cuenta de que llevo unos segundos mirándolo sin decir nada.

Me mira con expresión comprensiva.

—Sierra y Raven estarán ahí —asegura y asiente con la cabeza.

Miro al suelo, preguntándome en silencio si recuerda que fue a este evento benéfico al que me llevaron ellas dos cuando intentaban ayudarme a caerle bien a la abuela Anne. Duele saber que, actualmente, son ellas las que no quieren verme.

Zane se acerca y me aparta tiernamente un rizo del rostro.

—Vamos. Te llevo. ¿En cuál hotel es este mes?

Lo miro incrédula.

—En The Lacara —respondo.

Asiente y rodea mi cintura mientras me acompaña hacia afuera. Se ha estado comportando así estos días, tocándome cuando estamos solos y no tenemos que fingir. Me acompaña hasta el asiento del copiloto y me abre la puerta. Volteo a verlo con el corazón acelerado. ¿Ya se habrá dado cuenta de que empezó a abrirme la puerta otra vez?

Cada vez se me hace más difícil aferrarme al dolor y al odio con los que entré a este matrimonio. Nunca podría olvidar lo ocurrido, no del todo, pero el tiempo me ha hecho desear hacerlo. El anhelo de una felicidad compartida, la que solo he sentido con él, empieza a desplazar la culpa.

Zane pone la mano sobre mi rodilla mientras conduce hasta el hotel y dibuja círculos suaves con el pulgar.

—¿Por qué estás siendo tan amable conmigo últimamente? —le pregunto y siento que romperé en llanto.

Me voltea a ver y retira la mano, devolviéndola al volante.

—Te dije una vez que no pasaría tres años de mi vida en una batalla constante contigo, lo decía en serio —me lanza una sonrisa dulce—. ¿Está bien para ti, Celeste? ¿Está bien que le muestre un poco de amabilidad a mi propia esposa?

Aparto la mirada, pues temo que mis emociones estén escritas en mi rostro. Nunca me he sentido tan confundida. Me estoy enamorando de él nuevamente a pesar de todos mis esfuerzos por evitarlo. Ya no sé qué hacer al respecto. Se siente como un pecado, una traición y estoy cansada de sentirme así. Estoy ansiosa por los momentos de felicidad que me da y la atracción que siento por él es cada vez más difícil de resistir.

Me cruzo de brazos cuando se estaciona frente a The Lacara, uno de los hoteles más lujosos de los Windsor. Zane sale del auto y lo rodea para abrirme la puerta y ofrecerme su mano.

Lo miro a los ojos mientras la tomo y él me sonríe.

—Iré contigo. Hace tiempo que no soy voluntario, además esta noche estoy libre.

Mi corazón se alegra. Aparta un mechón de mi rostro con delicadeza antes de retirar la mano de golpe, como si se diera cuenta de que me estaba tocando de una manera que no pretendía. Me sonríe antes de dirigirse a la entrada y lo sigo, cada vez más nerviosa. No sé cómo enfrentarme a Raven y Sierra. No quiero que mi presencia les haga daño.

He empezado a asistir a las cenas familiares cada semana y cada domingo ellas se comportan como si no estuviera ahí. Yo no hago nada, excepto mirar mi plato. No quiero que la situación siga así, pero tampoco sé cómo arreglarla.

Zane voltea a verme por encima del hombro y suspira, entrelazando su mano con la mía. Aprieto su mano fuerte mientras entramos juntos al salón de eventos, apoyándome en él para tomar fuerzas.

La abuela Anne sonríe al verme, pero Raven y Sierra endurecen su expresión. Sus ojos se posan en nuestras manos entrelazadas y mi cuerpo entero se tensa. Intento soltar mi mano de la de Zane, pero él la retiene antes de que se le escape.

—Zane —dice la abuela Anne de forma inexpresiva—. Qué agradable sorpresa —añade, pero su tono no coincide con sus palabras—. No te invité.

Se encoge de hombros y atrapa los delantales que ella le lanza.

—Este es mi hotel. No debería sorprenderte que esté aquí.

Ella pone los ojos en blanco y se da la vuelta para seguir dando instrucciones a los demás. Zane me entrega uno de los delantales.

—¿Me lo atas? —me pide y asiento mientras él se gira.

—¿No quieres quitarte la chaqueta del traje? —le pregunto al tomar los lazos del delantal—. Te va a dar calor si te la dejas puesta.

Me mira por encima del hombro y me lanza una sonrisa pícara.

—Celestial —murmura con tono juguetón—. Si quieres desnudarme, vas a tener que esperar hasta que lleguemos a casa.

Hago un gesto de sorpresa y él se ríe, luego se endereza. No me doy cuenta hasta que me está atando el delantal, momentos después, de que su broma me ayudó a relajarme un poco.

Raven le susurra algo a Sierra y ambas se ríen. Duele verlas así, divirtiéndose juntas, sabiendo que yo antes era parte de eso. Zane pone su mano en mi espalda baja y me guía hacia ellas en silencio.

—¿En qué podemos ayudar? —pregunta.

Sierra me mira y, por primera vez desde que me casé con Zane, sus ojos no están cargados de hostilidad. Esta vez me observa con cierta curiosidad.

—Ayúdame a preparar la base de la sopa —me dice en voz baja.

Le digo que sí con la cabeza y me pongo manos a la obra de inmediato, con Zane a mi lado. Él revuelve el caldo mientras yo voy agregando los ingredientes poco a poco, no puedo evitar que las manos me tiemblen un poco.

—Cuidado con la sal —me advierte Sierra—. La última vez le puse demasiada y me sentí fatal. Me dijeron que les había gustado, pero sé que no estuvo tan buena. Los que vienen aquí esperan con ansias estas comidas, así que ten cuidado.

Me le quedo viendo asombrada.

—Claro —le aseguro, deseando no arruinarla. Hace tiempo que no me dirigía tantas palabras. Quiero continuar la conversación, pero no sé cómo.

Raven recorre mi atuendo con la mirada.

—Eso es de mi primera colección —señala frunciendo el ceño al ver los detalles de las mangas. Me llevo la mano al pecho, avergonzada. He tenido esta blusa desde hace tanto que la tomé sin pensar. Por primera vez en años, me sonríe genuinamente—. Te voy a mandar algunas de mis piezas más nuevas. Ahora eres una Windsor, Celeste. Eso significa que oficialmente eres una de mis embajadoras de marca no remuneradas. —Hace una pausa y niega con la cabeza—. Aunque pensándolo bien, siempre lo fuiste, ¿no?

Setenta y uno

Celeste

Miro intimidada el jet privado de los Windsor. Zane me ofrece la mano en silencio, entendiendo mi vacilación. Entrelaza nuestros dedos y me guía al interior del avión. Doy un vistazo nervioso a mi alrededor, recordando la última vez que estuvimos aquí. En ese entonces, él irradiaba odio y, a pesar de nuestra reciente tregua, siento que la mitad del tiempo todavía hierve de rabia bajo la superficie. Actualmente, tenemos más momentos buenos que malos, pero aún siento que camino por el filo de una navaja con él.

—Señor y señora Windsor —saluda Mike, haciendo que me sobresalte—. ¿Champaña?

Zane y yo nos quedamos viendo su traje rojo con cuadros azules e intercambiamos una mirada antes de recuperarnos y aceptar las copas que nos ofrece. Mike nos guía hasta los asientos que, al parecer, ya eligió para nosotros sin importarle nuestras preferencias. Lo seguimos sin rechistar, hemos aprendido que lo mejor es elegir nuestras batallas con Mike. Nos sienta uno frente al otro en unos lujosos sillones, luego nos informa, con una brillante sonrisa, la duración del vuelo y todo lo que necesitamos saber sobre la conferencia a la que nos dirigimos.

Lo observo alejarse y me da una especie de escalofrío, lo que hace reír a Zane.

—En serio, ¿por qué usa esos trajes? —murmuro antes de darle un sorbo a la champaña.

Zane se inclina hacia mí, con sus rodillas rozando las mías.

—No tengo idea. Una vez le pregunté y me miró directo a los ojos y dijo: «Se llama estar a la moda. No lo entenderías».

Suelto una carcajada y Zane me observa con una sonrisa dulce en los labios; hay algo sorprendentemente tierno en su expresión.

—Para ser justos —murmuro— no sabes nada de moda. Solo te pones lo que Raven te dice.

Sonríe y se acerca un poco más.

—Tu armario entero también consiste en Raven Windsor Couture —bromea y algo se suaviza en su mirada—. Incluso antes de casarte conmigo ya lo era. Has seguido su carrera y apoyado su negocio desde el principio, ¿verdad?

Le lanzo una mirada incrédula y aparto la mirada, incapaz de admitirlo. Me hace sentir un poco patética. Sé que Raven nunca ha necesitado de mi apoyo, considerando su origen y su matrimonio con Ares. Si soy honesta, lo hice más por mí. Me hacía sentir cercana a ella.

Zane me observa mientras el avión despega. Le doy otro sorbo a la champaña intentando mantener mis manos ocupadas. Su mirada me incomoda estos días, así que lo ataco verbalmente para romper la tensión. Es la única forma en la que sé comunicarme con él y desaprenderla está resultando más difícil de lo que esperaba. Estamos en este espacio intermedio tan complicado, en el que ya no podemos disfrazar nuestro deseo como odio, aunque ninguno de los dos se atreve a dar el primer paso. Tal vez ambos tenemos demasiadas heridas. Quizá él tiene tanto miedo como yo.

—Cuidado —me advierte Zane, justo cuando una turbulencia sacude el avión y me derramo la copa sobre mi blusa blanca. Hago una mueca y él se reclina en su asiento observándome. Siento algo oscuro y pesado en su mirada mientras ve cómo las gotas de champaña ruedan por mi escote.

—Hay una regadera en el dormitorio —comenta con voz áspera—. Te la muestro cuando el avión se estabilice.

Me mira intensamente, con el deseo ardiendo en sus ojos, lo que me da el valor para atraer aún más su atención en mí. Las cosas han cambiado mucho entre nosotros desde que nos casamos, pero no es suficiente. Él me vuelve egoísta e irracional, me hace desear más. Siempre estoy ávida por estos momentos en los que me mira como si nada más importara.

Paso las manos por mi blusa y asiento.

—Eso estaría perfecto —respondo y me desabotono la blusa con manos ansiosas—. Tengo que quitarme esto.

Zane aprieta la mandíbula y noto que su respiración se vuelve errática. Sus ojos se posan en mi brasier rojo que se transparenta a través de la tela mojada. Se muerde un pulgar mientras continúo desabrochándome la blusa. Cuando cae al suelo, se acomoda nervioso en su asiento.

Un gemido suave escapa de mi garganta cuando se agarra el pene por sobre sus pantalones para acomodárselo. Volteo a nuestro alrededor para asegurarme de que en verdad estamos solos.

—Incluso el brasier se mojó —señalo forcejeando un poco con el broche frontal. Cuando lo desabrocho, una mirada salvaje brilla en los ojos de Zane.

—Basta —gruñe respirando con dificultad.

Pongo las manos sobre mis senos, cubriéndolos de su vista.

—¿Basta de qué? —le pregunto viéndolo inocentemente.

—Celeste —amenaza justo antes de que baje las manos—. Si no te detienes en este momento, asumiré que quieres que me ponga de rodillas y limpie con la lengua cada gota de champaña que cayó sobre tu cuerpo. No pararé hasta tener mi cara escondida entre tus hermosas piernas y a ti viniéndote en mi boca.

Mis labios se abren esperanzada y titubeo por un momento, pero mi decisión está tomada incluso antes de que la registre conscientemente. Lo miro a los ojos al tiempo que acaricio mis pezones con los pulgares, dibujando círculos alrededor de ellos de la forma en que a él le gusta hacerlo; gime en respuesta.

Se quita el cinturón y se arrodilla frente a mí, con una actitud posesiva mientras me abre las piernas, haciendo que la falda se me suba.

—Estás jodidamente loca —murmura y pone su mano en mi nuca para besarme de forma impetuosa.

Envuelvo su torso con las piernas y lo jalo más hacia mí mientras se bebe mis gemidos.

—Zane —jadeo en un quejido cuando separa sus labios de los míos y los posa en mis senos, besando y lamiendo la champaña en mi piel, exactamente como dijo que lo haría. Meto la mano en su cabello mientras desabrocha mi cinturón y me jala al borde del asiento con urgencia para subir mis piernas a sus hombros.

—Sigues sin saber escuchar —dice antes de arrancarme la ropa interior de lencería con los dientes. Siento su respiración caliente en mi piel, lo que me provoca un gemido. Él se ríe y se me queda viendo fijamente mientras saca la lengua para probarme.

—Dios mío —susurro y cada pensamiento racional se desvanece mientras miro a mi esposo tentarme, con mis manos en su cabello y su lengua en mi clítoris. Había olvidado lo bueno que es en esto, lo bien que conoce mi cuerpo.

Zane empuja dos dedos dentro de mí y los flexiona, llevándome al borde del orgasmo.

—Por favor —exclamo repitiendo las palabras una y otra vez.

El gruñe como respuesta a mis plegarias; no puedo evitar jalar su cabello con más fuerza.

—Vente para mí, diosa —ordena y yo obedezco. Es imposible resistirme a él, conoce mi cuerpo mejor que nadie. Grito su nombre y él continúa tocándome con la lengua mientras oleadas de placer me recorren.

La forma en que aún me desea es realmente reconfortante, hace que me derrita. Cuando me toca, es como si todo desapareciera y solo quedara nuestra esencia más profunda. Quisiera poder existir solamente en esos momentos, en los que ni el pasado ni el futuro importan.

Cuando se aleja para mirarme, sus ojos muestran algo que paraliza mi corazón. Me sonríe tiernamente y se acerca a abrazarme.

—La próxima vez que quieras algo, solo dime, Celestial —comenta y me quita el cabello del rostro—. No soy el tipo de hombre que le negaría algo a su esposa.

Lo veo a los ojos yme duele el pecho mientras me asalta un pensamiento repentino que me roba el aliento. Si le pidiera su corazón, ¿me lo daría?

Setenta y dos

ZANE

Celeste se queda inmóvil, interrumpiendo el trazo de su labial, cuando salgo de la regadera. Sus ojos se encuentran con los míos en el espejo. Respira hondo y el deseo hace que sus pupilas se dilaten.

No sé por qué demonios reservé la misma habitación que ocupamos años atrás en esta misma conferencia, cuando me desvivía por ganarme la aprobación de su abuelo. No fue nostalgia, pero tampoco sé qué fue. ¿Quería recordarle lo que destruyó? ¿O revivir las noches que compartimos aquí? No lo sé y este es justamente el problema con Celeste. Mientras más tiempo paso casado con ella, menos seguro estoy de dejarla ir cuando llegue el momento. No tengo claro qué quiero de ella, pero sí sé que la deseo.

Un futuro juntos es impensable por la forma en que mi familia la mira y la desconfianza que se cuela entre nosotros; sin embargo, carajo, todavía la amo. Ojalá eso bastara, ojalá lo demás no importara.

Me sigue con la mirada mientras me seco, fingiendo que está concentrada en su maquillaje. Sonrío con cierto aire de satisfacción, saboreando la atención que me pone. Se ve deslumbrante: de pie, usando un conjunto de lencería roja que apenas la cubre. Está de espaldas a mí, lo que me permite ver sus nalgas; Dios mío, es mi mayor fantasía en persona.

Me descubre observándola y me regala una sonrisa, complacida, al tiempo que se voltea para ofrecerme una vista aún más increíble. Hay algo completamente irresistible en esas malditas cosas que usa para sujetar sus medias. La imagen es tan perfecta que quisiera ponerme de rodillas entre sus piernas y adorar su vulva.

Me acerco a ella con solo una toalla ceñida en la cintura. Me observa con la misma hambre que me mostró en el avión y anoche. Unas gotas de agua bajan por mi pecho y mi hermosa esposa las sigue con la mirada; su deseo es evidente, lo que hace que mi pene se estremezca.

Meto una mano en su cabello y suspira al sentir cómo las yemas de mis dedos recorren el costado de su cuello y se deslizan sobre su brasier.

—¿Para quién es esto? —le pregunto, ahogándome en unos celos irracionales que me generan un nudo en el pecho. Desde que llegamos, ha estado callada y solo puedo pensar que es porque sabe que Clifton también estará aquí. ¿Acaso planea escaparse en algún momento, como solía hacerlo conmigo?

Aún recuerdo cómo me provocaba cuando recién nos obligaron a estar juntos. Me dijo sin tapujos que no dejaría de verlo, que, aunque se casara conmigo, él sería el único al que amaría. Ese recuerdo me enferma. Pasé años intentando olvidarla y me duele aceptar que ella se haya enamorado de otro con tanta facilidad, aún más que fuera él. Cuando la toco, toda su atención se vuelca en mí, pero me pregunto quién ocupa sus pensamientos cuando no los estoy ahogando en deseo. ¿Será él?

Levanto su barbilla y aprieto su cabello entre mis dedos. Ella apoya una mano en mi pecho y sus dedos rozan mi tatuaje con delicadeza.

—Tú —responde suplicante, como si pudiera leer la inseguridad que intento ocultar—. Es para ti.

Deslizo mi mano por su cintura conteniendo mis ansias, impaciente. Ella emite un gemido al sentir que agarro su trasero y lo aprieto con fuerza.

—Eso espero —le advierto cerrando el puño en su cabello y atrayéndola hacia mí mientras nuestros labios se encuentran. Apenas se rozan, ella se eleva sobre las puntas de sus pies y coloca sus brazos alrededor de mi cuello, haciendo el beso más profundo. Hay algo reconfortante en la manera en que se entrega a mí, lo que hace que mi tacto se vuelva más suave, dejando que la rabia se disuelva. Maldigo que tenga este poder sobre mí y dudo que alguna vez se debilite.

Acaricia mi mejilla y se aleja apenas para mirarme. Sus ojos reflejan la misma vulnerabilidad que yo siento.

—Celeste Windsor —susurro—. Ese es tu nombre ahora. No te atrevas a olvidarlo.

Esperaba una objeción de su parte debido a mi tono, pero se limita a observarme, luego sonríe con melancolía.

—Soy consciente de que soy tu esposa, Zane —responde y en su mirada hay dolor y aflicción. Parece que ama y odia al mismo tiempo ser mía... Yo siento exactamente lo mismo.

Doy un paso hacia atrás y ella toma mi mano. Nos quedamos mirando fijamente, con tanto sin decir entre nosotros. Es como si estuviéramos al borde de algo nuevo, o tal vez de algo que ya sucedió, pero ninguno sabe cómo manejar esta nueva normalidad.

—Vamos a llegar tarde —comento; ella asiente y me suelta con renuencia, descolocándome por completo.

La observo un momento mientras se da la vuelta y comienza a vestirse; mi corazón late con fuerza. Maldita sea. Cinco años y sigo enamorado de ella. Ha cambiado desde aquella pesadilla sobre Lily. Ahora me mira de forma distinta, ya no hay odio, solo preguntas para las que no tengo respuestas. Hace años habría dado el mundo por estar en esta situación con ella, un escenario en el que ella estuviera dispuesta a escucharme; sin embargo, ahora es demasiado poco y demasiado tarde.

Caminamos en silencio hacia el salón donde se llevará a cabo la conferencia. Su cuerpo roza el mío en el elevador y eso es suficiente para que emerja el recuerdo de su dedo meñique enganchado con el mío. La volteo a ver y sé que ella también lo recuerda. Mi pecho se contrae por la nostalgia.

Algo brilla en su mirada cuando entrelazo mis dedos con los suyos, como queríamos hacer en ese entonces. Buscamos algo en el rostro del otro, sin saber bien qué. Exhala cuando llegamos al primer piso, pero su expresión se endurece al ver hacia adelante. Aprieto más su mano, incapaz de soltarla cuando salimos.

—¿Celeste?

Un escalofrío me recorre la espalda al escuchar esa voz y mi ánimo se desploma al ver a Clifton Emerson. Está recargado en la pared, como si hubiera estado esperándola, igual que aquella vez. Ella se tensa y él se detiene a medio paso al notar que nuestras manos están entrelazadas.

La tristeza que cruza su rostro me daría lástima si no fuera porque es a mi esposa a quien desea. Sujeto más fuerte la mano de Celeste y ella aprieta la mía, intentando tranquilizarme.

—Cliff —dice ella, con un dejo de cariño en la voz que me irrita profundamente. Es una locura cómo sigue afectándome después de todos estos años.

Clifton la mira como si quisiera arrebatármela y abrazarla con fuerza. Le sonrío de forma desafiante y satisfecha, ya que Celeste no intenta soltarse. Ella era mía entonces y es mía ahora.

Clifton desvía la mirada adivinando mis pensamientos, pues ninguno de los dos nos molestamos en saludarnos, así que se concentra en Celeste.

—Te extrañé —le confiesa con tono sincero. Me irrita ver cómo se suaviza la expresión de Celeste. Espero con un nudo en la garganta a que ella responda; siento que el corazón se me romperá en mil pedazos.

—Qué gusto verte —responde mi esposa. Mis hombros se relajan y el aire vuelve a llenar mis pulmones. Sonrío y suelto su mano para rodear su cintura, jalándola hacia mí. Ella se acerca sin dudarlo y se recarga en mí como si fuera lo más natural del mundo, demostrando que me pertenece.

Clifton mira hacia otro lado, pero no logra ocultar su anhelo y desolación. No se me da sentirme mal por él.

—Llegaste más tarde de lo que habías dicho —le dice a Celeste de forma acusadora—. Habías dicho que llegabas anoche, ¿no? Te llamé y no contestaste.

Mi cuerpo se pone rígido y aprieto la mandíbula para no hablar. ¿Ella habló con él? ¿Le dijo a qué hora llegaría? ¿Por qué carajos haría eso?

—Sí, llegamos anoche —responde ella y sus mejillas se encienden. ¿Será porque está pensando en lo que hicimos justo después de entrar a la habitación? Seguro no pensaba en Clifton cuando me sedujo en la suite, con esos ojos ámbar deseosos, recordándome que le había prometido no negarle nada si me lo pedía. Sin duda, no pensaba en él cuando se puso de rodillas y me recompensó por la forma en que hundí mi rostro entre sus piernas en el avión.

Reprimo una sonrisa al ver la mirada decepcionada de Clifton. Observo a Celeste, aprendiendo algo nuevo que mi enojo me había impedido ver antes. La estudio detenidamente mientras entramos al salón de conferencias; me doy cuenta cómo mira a Clifton y la forma en la que interactúa con él. Cada pocos segundos, vuelve la mirada hacia mí y yo le respondo con una sonrisa, disfrutando que mi sola presencia ponga nervioso a ese imbécil.

A veces parece que la historia se repite. Una vez más Celeste está sentada entre nosotros dos. Coloco mi mano sobre su falda con la palma hacia arriba y ella pone la suya sobre la mía, me siento bien cuando inicia la presentación. Es una estupidez sobre avances en modelado 3D; durante el tiempo de la conferencia, solo me concentro en la sensación de nuestros dedos entrelazados.

A mitad de la presentación, Celeste se inclina hacia mí para avisarme que va al baño; me pongo tenso y una sensación de frío me recorre el cuerpo. Es lo que nosotros decíamos para escaparnos. Debe saber lo que pienso porque me lanza una sonrisa tranquilizadora antes de irse.

Miro a Clifton, asegurándome de que no la siga y él me responde con una mirada retadora. Tomo mi cajita de caramelos de menta y me meto uno a la boca; veo como sus ojos brillan del coraje. Él solo frunce el ceño, hundido en la desesperación.

—No va a durar —asegura—. Ustedes ya terminaron una vez y volverá a pasar. Cuando ocurra, yo estaré donde siempre he estado, aquí, esperándola.

Me recargo en mi asiento, seguro de mí mismo por primera vez en años. No sabía que él tenía conocimiento de que Celeste y yo salimos hace años; sin embargo, me complace saber que ella le contó de nosotros.

—Si nuestro matrimonio no dura, Clifton, tú estarás donde siempre has estado: en las gradas, suspirando por una mujer que siempre será mía.

No entiendo la dinámica entre nosotros ahora, pero sé que tengo razón. Nos hemos lastimado fatalmente durante años, pero siempre le he pertenecido tanto como ella a mí. Aunque no estemos juntos, eso no cambiará. Su apariencia derrotada me dice que él también lo sabe.

Sonrío al levantarme, decidido a interceptar a mi esposa y arrastrarla al cuarto de servicio más cercano. Cuando vuelva a sentarse junto a él, quiero que recuerde a quién le pertenece y que no quede duda.

Setenta y tres

Celeste

Siento un cosquilleo en todo el cuerpo al sentarme junto a Clifton. Mi pulso sigue acelerado por la forma en que Zane me tomó de la muñeca y me arrastró al cuarto de servicio vacío más cercano. Fue muy intenso revivir nuestro pasado... esos breves momentos que nos regalábamos. Que él todavía me desee es un sueño y nada se compara con ese instante en el que él comienza a entrar en mí. Nunca estoy segura de si podré recibirlo todo, pero, aun así, él me hace tomarlo. La forma en que me posee me vuelve loca, ansiosa por más.

—¿Todo bien? —pregunta Clifton mirando mi rostro. Lo que encuentra hace que su faz se entristezca, así que bajo la mirada. No puedo verlo a la cara cuando mi ropa interior está completamente empapada. Igual que hace años, Zane reintrodujo su semen dentro de mí y me dijo que pensara en él mientras me sentaba junto a Clifton... como si pudiera pensar en alguien más.

—S-sí —respondo sonrojada. Aprieto las piernas, sin poder calmar el latido de mi corazón. Me estoy volviendo adicta a estas miradas al pasado, sin duda, quiero más de esta felicidad. Zane ya no me toca con odio; cada vez que tenemos sexo, es como si quisiera que recuerde lo bien que quedábamos juntos. No pensé que podríamos superar los reproches y la culpa, pero empiezo a notar que, en verdad, está tan cansado de la infelicidad como yo.

Zane me sonríe cuando sube al escenario. Yo me reclino en mi asiento, sintiéndome orgullosa de mi esposo. Se esfuerza en todo lo que hace y sé mejor que nadie el tiempo que le tomó prepararse para esta conferencia. Pasé horas ayudándolo con las diapositivas; me impresionó bastante darme cuenta lo mucho que le importa.

Zane nunca oculta información y eso es lo que más admiro de él. Es raro que alguien tan exitoso suba al escenario y comparta lo que sabe, sabiendo que beneficiará a sus competidores. Es difícil de creer que pudo haber hecho lo que hizo, pues es algo ajeno a su carácter. Con cada mes de matrimonio que pasa, pienso que quizá no mintió cuando lo increpé por las acusaciones de Lily. No sé cómo enfrentar lo que eso implicaría si fuera cierto y el solo hecho de considerarlo me aterra. Si Zane no mintió, entonces Lily sí; el problema es que ella jamás podría haberme hecho eso. El dolor en su rostro era muy real, lo que complica todo aún más.

—No puedes dejar de mirarlo —comenta Clifton en voz baja. Volteo a verlo con una sensación agridulce en el pecho. En estos cinco años, Clifton ha sido un gran amigo y me duele verlo así, como si lo hubiera traicionado.

—Lo siento —susurro, sin saber bien por qué me disculpo. Después de todo, nuestra relación nunca fue real, pero ambos sabemos que él quería que lo fuera.

Suspira y acaricia mi cabello, apartándolo de mi rostro. Lo ha hecho miles de veces a lo largo de los años, especialmente cuando me encontraba llorando tras unas copas.

—No lo hagas —susurra con su mirada fija en la mía—. En el fondo, yo lo sabía. Creo que tú también. De una u otra forma, terminarías en sus brazos. Sigues tan enamorada de él como antes.

Abro muchísimo los ojos y niego con la cabeza.

—No, no es amor lo que hay entre nosotros —le aseguro. No sé qué es, pero no es amor.

—¿No? —pregunta recorriendo mi rostro—. Entonces, ¿por qué cada vez que los veo juntos tienes el labial corrido? Cuando él está presente, es como si nadie más existiera, Celeste. Me pregunto si en el fondo eso es lo que quería, alguien que me mirara como tú miras a Zane Windsor. Él casi te arruinó; sin embargo, aquí estás, dándole todo lo que siempre quise. Eso es lo que más me duele, ¿sabes? No lo merece.

Bajo la mirada, incapaz de encarar a Cliff o negar sus palabras.

—Él me hace sentir viva otra vez —le explico, temerosa de admitirlo—. ¿Es eso tan malo? Cuando Lily murió, también lo hizo una parte de mí hasta que Zane regresó. Poco a poco vuelvo a descubrir qué es la felicidad, a sentir alegría de verdad. Sé que debería sentirme culpable, tener presente quién es y lo que hizo, pero, honestamente, nadie más me ha hecho sentir así.

Lo que siento en este momento me recuerda a Lily y me pregunto si es una especie de karma. ¿La vida estará mostrándome lo que ella sintió? Estoy caminando en el filo de la navaja, disfrutando cada instante de felicidad, aunque de antemano sé que no durará. A cada roce le sigue una culpa intensa, pero no puedo parar. Quizá ella tenía razón y estoy comenzando a perdonar a Zane. Recuerdo la forma en que lloró, diciéndome que no podía verme casar con él; no obstante, eso hice. Lo que es peor es que ya estoy cansada de sentirme culpable por ello.

Lily escribió que esperaba que Zane comprendiera lo que era perder todo lo que amas, mirar a tu alrededor y encontrar los pedazos rotos de tu corazón en cada rincón lleno de recuerdos. Nunca imaginé que lo contrario también sería verdad. Estoy recogiendo los fragmentos de mi corazón en cada memoria que revivimos, en cada emoción que él me hace sentir cuando creía que ya no podía sentir nada.

Miro a Zane en el escenario y veo que nos observa a Clifton y a mí, tiene la mandíbula trabada y se ve furioso. Está celoso. Me preguntó si pensó que me había puesto mi lencería roja para Clifton cuando me cuestionó esta mañana, justo antes de recordarme que soy suya. Cuando me llevó al cuarto de servicio, su tacto fue mucho más ardiente que de costumbre, casi como si se sintiera inseguro. La idea me hace sonreír y enciende una chispa de esperanza dentro de mí.

Zane aprieta el micrófono y sonríe para la audiencia mientras finaliza su presentación, sin apartar la mirada de mí.

—Por supuesto, nada de esta información estaría disponible si no hubiera sido por mi esposa, Celeste Windsor —dice cortésmente, pero sin ocultar un tono posesivo. Clifton se endereza y yo le sonrío a mi esposo, con las mariposas en el estómago a mil.

Lo veo salir del escenario y apenas le pone atención a las mujeres que se le acercan con preguntas. Tengo toda su atención y me encanta. Me levanto y doy un paso hacia él, sintiéndome poderosa por ser la esposa de Zane Windsor. Le sonrío y eso lo desconcierta, al parecer le quito el filo a su enojo.

Se detiene frente a mí y mira a Clifton un instante mientras yo acaricio su rostro y me pongo de puntitas para besar su mejilla.

—Lo hiciste increíble —le digo—. Estoy tan orgullosa de ti.

Zane me mira fijamente, mete sus dedos entre mi cabello y me sujeta. Veo su fragilidad y eso provoca que mi corazón se dispare. Suspira y aprieta mi cabello, acercándome. Vacila un instante y luego me besa en medio de la abarrotada sala de conferencias, sin importarle los murmullos a nuestro alrededor. Sonrío contra sus labios y le devuelvo el beso con todo lo que tengo para darle, rodeándolo con los brazos y mis dedos recorriendo su nuca como a él le gusta.

Ambos jadeamos cuando su frente cae sobre la mía y me besa de nuevo. Esta vez con más calma, después da un paso hacia atrás buscando algo en mi mirada. Levanta una ceja pensativo y me es difícil ignorar la chispa de esperanza en sus ojos, más difícil aún pasar por alto la forma en que acelera mi corazón.

—Estoy cansada de ser infeliz —declaro, a manera de explicación por lo que acabo de hacer.

Sus labios dibujan una sonrisa amarga, se inclina y casi roza su boca con la mía.

—Entonces dejemos de hacerlo, Celestial. Dejemos de ser infelices.

Suspiro mientras me besa, despacio, sin prisas, sin importar quién nos vea. Son momentos como este los que hacen que valga la pena vivir. Esto es todo lo que quiero: vivir.

Setenta y cuatro

Zane

—No tienes que hacer esto si no quieres —me dice Celeste mientras nos estacionamos frente a la casa de sus padres.

Le sonrío de forma burlona y le lanzo una mirada cómplice.

—¿Y arriesgarme a que le digas a tu mamá que estoy muy ocupado metiendo las manos en estiércol de vaca? Ni lo sueñes, Celeste. —Se muerde un labio para no sonreír. Me giro en el asiento, dejando que mi mirada se pierda en el vestido rosa que lleva puesto—. Además, ¿no habíamos decidido que ya no íbamos a estar tristes y enojados? Las cosas nunca volverán a ser como antes, pero hasta que nos divorciemos, podríamos… —Dudo al no encontrar las palabras correctas.

—¿Coexistir? —pregunta mi esposa, aunque no es exactamente eso.

—Algo así.

Celeste me ha acompañado a tantos eventos Windsor últimamente que sería injusto que no le regresara el favor. Siendo honesto, no me cuesta nada venir a ver a su familia. Además, me encanta estar con ellos y, cada vez que los veo, siento que nuestra relación mejora un poco más.

Ella me sonríe. Carajo, y así de sencillo se acelera mi corazón. Suspiro y tomo uno de sus rizos, enredándolo en mi dedo mientras me pierdo en sus ojos. Estos días me mira como antes y me resulta embriagador. Cuando me sonríe, es como si el pasado desapareciera y únicamente existiera este momento en el que me tiene suspendido. Todavía tengo miedo de que todo esto sea otro acto, decir lo contrario sería mentir, pero al mismo tiempo tomaré lo que ella me dé. Es patético, pero así es.

—Será mejor que entremos. Tu mamá es aterradora —admito—. Honestamente, me da miedo llegar siquiera con un minuto de retraso.

Celeste se ríe a carcajadas y yo le devuelvo la sonrisa antes de salir del coche y rodearlo para abrirle la puerta. La forma en que me mira cuando le ofrezco la mano ilumina mi día y mi corazón late un poco más rápido cuando entrelazo nuestros dedos. Aunque todo es una ilusión, aunque no puede durar, quiero esto con ella. Es una locura, lo sé, pero no puedo evitarlo tratándose de ella.

Me lleva por la casa de sus padres y un sonido de risas nos guía hasta la sala.

—¡Ahí están! —exclama Archer sonriéndonos. Mis ojos se abren sorprendidos y Celeste me suelta para abrazar a su hermano, dejando escapar un grito de emoción cuando él la levanta del suelo.

Les sonrío a pesar del extraño dolor que siento en el pecho. Es raro estar aquí, justo donde siempre quise estar. Celeste siempre ha sido la mujer de mis sueños y Archer el mejor amigo que he tenido. Los tengo de vuelta en mi vida, pero al mismo tiempo no. No del todo. Es una sensación tan extraña; sin embargo, no pensaré en eso en este momento.

—¿Qué haces aquí? —le pregunta Celeste separándose para mirarlo.

Archer le sonríe, pero noto cómo sus ojos recorren, preocupados, el rostro de su hermana. Luego me mira con una sonrisa tensa.

—Le prometí un trago a Zane —contesta. Se pregunta si estoy cumpliendo la promesa que le hice cuando me casé con Celeste. Es evidente que está preocupado por su hermana.

La mirada de Celeste va de uno a otro con curiosidad, así que le sonrío cuando me devuelve la mirada. Niego ligeramente con la cabeza, respondiendo a su pregunta muda y asegurándole que no hay nada de qué preocuparse. Entonces, me doy cuenta: estamos haciendo lo que hacíamos antes, comunicándonos en silencio. ¿Cuándo empezamos a hacerlo de nuevo?

Las cosas han cambiado entre nosotros desde que regresamos de la conferencia. Compartimos más de nuestro tiempo. La mayoría de las noches cenamos juntos y hablamos o vemos la tele, como antes. Nos acostamos al mismo tiempo y cada noche la abrazo. Ella me pide un beso con la mirada y nunca se queda en un beso. Siempre despierto con su cabello en la cara.

Nuestra pequeña tregua es frágil y muchas veces parece que caminamos de puntitas alrededor del otro, evitando los temas controversiales. Sé que no es vida, pero, maldita sea, desearía que durara para siempre.

—Antes de que empiecen a beber y desaparezcan —dice Clara levantando una baraja de cartas— ¡vamos a jugar! Esta vez con cartas reales, ya que Archer está en casa.

Celeste me mira emocionada, le sonrío de vuelta mientras me hundo en lo que ya considero mi lugar en el sofá. Mi esposa se sienta a mi lado, su muslo pegado al mío y mi brazo detrás de ella en el respaldo.

George asiente hacia mí.

—¿Te quedas a dormir, hijo? No es común que Archer y tú estén aquí juntos.

Aún me sorprende que me haya perdonado tan fácilmente después de todo lo que les hice. Durante años, hice todo lo posible para dejarlos en la bancarrota, sin posibilidad de que se recuperaran. No obstante, estoy aquí sentado. Parece que nada de eso pasó, como si el pasado en verdad fuera solo eso: pasado.

Celeste pone su mano sobre mi rodilla y me mira con un dejo de preocupación en sus hermosos ojos ámbar.

—No tenemos que quedarnos —me asegura y mi corazón se desboca cuando aparto un mechón de su cabello antes de asentirle a mi suegro.

Ella me sonríe tan dulcemente que me duele el pecho, no puedo hacer otra cosa que sonreírle de vuelta. Sé que esto es una locura y debería frenar estos sentimientos, pero no quiero. Prefiero enfrentar el dolor cuando inevitablemente me decepcione otra vez, antes que no tener estos momentos en absoluto.

Empezamos a jugar uno de esos juegos que Archer, George y yo inventamos después de muchas horas y botellas de whisky, porque nunca podíamos ganarles a las chicas en los juegos que elegían. Los tres compartimos miradas de complicidad, solo para terminar perdiendo contra Celeste y Clara.

—Es porque llevamos tiempo sin practicar —explico encogiéndome de hombros.

Archer frunce el ceño y señala con el dedo a su hermana.

—Estás haciendo trampa.

Mi esposa lo mira inocentemente, demasiado inocente.

—¿Cómo podría? Apenas entiendo este juego. ¿No fuiste tú quien inventó las reglas?

Archer la observa y luego me mira arqueando una ceja.

—Zane, estás sentado a su lado. Está haciendo trampa, ¿verdad?

Celeste me reta con la mirada a ponerme del lado de Archer. Contengo la risa y pongo mi mano sobre su muslo, empujando sutilmente la carta que ocultó bajo su falda. Abre los labios sorprendida, así que intento no reírme. ¿En serio pensó que no me daría cuenta?

Sus ojos se agrandan cuando me inclino hacia ella, rozándole el oído con los labios.

—Mi silencio te va a costar —le advierto.

Ella se muerde un labio y gira la cara, rozando su nariz con la mía mientras se acerca para susurrarme al oído.

—No digas nada y cuando nos vayamos a la cama esta noche… te haré sexo oral justo como te gusta, dejándote llegar hasta el fondo de mi garganta. Voy a chuparte hasta que te vengas y me voy a tragar cada gota.

Mierda, mierda. Así de fácil, mi pene se pone duro justo aquí en la sala de la casa de mis suegros. Me acomodo nervioso, seguramente estoy sonrojado, mientras ella se aparta con la mirada más cándida. Coloco el brazo estratégicamente sobre mi regazo y enderezo la espalda. Antes era así entre nosotros y la manera en que estamos volviendo, poco a poco, a ser lo que nos hizo nosotros es estúpidamente excitante.

—Le pregunté y no hizo trampa —le digo a Archer, quien me mira incrédulo.

—¿Le… preguntaste? —repite, con el entrecejo arrugado y una expresión cada vez más irritada mientras nos mira—. Esto es una mierda —exclama y lanza las cartas sobre la mesa, fingiendo ira, aunque no hay malicia en su expresión. Clara se ríe y George me lanza una mirada entre molesta y divertida.

—Tú —me dice Archer levantándose y mirándome con reproche—. Vamos por un trago.

—Eres un mal perdedor —bromea Celeste. Contengo la sonrisa y le aprieto la rodilla brevemente antes de levantarme para seguir a Archer. George también se levanta y Celeste se acomoda para apoyar su cabeza en el hombro de su mamá, siguiéndome con la mirada mientras camino por la habitación. Le sonrío antes de salir, sintiendo mi corazón entero por primera vez en años.

Los dos hombres guardan silencio mientras vamos a la oficina de George. Me siento en el lugar de siempre, listo para las preguntas que sé que me harán.

—Parece que cumplirás tu promesa después de todo —señala Archer con voz tranquila, sin rastro de la falsa indignación anterior—. Se ve más feliz que nunca. Hablé con ella hace unas semanas y sonaba realmente triste, me preocupé tanto que compré un boleto de avión. Me alegra saber que todo fue infundado.

Recuerdo el día que lloró hasta quedarse dormida hace un par de semanas y las pesadillas que no siempre puedo ayudarla a calmar. Eso nos ha acercado, pero también es un recordatorio cruel de lo que hay entre nosotros.

—No es fácil —admito en voz baja.

—Ningún matrimonio lo es, hijo —afirma George mientras me sirve un trago—. Pero los momentos buenos, ¿valen la pena, no?

Sonrío para mí mismo, incapaz de negarlo.

—Sí —respondo levantando la copa hacia mis labios—. Ella vale la pena.

Setenta y cinco

Celeste

Miro el reloj de mi cuarto con impaciencia y respiro hondo. Cuando Zane se toma un trago con Archer y papá, nunca es solo un trago. Me recuesto en la cama y solo miro el techo, molesta, viendo cómo los minutos transcurren hasta que, finalmente, la puerta de mi cuarto se abre.

Me siento y estrujo las sábanas, con el corazón latiéndome con fuerza al ver a Zane entrar desnudo, excepto por una toalla, con gotas cayendo por su pecho. La puerta se cierra tras él y se recarga en ella. Ahora toda su atención está puesta en mí.

—Me debes algo, ¿verdad, diosa? —recalca con la mirada ardiente.

El apelativo hace que mi corazón se acelere. Hace tanto que no me llama así y lo extrañaba más de lo que quisiera admitir.

—Sí —admito tímidamente mientras me pongo de rodillas, dejando caer las cobijas para mostrarle que estoy desnuda debajo.

—Carajo…

Se peina el cabello con una mano y mi mirada no puede evitar caer sobre sus abdominales.

—Ven aquí —le ordeno con el pulso latiéndome a mil.

Da un paso adelante y luego otro, sin apartar los ojos de los míos. Me encanta ver cómo se acelera su respiración, cómo tiene una erección en segundos al contemplar mi cuerpo. Me encanta que todavía me desee.

Tomo su toalla en cuanto la tengo al alcance y se la quito con impaciencia, haciéndolo reír.

—Tan hambrienta —susurra mientras se arrodilla en mi cama, con su mano enredándose en mi cabello—. Dime, Celestial, ¿has estado aquí acostada pensando en mí?

Asiento y recorro con una mano su pecho. Su tatuaje luce aún más hermoso bajo la luz de la luna.

—Siempre estoy pensando en ti —acepto; las palabras salen sin que las piense.

—Qué buena esposa —murmura acercándome hasta que mi cuerpo queda pegado al suyo. Agarra mi cabello y se agacha hasta que su boca queda muy cerca de la mía—. He estado contando los segundos, ¿sabes? Parecía que tu papá y tu hermano sabían que moría de ganas por venir a cogerte, porque, cada vez que intentaba salir, me llevaban de vuelta. Fue desesperante.

Me río y atrapo su labio inferior entre mis labios antes de besarlo, rodeando su cuello con los brazos.

—Te recompensaré por tu paciencia —le prometo y lo beso más intensamente.

Gime y me acaricia como si no tuviera suficiente de mí, lo que me da valor y me hace sentir la mujer más hermosa del mundo.

Me besa con desesperación, como si hubiera estado contando los minutos igual que yo. Su mano baja por mi pecho, con un tacto tan ligero como una pluma mientras sus dedos se deslizan entre mis piernas, haciéndome gemir. Se aleja para mirarme al darse cuenta de lo mojada que estoy, sus ojos brillan deleitado y despierta en él una actitud posesiva.

—Tan absurdamente hermosa —susurra mientras sus dedos se adentran en mí, arrancándome un gemido ansioso por más—. Mírate, bebé. Eres una diosa y es una locura que seas mía.

Curva sus dedos y me muerdo un labio para contener los gemidos.

—Dámelo —suplico—. He esperado tanto.

Sonríe y retira su mano, haciéndome jadear desilusionada. Mi necesidad solo lo divierte más. Me observa mientras envuelve su su pene con una mano.

—¿Quieres esto?

Asiento, casi delirando. Llevo al menos una hora acostada pensando en lo que me haría y él lo sabe.

—Por favor.

—Dime lo que quieres, Celeste. Usa bien tus palabras.

Muerdo mi labio y aprieto las piernas, con la respiración entrecortada.

—Quiero que me cojas la boca como dije que podías hacerlo.

Se lleva el puño a la boca y lo muerde, con una mirada ardiendo de ganas. Hace años que no me ve con tal desesperación, sin defensas. Aquí y ahora, me mira como si de verdad fuera su diosa. Se pone de pie y se planta al lado de mi cama, su pecho sube y baja rápido traicionando su necesidad.

—Recuéstate —ordena con voz baja.

Obedezco y coloco la cabeza justo en el borde de la cama, inclinada hacia atrás. Mi cuerpo entero está completamente a su merced mientras mi largo cabello cae hasta el suelo. Zane inhala fuerte cuando abro mis labios, nuestros ojos se encuentran un instante antes de que él avance y guíe su pene suavemente hasta mi boca.

Lo tomo con ansias, lamiéndolo como sé que le gusta. Es tan cuidadoso cuando empieza a penetrarme que gimo, deseando más. Quiero que mi esposo pierda el control, que use mi boca como antes. Succiono más fuerte y mis movimientos suplican en silencio, pero él me entiende. Zane empieza a mover las caderas tal y como esperaba, cogiéndose mi boca como le pedí.

—Carajo, eres tan buena chica —gruñe empujando su pene hasta mi garganta—. Trago saliva alrededor de él, amando sus gemidos—. Eres tan buena en esto, mi diosa. Aún sabes exactamente lo que me gusta, ¿verdad?

Trago fuerte y uso la lengua como le encanta, respondiendo a sus preguntas. Gime y sus jadeos me enloquecen.

—Tócate —me ordena—. Déjame ver tus manos recorrer tu cuerpo, despacio. Usa las yemas de tus dedos, Celeste. Tócate como quieres que yo lo haga.

Sigo sus órdenes mientras él empuja más profundo. Sus gemidos se vuelven erráticos cuando mis dedos desaparecen entre mis piernas.

—Qué vagina tan perfecta —susurra.

La idea de que me vea tocarme mientras se coge mi boca me lleva al límite. Sé que no resistirse a la imagen que le estoy presentando, lo que me hace sentir poderosa.

Mis caderas comienzan a moverse mientras me acerco al orgasmo, todos mis sentidos están sobreestimulados.

—No te vengas —me advierte; gimo tratando de obedecer.

—Te ves jodidamente hermosa. No tienes idea de cómo te ves, ¿verdad? Eres etérea. Eres todo lo que soñé, Celestial.

Me excita cuando dice esas cosas y lo sabe. Gimo mientras mi vagina comienza a contraerse, así que él acelera su ritmo, cogiéndose mi boca más duro, haciéndome tomarlo casi todo.

Gimo alrededor de él, entregándome a las oleadas de puro placer que me sacuden al venirme.

Zane chasquea la lengua y se aparta, así que lo miro con un gesto de decepción.

—Mi pene solo es para las chicas buenas, Celeste. Te dije que no te vinieras, ¿no?

Me siento con las piernas dobladas.

—No pude resistirme —le digo mirando su cuerpo con hambre. Algunos días me cuesta creer que Zane Windsor sea mi esposo. Apenas parece real bajo la luz de la luna, sus fuertes músculos y su pene duro para mí. Me mira como si yo fuera su mundo entero y las mariposas en mi estómago vuelan sin control.

—Te necesito —susurro y mi pecho vibra con cada latido.

—Me tienes —responde sentándose con la espalda contra la cabecera.

—Ven aquí, esposa.

Respiro con dificultad al subirme encima de él, mi vagina sigue latiendo. No creo nunca haber deseado tanto que me estiren y llenen de semen como ahora.

Mis ojos se clavan en los suyos mientras agarro su pene y lo coloco en la entrada de mi vagina.

Zane me lanza una mirada de advertencia cuando me hundo sobre él y gimo fuerte, rápidamente su mano me tapa la boca.

—Sé silenciosa, diosa, hazlo por mí —me ordena y enreda su mano libre en mi cabello.

Muevo las caderas y él se muerde un labio, el deseo en su mirada está enloqueciéndome. Hay algo infinitamente sexi en cómo me silencia con su mano mientras lo monto, sin apartar la mirada de la mía.

No recuerdo cuándo fue la última vez que me sentí tan completa, tan feliz. No me canso de esto. Y por la forma en que me mira sé que él siente lo mismo.

Setenta y seis

Celeste

Miro el montón de ropa en nuestro vestidor y me siento aún peor al levantar un vestido largo negro, simplemente no me convence. Cada vez que la abuela Anne me pide que asista a un evento Windsor, sobrepienso cada detalle, me da miedo que algo salga mal.

Hoy estoy especialmente nerviosa, porque la fiesta a la que me invitaron es de Lexington. De todos los hermanos de Zane, Sierra y él son los que más me odian. Ares, Luca y Dion no es que me quieran mucho, pero al menos son corteses cuando me ven. Antes eran cálidos y hospitalarios conmigo, ahora se limitan a ser amables. En cambio, Lex está convencido de que voy a hacerle daño a su familia. Incluso Sierra ha empezado a aceptarme de nuevo. Entiendo perfectamente que piense así. Lo único que puedo hacer es no empeorar la impresión que tiene de mí.

—No puedes ponerte eso.

Me sorprendo al escuchar la voz de Raven y me doy la vuelta de golpe con una mano en el pecho, dejando caer el vestido negro que sostenía. Ella suspira al entrar. Lleva puesto un deslumbrante vestido rojo oscuro con bordados y encajes: su trabajo artesanal resalta al instante.

Me entrega un portatrajes.

—Es mi deber vestir a todos los miembros de nuestra familia en cada evento. Eso te incluye a ti, Celeste.

Tomo el portatrajes. Sus palabras me duelen, pero el remordimiento me silencia. Tengo tantas cosas que decirle, pero las palabras se me atoran en la garganta.

—Gracias —le digo con un hilo de voz.

Se me queda viendo un momento y exhala.

—Veo cuánto te esfuerzas, Celeste… pero, si realmente quieres enmendar las cosas, solo hazlo feliz. Devuélvele la felicidad que le quitaste cuando te fuiste.

Siento una punzada en el pecho y asiento, mis ojos comienzan a llenarse de lágrimas.

—Quiero hacerlo.

La confesión me duele por razones que ella nunca entenderá, pero es verdad. Cuanto más tiempo paso casada con Zane, más deseo que me vea sin miedo, sin ese escudo que siempre levanta. Quiero las risas interminables, la complicidad, la intimidad. Me duermo junto a él todos los días, pero cada mañana despierto extrañándolo un poco más, pese a que está a mi lado.

Día a día, hago justo lo que Lily me reprocha en mis pesadillas: olvidarla y seguir adelante con Zane. Siempre que recuerdo eso, se desvanece cualquier pizca de felicidad que me haya permitido sentir y cada nuevo recuerdo que creamos se tiñe de culpa.

Raven pasa sus dedos por su largo cabello lacio. Es evidente por su expresión el conflicto interno que siente.

—Él te ama, ¿sabes? No creo que haya dejado de hacerlo.

La miro incrédula y ella me sonríe, en sus ojos hay algo esperanzador. Se da la vuelta para irse, pero se detiene en el marco de la puerta y me lanza una mirada tranquilizadora.

Amor. Estamos tan lejos de eso. Sé lo que es que Zane Windsor realmente me ame, ser el centro de su universo. Nada se compara. Zane no me ama, no como antes.

El corazón me duele al abrir cuidadosamente el portatrajes que Raven me dejó. Es un vestido del mismo color que el de ella, pero distinto modelo. Ya me imagino los titulares de mañana: «Las chicas Windsor lucen la nueva colección». Mis nervios me ahogan bajo el peso del arrepentimiento mientras me visto, tratando el hermoso vestido con cuidado. Lo menos que puedo hacer es representarla como quiere, con gracia y respeto.

Recuerdo cuando la marca de alta costura de Raven no era más que una idea, un sueño. Hoy estoy frente al espejo con uno de sus invaluables vestidos. Es un sentimiento contrastante sentirme orgullosa de alguien a quien ya no conozco como antes.

—¿Lista? —Al darme la vuelta, Zana abre los ojos de par en par.

—Dios mío —exclama pasando una mano por su cabello mientras su mirada me recorre. Se acerca vacilante y yo voy a su encuentro, con el pulso a mil al recordar las palabras de Raven. Sé que no es amor, pero, cuando me mira como si no quisiera nada más, podría serlo.

Zane respira profundamente y traza con las yemas de sus dedos los rizos que enmarcan mi rostro.

—Mi esposa es ridículamente hermosa —señala; le sonrío al darme cuenta de que abre un poco más los ojos, como si no hubiera querido revelar ese pensamiento. Se aclara la garganta y suelta mi cabello—. Ya nos tenemos que ir. Hay una limusina esperándonos.

Su expresión se vuelve árida y la desolación me invade. Esas miradas que me regala son adictivas y me vuelvo un poco más codiciosa con cada día que pasa.

Zane se sienta frente a mí en la limusina y, cada pocos segundos, le es imposible no mirarme. Sonrío, ya que un poco de mi inquietud se esfuma. Hay algo vigorizante en tener su atención, hace que las mariposas en mi estómago vuelen.

—Pareces una diosa, carajo —dice al fin; suena como si lo estuviera torturando.

—Y tú, querido esposo… pareces querer cogerte a tu diosa. —Sonrío, no pude contener las ganas de molestarlo. Momentos como este hacen mi día, tal vez hasta mi semana entera.

Zane se ríe entre dientes y ese sonido hace que mi corazón dé un brinco. Sacude la cabeza con un aire de reproche y toma mi mano, entrelazando nuestros dedos.

—Lo haré, Celestial. Recuerda eso mientras todos los hombres en la sala compiten por tu atención. Al final, es en mi cama donde pasarás la noche. Eres mía. Cuando termine el evento, yo seré quien te quite ese vestido.

Esa actitud posesiva en su mirada me hace sonrojar y siento como si mi corazón fuera a salirse.

—Entonces más te vale recordar a quién le perteneces, Zane. Recuerda que soy yo la que lleva tu anillo cuando se te acerquen otras mujeres a pedirte un baile.

Me sonríe con un aire de satisfacción cuando el auto se detiene, al parecer está contento con mis palabras. Se abre la puerta y Zane baja del auto. Las cámaras comienzan a destellar y entro en pánico, casi me tropiezo con los tacones al seguirlo. Él se ríe y se arrodilla en la alfombra roja, desatando un frenesí entre los reporteros mientras acomoda mi vestido antes de volver a levantarse.

—Señora Windsor —murmura, su voz es apenas audible entre las preguntas que nos lanzan—. Siempre he sido tuyo.

Abro mucho los ojos y una tímida sonrisa ilumina su rostro cuando me jala, ignorando todo y a todos a nuestro alrededor. Zane hace esto conmigo: me hace sentir como si estuviéramos en una burbuja que él creó solo para nosotros, donde nada nos puede tocar y la alegría extingue todo lo demás. Constantemente, deseo que estos momentos permanezcan, como antes.

—Por cierto —me dice rodeando mi cintura mientras me guía por el salón—, Lex cree que no nos hemos dado cuenta de que ha estado nombrando sus autos de forma que las iniciales deletreen WINDSOR al revés. Estamos apostando cuánto tiempo podemos fingir que no lo sabemos antes de que uno de nosotros suelte la sopa, así que no digas nada.

Contengo una sonrisa y él se ríe, sacudiendo la cabeza.

—El modelo más actual se llama Diana, apenas logramos impedir que lo nombrara Deluca. Pensó que sería gracioso que Luca tuviera un auto llamado The Luca. Ustedes dos siempre inventan ideas tontas cuando los dejo solos, así que no lo alientes esta vez.

Aprieto los labios para no reír y Zane se detiene para mirarme, la diversión brilla en sus ojos.

—¿Deluca? —repito—. ¿En serio?

Zane asiente y estallo en risas mientras me atrae hacia él, llevando su mano hacia mi espalda baja. Rodeo su cuello con los brazos, sin poder parar de reír y amando la forma en que me sonríe.

—Lex pensó que sería gracioso automatizar el sistema para ordenarle al auto hacer cosas raras. Incluso nos dio una demostración. Juré que a Luca le daría un ataque cuando Lex dijo «Deluca, ¿quién es un buen chico?» y el sistema de IA respondió «¡Deluca es un buen chico, poderoso Lex, mi amado creador!». ¡La mejor parte que la IA tenía la voz de Luca!

Zane se ríe con fuerza al recordarlo. Aquí estamos, abrazados, sin poder parar de reír.

—¿«Poderoso Lex»? —repito tratando de no volver a estallar en carcajadas.

Zane se ríe, pero su mirada cambia cuando me observa con atención. Suspira feliz y acaricia mi mejilla, sin importarle la multitud. Su pulgar roza mi labio inferior y me mira con tanto anhelo que me deja sin aliento. ¿Estos momentos significaran para él tanto como para mí?

Presiona su pulgar contra mis labios mientras su mano libre se enreda en mi cabello y noto que la lujuria centellea en sus ojos. Un gemido ahogado escapa de mi garganta cuando me acerca más y sus labios se abren paso hacia los míos.

Me paro de puntitas para corresponder el beso, aferrándome a él con desesperación. Si algo se siente tan bien, no puede estar mal, ¿verdad? Zane se aleja un poco, solo para besarme otra vez, como si supiera que deberíamos detenernos, pero no pudiera hacerlo. Atrapa mi labio inferior entre sus dientes y lo succiona de forma traviesa antes de apartarse, coloca su frente sobre la mía y su respiración es agitada.

—Vámonos a la casa —propone ansioso . Al carajo con esto. Lex saca un auto nuevo cada año de todos modos.

Me río y me recuesto en sus brazos para mirarlo.

—No podemos —le digo deslizando mi mano en la suya. Suspira con resignación mientras lo jalo. Cuando miro por encima del hombro, lo veo mirando mi trasero con deseo. Una risita suave escapa de mis labios y aprieto su mano.

—Solo unas horas, después seré toda tuya.

Él tararea y aprieta mi mano.

—Ya eres mía, señora Windsor. Siempre lo has sido.

Mi corazón se salta un latido y él me sonríe mientras sorteamos la multitud.

—Vamos a felicitar a Lex —dice; le digo que sí con un gesto, aunque mi alegría se esfuma al ver a su hermano al otro lado del salón. La forma en que me mira me hace querer desaparecer. La expresión de Lex me dice que no soy digna de su hermano y nunca lo seré. No sabe toda la historia, pero sospecho que no sería distinto si la supiera.

Me esfuerzo en sonreír y me hago a un lado mientras ellos se abrazan, sintiéndome fuera de lugar. Un tipo que reconozco vagamente se acerca a Zane, claramente está ansioso por captar su atención un momento. Zane me mira para asegurarse de que estoy bien. Asiento y señalo con la cabeza a uno de los meseros con champaña para indicar que iré por una copa.

—Yo te la traigo —ofrece Lex llamando a un mesero. Alzo una ceja con una sonrisa tensa. Me entrega una copa y la tomo con cuidado.

—Felicidades por el nuevo auto —le digo, esforzándome para que me crea—. Vi que lograron desarrollar el sistema de IA con el que soñabas, es realmente impresionante. Se siente muy real y, cada vez que le pregunto algo, responde de la manera más natural. Lo he probado varias veces y no ha fallado ni una sola vez. Hace poco le pedí que estacionara el auto y lo hizo a la perfección. —Su mirada se suaviza un poco, pero la verborrea me controla. Mi necesidad de llenar el silencio es más fuerte que yo—. También vi que conseguiste llevar energía renovable al setenta por ciento de los países a los que les interesaba. Es increíble que hayas llevado electricidad e internet a lugares remotos, donde nunca habían tenido. Sabes, siempre me pregunté si Sierra y tú lograron hacer realidad el sueño de su madre. Las escuelas Windsor en los lugares más necesitados. O sea… si tu pusiste la infraestructura, ella seguramente ya construyó las escuelas, ¿no? Claro que sí.

Lex arquea una ceja y se bebe la champaña de un trago.

—¿Cómo sabes eso? —pregunta con un tono ligeramente más amable—. No publicitamos esas obras de caridad.

Sonrío nerviosa y aprieto el tallo de la copa para dejar de temblar.

—¿Cómo no iba a saberlo? Yo desarrollé muchos de esos planes contigo y quería hacerlos realidad. Cuando tuve los fondos para comenzar a implementarlos, descubrí que ya los habían llevado a cabo. Solo tú pudiste haberlo hecho. —Miro hacia otro lado y respiro hondo—. Además, a pesar de todo, todavía te considero familia. Así como estoy al pendiente de todo lo que hace Archer, también lo he estado de ti.

Lex me mira un momento, se ve descolocado.

—¿Cuánto falta? —pregunta finalmente con un tono serio, tan distinto al juguetón que usa con sus hermanos y al que me había acostumbrado. Desvío la mirada para ocultar el dolor que me ocasiona su pregunta e intento fingir una sonrisa.

—Dos años y un mes —respondo, sé exactamente a qué se refiere.

—Esta vez necesito que te quedes lejos —dice—. Los vi hace un momento y no voy a permitir que le hagas daño otra vez.

La rabia se mezcla con mi dolor y lo fulmino con la mirada.

—Zane no fue el único que sufrió —le contesto—. ¿Alguna vez pensaste en lo que él tuvo que haber hecho para que yo reaccionara así? Siempre dijiste que yo era como una hermana para ti, pero solo fueron palabras vacías, ¿no es cierto? Nunca tratarías así a Sierra si ella hubiera pasado por lo que yo.

Esboza una sonrisa vacía.

—No te compares con Sierra —dice ásperamente—. Considera esto una advertencia, Celeste. Vuelve a hacerle daño y yo personalmente haré que enfrentes las consecuencias.

Doy un paso hacia atrás, un dolor agudo atraviesa mi corazón.

—No lo haré —le respondo; la desolación baña mi voz—. No podría lastimar a tu hermano aunque quisiera. A pesar de lo que viste, él quiere que me vaya tanto como tú. Lo que ves es a Zane haciendo lo mejor que puede en circunstancias desfavorables. No te preocupes, Lex. Él nunca permitirá que se me olvide.

Setenta y siete

Celeste

—¿Puedes encargarte de la junta de adquisición de las tres de la tarde por mí? —me pregunta Zane mientras se levanta de su escritorio, visiblemente estresado—. Necesito salir.

Una oleada de frustración me invade.

—Oh... yo... sí puedo, pero pensé... Pensé que estaría bien si regresábamos a casa juntos después de la reunión.

Llevamos un par de semanas yendo al trabajo y regresando juntos a la casa, esperaba que hoy también fuera así.

—Perdón —dice Zane pasándose una mano por el cabello—. Estoy ocupado.

Frunzo el ceño y aparto el dolor que sus palabras me causan.

—¿Con qué? —lo cuestionó de forma más cortante de lo que quería y me levanto ligeramente de mi silla. Él levanta una ceja mientras toma su saco, cerrando su expresión. Se aleja sin responderme y me le quedo viendo, la puerta se cierra tras él y algo oscuro se despliega en mi pecho.

Mil escenarios cruzan por mi mente, cada uno más angustiante que el anterior, así que respiro hondo mientras vuelvo a sentarme. Estoy cansada de sentirme tan insegura por mi esposo, preguntándome si se apresura para ver a otra persona. Las cosas pueden haberse vuelto más civilizadas entre nosotros y el sexo sin duda es tan bueno como siempre, pero aún hay un abismo entre nosotros que parece insalvable. Hay partes de él que no me muestra, aunque supongo que lo mismo pasa conmigo.

Ni siquiera sé cómo llamarnos. No somos amigos ni pareja en un sentido estricto. Quizá únicamente somos socios de negocios que duermen juntos; sin embargo, hoy deseo, más que nunca, que no fuera así. Lo extraño, al verdadero él, a la versión de él que solía ser mía. Quiero al hombre que nunca habría olvidado qué día es hoy.

Mientras transcurre el día solo puedo pensar en él, ansiosa por llegar a casa y hundirme en la cama con un libro que me ayude a olvidar todo lo que no puedo tener, todo lo que ni siquiera debería querer.

El corazón me pesa cuando me estaciono frente a la casa, estoy al borde de las lágrimas sin saber bien por qué. Hay días en los que el duelo me golpea más fuerte y la soledad se me hace más pesada. Extrañar a alguien que se ha ido es duro, pero extrañar a alguien que está a tu lado es algo que te destroza el alma, no tiene comparación. Echo de menos los pequeños detalles que compartíamos en nuestro día, las bromas, la forma en que me miraba. Extraño la confianza absoluta que había entre nosotros y la ilusión que sentíamos por nuestro futuro. Extraño ser su persona y tenerlo a él entero a cambio.

Respiro profundo y salgo del coche, desesperada por bañarme y meterme a nuestra cama, donde puedo aferrarme a su almohada y fingir por un rato antes de que se rompa la ilusión.

La desolación amenaza con abrumarme cuando pongo mi pulgar en el lector de la puerta. Los recuerdos me persiguen. Alguna vez estuve justo aquí, a segundos de traicionar al hombre que más amaba. Si pudiera regresar el tiempo, ¿tomaría el mismo camino? Ya no estoy segura.

La puerta se abre y frunzo el ceño al ver pétalos de rosa en el piso que forman un sendero. Mi pulso se acelera mientras trato de entender qué sucede. La esperanza florece en mi pecho al dar un paso con los zapatos que Zane me regaló, los diamantes brillan a la luz de las velas que iluminan el camino.

Mi corazón se salta un latido al llegar al final del sendero. Encuentro a mi esposo, parado frente al pasillo que lleva al observatorio, con un ramo de las rosas que su madre plantó en las manos.

—Feliz cumpleaños, Celeste —exclama sonriente y me entrega las flores; se ve tan dulce.

Ahogo un sollozo, pero las lágrimas brotan igual.

—Pensé que lo habías olvidado —balbuceo.

Él acaricia mi mejilla y limpia mis lágrimas con ternura.

—No hay nada de ti que pueda olvidar, por más que lo intente, por más que me duela.

Lo abrazo con fuerza y él se ríe suavemente, rodeándome con un brazo.

—Espero que tengas hambre, amor —murmura—. Te hice de cenar.

Me besa la cabeza y yo trago otro sollozo.

—No es mucho, pero pensé que estaría bien cenar en el observatorio.

Lo miro confundida.

—Creí que me habías dicho que no podía entrar ahí.

Un destello cruza sus ojos y me arrepiento de habérselo recordado.

—Ya no —responde sonriendo y tomando mi mano.

Zane me guía por el pasillo y me invade la nostalgia al entrar al observatorio.

Aquí fue donde me besó por primera vez, donde tomó mi virginidad, donde soñamos nuestro futuro juntos. Cuando recuerdo nuestros mejores momentos, este lugar me viene a la mente. Aquí tuvimos la mayoría de nuestras citas, aquí nos enamoramos.

El corazón me pesa cuando noto todos los cambios. Muchas flores desaparecieron y otras nuevas han tomado su lugar. Tropiezo con un pensamiento indeseado: todas las flores que arrancó eran lirios. Me atormenta que él no pueda verlas sin pensar en ella.

—¿Qué pasa? —pregunta.

Lo miro y esbozo una sonrisa forzada, pues no quiero arruinar el momento, pero me es difícil ocultar mi decaimiento.

La culpa empieza a revolotear en mi pecho, pero la reprimo, desesperada por vivir este instante con él.

—Nada —le digo apretando su mano.

Zane me estudia con curiosidad, pero deja el tema, aunque empiezan a sudarle las manos.

Cuando llegamos a uno de los jardines, una pizca de decepción me invade al darme cuenta de que no es el jardín de rosas, pero aparto ese sentimiento de inmediato. Siempre me advirtió que ese jardín era para su esposa y, a sus ojos... esa no soy yo. No de verdad.

—Llegamos —anuncia.

Me sorprendo al mirar alrededor: hay cientos de flores entrelazadas en una serie de lucecitas y una mesa al centro. Me muerdo un labio cuando Zane me limpia unas lágrimas que brotaron sin darme cuenta. Hace un gesto tierno de negación cuando lo miro a los ojos y cuando besa mi frente, lo entiendo todo. Nadie jamás será como él.

El remordimiento me golpea más fuerte que nunca y mi corazón se retuerce cuando pienso en todo lo que pudo ser nuestro. Todo lo que algún día le entregará a alguien más.

Zane me lleva a mi asiento y acomoda la silla para mí. Hoy se muestra sumamente paciente.

—Te preparé el ragú de cordero que te encanta —comenta mientras los meseros traen las charolas—. Bueno, no estoy seguro de si todavía te gusta, pero…

—Sí —lo interrumpo, con el corazón rebosante de gratitud y alegría pura. Esa que se siente cuando vives un momento que sabes recordarás para siempre.

Zane se sienta frente a mí y yo no puedo dejar de verlo. No es la forma en la que se quita el saco y chaleco o cómo se arremanga, es la forma en que me mira, como si me encontrara hipnotizante.

Mis pupilas se dilatan y suspiro feliz. Mis labios dejan escapar un gemido suave al probar este platillo que extrañé más de lo que él imagina.

—¿Sabías que siempre tuve celos de esta estúpida pasta? Porque cada vez que la comes, pones tus labios alrededor del tenedor y gimes, igual que cuando me chupas el pene. Yo debería ser el único que te haga sonar así.

Me quedo atónita y me río por su confesión.

—¿Por eso te rehusabas a prepararla la mayoría del tiempo?

Se encoge de hombros y asiente, lo que solo me hace reír más.

—Zane, no puedes tener celos de... de la comida que tú mismo preparaste. —Tomo otro bocado y me esfuerzo por no reírme ante su ceño fruncido—. No tiene sentido. Aunque, ¿eso no significa que todavía eres el único que me hace gemir?

Se cruza de brazos y pone la expresión más tierna.

—No me importa. No me gusta.

—Está bien, amor. La próxima vez la comeré sin hacer ruidos. Solo gemiré así por ti, te lo juro.

Su sonrisa desaparece y no sé por qué. ¿Será porque sin querer le dije *amor* o porque hice un juramento?

—No vayas a romper este juramento —dice con un volumen de voz tan bajo que parece que no está seguro de si quiere que lo escuche.

—No lo haré —prometo. Esta promesa será fácil de cumplir, porque no ha habido nadie más que él. Ni lo habrá.

La forma en que me mira durante la cena me toca el alma, me hace desear más, me hace pensar que él también lo desea. ¿Lily me perdonaría si yo lo perdonara a él? Ella, mejor que nadie, entendería cómo me siento. Recuerdo que sufría al ser egoísta, al desear a Zane y la felicidad que él le daba. Ahora me encuentro en la misma posición. Lo quiero, a pesar de todo.

Zane se deja caer en el respaldo de su silla mientras los meseros recogen los platos, luego traen un pastel que parece estar hecho casi por completo de fruta fresca, con una sola velita encima.

Lo colocan frente a mí y él se acerca, se nota conflictuado. Apoya el codo en la mesa y el puño bajo su mandíbula. Me lanza una mirada que me envuelve y daría lo que fuera por saber qué es lo que siente ahora.

—Pide un deseo, Celestial —dice.

—¿Y si te digo que tú eres el único que puede cumplir mi deseo? —replico con voz suave, frágil. Lucho por sostener su mirada mientras la pregunta flota entre nosotros.

—Entonces dímelo y me encargaré de que se haga realidad.

Lo miro, pero me cuesta trabajo respirar.

—Quiero recuperarte.

Zane abre los ojos sorprendido y, por breves instantes, se rinde completamente al momento.

Me quedo esperando su repuesta con el corazón retumbando en mi pecho. El aire entre nosotros parece cargado de una nueva energía. Se pasa una mano por el cabello y desvía la mirada, sé la respuesta.

Me levanto antes de que pueda rechazarme, dejando mi vulnerabilidad a un lado y reemplazándola con valentía. Zane me mira mientras lo empujo a él y su silla para hacerme espacio. Su lucha interna es evidente. Suspira de forma sutil al sentir mis manos sobre sus hombros y ver que me siento sobre sus piernas, con las mías alrededor de su cintura y mi cara frente a la de él.

Mi respiración está agitada y el corazón me taladra el pecho cuando le tomo el rostro y lo obligo a mirarme.

—Quiero recuperarte —repito con voz clara y segura—. Quiero que volvamos.

Zane toma mi cintura con mirada seria. Estoy segura de que va a quitarme de encima de él, pero, en cambio, me aprieta con sus manos, cierra los ojos y apoya la frente en mi hombro.

—Eso no es posible, Celeste —susurra y se oye completamente afligido.

Paso mi mano por su cabello tiernamente.

—Mírame —le ruego.

Zane se aleja y accede a mi petición. Sus ojos me dicen que desearía poder negarse. Nunca lo había visto tan atormentado, lo que alimenta mi esperanza.

—Te amo, Zane. A pesar de todo, después de todo lo que vivimos, te amo. He luchado con este sentimiento, me he odiado por sentirlo, pero no puedo cambiarlo. Te amo y sé que lo haré hasta mi último aliento. —Coloco mi mano sobre su pecho, como solía hacer—. ¿No podemos empezar de nuevo? No quiero vivir en el pasado, Zane. Quiero el futuro que siempre soñamos.

Examina mi rostro con la respiración entrecortada. Su expresión me dice que él también lo desea.

—¿Y Lily? —susurra casi sin atreverse a nombrarla.

Una pena insoportable me atiza el corazón. Cierro los ojos y respiro profundo, armándome de valor. Lily nunca me perdonará las palabras que estoy por decir, pero ya no puedo callarlas.

—Se fue, Zane, pero nosotros seguimos aquí. Y, de alguna manera, pese a todo lo que nos separa, encontramos el camino de regreso. Eso tiene que significar algo, ¿no lo crees? Es tiempo de que la deje ir. La Lily que conocí... creo que ella querría que yo fuera feliz y lo cierto es que sin ti no puedo serlo. Te amo, Zane, lo suficiente para perdonarte.

Asistiré a su aniversario luctuoso la próxima semana y planeo pedirle perdón, pero también darle el adiós definitivo. Si sigo aferrándome a ella, mi vida se consumirá poco a poco. Estoy segura de que ella no querría eso para mí. Tal vez no quiera verme con Zane, pero seguro me entendería. Quiero pensar que desearía mi felicidad y cada vez me queda más claro que no puedo tenerla sin él.

Zane se tensa y aprieta la mandíbula.

—No nos reencontramos, Celeste —recalca con dureza—. Nos obligaron a estar juntos. La verdad es que, si hubiera tenido opción, nunca te habría elegido. ¿Dices que me perdonas? No puedes perdonarme algo que no hice. —Suelta mi cintura, dejando caer los brazos—. Estoy cansado, Celeste. Cansado de que me culpes y de la confianza rota. Cansado de amarte más de lo que tú me has amado jamás.

Setenta y ocho

Celeste

—Me alegra que hayas podido venir —me dice el padre de Lily al entrar a la iglesia. Una ráfaga de desolación amenaza con atizarme cuando miro a mí alrededor, pero respiro profundo para mantenerme firme. En este mismo lugar se llevó a cabo su funeral, lo que me transporta al pasado, al momento en que nos dijeron que habían encontrado su cuerpo.

—Jamás habría faltado, por nada del mundo, Raymond —le respondo forzando una sonrisa y, enseguida, la culpa se instala en mi pecho. La verdad es que por poco no vengo, si no fuera por el remordimiento de desear seguir adelante, no estaría aquí. Es enfermiza la desesperación con la que deseo olvidar, especialmente cuando prometí que nunca lo haría.

Raymond me observa igual de desolado que yo.

—No creí que vinieras, ya que ahora que estás casada con Zane Windsor.

Mi cuerpo entero se tensa y mis ojos se clavan en los suyos. El miedo se instala en el fondo de mi estómago, mezclándose con algo parecido a la amargura.

—¿Tú sabías? —pregunto con un dejo de brusquedad—. ¿Acerca de ellos?

Nunca le conté lo que Lily me dijo, tampoco tuve la fuerza para confesarle que soy una de las razones por las que perdió a su hija. Fui egoísta, pero no podía soportar la vergüenza ni el peso de mis pecados. No podía mirarlo a los ojos y decirle que fui yo quien le dio el último motivo para saltar, cuando, durante años, fui quien la sostuvo. Aquella noche, cada intento por consolarla solo la llevó más al borde, alimentando su culpa.

Raymond escudriña mi rostro y sus ojos revelan su pesar.

—¿Sigues dispuesta a decir unas palabras? Tú y yo éramos quienes más la amábamos. Eres de las pocas personas que la recuerdan como realmente era, un alma hermosa; aunque a veces se desmoronaba por dentro.

Su reticencia para contestar mi pregunta es respuesta suficiente, así que bajo la mirada.

—Claro —aseguro y mi voz se quiebra—. Será un honor.

Asiente y me señala el altar de la iglesia, guiándome hacia allá. Con cada paso, el dolor en mi pecho crece. Lo que le dije a Zane sobre perdonarlo era sincero, pero estar aquí, como Celeste Windsor, frente a la hermosa foto de Lily y en la misma iglesia donde le dijimos adiós… me hace sentir como una traidora. Por eso ella decidió alejarse, porque no podía soportar verme casada con Zane; al final, eso fue exactamente lo que hice.

Lo peor es que no me arrepiento. Ya no. Pese a estar frente a un grupo de rostros conocidos, con la foto de Lily a mi lado, no encuentro motivos para sentirme mal por buscar mi propia felicidad tras años de pesadumbre. ¿Me llamaría egoísta? ¿Me condenaría por mis decisiones? Mentiría si dijera que no siento vergüenza de mi debilidad, de haber perdonado a Zane por algo que siempre consideré imperdonable. Creo que ella siempre supo cómo terminaría nuestra historia. Me vio perdonarlo una vez, así que aquí estoy, haciéndolo de nuevo. Cuando dijo que nunca me había visto amar a alguien como a Zane, tenía razón.

Inhalo profundamente antes de dirigirme a los presentes, me siento completamente incapacitada para hablar. De todos aquí, soy la que menos derecho tiene a hacerlo. Cada latido de mi corazón mancilla su memoria.

—Liliana era mi mejor amiga y la hermana que nunca tuve —digo con la voz entrecortada—. No hay un día que no piense en ella. No era una persona a quien se olvida fácilmente. Cuando Lily entraba a un lugar, lo iluminaba con su sonrisa en segundos y te sentías en confianza de inmediato. Una de las cualidades que más amaba de ella era la forma en que se preocupaba profundamente por los otros. Siempre se aseguraba de que nadie se sintiera excluido y no pasaba un día sin que me recordara lo importante que era. —Miro las notas en mis manos con la visión borrosa por las lágrimas. Cuando el dolor se vuelve insoportable, alivio mi pena recordando nuestros mejores momentos. Pienso en el impacto que tuvo en mi vida y el legado que dejó. —Volteo hacia los presentes y veo a varias personas secándose las lágrimas, algunos son compañeros de la prepa, otros, conocidos de Lily de las fundaciones en las que era voluntaria.

»Mi recuerdo favorito es de la universidad. Ambas estudiamos en Londres y, cuando estábamos en allá, seguido me convencía para acompañarla a uno de sus espontáneos viajes por carretera. Durante uno de esos viajes, llegamos a una ciudad llamada Liverpool. —Río entre lágrimas, con el corazón alegre.

»Pasamos todo el fin de semana intentando descifrar lo que decían; definitivamente, hablaban inglés, pero ninguna de las dos entendía o que decían. Las semanas siguientes Lily no paraba de imitar el acento, lo que me partía de risa. Durante años pronunció la palabra *milk* como la dicen allá. Era muy divertida. Inspiraba alegría en quienes estábamos en su presencia. —Las lágrimas corren por mi rostro y respiro con dificultad mientras guardo el discurso que preparé, sintiéndome una impostora. Planeaba hacer lo mismo que hice cuando Lily perdió a su mamá, es decir, contar las cualidades de ella que solo yo conocía, pero hoy no puedo.

»En más de un sentido, Lily me salvó —le cuento a los asistentes con un hilo de voz—. Desearía haber podido salvarla. —Me muerdo un labio y retrocedo, negando con la cabeza, incapaz de seguir hablando, no tengo derecho—. Lo siento —balbuceo—. No puedo.

Me alejo del atril tambaleándome. Sé que Lily no hubiera querido que yo hablara debido a lo que hice. Mi mirada se posa en las puertas de la iglesia mientras doy un paso tras otro, necesito escapar.

—¡Celeste!

Volteo y veo al padre de Lily corriendo tras de mí, me detengo junto a mi auto, sin poder mirarlo.

Raymond extiende sus manos temblorosas para secar mis lágrimas.

—Ella te amó más que a nadie, Celeste. No querría verte así.

Se me nubla la vista al verlo a los ojos, aferrándome a la esperanza que sus palabras me dan; sin embargo, sé que solo intenta consolarme. Me obligo a sonreírle, pero más lágrimas caen y siento un ardor en los pulmones.

—Cariño —dice dudando—, creo que hay alguien a quien deberías conocer.

Setenta y nueve

Celeste

El cuerpo me pesa de forma indescriptible mientras me quedo viendo el enorme edificio en el que Raymond me pidió encontrarlo. Me siento así no solo por el aniversario luctuoso de Lily y la culpa que siento, también es por Zane. Apenas lo he visto desde que se fue de mi celebración de cumpleaños. Pensé que perdonarlo sería un avance, pero retrocedimos a los inicios de nuestro matrimonio; puede que incluso estemos peor. Antes al menos me daba su atención en forma de odio; ahora me evita por completo. Cuando estamos en el mismo lugar, es cortés pero distante. Siento que lo perdí otra vez y no entiendo por qué.

Aunque me duele, también me enfurece. Me costó todo perdonarlo, dejar de lado mi orgullo y pedirle una oportunidad, todo para que él me rechazara. Nunca me sentí tan humillada y desolada. Cuando perdí a Lily, el dolor amortiguó la traición y me refugié en la rabia y mi plan de venganza. Esta vez solo hay tristeza y preguntas sin respuesta.

—Celeste —dice Raymond agotado. Baja la mirada cuando llega hasta mí y su lenguaje corporal transmite una sensación de derrota.

—Hola —respondo esforzándome por sonar un poco animosa—. Estuve viendo el edificio, pero hay un sinfín de oficinas ahí. ¿A dónde vamos?

Ni siquiera he tenido energía para preguntarme a quién quiere Raymond que conozca. Ya tengo tantas cosas en la cabeza que apenas puedo procesar algo más. No quería venir, estoy desesperada por dejar el pasado atrás, pero el remordimiento de lo egoísta que me he vuelto me atenazó.

—Ya lo verás —dice guiándome hacia el interior del lugar—. Esto es… difícil para mí, Celeste. Espero que entiendas que solo quería que hubiera alguien en el mundo que conociera lo mejor de ella.

Frunzo el ceño mientras lo sigo al elevador, nerviosa al ver que le tiemblan las manos. Los números de piso van cambiando en la pantalla y, conforme nos acercamos al nuestro, noto que su respiración se agita y parece perdido, lo que me pone más ansiosa. Duda cuando se abren las puertas, voltea a verme respirando hondo y asiente, como si se diera valor. Camina lentamente hacia lo que parece una clínica, intentando retrasar lo inevitable.

Una mujer de traje, de unos cuarenta años con cabello lacio rubio, nos recibe. Me siento bastante confundida.

—Debes ser Celeste —dice sonriendo—. Soy la doctora Black. Por favor, pasa a mi oficina.

Miro a Raymond, quien tiene una expresión indescifrable mientras entramos a la oficina.

—Celeste, la doctora Black fue la psiquiatra de Lily. Le di permiso de compartir toda su información médica contigo. Hay muchas cosas que no sabes porque Lily no quería que las supieras, pero no puedo seguir ocultándotelas.

Me siento frente al escritorio de la doctora, con la cabeza dándome vueltas.

—Lily me dijo que iba al psiquiatra cuando era más joven, porque le había costado mucho trabajo superar la muerte de su madre. Sé acerca de esto.

La expresión de Raymond cambia al sentarse a mi lado, reconozco la culpa en su mirada.

—No es tan simple —asegura, luego le hace un gesto a la doctora para que empiece.

—Celeste, Lily sufría de trastorno límite de la personalidad —dice la doctora Black con tono serio.

Mis ojos se abren al máximo y la doctora esboza una sonrisa, pero su expresión es tensa y distante, como si no acabara de decir algo que simplemente no puede ser.

—Desarrolló el trastorno después de la muerte de su madre, pero era manejable. Tenía emociones intensas y, cuando estaba cansada o estresada, sufría paranoia y disociación. No era capaz de controlar sus emociones y le costaba mucho trabajo consolarse a sí misma como lo hacemos los demás. Esto le generaba frecuentemente episodios de impulsividad, ansiedad y depresión, que ocultaba por miedo a perderte. La mayoría de las personas tenemos la capacidad de sobreponernos a un mal día, pero ella no.

Saca un expediente y lo abre, como si necesitara leerlo para acordarse, como si Lily fuera solo un paciente más. Mi quijada se tensa en un esfuerzo por no explotar de rabia. ¿Se supone que esto explique por qué se quitó la vida? ¿Es la forma de Raymond de decirme que no fue mi culpa, pese a que no entiende lo que pasó realmente?

—Tras la pérdida de su madre, Lily tuvo dificultades para conectar con otras personas por miedo al abandono, pero tú fuiste una excepción. No le interesaba la industria hotelera, pero eligió ser diseñadora de interiores porque tú estudiaste hotelería. No tenía metas, creencias o valores sólidos, tomaba lo que el entorno le dictaba. En su caso, eras tú.

Tomo aire cuando me muestra la carpeta con su diagnóstico. Verlo no hace que sea más fácil creerlo.

—Lo habría notado —digo débilmente—. Lily amaba dibujar y comenzó a hacer diseños de interiores en la prepa.

La doctora me lanza una mirada compasiva que me hace sentir peor. Niego con la cabeza, me es imposible creer que Lily me hubiera ocultado algo tan importante.

—El TLP y el trastorno del apego eran manejables y apenas afectaban su vida. Pero, cuando empezó a trabajar, la carga fue demasiada y empeoró su inestabilidad emocional. Fue entonces cuando desarrolló erotomanía y delirios de referencia.

Mi respiración se acelera y el pánico me invade.

—¿Q-qué significa eso? ¿Delirios? ¿Cuáles?

Raymond niega con la cabeza.

—Yo tampoco lo sabía. Cuando cumplió la mayoría de edad, ya no se me permitió ver sus registros. Me enteré semanas después de su muerte y tú ya te habías ido de la ciudad.

La doctora hojea unos documentos y me entrega una transcripción.

—Lily creía estar en una relación con su jefe, Zane Windsor.

Ochenta

Celeste

Mi cuerpo tiembla al entrar a la cabaña de Lily, noto lo limpia que está, aunque todo parece estar tal cual ella lo dejó. He estado en un estado de confusión desde que salí del consultorio de la doctora Black, sin que mi mente pueda asimilar lo que me dijo. Nunca había escuchado hablar de la erotomanía, un trastorno que te hace creer que alguien está enamorado de ti, pero no es real.

> Se vestía de negro o azul marino porque reforzaba su creencia de que se vestían igual, como lo hacen algunas parejas. Intenté disuadirla de forma calmada, pero fue en vano.
>
> Empezó a creer que las flores que él llevaba a su oficina eran para ella. Incluso, antes de que las tiraran a la basura, ella las tomaba, ignorando completamente cualquier señal que no apoyara sus delirios. Cada vez que iban a almorzar con todo el equipo de trabajo, su mente se enfocaba exclusivamente en él y creía que cada ocasión era una cita.
>
> En cuestión de meses, Lily se convenció de que tenían una relación. Siempre que trataba de convencerla de lo contrario, se alteraba y me acusaba de querer separarlos.
>
> Su comportamiento no era tan volátil como el de otros pacientes que he tratado; tampoco parecía representar un peligro para ella ni para él, así que continúe con la terapia para intentar mejorar su erotomanía.
>
> Alguna parte de ella parecía estar consciente de sus delirios, ya que nunca los llevó a un extremo que pusiera en peligro la ilusión, lo que me hizo pensar que había esperanza.

Tomo el diario de Lily y hojeo sus páginas, releyendo sus entradas, sin entender nada. Respiro con dificultad y nuevas lágrimas se acumulan en mis ojos mientras recorro su letra; no sé qué debo hacer. Zane solía llevar flores frescas a su oficina dos veces por semana porque le recordaban a su madre, le hacían sentir que ella estaba con él.

Su mamá le llevaba flores que ella cultivaba a su papá, cada una tenía un mensaje oculto. Zane esperaba continuar esa tradición que le encantaba con su esposa. Por eso me dolió tanto leer sobre ellas, pensé que él mantenía esa costumbre con Lily. Recuerdo claramente que ella dijo que él le había regalado rosas, las que él dijo que reservaba expresamente para su esposa.

Busco la fecha en el diario de Lily y un sollozo me atraviesa la garganta al encontrarla. Ahora veo todo con ojos nuevos. El día que ella afirmó haber recibido un ramo de rosas fue el mismo día del cumpleaños de la madre de Zane. Nunca fueron para Lily.

Mis pulmones arden mientras releo las entradas del diario que me convencieron de que él me fue infiel. Recuerdo cómo Zane me dejó revisar los videos de vigilancia de todos sus hoteles, mostrándome cada viaje de trabajo que hicieron juntos. En ese entonces, vi las flores en su oficina, pero no hice la conexión. Estaba demasiado enfocada en encontrar algo que simplemente no existía.

—Lily —susurro— ¿Qué he hecho? ¿Qué hemos hecho?

Abrazo su diario contra mi pecho y me dejo caer al suelo, igual que cuando leí su carta de suicidio. Lágrimas calientes corren por mi rostro y hago todo lo posible por respirar a través de mi dolor. Cada vez que Zane salía de viaje de negocios, hablábamos por teléfono hasta tarde y yo no tomé eso en cuenta, supuse que me llamaba después de estar con Lily. Pensar eso me destrozó durante años. Si lo pienso bien, parece muy improbable que hubiera estado con ella, pero antes las pruebas me parecían irrefutables.

Oculto el rostro entre mis rodillas y lloro por todo lo que perdimos, todo el dolor que Lily y yo causamos; por primera vez en años, no sé qué hacer con mi rabia. Zane no la merece, pero tampoco Lily, considerando que no fue su culpa padecer un trastorno. Nunca me di cuenta... no estuve ahí para apoyarla cuando me necesitó.

Recuerdo cómo me miro Zane cuando le dije que lo perdonaba por todo lo que me había hecho. Se veía tan enojado, tan herido... Ahora, por fin, todo tiene sentido. Cuando negó las acusaciones de Lily no mentía. Yo estaba tan perdida en mi duelo y me sentía tan traicionada que jamás escuché sus explicaciones. A la luz de las cartas de Lily y todo lo que ella me dijo, nada de lo que él decía tenía peso para mí, pero debió tenerlo. Al recordar cómo me suplicó que le creyera, lo que queda de mi corazón se termina por romper.

¿Era esto lo que quería Lily? En ese puente, ella estaba absolutamente convencida de que habían tenido una relación y el dolor en sus ojos era muy real. Pero, ¿alguna parte de ella sabía que su ilusión nos destruiría?

Las dudas empiezan a colarse en mi interior, no puedo evitar preguntarme si ella quería separarnos. Todo lo que me dejó son indicios de que ella quería que yo conociera su verdad, pero ¿alguna parte de ella sabía que nada de eso era real?

Busco en su diario, recordando que, en algún punto, escribió que ella quería ser la única que ocupara la mente de Zane, pero que no le gustaban esos pensamientos. ¿De eso se trataba? ¿La motivaba el deseo de asegurarse de que Zane nunca dejara de pensar en ella? ¿Sabía que haciendo lo que hizo nos destrozaría para siempre? ¿Era esa su esperanza?

Mi estómago se revuelve al imaginar docenas de escenarios, cada uno peor que el anterior. Raymond dijo que quería que al menos una persona en el mundo viera lo mejor de ella... ¿Cómo serían sus peores partes? ¿Acaso Lily tenía malas intenciones hacia mí debido a su erotomanía?

No puedo apartar de mi mente el pesar en los ojos de Zane cuando me dijo que estaba cansado de amarme más de lo que yo lo amaba. Siento que un nuevo miedo me invade. Utilice mi dolor para vengar a Lily y a mí misma, destruyendo lo que creía que Zane amaba más: su empresa. Si no fuera por su abuela, no habría sobrevivido al daño que le causé. Lo que él hizo a Harrison Developments en respuesta no se comparaba.

Me siento enferma al pensar en todo el daño que le hice a Zane, a nosotros. Finalmente, la reacción que tuvo en mi cumpleaños tiene sentido. Él no es quien necesita ser perdonado, sino yo.

Ochenta y uno

ZANE

Camino de un lado a otro en el pasillo y el tic tac del reloj lentamente me está enloqueciendo. Desde lo que ocurrió en el cumpleaños de Celeste, la he estado evitando porque todavía no sé qué pensar de sus palabras. Tampoco he podido dejar de lado ese sentimiento incontrolable de injusticia cuando me dijo que me perdonaba por algo que nunca hice; sin embargo, esta noche es ella la que me evita.

Dudo un momento antes de llamar a Silas Sinclair, el jefe de seguridad. He procurado no invadir su privacidad desde que nos casamos, intentando mantener nuestras vidas lo más independientes posible; honestamente, una parte de mí tenía miedo de lo que podría encontrar. Nunca he podido sacarme de la cabeza su compromiso con Clifton; temía un día buscarla y enterarme de que estaba con él. Se me revuelve el estómago solo de pensarlo. Estoy a punto de colgar cuando Silas contesta.

—¿Zane? —dice preocupado—. ¿Qué pasa?

Me siento inseguro, no sé qué estoy haciendo.

—Mi esposa —murmuro—. ¿Sabes dónde está?

Suspiro, escucho que teclea.

—Zane —dice Silas con un dejo de irritación—. De acuerdo con los dispositivos que puse en su teléfono y su auto, está a solo unos pasos de tu casa.

Instantes después la puerta principal se abre, así que corto la llamada. Al ver sus ojos rojos y la forma en que tiembla, la preocupación me invade. No termina de dar el paso cuando nuestras miradas se encuentran, entonces estalla en llanto y hay una desolación visible en su hermoso rostro.

—Zane.

Me acerco a ella y la abrazo, enseguida un sollozo escapa de su garganta.

—¿Qué pasó? —le pregunto y ella se aferra a mi camisa—. Celestial, me estás preocupando. ¿Dónde estabas?

Meto la mano en su cabello y trato de hacer que me mire, pero no lo consigo, mantiene la mirada baja y aprieta mi camisa entre sus manos. Celeste se ahoga en un sollozo, es evidente que el dolor la sobrepasa; no entiendo qué sucede. Si alguien estuviera herido, Silas ya me habría avisado. A partir de la traición de Celeste, implementamos protocolos en caso de que algo grave le ocurriera a alguien de la familia o a cualquiera de nuestras empresas. Cuando nos casamos, incluí a la familia de Celeste, así que ¿qué pudo haber pasado?

—Bebé, mírame —susurro tomando su rostro entre mis manos.

Sus ojos se encuentran con los míos por un instante, pero vuelve a bajar la mirada y su llanto se vuelve errático. No puedo hacer nada mientras veo a mi esposa desmoronarse en mis brazos; mis intentos de sostenerla son inútiles. No puedo arreglar lo que desconozco.

Se sobresalta cuando la levanto entre mis brazos y comienza a llorar aún más fuerte mientras la llevo a nuestra recámara. Celeste entierra su rostro en mi cuello y se aferra con todas sus fuerzas, como si tuviera miedo de soltarse. ¿Qué le ocurrió? ¿Será por el aniversario luctuoso de Lily? Desde su cumpleaños, la tensión entre nosotros en la oficina fue palpable; no obstante, eso no justifica este nivel de tristeza, yo no puedo ser la razón de su llanto.

Me siento en la cama con ella en mis piernas; apoya la cabeza en mi hombro respirando entrecortadamente.

—Celestial, ¿me vas a decir por qué estás tan triste? Si está en mis manos, lo arreglaré. No hay nada que no haría para que dejes de llorar. Me estás rompiendo el corazón, Celeste.

Toma mi rostro entre sus manos y lucha por controlar su respiración, los sollozos le impiden hablar.

—Dime algo —me pide con la voz quebrada—. ¿Alguna vez me has mentido?

Mis ojos se abren de par en par ante esta pregunta tan pesada, examino su rostro, sin saber lo que busco

—Una vez. Cuando teníamos doce años, te dije que te veías ridícula con *brackets,* pero lucías deslumbrante incluso entonces.

Su pulgar roza mi labio inferior y se esfuerza por contener otra oleada de llanto; su dolor parece no tener fondo.

—¿Y no me has mentido desde entonces?

La miro tratando de descifrar lo que hay en sus ojos. Hay una silenciosa certeza que no había visto en años.

—Nunca, Celeste. No te he mentido ni una sola vez desde que regresaste de la universidad. Las mentiras que te dije de niño solo eran para molestarte. Nunca te he engañado ni lo haré.

Ella asiente y un peso invisible se libera de mis hombros.

—Zane —susurra—. Lo siento tanto.

Respira con dificultad y la incertidumbre cruza su rostro. La observo mientras se arma de valor y por la forma en que frunce el ceño sé que está nerviosa. Me cautiva cómo se muerde un labio y mira a su derecha, tomándose un momento para recobrarse. Siempre hacía ese gesto cuando tenía algo que decirme y no sabía cómo hacerlo.

—Voy a sacar este tema una vez más y será la última, Zane, te lo prometo. Tú... tú nunca me engañaste, ¿verdad?

Me tenso por completo y quiero levantarla de mi regazo, de repente necesito espacio. Celeste sujeta mi camisa de forma suplicante; carajo, sigo siendo débil cuando se trata de ella.

—¿Cuántas veces más voy a tener que repetirlo? —respondo cansado hasta los huesos—. Siempre has sido tú, Celeste.

Ella vuelve a llorar mientras me habla de su visita a la clínica y de los documentos que leyó. Me siento extraño, distante, al recordar el diario de Lily y sus palabras antes de morir. Celeste y yo discutimos por semanas sobre las acusaciones y el diario de Lily, luego me traicionó. Yo peleaba por nosotros mientras mi abuela ya tenía los papeles listos para desheredarme y Celeste ni siquiera me daba el beneficio de la duda.

La miro mientras me dice una y otra vez que lo siente, pero sus palabras no me alivian. No calman mi corazón dolido ni me consuelan de la forma que esperaba. Siempre supe que algo debía pasarle a Lily para inventar semejantes mentiras, pero Celeste nunca me creyó, ni siquiera consideró esa posibilidad.

—Celeste, hice todo lo posible para demostrarte mi inocencia, pero nunca quisiste escucharme —señalo de forma suave, pero firme—. Destruiste con tus propias manos todo lo que con tanto esfuerzo construimos. Me miraste a los ojos y sonreíste mientras convertías cada proyecto que desarrollamos en una acusación de espionaje corporativo casi irrefutable. No te voy a mentir, quizá yo también habría dejado que el dolor me guiara si hubiera estado en tu lugar, pero nunca te habría lastimado así. Nunca habría tratado de encerrarte por años en la cárcel. —La empujo ligeramente, incapaz de ser duro con ella—. Desde mi punto de vista, tomaste el camino fácil. Se estaba haciendo evidente que nuestra relación nos costaría todo y te aferraste a la excusa que te dio Lily. Yo habría hecho cualquier cosa por ti, lo habría dejado todo, pero tú no estabas dispuesta a hacer lo mismo.

Me levanto y ella agarra mi mano, aferrándose desesperadamente.

—Zane —suplica—, eso no es cierto. Sabes que no es cierto. No puedes creer eso. Zane, te amo.

La miro y el corazón me pesa.

—¿No es cierto? Hace una semana dijiste que me querías de vuelta, que ahora era más fácil estar conmigo. De repente, pudiste perdonarme por mis supuestos pecados cuando por años hiciste todo lo posible para que pagara por ellos. ¿No te parece demasiado conveniente, Celeste? Si nos divorciamos en dos años, nuestra estructura empresarial se complicará mucho y perderás acceso a la fortuna y a la red Windsor. Divorciarte no te beneficia, pero quedarte aquí fingiendo que me perdonas, sí.

Se ve desconsolada, quisiera creerle, como antes cuando me dejaba llevar por su mirada inocente y sus sonrisas.

—No tengo fe en nosotros, Celeste. Ya no. No creo que me ames… No estoy seguro de que alguna vez lo hayas hecho.

Ochenta y dos

Celeste

Mi mirada se desplaza de la planta que sostengo a la puerta cerrada del estudio de Zane. Mi corazón late descontroladamente mientras lucho con mi indecisión. Desde hace dos semanas, llega a casa y se encierra inmediatamente en su estudio, cerrando la puerta. Está claro que no sabe qué hacer con mis disculpas y no sé si darle espacio o demostrarle mi sinceridad. Sigo pensando en la forma en que me miró cuando dijo que no creía que lo amara y que solo quiero estar con él porque ahora es más fácil. ¿Cómo puedo convencerlo de lo contrario? ¿Cómo puedo ganarme su perdón después de todo lo que le he hecho pasar? Es verdad que destruí nuestra relación con mis propias manos y no tengo idea de cómo reparar el daño. Nunca me había sentido tan debilitada por el remordimiento. Ya no tengo a quién dirigir mi ira y mi desesperación, nadie excepto yo.

Respiro profundo para calmarme antes de abrir la puerta, él levanta la mirada con una expresión seria al ver la planta que sostengo. Me detengo y lo miro por un momento, siento un profundo anhelo en el pecho. Apenas lo he visto en días y si estamos en la misma habitación, encuentra una razón para irse. Incluso por las noches se espera hasta que cree que estoy dormida antes de acostarse conmigo en la cama, como lo hacía al inicio de nuestro matrimonio.

Más de una vez he querido darme la vuelta y obligarlo a verme a la cara, pero no he tenido el valor. Lo último que quiero es hacerlo sentir aún más incómodo acorralándolo de madrugada en nuestra cama. No busco más conflicto y no ganaré su favor haciéndolo enojar.

En el trabajo no puede evitar estar en el mismo espacio que yo, así que se concentra únicamente en sus pendientes y utiliza a Mike como intermediario entre nosotros. Por la forma en que me evita, es obvio que no quiere hablar conmigo ni verme. Ni siquiera ha devuelto las llamadas de mi madre y no sé qué decirle a ella.

Conozco a Zane y sé que necesita espacio para reflexionar, pero se me está acabando la paciencia. A veces me mira como si me desconociera y eso me hace sentir aún más desesperada por demostrarle que de verdad lo amo.

Mis manos tiemblan mientras coloco la planta de lirios que le compré en el borde de su escritorio. Él frunce el ceño, se ve claramente conflictuado.

—Desearía tener las habilidades para plantarlas yo —comento—, pero no las tengo, así que te las compré. ¿Recuerdas, Zane? Estas fueron las primeras flores que me regalaste. Me dijiste que, al igual que nosotros, los lirios tienen una larga historia y simbolizan el perdón y un nuevo comienzo cuando la disculpa se acepta.

Sus ojos recorren mi rostro; Dios, daría todo por saber qué está pensando. Justo antes de mi cumpleaños, estaba segura de que me veía con amor, quizá no el mismo amor que compartimos en el pasado, pero amor al fin. Ahora ya no estoy tan segura. Se ha vuelto tan inescrutable como cuando nos casamos; sentir que lo pierdo me duele más que nada.

—Me dijiste que no pedirías mi perdón, que solo querías una oportunidad para ganártelo. Ahora estoy aquí para suplicarte lo mismo. ¿Me darías una oportunidad, Zane? Solo una oportunidad para demostrarte que te amo, que lo siento más allá de las palabras y que tus dudas sobre nosotros no tienen fundamento.

Zane empuja su silla hacia atrás, creando más distancia entre nosotros. Se ve completamente afligido; contengo la respiración.

—Te pedí perdón porque fui un niño tonto y te traté de una forma que dejaba mucho que desear, ya que no sabía cómo manejar mis sentimientos hacia ti.

—Lo sé. Sé que esto no es lo mismo, pero…

—¿Pero qué? —interrumpe levantándose. Se pasa una mano por el cabello y suspira—. Celeste es demasiado poco y demasiado tarde. Aprecio tu disculpa, de verdad, pero no cambia nada.

Mi corazón se hunde y rodeo el escritorio, impulsada por la desesperación.

—¿De verdad? —pregunto con la voz temblando. Apoyo mi palma en su pecho y él cierra los ojos por un momento, como si tuviera que recordarse que debe resistirse a mí. Eso me da esperanza, una que estoy segura no quería inspirarme—. ¿De verdad es demasiado tarde?

Me mira fijamente mientras deslizo una mano lentamente hasta su cuello. Lo he hecho mil veces, pero nunca deja de fascinarlo. La manera en que me mira me dice que tengo razón en aferrarme a este hilo de esperanza.

Le acaricio la cara con la mano libre, manteniendo su mirada en la mía.

—Te amo —susurro y una intensa emoción brilla en su mirada—. Por favor, háblame. Lo siento muchísimo, Zane. Es solo que... me sentía tan abrumada por el dolor, tan traicionada y sé que no es excusa, pero...

Suspira y mete su mano en mi cabello. Me acerco a él, ansiosa por estar más cerca.

—Celeste, ninguna disculpa puede arreglar lo que está roto. No quiero estarte evitando, es solo que... no sé qué hacer cuando estás así. No quiero lastimarte, pero no puedo darte lo que necesitas.

Algo se desgarra en mi pecho y un sentimiento de pérdida me invade.

—Déjame intentarlo —le ruego—. Déjame intentar arreglar esto.

Su mirada se ve indecisa, como si tuviera miedo de recorrer este camino conmigo otra vez.

—Por favor —susurro.

Inclina la cabeza y su frente toca la mía, respira entrecortadamente con los ojos cerrados. Se queda inmóvil cuando me inclino y rozo sus labios, una, dos veces. Vacilo un poco, pues tengo miedo de que se aleje.

Me siento aliviada al sentir que estruja mi cabello justo antes de que su boca choque con la mía; es brusco y lo siento tan desesperado como yo. Gimo al probar la menta en su lengua y me robo su dulce, ganándome un profundo gemido de satisfacción.

Por la forma en que me toca, sé que no es demasiado tarde para nosotros. Profundizo nuestro beso, queriendo perderme en él de la única manera en la que él me lo permite. Tomo su camisa y él se separa de mis labios completamente agitado.

—Celestial —susurra de forma adolorida.

Lo miro con el corazón en la mano.

—No me digas que no sientes esto entre nosotros. Me suplicaste que luchara y creyera en nosotros. Aquí estoy, Zane. Llegué tarde, pero estoy aquí y esta vez me quedaré.

Ochenta y tres

Zane

El corazón se me estruja al ver que Celeste pone unas orquídeas blancas sobre la mesa cafetera de la oficina; me muestra una dulce sonrisa mientras sus ojos se encuentran con los míos. Son un símbolo de sinceridad y nuevos comienzos; el mensaje subyacente es difícil de ignorar.

Nunca me había sentido tan conflictuado como ahora. La mujer a la que siempre he amado me pide en silencio otra oportunidad día tras día. Tres semanas fueron suficientes para que dejara de evitarla. La forma en que no exige mi atención y acepta en silencio lo que estoy dispuesto a darle me exaspera y sospecho que lo sabe.

La verdad es que intentar resistirme a ella fue una tontería desde el principio. Darle la espalda en la cama solo funcionó hasta que puso su mano en mi hombro y susurró mi nombre, con una voz cargada de deseo. Celeste siempre ha sido mi debilidad y nada cambiará eso.

—¿Ya decidiste entre los dos proyectos que discutimos? —pregunta mientras se acerca a mí, sus largas piernas realzadas por esa corta falda negra. Mi mirada la recorre lujurioso y la veo contener una sonrisa mientras se acomoda el cabello a un lado, con un movimiento tan sexi que casi gimo. La blusa color crema que usa está desabotonada en la parte superior, lo que deja entrever un poco de su escote y me está volviendo loco.

Lleva semanas haciendo esto, seduciéndome lentamente como un recordatorio de lo bien que podrían estar las cosas entre nosotros. Y, como el tonto que soy, caigo en la trampa una y otra vez. Estoy desesperado por experimentar esos momentos en los que me pierdo en ella y nada más importa. Es una escapatoria que no resuelve nada, pero, carajo, soy tan débil cuando se trata de ella.

—Ambos hoteles podrían generar un alto retorno de inversión, pero es una decisión difícil —le respondo y me echo el cabello hacia atrás con una mano—. Creo que en esta etapa es solo cuestión de preferencia.

Celeste se para junto a mi escritorio, manteniendo una distancia propia de alguien profesional, aunque se inclina para mirar mi pantalla. Trato de no ver cómo se le ve el trasero con esa falda, o cómo la tela sube por sus muslos, pero es una batalla perdida. Mi esposa se mueve un poco y alcanzo a ver sus ligueros.

—Me gusta más este —señala tomando el mouse para acercar la imagen de una de las dos propiedades que estamos considerando—. ¿Qué piensas?

Se voltea y me hace contener la respiración. Me duele mirarla, saber que podríamos haberlo tenido todo si solo hubiera confiado en mí, en nosotros, como le supliqué. Su expresión cambia y aparto la mirada.

—Me gustan ambas. Honestamente, no me decido.

Asiente y abre la imagen de la otra propiedad, colocándola a lado de la otra antes de inclinarse más y apoyar el codo en mi escritorio. Su falda se sube otro poco y ladea ligeramente las caderas. Se ve absolutamente irresistible así, inclinada sobre mi escritorio, con sus medias y ligueros expuestos para mí, además de esas nalgas perfectas.

—¿Qué crees que estás haciendo? —le pregunto envolviendo su muslo con una mano. Mi pulgar roza el encaje de su media y ella jadea suavemente, un sonido deseoso y tan jodidamente seductor que casi cedo.

Celeste mira por encima del hombro, con una mirada ardiente.

—Solo comparo nuestras dos opciones de inversión —miente con tono travieso.

Deslizo la mano hasta descansarla justo en la parte superior de su muslo, con el pulgar rozando su tanga.

—¿Sí? ¿Solo eso?

Sus caderas se elevan un poco, un movimiento casi imperceptible.

—Por supuesto —dice y ya suena agitada.

Son momentos como este los que hacen tan difícil mantenerme enojado. Sé exactamente lo que intenta con las flores, las pequeñas caricias y sus dulces sonrisas, pero aun así no puedo resistirme.

Un sonido anhelante escapa de su garganta cuando lentamente le subo la falda y me inclino para besar su vulva.

—Está bien —susurro—. Hazlo entonces.

La veo abrir mis documentos de análisis mientras paso un dedo sobre su vulva suavemente, notando lo mojada que está su tanga. Es tan fácil perderme en ella, concentrarme únicamente en lo bien que se siente tenerla en mis brazos, pero nunca dura.

Celeste gime cuando aparto su ropa interior para cubrir mis dedos con su humedad, mis movimientos son lentos y deliberados mientras hago círculos en su clítoris, exactamente como le gusta.

—Zane —suplica cuando meto dos dedos dentro de ella, abandonando la farsa.

—¿Sí? —murmuro moviendo de arriba a abajo mis dedos dentro de ella y flexionándolos, haciéndola jadear—. ¿Con cuál de los dos quieres seguir?

Me mira y maldita sea, estoy completamente hechizado. Esas mejillas sonrojadas y esos ojos llenos de promesas rotas… Caí en esto una vez y siento que voy por el mismo camino de nuevo.

Me inclino para probarla, mi pene ya está palpitando y desesperado por ella. Celeste jadea cuando paso mi lengua por su clítoris justo cuando enrosco mis dedos profundamente, castigándola por tentarme una y otra vez. La lamo con la intención de enloquecerla como ella hace conmigo.

—Por favor —ruega y aparto mi boca para liberar mi pene; soy incapaz de negarle algo. Ella emite un sonido casi inaudible, increíblemente sexi, cuando saco los dedos y me pongo de pie. No es un gemido ni un quejido, sino algo intermedio; carajo, me obsesiona.

—Voltéate —le ordeno y ella obedece de inmediato, con la mirada deseosa, abriendo las piernas para mí sobre el escritorio.

—Dime qué quieres —murmuro mientras llevo mi pene a la entrada de su vagina, encantado con la forma en que envuelve sus piernas alrededor mío para acercarme más.

—A ti. —Su mirada me dice que no es solo mi cuerpo lo que pide—. Te quiero a ti, Zane. Siempre te querré.

Gimo al entrar lentamente en ella, completamente fascinado al ver cómo desaparece mi pene en su apretada y húmeda vagina. Agarro sus caderas y ella gime tan bonito para mí mientras la penetro por completo. Cada día intento resistirme a mi esposa y cada día terminamos así. Si no me seduce en el trabajo, lo hace metiéndose desnuda en nuestra cama. Sabe que no hay manera de que pueda negarle algo. Con cada caricia, va minando mi voluntad y lo sabe.

La abrazo para besarla, necesito tenerla más cerca; ella gime contra mi boca, volviéndome loco. La beso y la cojo despacio, tomándome mi tiempo, castigándola por la forma en que sigue atormentándome, día tras día.

—Zane —susurra separándose un poco para mirarme.

Respiro con dificultad y la observo, perdiéndome en sus ojos, en este momento.

—No me mires así —le digo suavemente.

—¿Así cómo?

Mi mirada recorre su rostro y el corazón me late con fuerza. La extraño, incluso cuando la tengo en mis brazos; no sé si ese sentimiento alguna vez se irá.

—Como si me amaras.

Un destello de dolor se anida en sus ojos y ella se acerca.

—Pero sí lo hago —susurra contra mis labios—. Te amo, Zane.

Ochenta y cuatro

Zane

Entro a la cocina y encuentro a Celeste detrás de la estufa, usando una de mis playeras. Mierda, me doy cuenta de algo. Esto es lo que siempre quise, pero no se siente como esperaba. Parte importante de lo que éramos como pareja era nuestra fe inquebrantable en el otro, así que, cuando la perdimos, también nos perdimos a nosotros mismos. Siempre sentí que éramos nosotros contra el mundo, pero, en los últimos años, ha sido uno contra el otro.

Los pocos buenos años que compartimos no superan los malos. Nunca borraron el tormento que le causé cuando éramos jóvenes ni desaparecieron el dolor que ella me devolvió. Nuestro amor siempre estará manchado, fracturado, imposible de repararse, pero nunca erradicado.

Celeste levanta la mirada cuando entro, mirándome a los ojos. Sonríe y mi corazón se acelera. Carajo. Creo que siempre reaccionaré así con ella y eso me duele. Me mata saber que nunca podré olvidarla. Dudo que alguna vez logre amar a alguien como la amé a ella entonces, ni siquiera a ella misma ahora.

—Buenos días —dice y me recorre el cuerpo con la mirada hasta posar sus ojos en el tatuaje de mi pecho. Más de una vez en los últimos días la he visto observarlo, con una expresión pensativa—. Estoy haciendo tu desayuno. ¿Qué complementos quieres en tus waffles?

La observo, sin saber si debo salir de la cocina. Nos esperan dos años más de matrimonio por delante, así que no puedo evitarla para siempre, pero mirarla me duele demasiado últimamente.

—Fresas —respondo deseando poder ignorarla.

Ella asiente y vuelve a la estufa, con su hermoso cabello largo cayendo por la espalda. Es divina y sabe perfectamente lo que me provoca verla parada ahí con mi ropa. La cocina, por alguna razón extraña, es el único lugar de la casa en el que no me puedo resistir a ella. Quizá porque es mi lugar favorito y ella siempre ha sido mi persona favorita.

Celeste ha sido implacable últimamente, de una manera que ni siquiera me permite enojarme. Aparte de entrar a mi oficina cuando quiere, no ha cruzado ningún límite. No intenta obligarme a perdonarla ni me está fastidiando. Simplemente, está ahí, con esa mirada que me dice que hará cualquier cosa para demostrarme que lo siente.

Cada día llega a la oficina con un ramo nuevo de flores o una planta diferente, cada uno con un significado oculto. Rosas color durazno para mostrar amor y su sinceridad, jacintos morados para pedir perdón y mostrar compromiso, campanillas rosas para decir que siempre me amará y claveles color crema para expresar la esperanza de un amor renovado. Yo le enseñé el significado de cada una y me sorprende que todavía los recuerde todos.

¿Recordará que le dije que mi mamá hacía esto con mi papá? Mi padre me dijo que a mamá le era casi imposible disculparse cuando se equivocaba, así que le regalaba flores que ella misma cultivaba, mostrándole así su sinceridad. El hecho de que Celeste haga algo similar es suficiente para derribar mis muros. Me conoce tan bien.

Suspiro y me paso una mano por el cabello, con mi corazón encongiéndose dolorosamente al verla. No solo en la oficina me muestra de forma silenciosa, pero firme que luchará por mi perdón, no importa cuánto le tome. También es implacable en nuestra cama. Una parte de mí quiere creerle cuando se vuelve hacia mí por la noche; su tacto expresa toda su desesperación. Cuando me besa, todo desaparece, solo quedamos ella y la forma en que aún me desea. Sin embargo, esto nunca dura, cuando la luz del sol empieza a colarse por las ventanas, recuerdo el motivo de nuestro rompimiento y el miedo renueva sus fuerzas. Lo que sea que tenemos ahora, tampoco durará.

—Aquí tienes —dice y me sonríe tan dulcemente que me pesa; me entrega un plato con waffles en forma de corazón, fresas y jarabe de maple encima. Lo observo un momento y mi corazón se encoge. Estar con ella no debería angustiarme tanto; sin embargo, a pesar del dolor, no hay otro lugar en el que quisiera estar.

Posa su mano en mi brazo y salgo de mi ensimismamiento, me jala hacia la barra y su expresión está llena de esperanza. Ninguno de los dos dice una palabra mientras desayunamos, pero el silencio habla por sí solo. Suspiro; termino de comer y dejo caer el tenedor en el plato, dispuesto a levantarme cuando ella toma mi mano y me detiene.

—Zane, ¿no dijimos que ya no íbamos a estar tristes?

Sonrío sin emoción mientras me giro para mirarla de nuevo.

—Pero los dos sabemos lo que eso significa, ¿no? Que no nos lastimaríamos por el resto de nuestro matrimonio. Que íbamos a tratar de sacar lo mejor de una mala situación, nada más, nada menos. —Doy un paso hacia ella y le aparto el cabello del rostro—. ¿No es eso lo que estamos haciendo, Celestial? No hubo quejas en tus labios cuando me rogaste que te cogiera más fuerte anoche y no hemos discutido sobre trabajo en semanas.

Me examina el rostro, buscando indicios de algo más.

—Por favor —pide—, dime cómo arreglar esto.

Recuerdo haberle hecho esa misma pregunta años atrás, pese a que no había hecho nada por lo que necesitara perdonarme.

—No puedes, Celeste. Sé que parece que te estoy castigando, pero no es así. No hay nada que perdonar, nada que puedas hacer. Esto no es sobre el pasado, sino el futuro. No confío en ti, en que no volverás a perder la fe en mí la próxima vez que alguien me acuse de algo. No quiero vivir con esa incertidumbre. No quiero sentir que lo que tenemos es efímero y no puedo construir nada sobre una base inestable.

Aprieta mi mano y respira con dificultad, colocando su palma sobre mi pecho.

—Me dijiste que nunca me habías mentido, ¿verdad? Eso significa que si te hago una pregunta ahora mismo, serás honesto.

Dudo un instante, con el corazón acelerado por su proximidad, y asiento involuntariamente.

—No mentí entonces y no empezaré ahora.

Da un paso más y desliza la mano por mi pecho hasta la nuca, manteniendo mis ojos en los suyos.

—Entonces, dime, Zane. ¿Todavía me amas?

La miro sin poder responderle, completamente desconcertado por su pregunta. Me acerca un poco más hasta que nuestras frentes se juntan; ambos respiramos agitadamente.

—Lo haces —responde por mí—. Todavía me amas y eso es suficiente para mí.

Ochenta y cinco

CELESTE

Zane y yo no pronunciamos palabra al llegar a la casa de la abuela Anne para cenar; por primera vez en años, el silencio es incómodo. Los últimos días han sido difíciles y no sé qué hacer. Sería mucho más fácil si Zane estuviera enojado porque eso sé cómo manejarlo. La realidad es que ni siquiera sé describir su estado de ánimo actual: una mezcla de dolor, decepción y melancolía. Cuando me mira, parece que solo ve lo que pudimos haber sido. Sin importar lo que yo haga, nunca obtendré su perdón. Me hace sentir que nunca querrá a la mujer que soy hoy, porque jamás estaré a la altura de la mujer que solía amar.

Zane pone su mano en mi espalda baja mientras me guía por la casa de su abuela, aprovecho para acercarme un poco a él, disfrutando de su tacto. Solo me siento cercana a él cuando abrazo su cintura estando en la cama, con mi rostro apoyado en su espalda. Después, él se gira y me abraza como si también me extrañara. Cada beso alimenta las llamas de mi esperanza y la forma en que me toma despacio, profundamente, me hace aferrarme a pesar de todo.

Los hermanos de Zane levantan la mirada cuando entramos al comedor y me esfuerzo por sonreír como cada semana. Para mi sorpresa, Sierra y Raven me devuelven la sonrisa esta vez; sus miradas ya no son secas, sino un poco más acogedoras. El resto de la familia también se ve menos contrariada, más normal. Por primera vez, no hay hostilidad en sus ojos.

Creo que se han acostumbrado a mi presencia o, quizá, los constantes intentos de Faye por incluirme durante la cena los ha ablandado. Ella es un encanto, probablemente la más dulce de la familia. Nadie puede decirle que no o negarle algo, debo confesar que yo también he caído bajo sus encantos.

—Hola, Celeste —dice sonriéndome con sus alegres y brillantes ojos azules—. Por favor, dime que terminaste de leer el libro que te presté. Necesito hablar con alguien de él, Raven y Sierra son muy lentas. Ni hablemos de Val, ¡se niega a empezar hasta que salga el audiolibro!

Intento sonreírle, pero no puedo. Nunca me había sentido tan destrozada y sola. Estar en una habitación llena de personas que amo, pero que no me aman y que tampoco me quieren aquí me desgarra.

—No he tenido oportunidad de empezarlo —confieso, sintiéndome derrotada—. Lo leeré pronto, Faye. Lo siento.

Se me queda viendo, así que bajo la vista a mi plato con el ánimo por los suelos.

—¡No hay problema! ¿Cómo ha estado el trabajo? Has estado tan ocupada últimamente.

Respiro con dificultad y mi mano tiembla al tomar la copa de vino. Por alguna razón inexplicable, estoy a punto de llorar. No sé qué tiene esta noche que todo lo siento a flor de piel. Es una cena familiar común, como cualquier otra, pero la sensación de pérdida me abruma.

—El trabajo bien —le digo susurrando—. Escuché que tu último concierto de piano fue magnífico. Estoy muy orgullosa de ti, ¿sabes? Trataré de ir al próximo. Las entradas se agotan increíblemente rápido.

Faye asiente y me dice que no necesito un boleto, que solo le diga al equipo de conserjería Windsor que quiero ir; ella no sabe que Zane nunca me dio acceso a eso. He visto las tarjetas negras del Windsor Bank que tienen las otras chicas, también ellas tienen choferes asignados y equipos de seguridad. No necesito esas cosas, pero igual me duele saber que Zane hace todo lo posible para no integrarme demasiado en su vida. Hay cosas que me oculta y ambos sabemos por qué; sencillamente, no son para mí, las reserva para quien venga después.

Bebo el vino de un trago y dejo la copa sobre la mesa, fijando la mirada en mi sencillo anillo de boda. No me queda duda de que este no es el anillo que Zane le daría a la mujer que realmente quiere como esposa. Él habría elegido un diseño con significado, algo único con un mensaje oculto que solo su esposa entendería. Es un pensamiento extraño, pero no me lo puedo sacar de la cabeza. Cada vez entiendo más por qué pidió una separación limpia cuando terminara el contrato. Hay mucha historia, muchas heridas abiertas y no importa cuánto lo intentemos, eso nunca cambiará. Como probablemente ella quería, Lily siempre estará entre nosotros.

—Nosotros también iremos —dice Sierra intercambiando una mirada con Raven y Val—. ¿Por qué no vamos juntas, Celeste?

Levanto la mirada rápidamente y la observo por un momento, sin estar segura de si la escuché bien.

—Eso... eso estaría bien —respondo con el corazón triste. La extraño tanto, pero sé que las cosas nunca serán iguales entre nosotras. Estoy empezando a entender que algunas cosas no se pueden arreglar y, poco a poco, también empiezo a aceptarlo.

—Vamos el próximo mes —comenta Sierra con un tono suave, aunque inseguro.

Asiento lentamente y noto que Zane se tensa; no comprendo el todo la invitación de Sierra o la reacción de mi esposo. La advertencia que me hizo resuena en mi mente, vuelvo a bajar la vista mientras respiro con dificultad: «No quiero que te consideren mi esposa o parte de la familia. Ese lugar, algún día, le pertenecerá a alguien más. Cuando finalmente encuentre a la persona con la que quiera pasar mi vida, no quiero que ella tenga que hacerse espacio en tu lugar».

Esas palabras duelen más ahora que entonces. Me aferro con todo lo que tengo, pero cada vez es más evidente que algún día seré un recuerdo lejano para Zane. Este matrimonio es un cierre para él, sus heridas sanarán día tras día hasta que, finalmente, pueda dejar ir y seguir adelante. Me doy cuenta por la forma en que su rabia se ha desvanecido, dejando espacio para el dolor y la decepción. Tarde o temprano, eso también desaparecerá y un día me mirará sin sentir nada.

Las chicas hablan de juegos de mesa que quieren jugar después de cenar; normalmente, me hubiera gustado unirme. Me habría metido en la conversación e invitado a participar a pesar del evidente disgusto de Sierra y Raven, pero esta noche no me queda energía para pelear.

Me escabullo silenciosamente cuando la cena termina y empiezan a platicar entre ellas; el sonido de sus risas y la alegría se desvanece mientras camino hacia la veranda junto al comedor. Una brisa suave y cálida me recibe, cierro los ojos y levanto la vista al cielo, dejando que la luz de la luna me bañe.

—¿Por qué estás aquí afuera, Celeste? —Me doy vuelta y me llevo la mano al pecho al ver que es Lexington detrás de mí; se nota conflictuado—. ¿Qué está pasando entre tú y Zane? Se veían muy felices en mi fiesta de lanzamiento, ¿qué diablos está pasando?

Me abrazo y desvío la mirada.

—No pasa nada —le contesto y la voz se me quiebra—. Es solo que... tenías razón, Lex.

—¿Sobre qué?

Hago todo lo posible por sonreírle, por ser valiente, pero esta noche es demasiado difícil.

—No merezco a Zane y me duele admitirlo; él estará mejor sin mí. Sé que ya lo sabías, supongo que también estoy empezando a aceptarlo.

Él cruza los brazos y me mira un momento, pensativo.

—Celeste —empieza a decir con el tono que reserva para Sierra y sus otras cuñadas, lo que me sorprende—, ¿sabías que Zane se arrodilló ante nuestra abuela para pedir tu mano en matrimonio hace años?

Abro los ojos de par en par y él sonríe entristecido.

—Dijo algo que se me quedó grabado. Dijo que no hay un él sin ti y es verdad. Lo vi consumirse por años hasta que tú regresaste a su vida. Sé que no es fácil, pero el amor verdadero nunca lo es, ¿o sí? Es caótico y doloroso, pero siempre vale la pena. Al principio, no estaba seguro acerca de ti, pero estoy empezando a cambiar de opinión y creo que Zane también.

Me sonríe tímidamente y se da la vuelta para irse, aunque voltea a verme por encima del hombro una vez antes de desaparecer, dejándome sola con mis pensamientos.

Ochenta y seis

Celeste

—Pronto te enseñaré la receta —me dice la abuela Anne mientras me entrega una tanda de galletas fresca—. Es un secreto de familia y te lo confiaré a ti.

Abro los ojos al máximo y mi primer instinto es rechazar su oferta; sin embargo, ella me mira tan fijamente que prefiero no decir nada. Aprieto la caja de galletas contra mi pecho. ¿Qué diría si le confieso que no he probado una en años? Se las he dado todas a Sierra.

La abuela se acerca y me aparta el cabello del rostro.

—Sé que las cosas parecen difíciles ahora, Celeste, pero, desde donde yo lo estoy viendo, ustedes dos finalmente están enfrentando sus problemas en lugar de evadirlos con enojo. Confía en el proceso y confía en ustedes. —Me sonríe al ver la sorpresa que refleja mi rostro y me acomoda el cabello detrás de la oreja—. Anda, ve a sobornar a Sierra con mis galletas.

Parpadeo incrédula, pero ella se ríe con complicidad mientras me acompaña hasta la puerta.

—Quizá no te lo parezca, pero te has estado ganando a toda la familia. Solo sigue así, ¿okey? Todo va a estar bien.

—Gracias —le respondo, sin saber por qué exactamente le agradezco. Sin duda, es más que solo por las galletas.

Me acompaña hasta el auto y me regala una sonrisa, su mirada es extrañamente reconfortante.

Miro la caja de galletas en el asiento del copiloto mientras manejo hacia la casa de Sierra, sintiéndome mucho más perdida que de costumbre. Mi mente ha estado hecha un caos durante semanas, pues intento reconciliar lo que creía saber con la verdad. Pensar en mis actos me llena de remordimiento y vergüenza como jamás sentí. Incluso me he preguntado si parte de mi dolor tiene que ver con mi incapacidad para perdonarme por todo lo que le hice a Zane.

Respiro con dificultad mientras fijo la vista en la puerta roja de Sierra. La nostalgia me golpea más fuerte que nunca cuando dejo la caja de galletas y escucho risas adentro. Al darme la vuelta para irme, la puerta se abre y veo a Faye parada en el umbral.

—Estás aquí —me dice sonriendo—. Pasa.

Me quedo inmóvil y niego con la cabeza, no sé cómo decirle que no soy bienvenida. Después de todo, nadie sabe del acuerdo que tengo con Sierra.

—No puedo —termino diciéndole, siento mis mejillas sonrojadas.

Sierra aparece detrás de Faye y se me queda viendo pensativa.

—No es como que tengas algo mejor que hacer —asegura—. Además, mis hermanos están en su juego de póquer en la casa de Luca, así que es mejor que te unas a nosotras.

Sierra me extiende la mano y la miro sorprendida antes de tomarla. Me jala hacia adentro y una sensación agridulce me invade cuando veo a Val y Raven en el sofá. Ambas levantan la vista y sonríen, como si no les sorprendiera verme.

—Me preguntaba cuánto ibas a tardar —dice Val—. Te hemos estado esperando.

El rostro de Raven se sonroja y abre los labios para contradecir a Val, pero luego desvía la mirada y cruza los brazos. Faye se ríe y abraza a Raven por los hombros.

—Me tomó un rato entender por qué Sierra insistía tanto en que hiciéramos la antinoche de póquer en su casa mes tras mes —comenta Faye. Val asiente divertida y se recarga en Raven—. Comprendí todo hasta que escuché a Raven pedirle a la abuela que te horneara galletas hoy. La insistencia en que fuera hoy me parecía inusual y, cuando le pregunté, supe que era porque se las traerías a Sierra, encontrándonos a todas aquí.

Val pone los ojos en blanco y niega con la cabeza.

—No entiendo por qué Sierra y Raven tuvieron que recurrir a esas mañas infantiles cuando simplemente pudieron invitarte.

Sierra se sonroja, cruza los brazos y mira a Val.

—¡Tú fuiste la que dijo que dejarías de venir si no empezábamos a invitar a Celeste!

Val se encoge de hombros con una sonrisa apenada mientras me empuja un vaso tequilero de la mesa.

—Y aun así no la invitaron. Solo la engañaron para que viniera que, siendo sincera, es casi lo mismo tratándose de ustedes.

Tomo el vaso que empujaba Val y me sorprendo al ver mi nombre grabado en él. ¿De verdad me estaban esperando esta noche?

—Eso, eh... —dice Raven—. Eso es de mi parte. Bienvenida a la antinoche de póquer. Perdón por tardamos tanto en invitarte.

Sonrío genuinamente por primera vez en días, aunque con una sensación ligera de rechazo. Es obvio que han estado reuniéndose por meses y nunca pensaron en invitarme, pero estoy cansada de guardar rencores y dejar que el pasado me duela.

—Entonces, ¿qué es exactamente la antinoche de póquer?

Faye se ríe y Val empieza a servirme tequila mientras Raven me ofrece una rodaja de limón. Sierra me mira y sonríe, por un momento, todo se siente como antes de que destruyera nuestra amistad.

—Es nuestra reunión mensual. La hacemos coincidir con la noche mensual de póquer de los chicos y la usamos para ponernos al día. Por lo general, hay tequila.

Levanta su vaso y las demás chicas la imitan, expectantes porque yo lo haga también. La mano me tiembla al chocar mi vaso contra los de ellas, luego lo tomo de un trago, sintiendo el ardor en la garganta. Segundos después, Sierra me coloca una rodaja de limón a la boca y la chupo rápido.

—Me van a matar —les aseguro.

Faye me da una palmada en el brazo como si me comprendiera.

—Esta noche han sido bastante misericordiosas, seguro para que te acostumbres. Normalmente, Val trae un mezcal bien fuerte que su hermano produce. Créeme, eso... bueno... es otra cosa.

El brazo de Val rodea mi cintura y me tenso, asombrada por lo acogedoras que se comportan. Han sido más amables últimamente, pero no pensé que me recibirían así de nuevo. No imaginan lo mucho que esto significa para mí, aunque la mirada en sus ojos me dice que sí lo saben.

—Bueno, todas nos hemos dado cuenta de que, últimamente, intentas ganarte a Zane y tenemos algunas ideas que podrían ayudarte —comenta Val.

Se inclinan hacia mí y la intensidad en sus miradas me pone nerviosa.

—¿Me ayudarían? —pregunto nerviosa—. No pensé que... bueno... que quisieran que estuviéramos juntos.

Sierra niega con la cabeza y rellena mi vaso, su mirada es dulce y amarga al mismo tiempo.

—Sé lo arrepentida que estás, Celeste. Mi mamá siempre decía que la mejor disculpa es un cambio de actitud y tú lo has demostrado. Si de algo sirve, yo también te perdono y siento lo que pasó.

Me muerdo un labio para no llorar; Raven me lanza una sonrisa tierna.

—Así como tú cometiste errores, nosotras también. Nunca debimos tratarte como lo hicimos y no debimos ser tan tercas mientras te esforzabas tanto. Lo siento, Celeste.

Faye asiente y me pasa otra rodaja de limón.

—Está claro que Zane te ama y es evidente que tú lo amas. Les tomará tiempo, pero sé que se reconciliarán. Puede que nunca sea igual, aunque es posible que lo que construyan a partir de los pedazos sea algo incluso más valioso.

—Nosotras te ayudaremos —asegura Val—. Solo queremos que sean felices.

Sierra me abraza cuando estallo en lágrimas y Raven se acerca más.

—Te dejaré llorar esta noche —dice con voz firme—, pero apenas termines, vamos a armar un plan y harás a Zane más feliz de lo que jamás imaginó.

Asiento con la cabeza y la esperanza me inunda de una forma que no había sentido antes. Ella me devuelve la sonrisa, entendiendo cómo me siento, como si ella también hubiera estado ahí.

—Vas a estar bien —me promete y quiero creerle.

Ochenta y siete

Zane

—¿A dónde vamos? —pregunto mientras observo el paisaje familiar. No sé ni por qué pregunto si sé exactamente a dónde lleva este camino. ¿Cuántas veces me he encontrado manejando por esta calle en los últimos años sin ser del todo consciente?

Celeste estaciona el auto frente a su antigua casa y me mira de una forma tan vulnerable que bajo la guardia al instante. Suspiro, pues no le puedo decir que no si me ve de esa manera.

—Hay algo que quiero mostrarte —me responde con un atisbo de incertidumbre.

Desvío la mirada y me echo el cabello hacia atrás con una mano. Cuando me pidió unas horas de mi tiempo hoy, no esperaba esto.

Me mira tan esperanzada al bajarse del auto que no puedo evitar seguirla, la curiosidad me guía. Ha estado diferente en los últimos días y no logro identificar por qué. De alguna manera, tiene una actitud más valiente y optimista, aunque entre nosotros no haya cambiado nada.

La mano de Celeste se desliza dentro de la mía y se aferra fuerte mientras me guía hacia su antigua casa y directo al pasado.

—¿Por qué estamos aquí? —la cuestiono al detenerme en la entrada, sintiendo un atisbo de pesar. A diferencia de la mía, su casa está igual y solo de verla incontables recuerdos felices me inundan, lo que a su vez deja un rastro agridulce de destrucción.

Ella me mira por encima del hombro y me arrastra hacia la sala, donde vimos incontables películas e hicimos el amor cientos de veces. Aquí fue donde susurró que me amaba por primera vez, pensando que yo estaba dormido. Me jala hacia el sofá.

—Quería mostrarte esto —dice mientras toma una caja de la mesa de centro y la pone entre nosotros. Inhalo hondo cuando la abre y saca cuidadosamente una variedad de flores secas—. Guardé una de cada ramo que me diste.

Tomo, con manos temblorosas y la respiración agitada, la rosa roja seca del jardín de mi madre.

—¿Por qué?

—Porque te amo, Zane. A pesar de todo lo que pasó, no pude dejarte ir, ni a ti ni a nuestros recuerdos. Cada vez que lo intentaba, rompía en llanto y abrazaba esta caja contra mi pecho, deseando poder regresar en el tiempo.

Toma la rosa de mis manos y la guarda en la caja con tantísimo cuidado que me duele el corazón. La mirada en sus ojos transmite lo mucho que significan esas flores para ella, pero no sé qué pensar.

—Hay más —dice y me extiende su mano, lo dudo unos instantes, al final cedo y deslizo mis dedos entre los suyos. Me lanza una sonrisa nerviosa mientras me jala hacia arriba y la sigo a regañadientes. No entiendo qué quiere conseguir. Ver cómo preservó con tanto cuidado nuestros recuerdos solo me confunde más.

—No solo fueron las flores, Zane —explica mientras me guía hacia su recámara. Suelto su mano y me recargo contra la pared. Esta habitación me trae sentimientos que desearía borrar.

Celeste mira sobre su hombro mientras abre su clóset y saca incontables playeras mías, dejándolas caer sobre la cama.

—Te robé estas y las guardé. Cada vez que estaba aquí, me las ponía, aunque hacerlo me generaba más culpa de la que puedas imaginar.

Muerdo mi labio cuando se arrodilla en el piso y saca del fondo uno de nuestros muchos tableros de ideas. Maldita sea. Aún recuerdo cómo recortamos fotos de revistas de bodas un domingo por la noche, venía de regreso de cenar con mi abuela, sintiéndome más desanimado que nunca. Celeste y yo soñábamos con nuestra boda, ahogábamos el dolor de ese presente con ilusiones del futuro. Voltea a verme desde el suelo y se le llenan los ojos de lágrimas.

—Zane, independientemente de lo que pienses, yo nunca dejé de amarte.

Me alejo de la pared y camino hacia ella, no puedo soportar esa mirada en sus ojos. No puedo soportar sus lágrimas, nunca he podido. Empieza a respirar de forma agitada mientras me arrodillo frente a ella y mi corazón se rompe por completo.

—Yo tampoco dejé de amarte, Celeste, pero el amor no es suficiente. El amor no puede arreglar esto.

Más lágrimas caen por sus mejillas y cierra los ojos unos instantes, como si necesitara prepararse.

—No lo entiendes —me dice con un hilo de voz. Sus manos tiemblan mientras saca otra caja de su clóset y me la empuja, con un sollozo que le rompe la garganta al abrirla—. Siempre te amé, Zane, pero no eras al único que amaba.

La observo mientras saca fotos de ella y Lily, tableros de ideas llenos de viajes por carretera y maquetas de las oficinas que pensaban desarrollar en Harrison Developments. Comienza a llorar con tanta franqueza—, luego sonríe entre lágrimas al mirar una botella de vino rosado sin abrir, la mueve y toma una carta. Me la entrega y el estómago se me revuelve al darme cuenta de qué es la carta de suicidio de Lily.

—Tienes que entender —suplica—. Ella era como una hermana para mí y estuve con ella, en ese puente mientras me decía que había estado saliendo contigo. Lily me miró a los ojos y me dijo que no soportaba verme casarme contigo, que tenía miedo de que te perdonara por lo que hiciste. Para ella, esa relación era real y a mí también me lo pareció. El dolor me abrumaba y no pensaba con claridad. Todo lo que podía hacer era cumplir su último deseo y quería que tú sintieras lo mismo que yo: traición, pérdida y soledad.

Celeste se arrodilla y extiende una mano para tocarme, para acariciarme la mejilla. La veo a través de su mirada perdida, deseando ahuyentar su dolor.

—A pesar de eso, te amé tanto que no pude borrar ni un solo rastro de nuestra relación. Creí con todo mi ser que me habías engañado con mi mejor amiga y te perdoné por eso, porque te amo más que a mí misma, más que a ella.

Se cubre el rostro con las manos mientras solloza; la abrazo haciendo lo posible por sostenerla mientras se desmorona.

—Celestial —susurro y paso una mano por su cabello—. Ojalá supiera cuál es la decisión correcta, pero no puedo hacerte promesas falsas.

—Te amo —dice envolviendo sus brazos alrededor de mi cuello—. Te amo tanto, Zane, y no sé cómo... Estoy esforzándome tanto... por favor...

La jalo hacia mi regazo y la abrazo más fuerte. El dolor en mi pecho es tan intenso que se me dificulta respirar.

—Yo también te amo, Celeste Windsor —le digo inclinándome para mirarla—. Te amo con todo mi corazón. Siempre te he amado y siempre lo haré. No sé qué sigue para nosotros, mi diosa. Maldita sea, no sé si podremos recuperar la confianza que rompimos, pero lo intentaremos, ¿sí? Intentémoslo.

Examina mi rostro como si no me creyera, así que hago todo lo posible por sonreírle. No sé cómo reconstruirnos a partir de la destrucción que nos causamos pero, carajo, si está en mis manos, haré lo que sea por ella. Sé que me arrepentiré, pero no puedo soportar sus lágrimas, nunca pude.

Ochenta y ocho

Celeste

Sonrío para mis adentros al levantar cuidadosamente la maceta de terracota con el rosal miniatura que cultivé para Zane, sus palabras aún suenan en mi mente: «Te amo con todo mi corazón. Siempre te he amado y siempre lo haré».

Por un momento, dudé de que todavía me amara. Además, mis interminables intentos por ganarme su perdón comenzaban a hacerme sentir como una carga para él; sin embargo, justo cuando estaba a punto de perder la esperanza, me dio exactamente lo que necesitaba para mantenerme un poco más.

Le sonrío a las pequeñas rosas en mis brazos, ansiosa por mostrárselas a mi esposo. De todo lo que le he dado, este es el regalo que más me emociona darle. Sé que le va a encantar. Cuando Sierra se enteró de que le había estado regalando plantas y flores a Zane, casi llora y me aseguró una y otra vez que estaba haciendo lo correcto y que no me rindiera.

Las chicas y yo estuvimos de acuerdo en que debía seguir haciendo lo que hasta ahora, es decir, mostrarle mi devoción infinita a Zane hasta que finalmente creyera nuevamente en mí. Ojalá hubiera otra manera, pero hasta ellas coincidieron en que solo el tiempo puede sanar nuestras heridas.

Aprieto emocionada la maceta contra mi pecho mientras busco a Zane por la casa, pero mi ánimo desaparece al ver que su oficina está vacía. Sostengo la maceta con más fuerza y me dirijo al observatorio, de repente, siento que una punzada me baja por la espalda. Miro mis pequeñas rosas rojas al llegar a las puertas de cristal y me muerdo un labio, dudando.

Cuando nos casamos, me dijo que yo no podía entrar al observatorio, pero después se retractó en mi cumpleaños. Ha pasado tanto desde entonces que no estoy segura de en qué punto estamos ahora.

Respiro profundamente y me interno en el pasillo que conduce a los jardines. Ya no me rechaza como lo hacía después de mi cumpleaños, pero no sé si quiera verme aquí. Apenas tolera que entre a su estudio y lo último que quiero es provocarlo sin necesidad.

Observo el enorme espacio y mis pies me guían sin darme cuenta por un camino familiar. Los jardines cambiaron mucho en estos últimos años y, la verdad, no deja de dolerme la ausencia de lirios en todos lados. Pensé que era porque no podía verlos sin pensar en ella, pero ahora sé que no es por eso; sí le recuerdan a ella, pero más que nada es por mí. No puede verlos sin pensar en lo que ella destruyó, en mis acusaciones y en cómo me rogó que creyera en nosotros.

En su momento, no entendí por qué se mostró tan herido cuando le dije que lo perdonaba en mi cumpleaños, pero ahora me sorprende que su reacción no haya sido peor. El dolor en sus ojos cuando me dijo que no podía perdonarlo por algo que no hizo debió hacerme ver lo que me negaba a aceptar, incluso entonces.

Suspiro y me detengo frente al camino que lleva al rosedal, segura de que lo encontraré ahí, pues es su lugar favorito. Estoy aquí parada y no tengo idea de si querrá verme en el jardín de su madre. Me queda claro que vivimos en una burbuja a punto de estallar. Quiero algo real, algo duradero y creo que él también. El problema es que no sé cómo lograrlo.

Mis ojos se posan en mi esmalte color rosa fuerte, llamado justamente You Are the Shade that I Want. De alguna forma, me anima y me da fuerza para entrar cautelosamente al jardín, el olor a rosas llena el aire. Este olor me recuerda todos los buenos momentos que creamos y, con un poco de suerte y tiempo, lo bueno terminará pesando más que lo malo.

Una risa suave se escucha en el jardín y me giro hacia ella sorprendida. Mi mirada se fija en Zane, pero al dar otro paso hacia él me quedo paralizada al darme cuenta de que no está solo. Miro a una rubia familiar, lleva pantalones de jardinería parecidos a los de Zane, y el estómago se me revuelve dolorosamente al identificar quién es: la mujer con la que bailó en Hawái.

Me muerdo un labio mientras veo a mi esposo sonreír despreocupado, su expresión es de relajación absoluta, está completamente embelesado. No me ha mirado así en años. Ella dice algo y él se ríe de nuevo, con una alegría que antes compartía conmigo. Ahora, cuando me mira, sus ojos siempre tienen un dejo de tristeza, como si ya no pudiera verme solo a mí.

Doy un paso hacia atrás con el corazón hecho pedazos. ¿Es por esto por lo que me dijo que no viniera aquí? Zane siempre dijo que solo quería compartir este lugar con su esposa. Apenas hace excepciones para su familia inmediata y ella, definitivamente, no es familia. ¿Por eso me dijo que el observatorio estaba prohibido para mí?

Mis manos comienzan a temblar al ver que Zane se levanta la camiseta para limpiarse el sudor, es un gesto muy de él que sabe que yo no puedo resistir. Pasábamos horas en este jardín, platicando mientras él cuidaba sus rosas y, cada vez que hacía eso, yo terminaba gimiendo su nombre en minutos.

Las lágrimas empiezan a llenar mis ojos y mis pulmones arden mientras trato de respirar. ¿Quién es ella? ¿Por qué ella puede estar aquí y yo no? Recuerdo cómo me miró en la boda de Dion, con esperanza, con una mirada de fascinación que ahora le dedica a ella. ¿Cuánto tiempo lleva esto? ¿La ha estado viendo, reuniéndose con ella aquí, en nuestra casa?

Doy otro paso hacia atrás y me tropiezo, dejando caer sin querer la maceta de mis manos temblorosos. Golpea el suelo antes de que pueda atraparla y se rompe en mil pedazos de terracota, la tierra queda regada por todos lados. Zane levanta la mirada y sus ojos se agrandan al verme. Puedo ver su preocupación y, por unos segundos, estoy segura de ver también algo de culpa. No esperaba que yo viniera aquí, eso está claro.

Inhalo y me arrodillo para recoger lo que queda del rosal que cuidé durante semanas, pero me lastimo los dedos con los pedazos de la maceta. Siseo de dolor y me llevo la mano al pecho, un sollozo me atraviesa la garganta. Me quedo viendo fijamente la sangre que corre por mi mano, con un pesar anidándose en mi pecho.

¿Por qué me tardé tanto en entender que los pedazos rotos de algo no pueden convertirse en algo bonito como Faye esperaba? Si Zane y yo seguimos aferrándonos a los pedazos rotos del otro, los dos terminaremos sangrando.

—Celeste —dice Zane arrodillándose frente a mí, luego toma mi mano con suavidad—. ¿Estás bien?

Lo miro entre lágrimas, mi corazón está destrozado y es imposible repararlo.

—¿Quién es ella? —pregunto con la angustia en la garganta—. ¿Cuánto tiempo… cuánto tiempo lleva pasando esto?

Veo su desilusión y retira las manos.

—Es una botánica, Celeste. Está aquí para ayudarme a entender por qué se están muriendo mis rosas.

Lo observo, no sé si creerle. ¿Así empezó todo? ¿Ella es la razón por la que no quiere que esté aquí, por la que no me trajo aquí en mi cumpleaños?

—No hagas esto —me dice mientras se pasa la mano por el cabello—. No me castigues por algo que no hice, Celeste.

Ochenta y nueve

Zane

Celeste no dice ni una palabra mientras se prepara para dormir, pero el aire entre nosotros está cargado de preguntas sin responder. Me peino el cabello con una mano y me siento en la cama, frustrado y preocupado como nunca. No sé qué prefiero, si este pesado silencio o la manera en que solíamos discutir, el resentimiento nos ayudaba a proteger nuestros corazones rotos.

Mi esposa ni siquiera me mira al entrar en la cama. Usa una bata de seda roja que se está convirtiendo rápidamente en mi favorita.

—Solo pregunta —le digo, sin poder soportarlo más.

Su mirada se cruza con la mía y duda antes de voltearse para verme de frente, es evidente que sus hermosos ojos estuvieron llorando. Se ve tan cansada como yo, irradia inseguridad y dolor. Me duele verla así, especialmente cuando no hice nada para provocarlo.

—¿Es la que estuvo en la boda de Dion?

Asiento con la cabeza y me siento como si hubiera hecho algo malo. Toda esta situación es desesperante y me recuerda a lo que vivimos después de la muerte de Lily. Ella me cuestionaba sin parar y cada vez tenía más miedo de decir algo incorrecto, incluso siendo inocente.

—¿Por qué nunca me hablaste de ella?

Suspiro y cruzo los brazos, notando que su mirada se dirige a mi tatuaje.

—Honestamente, Celestial, nunca salió el tema. Cuando ella empezó a trabajar en el rosedal, tú y yo casi ni nos hablábamos. Y después... para serte sincero, nunca se me ocurrió contarte algo que consideraba completamente irrelevante. No es exactamente una jardinera, pero para mí podría serlo. Simplemente la contraté, Celeste, al igual que a nuestra ama de llaves y las otras miles de personas que trabajan para nosotros en Windsor Hotels.

Parece que no me cree y no sé qué hacer. Odio sentirme tan impotente y ver esa desconfianza en sus ojos. Alguna vez hubo fe y confianza inquebrantables entre nosotros. En este tiempo, realmente creía que nada podría separarnos, ni siquiera mi abuela. Con el tiempo, se hace claro que nunca podremos volver a eso.

—Entonces, ¿durante todo nuestro matrimonio has estado pasando tiempo con ella en el observatorio? —Su voz se quiebra y el pesar en sus ojos se hace patente, estoy seguro de que está repasando mil escenarios en su cabeza—. Pensé que... yo no...

Miro al techo con el corazón doliéndome por todo lo que hemos perdido.

—No hagas esto —le suplico—. Por favor, Celeste. No puedo hacer esto contigo otra vez.

—Solo dime que no me engañaste, Zane.

Me volteo a verla y el corazón me pesa.

—Ya te lo he dicho antes y no importó entonces. No sé si importará ahora, Celeste. —Me cubro la cara con las manos y respiro profundamente antes de mirarla de nuevo, el dolor en sus ojos me desgarra—. No te engañé, Celeste. Nunca lo hice y nunca lo haré.

Ella asiente y lleva sus rodillas hacia su pecho, vulnerable.

—Lo siento —susurra—. Yo tampoco quiero estar así, pero solo... durante años pensé que había pasado por alto las señales y cuando te vi hace un momento...

Desvío la mirada, sin saber qué decirle.

—Lo entiendo —le aseguro—. Estar así contigo me recuerda el pasado y las miles de veces que hemos pasado por esto. —Sonrío sin ánimos mientras vuelvo a mirarla—. ¿Quieres hablar de pasar por alto las señales? Vi tu expresión en el observatorio y, de inmediato, pensé en cómo me castigarías otra vez por algo que no hice, como en el pasado. Mi mente repitió todas las veces que te rogué que confiaras en mí, solo para que me apuñalaras por la espalda, pese a que todo lo que he hecho es amarte.

—Zane —susurra con la voz rota.

Cierro los ojos y respiro hondo, sintiéndome extraño, anestesiado, aun con el dolor en el pecho.

—¿A dónde nos dirigimos, Celeste? No puedo seguir haciendo esto contigo. Me duele admitirlo, porque desearía que no fuera verdad, pero tú y yo, Celestial, no somos felices juntos.

Empieza a llorar de verdad, así que la abrazo porque me duelen sus lágrimas. Se acurruca en mis brazos y sostengo su cuerpo mientras el mío también se rompe.

—Intentar no ser infeliz no es lo mismo que ser feliz de verdad —señalo y ella asiente, abrazándome mientras se sienta a horcajadas en mí. Nos quedamos así, sin poder mirarnos a los ojos—. Dime, Celeste. ¿De verdad crees que podemos recuperar el tipo de amor que teníamos? Solíamos ser un frente unido, pero míranos ahora. Estás convencida de que te engaño con la botánica solo porque me viste trabajar con ella cinco segundos. Ahora estoy aquí sentado con miedo de que encuentres una forma de lastimarme por eso.

Examina mi rostro, buscando algo.

—Quiero —susurra—, quiero creer en nosotros, Zane.

Acaricio su rostro y seco sus lágrimas con los pulgares; aún siento un pesar en mi corazón.

—Pero ¿de verdad quieres? Ni siquiera confiaste lo suficiente en mí para preguntarme qué pasaba. Lo vi en tu expresión, Celeste. Me condenaste sin darme oportunidad de defenderme, otra vez.

—Lo siento —dice conteniendo un sollozo—. Solo... no estaba pensando con claridad, Zane.

Quiero decirle que tampoco estaba pensando con claridad en el pasado, pero me lo guardo.

—Te amo —le digo—. Te amo, Celeste, pero amarnos nunca fue el problema entre nosotros. No confías en mí y, por más que lo intente, no creo que alguna vez vuelva a confiar en ti.

Apoyo mi frente en la suya y, maldición, lo siento. Aunque la tenga en mis brazos, la extraño. Extraño lo que teníamos y me deprime saber que nunca lo recuperaremos.

Celeste pone una palma en mi pecho y desliza su otra mano detrás de mi cuello.

—¿Estamos tratando de forzar algo que ya no existe? —pregunta y la voz le tiembla—. ¿Nos estamos aferrando a algo que ya no está?

Desvío la mirada, incapaz de darle la respuesta que busca. Celeste cierra los ojos, apretándolos. Sus largas pestañas tiemblan cuando vuelve a mirarme, resignada.

—Se acabó lo nuestro, ¿verdad?

Mi corazón se estruja dolorosamente al mirar los ojos de mi esposa, no sé qué decir o pensar.

—No sé —murmuro—. Quiero desesperadamente que funcione, pero tal vez debemos parar. No podemos arreglar las cosas a la fuerza, Celeste, no importa cuánto lo deseemos.

Noventa

Celeste

Siento mi corazón pesado y me cuesta respirar mientras subo al último piso del edificio de Archer en el elevador. Me quedo viendo mi maleta y me muerdo un labio para no llorar. Zane no tuvo que decirlo para que entendiera que es verdad: lo nuestro se acabó. Ha estado acabado por mucho más tiempo pero no podíamos admitirlo.

Respiro profundo antes de tocar el timbre de Archer, sé que no puedo aparecer llorando. Mi hermano siempre ha sido un poco sobreprotector y lo último que quiero es causar más conflicto.

La puerta se abre y parpadeo desconcertada al ver a una chica hermosa de cabello largo oscuro, usando una camiseta de Raven Windsor Couture que le compré a Archer. Se ve tan sorprendida de verme como yo a ella; por unos instantes, solo nos miramos.

—Hola —dice finalmente con cierta vacilación—. ¿Puedo ayudarte?

Me paso la mano por el cabello y frunzo el ceño.

—Eh, ¿está Archer en casa?

Debí haberlo llamado antes de salir corriendo sin un plan, pero necesitaba espacio para pensar y este fue el primer lugar en el que pensé. Viví al lado de Archer durante años después de que Zane y yo terminamos; en muchos sentidos, su casa aún se siente como un hogar, incluso más que la de nuestros padres. Además, siendo honesta, necesitaba alguien con quien hablar. Alguien que conozca a Zane, a Lily y a mí. Alguien que me entienda.

—Sí —dice y su expresión decae cuando se hace a un lado. Alzo una ceja al reconocer su expresión: celos y derrota—. Él está... bueno, Archer está en la ducha. Saldrá pronto.

—Entiendo —le digo mientras entro al recibidor de Archer, con el pecho doliéndome—. Me pareces familiar. ¿Nos hemos visto antes?

Ella frunce el ceño y me sigue cuando entro a la cocina para servirme un vaso de agua; su expresión es cada vez más apesadumbrada.

—No —dice cruzando los brazos—, recordaría si nos hubiéramos conocido.

Alzo una ceja de la curiosidad.

—¿Por qué?

—Recuerdo a todas las chicas que Archer me ha presentado y tú no eres una de ellas —desvía la mirada con un gesto de pesar—. No todavía.

No puedo evitar sonreírle.

—¿Qué tal si me presento yo misma? —le propongo y siento un ligero alivio por primera vez desde que salí de casa—. Soy Celeste Windsor y tengo mucha curiosidad por saber quién eres y por qué usas una camiseta edición limitada que le compré a mi hermano hace años.

Noto el instante exacto en el que reconoce mi nombre y sus ojos se abren de golpe. Mira su ropa y sus mejillas se sonrojan enseguida. Su expresión altanera del inicio se convierte en vergüenza; reprimo una sonrisa.

—Eres la hermana menor de Archer —dice avergonzada—. Soy Serenity, la hermana menor del socio de negocios de Archer. Mi hermano se mudó al lado hace unos meses, pero nos estamos quedando aquí porque se rompió una tubería en el departamento. Yo estoy, bueno, haciendo una pasantía en su firma, así que también me estoy quedando aquí.

Hace un gesto nervioso que yo también hago y enseguida me cae bien. Está claro que hay más en esta historia. Normalmente, yo habría hecho lo que Sierra: invitarle una bebida para saber más, pero hoy no tengo ánimo.

Está a punto de decir algo cuando Archer entra con el cabello todavía mojado y ropa de casa, unos pantalones cómodos grises y camiseta.

—¿Celeste? —Se queda inmóvil al verme. Le sonrío tímidamente y él suspira, abriendo los brazos—. ¿Qué pasó?

Mi ánimo se desvanece y las lágrimas llenan mis ojos. Me acerco a él para que me abrace y empiezo a sollozar. Él no dice nada, solo palmea suavemente mi espalda como cuando éramos niños.

—¿Qué hizo? —pregunta con enojo en la voz. Niego con la cabeza, enterrando mi rostro en su pecho.

—Nada —respondo abrazándolo más fuerte.

Archer se separa para mirarme.

—Celeste —dice preocupado—, no estarías aquí si no hubiera pasado algo.

Respiro con dificultad y me armo de valor.

—Jodí la relación, Arch. —Mi hermano observa mi rostro buscando algo en mis ojos—. Necesitaba tiempo para pensar y no sabía a dónde más ir. ¿Me dejarás quedarme, verdad?

Asiente de inmediato.

—Claro, pero creo que ya es hora de que me cuentes qué pasó entre tú y Zane hace años. La única razón por la que acepté esa fusión fue porque sabía que todavía se amaban, así que, honestamente, ¿qué demonios está pasando?

Me lleva al sofá y miro a mi alrededor, contenta de que Serenity ya no esté. Es difícil contar esta historia y más con alguien desconocido presente. Archer se sienta frente a mí y comienzo a contarle todo: lo que pasó, lo que hice y lo que he aprendido.

Me escucha atentamente con la mirada en el suelo, como si intentara ocultar su reacción.

—Carajo, Celeste... ¿Has cargado con esto sola durante todo este tiempo? ¿Hablaste con alguien sobre Lily y lo que descubriste?

Lo miro entre lágrimas y niego, no sé qué más decirle.

—Solo... aún trato de procesarlo, pero eso no fue lo que me trajo aquí, Arch. —Me acomodo el cabello detrás de la oreja y respiro hondo—. No entendía por qué Zane dijo que el amor no era suficiente, pero ahora lo entiendo. Ya no sé si soy la persona correcta para él; necesito tiempo para pensar. Él sigue siendo todo para mí, pero quiero dejar de ser egoísta con él. Estar conmigo le es difícil y no quiero que nuestro matrimonio se sienta como un castigo para mi esposo. —Me obligo a sonreír, pero el corazón me duele—. Arch, me da miedo que tenga razón, que ya no haya confianza entre nosotros y que lo que está roto sea imposible de reparar. —Miro hacia abajo, incapaz de soportar la lástima en los ojos de mi hermano—. Ya ni siquiera sé si confío en mí misma. De verdad, me pregunto si Zane tiene razón y elegí estar con él ahora porque es más fácil y antes no. No es normal que pensemos eso, ¿sabes? Solo quiero que sea feliz y empiezo a darme cuenta de que no lo es conmigo.

Archer se inclina y limpia suavemente mis lágrimas como cuando éramos niños.

—Celeste, Zane tiene razón en una cosa: el amor no siempre es suficiente. —Me sonríe al ver que mi expresión decae—. Pero ustedes sí tienen una base sólida y es más fuerte de lo que él piensa. No puedo decirte qué hacer, pero respóndeme esto: ¿de verdad crees que Zane sería más feliz sin ti? Porque yo no lo creo, Celeste. Si hubiera podido seguir adelante, lo habría hecho en los años que viviste aquí conmigo. En vez de eso, ni siquiera lo intentó. Zane nunca te dejó ir y si conozco a ese hombre, nunca lo hará —suspira y me acomoda el cabello detrás de la oreja—. Tiene razón cuando dice que no puedes obligarlo a perdonarte. Sinceramente, si fuera él, no sé si lo haría. Entiendo de dónde venía tu dolor, Celeste, pero la cagaste y tienes que enmendarlo. No solo eso, tienes que darle una elección real. En este momento, no la tiene, especialmente por la forma en que los obligaron a estar juntos.

Rompo en llanto, deseando que Archer se equivoque.

Mi hermano solo suspira y me abraza fuerte.

—Haré lo que pueda para ayudarte a arreglar esto, ¿okey? Yo también amo a ese imbécil.

Noventa y uno

Zane

Mi casa nunca se había sentido tan vacía como en estos últimos días y no puedo evitar sentirme profundamente inquieto mientras camino hacia la cocina. Miro el asiento junto a la barra, el que ella reclamó como suyo, y mi corazón se retuerce de dolor.

Me estremezco al pasar la mano por la maceta de terracota con el rosal miniatura que ella cultivó para mí. Recorro con la mirada las uniones y el polvo de oro; creé algo realmente bello a partir de los pedazos rotos, utilizando la técnica *kintsugi.* Durante todo este tiempo, me preguntaba si podíamos arreglar las cosas entre nosotros de la misma forma, llenando los espacios con recuerdos nuevos y preciosos.

Desde que Celeste se fue, he estado cuestionándome si dejarla ir fue realmente lo mejor para los dos. Carajo, no esperaba extrañarla tanto. Es aquí donde me golpea la realidad. Preferiría pelear con ella día y noche a vivir una vida en la que ella no esté presente; aunque no podamos tener lo que antes o nunca nos recuperemos del todo del pasado. La quiero a ella, a la mujer que es hoy, la que me habría perdonado incluso si realmente la hubiera traicionado de la peor manera, como ella pensó que hice.

—Maldición —susurro pasando las manos por mi cabello—, ¿qué demonios estoy haciendo?

Me doy la vuelta y tomo el teléfono para llamar al equipo de seguridad.

—¿Zane? —dice Silas preocupado—. ¿Qué está pasando?

—Silas, ¿dónde está mi esposa? Necesito que la encuentres ahora mismo.

Lo escucho teclear mientras subo a mi auto; luego suspira con evidente molestia.

—Es la segunda vez que me llamas para rastrear a Celeste y es la segunda vez que está dentro de la propiedad Windsor. ¿Qué pasa con ustedes, los hermanos Windsor, y sus extrañas solicitudes relacionadas con sus esposas?

Me quedo en silencio, confundido.

—¿Dónde está exactamente?

Celeste me dijo que estaría en la casa de Archer por unos días, entonces, ¿por qué está aquí? Y si volvió, ¿por qué no regresó a casa? Siento en el estómago una sensación de inquietud y aprieto el volante mientras espero la respuesta de Silas.

—Parece que está en la casa de tu abuela.

Levanto una ceja y le agradezco antes de colgar, ahora la preocupación me carcome mientras me dirijo a casa de mi abuela. La entristecida voz de Celeste sigue resonando en mi cabeza y solo recordarla hace que me duela el pecho. Debí haberla abrazado y nunca debí haber dejado que se fuera.

Entro a casa de mi abuela sintiéndome muy inquieto, pero me quedo inmóvil, sorprendido, al ver al abuelo de Celeste sentado en el sofá junto a mi abuela y Celeste frente a ellos, con la espalda vuelta hacia mí. Ella no me ha escuchado, ¿cómo podría con la fuerza de sus sollozos?

—Lo siento —les dice a nuestros abuelos—, sé que ustedes tenían grandes esperanzas para nosotros, aunque sigo sin entender por qué. Me queda claro que esperaban que hiciéramos funcionar el matrimonio. Ojalá pudiera decirles que sus esfuerzos no fueron en vano, pero sí lo fueron. —Se pasa una mano por el cabello y enreda unos dedos en sus rizos—. Renunciaré a mi herencia si ustedes permiten que él se vaya. —Celeste gira la cabeza hacia su abuelo, quien está conmocionado al igual que yo—. Sé que siempre has estado decepcionado de mí, abuelo, así que esto no te sorprenderá. Archer me dijo que está dispuesto a intervenir y hacer lo que sea necesario para que esto suceda. Aunque todavía no puede dejar su empresa por ti, está dispuesto a trabajar el doble para asumir mi carga de trabajo y convertirse en el sucesor que siempre soñaste.

«¿Qué? ¿Qué carajos?».

Celeste se suena la nariz; yo me esfuerzo para mantenerme de pie aquí.

—Tienes que liberar a Zane, abuela Anne. Llevamos más de un año casados y es evidente que no puedo hacerlo feliz. No puede mirarme sin pensar en el pasado y merece liberarse de eso. Zane merece una felicidad pura, sin ningún tipo de mancha. Merece alegría y risas. La clase de diversión que solíamos tener, la que ya no existe entre nosotros. —Celeste se endereza; doy un paso con el corazón doliéndome. Mi abuela se paraliza un instante cuando entro en su campo de visión, pero no me mira—. Este matrimonio logró lo que esperabas, abuela Anne. Le dio el cierre que necesitaba y, después de esto, probablemente necesite un tiempo para sanar. Por favor, déjalo libre ahora, no lo hagas sufrir los próximos dos años conmigo. Si lo haces, estará mucho más cerca de la verdadera felicidad, la que yo no puedo darle. Eso es lo que quieres para él, ¿no es así?

—Lo siento, Celeste —dice mi abuela con tono firme—, pero no puedo hacer eso. Ustedes firmaron un contrato por tres años y deben cumplirlo. No puedes simplemente renunciar a tu herencia sin que Zane renuncie a la suya también.

Celeste se levanta y hace lo que yo alguna vez hice por ella: se arrodilla frente a mi abuela y le toma las manos.

—Sé que quieres que sea feliz —dice con la voz quebrada—. Por favor, permite que se divorcie de mí. ¿No ves cuánto le duele mirarme? Te juro que lo intentamos todo y, por un breve momento, pensé que podríamos ser felices, pero no fue así. Zane merece más que breves momentos de alegría. Debe tener lo que solíamos tener, el tipo de amor que te llena al grado de confiar en el otro de forma inquebrantable. El amor en el que la pareja es un equipo y se enfrentan juntos al mundo. Él merece el tipo de matrimonio que tuvieron sus padres y yo… no puedo dárselo, no importa cuánto lo desee.

—¿Es cierto? —pregunta mi abuela, mirándome—. Te daré una oportunidad, Zane. Aquí mismo, ahora mismo. Dime que no estás seguro de que Celeste te pueda hacer feliz y les concederé el divorcio sin repercusiones.

Me acerco a mi esposa y niego con la cabeza.

—No —respondo con voz firme, sin ninguna duda.

Celeste deja caer los hombros y sus ojos se cierran resignados, su rostro está marcado por el desamor; claramente, malinterpretó mi respuesta.

—No es cierto.

Los ojos de Celeste se abren mientras la tomo en brazos, como solía hacerlo.

—No te rindas con nosotros todavía, Celestial —le digo mientras me doy la vuelta y la cargo fuera de la habitación. Me siento confiado y decidido.

Noventa y dos

Zane

—¿A dónde me llevas? —pregunta Celeste cuando estaciono el auto frente a nuestro jet privado, donde Lex ya nos espera. Me acerco a ella y la cargo en mis brazos. Suelta un gritito y me rodea el cuello con un brazo mientras la llevo al avión; su expresión sorprendida le provoca una risa a Lex cuando pasamos junto a él.

—¿Zane?

—Ya verás —le respondo con todo mi cuerpo resistiéndose mientras la acomodo en su asiento, todo lo que quiero es tenerla cerca.

Se me queda viendo mientras Lex entra a la cabina, recorre mi rostro con la misma añoranza que yo siento.

—Solo estás retrasando lo inevitable —me dice justo antes de que el avión despegue—. Debiste haber aceptado la oferta de tu abuela. Los dos sabemos que fue un trato único.

—Celeste Windsor, nunca te dejaré ir. Maldita sea, Celestial, ni siquiera soportaba la idea de no pensaras en mí durante el tiempo que estuvimos separados —confieso—. Por eso ataqué Harrison Developments, pero nunca llevé la cuestión tan lejos como para que no pudieras recuperarte.

Mi esposa me mira en silencio, con un dejo de esperanza brillando en sus ojos.

—Lo intentamos —dice con voz quebrada—. Durante meses solo hemos tratado de que esto funcione.

—No, no lo hicimos —le respondo—. Nos escondimos detrás de nuestras heridas y culpamos al otro en cuanto las cosas se pusieron difíciles. No lo intentamos, Celeste; yo no lo hice, no como tú merecías.

Se queda callada y cierra los ojos un instante.

—Esto no cambiará nada, Zane. Solo terminaremos con más arrepentimientos.

La observo mientras mira por la ventana y, por primera vez desde que nos casamos, siento una confianza total en ella.

—Me arrepentiría, pero de no hacer esto, de no darnos una verdadera oportunidad —aseguro—. No como antes, que no me entregué completamente a ti.

Vuelve a guardar silencio. Durante todo el vuelo se la pasa observándome con expresión cautelosa. Quiere creer en nosotros, pero no sabe cómo.

—¿Dónde estamos? —pregunta rompiendo el silencio cuando el avión comienza a descender.

Le sonrío.

—En mi isla privada. —Abre los ojos de par en par; le sonrío cuando aterrizamos justo afuera de la mansión que construí aquí.

Lex sale de la cabina y nos mira fijamente a los dos.

—Voy a dejar algo claro —dice mientras nos levantamos—. Le daré la vuelta al avión en cuanto bajen y tengan sus cosas y no regresaré por ustedes hasta que hayan arreglado sus asuntos. Nunca había conocido a una pareja que haya pasado por tanto y siga teniéndose un amor tan fuerte y evidente como el de ustedes. No permitan que sus inseguridades y el pasado arruinen lo que seguramente será un gran futuro.

Asiento con la cabeza hacia mi hermano menor y él suspira mientras voltea a ver Celeste. Le acaricia el cabello cuando ella pasa junto a él y ella le devuelve la mirada, algo pasa entre ellos.

—Todo estará bien —le dice—. Perteneces a esta familia, Celeste. Esto es lo que hace la familia: discutimos y peleamos, pero siempre encontramos la manera de regresar.

Ella pasa saliva de forma muy evidente y yo aprieto la mandíbula cuando pasa rápido junto a Lex, con una lágrima rodando por su rostro. Choco mi hombro con el de él, fuerte.

—Hiciste llorar a mi esposa, imbécil —le susurro.

Lex se ríe y niega con la cabeza.

—Demonios, jamás me tendrán así de controlado —dice más para sí mismo que para mí; le sonrío mientras sigo a mi esposa y sé que lo que dice no es posible. Es un rasgo Windsor, nuestras esposas nos dominan. De vez en cuando, a mí se me olvida.

Celeste se tensa cuando le tomo la mano y me mira con tantas dudas que me invade el arrepentimiento como nunca. Suspiro y entrelazo nuestros dedos mientras la guío a la puerta principal.

Rara vez está tan callada y no la había visto tan decaída en mucho tiempo, no desde la primera vez que fue a cenar con mi familia. Me mira como si estuviera lista para dejarme ir.

Le sonrío esperanzado mientras entramos a la casa. Ella jadea y aprieta más mi mano al darse cuenta de que estoy mucho más lejos de rendirme de lo que cree.

—Tú y yo, Celeste, siempre hemos sido mucho más parecidos de lo que quisiéramos admitir. Por eso funcionamos tan bien cuando no nos estorbamos uno al otro —le digo—. Así como mantuviste intacta tu antigua casa, yo guardé nuestros recuerdos también.

Le doy un recorrido por la casa que ahora conserva todos nuestros muebles viejos y nuestros recuerdos. Celeste empieza a llorar mientras sus dedos recorren el sofá blanco de tela, que fue clave en nuestros momentos más preciados, y huele la mesa de centro que escogimos juntos.

—Nunca te dejé ir —le digo— y no pienso hacerlo ahora.

Me sigue hasta la cocina, que tiene un diseño similar a la que tenía antes, y se muerde un labio mientras una lágrima cae por su mejilla. Hago todo lo posible por sonreírle y ella trata de devolverme la sonrisa cuando la levanto y la coloco sobre la barra.

Sus piernas se abren para mí automáticamente, porque hemos estado así tantas veces. Mis manos rodean su cintura y me inclino, apoyando mi frente contra la suya.

—Lo siento —le susurro—. Lo siento mucho, Celestial.

Ella respira con dificultad; bajo la cabeza para rozar sus labios con los míos una, dos veces, antes de besarla suavemente, transmitiéndole todo mi arrepentimiento. Los dos respiramos agitados cuando me separo para mirarla, el aire entre nosotros está lleno de una esperanza que nos asusta a los dos.

—Siento haberme enojado contigo cuando debí haberte dado seguridad. Perdóname por no haber sido más comprensivo y por no corresponder a todos tus esfuerzos. En vez de ver la situación tal como era, la vi a través de un lente manchado por el pasado; eso no fue justo para ti.

Tiene los hombros caídos, sé que ya no sabe qué pensar, que quizá perdió la fe en nosotros. Desvía la mirada, le acaricio la mejilla y giro su rostro hacia mí.

—Debí entender que tomaría tiempo sanar y que la confianza rota no se arregla de la noche a la mañana. En lugar de enojarme o decepcionarme por tu reacción, debí comprenderte y apoyarte. Debí darte seguridad pero en cambio, te condené por mostrarme tus heridas. Solo porque no te engañé no significa que no estés sufriendo por todas las heridas emocionales que la situación te dejó. Como tu esposo, te fallé por no apoyarte como debía.

—Zane —susurra con voz apagada.

Niego con la cabeza.

—Te amo, Celeste Windsor, tal cual eres hoy. Ninguno de los dos es perfecto y yo debí ser más indulgente contigo. La verdad es que tenía miedo porque esperaba lo peor de ti. Por eso terminé haciendo exactamente lo que te acusaba de hacer. Tomé el camino fácil alejándote, una y otra vez, a pesar de tus mejores intentos por enmendarnos.

Se me queda viendo con los ojos llenos de esperanza cautelosa.

—¿Qué significa esto?

Sé lo que me pregunta: ¿cómo cambian mis palabras algo cuando sus mejores esfuerzos no fueron suficientes?

—Déjame luchar por ti, por nosotros. Dame la oportunidad de ser el hombre que crees que soy, de amarte como mereces ser amada. Encontraremos la manera de enfrentar nuestro pasado y superarlo, en lugar de eludirnos para no echar sal en las heridas abiertas. Celeste, quiero esto contigo, incluso si nunca recuperamos la felicidad que tuvimos o si solo conseguimos una fracción de ella con nuestros mejores esfuerzos.

Le sonrío con el corazón acelerado esperando su respuesta; pone su mano sobre mi pecho.

—¿No estaremos solo prolongando el dolor? Algunas cosas no se pueden arreglar, Zane.

Niego con la cabeza y meto una mano en su cabello.

—Quizá no, pero podemos reconstruirlo a partir de las ruinas.

Mi hermosa esposa respira con dificultad y se apoya en mi hombro. Cierro los ojos y la abrazo con fuerza mientras ella suspira.

Esta vez no la dejaré ir.

Noventa y tres

ZANE

—Volverá a pasar —dice Celeste mientras estira las piernas, acostada en la playa, con su vestido blanco lleno de arena—. La inseguridad y los celos no se van a ir de la noche a la mañana.

Llevamos aquí ya tres semanas, ambos evadiendo nuestras responsabilidades y sin preocuparnos por nada más que en el otro. Nuestros abuelos ya están retirados, pero se las arreglarán un par de semanas más. Tendrán que hacerlo, porque no me importa nada más que la mujer sentada a mi lado.

—Entonces que pase —le respondo tranquilamente mientras me recuesto en la arena, mirando un momento el cielo estrellado antes de voltear a verla—. Vamos a pasar por eso una y otra vez hasta que confíes en mí de nuevo. Solo te pido que seas indulgente, Celeste. Si mi primera reacción no es la correcta, por favor, dame otra oportunidad y mira más allá del dolor. Ten paciencia conmigo, mi diosa. Habrá momentos en que me parecerá injusto que no confíes en mí como antes y, otras veces, voy a explotar porque no puedo confiar en ti tampoco. Mentiría si te dijera que no me da miedo equivocarme o que malinterpretes algo y reacciones como antes.

Ella desvía la mirada, pensativa. Hemos tenido miles de conversaciones, pero esta es recurrente, casi todos los días hablamos de esto, intentando que funcione. También hemos hablado mucho del pasado, lo que pensamos y sentimos, así como la forma en que nos sigue afectando. Es bueno saber de dónde viene ella, ver la desconexión entre sus sentimientos, miedos y la verdad, que lamentablemente no los aminoró, sino que pareció invalidarlos a sus ojos.

En mi intento por alejar a Celeste, motivado por el miedo a que me volviera a lastimar, fracasé en entenderla, fui incapaz de ponerme en sus zapatos. No volveré a cometer ese error.

—Solo no quiero hacerte infeliz, Zane. Mi mayor miedo es que un día mires atrás y desees haberme dejado ir. Tengo miedo de que este matrimonio te esté quitando la oportunidad de un nuevo comienzo.

Le sonrío y me acerco para tomar su mano, ella toma la mía de inmediato, la acerco hasta que está acostada a mi lado, ambos mirándonos de frente.

—¿Quién dice que no puedo tener un nuevo comienzo? —le pregunto—. Me lo estás dando justo ahora, ¿no? No quiero esto con nadie más que contigo, nunca lo he querido ni lo querré. Eres todo para mí, Celeste. Me enamoré de ti cuando tenía quince años y sigo enamorado desde entonces.

Llevo su palma a mi rostro, después su respiración se entrecorta cuando pongo su muñeca a la altura de mis labios.

—Juro que te amaré, solo a ti, por siempre y para siempre. En las buenas y en las malas, seré fiel, compasivo y paciente. Te he amado en todas las estaciones de la vida, Celeste, y seguiré haciéndolo. Día tras día te elegiré, sin importar lo que pase. Esta, mi hermosa Celestial, es una promesa.

Beso el interior de su muñeca y su respiración se agita mientras me mira a los ojos y escuchamos juntos el sonido de las olas de fondo. Cada día le hago un nuevo juramento que nos libre del pasado y cada uno ha iluminado su rostro. La brisa mueve su cabello y no creo que se haya visto más hermosa como ahora. Tomo nuestras manos unidas y las acerco a mi pecho. Ella me acaricia el rostro con la mano libre.

—Te amo —dice—. Tengo miedo, Zane, pero quiero esto contigo.

Le sonrío, sintiéndome en paz por primera vez en años. Nada se siente mejor que estar aquí con ella, bajo el cielo estrellado y el sonido del mar.

—Entonces elígeme, Celeste. Todos los días, una y otra vez, aunque algunos días sea la decisión más difícil.

—Lo hago —responde—. Lo hago, Zane, y juro que seguiré haciéndolo mientras tú me lo permitas.

La abrazo metiendo mi mano en su cabello y bajando la cabeza para besarla. La toco de forma urgente, me siento lleno de promesas silenciosas que muero por cumplir y ella me responde igual.

—Dios, te amo —le susurro al oído y ella gime aferrándose a mi cuello.

Me río y paso la mano por su cuerpo para subir su pierna y ponerla sobre mi cintura, ganándome la sonrisa más dulce. Nunca voy a cansarme de ella.

—¿Ves? —le digo mientras la volteo—. Momentos como este hacen que todo valga la pena. Podemos pelear como locos, pero una simple sonrisa tuya tiene el poder de convertir cualquier día en el mejor de mi vida.

Su cabello se esparce sobre la arena y me quedo mirándola, la veo realmente. La he amado desde que era un niño y cada vez que la veo me parece que se vuelve más hermosa.

Es la forma en que siempre me sonríe, la mirada que solo yo he conocido y ese suspiro que se le escapa cuando me recorre con la mirada hasta llegar a mis labios.

—Te amo —repito y siento que una fuerza me golpea de repente. Cierro los ojos y apoyo la frente en la de ella, respirando agitado—. Lo bueno, lo malo y todo lo que hay en medio. Amo cada parte de ti, Celeste.

—Zane —susurra contra mis labios y me es imposible no sonreírle—, yo te amo más.

—Imposible —le digo con el corazón lleno. Me quedo viendo el tono ámbar en sus ojos antes de bajar la mirada—. ¿Sabías que eres la única mujer a la que he besado? Nunca quise a nadie más, Celeste, y esto no cambiará jamás. Eres para mí desde que supe lo que era el amor.

Se estremece debajo de mí, confundida, como si no creyera lo que le digo.

—Pero cuando estuvimos en Hawái… —dice, pero luego su voz se pierde.

Está luchando contra sus inseguridades, puedo verlo en sus ojos mientras elige sus palabras, tal como acordamos.

—Te dije que siempre terminaba bien adentro de las mujeres con las que compartía la cama. Fue un comentario para lastimarte, aunque no era completamente una mentira. Solo que no mencioné que la única mujer con la que he estado eres tú. Además, cariño, ambos sabemos que antes de ese día siempre que terminábamos en la cama era porque tú me seducías.

Ella abre los labios, sorprendida y divertida.

—¡Yo nunca te seduje! —exclama con un tono travieso.

—¿No? Entonces, ¿cómo le llamas a esto que haces, que tu pecho suba y baje contra mí de forma tan incitadora?

Reprime una sonrisa y niega con la cabeza.

—Se llama respirar, Zane.

—Seducción es lo que es.

—Está bien, InZano. Espera a que veas mis tobillos. Eso sí que te va a impresionar.

Me río con ella y meto la mano en su cabello, mirándola a los ojos.

—¿Sí? Tendrás que enseñarme.

La beso y sus uñas rasguñan mi cuero cabelludo con necesidad, se abre para mí y su lengua se enreda con la mía. La forma en que me abraza la cintura con las piernas me hace gemir, pero lo que me mata es cómo mueve las caderas.

—Celestial —susurro respirando agitado.

Ella pestañea y me mira a los ojos, deseosa, mientras mete la mano debajo de mi camiseta. Obedezco sus silenciosas órdenes y me la quito.

Ella respira hondo al verme así y mi corazón se salta un latido. Nunca he estado más enamorado.

Mi esposa me lanza una mirada provocativa mientras se levanta el vestido; yo solo puedo mirarla, encantado. Se ve impresionante bajo la luz de la luna, con miles de estrellas sobre nosotros. Su cabello se mueve con la cálida brisa. Me sonríe cuando paso mis dedos por sus pantaletas.

—Es una locura que seas mía —murmuro sin pensarlo.

Celeste sonríe mientras le quito la ropa, con movimientos lentos y decididos esta noche. Ella me sigue el paso apenas termino de desnudarla. Le sonrío alegre cuando me baja el bóxer con mucha menos paciencia. El modo en que me desea nunca dejará de fascinarme.

—Siempre he sido tuya —asegura al sentir cómo me acomodo entre sus piernas; el viento acaricia nuestros cuerpos—. Solo tuya, Zane.

—¿Qué? —pregunto desconcertado.

Ella asiente y recorre mi pecho con una de sus manos mientras hunde la otra en mi cabello.

—Solo tuya —dice nuevamente y envuelve con su palma mi pene mientras lo coloca en la entrada de su vagina.

La miro fijamente, hay algo que necesito saber.

—Estuviste comprometida con alguien más —le recuerdo con un tono más amargo del que pretendía.

Asiente y mueve las caderas, haciéndome entrar un poco en ella.

—Y, sin embargo, eres el único hombre al que he besado, Zane. El único que me ha tocado así.

Respiro agitado y me adentro más, deseándola de una forma incomprensible.

—Mía —susurro y cierro los ojos por un momento.

—Tuya —coincide sin pensar; entro por completo, sin aguantar más. Se siente demasiado bien, mis emociones me desbordan esta noche. Mi deseo de estar cerca de ella es insaciable.

Celeste gime y aprieta mi cintura con las piernas, echando la cabeza hacia atrás. Es impresionante.

—Mírate —murmuro completamente hipnotizado—. Mira cómo gimes por tu esposo. La forma en la que tomas mi pene es simplemente impresionante, Celeste.

—Ay, Dios —gime cuando empiezo a mover las caderas despacio, tomándome mi tiempo. Nunca me había sentido tan cerca de ella ni tan unido. Ni siquiera me había dado cuenta de cuánto extrañaba esto—. Eres tan hermosa, Celeste. ¿Tienes idea de lo loco que es que pueda llamarte *mi esposa*? Maldición, creo que soy el hombre más afortunado del mundo.

Ella sonríe y me besa.

—No sé si seas afortunado —dice—, pero, definitivamente, yo sí soy la más afortunada del mundo, porque todavía puedo decir que eres mío.

—Siempre seré tuyo —le prometo mientras recorro su cuerpo con una mano hasta posarla a la altura de su cadera. Me retiro casi por completo, amando cómo gime por mí, antes de entrar de nuevo, rápido y profundo, cogiéndola como a ella le gusta. Sé que nunca me cansaré de ella.

Dentro de diez años, la seguiré amando igual.

Noventa y cuatro

Zane

Celeste voltea a verme cuando me estaciono frente a la casa de sus padres y me lanza una mirada adorable de cachorrito.

—No quiero ir, amor. Solo quiero pasar todo el día en la cama contigo —dice con voz dulce y juguetona.

Me muerdo un labio mientras la miro, tentado a hacer lo que me pide y manejar de regreso a casa. Estas últimas dos semanas han sido dolorosamente hermosas. No encuentro la manera de describir la forma en que los muros entre nosotros se derribaron. Ahora nos sentimos llenos de esperanza y tanto amor que casi no lo podemos contener. La isla cambió todo para nosotros. Ya no huimos del pasado, entendimos que para poder seguir adelante debíamos aceptarlo. No podemos cambiar lo que pasó, pero está en nosotros decidir si queremos que el pasado defina nuestro presente.

Superar el trauma es complicado, pero la terapia de pareja nos está ayudando más de lo que esperábamos. Siempre pensé que conocía a Celeste mejor que nadie, pero está claro que había mucho que no entendía del todo. Estaba tan atrapado en la injusticia de toda la situación que no pensé en lo que ella realmente sentía. Que sigue llorando por una mujer que ninguno de los dos realmente conoció del todo.

—Celestial —la regaño—. Ya estoy en la lista negra de tu mamá por faltar a tantas clases de cocina. ¿Quieres que me maten?

Suspira y se acerca a mí, toma mi rostro suavemente y me jala para besarme.

—Pero si me llevas a casa, te voy a dar lo que te gusta —susurra contra mis labios—. ¿No te parece una mejor idea que aguantar las órdenes de mi mamá todo el día?

Gimo mientras la beso y mi decisión se tambalea. Últimamente, siento que estoy redescubriendo a mi esposa, aunque siempre ha estado a mi lado. Me parece que no la había dejado entrar completamente, no hasta que casi la pierdo de nuevo. Todo ha cambiado desde que fuimos a la isla privada; la distancia que siempre hubo entre nosotros ha estado disminuyendo poco a poco.

Celeste jadea cuando me alejo y la forma en que hace pucheros acelera mi corazón.

—Zane —me ruega con un tono quejoso.

Me río y le doy un beso rápido en su deliciosa boca.

—Ni pensarlo —reitero—. ¿No entiendes lo aterradora que es tu mamá?

Resopla derrotada. Salgo del coche y se me queda viendo dulcemente mientras rodeo el auto para darle la mano. Maldita sea, qué adorable. Entrelazo nuestros dedos y la llevo hasta la puerta, encantado con la forma en que nos entendemos.

—Ahí están —exclama Clara cuando entramos a la cocina—. Sus ojos se posan en nuestras manos entrelazadas y me sonríe alegremente. A veces me mira con tanto orgullo que me hace sentir en paz. No estaba seguro de si me perdonaría por lo que le hice a Harrison Developments, pero nunca lo ha mencionado. Lo único que dijo, con referencia al pasado, fue que me extrañaba y que estaba feliz de que Celeste y yo nos hubiéramos reencontrado.

—Estoy pensando en hacer ratatouille hoy, ¿qué dices, Zane?

Celeste suspira y me abraza de la cintura mientras se recarga en mí.

—También estoy aquí, ¿sabes? ¿Por qué solo le preguntas a Zane?

Clara le lanza a su hija una de esas miradas inexpresivas.

—Porque él sí sabe cocinar. Años de clases y todavía no sabes freír un huevo sin quemarlo.

Aprieto los labios para no reírme; Celeste me mira de reojo.

—Eres buena en otras cosas —le digo antes de besarle la sien. Los fines de semana me prepara el desayuno, pero siempre se le quema algo. No se lo he dicho y procuro comerme todo con una sonrisa, pero mi hermosa esposa simplemente no cocina bien.

Clara asiente.

—Eres muy buena para cosechar las verduras del huerto —asegura con un tono burlón y condescendiente—. ¿Por qué no vas a hacer eso, cielo?

Celeste hace un puchero antes de darse la vuelta y salir dando un portazo. Voy detrás de ella, riéndome y con el pulso a mil. Hay días en los que no sé si lo lograremos, pero luego tenemos días como hoy y todo vale la pena.

Mi esposa me mira por encima del hombro y sonríe de forma traviesa mientras me recorre el cuerpo con la mirada, ve mis pantalones de mezclilla y la camiseta negra que traigo puesta.

—Me voy a robar esa —me dice, asintiendo para sí misma, y me río a carcajadas. La tomo entre mis brazos y la empujo contra la barda del cobertizo, fuera del rango de visión desde la cocina.

—Celestial, ya tienes una colección enorme de mis camisetas. ¿Para qué quieres esta?

Pone la palma sobre mi pecho y levanta la cabeza para mirarme.

—Tengo un plan nefasto —me dice y desliza su mano por debajo de mi camiseta. Una sonrisa de satisfacción se dibuja en su rostro al sentir cómo se tensan mis abdominales bajo sus dedos—. Si me las robo todas, no tendrás qué ponerte y podré tenerte desnudo en nuestra cama para siempre.

Me río a carcajadas y la alegría me recorre el cuerpo.

—Carajo —susurro apoyando mi frente contra la suya—, te amo.

Ella jadea como si aún no se acostumbrara a oír esas palabras y sus labios chocan con los míos. Gimo y hundo una mano en su cabello, encantado con la forma en que su cuerpo se mueve contra el mío, cómo abre mis labios y me besa más profundo, como si no pudiera tener suficiente de mí.

Sus manos recorren mi cuerpo y me toca a mí jadear cuando me desabrocha los pantalones y mete la mano en mi bóxer.

—Loca —le susurro contra la boca antes de levantarla contra el cobertizo.

Las piernas de Celeste me rodean y mueve la cadera seductoramente.

—Solo digo —murmura contra mis labios justo cuando toma mi pene y lo aprieta— que, si me hubieras llevado a casa, estaríamos en la cama y ya estarías bien adentro de mí.

Le doy un mordisco en el labio inferior, castigándola. Ella enreda una mano en mi cabello y sus uñas rasguñan mi cuero cabelludo.

—¿Puedes guardar silencio para mí? —le pido mientras meto la mano entre nosotros y recorro su vestido para acariciar su vulva sobre la tela sedosa de su pantaleta—. Si te portas bien y te quedas completamente callada, te voy a coger aquí, ahora mismo.

—Sí —me ruega y algo oscuro surge en su mirada—. Voy a portarme bien, Zane.

Le sonrío mientras le bajo la pantaleta y apoyo mi frente en la suya. Ella alinea mi pene en la entrada de su vagina y jadeo al entrar en ella. Se muerde un labio intentando contener los gemidos, aunque se le escapa un pequeño suspiro. Es tan jodidamente sexi que casi no lo aguanto.

Aprieto sus caderas con fuerza mientras entro hasta el fondo. Ella echa la cabeza hacia atrás, sus labios están entreabiertos de forma hermosa mientras sus ojos encuentran los míos.

—Eres tan jodidamente etérea, diosa —susurro mientras la penetro lento y profundamente.

—Te amo, Zane —murmura; maldición, casi me vengo. Hay algo poderoso en la forma en que me mira cuando lo dice. Hace años que no veía esa emoción tan firme en sus ojos, lo que hace que quiera creer en nosotros a pesar de todo.

—Tócate para mí —ordeno y ella obedece al instante, moviendo una mano entre nosotros mientras la otra se sostiene más fuerte de mi nuca.

Me muerdo un labio para no gemir mientras la veo tocarse, con mi pene enterrado muy profundo dentro de ella, contra la barda del cobertizo de sus papás.

—Estoy cerca —gime y su voz es más aguda.

Le doy un beso y silencio cada suspiro, hasta que su vagina se contrae alrededor de mí una y otra vez. Gimo, respirando agitadamente, al venirme al mismo tiempo que ella.

—Carajo —susurro—, eres increíble, señora Windsor.

Ella se ríe y se echa hacia atrás, abrazándome con ambos brazos mientras me acerco a ella. Nuestras miradas se cruzan y esa dulce sonrisa suya hace que mi corazón quiera salirse.

—Vamos a estar bien, ¿verdad? —pregunta y la voz le tiembla un poco.

Apoyo mi frente en la suya y respiro con dificultad.

—Sí. Sin duda, Celeste —susurro.

Noventa y cinco

Celeste

Me recuesto en la silla de mi escritorio y cruzo los brazos con los ojos entrecerrados. Zane ha estado muy sonriente viendo su teléfono toda la mañana y se ha estado comportando algo misterioso. No me gusta, pero estoy tratando de tener paciencia en lugar estallar y pensar lo peor, como antes.

Nos tomó meses y un montón de sesiones de terapia de pareja desaprender algunos de nuestros comportamientos. Sin embargo, ha habido momentos en los que recaigo, por ejemplo, ahora.

—Zane —le digo de forma brusca, levantándome de mi silla y colocando mis palmas en el escritorio. Siento como la rabia crece en mi interior—. Estás actuando raro y no me gusta. ¿Qué me estás ocultando?

Guarda su teléfono y me mira tan enamorado que mis hombros se relajan aliviados.

—Celestial —dice sonriéndome—. No puedo decirte, mi diosa. Es una sorpresa.

Lo examino un momento, pero él me sonríe con una mirada llena de infinito amor. Cuando me ve así, todas mis dudas desaparecen. Suspiro y me siento, aunque no puedo evitar lanzarle una mirada de molestia, lo que solo provoca que se ría. Zane sigue sonriéndole a su teléfono mientras retomo mi trabajo, pero esta vez no me afecta. Con el paso de los meses, confiar en él nuevamente se ha hecho más fácil, porque, cada vez que tengo dudas, él me deja hacer lo que necesite para demostrarme a mí misma que estoy equivocada. Ha sido muy paciente.

—Estoy orgulloso de ti —dice de repente, emocionado—. Hace apenas unos meses, hubieras llegado como una tormenta a exigirme que te dejara ver mi teléfono y habríamos intentado no pelear.

Lo miro y mi corazón se siente reconfortado.

—Yo también estoy orgullosa de ti —le digo sinceramente. Cuando dejamos la isla, no estaba segura de que pudiéramos lograrlo, pero nos estamos esforzando. Él tenía razón, antes no lo estábamos intentando de verdad, no como lo hicimos en la isla y hasta ahora.

A Zane le tomó semanas no estresarse cuando le hacía preguntas invasivas sobre el negocio. No fue hasta hace unos meses que empezó a darme acceso a datos que, si yo quisiera, podría usar en su contra. Hemos dado pequeños pasos juntos y, aunque ha sido un camino difícil, ha valido totalmente la pena. La felicidad que tenemos ahora supera la del pasado, porque es el resultado de dos personas que se unieron pese a todo, a pesar de una historia que pudo destruirnos. Nos elegimos una y otra vez, incluso cuando es difícil. Aprendemos y no nos rendimos nunca. Gracias a eso hemos conseguido una felicidad nueva y un amor irrefutable, firme.

Zane suspira feliz y me lanza una mirada amorosa antes de volver a su teléfono. Sacudo la cabeza y me esfuerzo por no rumiar qué es lo que trama; debo concentrarme en el proyecto más actual. De repente, la puerta se abre y entran Sierra y Raven, vienen directo hacia mí. Frunzo el ceño, confundida.

Raven lanzará pronto una nueva línea de moda y Sierra está en medio de unas negociaciones para la compra de un gran terreno para Windsor Real Estate. Han estado tan ocupadas que tuvimos que posponer la noche antipóquer de este mes. No es algo que ocurra seguido, puedo contar esas veces con los dedos de una mano.

—Celeste —dice Sierra levantando la mano hacia mí, evidentemente molesta—. Se me rompió una uña.

Levanto una ceja al ver su uña rota. El corte es perfecto, como si la hubieran cortado manualmente, sin bordes irregulares.

—Me ha molestado toda la mañana, pero Raven dijo que iba a hacerse las uñas antes de su evento, así que pensé en ir con ella. Encontramos un salón nuevo que nos gusta mucho y pensamos en llevarte con nosotras.

Raven asiente y me ofrece la mano.

—Sé que te gusta hacértelas tú misma, pero este salón tiene unos diseños artísticos increíbles. Creo que te van a encantar.

Tomo su mano y ella entrelaza nuestros dedos.

—Tengo que trabajar —les digo un poco atareada—. No puedo… no puedo irme ahora.

Raven mira por encima del hombro y levanta una ceja hacia Zane, que le sonríe de vuelta inmediatamente.

—No me mires así. Ella también es CEO, hace lo que quiere. No manejo la agenda de mi esposa.

Raven asiente y me saca de la silla.

—Lo único que escuché es que puedes hacer tiempo para nosotras sin problemas —asegura deslizando la mano por mi cintura.

Suspiro y tomo mi teléfono para llamar a mi chofer, resignada a mi destino. Cuando Sierra y Raven quieren algo, no hay escapatoria.

—¿A dónde vamos?

Sierra se sacude emocionada, es un gesto nervioso que hace y es ridículamente adorable. Sacudo la cabeza mientras Raven, igual de emocionada, me arrastra fuera de la oficina. No sé qué les pasa hoy, pero su ánimo es contagioso.

—¿Qué pasa? —pregunto al entrar al elevador.

Sierra se ve nerviosa por un momento, pero Raven solo arquea una ceja.

—¿Qué quieres decir?

Las miro a ambas con los ojos entrecerrados.

—¿Recibieron alguna buena noticia o algo? ¿Por qué están tan emocionadas?

Ambas se miran antes de negar con la cabeza.

—No —dice Sierra—. Solo estamos emocionadas por escaparnos del trabajo y ponernos al día. Me encanta que ustedes dos estén tan obsesionados uno con el otro, pero me molesta la poca atención que he recibido últimamente. Es como si ya no me quisieran desde que volvieron de esa estúpida isla a la que Zane no me deja ir.

Contengo la risa y paso un brazo por los hombros de Sierra. Miro a Raven buscando su apoyo, pero se ve igual de molesta, así que asiente y cruza los brazos.

—Sí, además has ido a todos los conciertos de Faye, pero solo has ido a una de mis pasarelas —declara con las mejillas sonrojadas—. Supongo que tampoco me quieres ya.

Me rio, sorprendida, y niego con la cabeza.

—Está bien. Soy suya el resto del día, ¿okey? ¿Eso les prueba cuánto las quiero?

Las dos sonríen victoriosas y me doy cuenta de que acabo de caer en su trampa de faltar al trabajo el resto del día.

—Perfecto —dice Raven al salir del elevador—. Porque te dibujé un diseño para las uñas y también hice citas en el *spa* y el salón de belleza.

Inclino la cabeza y la observo mientras camina hacia mi auto, donde ya nos espera el chofer. ¿Me dibujó un diseño? ¿Cuándo? Pensé que esto era algo improvisado.

Noventa y seis

Celeste

Camino hacia la puerta de la casa y sonrío al ver mis uñas. Tienen un diseño que me recuerda el jardín de rosas de Zane, con su variedad de rosas, tonos coral y rojo. El diseño es increíblemente detallado; en retrospectiva, me alegro de haber dejado que las chicas me secuestraran. El día fue perfecto, desde la champaña que compartimos, los masajes, hasta el espectacular peinado con secadora que me hice. No me había dado cuenta de lo estresada que estaba hasta que me obligaron a relajarme. Supongo que por eso lo hicieron, porque la vida ha sido demasiado últimamente… en el mejor de los sentidos.

Frunzo el ceño al entrar a la casa y ver las rosas rojas en el piso. Forman un camino y hay velas entre los capullos abiertos. Zane mencionó que tenía una sorpresa, supongo que es esto, pero ¿por qué? No es mi cumpleaños.

Mi corazón comienza a acelerarse y una sonrisa se dibuja en mi rostro cuando noto pequeños frascos de esmalte de uñas entre las rosas y las velas. Tomo uno y me río al darme cuenta de que el hermoso tono coral se llama Celestial. ¿Zane mandó hacer esto a la medida para mí? ¿Qué está pasando?

Doy un paso más y miro el camino, con el corazón dándome tumbos al leer el nombre de cada frasco. Hay uno rojo que se llama Señora Windsor, uno durazno que dice Diosa de Zane y otro granate oscuro con el nombre Esposa de Zane. Frunzo el ceño al entender por qué me resultan tan familiares. ¿Acaso son los tonos que la artista de uñas usó hoy? Son todos los colores de las rosas en el jardín.

Me siento muy nerviosa al entrar al observatorio. Sigo el camino hasta el jardín de rosas y veo miles de luces de hadas, son el complemento perfecto del cielo estrellado visible a través del techo de cristal. Este lugar se ve más mágico que nunca y no logro entender por qué. ¿Qué estará tramando mi dulce esposo esta noche?

A lo lejos, escucho una melodía de piano suave y la sigo con un atisbo de esperanza. Me detengo al ver a Zane parado en el mismo lugar donde me besó por primera vez. Ahora un hermoso kiosko se alza donde antes no había nada y tiene rosas trepando por sus columnas. Zane me sonríe nerviosamente y yo respiro hondo al verlo en ese esmoquin.

Su sonrisa me hace llorar. Camino hacia él temblando.

—¿Zane? —susurro.

Él extiende una mano, que también tiembla, y me aparta el cabello de la cara. Busca mi mirada antes de arrodillarse lentamente frente a mí. El aliento se me escapa cuando saca una pequeña caja con el famoso logo de Laurier. Me cubro la boca con la mano, incrédula. ¿Qué está pasando? Esto no puede ser real.

Zane sonríe de forma pícara al ver mi expresión y abre la caja, mostrando un anillo de diamantes precioso con forma de rosa.

—Oh, Dios —susurro y él se ríe.

—Celeste —dice y su rostro se pone serio a pesar del alegre brillo en sus ojos—. Mi mundo ha girado alrededor de ti desde que teníamos tres años y entraste a la clase con unas adorables trenzas. Pensé que eras una princesa, pero resultaste ser una hechicera porque he estado bajo tu embrujo desde entonces. —Me río y él me sonríe de vuelta.

»Fuiste la razón por la que soy quien soy, Celeste. Toda nuestra vida me retaste a ser mejor. En lo bueno y en lo malo, hubo una constante: tú. Al crecer juntos, me enseñaste lo que era el amor de verdad. Creo que me di cuenta de que estaba enamorado de ti cuando teníamos quince y Tommy te invito a salir. —Su rostro se nubla y aguanto la sonrisa—. No creo haber saboteado a alguien tan rápido. En horas, tenía a su papá al teléfono rogándome que le dijera qué había hecho para ofenderme. Eso me haces, ¿sabes? Me vuelves un poco loco, pero de las mejores maneras. —No puedo evitar reír, él me sonríe y continúa.

»Supe que no podría vivir sin ti cuando te fuiste a la universidad y sentí que mi vida estaba vacía. Mi enemiga desapareció, pero entendí que, en cuanto regresaras, lucharía para que me dieras una oportunidad. Todavía doy gracias de que me la diste, Celestial. Pensé que te amaba entonces, pero todo lo que vivimos después me mostró lo que es el verdadero amor. Me enseñaste que el amor no siempre es perfecto como yo pensaba. Es risas, bromas locales, comidas caseras, flores, pláticas largas y disculpas. Es paciencia e indulgencia, pero, sobre todo, es elegirnos una y otra vez, incluso cuando no es fácil. —Se muerde un labio y los nervios le generan un tic. Respira hondo y me mira a los ojos.

»Celestial, quiero todo contigo. Todo lo que nos perdimos, todo lo que debimos tener. Quiero todo lo que planeamos, incluido el pastel de bodas que habíamos elegido. Si me dejas, quiero escribir mis propios votos y verte caminar hacia el altar con una sonrisa. Celeste, ¿quieres casarte conmigo? No porque tengas que hacerlo, sino porque quieres.

Parpadeo para contener las lágrimas y asiento; mi corazón no puede sentirse más vivo.

—Sí —le respondo de inmediato—. Nada me haría más feliz, Zane.

Suspira aliviado mientras desliza el anillo de compromiso en mi dedo. Le sonrío asombrada porque se puso tan nervioso cuando, técnicamente, ya estamos casados.

Zane se pone de pie y me sonríe, sus ojos centellean orgullosos al llevarse nuestras manos entrelazadas a los labios, luego voltea mi mano para besar el interior de mi muñeca.

—Te amo —susurra—. Te voy a hacer muy feliz, Celeste. No veo la hora para mostrarte cómo debieron ser nuestro compromiso y nuestro matrimonio.

Le tomo las mejillas y él apoya su frente en la mía.

—Yo te amo más, Zane. Ya me haces increíblemente feliz, ¿sabes? No necesito nada más. Eres todo lo que necesito, siempre.

Sus labios se encuentran con los míos y me besa lenta y profundamente, ignorando todo lo demás. Pétalos de rosa comienzan a caer del cielo, me recuesto en su pecho y me doy cuenta de que nuestras familias se acercan, lanzando pétalos al aire.

Zane ríe y abraza más fuerte, sus labios rozan mi oreja.

—Cuando se enteraron de que iba a proponerte matrimonio, todos quisieron participar y no pude decirles que no. Tu papá lloró cuando le pedí tu mano y mis hermanos se pusieron muy emotivos cuando les conté mis planes. Las chicas... ellas fueron otra cosa. Faye insistió en tocar el piano durante la propuesta, Sierra y Raven decidieron que debías tener el cabello y las uñas perfectas y Val se encargó de mandar a hacer tus esmaltes de uñas personalizados.

Me volteo y mi espalda queda sobre el pecho de Zane, todos nos felicitan. Mi mirada se posa en la orgullosa expresión de Lex, antes de notar la misma en Archer. Cuando me casé con Zane, no pensé que estaría aquí, rodeada de gente que nos quiere y solo desea que seamos felices. Este momento es mi sueño hecho realidad. No puedo creer que lo logramos.

Noventa y siete

Zane

Celeste sonríe viendo su anillo mientras conduzco hacia la casa de la abuela y no puedo evitar sonreír también. Ni siquiera tengo que preguntarle qué color trae hoy, es «Diosa de Zane».

—Hay algo que no te he contado sobre tu anillo —le digo.

Levanta la mirada y arquea una ceja, curiosa, al tiempo que me estaciono frente a la casa de la abuela.

—¿Ah, sí?

Mi corazón se acelera cuando volteo a verla y el calor me sube a las mejillas.

—Lo he tenido por años. Es el anillo con el que planeaba pedirte matrimonio la primera vez y nunca pude deshacerme de él. Supongo que, en el fondo, sabía que algún día terminaría en tu mano. Tiene forma de rosa porque te dije que el jardín de rosas de mi madre sería para mi esposa.

Ella sonríe y pone su mano sobre mi muslo, su mirada rebosa de la misma felicidad que yo siento. Cuando le propuse matrimonio, pensé que nada podría ser mejor que ese momento, pero me equivoqué. Durante las últimas semanas, nos hemos acercado aún más y el lazo que nos une es más fuerte que nunca.

—Te amo —dice Celeste antes de mirar su anillo—. Es simplemente perfecto. No puedo dejar de verlo.

Tomo su mano y beso el interior de su muñeca, con el corazón lleno de amor por ella. No puedo creer que lo logramos después de tantos años.

—¿Qué te parece si nos casamos en el jardín de rosas? Ahora es tuyo, pero podríamos abrirlo para nuestros invitados por un día.

Entrelaza nuestros dedos y lleva nuestras manos a su pecho, con su rostro iluminándose por completo.

—¡Me encantaría! —Me recorre con la mirada—. ¿Sabías que quería casarme en el jardín de rosas?

Niego con la cabeza y tomo uno de sus rizos.

—No, Celestial, pero tú y yo siempre hemos estado locamente sincronizados, así que pensé que si yo quería, tú también.

Hace un gesto de afirmación y se inclina hacia mi mano cuando le acaricio el rostro.

—No quería proponértelo porque sé lo mucho que significa el observatorio para ti, en especial el jardín de rosas. No quería obligarte a hacer algo con lo que no estuvieras cómodo.

Dios, la amo.

—Es donde te besé por primera vez, así que se siente perfecto... como un ciclo completo. También tengo recuerdos muy especiales con mis padres ahí, así que será como si ellos también nos acompañaran. No puedo imaginar un lugar mejor para nosotros.

Me sonríe y se acerca para besarme, su ritmo es pausado, necesitado. Suspiro contra sus labios y hundo mi mano en su cabello.

—¿Nos saltamos la cena?

Celeste se ríe y niega con la cabeza.

—No podemos. La abuela dijo que tenía un anuncio y que todos teníamos que estar presentes.

Resoplo cuando se separa, así que me lanza una mirada regañona.

—Está bien —rezongo.

Salgo del auto y camino alrededor para abrirle la puerta. Ella me toma de la mano y me lleva adentro, pero me suelta enseguida, olvidándose de mí, al ver a las otras chicas paradas en la sala principal.

—Te acostumbrarás —me dice Ares suspirando.

—¿A qué? —pregunto.

Dion se acerca y se pone a mi lado, sacudiendo la cabeza.

—A que nuestras esposas nos abandonan en cuanto ven a las otras chicas.

Luca cruza los brazos y mira a su esposa.

—El otro día tuve que ir a recoger a Val a la casa de Sierra porque decidieron hacer una pijamada improvisada después de tomar demasiado. Para mí el límite es ese, que alguna de las chicas quiera robarme a mi esposa por una noche.

Simplemente me siento feliz de ver a Celeste platicar con mi familia, todos sonrientes.

—No me importa —les digo y lo digo en serio. Luchamos para llegar hasta aquí y nunca lo daré por sentado.

Lex entra a la sala y nos mira, luego se acerca con las chicas, sorprendentemente relajado pese a que todos sabemos de qué se trata esta reunión. Veo cómo despeina a Celeste y apoya su codo en el hombro de Faye, ganándose miradas de odio de ambas y una reprimenda de Raven. Sierra pisa el zapato de Lex y él da un paso hacia atrás. Idiota. Al menos aprendió a no meterse con Val.

Se tensa un poco cuando entra la abuela y, como si fuera parte de un plan, Celeste se acerca a mí mientras las demás chicas también van con sus esposos; todos estamos juntos como un frente unido, con Sierra y Lex en medio.

—Chicos —dice la abuela con la mirada firme, viéndonos a todos: Ares, Luca, Dion y, finalmente, se detiene en mí. Su traje sastre rosa no la hace menos aterradora cuando nos mira así, incluso Celeste se estremece un poco. La abrazo por la cintura y la acerco un poco más—. Seguro ya saben por qué los reuní aquí —dice la abuela mirando a Lex, con una mirada engañosamente dulce—. Lexington, tus cuatro hermanos están felices en sus matrimonios y todos han formado uniones que han beneficiado mucho a nuestra familia. Somos muy afortunados de tener a Raven, Val, Faye y Celeste, y hablo por todos cuando digo que con cada nueva integrante, el amor entre nosotros crece. —Asentimos, sin poder negar sus palabras. Estrecho a mi esposa cuando la abuela fija una mirada seria en Lex—. Ahora es tu turno, Lexington. Tu compromiso ya se decidió.

Lo veo contener una sonrisa.

—Ilumíname —dice con tono indulgente—. ¿Con quién me voy a casar?

La abuela parece sorprendida; Celeste me lanza una mirada interrogante, le hago un gesto con la cabeza para decirle que se lo contaré después.

—Raya Lewis.

Lex sonríe y la abuela lo mira confundida.

—Interesante —dice asintiendo—. Los Lewis son unos gigantes tecnológicos, así que es una excelente elección.

La abuela arquea una ceja.

—Raya es estudiante de ingeniería en Astor College. Su familia aprueba que se case antes de graduarse, pero Raya pidió que el matrimonio se mantenga en secreto para poder terminar sus estudios tranquilamente.

Lex se cruza de brazos y tiene una mirada traviesa.

—Qué coincidencia —dice—. Justo acepté dar una clase de ingeniería en Astor College el próximo semestre.

Me cuesta trabajo no reírme de la expresión que puso mi abuela. Evidentemente, esperaba que Lex fuera reacio, pero nada de esta situación es como ella pensó. Debería suponerlo, Lex siempre ha sido nuestro revoltoso.

—La boda será dentro de un mes. Como aceptamos su petición de mantenerlo en secreto, no hay necesidad de retrasar el papeleo legal. Ustedes podrán hacer la ceremonia cuando Raya se gradúe.

Lex asiente y Celeste arquea una ceja.

—¿Qué está pasando? —susurra.

Me pongo detrás de ella y le susurro al oído:

—Uno de sus amigos intervino los sistemas de la abuela y descubrió con quién se iba a casar mucho antes de este anuncio. Lex la encontró en una fiesta y no estoy seguro de qué pasó, pero poco después de eso aceptó dar clases en su universidad. Tengo la sospecha de que no le dijo quién era cuando se conocieron.

Celeste apoya la cabeza en mi hombro y se ríe, llamando la atención de todos en la sala. Le doy un beso en la sien antes de separarnos un poco, incapaz de contener mi diversión. Raya no tiene idea de en lo que se está metiendo, pero, si logró llamar la atención de Lex, seguro es alguien que puede con él. Detrás de su excéntrica fachada, tiene un alma amable; espero que Raya pueda ver eso y valorarlo.

Si tiene tanta suerte como nosotros, pronto descubrirá lo que es la verdadera felicidad, la que sé que él ha estado buscando desde que murieron nuestros padres. Sonrío para mis adentros y tomo la mano de Celeste, emocionado en silencio de ver a mi hermano menor encontrar a su pareja.

Epílogo

ZANE

Sonrío mientras pongo más carne en la parrilla que pusimos en el observatorio. Es una adición reciente, Celeste quiso instalarla para el almuerzo familiar mensual que hemos retomado. Al principio no estaba seguro, pero descubrí que tenía razón. Me encanta.

Las risas llenan el aire, colmando el jardín de pura alegría, a pesar de la lluvia que golpea el techo de cristal. Miro alrededor y me doy cuenta: lo logramos, esto es la verdadera felicidad. Parece un poco irreal a veces, especialmente cuando mi hermosa esposa me mira.

—Esa es mi hermana, imbécil —señala Archer dándome un golpecito en el brazo.

Me encojo de hombros y le sonrío.

—No puedo evitarlo. Ella es mi esposa.

—Qué asco —comenta Lex mientras pasa con su esposa, Raya. Voltea hacia ella y sonríe—. Yo nunca seré así.

Raya solo arquea una ceja.

—Lex, literalmente me llamas *mi esposa* cada que puedes. Has hecho que estén a punto de descubrirnos más de una vez.

No entiendo muy bien su dinámica, pero una cosa es segura: Lexington encontró a su pareja ideal. Raya tiene un temperamento fuerte y es decidida, justo lo que Lex necesita. O podría serlo si realmente le diera una oportunidad. No sé qué está pasando entre ellos, pero puedo ver que no tienen lo que Celeste y yo tenemos. Todavía no.

Archer está junto a mí y veo que se ríe mientras ve su celular, del que no se ha despegado desde que llegó.

—¿Vas a decirme quién es? —le pregunto.

Me mira y su sonrisa desaparece.

—¿De qué hablas?

Niego con la cabeza sin descuidar el asador.

—¿Es Serenity?

Se queda atónito y no puedo evitar reírme de su expresión incrédula.

—¿Cómo supiste?

Miro a mi esposa y sonrío. Se ve hermosa con ese vestido rojo y el esmalte Esposa de Zane en sus uñas. Últimamente, he creado más tonos para ella y cada que le doy uno nuevo me sonríe de una manera que me llena de alegría.

—Celeste me dijo que Serenity le abrió la puerta la última vez que fue a tu casa, estaba usando una camiseta con uno de los diseños de Raven. —Lo miro y niego con la cabeza—. Es una camiseta de edición limitada que Celeste te compró. Las mujeres notan esas cosas, Arch. Si querías mantenerlo en secreto, debiste haber sido más cuidadoso.

Archer se toca la nuca y le lanza a su hermana una mirada de preocupación antes de bajar la vista.

—No es así.

Arqueo una ceja.

—Está bien, sí es así, pero no debería serlo. Ella es... bueno, es la media hermana menor de mi socio de negocios. Tiene una década menos que yo y, definitivamente, no debería estar... ugh, maldita sea. —Se frota la cara y mira al cielo lluvioso—. Me digo todo el tiempo que tengo que parar. No se suponía que fuera algo serio, Zane. La estaba ayudando con algo y no se suponía que fuera algo más que un favor.

Pongo la comida en los platos y le lanzo una mirada incrédula.

—Claro, o sea que te estás acostando con la hermana de tu socio como un favor. ¿Qué carajos, Arch?

Se mete las manos en el cabello y asiente.

—Esto es literal. No estoy bromeando, Zane. Ella hizo una lista.

—¿Qué clase de lista?

Me mira con cara de desconcierto. Nunca lo había visto perder la compostura de esta forma.

—Hizo una lista de las personas con las que estaba considerando eh... o sea...bueno...

—¿Qué carajo? ¿Qué pudo haberte pedido que te tiene tartamudeando así?

Cierra los ojos y suspira.

—Una lista con los nombres de las personas con las que estaba considerando perder su virginidad y mi nombre estaba ahí.

—¿Qué?

Asiente y se le nota increíblemente angustiado.

—Sí. Sé que tengo que terminar con esto, pero me la imagino haciendo todo lo que le enseñé con alguien más y...Carajo, la idea me enferma. Debí retirarme cuando vi esa maldita lista.

Sacudo la cabeza y lo observo, me doy cuenta de que está perdidamente enamorado.

—Todavía puedes hacerlo —le digo encogiéndome de hombros. Sé que no lo hará por la mirada en sus ojos, pero es divertido molestar a Archer. Todo este tiempo me ha molestado por estar enamorado de Celeste, así que ya era hora de que entendiera lo fastidioso que es.

—¿Zane? —me llama Celeste mientras se acerca. Archer se aparta para dar espacio a su hermana y yo la abrazo de inmediato. Se para de puntitas para besarme, haciendo que su hermano se dé la vuelta y se aleje con asco—. ¿Te contó? —pregunta con curiosidad.

Me río y la acerco más, rodeando su cintura con las manos.

—¿Por qué eres tan entrometida, Celestial?

Hace un puchero y quiero besarla otra vez.

—Solo quiero saber —dice—. No me dice nada sobre ella, pero sé que está enamorado. Eres uno de sus mejores amigos, así que, aunque no me lo cuente a mí, seguro a ti sí.

Tomo su labio inferior entre mis dientes y lo muerdo suavemente.

—¿Así que quieres que traicione a uno de mis mejores amigos por ti?

Ella se recuesta en mi abrazo y asiente.

—Claro.

Me río y beso su frente antes de contarle todo lo que Archer me dijo. No puedo guardar secretos con ella y todos lo saben. Ella se indigna, pero sus ojos brillan divertidos.

—Eres tan hermosa —susurro sin pensar—. ¿Te das cuenta de lo afortunado que soy? Es una locura poder llamarte *mi esposa.*

Ella se ríe y niega con la cabeza.

—No, Zane. Si alguien es afortunada aquí, soy yo.

Lo más loco es que ella realmente lo cree y me lo demuestra cada día.

Diez años después

ZANE

—¿Cómo puedes estar nervioso? —pregunta Lex—. Te casas con la misma mujer todos los años y aún actúas como si no fuera a presentarse. Han pasado diez años.

Cambio el peso de un pie a otro y ajusto mi corbatín, luego observo el pasillo de flores que hicimos en la playa de nuestra isla privada. Se ha convertido en uno de nuestros lugares favoritos, siempre que queremos estar solos y concentrarnos en el otro venimos aquí.

—No entiendes —señalo y niego con la cabeza—. Cada día ella puede elegir y cada día agradezco que me elija a mí. Nunca daré eso por sentado.

Dion suspira y me regala una sonrisa.

—Déjalo —le dice a Lex—. Todos tenemos nuestras manías.

Le sonrío, pues ambos nos entendemos. Dion aprendió a pilotear un avión a pesar de su intenso miedo a volar, solo para llevar a Faye, cada año, a un destino diferente para su luna de miel. Sin duda, me entiende.

El matrimonio es trabajo constante y las pequeñas cosas importan tanto como las grandes. Es enfrentar tus miedos y darle a alguien el poder de destruirte, confiando en que no lo hará. Confianza. Algo que dimos por sentado hasta que la perdimos y que nos tomó años reconstruir, pero lo hicimos. Nunca me he sentido más amado que con mi esposa y nuestro vínculo nunca ha sido más fuerte. Ella es mi cómplice, mi media naranja y no quiero que jamás sienta que doy por sentada su presencia. Es muy fácil ocuparse con cosas del día a día y olvidar lo que realmente importa; por eso renovamos nuestros juramentos cada año.

Faye comienza a tocar el piano y pierdo el aliento cuando la niña más hermosa del mundo camina por el pasillo, su precioso peinado no logra contener todos sus salvajes rizos. Mi pequeña y hermosa Calista lo heredó de su madre. Mi hija me sonríe y mi corazón da un vuelco. Es tan hermosa, mi bebé, con su vestido que combina con el de su madre. Callie lanza pétalos de rosa con alegría y yo me muero de ternura. Tiene mi buena mano para las plantas y nuestro pasatiempo favorito es trabajar juntos en el jardín de rosas de su mamá. La semana pasada le enseñé a crear rosas con bordes de colores, usando colorante de cocina, y le fascinó. Celeste dice que la consiento demasiado, pero no lo creo.

—Papá —dice con sus ojos centelleantes color miel, una mezcla perfecta entre los míos y los de Celeste; aunque, su sonrisa, esa es toda mía. Me agacho para levantarla en brazos y se ríe—. Papá, sabes las reglas —me regaña—. Tengo que estar al lado del tío Lex.

—Pero hoy estás tan hermosa, princesa, que no sé si podré dejarte ir.

Ella se ríe y envuelve sus brazos alrededor de mi cuello, abrazándome fuerte. Pensé que no podía ser más feliz después de nuestra segunda boda, pero luego llegó Calista y entendí que había mucho más amor para dar. No sé qué he hecho para merecer tanta felicidad, pero agradezco a las estrellas todos los días.

Ares toma a Callie de mis brazos y ella va con gusto, provocando de inmediato una disputa entre sus tíos, pues todos quieren cargarla. Miro por encima del hombro y veo que Lex ganó, tiene una mirada triunfante. Callie me pidió que no le contara a nadie, pero él es su favorito porque le fabrica juguetes increíbles que él mismo inventa. El otro día Raya y Lex llegaron con una excavadora pequeña para que ella se subiera y cavara en el observatorio. Fue una pesadilla y tuve que establecer algunas reglas antes de que Celeste se enterara del desastre.

Todo queda en silencio cuando mi esposa aparece del brazo de su padre, luciendo una de las impresionantes creaciones de Raven. La prensa se deleita con nuestras renovaciones de votos. Se ha vuelto un juego adivinar lo que usará Celeste cada año y, cuando las fotos inevitablemente se filtran, el vestido se agota en segundos.

Celeste me sonríe cuando George pone su mano en la mía y le devuelvo la sonrisa, mi corazón jamás dejará de acelerarse. Es increíble lo enamorado que sigo de ella. Cada año me enamoro un poco más. Hay algo hermoso en compartir la vida con alguien: crecer juntos y descubrir nuevas facetas del otro en cada etapa. Amo la persona que es como empresaria, esposa y madre. Ninguno de los dos es perfecto, pero juntos... esto es lo más parecido a la perfección que alguien puede alcanzar. Lo sé.

Mi deslumbrante diosa aprieta mi mano y me pierdo en sus ojos. Es mi mejor amiga y el amor de mi vida. Saber que me ama de la misma forma es algo de otro mundo.

—Celeste —murmuro—, en nuestro décimo aniversario, tengo diez juramentos para ti.

Abre los ojos de par en par y sé, en este instante, que ella tuvo la misma idea. Seguimos tan sincronizados que da miedo. Se ríe y rodeo su cintura con los brazos; mi corazón rebosa de amor.

—Juro amarte un poco más cada día, apreciarte y honrarte siempre. Juro serte fiel y ser tu compañero mientras navegamos nuestra cambiante vida. Juro estar de tu lado y apoyarte. Juro estar ahí cuando me necesites, incluso si no quieres, e impulsarte a ser lo mejor que puedes ser. Pero sobre todo, Celeste, juro ser tuyo, por siempre y para siempre.

Me mira enamorada.

—Me robaste la idea —dice riendo mientras acaricia mi mejilla—. Yo también juro amarte por siempre, Zane. Juro respetarte y honrarte, serte fiel y apreciarte, hacerte reír y cuidar nuestra relación. Juro ser tu mejor amiga y nunca dejar de retarte, pero, sobre todo, juro ponerte primero y elegirte todos los días, incluso cuando me lo pones difícil consintiendo demás a nuestra hija. —Entorna los ojos—. Sé lo de la excavadora, Zane.

Abro los ojos y ella estalla en risas. No puedo evitar reír también, sintiéndome inmensamente feliz.

—Dios, te amo —susurro justo antes de que nos declaren marido y mujer una vez más.

—Yo te amo más —replica parándose de puntitas para besarme. Suspiro contra sus labios y la beso profundamente. El deseo me invade cuando se roba mi dulce de menta, se separa para mirarme y veo que sus ojos brillan con la misma ansia que la mía; estoy completamente rendido ante ella.

—Repugnante —comenta Lex y veo cómo le tapa los ojos a nuestra hija. Celeste niega con la cabeza mientras volteamos hacia nuestros invitados y rodeo su cintura. Se recarga en mí mientras todos se levantan y se apresuran a felicitarnos.

Es una bendición ver lo genuinamente feliz que está nuestra familia por nosotros y lo felices que somos todos.

—¡Felicidades! —exclama Sierra abrazando fuerte a mi esposa. Celeste apoya la cabeza en el hombro de Sierra y veo la horquilla de mi madre sobresaliendo de su moño. Cada año, Sierra se lo presta y, cada año, Celeste se lo devuelve junto con una caja de galletas que la abuela le enseñó a hacer. Es lo único que sabe cocinar a la perfección, incluso después de años de lecciones de cocina con mi suegra.

Miro al esposo de Sierra, que sacude la cabeza ante la reacción de ambas.

—¿Cómo pueden ponerse tan sentimentales todos los años? —pregunta cruzando los brazos, fastidiado, mientras observa a nuestras esposas abrazarse con demasiada intensidad para su gusto.

Sierra le lanza una mirada por detrás del hombro de Celeste.

—Solo recuerda, Xavier, que a ella la amé mucho antes de amarte a ti.

Se acerca a ella, la toma y la separa de Celeste para abrazarla.

—Solo recuerda, señora Kingston —dice—, que nadie te amará jamás tanto como yo.

Celeste se ríe y se acerca a mí, le devuelvo la sonrisa. Lo logramos a pesar de todo. Pese al dolor y las pérdidas, lo logramos.

Advertencia sobre el contenido

Por favor, toma en cuenta que esta lista contiene adelantos sobre la trama de *Los votos rotos* que podrían intervenir en la experiencia de lectura.

Algunos temas en este libro incluyen, entre otros, los siguientes:

Representación negativa del trastorno límite de la personalidad y la erotomanía.

Suicidio como consecuencia de una condición de salud mental.

Pérdida de un padre o madre y el trauma resultante.

Menciones de acoso escolar en la infancia y adolescencia.

Infidelidad y engaño (aunque en realidad no hay deslealtad en la relación de los personajes principales).

Esta historia es un romance convencional y, como tal, tiene un final feliz; sin embargo, si algunos de los temas anteriores es un desencadenante para ti, la autora recomienda encarecidamente que no leas este libro.